TEMPO ESTRANHO

JOE HILL

TEMPO ESTRANHO

Tradução
André Gordirro

Rio de Janeiro, 2024

Título original: *Strange Weather*

Contatos:
Rua da Quitanda, 86, sala 601A — Centro — 20091-005
Rio de Janeiro — RJ
Tel.: (21) 3175-1030

DIRETORA EDITORIAL
Raquel Cozer

GERENTE EDITORIAL
Alice Mello

EDITOR
Ulisses Teixeira

COPIDESQUE
Ana Paula Martini

PREPARAÇÃO DE ORIGINAL
Bárbara Prince

REVISÃO
André Sequeira

DIAGRAMAÇÃO
Abreu's System

DESIGN DE CAPA E ILUSTRAÇÃO
Alan Dingman

IMAGENS DE CAPA
Shutterstock

ADAPTAÇÃO DE CAPA
Osmane Garcia Filho

CRÉDITOS DE ARTE DE MIOLO
“Instantâneo” – Gabriel Rodriguez
“Carregado” – Zach Howard
“Nas alturas” – Charles Paul Wilson III
“Chuva” – Renae De Liz

CIP-Brasil. Catalogação na Publicação
Sindicato Nacional dos Editores de Livros, RJ

H545t

Hill, Joe, 1972-
Tempo estranho / Joe Hill ; tradução André Gordirro. – 1. ed. – Rio de Janeiro : Harper Collins, 2019.
448 p.

Tradução de: Strange weather
ISBN 9788595083219

1. Ficção americana. I. Gordirro, André. II. Título.

19-56550 CDD: 813
CDU: 82-3(73)

Vanessa Mafra Xavier Salgado – Bibliotecária – CRB-7/6644

Para o Mr. Blue Sky:
Aidan Sawyer King. Te amo, moleque.

INSTANTÂNEO

1

SHELLY BEUKES ESTAVA PARADA perto da entrada da garagem, franzindo os olhos para nosso sítio de arenito rosa como se nunca o tivesse visto antes. Usava um sobretudo ao estilo de Humphrey Bogart e segurava uma grande bolsa de pano com estampa de abacaxis e flores tropicais. Ela poderia estar a caminho do supermercado, se houvesse um ao qual fosse possível chegar a pé, o que não era o caso. Precisei olhar duas vezes para notar o que havia de errado naquela imagem: ela tinha se esquecido de calçar os sapatos, e os pés estavam imundos, quase pretos de tanta sujeira.

Eu estava na garagem fazendo ciências — o termo usado pelo meu pai para o que eu aprontava sempre que decidia arruinar um aspirador de pó ou um controle remoto de TV em perfeito estado. Eu desmontava mais do que montava, embora tivesse sido bem-sucedido ao ligar um controle de Atari a um rádio, de maneira que pudesse mudar de estação ao apertar o botão de disparo — um truque essencialmente idiota que, mesmo assim, impressionou os jurados da feira de ciências da oitava série, na qual ganhei o primeiro lugar por criatividade.

Na manhã em que Shelly apareceu na entrada da garagem, eu estava trabalhando na minha arma de festas. Ela parecia com um raio da morte saído de um livro de ficção científica barato. Era uma grande trompa de latão amassada com a coronha e o gatilho de uma Luger (na verdade, eu soldei um trompete e uma arma de brinquedo para criar o corpo). Quando a pessoa apertava o gatilho, porém, a arma soava uma buzina, estourava lâmpadas de flash e disparava uma tempestade de confete e serpentina. Eu tinha a ideia de que, se conseguisse fazer a arma funcionar, meu pai e eu poderíamos levá-la aos fabricantes de brinquedos, talvez licenciar a ideia para a Spencer Gifts. Como a maioria dos engenheiros iniciantes, eu aprimorava minha arte em uma série de pegadinhas juvenis. Não existe um único cara no Google que não tenha pelo menos sonhado em projetar um óculos de raio-X para enxergar através das saias das garotas.

Eu estava apontando o cano da arma de festas para a rua quando vi Shelly, bem na minha mira. Desci o bacamarte de palhaço e franzi os olhos enquanto a examinava. Eu conseguia vê-la, mas ela não conseguia me ver. Para Shelly, olhar para o interior da garagem teria sido como encarar a escuridão impenetrável de uma mina aberta.

Eu ia chamá-la, mas aí vi seus pés e o ar ficou preso na garganta. Não fiz barulho, apenas observei Shelly um pouco. Seus lábios se mexiam. Ela estava sussurrando algo para si mesma.

Shelly lançou um olhar para o caminho de onde tinha vindo, como se temesse que alguém pudesse estar se aproximando para surpreendê-la. Mas a rua estava deserta, e o mundo, úmido e quieto, coberto por um céu nublado. Eu me recordo que todos os vizinhos tinham colocado o lixo para fora, que os caminhões de lixo estavam atrasados e que a rua fedia.

Quase desde o início, senti que era importante não fazer nada que pudesse assustá-la. Não havia um motivo óbvio para ter cautela — mas muitas das melhores ideias ocorrem bem abaixo do nível de reflexão consciente e não têm nada a ver com o pensamento racional. A mente primata absorve muita informação a partir de indícios sutis que nem ficamos cientes de ter recebido.

Então, quando desci a rampa da entrada de garagem, enfiei os polegares nos bolsos e não olhei para ela. Foquei no horizonte como se observasse o voo de um avião distante. Eu me aproximei de Shelly da maneira como chegaria perto de um vira-lata machucado, um cachorro que talvez lambesse a sua mão com um carinho esperançoso ou que talvez avançasse com lábios retraídos para exibir uma boca cheia de dentes. Não falei nada até estar bem próximo a ela.

— Ah, oi, sra. Beukes — falei, fingindo ter acabado de notá-la. — A senhora está bem?

A cabeça dela se virou para mim, e o rosto rechonchudo imediatamente assumiu uma expressão agradável de bondade.

— Bem, estou completamente perdida! Eu andei até aqui, mas não sei por quê! Hoje não é meu dia de faxina!

Por essa eu não esperava.

Antigamente, Shelly costumava esfregar, aspirar e arrumar a casa por quatro horas, nas tardes de terça e sexta-feira. Ela já era velha naquela época, embora tivesse o vigor muscular de um jogador olímpico de *curling*. Às sextas, ela deixava para nós um prato de cookies macios com recheio cremoso cobertos por plástico-filme. Cara, como aqueles cookies eram bons. Não é mais possível encontrar uma coisa parecida em lugar algum, e nenhum *crème brûlée* no Four Seasons jamais caiu tão bem com uma xícara de chá.

Mas, em agosto de 1988, eu estava a poucas semanas de começar o ensino médio, e já havia se passado quase metade da minha vida desde a época em que Shelly fazia faxina para nós regularmente. Ela parou de trabalhar na nossa casa depois de colocar três pontes de safena em 1982 e receber ordens médicas para repousar. Ela vinha repousando desde então. Nunca pensei muito sobre aquela situação, mas se houvesse pensado, talvez tivesse me perguntado por que a Shelly aceitou o emprego para início de conversa. Não era como se ela precisasse do dinheiro.

— Sra. Beukes? Por acaso o meu pai pediu que a senhora viesse para ajudar Marie?

Marie era a mulher que a substituiu, uma jovem robusta e não muito esperta de vinte e poucos anos, com uma gargalhada alta e um rabo em formato de coração que inspirava minhas cerimônias noturnas de fazer justiça com as próprias mãos. Eu não conseguia imaginar por que meu pai acharia que Marie precisava de ajuda. Não estávamos, até onde eu sabia, esperando visitas. Eu nem saberia dizer se algum dia a gente *recebeu* visitas.

O sorriso de Shelly vacilou brevemente. Ela disparou um daqueles olhares ansiosos para trás, em direção ao fim da rua. Quando se voltou para mim, havia apenas um leve traço de bom humor no rosto, e o olhar estava assustado.

— Sei lá, mocinho, me diga você! Eu deveria ter limpado a banheira? Sei que não consegui limpá-la na semana passada, e ela está bem suja. — Shelly Beukes remexeu a bolsa de pano, murmurando para si mesma. Quando ergueu a cabeça, seus lábios estavam franzidos em uma expressão de frustração. — Merda. Saí de casa e esqueci a porra do Ajax.

Eu estremeci e não teria ficado mais surpreso se ela tivesse aberto o sobretudo e revelado que estava nua. Shelly Beukes não era um exemplo de idosa austera — eu me lembrava de vê-la faxinando a casa vestindo uma camiseta de John Belushi —, mas nunca tinha ouvido Shelly usar a palavra "porra". Até mesmo "merda" era bem mais picante que seu vocabulário de sempre.

Shelly não notou minha surpresa e apenas disse:

— Diga ao seu pai que vou cuidar da banheira amanhã. Não preciso de mais do que dez minutos para deixá-la brilhando como se nunca tivessem colocado a bunda dentro dela.

A bolsa de pano se abriu. Olhei o interior dela e vi um anão de jardim sujo e surrado, várias latas de refrigerante vazias e um único pé de tênis velho e esfarrapado.

— É melhor eu ir para casa — disse ela de repente, quase roboticamente. — O africâner vai ficar imaginando onde eu fui.

O africâner era o marido dela, Lawrence Beukes, que emigrou da Cidade do Cabo antes de eu nascer. Aos 70 anos, Larry Beukes era um dos homens mais parrudos que eu conhecia, um ex-levantador de peso com os braços esculpidos e o pescoço cheio de veias de um homem forte do circo. Ser enorme era sua principal responsabilidade profissional. Ele ganhara dinheiro com uma série de academias que abrira na década de 1970, exatamente na época em que a massa-bruta oleosa inacreditável do Arnold Schwarzenegger entrou no inconsciente coletivo. Larry e Arnie apareceram uma vez no mesmo calendário. Larry foi o modelo de fevereiro e flexionou os músculos na neve, usando nada além de uma redezinha preta para cobrir o saco. Arnie foi o modelo de junho e apareceu lustroso na praia, com uma garota de biquíni empoleirada em cada braço colossal.

Shelly lançou um último olhar para trás e então começou a ir embora arrastando os pés, tomando uma direção que a levaria para mais longe ainda da sua casa. No momento em que desviou o olhar, ela se esqueceu de mim. Eu percebi isso pela maneira como toda expressão sumiu do seu rosto. Os lábios começaram a se mexer enquanto sussurrava perguntas silenciosas para si mesma.

— Shelly! Ei, eu ia perguntar ao sr. Beukes se... sobre... — Penei para pensar em algo que eu e Larry Beukes teríamos para conversar. — Se ele algum dia pensou em contratar alguém para cortar a grama! Ele tem coisas mais importantes para fazer, certo? A senhora se importa se eu acompanhá-la até sua casa?

Estiquei a mão para pegá-la pelo cotovelo antes que escapasse do alcance. Shelly estremeceu ao me ver — como se eu a tivesse surpreendido — e depois me deu aquele sorriso corajoso e desafiador.

— Eu falei para aquele velho que precisamos contratar alguém para cortar a... a... — Seus olhos ficaram mortiços. Shelly não conseguia se lembrar do que precisava ser cortado. Finalmente, ela balançou a cabeça e prosseguiu: — ... a *coisa* há tanto tempo que nem sei mais. Volte comigo. E quer saber? — Ela colocou a mão sobre a minha. — Acho que tenho alguns daqueles cookies que você gosta!

Ela piscou o olho, e, por um instante, tive certeza de que ela me reconheceu e, mais do que isso, reconheceu a si mesma. Shelly Beukes ficou concentrada, depois se perdeu novamente. Notei a consciência escapando dela, uma lâmpada ligada a um dimmer sendo diminuída a um brilho opaco.

Assim sendo, eu a acompanhei até em casa. Eu me senti mal por seus pés descalços sobre o asfalto quente. Estava abafado, e os mosquitos estavam à solta. Pouco tempo depois, notei um rubor em seu rosto e um filete de suor em seu buço de velha, e achei que talvez ela devesse tirar o sobretudo. Embora eu precise admitir que, àquela altura, me passou pela cabeça a ideia de que ela *realmente* poderia estar nua por baixo. Dada a desorientação, não achei que pudesse descartar a hipótese. Lutei contra o mal-estar e perguntei se podia carregar seu sobretudo. Shelly balançou a cabeça rapidamente.

— Eu não quero ser reconhecida.

Aquela foi uma resposta tão maluca que até me esqueci da situação e reagi como se Shelly ainda fosse senhora de si, uma pessoa que adorava ver *Jeopardy!* e limpava fornos com uma determinação quase brutal.

— Por *quem*? — perguntei.

Ela se aproximou e disse em uma voz que foi praticamente um sibilo:

— O Homem da Polaroid. Aquele sujeito falso e ardiloso do caralho no conversível. Ele vem tirando fotos minhas quando o africâner não está por perto. Eu não sei quantas ele tirou, mas já chega. — Shelly pegou meu pulso. Seu corpo ainda era parrudo e ela tinha seios grandes, mas a mão era ossuda e em forma de garra como a mão de uma velha de conto de fadas. — Não deixe que ele tire uma foto sua. Não deixe que ele comece a levar as coisas embora.

— Vou ficar de olho. Ei, é sério, sra. Beukes, parece que a senhora está derretendo nesse sobretudo. Deixe-me segurá-lo e ficaremos de olho nesse cara juntos. A senhora pode vesti-lo novamente se ele estiver chegando.

Shelly inclinou a cabeça para trás e franziu os olhos, me inspecionando como teria examinado as letras miúdas no rodapé de um contrato duvidoso. Finalmente, ela torceu o nariz, tirou o sobretudo e me entregou. Ela *não* estava nua por baixo, mas vestia um short preto de ginástica e uma camiseta que estava do avesso e ao contrário, com a etiqueta balançando embaixo do queixo. Suas pernas eram nodosas e surpreendentemente brancas, com as panturrilhas cheias de varizes. Dobrei o sobretudo suado e amassado sobre o braço, peguei a mão dela e fui em frente.

As ruas em Golden Orchards, nosso pequeno conjunto habitacional ao norte de Cupertino, eram dispostas como rolos de corda uns em cima dos outros — não havia uma linha reta em todo o complexo. À primeira vista, as residências pareciam ser uma mistureba de estilos — uma casa espanhola de estuque aqui, uma casa de tijolinhos coloniais ali. Porém, bastava passar um tempo na vizinhança que a pessoa reconhecia que as casas eram mais ou menos as mesmas — mesmo interior, mesmo número de banheiros, mesmo estilo de janelas —, vestidas com roupas diferentes.

A casa dos Beukes tinha um falso estilo vitoriano, mas com uma espécie de temática praiana: conchas encrustadas na trilha de concreto que levava aos degraus e uma estrela-do-mar esbranquiçada pendurada na porta de entrada. Talvez as academias do sr. Beukes fossem chamadas de Netuno Fitness? Academias Atlântida? Será que era uma piada sobre os aparelhos da marca Nautilus que eram usadas nas instalações? Não lembro mais. Muita coisa daquele dia — 5 de agosto de 1988 — ainda está vívida na memória, mas não sei se tinha muita certeza sobre esse detalhe em especial, mesmo naquela época.

Conduzi Shelly até a porta e bati, depois toquei a campainha. Eu podia simplesmente tê-la deixado entrar — era a casa dela, afinal de contas — mas não achei que fosse adequado naquela situação. Pensei que deveria contar para o Larry Beukes por onde ela havia andado e torcer para encontrar alguma maneira que não fosse muito embaraçosa de informá-lo sobre como ela estava confusa.

Shelly não deu sinais de reconhecer a própria casa. Ela parou no pé da escada e olhou ao redor com calma enquanto esperava pacientemente. Alguns momentos antes, Shelly parecera ardilosa e até mesmo um pouco ameaçadora.

Agora parecia uma avó entediada indo com o neto escoteiro de porta em porta, fazendo companhia enquanto ele vendia assinaturas de revistas.

Abelhas entravam em flores brancas murchas. Pela primeira vez, percebi que talvez Larry Beukes precisasse *mesmo* contratar alguém para cortar a grama. O jardim estava descuidado e cheio de ervas daninhas, com dentes-de-leão surgindo na grama. A casa em si precisava de uma boa lavada, tinha manchas de mofo no alto, sob o beiral do telhado. Havia tempo que eu não passava por ali, e sei lá quando foi a última vez que *realmente* olhei para a casa, em vez de apenas passar os olhos por ela.

Larry Beukes sempre cuidou da sua propriedade com o empenho e o vigor de um marechal prussiano. Ele saía duas vezes por semana vestindo uma regata e empurrando um cortador de grama manual, os deltoides bronzeados e inchados, e o queixo com covinha erguido de maneira dramática (ele tinha uma postura do caralho). Outros jardins eram verdejantes e bem-cuidados. O dele era *meticuloso*.

Obviamente, eu tinha apenas 13 anos quando aquilo tudo aconteceu, e agora compreendo o que não entendi na época: tudo estava escapando de Lawrence Beukes. Sua capacidade de gerenciar, de acompanhar até mesmo as exigências mais leves da vida no subúrbio, estava sendo sobrepujada, pouco a pouco, conforme ele cedia à pressão de cuidar de uma mulher que não podia mais cuidar de si mesma. Creio que foi apenas sua noção inerente de otimismo e condicionamento — sua noção de fitness, por assim dizer — que permitiu que Lawrence Beukes seguisse em frente, se enganando de que poderia cuidar de tudo.

Comecei a achar que eu talvez tivesse que acompanhar Shelly de volta para a minha casa e esperar com ela lá, quando o sedã de luxo cor de vinho de 10 anos do sr. Beukes deu uma guinada na entrada da garagem. Ele estava dirigindo como se fosse um fora da lei fugindo de Starksy e Hutch e passou com o pneu sobre o meio-fio quando fez a curva para entrar. O sr. Beukes saiu suando e quase cambaleou e caiu ao entrar no jardim.

— Ah, Jesus, aí está você! Eu estava te procurando por toda parte, diabo! Você quase me causou um infarto.

Larry tinha um sotaque que fazia a pessoa pensar na hora em apartheid, tortura e ditadores sentados em tronos dourados em palácios de mármore com lagartixas subindo pelas paredes. O que era uma pena. Ele fez dinheiro com ferro, não com diamantes de sangue. Larry tinha seus defeitos — ele votou no Reagan, acreditava que Carl Weathers era um *grande* ator e ficava emocionado quando ouvia ABBA —, mas respeitava e adorava a esposa, e comparado a isso, as máculas pessoais não eram importantes. Ele prosseguiu:

— O que você fez? Fui até o vizinho para perguntar se o sr. Bannerman tinha detergente e, quando voltei, você tinha sumido como uma garota em um truque do David Copperfield!

Larry pegou a esposa nos braços, pareceu que ia sacudi-la com força, mas, em vez disso, a abraçou. Ele olhou para mim por cima do ombro dela, e seus olhos brilhavam com lágrimas.

— Sem problemas, sr. Beukes — falei. — Ela está bem. Estava apenas um pouco... perdida.

— Eu não estava perdida — disse ela, dando um sorrisinho revelador. — Estava me escondendo do Homem da Polaroid.

Larry balançou a cabeça.

— *Calada*. Calada, mulher. Vamos tirá-la do sol e... ah, meu Deus, seus pés. Eu deveria mandá-la arrancar os pés antes de entrar em casa. Você vai deixar um rastro de sujeira por toda a parte.

Tudo isso parece meio selvagem e cruel, mas os olhos dele estavam úmidos e ele falava com um carinho rude e magoado, da forma que uma pessoa falaria com um gato velho e amado que se meteu em uma briga e voltou para a casa sem uma orelha.

Ele a conduziu com passos largos, passou por mim, subiu os degraus de tijolinhos e entrou na casa. Eu estava prestes a ir embora, achando que já fora esquecido, quando Larry voltou e enfiou um dedo trêmulo no meu nariz.

— Eu tenho algo para você — disse ele. — Não saia voando, Michael Figlione.

E bateu a porta.

2

DE CERTA FORMA, a escolha de palavras do Larry foi quase engraçada. Realmente não havia perigo de que eu saísse voando. Não abordamos ainda o imenso problema sobre o qual ninguém gostava de falar, e, aos 13 anos, o imenso problema, no caso, era eu. Eu era gordo. Não "forte". Não "parrudo". Certamente não "robusto". Quando eu entrava na cozinha, os copos tremiam na cristaleira. Quando ficava entre os outros moleques da minha turma da oitava série, eu parecia um búfalo passeando entre cães de pradaria.

Nesta era moderna de mídias sociais e suscetibilidade ao bullying, se a pessoa chama outra de gorda, ela provavelmente também vai receber ofensas por gordofobia. Mas em 1988, "twitter" era só um verbo em inglês usado para descrever o que pardais e velhas fofoqueiras faziam. Eu era gordo e solitário; naquela época, se a pessoa fosse gorda, era certo que seria solitária. Eu tinha tempo de sobra para acompanhar velhinhas até suas casas. Eu não estava negligenciando os meus amigos. Apenas não tinha nenhum. Nenhum que fosse da minha idade, de qualquer forma. Às vezes, meu pai me levava de carro para a área da baía de São Francisco para que eu participasse de encontros mensais de um clube chamado RUER S.F. (Reunião de Usuários e Entusiastas de Robótica de São Francisco), mas quase todos os participantes dessas reuniões eram muito mais velhos do que eu. Mais velhos e já estereotipados. Nem preciso descrevê-los, você já é capaz de enxergá-los na mente: a pele ruim, os óculos de lentes grossas, as braguilhas abertas. Quando eu me juntava àquela galera, não estava apenas aprendendo sobre placas de circuito, eu acreditava que estava vendo meu futuro: discussões deprimentes de fim de noite sobre *Jornada nas estrelas* e uma vida de celibato.

Não ajudou em nada, obviamente, o fato de o meu sobrenome ser Figlione, que, quando traduzido para a linguagem do ensino fundamental dos anos 1980, virou Figlutone, Fifiglione ou apenas Fifi, apelidos que grudaram em mim como chiclete em tênis até eu chegar aos 20 anos. Até mesmo meu adorado professor de ciências da quinta série, o sr. Kent, uma vez me chamou acidentalmente de Fifiglione, o que provocou gargalhadas estrondosas. Ele pelo menos teve a decência de ruborizar, parecer enojado e pedir desculpas.

Minha existência poderia ter sido bem pior. Eu era asseado, andava arrumado, e, por nunca ter estudado francês, fui capaz de evitar o quadro de honra: a lista de sabichões pedantes e puxa-sacos dos professores que imploravam para levar um cuecão. Nunca encarei nada pior do que uma humilhação de baixo calão ocasional e, quando era zoado, eu sempre sorria satisfeito, como se estivesse sendo provocado por um amigo querido. Shelly Beukes não conseguia se lembrar do que tinha acontecido ontem. Via de regra, eu nunca queria lembrar.

A porta foi escancarada de novo, e Larry Beukes voltou. Eu me virei e o vi passando a mão enorme e cheia de calos na bochecha úmida. Fiquei com vergonha e desviei o olhar na direção da rua. Eu não tinha experiência com adultos chorando. Meu pai não era um homem especialmente emocional, e duvido que minha mãe fosse dada a lágrimas, embora não pudesse afirmar para valer. Eu só a via durante dois ou três meses a cada ano. Larry Beukes tinha vindo da África, enquanto minha mãe foi para lá a fim de realizar um estudo antropológico e, de certa forma, nunca voltou *de verdade*. Mesmo quando estava em casa, parte dela permanecia a 10 mil quilômetros de distância, fora de alcance. Na época, eu não sentia raiva disso. Para crianças, raiva geralmente requer proximidade. Isso muda.

— Eu dirigi pela vizinhança inteira atrás dela, essa maldita velhinha ingênua. É a terceira vez. Pensei que desta vez, *desta* vez ela seria atropelada! Essa maldita bobinha... obrigado por devolvê-la para mim. Deus te abençoe, Michael Figlione. Deus abençoe o seu coração.

Larry puxou um bolso para fora, e voou dinheiro para todo lado, notas amassadas e troco prateado se espalharam pela entrada da garagem e pela grama. Percebi, com certo tremor, que ele pretendia me dar uma gorjeta.

— Ah, nossa, sr. Beukes. Está tudo bem. O senhor não precisa. Foi um prazer ajudar. Não quero... Eu me sentiria um idiota aceitando...

Ele franziu o cenho e me olhou feio.

— Isso é mais do que uma recompensa. É um depósito. — Ele se abaixou, pegou uma nota de dez dólares e a ofereceu para mim. — Vamos. Pegue. — Quando não peguei, ele enfiou a nota no bolso da minha camisa havaiana. — Michael, se eu tiver que ir a um lugar... posso chamar você para cuidar dela? Fico em casa o dia todo, tudo que faço é cuidar desta maluca, mas, às vezes, tenho que fazer compras ou correr para uma das academias para apagar um incêndio. Tem sempre um incêndio para ser apagado. Todo musculoso que trabalha para mim é capaz de levantar duzentos quilos, mas nenhum deles consegue contar além de dez. É quando terminam os dedos. — Ele deu um tapinha no dinheiro dentro da minha camisa e pegou o sobretudo da esposa que ainda estava pendurado no meu antebraço, como a toalha de um garçom, esquecido. — Então? Estamos de acordo?

— Claro, sr. Beukes. Ela era minha babá. Acho que posso... posso.

— Sim, seja uma babá para *ela*. Ela entrou na segunda infância, Deus a ajude e a mim também. Shelly precisa de alguém que garanta que ela não saia por aí. Procurando por ele.

— O Homem da Polaroid.

— Ela te falou sobre ele?

Fiz que sim.

Ele sacudiu a cabeça e passou a mão pelos cabelos ralos e engomados.

— Eu me preocupo que um dia ela veja alguém passando, decida que é ele e meta uma faca no sujeito. Ai, Deus, o que vou fazer então?

Essa não foi a coisa mais inteligente de dizer para o moleque que se está tentando contratar para cuidar da velha esposa com degeneração mental. Foi impossível não considerar a possibilidade de que ela pudesse decidir que *eu* era o Homem da Polaroid e meter uma faca em *mim*. Mas Larry estava distraído, angustiado e falando sem pensar. Não importava. Eu não tinha medo de Shelly Beukes. Eu achava que ela poderia esquecer tudo sobre mim, e tudo sobre si mesma, e ainda assim isso não mudaria sua essência fundamental, que era carinhosa, eficiente e incapaz de qualquer maldade real.

Larry Beukes me encarou com olhos sofridos e injetados.

— Michael, você vai ser rico um dia. Provavelmente fará uma fortuna inventando o futuro. Você faria isso por mim? Por seu velho amigo, Larry Beukes, que passou os últimos anos desesperado, se preocupando com a velha esposa, com o cérebro de mingau dela? A mulher que deu a ele mais felicidade do que ele jamais mereceu?

Ele estava chorando de novo. Eu quis me esconder. Em vez disso, concordei com a cabeça.

— Claro, sr. Beukes. Claro.

— Invente uma maneira de não ficar velho — disse ele. — É uma peça terrível de se pregar em alguém. Envelhecer não é uma boa forma de parar de ser jovem.

3

ANDEI SEM RUMO, mal percebendo que estava em movimento, quanto mais onde estava indo. Estava esbaforido, confuso e tinha dez dólares amassados dentro do bolso da camisa, um dinheiro que eu não queria. Meu Adidas sujo da coleção Run DMC me levou ao lugar mais próximo onde eu poderia me livrar da grana.

Havia um grande posto de gasolina Mobil do outro lado da rodovia diante da entrada de Golden Orchards: uma dúzia de bombas e uma loja de conveniência deliciosamente refrigerada onde era possível comprar aperitivos de carne seca, salgadinhos de cebola e, se a pessoa fosse maior de idade, revistas de mulher pelada. Naquele verão, eu bebia o frozen que eu mesmo inventei: um copo de gelo de 950 ml com Coca-Cola sabor baunilha e, por cima, um esguicho de uma coisa chamada Arctic Blu. O Arctic Blu tinha a cor de limpador de para-brisa e um pouco de gosto de cereja e de melancia. Eu era louco por aquela bebida, mas se a encontrasse hoje em dia, provavelmente nem provaria. Acho que, para o meu paladar de 40 anos, a bebida teria gosto de tristeza adolescente.

Eu estava determinado a tomar um frozen especial de Coca-Cola com Arctic Blu e só não sabia disso até ver o pégaso vermelho do posto Mobil girando no topo do poste de doze metros. O estacionamento fora recentemente repavimentado com alcatrão novo, preto e espesso como bolo. O calor refratava no piso e fazia o lugar inteiro tremer um pouco, um oásis fruto de alucinação vislumbrado por um homem morrendo de sede. Não notei o Cadillac branco na bomba número dez e não vi o sujeito parado ao lado do carro até ele falar comigo.

— Ei — disse ele, e, quando não reagi, pois estava em um devaneio causado pelo sol, o homem repetiu com menos delicadeza. — Ei, Michelin.

Dessa vez eu ouvi o sujeito. Meu radar estava ligado para detectar qualquer sinal que representasse a ameaça de um valentão e apitou diante de "Michelin" em tom de desprezo bem-humorado do homem.

Ele não tinha muita moral para sacanear a aparência das pessoas. O sujeito estava bem-vestido, mesmo que as roupas parecessem deslocadas: com aquele vestuário, o lugar dele era a porta de uma boate em São Francisco e não na bomba de gasolina de um posto Mobil em um subúrbio de fim de mundo na Califórnia. O homem vestia uma camisa preta sedosa de mangas curtas com botões vermelhos de madrepérola, calça comprida com vincos, botas de caubói bordadas com fios vermelhos e brancos.

Só que ele era extremamente feio, o queixo era quase todo recuado contra o pescoço comprido e as bochechas eram corroídas por cicatrizes antigas de acne. Os antebraços muito bronzeados eram cobertos por tatuagens escuras, que pareciam ser linhas de texto cursivo que desciam serpenteando até os pulsos. Ele usava uma gravata cordão — elas eram populares nos anos 1980 — com uma presilha de plástico transparente. Um escorpião amarelo estava encolhido no interior do plástico.

— Pois não, senhor? — perguntei.

— Vai entrar? Vai comprar um bolinho ou algo assim? — Ele enfiou o bico da bomba no tanque de gasolina da grande banheira branca.

— Sim, senhor — respondi, pensando *chupa meu bolinho, babaca.*

Ele enfiou a mão no bolso da frente e puxou um maço de notas sujas e amareladas. Pegou uma de vinte dólares.

— Vamos fazer o seguinte: você leva essa grana lá dentro, diz para ligarem a bomba dez e... ei, saco de banha, estou falando contigo. Preste atenção.

Minha atenção se desviara por um momento, o olhar foi atraído por um objeto em cima do porta-malas do Cadillac: uma câmera instantânea Polaroid.

Você provavelmente sabe como é uma Polaroid, mesmo que seja muito jovem para sequer ter usado ou visto uma sendo usada. A Polaroid Instant original é tão reconhecível e representa um salto tecnológico tão grande que se tornou um ícone de sua era. Ela *pertence* aos anos 1980, que nem o Pac-Man e o Reagan.

Hoje em dia, todo mundo tem uma câmera no bolso. A ideia de bater uma foto e ser capaz de examiná-la no mesmo instante não é espetacular para ninguém. Mas, no verão de 1988, a Polaroid era um de poucos aparelhos que permitiam que a pessoa batesse uma foto e a revelasse mais ou menos na hora. A câmera cuspia um quadrado branco grosso com um retângulo cinza de película no meio e, após alguns minutos — mais rápido se a pessoa sacudisse o quadrado para a frente e para trás para ativar o agente revelador contido no envelope químico —, uma imagem saía das trevas e se solidificava em uma fotografia. Aquilo era tecnologia de ponta na época.

Quando vi a câmera, eu soube que aquele era o cara — o Homem da Polaroid de quem a sra. Beukes estava se escondendo. O pilantra estiloso no Cadillac branco conversível, com teto e bancos vermelhos. Ele me passou a imagem de ser um filho da puta.

Eu sabia que, seja lá o que a sra. Beukes pensava sobre o sujeito, não tinha fundamento, obviamente, era mais um defeito de um motor que já estava engasgado e morrendo. No entanto, algo que ela me dissera ficou grudado na mente: *Não deixe que ele tire uma foto sua*. Quando juntei as peças — quando me dei conta de que o Homem da Polaroid não era uma fantasia senil, mas um cara de verdade, parado diante de mim —, meus braços e minhas costas ficaram arrepiados.

— Hã... pode falar, moço. Estou ouvindo.

— Aqui — disse ele. — Leve esta nota de vinte lá dentro e mande ligarem a bomba. Meu Cadillac está com sede, mas vamos fazer o seguinte, moleque. Se tiver troco, é todo seu. Compre um livro de dieta para você.

Eu nem sequer ruborizei. Foi uma ofensa maldosa, mas, no meu estado de distração, ela mal arranhou a consciência.

Observando melhor, notei que a câmera *não era* uma Polaroid. Não exatamente. Eu conhecia bem aqueles aparelhos — desmontei uma Polaroid uma vez — e reconheci que aquela era um pouquinho diferente. Para começo de conversa, era preta com a frente vermelha, e portanto combinava com o carro e as roupas. Mas também era... diferente. Mais elegante. Estava pousada no porta-malas, ao alcance do sr. Estilosão, e estava ligeiramente virada de costas para mim, de maneira que não consegui ler a marca. Uma Konica, talvez? O que mais me impressionou, de primeira, foi que a Polaroid tinha uma gaveta que abria na frente para acomodar a película instantânea. Eu não consegui ver como aquele modelo era alimentado. O aparelho parecia ser feito de uma única peça inteiriça.

O homem me viu olhando para a câmera e fez uma coisa curiosa: colocou a mão sobre ela, como uma senhora que agarra a bolsa com mais força ao passar por alguns marginais na rua. Ele ofereceu a nota de vinte dólares encardida com a outra mão.

Eu dei a volta até o para-choque e estiquei a mão para pegar o dinheiro. Meu olhar foi para o texto no antebraço dele. Não reconheci o alfabeto, mas parecia similar ao hebraico.

— Tatuagem bacana — falei. — Que língua é essa?

— Fenício.

— O que está escrito?

— "Não se meta comigo." Ou algo assim.

Guardei o dinheiro no bolso da camisa e comecei a me afastar dele, arrastando os pés e andando para trás. Eu estava com muito medo do sujeito para dar as costas a ele.

Eu não estava vendo para onde ia e perdi o rumo, bati no para-lama traseiro e quase caí. Coloquei a mão sobre o porta-malas para me equilibrar e olhei em volta. Foi assim que vi os álbuns de fotografia.

Havia talvez uma dúzia deles empilhados no banco de trás. Um dos álbuns estava aberto, e eu vi as polaroides acondicionadas em capas de plástico transparente, quatro por página. As fotografias em si não tinham nada de especial. A foto muito iluminada de um velho assoprando velas de um bolo de aniversário. Um corgi desgrenhado pela chuva olhando para a câmera com um olhar trágico e faminto. Um sujeito musculoso em uma regata laranja hilariante, sentado no capô de um Trans Am saído de *A super máquina*.

Essa última atraiu meu olhar. Achei que conhecia vagamente o jovem de regata. Imaginei se o teria visto na TV, se ele era lutador de luta livre e tinha subido no ringue para disputar com Hulk Hogan por alguns *rounds*.

— O senhor tem muitas fotos — falei.

— É o que eu faço. Sou olheiro.

— Olheiro?

— De cinema. Se vejo um lugar interessante, tiro uma foto. Vejo um rosto interessante, tiro uma foto. — Ele ergueu um canto da boca e mostrou um dente torto. — Por quê? Quer aparecer no cinema, moleque? Quer que eu tire uma foto sua? Ei, nunca se sabe. Talvez um agente de elenco goste do seu rosto. E, de repente… *Hollywood*, carinha. — Ele estava passando a mão na câmera de uma maneira que não gostei, com uma espécie de ansiedade nervosa.

Mesmo na época teoricamente mais inocente do fim dos anos 1980, eu não estava inclinado a posar para fotos para um cara que parecia ter comprado as roupas em uma loja especializada em pedófilos. E ainda havia aquilo que Shelly me dissera: *Não deixe que ele tire uma foto sua.* Aquele aviso era uma aranha venenosa com patas peludas descendo pela espinha.

— Acho que não — respondi. — Talvez seja difícil me enquadrar todo em uma foto. — Eu gesticulei com as mãos para a pança que forçava a camisa.

Ele arregalou os olhos por um momento no rosto corroído e depois gargalhou, soltou um relincho que era meio espanto, meio humor de verdade. O homem apontou o dedo para mim, com o polegar para trás como o cão de uma arma.

— Você é gente boa, moleque. Gosto de você. Só não se perca a caminho da caixa registradora.

Eu me afastei dele com as pernas bambas, não apenas porque estava fugindo de um cara sinistro com uma boca feia e um rosto ainda pior. Eu era uma criança racional. Lia Isaac Asimov, idolatrava Carl Sagan e sentia uma certa afinidade espiritual com Matlock, o advogado da TV vivido por Andy Griffith. Sabia que as ideias de Shelly Beukes sobre o Homem da Polaroid (sendo que eu já pensava nele como o Fenício) eram fantasias confusas de uma mente que se fragmentava. Eu não deveria ter dado bola para os alertas de Shelly — mas dei. Seus avisos assumiram, nos últimos momentos, um poder quase oracular e me preocuparam tanto quanto se eu soubesse que ocuparia a poltrona 13 no voo 1.313 em uma sexta-feira 13 (sem contar que treze é um número bem bacana, não apenas por ser primo ou integrante da Sequência de Fibonacci como também um omirp, o que significa que ele continua sendo primo se a pessoa inverter os dígitos e escrever 31).

Entrei na loja de conveniência, tirei o dinheiro do bolso da camisa e deixei cair no balcão.

— Coloque na bomba dez para o cara simpático no Cadillac — falei para a sra. Matsuzaka, que estava atrás da caixa registradora ao lado do filho, Yoshi.

Ninguém jamais o chamava de Yoshi a não ser ela; ele se apresentava como Mat, com um *t*. Mat tinha a cabeça raspada, braços compridos e musculosos, e um ar tranquilão e lacônico de surfista. Ele era cinco anos mais velho do que eu e ia para Berkeley no fim do verão. Ele pretendia acabar com o negócio dos pais inventando um carro que não precisasse de gasolina.

— Ei, Fifi — disse ele, acenando com a cabeça, o que me animou um pouco.

Sim, ele me chamava de Fifi — mas eu não levava para o lado pessoal. Para a maior parte da galera, esse era apenas o meu nome. Isso pode soar violentamente homofóbico agora — e era! — mas, em 1988, a era da AIDS e do Eddie Murphy, chamar alguém de bicha ou boiola era considerado uma ofensa inteligente. Pelos padrões da época, Mat era um modelo de sensibilidade. Ele era um leitor fiel da *Popular Mechanics*, da capa à contracapa e, às vezes, quando eu entrava na loja de conveniência do posto Mobil, ele me dava um dos números antigos porque tinha visto algo que achou que eu curtiria: um protótipo de mochila a jato ou um submarino pessoal para apenas um tripulante. Não quero passar uma imagem errada sobre Mat. Nós não éramos amigos. Ele tinha 17 anos e muito estilo. Eu tinha 13 anos e *zero* estilo. Uma amizade entre nós era tão provável quanto eu conseguir um encontro com Tawny Kitaen. Mas creio que ele sentia um certo carinho piedoso e uma vontade incompreensível de cuidar de mim, talvez porque, no fundo, ambos éramos vidrados em eletrônica. Naquela época, eu era muito grato por qualquer gentileza da parte dos outros moleques.

Fui pegar meu copão de frozen especial de Coca-Cola com Arctic Blu. Eu precisava daquilo mais do que nunca. Meu estômago estava inquieto e agitado, e eu queria algo com um pouco de gás para acalmá-lo.

Mal havia terminado de acrescentar o último espirro cor de neon de Arctic Blu quando o Fenício empurrou a porta com o antebraço, dando um tranco violento como se tivesse algo pessoal contra ela. A porta aberta bloqueou sua visão da máquina de refrigerante e foi o único motivo de o Fenício não ter me visto quando lançou um olhar furioso no ambiente. Ele não diminuiu o passo e foi na direção da sra. Matsuzaka.

— O que um homem tem que fazer para conseguir encher a porra do tanque nessa espelunca? Por que você fechou a bomba?

A sra. Matsuzaka não tinha nem 1,5 metro de altura e possuía uma compleição delicada. Ela dominava bem a expressão confusa e abismada, tão comum aos imigrantes de primeira geração que entendiam muito bem o idioma, mas, às vezes, achavam mais fácil fingir perplexidade. Ela deu de ombros em um gesto fraco e deixou Mat argumentar por ela.

— Você paga dez dólares, *brou*, e dez dólares de gasolina é o que você leva — disse Mat, sentado em um banco atrás do balcão, embaixo da prateleira de cigarros.

— Algum de vocês dois sabe contar em inglês? — perguntou o Fenício. — Eu mandei o moleque entrar com a porra de uma nota de vinte.

Foi como se eu tivesse bebido todo o frozen especial de Coca-Cola com Arctic Blu de uma vez só. O sangue sofreu um choque gelado. Bati a mão no bolso da camisa com uma pontada de horror. Imediatamente eu soube o que havia feito. Tinha enfiado a mão no bolso, sentido dinheiro ali e jogado no balcão sem nem olhar. Mas entreguei a nota de dez que o Larry Beukes me forçara a aceitar mais cedo, não a de vinte que o Fenício me dera no estacionamento.

A única coisa que pensei em fazer foi me humilhar, o mais depressa e completamente possível. Eu estava pronto para chorar, e o Fenício nem tinha gritado comigo ainda. Cambaleei até a entrada da loja e bati com a cintura em um mostruário de batatas fritas. Sacos de Lay's, se espalharam por toda parte. Eu tirei a nota de vinte dólares do bolso da camisa.

— Ai, cara, ai, cara, foi mal, ai, cara. Ai, eu fiz merda. Desculpe, mil desculpas. Nem olhei para o dinheiro quando joguei no balcão, moço, e devo ter colocado meus dez em vez dos seus vinte. Eu juro, *juro*, que não...

— Quando eu falei que você podia ficar com o troco para comprar umas pílulas para perder peso, não quis dizer que você podia me roubar dez pratas. — Ele ergueu a mão como se quisesse me dar um tapa na cabeça.

Ele tinha entrado com a câmera — que estava na outra mão — e, mesmo abalado como eu estava, achei estranho que ele não tivesse simplesmente deixado a Polaroid no carro.

— Não, é sério, eu nunca teria feito isso, juro por Deus...

Eu falava sem parar, os olhos ardiam perigosamente e ameaçavam verter lágrimas. Na pressa, coloquei o enorme frozen de 950 ml na beirada do balcão, e no momento em que soltei o copo, a situação ficou bem, *bem* pior. O copo virou, caiu, acertou o chão e explodiu em jorro vibrante de gelo azul. Reluzentes fragmentos azuis respingaram na calça preta perfeitamente passada a ferro do Fenício, molharam o gancho e jogaram gotas de cor safira na câmera.

— Que porra! — berrou ele, dançando para trás na ponta dos pés das botas de caubói. — Porra, você é *retardado*, seu monte de merda?

— Ei! — gritou a mãe de Mat, apontando para o Fenício. — Ei, ei, ei, sem briga na loja, eu chamo a polícia!

O Fenício baixou os olhos para as roupas molhadas de Arctic Blu e olhou de novo para mim. O rosto se enfureceu. Ele pousou no balcão a câmera-que-não-era-uma-Polaroid e deu um passo na minha direção. Eu não sabia o que o sujeito pretendia fazer, mas ele estava abalado, e o pé esquerdo escorregou na poça de frozen de Arctic Blu com Coca. Aquelas botas tinham saltos cubanos e eram bonitas, mas devia ser tão complicado de andar quanto um salto agulha. Ele ficou bem perto de cair de joelho.

— Eu vou limpar! — berrei. — Ai, cara, me desculpa, eu limpo tudo, e, ai, Deus, acredite, nunca tentei roubar ninguém, sou honesto *mesmo*, se eu peido, eu falo na hora, mesmo quando estou no ônibus escolar, juro por Deus, juro…

— É, *brou*, relaxa — disse Mat ao se levantar do banco. Ele era alto e musculoso, e com os olhos escuros e a cabeça raspada, não precisava fazer uma ameaça para ser ameaçador. — Pega leve. O Fifi é gente boa. Eu garanto que ele não estava tentando te passar para trás.

— Pode ficar de fora disso, porra — falou o Fenício para ele. — Ou tente prestar atenção antes de tomar partido. O moleque me rouba dez pratas, joga bebida em mim, e depois eu quase caio de bunda nessa poça de merda…

— Não calce botas se não consegue andar nelas, cara — disse Mat, sem olhar para ele. — Você pode se machucar um dia desses.

Mat me passou um grande rolo de papel toalha por cima do balcão, e quando peguei, ele me deu uma piscadela tão rápida e sutil que quase não percebi. Eu me senti quase trêmulo de gratidão, tão aliviado que estava por ter Mat do meu lado.

Arranquei um punhado de toalhas e imediatamente fiquei de joelhos na poça de frozen para começar a secar a calça do Fenício. Você está certo se pensou que eu estava pronto para pagar um boquete como pedido de desculpas.

— Ai, cara, eu sempre fui atrapalhado, sempre, nem consigo andar de patins…

Ele se afastou dançando (quase escorregou de novo), depois se debruçou e arrancou a massa encharcada de toalhas de papel da minha mão.

— Ei! Ei, não encosta! Você se ajoelhou como se tivesse *muita* prática. Mantenha as mãos longe do meu pau, obrigado. Deixe comigo.

O Fenício me olhou com uma expressão que dizia que eu cruzei o limite entre uma pessoa que precisava de uma surra para alguém que ele não queria nem perto. O homem secou a calça e a camisa, sussurrando amargamente para si mesmo.

Eu ainda estava com o rolo de papel toalha, entretanto, e andei pela poça e peguei a câmera dele para limpá-la.

Na hora, eu estava tão nervoso e abalado que me mexia em espasmos, e, quando peguei a câmera, minha mão apertou o grande botão vermelho de tirar foto. A lente estava apontada por cima do balcão, na direção do rosto de Mat, quando a Polaroid disparou com um clarão de luz branca e um chiado mecânico agudo.

A foto não apenas saiu. A câmera *arremessou* a foto da fenda, disparou o quadrado de plástico por cima do balcão até o outro lado. Mat jogou a cabeça para trás, piscando rapidamente, talvez cego pelo flash.

Eu mesmo fiquei um pouco cego. Estranhos vaga-lumes marrom-avermelhados rastejaram diante dos meus olhos. Balancei a cabeça e olhei para a câmera na minha mão direita. A marca era "Solarid", uma empresa da qual nunca tinha ouvido falar e, até onde eu sabia, jamais existira, seja neste país ou em qualquer outro.

— Larga isso — disse o Fenício, em um novo tom de voz.

Pensei tê-lo ouvido em seu tom mais assustador quando ele gritou comigo, mas esse era diferente e muito pior. Era o som do tambor girando em um revólver e o clique do cão sendo engatilhado para trás.

— Eu só estava tentando... — balbuciei com a língua grossa dentro da boca.

— Você estava tentando se machucar. E está prestes a conseguir.

Ele estendeu a mão, e coloquei a Solarid nela. Se eu tivesse deixado a câmera cair — se ela tivesse escorregado da minha mão suada e trêmula —, acredito que aquele cara teria me matado. Colocado as mãos no meu pescoço e apertado. Acreditei nisso naquele momento e acredito agora. Os olhos cinzentos me encararam com uma fúria gelada e azeda, e o rosto pustulento era tão inexpressivo quanto uma máscara de borracha.

O Fenício arrancou a câmera da minha mão, e o momento passou. Ele virou o olhar para o jovem e a idosa atrás do balcão.

— A foto, me dá a foto — disse o homem.

Mat ainda parecia atordoado por causa do flash da câmera. Ele olhou para mim. Olhou para a mãe. Ele pareceu ter perdido o fio da conversa inteira.

O Fenício o ignorou e voltou a atenção para a sra. Matsuzaka. Ele estendeu a mão.

— Essa foto é minha, e eu quero ela. Minha câmera, meu filme, minha foto.

O olhar dela varreu o chão ao redor, e depois a sra. Matsuzaka ergueu os olhos e deu de ombros mais uma vez.

— A foto saiu e caiu do seu lado do balcão — falou o Fenício, alto e devagar, da forma que as pessoas fazem quando estão terrivelmente irritadas com um estrangeiro. Como se a tradução pudesse ser ajudada pelo volume. — Todo mundo viu. *Procure* a foto. Procure em volta dos pés.

Mat esfregou as palmas das mãos nos olhos, abaixou-as e bocejou.

— Porra? — disse ele, como se tivesse acabado de afastar os lençóis e saído do quarto no meio de uma discussão.

A mãe falou alguma coisa em japonês para ele, em uma voz rápida e aflita. Ele a encarou em um estado meio entorpecido, depois ergueu o queixo e olhou para o Fenício.

— Qual é o problema, *brou*?

— A foto. A foto que o moleque gordo tirou de você. Eu quero ela.

— Por que tanto drama? Se eu encontrar, quer que autografe para você?

Para o Fenício, o momento de falar tinha acabado. Ele foi até a porta que batia na cintura e que o deixaria passar para trás do balcão e da caixa registradora. A mãe do Mat voltara a varrer o chão com os olhos de um jeito desconsolado, mas agora a cabeça se ergueu, e ela colocou a mão no interior da porta de vaivém antes que o homem passasse. A expressão da sra. Matsuzaka era *extremamente* desaprovadora.

— Não! O freguês fica do outro lado! Não, não!

— Eu quero a porra da foto — falou o Fenício.

— Ei, *brou*! — Se Mat estivera em um torpor, ele saiu naquele momento. Colocou-se entre a mãe e o Fenício, e de repente pareceu bem grande. — Você ouviu o que ela disse. Para trás. Normas da empresa: ninguém que não trabalhe aqui vem para este lado do balcão. Não gostou? Compre um cartão-postal e envie a reclamação para a Mobil. Eles estão doidos para ouvir sua opinião.

— Dá para andar com isso? Estou com um bebê no carro — falou a mulher que estava atrás de mim cheia de latas de ração para gato nos braços.

O que foi? Você achou que éramos apenas nós quatro na lojinha do posto Mobil o tempo todo? Enquanto eu jogava meu frozen especial de Arctic Blu no Fenício e ele xingava, ficava puto e ameaçava, as pessoas estavam entrando, pegando petiscos e sanduíches italianos embalados em plástico e iam formando uma fila atrás de mim. A essa altura, ela já se estendia até metade da loja.

Mat foi para trás do caixa.

— Próximo cliente.

A mãe cheia de latas nos braços deu a volta cuidadosamente na poça em tom azul reluzente de ficção científica, e Mat começou a registrar as compras.

O Fenício olhou espantado. A dispensa curta e grossa de Mat foi um insulto tão grave quanto eu ter jogado o frozen de Arctic Blu na sua calça.

— Sabe o que mais? *Foda-se.* Foda-se essa loja e foda-se esse gordo e foda-se você, japa. Já tenho gasolina suficiente para sair desta merda, e isso basta. Não quero gastar um centavo a mais do que o estritamente necessário nesse pardieiro.

— Deu US$ 1,89 — disse Mat para a mulher com a ração para gato. — Sem cobrança adicional pelo entretenimento.

O Fenício chegou até a porta mas parou, meio dentro, meio fora, para me encarar.

— Não vou te esquecer, moleque. Olhe para os dois lados antes de atravessar a rua, entendeu?

Eu estava engasgado demais com o medo para dar qualquer resposta. Ele bateu a porta ao sair. Um momento depois, o Cadillac saiu disparado das bombas e entrou na rodovia de mão dupla cantando pneu.

Eu usei o resto das folhas de papel para limpar a poça do chão. Foi um alívio me ajoelhar, abaixo do nível dos olhares, onde eu podia chorar de forma meio privada. Eu tinha *13* anos, cara. Os clientes davam a volta por mim, pagavam a conta e saíam, tendo a consideração de fingir que não me ouviam fungando e arfando.

Quando terminei de limpar a sujeira (o chão estava grudento mas seco), levei a massa de retalhos de papel ensopados para o balcão. A sra. Matsuzaka estava ao lado do filho, com o olhar distante e a boca torcida em uma carranca — mas quando me viu com a massa de toalhas de papel molhadas, ela saiu de seus devaneios e pegou a grande cesta de lixo industrial atrás do balcão. Empurrou-a na minha direção, e foi então que eu vi: a foto estava caída no chão, virada para baixo no canto. Ela tinha se enfiado embaixo da cesta e desaparecera de vista.

A sra. Matsuzaka também viu a foto e voltou para pegá-la, enquanto eu jogava as toalhas ensopadas no lixo. Ela encarou a fotografia com uma expressão de incompreensão. Olhou para mim — e depois mostrou a foto para que eu pudesse vê-la.

Deveria ter sido um close de Mat. A lente esteve virada bem para a cara dele.

Em vez disso, era uma fotografia *minha.*

Só que não era uma foto minha tirada minutos atrás. Tinha sido tirada havia algumas semanas. Na foto, eu estava sentado em uma cadeira de plástico ao lado da máquina de refrigerante, lendo a *Popular Mechanics* e bebendo refrigerante em um copo plástico gigante, de canudinho. Na polaroide (solaride?), eu vestia uma camiseta branca de Huey Lewis e uma bermuda jeans que batia no joelho. Hoje eu estava de calça cáqui e uma camisa havaiana com bolsos. O fotógrafo teria que ter estado atrás do balcão.

Não fazia sentido algum, e eu olhei para a foto completamente perplexo, tentando descobrir de onde ela tinha vindo. Não podia ser a foto que eu tinha acabado de tirar acidentalmente, mas eu também não via como poderia ser uma retrato de algumas semanas atrás. Eu não me lembrava de Mat ou de sua mãe tirando uma foto minha enquanto eu lia uma de suas revistas. Não conseguia imaginar *por que* eles teriam feito tal coisa, e eu jamais vira qualquer um dos dois com uma Polaroid.

Engoli em seco e disse:

— Posso ficar com a foto?

A sra. Matsuzaka deu uma última olhada perplexa para a foto, depois franziu os lábios e colocou-a sobre o balcão. Ela deslizou a foto na minha direção, e quando recolheu a mão, esfregou as pontas dos dedos umas nas outras, como se a fotografia tivesse deixado uma cobertura desagradável na pele.

Eu examinei a foto por mais um momento, com um pressentimento ruim e um aperto dentro do peito, uma sensação sufocante de ansiedade que não era totalmente fruto da fúria e das ameaças do Fenício. Enfiei a fotografia dentro do bolso da camisa e fui até o caixa. Coloquei a nota de vinte dólares no balcão e pensei, com um arrepio: *Este dinheiro é* dele, *e o que ele vai fazer quando perceber que você nunca devolveu? Melhor olhar para os dois lados quando atravessar a rua. Melhor olhar para os dois lados, Fifi.* Viu, até eu mesmo me insultava.

— Foi mal pela sujeira — falei. — Aqui está pelo refrigerante de 950 ml.

— Deixa pra lá, *brou*. Não vou te cobrar por isso. Foi apenas um pouco de água adoçada que derramou.

— Ok. Bem, eu te devo uma por não deixar ele me enfiar a porrada. Você salvou minha vida ali, Mat. Sinceramente.

— Claro, claro — falou ele, embora estivesse franzindo os olhos e me dando um sorriso confuso, como se não tivesse certo do que eu estava falando. Ele me observou por mais um instante, depois balançou um pouco a cabeça. — Ei, posso perguntar uma coisa?

— Claro, o quê, Mat?

— Você fala como se a gente se conhecesse. Nós já nos vimos antes?

4

FUI EMBORA DE LÁ COM os nervos em frangalhos e um zumbido aflito na cabeça. Na hora em que saí, estava certo de que Mat não tinha a mínima noção de quem eu era e nenhuma lembrança de algum dia ter me visto antes, sem considerar que eu entrava naquele posto Mobil todo dia e lia seus exemplares usados da *Popular Mechanics* havia mais de um ano. Ele simplesmente não me reconhecia mais — uma ideia que me abalava bastante.

Disse a mim mesmo que não entendia, que aquilo era loucura, que não fazia sentido, mas não era inteiramente verdade. Uma ideia a respeito do esquecimento súbito de Mat já fustigava o limite da minha consciência. Eu tinha essa percepção da mesma forma que uma pessoa teria percepção de um rato correndo por dentro das paredes. É possível ouvir o arranhar furtivo das garras, a batida do torso contra o gesso. A pessoa sabe que o rato está lá, apenas não bateu os olhos nele. Minha ideia sobre Mat e a Solarid era tão terrível no estilo de um filme de horror — tão Steven Spielberg — que eu não era capaz de encará-la. Ainda não.

Voltei para casa em um estado persistente de pânico de baixa intensidade. Levei dez minutos para cruzar a distância entre o posto Mobil e a minha casa na rua Plum. Na minha mente, morri sete vezes no caminho.

Duas vezes, ouvi os pneus do Fenício cantando no asfalto e me virei para ver a reluzente grade cromada no meio segundo antes de o Cadillac me atropelar.

Uma vez, o Fenício parou o carro atrás de mim, saiu com uma chave de roda, me perseguiu dentro do bosque e me surrou até a morte no mato.

Ele me atropelou quando tentei fugir pelo jardim da família Thatcher e me afogou na piscina inflável roxa deles. A última coisa que vi foi um boneco do Comandos em Ação sem a cabeça no fundo.

O Fenício passou dirigindo devagar por mim, colocou o braço esquerdo para fora da janela com uma arma e meteu duas balas em mim, uma no pescoço, outra na bochecha.

Passou dirigindo devagar por mim e arrancou minha cabeça com um facão enferrujado. *Whack*.

Passou dirigindo devagar por mim e disse: *Ei, moleque, como vai?*, e meu coração fraco parou no peito gordo e eu caí morto de ataque cardíaco aos 13 anos, tão jovem, tão promissor.

A foto estava no bolso da minha camisa. Eu a sentia ali como se fosse um quadrado de material quente e radioativo, uma coisa que pudesse me dar câncer. Eu não estaria mais inquieto se fosse pornografia infantil. Eu me sentia um criminoso por possuí-la. Ela parecia uma *prova*... embora de que crime, eu não fosse capaz de dizer.

Cruzei o jardim e entrei em casa. Ouvi um zumbido mecânico e segui o som até a cozinha. Meu pai estava acordado e usando a batedeira elétrica em uma tigela de chantilly laranja. Algo estava assando no forno, e havia no ar o cheiro forte de molho de carne, um odor quase idêntico ao de uma lata recém-aberta de ração para cachorro.

— Sinto o cheiro do jantar. O que temos no forno?

— A Batalha de Stalingrado.

— O que é essa coisa laranja que o senhor está batendo?

— Cobertura para o Suspense no Panamá.

Abri a geladeira procurando por Ki-Suco e encontrei o Suspense no Panamá, uma escultura no formato de montanha de gelatina, com cerejas suspensas dentro da massa sacolejante. Meu pai só sabia fazer algumas coisas: gelatina, pratos de massa com carne moída, frango com molhos feitos a partir de sopas enlatadas Campbell's. Seu verdadeiro dom na cozinha era dar nome às refeições. Era a Batalha de Stalingrado uma noite, o Massacre da Serra Elétrica na outra (que era uma mistura estranha de feijão branco com carne em molho de tomate), o Charuto do Fidel para almoço (uma tortilha marrom cheia de carne de porco moída e pedaços de abacaxi) e Pizza do Fazendeiro no café da manhã (um omelete de ovos aberto com cobertura de queijo e sobras aleatórias picadas). Meu pai não era gordo que nem eu, mas, graças à nossa dieta, ele estava longe de ser magro. Se um passasse pelo outro no corredor, os dois tinham que virar de lado.

Eu me servi de Ki-Suco e bebi o copo inteiro em quatro goles. Não foi suficiente. Me servi de outro copo.

— Está quase pronto — disse ele.

Concordei com um ok. A Batalha de Stalingrado era um prato de purê de batatas com *carpaccio* e molho industrializado de carne e *champignon*. Comer aquilo era mais ou menos como consumir um balde de cimento. Eu estava esbaforido após voltar do posto Mobil, e o cheiro de comida de cachorro do jantar estava me fazendo passar mal.

— Não está a fim? — perguntou o meu pai.

— Não, eu quero comer.

— Desculpe não ser a torta de maçã da mamãe. Mas, tenho que dizer, mesmo que ela estivesse aqui, não creio que saiba fazer tortas.

— Por acaso pareço alguém que precisa de torta?

Ele me olhou de lado e disse:

— Você parece alguém que talvez precise de um sal de frutas. Está se sentindo bem?

— Só vou ficar um pouco no escuro e relaxar — respondi. — Eu não me sinto tão esbaforido assim desde que lutei contra os vietcongues do lado de fora de Khe Sanh.

— Não vamos falar sobre isso. Se eu começar a pensar nos rapazes que deixamos para trás, vou chorar no chantilly.

Eu saí assobiando "Goodnight Saigon". Meu pai e eu tínhamos uma brincadeira constante sobre a época em que lutamos juntos contra os norte--vietnamitas, as armas que contrabandeamos para os Contras, a queda de helicóptero da qual mal conseguimos escapar em uma missão para salvar reféns no Irã. A verdade era que nenhum dos dois jamais tinha saído da Califórnia, a não ser para uma viagem ao Havaí, quando ainda éramos uma família feliz no sentido tradicional. Minha mãe era a pessoa que vivia aventuras em locais distantes.

Meus pais ainda eram tecnicamente casados, mas minha mãe vivia em tribos do sudoeste da costa africana e só vinha para casa um mês aqui, outro ali. Quando estava nos Estados Unidos, ela me deixava inquieto. Nós não conversávamos — falar com a minha mãe era mais como passar por uma série de provas orais sobre assuntos que iam do feminismo ao socialismo, passando pelo que eu pensava da minha própria identidade sexual. Ela, às vezes, me pedia para sentar ao seu lado no sofá para que pudesse ler para mim um artigo sobre mutilação genital na *National Geographic*. Minha mãe afirmava que o hábito feminino de depilar as axilas era uma forma de controle patriarcal, como se esperasse que eu fosse contra os pelos grisalhos e desgrenhados embaixo dos braços dela. Uma vez, perguntei ao meu pai por que eles não moravam juntos, e ele respondeu que era porque minha mãe era brilhante.

Ela era, eu também achava. Li seus livros, e eles não eram o que se chamaria de uma leitura irresistível. Mas eu admirava como a minha mãe conseguia recolher uma série de pequenas observações e de repente espalhá-las diante do leitor — abri-las como um leque — para revelar uma única grande constatação. Minha mãe era totalmente envolvida pelas curiosidades, que a mantinham paralisada. Não acho que havia espaço na cabeça dela para pensar sobre o marido e o filho.

Eu me estiquei no sofá, embaixo da janela panorâmica, na escuridão da sala de estar. Fiquei passando o polegar pela borda da foto dentro do bolso da minha camisa por talvez meio minuto, até perceber o que estava fazendo. Parte de mim não queria olhá-la agora ou nunca na vida, o que era uma sensação estranha. Afinal de contas, era apenas uma foto minha sentado ao lado da máquina de refrigerante, lendo uma revista. Não havia nada de errado com ela, desde que a pessoa não soubesse que a foto tinha sido tirada hoje, mas mostrava algo que acontecera há dias, ou talvez há semanas.

Parte de mim não queria olhar para ela — e parte de mim não conseguiu se controlar.

Tirei a foto do bolso e virei para examiná-la na estranha luz de tempestade. Se fantasmas tivessem cor, eles seriam da cor de uma tempestade de agosto se preparando para cair. O céu estava do mesmo tom de cinza sujo de uma polaroide começando a se revelar.

Na foto, eu estava curvado, lendo um exemplar amassado da *Popular Mechanics*, parecendo gordo e repugnante. A luz fluorescente acima me dava o tom azulado dos mortos-vivos de um filme de George Romero.

Não deixe que ele tire uma foto sua, Shelly Beukes me dissera. *Não deixe que ele comece a levar as coisas embora.*

Só que ele *não* tinha tirado uma foto minha. Eu estava nela, mas o Fenício não apontou a câmera para mim e apertou o botão. Na verdade, ele não tinha tirado foto alguma. *Eu* tirei a foto — e estava apontando a Solarid para Mat.

Soltei a foto com uma espécie de repulsa, como se tivesse percebido de repente que segurava um verme se contorcendo.

Por um instante, eu me esparramei no frio escuro, tentando não pensar, porque tudo na minha mente era podre e estranho. Já tentou não pensar? É como tentar não respirar — ninguém consegue por muito tempo.

A maturidade não é uma coisa que acontece de uma hora para a outra. Não é uma fronteira entre dois países onde a pessoa cruza uma linha invisível e chega ao novo solo da vida adulta, falando a língua estrangeira de gente grande. Está mais para uma transmissão distante, e a pessoa está indo na direção dela, e, às vezes, mal dá para superar o chiado da estática, enquanto em outros momentos a recepção momentaneamente fica boa e é possível captar o sinal com perfeição.

Acho que eu estava ouvindo à rádio Vida Adulta naquele momento, deitado perfeitamente imóvel na esperança de que pudesse captar notícias úteis e instruções de emergência. Não sei dizer se algo me acometeu — mas, naquele momento de quietude forçada, meu olhar por acaso caiu sobre a pequena coleção de álbuns de fotos de família que meu pai arrumara na prateleira de cima da estante no canto. Ele gostava de manter as coisas em ordem. Meu pai usava um cinto de ferramentas para trabalhar, e tudo sempre estava no lugar certo — os alicates em uma bainha, o desencapador de fio enfiado em um anel feito especialmente para ele.

Peguei um álbum qualquer, me atirei de volta no sofá e comecei a folhear as páginas. As fotos mais antigas eram retângulos brilhantes — segurem-se nas cadeiras, crianças, eu não estou inventando isso — em preto e branco. As primeiras mostravam meus pais juntos na época antes do casamento. Ambos eram velhos e caretas demais para ser hippies, e não sei se seria honesto descrevê-los como um casal bonito. As únicas concessões do meu pai à moda da época eram as costeletas espessas e os óculos escuros coloridos. Minha mãe, a grande antropóloga africana, usava shorts cáqui acima do umbigo e botas de trilha, até mesmo em reuniões familiares. Ela sorria como se aquilo lhe causasse sofrimento. Não havia uma foto deles se abraçando, se beijando ou mesmo olhando um para o outro.

Pelo menos havia algumas fotos dos meus pais se alternando para *me* segurar. Lá estava minha mãe no chão, chaves de borracha enormes nas mãos acima de um bebê rechonchudo deitado de costas, que tentava alcançá-las com os dedos gordos. Lá estava uma foto do meu pai mergulhado até a cintura na piscina de alguém, segurando um bebê nu nos braços. Eu já era uma bola.

Minha companhia mais frequente, porém, não era meu pai ou minha mãe, mas... Shelly Beukes. Foi meio que um choque, na verdade. Quando ela se aposentara, cinco anos antes, não senti nada de especial, fui tão indiferente como se meu pai tivesse dito que íamos trocar uma mesinha lateral. Você está chocado em saber que um menino privilegiado de 8 anos, morador de bairro rico, não se importava com a criadagem? Meu pai não me contou sobre a cirurgia cardíaca de peito aberto que ela fez. Ele apenas me disse que Shelly Beukes era um pouco velha, e que gente velha precisava de mais descanso. Ela morava na vizinhança, e eu poderia visitá-la a qualquer momento.

E eu cheguei a visitá-la? Ah, passei lá em alguns momentos, para tomar chá e comer cookies com recheio cremoso, e nós nos sentamos diante de *Assassinato por escrito*, e Shelly Beukes me perguntou como eu estava indo. Tenho certeza de que fui educado e comi os cookies rapidamente para poder ir embora. Quando se é criança, passar uma tarde em uma sala de estar quente com uma velha diante da programação diurna da TV é como ganhar um bilhete de ida para a prisão de Guantánamo. O amor nunca entra na equação. O que quer que eu devesse a Shelly Beukes, ou o que quer que eu significasse para ela, isso jamais passou pela minha cabeça.

Mas lá estava ela, em uma foto atrás da outra.

Nós dois agarrando as barras de uma cela de prisão em Alcatraz, ambos fazendo caretas de horror.

Eu sentado nos ombros de Shelly Beukes para arrancar um pêssego dos galhos de um pessegueiro — com a minha mão livre amassando a borda do chapéu de palha dela no seu rosto.

Eu assoprando velas com Shelly Beukes atrás de mim, de mãos erguidas, pronta para bater palmas. E sim... a essa altura, todas as fotos eram polaroides. Claro que que tínhamos uma Polaroid. Todo mundo tinha uma. Assim como todo mundo tinha um videocassete, um forno de micro-ondas e uma camiseta de cor vibrante.

A mulher nas fotos era velha, mas tinha olhos vivos, quase de menina, e um sorriso maroto que combinava com eles. Em uma polaroide, o cabelo de Shelly Beukes era vermelho como um letreiro em neon de bar. Em outra, o cabelo tinha um tom cômico de cenoura e as unhas estavam pintadas na mesma cor para combinar. Nos instantâneos, ela estava sempre me agarrando, mexendo no meu cabelo, me segurando no colo enquanto eu comia um dos seus cookies com recheio cremoso — um garotinho gorducho com cueca do Homem-Aranha e manchas de suco de uva no queixo.

Depois de folhear cerca de dois terços do álbum, encontrei uma foto de um churrasco de quintal há muito esquecido. Dessa vez, o cabelo de Shelly estava da cor do Arctic Blu. Ela estava com Larry, o africâner vestindo uma calça cor de areia justa demais e uma camisa branca de botão com as mangas arregaçadas para mostrar seus antebraços de Popeye. Cada um deles segurava uma das minhas mãos — eu era um borrão balançando entre os dois no crepúsculo. Shelly foi registrada no momento em que tossia. Havia adultos perplexos parados em volta, observando enquanto seguravam copos plásticos com vinho branco.

A ideia de que aqueles dias foram roubados de Shelly era uma maldade. Era um gole de leite azedo. Era indecente.

Não havia justificativa para a sua perda de memória e consciência, não havia defesa que o universo pudesse oferecer pela corrupção de sua mente. Shelly Beukes me amou, mesmo eu sendo idiota demais para notar ou valorizar isso. Qualquer um que olhasse para essas fotos notaria que ela me amava, que eu a divertia, a despeito das bochechas gordas, olhar inexpressivo e costume de comer de uma forma que sujava minhas camisetas feias. A despeito de eu aceitar sem pensar a atenção e o carinho de Shelly como se fosse um direito meu. E agora tudo aquilo estava se desmanchando, todas as festas de aniversário, todos os churrascos, todos os pêssegos colhidos no pé. Shelly Beukes estava sendo apagada aos poucos por um câncer que se alimentava não de sua carne, mas de sua vida interior, de seu estoque particular de felicidade. A ideia me deu vontade de jogar o álbum de fotos na parede. A ideia me deu vontade de chorar.

Em vez disso, sequei os olhos e virei a página — e fiz um som de surpresa pelo que encontrei ali.

Quando olhei o banco de trás do carro do Fenício, vi a foto de um fisiculturista, um jovem muito bronzeado de regata laranja, empoleirado no capô de um Trans Am. Parte de mim o reconheceu — sabia que tinha visto o sujeito antes —, embora eu não conseguisse identificá-lo ou adivinhar onde nossos caminhos haviam se cruzado. E ali estava ele de novo, no meu próprio álbum de fotos.

Ele erguia duas cadeiras de espaldar alto sobre a cabeça, uma em cada mão, segurando-as pelos pés de madeira. Eu estava sentado em uma delas, gritando e parecendo sentir um horror prazeroso. Eu vestia uma sunga molhada, e gotas de água reluziam nos peitinhos de menino gordo. Shelly Beukes estava sentada na outra cadeira, agarrada ao assento com as duas mãos, rindo com a cabeça ligeiramente jogada para trás. Na foto, o grandalhão não estava usando regata, mas, sim, um uniforme da Marinha. Ele sorria com os dentes arreganhados por baixo do bigode de Tom Selleck. E — *veja só* — até o Trans Am estava lá. Dava para ver a traseira do carro, estacionado na entrada da garagem, atrás da casa de Shelly.

— Quem é *você*, caramba? — sussurrei.

Eu estava falando comigo mesmo e não esperava uma resposta, mas meu pai falou:

— Quem?

Ele estava parado na entrada da cozinha, usando uma luva de forno. Eu não sabia há quanto tempo meu pai estava ali, me observando.

— O cara musculoso — respondi, apontando para uma foto que ele não conseguia ver do outro lado da sala.

Ele veio até mim e virou o pescoço para ver.

— Ah, *esse* babaca. O filho de Shelly. Simbad? Aquiles? Alguma coisa assim. Isso foi um dia antes de ele ser enviado para o mar Vermelho. Shelly fez um churrasco de despedida na casa dela. Preparou um bolo que parecia um encouraçado e era quase tão grande quanto um. A gente trouxe as sobras para casa, e eu e você comemos encouraçado no café da manhã a semana inteira.

Eu me lembrava daquele bolo: um porta-aviões tridimensional (não era um encouraçado), que provocava ondas de cobertura branco-azulada. Também me lembrava, vagamente, que Shelly me dissera que aquela era uma festa de formatura — para mim! Eu tinha acabado de terminar a terceira série. Que coisa típica de Shelly Beukes: dizer para um menino solitário que a festa era para ele, quando não tinha nada a ver com ele.

— Ele não parece tão ruim — falei.

Meu pai chamá-lo de babaca me incomodou. Parecia uma crítica gratuita à própria Shelly, e eu não estava no clima.

— Ah, você *adorava* esse cara. Ele era filho do Larry em todos os aspectos. Competia em concursos de fisiculturismo, gostava de exibir seus truques de fortão. Levantava a traseira do carro com o pau ou algo assim. Você costumava achar que ele era o Incrível Hulk. Eu me lembro dessa proeza. Levantar os dois ao mesmo tempo e caminhar com vocês enquanto se equilibravam naquelas cadeiras. Fiquei com medo que ele deixasse Shelly cair de cabeça e eu tivesse que arrumar uma nova babá. Ou que ele deixasse você cair e eu tivesse que encontrar um novo moleque para comer meu Suspense no Panamá. Aliás, a comida está pronta. Vamos cair dentro.

Nós nos sentamos diagonalmente opostos um ao outro na mesa de jantar com a Batalha de Stalingrado nos pratos. Não estava com fome e fiquei surpreso quando me vi usando um pãozinho para limpar o resto do molho de carne. Eu dava voltas com o pãozinho, espalhando o molho enquanto pensava em todos aqueles álbuns de foto no banco de trás do carro do Fenício. E também pensava na foto no bolso da minha camisa, que mostrava algo que não era possível mostrar. Uma ideia se formava, parecida com uma polaroide, lenta e inevitavelmente se tornando clara.

Com uma voz distante e uma calma artificial, falei:

— Eu vi a sra. Beukes hoje.

— Ah, é? — Meu pai me deu um olhar pensativo, e depois perguntou em um tom brando que era tão artificial quanto o meu: — Como ela estava?

— Perdida. Eu a acompanhei até a casa dela.

— Fico contente. Eu não teria esperado menos de você.

Contei que encontrei Shelly na rua, que ela achava que deveria trabalhar hoje e que não disse meu nome porque não sabia. Contei sobre Larry Beukes subindo a entrada da garagem em pânico, morrendo de medo que ela tivesse sido atropelada ou acabasse se perdendo para valer.

— Ele me deu dinheiro por acompanhá-la até em casa. Eu não quis aceitar, mas ele me obrigou.

Não achei que meu pai fosse gostar disso, e parte de mim esperava — ou até mesmo torcia — por uma bronca. Porém, em vez disso, ele se levantou para pegar o Suspense no Panamá e falou sobre o ombro:

— Que bom.

— É mesmo?

Ele pousou a gelatina, que tremia debaixo de dez centímetros de *chantilly* com cor de sorvete de frutas, e começou a servir porções em tigelas.

— Claro. Pagar você é a maneira de um cara como Lawrence Beukes sentir que recuperou o controle. Ele não é um homem que perdeu a esposa senil porque é velho demais para cuidar das necessidades dela sozinho. Ele é um homem que sabe como pagar alguém para resolver um problema.

— Ele me perguntou se eu poderia ajudar às vezes. Se eu... sabe, poderia passar lá e ficar com ela quando ele precisar sair de casa. Para fazer compras ou qualquer coisa.

Meu pai parou com uma colher cheia de Suspense no Panamá diante dos lábios.

— Fico contente. É ótimo que você ajude. Sei que você amava aquela velhinha.

É engraçado, não? Meu pai sabia que eu amava Shelly Beukes, uma coisa que eu mesmo não sabia até poucos minutos mais cedo.

— Mais alguma coisa aconteceu hoje de manhã? — perguntou ele.

Meu polegar se aproximou do bolso da minha camisa e raspou a extremidade da polaroide (solaride?) ali dentro. Eu vinha tocando nela sem parar, de uma forma nervosa, inquieta e inevitável desde que cheguei em casa. Pensei em dizer algo sobre o Fenício e a briga na loja de conveniência do posto Mobil, mas não sabia como puxar o assunto sem parecer um menininho assustado.

E ainda havia aquela ideia à espreita no limite da minha consciência, um pensamento que eu tentava cuidadosamente ignorar. Eu não queria chegar perto daquela ideia, e, se começasse a falar sobre o Fenício, não conseguiria evitá-la.

Sendo assim, não disse nada sobre o confronto no posto de gasolina. Em vez disso, falei:

— Estou quase terminando a arma de festas.

— Sensacional. Vai ser bem mais fácil fazer uma festa quando você terminar. Basta puxar o gatilho. — Ele se levantou para levar os pratos para a pia. — Mike?

— Sim?

— Não fique muito triste se a Shelly não te reconhecer ou disser coisas que não façam sentido.

— Não vou ficar.

— É tipo… uma casa depois que alguém se muda. A casa ainda está lá, mas todos os pertences da pessoa se foram. Alguém levou a mobília e enrolou os tapetes. O pessoal da mudança encaixotou todas as partes de Shelly Beukes e despachou para longe. Não sobrou muita coisa dela a não ser a casa vazia. — Ele jogou as ruínas do Stalingrado no lixo. — Isso e o que está nas fotos antigas.

5

— VOCÊ VAI FICAR BEM? — perguntou meu pai ao sair pela porta. Ele parou com um pé no primeiro degrau e outro no carpete felpudo cor de ervilha. Relâmpagos iluminaram as nuvens baixas e agitadas atrás dele com um lampejo sem som.

— Já faz tempo que não preciso que Shelly Beukes me coloque na cama — respondi.

— É verdade. Não sei se é assim que as coisas deveriam ser, mas é como elas são, não é?

Era tão atípico que meu pai dissesse algo assim — reconhecer, mesmo que só um pouco, que nossa vida, de certa forma, não era ideal — que eu abri a boca para responder e descobri que não tinha resposta.

Ele olhou para o crepúsculo turbulento, cheio de nuvens carregadas.

— Eu odeio trabalhar à noite. Quando o Al voltar ao esquema de rodízio, vou pedir para trabalhar só de dia.

Meu pai vinha trabalhando no turno da noite na empresa de energia durante todo o verão. Eles estavam enfrentando uma falta de funcionários. Seu melhor amigo, Al Murdoch, não estava trabalhando enquanto tratava um linfoma. Um dos engenheiros de linha de transmissão, John Hawthorne, tinha sido preso recentemente por bater na ex-mulher. Piper Wilson saiu para ter um bebê. De repente, meu pai era o guarda-fios sênior e estava trabalhando sessenta horas por semana, a maioria delas depois que eu ia dormir.

De início, gostei disso. Eu curtia ficar acordado depois da hora que deveria ter ido dormir, vendo filme pornô. Porém, em meados de julho, acabara toda a graça de ficar sozinho em casa à noite. Eu tinha uma imaginação fértil e, no fim do mês, caí na besteira de ler *Zodíaco*. Depois disso, o vazio da casa começou a me assustar pra caralho. Eu ficava deitado na cama, de boca seca, às duas da manhã, ouvindo o silêncio, esperando escutar um estalo quando o velho e bom Zodíaco arrombasse uma janela com um pé de cabra. Ele usaria uma das facas da cozinha para cortar signos astrológicos na minha pança — não depois que eu estivesse morto, mas enquanto estivesse vivo, para que pudesse me ouvir gritar.

Nunca falei nada disso para o meu pai, porque a única coisa pior do que os ataques noturnos de ansiedade era a ideia de que ele pudesse decidir contratar uma babá para mim. Tudo que o Assassino do Zodíaco faria seria me torturar e matar. Se meu pai contratasse alguma adolescente patricinha para me colocar para dormir às 21h30 e depois passar o resto da noite tagarelando ao telefone com as amigas, eu *desejaria* estar morto. A afronta esmagaria meu ego frágil de menino de 13 anos.

Após o confronto com o Fenício, eu estava especialmente com medo de ficar sozinho *naquela* noite. Além disso, havia as nuvens de tempestade e uma sensação de descarga elétrica no ar, uma energia que eu sentia nos pelinhos do antebraço. As trovoadas vinham acontecendo a tarde inteira, e dava para ver que iriam se soltar em breve — se soltar e *rugir*.

— Você acha que vai trabalhar um pouco mais na arma de festas? — perguntou meu pai.

— Provavelmente, eu...

O que veio a seguir não foi um trovão melodramático de filme de horror, e, sim, algo mais para o lançamento de um míssil de ficção científica capaz de destruir mundos, um único disparo de canhão obliterador. Foi um barulho com um volume tão alto que fiquei sem fôlego.

Meu pai passaria a noite exposto àquele céu no alto de um guindaste de ferro, consertando cabos de força, um pensamento que me deu um nó no estômago de preocupação quando me permiti pensar nisso. Ele apenas parecia irritado e um pouco cansado, como se o trovão fosse um problema enfadonho, igual ao som de crianças brigando no banco de trás. Meu pai colocou a mão atrás da orelha direita para indicar que não me escutou.

— Eu quase fiz a arma funcionar hoje à tarde quando a Shelly apareceu. Se eu terminar, mostro para o senhor amanhã.

— Isso é bom. Você tem que correr e ganhar seu primeiro milhão para que eu possa me aposentar e me concentrar no que realmente gosto: fazer coisas originais com gelatina. — Ele desceu alguns degraus em direção ao furgão e depois se virou, o rosto franzido. — Quero que você telefone se…

Houve outro bombardeio de trovões. Meu pai continuou falando, mas eu não ouvi uma palavra. Aquilo era típico dele. Ele tinha um dom inigualável de ignorar detalhes que não eram da conta dele. As animadoras de torcida do Dallas Cowboys poderiam surgir nuas, balançando os pompons, e, se ele estivesse lá em cima no guindaste consertando um transformador, duvido que sequer olhasse para baixo.

Concordei com a cabeça como se tivesse escutado. Suponho que ele estivesse dando o alerta padrão sobre ligar para a empresa e pedir que o chamassem pelo rádio caso algo acontecesse. Meu pai deu tchau e virou de costas. Uma luz azul espocou, no alto das nuvens, um flash da maior câmera do mundo. Eu me encolhi (*Não deixe que ele tire uma foto sua*) e encostei a porta de entrada.

Os faróis do furgão se acenderam e a tarde se apagou no mesmo momento. Eram apenas 18h15 no meio de agosto, e o sol não se poria nas próximas três horas, mas o dia se perdeu em uma escuridão opressora. O furgão deu ré e foi embora. Eu fechei a porta.

6

NÃO SEI POR QUANTO TEMPO fiquei parado no saguão, ouvindo a minha pulsação nos ouvidos. A quietude tensa e de expectativa da tarde me manteve imóvel. Em dado momento, notei que estava com a mão sobre o coração, como se fosse uma criança fazendo o juramento à bandeira.

Não — não sobre o coração. Sobre a polaroide.

Senti um impulso poderoso de me livrar dela, de jogá-la fora. A sensação de tê-la no bolso era péssima — péssima e perigosa, como andar por aí com um frasco de sangue contaminado. Cheguei a ir até a cozinha e abrir o armário embaixo da pia, com a intenção de jogá-la no lixo.

Mas quando tirei a foto do bolso, simplesmente fiquei olhando para ela: olhando para o menino gordo, de rosto vermelho, com uma camiseta de Huey Lewis, curvado sobre uma *Popular Mechanics*.

Nós já nos vimos antes?, perguntou Mat com um sorriso de desculpas.

Um clarão espocou lá fora, e eu recuei e deixei a foto cair. Quando ergui os olhos, por um instante eu o *vi*, o Fenício, do outro lado da janela da cozinha, e não deixe que ele tire uma foto sua, Jesus, não deixe…

Mas não era o Fenício com a Solarid. O clarão foi outro estalo azul de relâmpago. O rosto que vi na janela era o meu próprio, um reflexo tênue suspenso no vidro.

Quando veio a próxima trovoada, eu estava na garagem. Pousei a foto com cuidado e a alinhei com a borda da bancada. Acendi a luminária e mexi o braço articulado para mergulhar a foto em um círculo quente de luz branca. Por fim, com uma espécie de prazer perverso, enfiei uma tachinha no topo para fixá-la. Eu me senti melhor naquele momento. Estava no meu ambiente cirúrgico agora, preso à mesa de autópsia. Era ali que eu desmontava as coisas e fazia com que elas me contassem tudo, todos os seus poderes e suas vulnerabilidades.

Para aumentar a sensação de confiança e controle, desabotoei a calça, deixei que caísse até os tornozelos e saí de dentro dela. Havia algum tempo, eu tinha descoberto que nada liberta mais a mente do que ficar sem calça. Pode tentar, se duvida de mim. Creio que a produtividade americana praticamente dobraria se todo mundo fosse liberado para trabalhar sem calça.

Só para mostrar para a foto quem mandava ali, eu a ignorei e comecei a trabalhar na arma de festas. Puxei o gatilho para ouvir a ventoinha girar dentro da estrutura. Tirei os parafusos da lateral e levantei a placa de circuitos, peguei e mexi nela. No início, eu estava distraído. Não parava de olhar para a fotografia que não tinha o direito de existir, e, então, quando me voltava para o novo brinquedo, eu não conseguia lembrar o que estava fazendo. Pouco tempo depois, porém, eu me instalei na minha própria cápsula de concentração, e o Fenício, a Shelly Beukes e a Solarid, tudo isso ficou cinzento — como uma polaroide sendo revelada ao contrário, voltando aos produtos químicos não misturados.

Soldei e fiz o cabeamento. Estava quente na garagem, perfumada com o cheiro que ainda amo: borracha derretida, cobre quente e óleo. Minha mão estava suja com um pouco de WD-40, e a limpei com um trapo, o que expôs a pele rosa. Examinei o trapo, observei como a mancha de espalhou e entrou no tecido. Foi sugada. Absorvida.

Eu tinha fotografado Mat, Yoshi Matsuzaka, do posto Mobil, mas o que a Solarid capturou foi algo da *cabeça* dele, uma imagem que ele tinha na mente — de *mim*. A câmera a sugou, como o retalho no meu punho, absorvendo o óleo.

Um clarão azul espocou do lado de fora da janela.

Não me assustei. A ideia, quando me veio à mente, não foi um choque. Suponho que, lá embaixo do meu nível de consciência, eu já sabia. Acredito que nosso subconsciente muitas vezes determina ideias horas, dias, semanas, até mesmo anos antes de decidir apresentá-las aos patamares superiores do cérebro. E, afinal de contas, Shelly já havia explicado tudo para mim.

Não deixe que ele tire uma foto sua. Não deixe que ele comece a levar as coisas embora.

Foi estranho que, ao saber — ao *compreender* —, eu parei de ter medo. Foi estranho não ficar suado ou tremendo ou tentar dizer a mim mesmo que estava enlouquecendo. Ao contrário, eu fiquei quase sereno. Me lembro de calmamente dar as costas para a foto e me curvar sobre a arma de festas, para apertar mais uma vez os parafusos e depois esvaziar um pacote de purpurina pelo cano, carregando a arma como se fosse um mosquete. Eu me comportei como se tivesse resolvido um problema de matemática sem muita importância.

A última parte da arma era o flash, que poderia ser instalado no topo, onde um atirador de elite colocaria uma mira. Na verdade, eu havia retirado o flash removível da nossa própria Polaroid para essa finalidade. Segurei-o na mão, como se sentisse o peso, e pensei no disparo da câmera na cara de Mat, aquele clarão quente e branco de luz, e como ele cambaleou para trás, piscando rapidamente.

Pensei em Shelly Beukes, passando o olhar confuso pela vizinhança em que viveu por pelo menos duas décadas, parecendo tão atordoada como se um flash tivesse acabado de bater no rosto *dela*. Pensei nos álbuns pretos de fotografias no banco de trás do Cadillac do Fenício. Pensei na foto que tinha visto em um deles, uma foto que eu tinha quase certeza de ser do próprio filho de Shelly.

Houve um longo estrondo de trovão que pareceu fazer a garagem inteira tremer, e depois o ar reverberou de maneira esquisita. Então percebi que era eu que estava tremendo, e fiquei de pé de repente, me sentindo atordoado. Apaguei a luminária e fiquei no escuro, respirando fundo o ar com cheiro de cobre. Eu me perguntei se estava ficando enjoado.

O som reverberante no ouvido continuou, e então percebi que não estava ouvindo um eco do trovão. Alguém estava tocando a campainha.

Fiquei com medo de atender. Seguindo uma lógica qualquer dos 13 anos, eu tinha certeza de que era o Fenício, que, de alguma forma, soube que eu resolvera o enigma da Solarid e estava aqui para me calar para sempre. Olhei em volta à procura de algo que pudesse usar como arma, considerei a chave de fenda, e depois peguei a arma de festas. Eu tive a ideia maluca de que, nas sombras do saguão, ela pudesse parecer uma arma *de verdade*.

Enquanto me aproximava da porta de entrada, as nuvens de tempestade lançaram um novo bombardeio de trovões capaz de fazer a casa tremer, e ouvi um xingamento sussurrado em um forte sotaque da África do Sul. A ansiedade passou, deixando minhas pernas bambas e minha cabeça tonta.

Abri a porta e falei:

— Oi, sr. Beukes.

Suas feições de Rock Hudson estavam cansadas, com rugas profundas, os lábios pálidos como se ele tivesse andado por muito tempo no frio. Era como se tivesse envelhecido dez anos desde a última vez que o vira.

Apesar das trovoadas e dos clarões de relâmpagos, ainda não estava chovendo. O vento, no entanto, açoitava seu sobretudo, que batia freneticamente em volta do torso enorme e da cintura fina de Larry. Era o mesmo sobretudo que Shelly usara de manhã. Ficava melhor nele. A ventania jogou o cabelo grisalho sobre a testa marcada e proeminente.

— Michael — disse ele —, eu não esperava precisar de você tão cedo ou em uma noite como esta. Sinto muitíssimo. Eu simplesmente... ah, Jesus. Que dia. Sei que você deve estar ocupado. Fazendo algo com seus amigos. Eu odeio... assim tão em cima da hora...

Sob outras circunstâncias, isso teria soado como a preparação para uma piada. Eu tinha menos vida social que um eremita. Mas, na escuridão precipitada daquela tempestade que se recusava a cair, mal notei a frase sobre eu estar fazendo algo com amigos.

A tempestade, a sensação de descarga elétrica no ar, a respiração difícil e rouca do sr. Beukes e toda a esquisitice daquele dia me deixaram agitado, quase tremendo de tensão. No entanto, apesar de tudo aquilo, eu não estava surpreso por vê-lo na porta de casa. Parte de mim esteve esperando por Larry a tarde inteira... esperando pelo começo do terceiro ato da peça de hoje, pela conclusão do drama absurdo no qual eu era, ao mesmo tempo, protagonista e plateia.

— Como vai, sr. Beukes? A Shelly está bem?

— Ela está...? Sim. Não. — Ele deu uma risada amarga. — Você sabe como ela está. No momento, está dormindo. Preciso sair. Algo aconteceu. Eu hoje sou um homem em boate afundando, tentando tirar a água com uma colher.

Levei um tempo para entender que "boate" era "bote" em larrybeukês.

— O que aconteceu?

— Você se lembra do que falei sobre minhas academias, que tem sempre um incêndio para apagar? — Ele riu desoladamente de novo. — Eu devia tomar cuidado com as metáforas. Minha academia, aquela perto do Microcenter, sabe? Houve um incêndio... um incêndio de verdade. Ninguém ficou ferido, graças a Deus. Ela estava fechada. Os bombeiros apagaram o fogo, mas tenho que ir ver o estrago.

— Que tipo de incêndio?

Larry não estava esperando aquela pergunta, e levou um momento para interpretá-la. Não o culpo por ter ficado surpreso. Eu também fiquei. Não sabia que ia perguntar aquilo até ouvir as palavras saírem da minha boca.

— Eu… eu acho que foi um raio. Os bombeiros não disseram. *Espero* que tenha sido um raio, e não a fiação velha. A seguradora vai me levantar pelo saco enrugado.

Eu gargalhei a essa menção ao saco enrugado de Larry. Nunca tinha ouvido um adulto — quanto mais um idoso como Lawrence Beukes — falar comigo dessa forma: com uma sinceridade desesperada e profana, com essa mistura de humor negro e vulnerabilidade. Foi uma experiência perturbadora. Ao mesmo tempo, tive uma ideia composta por duas simples palavras terríveis — *foi ele* — e tive uma leve sensação de tontura.

Pensamentos passaram voando como as cartas vislumbradas ao serem embaralhas pelo crupiê.

Diga para ele não ir, pensei. Mas houve um incêndio, e Larry precisava ir, e eu não tinha um bom argumento para fazê-lo ficar, nenhum que fizesse sentido. Se eu contasse que havia um homem com uma câmera que roubava pensamentos rondando a esposa dele, Larry jamais me deixaria chegar perto de Shelly de novo. Nesse caso, ele talvez ficasse em casa — para protegê-la de *mim*.

Pensei: *Eu vou ligar para a polícia e avisar que a esposa do Larry corre perigo depois que ele for*. Novamente eu me perguntei: perigo de quê? De *quem*? De um homem com uma câmera Polaroid? Eu tinha 13 anos, não 30, e meus temores e minhas ansiedades não valeriam de nada para a polícia. Eu soaria como uma criança histérica.

Além disso, um quadrante do meu cérebro mantinha a esperança de que eu só estava me apavorando com uma história maluca de fantasmas, o resultado de uma infância lendo gibis demais e assistindo a muitos episódios de *Seres do amanhã*. O contra-argumento racional se apresentou para mim em uma série de detalhes inequívocos e vigorosos: Shelly Beukes não sofria de uma maldição infligida por uma imitação de Polaroid. Ela era vítima de mal de Alzheimer, sem precisar de nenhuma explicação mágica. Quanto ao instantâneo que me mostrava lendo a *Popular Mechanics* — e daí? Alguém deve ter tirado aquela foto semanas antes, e, na hora, eu não notei. Explicações simples têm a tendência desapontadora de serem as melhores explicações.

Só que o contra-argumento racional era uma merda, e eu sabia disso. *Sabia*. Só não *queria* saber.

Tudo isso passou pela minha mente em um momento. O vento soprou uma lata fazendo barulho na rua, e o sr. Beukes se virou para vê-la sendo levada, depois lançou um olhar confuso e distraído para seu sedã de luxo com o motor ligado.

— Vou te levar. Esse clima. Se não fosse pela manhã de hoje, eu teria arriscado deixá-la sozinha agora à noite. Shelly tomou a pílula para artrite e dorme pesado, às vezes por dez horas. Mas esta noite tem trovoada. E se ela acordar e ficar com medo? Você deve achar que sou muito mau por tê-la deixado sozinha por um minuto sequer.

Com quase 13 anos, eu não tinha preparo emocional para responder a um idoso angustiado, tentando se culpar de qualquer maneira. Murmurei algumas palavras eloquentes de apoio, tipo:

— Ah, não, de maneira alguma.

— Eu tentei ligar, mas, quando ninguém atendeu, imaginei que você estivesse na garagem e não conseguisse ouvir o telefone. Dei um beijo de boa-noite nela com muita delicadeza para não acordá-la e vim direto para cá. — Ele me deu um sorriso que estava mais para uma careta. — Quando dorme, ela parece a antiga Shelly. Às vezes acho que, nos sonhos, ela recupera tudo. O caminho para a antiga Shelly está tomado pela folhagem, perdido nos arbustos espinhosos. Mas a mente adormecida... você acha, Michael, que a mente adormecida tem seus próprios caminhos? Trilhas que a mente desperta nunca percorreu?

— Não sei, sr. Beukes.

Ele desconsiderou a própria pergunta com um aceno cansado da cabeça.

— Venha. Eu levo você de carro agora. É melhor pegar um livro também, e sei lá mais o quê. — Larry baixou os olhos e percebeu que eu estava de cueca e meias. Ele ergueu uma sobrancelha branca e extremamente revolta. — Uma calça, talvez.

— Não preciso que o senhor me leve de carro até a esquina. Vá ver se a sua academia está bem. E não se preocupe com Shelly. Estarei lá em cinco minutos.

Um trovão rosnou atrás dele. Larry lançou outro olhar ressentido para o céu, em seguida se debruçou através da porta e pegou minha mão nas dele.

— Você é um bom menino — declarou Larry. — Shelly sempre me dizia isso, sabe. Toda vez que voltava para casa. "Este é um bom menino, Larry. Todas as coisas engraçadas que ele fala que vai construir. Cuidado, africâner. Eu vou pedir para ele construir um novo marido para mim, um que não faça a barba no chuveiro e deixe tanto pelo que parece que um furão explodiu ali."

Ele sorriu ao se lembrar daquilo, enquanto o resto do rosto desmoronou, e por um momento horrível, pensei que Larry fosse chorar de novo. Em vez disso, ele ergueu a mão e colocou na minha nuca.

— Um bom menino, ela dizia. Shelly sempre soube quando uma pessoa tinha grandeza por dentro. Ela não perdia tempo com gente de segunda linha. Apenas os melhores. Sempre.

— Sempre? — perguntei.

Larry deu de ombros.

— Ela casou comigo, não foi? — E piscou.

7

A CAMINHO DE PEGAR MINHA calça, fiz um desvio pela cozinha e liguei para a NorWest Utility. Eu sabia de cor o número direto para a mesa telefônica e pensei que eles talvez conseguissem me transferir para o rádio do meu pai. Queria que ele soubesse onde eu estaria — pensei que havia uma chance bastante razoável de eu acabar dormindo no sofá dos Beukes naquela noite. Só que ninguém atendeu do outro lado porque o telefone nunca tocou. Houve apenas um longo chiado mudo. Desliguei e estava prestes a tentar de novo quando me dei conta de que não havia sinal.

Eu percebi, de repente, que estava muito escuro na cozinha. Fiz a experiência de ligar o interruptor. O ambiente não ficou claro.

Fui até a janela panorâmica na sala de estar e olhei para a rua deserta; não havia uma luz em uma única janela, apesar da escuridão do dia. Os Amberson, do outro lado da rua, sempre mantinham a TV ligada no meio da tarde, mas naquela noite não havia o brilho azul espectral pulsando nas janelas da sala. Em algum momento, enquanto eu e o sr. Beukes estávamos conversando, um fio caíra em algum lugar e cortara a energia da vizinhança inteira.

Eu pensei: *Não. Foi* ele.

Meu estômago deu um nó. De repente, eu quis sentar. O gosto residual do Suspense no Panamá estava na minha boca, um sabor de bile doce.

A casa deu um pinote ao vento, rangeu e estalou. Muitos fios deviam estar caindo naquela noite. Até aí, era totalmente possível imaginar que o incêndio na academia tinha algo a ver com a tempestade — um incêndio que convenientemente deixou Shelly sozinha, sem ter como acionar um alarme se houvesse algum problema, porque mesmo que ela conseguisse se lembrar de como chamar a polícia, seu telefone estaria tão mudo quanto o meu.

Considerei atravessar a rua correndo e bater na porta do sr. Amberson e berrar pedindo ajuda e aí...

E aí o quê? O que eu diria para ele? Que estava com medo de que um homem cruel com tatuagens tivesse provocado um incêndio e uma queda de energia para que pudesse tirar polaroides de uma velha senil? Deixe-me lhe dizer que impressão *isso* passaria: que um moleque gordo com a cabeça influenciada por filmes de terror ficara histérico por causa de alguns raios e trovões.

Eu me perguntei se poderia simplesmente ficar em casa. Não gosto de admitir isso, mas me passou pela cabeça que o sr. Beukes jamais saberia se eu fui *mesmo* até a casa dele cuidar da sua esposa. Claro, em algumas horas ele poderia retornar da academia e eu não estaria lá. Mas, assim mesmo, eu poderia enganá-lo, dizendo que só voltei para casa por um minuto a fim de pegar meu travesseiro e que já estava voltando.

Por um momento, a ideia me encheu de uma sensação vergonhosa de alívio. Eu poderia ficar em casa, e, se o Fenício viesse e fizesse algo contra Shelly — algo horrível —, eu não estaria no caminho e não precisaria saber. Com apenas 13 anos, ninguém poderia esperar que eu tentasse proteger uma velha caduca de um louco sádico com um quilômetro de tatuagem no corpo.

Eu estava com medo de ir, mas, no fim das contas, estava com mais medo ainda de ficar. Imaginei o sr. Beukes chegando em casa e vendo Shelly derrubada da cama, com o pescoço quebrado, a cabeça meio virada para olhar para trás, entre as omoplatas. Quando fechei os olhos, consegui ver a cena: os lábios franzidos em uma careta de terror e angústia, o corpo enrijecendo, cercado por centenas de polaroides. Se o Fenício a visitasse enquanto eu me acovardava em casa, eu talvez conseguisse inventar uma desculpa para o sr. Beukes. Mas não conseguiria mentir para mim mesmo. O remorso seria forte demais. Ele apodreceria minhas entranhas e estragaria qualquer coisa boa na minha vida. Pior de tudo, achei que meu pai de alguma forma intuiria a minha covardia e eu jamais seria capaz de encará-lo nos olhos de novo. Ele saberia que, na verdade, eu não tinha ido tomar conta da sra. Beukes. Nunca fui bom em mentir para o meu pai, não sobre nada que fosse importante.

Uma ideia me fez vestir a calça e sair pela porta. Achei que talvez conseguisse ir de mansinho até a casa e espiar pelas janelas. Se a sra. Beukes estivesse sozinha e dormindo na cama — se a barra estivesse limpa —, eu poderia ficar na cozinha com uma faca na mão e a arma de festas na outra, perto da porta dos fundos, pronto para correr e gritar como o diabo se alguém tentasse invadir a casa. Eu ainda achava, naquela escuridão de fim de dia, que a arma de festas pudesse fazer alguém hesitar por um momento. E se ela não enganasse ninguém, eu ainda poderia arremessá-la.

Antes de sair, eu me sentei à mesa da cozinha para escrever um bilhete para o meu pai. Eu queria colocar todas as coisas que nunca teria chance de dizer caso o Fenício aparecesse. Queria que ele soubesse o quanto eu o amava e que vivi muito bem neste mundo até o momento em que fui abatido como um novilho.

Ao mesmo tempo, não queria chorar escrevendo o bilhete. Também não queria escrever uma coisa completamente vergonhosa caso acabasse passando a noite fazendo palavras cruzadas na mesa da cozinha da sra. Beukes e nada acontecesse. No fim das contas, escrevi:

> ESTOU BEM. O SR. BEUKES ME PEDIU PARA CUIDAR DA SHELLY. HOUVE UM INCÊNDIO NA ACADEMIA DELE. UAU, QUE DIA RUIM, O DELE. AMO VOCÊ. O SUSPENSE NO PANAMÁ ESTAVA ÓTIMO.

8

QUANDO ABRI A PORTA, o vento me deu um empurrão, como um convidado esbarrando em mim ao entrar na casa com passos cambaleantes de bêbado. Tive que fazer força para sair, encolhendo os ombros contra o vendaval.

Porém, quando cheguei à esquina e comecei a subir em direção a casa dos Beukes, fiquei com o vento pelas costas. As rajadas bateram em mim e transformaram meu casaco impermeável em uma vela, impulsionando meu trote. Uma casa na esquina estava à venda, e, quando passei, a placa de metal do corretor, que estava balançando para a frente e para trás, se soltou e voou seis metros antes de dar uma cutelada — *whap!* — na terra fofa do jardim de alguém. Parecia que eu não estava andando até a casa de Shelly, e sim sendo levado pelo vento até lá.

Um gota pesada e quente de água bateu no lado do meu rosto como se fosse uma cusparada. O vento aumentou, e um rajada de chuva, pouco mais do que uma dúzia de gotas, caiu no asfalto adiante e produziu um cheiro que é um dos melhores odores no mundo, a fragrância de asfalto quente em uma chuva de verão.

Um som começou a aumentar atrás de mim, um estrondo trovejante que senti nos dentes. Era o som de um aguaceiro torrencial batendo nas árvores, nos telhados de papel betumado e nos carros estacionados: um rugido contínuo e mecânico.

Comecei a andar mais rápido, mas não era possível fugir do que estava vindo, e depois de três passos, a tempestade me alcançou. A chuva caiu com tanta força que quicou ao bater na rua, criando um jorro gelado, da altura do joelho. A água começou a escoar para os bueiros em uma enxurrada espumante na cor marrom. Foi surpreendente a velocidade com que aconteceu. Parecia que eu tinha corrido menos de dez passos antes de estar com água nos tornozelos. Um flamingo rosa de plástico passou por mim, levado pela correnteza.

Caiu um raio, e o mundo virou uma chapa de raio-X de si mesmo.

Eu me esqueci do meu plano. Havia um plano? Não dava para pensar durante uma tempestade como aquela.

Fugi em meio à chuva torrencial e cortei caminho pelo jardim da casa vizinha à de Shelly. Só que o gramado estava derretendo. Ele cedeu sob os meus calcanhares, as folhas compridas da grama foram arrancadas e revelaram a terra encharcada por baixo. Caí apoiado em um joelho, impedi a queda com as mãos e saí imundo *e* molhado.

Continuei cambaleando, cruzei a entrada de garagem dos Beukes, que agora era um canal largo e raso, e dei a volta até os fundos da casa. Puxei a porta de tela e pulei para dentro como se estivesse fugindo de cães selvagens. A porta bateu atrás de mim, apenas um pouco menos alto do que um estrondo de trovão, e foi quando me lembrei de que estava querendo ser furtivo.

A água pingava de mim, pingava da arma de festas. Minhas roupas estavam ensopadas.

A cozinha estava em silêncio e às sombras. Eu me sentara ali várias vezes no passado, comendo os cookies recheados de Shelly Beukes e tomando chá, e sempre foi um lugar de cheiros agradáveis e organização reconfortante. Agora, porém, havia pratos sujos na pia. A lata de lixo estava lotada, e moscas andavam sobre a pilha de papéis toalha e garrafas plásticas.

Prestei atenção, mas não consegui ouvir nada, a não ser a chuva caindo no telhado. Parecia um trem passando.

A porta de tela se abriu atrás de mim e depois bateu, e eu contive um grito. Girei o corpo, pronto para cair de joelhos e começar a implorar, mas não havia ninguém ali. Só o vento. Fechei bem a porta de tela — e quase que imediatamente uma nova rajada de vento venceu o antigo ferrolho e abriu a porta de tela mais uma vez, que depois fechou com força. Não me dei ao trabalho de trancá-la mais uma vez.

Meu estômago revirou diante da ideia de avançar para o interior da casa. Eu tinha certeza de que o Fenício já estava lá, me escutara entrar e me esperava pacientemente em algum ponto na escuridão, no fim do corredor depois de uma curva. Abri a boca para dizer um olá, mas pensei melhor.

O que enfim me fez entrar em movimento não foi a coragem, mas sim os bons modos. Havia uma poça se formando sob meus pés. Peguei um pano de prato e sequei o chão. Isso me deu um jeito de protelar o avanço para o interior da casa. Gostei de ficar perto da porta de tela, onde eu poderia escapar rápido.

Finalmente o chão ficou seco. Porém, eu ainda estava molhado e precisava de uma toalha. Fui até a entrada da cozinha e enfiei a cara na curva. Um corredor escuro e solitário aguardava.

Andei de mansinho pelo corredor. Usei o cano da arma de festas para abrir de leve cada porta conforme eu passava, e o Fenício estava em cada um dos aposentos. Ele estava no minúsculo escritório, parado em um canto, imóvel. Eu o vi com a visão periférica e minha pulsação ficou agitada, mas quando olhei de novo, notei que era apenas um cabideiro. Ele estava no quarto de hóspedes também. Ah, à primeira vista, o lugar *pareceu* vazio. Podia ser um quarto de hotel de beira de estrada, com sua cama tamanho queen arrumadinha, papel de parede listrado e TV de tamanho modesto. A porta do armário, porém, estava entreaberta, e quando olhei, pareceu se mexer levemente, como se tivesse acabado de ser puxada para se fechar. Eu *senti* a presença dele ali, prendendo a respiração. Foi preciso toda a minha força de vontade para dar os três passos até o armário. Quando abri a porta, estava pronto para morrer. O pequeno armário continha uma coleção de roupas curiosas — um macacão rosa com colarinho de pele, camisas de seda branca do tipo que Elvis Presley gostava de usar nos anos 1970 — mas nenhum psicopata.

Por fim, só sobrou a porta do quarto de casal. Eu girei com cautela a maçaneta e empurrei com cuidado. A porta de tela da cozinha escolheu aquele momento para bater de novo como se fosse um tiro de pistola.

Olhei para trás e esperei. Percebi então que estava encurralado ali, no fim do corredor. A única maneira de fugir da casa (sem pular por uma janela) era refazer meus passos. Eu me virei, pronto para que o Fenício entrasse no corredor e se colocasse entre a fuga e eu. Um momento levou ao outro.

Ninguém veio. Nada se mexeu. A chuva martelava o telhado.

Meti a cabeça dentro do quarto. Shelly dormia de lado sob um edredom branco e macio, e não aparecia nada de seu corpo a não ser o tufo de cabelo branco como um dente-de-leão. O ronco era um zumbido suave e rouco, praticamente inaudível sob o estrondo constante da chuva torrencial.

Entrei devagarzinho no quarto com passos curtos e delicados, me sentindo assustado e fraco — mas muito menos assustado e fraco do que quando tinha entrado na casa. Usei a arma de festas para afastar as cortinas. Não havia ninguém atrás delas. Tampouco dentro do armário.

Os nervos continuavam agitados, mas eu não sentia mais medo da casa. De qualquer forma, não consegui conceber como um cara como o Fenício se esconderia dentro de um armário. Que tipo de predador se esconderia de um moleque gordo de 13 anos com uma grande arma de plástico que parecia tão ameaçadora quanto um megafone?

O sinal da rádio Vida Adulta estava ficando mais forte naquele momento, passando pela estática normal da adolescência. O locutor lia o relatório da noite em um tom seco e jocoso. Ele me lembrou da máxima de Carl Sagan de que alegações extraordinárias exigem provas extraordinárias. O locutor salientou que, no passado, eu acreditara que o Assassino do Zodíaco pudesse invadir minha casa e me matar, simplesmente porque li um livro sobre ele uma vez. Ele lembrou aos ouvintes que, aos 12 anos, Michael Figlione economizara a mesada por seis meses para comprar um detector de metais porque achava que havia uma grande chance de encontrar dobrões espanhóis enterrados no quintal. A rádio Vida Adulta queria que o público soubesse que minha teoria atual — de que o Fenício possuía uma câmera capaz de roubar pensamentos — era baseada no estudo intenso das divagações dementes de uma idosa e de um instantâneo aleatório descoberto embaixo de uma lixeira.

Mas, mas, mas... e quanto ao incêndio na academia? Sim, a rádio Vida Adulta admitia que houvera um incêndio impressionante na academia do sr. Beukes. Considerando a tempestade de raios que acabara de cair, os bombeiros de Cupertino provavelmente responderiam a muitos incêndios naquela noite. Será que pensei que a tempestade *também* era obra do Fenício? Será que era outro de seus "superpoderes"? Ele tinha uma câmera que destruía mentes. Será que o Fenício também tinha um guarda-chuva que cuspia tempestades no céu? Eu deveria me considerar sortudo por ele não ter usado sua feitiçaria para fazer chover pregos.

Esse foi o limite da zombaria da rádio Vida Adulta que eu estava disposto a ouvir naquele momento. Eu estava molhado, com frio, mas em segurança, e isso bastava. Talvez depois — sim, depois — eu ligasse o rádio para ouvir o restante do programa. Talvez parte de mim estivesse ansioso para ficar me punindo e zoando a minha imaginação exagerada digna de *Além da imaginação*.

Eu estava de saco cheio das minhas roupas encharcadas e enfiei a cabeça no banheiro da suíte. Havia um grande roupão branco com bordado dourado pendurado em um gancho ao lado do boxe, o tipo de roupão que se espera encontrar em um hotel cinco estrelas. Parecia quase tão bom quanto se enfiar na cama em algum lugar.

Sequei a arma de festas, coloquei ela ao lado da pia e tirei a camiseta molhada. Deixei a porta aberta entre o banheiro e o quarto, mas fiquei atrás dela caso Shelly Beukes acordasse, para que não se assustasse com a visão das minhas banhas rosadas expostas.

Àquela altura, a chuva estava diminuindo um pouco e virou um estalo grave e aconchegante no telhado. Enquanto secava meus peitinhos e as costas, me senti relaxando. Eu havia planejado ficar sentado na cozinha, perto da porta de tela, pronto para correr ao primeiro sinal de um psicopata, mas agora começava a fantasiar com chocolate quente e cookies vendidos por escoteiras.

A chuva estava passando, mas os raios continuavam caindo sem parar. Veio um relâmpago perto o suficiente para encher o banheiro com o clarão de uma luz prateada quase ofuscante. Tirei a calça que estava completamente encharcada. Tirei as meias ensopadas também. O raio piscou outra vez, até então o clarão mais intenso. Entrei no roupão. Era ainda mais macio e fofo do que eu imaginara. Era como usar a pele de um ewok.

Sequei o cabelo e a nuca com uma toalha, e o raio caiu uma terceira vez, e Shelly reagiu a ele com um gemido baixo de tristeza. Então entendi e também quis gemer. Todos aqueles clarões de relâmpagos e nem um único trovão.

O medo se encheu dentro de mim como um balão, uma coisa se expandiu na barriga, empurrando os órgãos para longe. O clarão branco espocou novamente, não do lado de fora, mas dentro do quarto.

Havia uma única janela no banheiro, mas eu não sairia por ela: era feita de tijolos de vidro, instalada dentro do boxe, e não podia ser aberta. A única saída seria passar por *ele*. Peguei a arma de festas com a mão trêmula. Achei que talvez conseguisse arremessá-la no Fenício — no rosto dele — e correr.

Dei uma olhadela pela beirada da porta. Minha pulsação estava bombando. O flash espocou.

O Fenício estava ao lado da cama, curvado sobre Shelly, olhando pelo visor. Ele havia retirado as cobertas de cima dela. Shelly estava encolhida de lado, com a mão protegendo o rosto, mas, enquanto eu observava, o Fenício agarrou seu pulso e forçou o braço para baixo.

— Nada disso — falou ele. — Vamos ver *você*.

O flash espocou novamente, e a câmera zumbiu. A Solarid cuspiu uma foto no chão.

Shelly soltou um som baixo e ofendido de recusa, um barulho que quase soou como um *não*.

Uma pilha de instantâneos cercava as elegantes botas de salto alto cubano do Fenício. O flash disparou mais uma vez, e outra foto caiu na pilha.

Dei um passinho em direção ao quarto. Mesmo isso exigiu coordenação demais para um gordo relaxado como eu, e a arma de festas tocou no batente da porta. O barulho me fez querer chorar, mas o Fenício não olhou para mim, tão concentrado que estava no serviço.

A câmera ganiu e bateu uma foto. Shelly tentou erguer a mão de volta para proteger o rosto.

— Não, sua puta — xingou o Fenício, que agarrou o pulso e abaixou a mão dela com força. — O que eu disse? Sem se esconder.

— Pare — falei.

A palavra saiu da minha boca antes que eu percebesse que ia falar. Foi por causa da maneira como ele não parava de abaixar a mão de Shelly com força. Aquilo me ofendeu. Isso faz sentido? Eu queria correr dali mais do que qualquer outra coisa, mas não consegui porque não deu para suportar a ideia de vê-lo tocando em Shelly daquela forma. Era indecente.

Ele olhou para trás sem nenhuma surpresa. Baixou o olhar para a arma de festas e deu um pequeno muxoxo de desdém. Ela não enganou ninguém.

— Ora, veja só — disse o Fenício. — É o gorducho. Pensei que aquele velho desgraçado pudesse mandar alguém para cuidar dela. De todas as pessoas no mundo, se eu pudesse escolher apenas uma, eu teria escolhido você, baleia. Vou me lembrar dos próximos minutos com enorme prazer, pelo resto da vida. Eu vou... mas você, não.

Ele se virou para mim com a câmera. Ergui a arma. Tenho certeza de que a intenção era arremessá-la, mas, em vez disso, meu dedo encontrou o gatilho.

A buzina tocou. O confete explodiu em uma chuva de purpurina. As lâmpadas de flash estouraram. O Fenício foi para trás como se alguém tivesse socado o peito dele. O salto alto da bota direita pisou naquela pequena pilha de fotografias — aqueles quadrados plásticos escorregadios — e deslizou.

A parte posterior das pernas bateu em uma mesinha de canto. Um abajur caiu no chão, e a lâmpada estourou. O Fenício deu um pulo para a frente, e Shelly esticou a mão, agarrou o pano da calça e *puxou*. Ele cambaleou de olhos fechados... bem na minha direção.

Ele soltou um som entre um rosnado e um rugido. Havia purpurina nas bochechas e nos cílios dele. Havia até um pouco na boca, pontinhos dourados e reluzentes na língua. Ele aninhou a câmera no peito como uma mãe faria com um bebê e tentou me pegar com a mão livre. Naquele momento, descobri uma agilidade decisiva que nunca tivera antes e jamais voltaria a ter.

Eu avancei *contra* o Fenício, sabendo que ele não conseguia me ver por ter sido cegado pelo flash. Quando nos esbarramos, a Solarid escapuliu. Meu joelho encontrou a virilha do Fenício; não foi um golpe forte, mas um choque fraco que fez com que ele instintivamente juntasse os joelhos. O Fenício se atrapalhou com a câmera, e eu a arranquei da mão dele. Ele conteve um grito e tentou recuperá-la. Entreguei a arma de festas no lugar da Solarid. Ele a pegou pelo gatilho, e ela disparou com outra buzinada alta. Continuei em frente, dei dois passos e fiquei atrás dele, ao lado da cama.

Ele cambaleou até a porta do quarto antes de se dar conta do que tinha acontecido. Esticou a mão livre e se equilibrou no batente. Pestanejou ao olhar para a arma de festas, completamente perplexo. Não a soltou. Ele *jogou* a arma de festas no chão com um estalo e chutou-a para longe.

Uma mão alisou a parte externa da minha perna e fez carinho no joelho. Shelly. Ela havia relaxado e olhou para mim com um afeto sonhador.

Os vermes pálidos e sem cor que formavam os lábios do Fenício se contraíram em uma expressão de fúria que fingia ser de humor.

— Você não imagina o que vou fazer com você. Não vou te matar. Não vou nem te machucar. Fazer uma dessas coisas seria demonstrar um respeito que você não merece. Vou *apagar* você, caralho. — Seus olhos negros se voltaram para a câmera em minhas mãos, depois retornaram para o meu rosto. — Solta isso, seu gordo de merda. Você tem ideia do que essa câmera faz?

— Sim — respondi com uma voz trêmula e levei o visor ao olho. — Tenho, sim. Sorria.

9

HÁ MUITAS COISAS que não entendo sobre aquela noite.

Eu fotografei o Fenício várias vezes seguidas. As fotografias da Solarid caíam, uma atrás da outra, em uma pilha aos meus pés. Um cartucho tradicional de Polaroid continha doze fotos. Os cartuchos maiores permitiam bater dezoito. Mas a Solarid jamais precisou ser recarregada, e nunca acabava.

Ele não veio me pegar. A primeira foto o deixou tonto, da mesma forma que acontecera com Mat. Ela pareceu deixá-lo equilibrado sobre os saltos cubanos, com o olhar vazio, encarando alguma coisa distante que ele jamais voltaria a ver. Ele ficou parado no mesmo lugar, como um computador tentando iniciar. Mas jamais conseguiu se livrar daquele estado, porque continuei disparando a câmera em sua direção.

Após a primeira dúzia de fotos, ele enfim se mexeu. Mas não para avançar contra mim. Em vez disso, cruzou os tornozelos com cuidado, quase delicadamente, e se sentou no chão como um discípulo meditando em um monastério indiano. Após mais vinte instantâneos, começou a tombar para um lado. Dez fotos depois, estava encolhido em posição fetal no chão. Durante todo esse tempo, um sorrisinho dissimulado, sutil e consciente permaneceu no seu rosto, mas em dado momento, um canto da boca começou a reluzir com baba.

Shelly saiu da bruma narcótica criada pela Solarid e conseguiu se sentar na cama, pestanejando com sono. O cabelo flutuava em mechas desgrenhadas e azuladas em volta da cara de bolinho amassado.

— Quem é esse? — perguntou ela, olhando para o Fenício.

— Não sei — respondi, e tirei outra foto.

— É um alamagüselum? Meu pai diz que o alamagüselum vive dentro das paredes e bebe lágrimas.

— Não — falei. — Mas acho que devem ser parentes.

Não acho que o Fenício bebia lágrimas, mas creio que ele gostava muito de vê-las.

Depois de talvez cinquenta fotos, as pálpebras do Fenício ficaram semicerradas, os olhos rolaram para dentro e ficaram brancos, e ele começou a tremer. O fôlego saiu em espasmos curtos e violentos. Baixei a câmera, com medo que ele estivesse tendo uma convulsão. Observei-o com cuidado, e, após uns minutos, a tremedeira começou a diminuir. Ele estava com o corpo mole como o de uma boneca, e o rosto assumiu um expressão desolada de imbecilidade.

Talvez tenha sido como terapia de choque. Havia um limite para fritar o cérebro antes de arriscar sobrecarregar o sistema e parar o coração. Decidi dar uma chance para o Fenício recuperar o fôlego. Eu me abaixei e peguei um punhado de fotos. Sabia que seria um erro olhar para elas, mas olhei mesmo assim. Eu vi:

- Um homem chorando, de 50 e poucos anos, ajoelhado nos cascalhos de uma entrada de garagem, gordo, nu e segurando um par de chaves de carro como uma oferenda desesperada. Ele estava todo cortado, cheio de chicotadas finas e vermelhas que pingavam sangue. O grande Cadillac branco — aquele em que o Fenício passeava — podia ser visto ao fundo, estacionado sob um salgueiro, tão reluzente e limpo que poderia ter acabado de sair de um anúncio de revista dos anos 1950.
- Um instantâneo de um reflexo no retrovisor do motorista do Cadillac: uma nuvem de poeira em uma estrada de terra, ocultando parcialmente um homem nu, caído de cara no chão com o que parecia ser uma espátula de jardinagem na nuca. Não consigo explicar por que essa foto era tão jovial, tão despreocupada. Talvez algum efeito da luz do fim da primavera. Talvez alguma sensação de escapismo, de movimento sem esforço.
- Uma criança — uma menina — usando um gorro de inverno com orelheiras e segurando um pirulito gigante. Ela sorria de forma hesitante para o fotógrafo. Debaixo do braço, havia um ursinho de pelúcia que a menina segurava firme contra a lateral do corpo.
- A mesma criança em um caixão, as mãos gorduchas dobradas sobre o corpete de veludo do vestido, com o rosto sereno e sem ser incomodado

por sonhos. Uma echarpe da cor de um vinho escuro fora habilmente colocada em volta do pescoço. O ursinho de pelúcia estava debaixo do mesmo braço. A mão esquelética de alguém aparecia na foto, como se talvez fosse afastar um cacho de cabelo dourado da testa da menina.

- Um porão. O fundo era uma parede de tijolos caiados, com uma janela estreita coberta por teias de aranha a 1,80 metro do chão. Alguém desenhara de maneira tosca umas marcas pretas do que tenho certeza que era um texto em fenício bem abaixo da janela. Três montes de cinzas ligeiramente sobrepostos foram esboçados no cimento. No monte mais à esquerda, havia um círculo de espelho quebrado. No monte mais à direita, havia um ursinho de pelúcia. No monte central, estava uma câmera Polaroid.
- Velhos e mais velhos. Devia haver pelo menos uns doze idosos. Um velhinho raquítico com um tubo de oxigênio no nariz. Um velho hobbit pelancudo com um nariz queimado de sol descascando. Uma gorda parecendo surpresa, com um canto da boca contorcido em uma careta de alguém que sofreu um derrame severo.
- E, finalmente… eu. Michael Figlione, parado ao lado da cama de Shelly, com uma expressão de horror abjeto no rosto em forma de lua, a Solarid nas mãos e o flash espocando. Era a última coisa que o Fenício tinha visto antes de eu começar a tirar fotos.

Recolhi os quadrados escorregadios em uma pilha e enfiei nos bolsos fundos do roupão branco e felpudo.

O Fenício havia rolado de lado. Alguma percepção retornara aos seus olhos, e ele me observava com uma expressão tola de fascínio. Ele havia mijado nas calças, uma mancha escura molhava a virilha e descia pelas coxas. Não acho que ele tenha percebido.

— Você consegue se levantar? — perguntei.

— Por quê?

— Porque está na hora de ir embora.

— Ah.

O Fenício não se mexeu, porém, até eu me abaixar, agarrar seu ombro e mandá-lo ficar de pé. Então, ele se levantou, dócil e perplexo.

— Acho que estou perdido — disse ele. — A gente… se… conhece?

Ele falava em pequenos rompantes, que indicava que estava com dificuldade de encontrar as palavras certas.

— Não — falei em tom firme. — Vamos.

Eu o conduzi pelo corredor até a porta de entrada.

Pensei que tinha absorvido todos os choques que a noite poderia oferecer, mas havia outro à espera. Nós chegamos até o primeiro degrau, e aí eu travei.

O jardim e a rua estavam cobertos de pássaros mortos. Pardais, creio eu. Devia haver quase mil aves, pequenos farrapos pretos e rígidos formados por penas, garras e olhos redondos como balas de chumbinho. E a grama estava cheia de pequenos seixos vitrificados. Eles foram esmagados quando desci os degraus. Granizo. Eu me abaixei em um joelho — as pernas estavam fracas — e observei um dos pássaros mortos. Cutuquei-o com um dedo nervoso e descobri que ele fora congelado, estava tão rígido e frio como se tivesse saído de um freezer. Eu me levantei de novo e olhei a rua. Os mortos penosos continuavam até onde a vista alcançava.

O Fenício se virou e observou o massacre com uma cara estúpida. Shelly estava parada ao lado dele, do lado de dentro da porta aberta, com uma expressão bem mais serena no rosto.

— Onde você estacionou o seu carro? — perguntei a ele.

— Estacionar? — repetiu ele. Sua mão desceu pela frente da calça. — Estou molhado. — Ele não falou como se aquilo o incomodasse.

As nuvens de tempestade foram varridas para o leste e se desmancharam em ilhas montanhosas. O céu a oeste brilhava com a cor de ouro incandescente e escurecia para um tom vermelho-escuro no horizonte — um tom horrível, a cor do coração humano. Era uma hora horrível.

Deixei o Fenício no jardim e fui procurar o carro dele. Isso surpreende você? Que eu tenha deixado o Fenício sozinho no jardim com Shelly Beukes e apenas me afastado dos dois? Nunca me passou pela cabeça que eu deveria me preocupar. Àquela altura, eu compreendia o efeito impressionante da exposição múltipla à Solarid, cada vez que a câmera era disparada. Após usá-la mais de cinquenta vezes contra ele, eu simplesmente havia lobotomizado o homem — um efeito temporário, de qualquer forma. Até hoje, parte de mim acha que provoquei tanto estrago dentro da cabeça dele a ponto de deixá-lo prejudicado para sempre.

Shelly com certeza nunca se recuperou. Mas você já sabia disso, não? Se estava esperando que, de alguma forma, aquela doce velhinha corajosa fosse recuperar tudo no fim, então esta história vai te deixar desapontado. Nenhum daqueles pássaros se levantou e foi embora voando, e nem um pouquinho do que Shelly perdeu jamais lhe foi devolvido.

Assim que saí caminhando pela rua, comecei a chorar. Não foram soluços muito aflitos — apenas um filete triste de lágrimas e uma respiração embargada. De início, tentei não pisar em nenhum dos pássaros mortos, mas depois de algumas dezenas de metros, desisti. Havia muitos pássaros. Eles emitiam sons abafados de estalos quando pisados.

A temperatura tinha caído enquanto eu estivera dentro da casa, mas começava a subir de novo, e, quando encontrei o Cadillac do Fenício, havia vapor saindo do asfalto molhado em volta do carro. Ele não tinha estacionado longe, apenas ao lado do meio-fio na esquina, onde o conjunto habitacional ainda não se tornava um conjunto de verdade. Havia sítios de um lado da estrada, bastante espalhados, mas um paredão denso de floresta e arbustos espinhosos do outro. Um bom lugar para deixar um carro por um tempo se não quiser que ninguém note.

Quando voltei à casa dos Beukes, o Fenício havia se sentado no meio-fio. Ele segurava um pássaro morto pela perna e o inspecionava com atenção. Shelly encontrara uma vassoura e estava varrendo o jardim inutilmente, tentando recolher os pequenos cadáveres.

— Anda logo — falei para ele. — Vamos.

O Fenício colocou o pássaro morto no bolso da camisa e obedeceu, ficando de pé.

Eu o acompanhei pelo caminho rua acima até esquina. Não percebi que éramos seguidos por Shelly e sua vassoura até que estávamos quase chegando ao grande Cadillac do Fenício.

Abri a porta do carro e, após um momento em que ficou encarando de forma inexpressiva o banco da frente, o Fenício se sentou atrás do volante. Ele me deu um olhar esperançoso, aguardando que eu lhe dissesse o que fazer a seguir.

Será que ele ainda se lembrava de como dirigir, me perguntei. Eu me debrucei para dentro do carro a fim de bater em seus bolsos à procura das chaves, e foi aí que senti um cheiro de gasolina de lacrimejar os olhos. Olhei para o banco de trás e vi uma lata vermelha de gasolina ao lado da pilha de álbuns de fotos. Soube então o que, no fim das contas, os investigadores de incêndios criminosos ainda levariam três semanas para descobrir: que o incêndio na academia do sr. Beukes em Cupertino não fora causado por um raio, mas por maldade.

O apagão na vizinhança, por outro lado, foi mesmo uma consequência da tempestade. Tenho menos certeza de que a tempestade em si foi um evento puramente natural. Uma hora antes, eu havia considerado a possibilidade de que o Fenício pudesse ter alguma influência oculta sobre o clima e rejeitei a ideia com uma certa aversão, achando graça. Mas ela parecia menos absurda depois que vi aqueles acres de pássaros massacrados. Será que ele teve algum envolvimento com a tempestade, afinal de contas? Talvez sim, talvez não. Eu falei que havia muita coisa sobre aquela noite que não entendo.

Eu me imaginei metendo a mão no banco de trás do Cadillac e jogando sobre o Fenício o pouco que sobrou dentro do galão de gasolina, depois soltando o isqueiro do carro no colo dele. Mas é claro que não faria aquilo. Eu me senti mal pisando em um pardal morto. Dificilmente mataria um homem. Deixei o galão de gasolina onde estava, mas, por impulso, peguei o álbum de fotos do topo da pilha e enfiei debaixo do braço. Encontrei as chaves no cinzeiro do painel e dei partida no Cadillac para ele.

O Fenício me encarou com um olhar sincero.

— Você pode ir embora agora — falei.

— Para onde?

— Qualquer lugar. Desde que seja longe daqui.

Ele concordou com a cabeça devagar, e depois um sorriso simpático e sonhador apareceu em seu rosto leproso.

— Aquele gim espanhol fode com a gente, hein? Eu devia ter parado na primeira dose! Tenho a impressão de que não vou me lembrar de nada disso amanhã de manhã.

— Talvez eu deva tirar uma foto sua — sugeriu Shelly, por trás de mim. — Para que você não esqueça.

— Ei — disse ele. — É uma boa ideia.

— Dê um sorrisão, mocinho — falou Shelly.

Ele obedeceu, e ela acertou os dentes do Fenício com o cabo da vassoura.

O golpe produziu um estalo ossudo e virou a cabeça dele de lado. Shelly gargalhou. Quando o Fenício ergueu os olhos, a mão estava tapando a boca, mas havia sangue escorrendo entre os dedos. Seu olhar era como o de uma criança assustada.

— É melhor você manter essa piranha maluca longe de mim! — berrou o Fenício. — Ei, vadia! É melhor tomar cuidado. Eu conheço uns caras muito maus.

— Não mais — falei, e bati a porta do carro na cara dele.

Ele travou a porta e olhou para nós com uma expressão muda de terror. A mão saiu da boca e revelou sangue nos dentes e um lábio superior que inchava rapidamente, contorcido em uma careta dolorosa de desdém.

Eu não esperei para vê-lo partir. Peguei Shelly pelo ombro, virei seu corpo e comecei a caminhar de volta. Estávamos chegando ao jardim quando ele passou de carro. Não havia se esquecido de como dirigir o grande Cadillac afinal de contas, e, pensando a partir da minha perspectiva adulta mais bem-informada, não fico surpreso. A memória motora é compartimentalizada, separada de outros processos de pensamento. Muitas pessoas, perdidas por completo na bruma branca ofuscante da senilidade, ainda conseguem tocar perfeitamente certos solos de piano que aprenderam na infância. O que a mente esquece, as mãos lembram.

O Fenício nem sequer olhou para nós. Em vez disso, estava debruçado sobre o volante, olhando de um lado para o outro, com olhos brilhando de ansiedade. Eu tinha visto aquela mesma expressão no rosto de Shelly mais cedo naquele dia, quando ela vasculhou a vizinhança desesperadamente por alguma coisa — *qualquer coisa* — que pudesse parecer familiar.

No fim da rua, ele ligou a seta, virou à direita na rodovia e saiu da minha vida.

10

QUANDO COBRI SHELLY com os lençóis, ela me deu um sorriso sonolento e pegou a minha mão.

— Você sabe quantas vezes coloquei *você* na cama, Michael? As vidas têm início, meio e fim, mas você tem que ficar de olhos abertos se quiser vê-los, mocinho.

Eu me debrucei e beijei a têmpora dela, que tinha a textura macia e empoeirada de pergaminho antigo. Shelly nunca mais disse meu nome, embora houvesse dias que eu tinha certeza de que ela se lembrava de mim. Houve mais dias em que Shelly não lembrava, mas, de vez em quando, seus olhos brilhavam com reconhecimento.

Tenho certeza que ela me reconheceu no fim. Nenhuma dúvida quanto a isso.

11

O SR. BEUKES SÓ CHEGOU em casa às duas da manhã. Tive tempo suficiente para me arrumar e colocar as roupas na secadora. Tempo suficiente para recolher os pássaros mortos no jardim. Tempo suficiente para tomar um copo de Quik sabor morango — o sr. Beukes gostava de usá-lo como ingrediente nos seus shakes de proteína, e eu gostava de usá-lo como ingrediente no meu rabo gordo — e refletir.

Tempo suficiente para folhear o álbum de fotos roubado. Aquele com S. Beukes escrito com caneta permanente na contracapa.

Poderia ser a coleção de memórias de qualquer pessoa, embora as polaroides mais velhas no álbum mostrassem cenas que ocorreram muito antes de a fotografia colorida ficar disponível para as massas. E muitos instantâneos eram de coisas que ninguém teria fotografado.

Lá estava um cavalinho com rodas de madeira e uma corda enfiada em um buraco na cabeça, sendo puxado sobre uma calçada de concreto.

Lá estava um céu azul ensolarado com uma única nuvem, uma nuvem no formato de um gato com o rabo curvado como um ponto de interrogação. As mãos gorduchas de um bebê se esticavam na direção da nuvem na parte inferior da foto.

Lá estava uma mulher parruda com dentes grandes e tortos, descascando uma batata na pia, com um rádio em caixa de madeira brilhando na bancada da cozinha ao fundo. Por causa da semelhança, imaginei que fosse a mãe de Shelly e que o ano pudesse ser por volta de 1940.

Lá estava uma gostosa de 20 anos com o corpo de uma nadadora olímpica, usando calcinha branca, de braços cruzados sobre os seios nus, e com um chapéu de feltro na cabeça. Ela se admirava em um espelho de corpo inteiro. Era possível ver também o reflexo de um homenzarrão completamente nu, sentado na borda de um colchão. Ele sorria com malícia e observava a mulher em franca admiração. Tive que olhar para essa imagem por meio minuto antes de me dar conta de que a garota era a própria Shelly e o homem atrás dela era seu futuro marido.

Na metade do álbum, encontrei uma série de quatro polaroides que me deram um tremendo susto — quatro instantâneos que não consigo explicar. Era a garota de novo — a garota do ursinho de pelúcia. A garota morta que vi nas fotos tiradas da mente do Fenício ("fotos mentais?"). Ambos a conheceram.

Essas imagens eram do fim dos anos 1960, início dos anos 1970. Em uma delas, a menina estava sentada em uma bancada de cozinha, com as bochechas molhadas de lágrimas e um joelho ralado. Ela segurava corajosamente o ursinho contra o peito, enquanto as mãos grandes e sardentas de Shelly entravam no quadro com um Band-Aid. Em outra polaroide, os dedos fortes e seguros de Shelly operavam uma agulha e costuravam o chapéu do ursinho de pelúcia de volta à cabeça, enquanto a menina acompanhava com olhos tristes. Na terceira foto, a criança dormia na cama de uma menina rica, cercada por outros ursinhos de pelúcia. Mas o que a garota segurava contra o peito ao dormir era o ursinho de sempre.

Na última foto, a menininha estava morta ao pé da escada de pedra mais íngreme do mundo, caída de bruços na poça de sangue que se espalhava, com um braço esticado como se estivesse tentando pegar o ursinho, que acabou parando apenas na metade da escada.

Não sei quem ela era. Não era filha de Shelly. Alguém de quem ela cuidou quando era mais jovem, em um primeiro emprego como babá? Aquela escadaria íngreme de pedra não parecia com Cupertino; São Francisco, talvez.

Não sei ao certo qual a relação entre a menina com o ursinho, Shelly e o Fenício — eu disse que tem muita coisa que não entendo —, mas tenho minhas ideias. Acho que o Fenício estava tentando *se* apagar. Que ele estava visitando pessoas que o conheciam ou que *poderiam* tê-lo conhecido, antes de ele *se tornar* o Fenício. Acho que cada álbum de foto no carro dele pertencia a alguém que poderia ter se lembrado do homem ou do garoto que fora antes de seu corpo se transformar em um manuscrito profano escrito em uma língua que talvez tenha sido corretamente esquecida. Em relação ao *motivo* pelo qual ele precisava apagar aquela antiga versão de si mesmo da memória, não vou arriscar um palpite.

As últimas fotos do álbum de memória de Shelly foram as mais difíceis de olhar. Você sabe o que havia nelas.

Lá estava eu, sentado em um degrau de concreto, permitindo que Shelly amarrasse meus cadarços com as mãos gastas e com manchas de idade que eram bem mais velhas do que as mãos que apareciam nas fotos do ursinho de pelúcia. Eu sentado no seu colo enquanto ela lia para mim *Alexandre e o dia terrível, horrível, espantoso e horroroso*. Uma versão gorducha de mim com 7 anos, olhos esperançosos debaixo de uma franja desgrenhada, erguendo um sapinho verde e dourado, menor do que uma moeda de 25 centavos, para que ela inspecionasse e aprovasse.

Deveriam ter sido os braços da minha mãe em volta de mim, e deveria ser meu pai lendo para mim, mas não eram. Era Shelly. Uma vez atrás da outra era Shelly Beukes que amava — e dava carinho — para um garoto gordinho e solitário que precisava desesperadamente que alguém o notasse. Minha mãe não queria essa tarefa, e meu pai não sabia como fazê-la, então isso ficou a cargo de Shelly. E ela me adorava com todo o entusiasmo de uma mulher que acabou de ganhar um novo carro em um programa de TV. Como se *ela* fosse a sortuda — de *me* ter, de ter a sorte de assar cookies para mim, de dobrar minhas cuecas, de aguentar as minhas birras na escola e de beijar meus dodóis. Quando, na verdade, eu era o sortudo e nunca soubera disso.

12

NO ANO E MEIO SEGUINTE, Shelly teve dois tipos de dias: ruim e pior. O sr. Beukes e eu tentamos cuidar dela. Shelly se esqueceu de como usar uma faca, e tínhamos que cortar a comida para ela. Ela se esqueceu de como usar o banheiro, e precisávamos trocar suas fraldas. Ela se esqueceu de quem o Larry era e, às vezes, se assustava quando o marido entrava no recinto. Ela nunca se assustava comigo, mas não costumava saber quem eu era. No entanto, havia algum resquício de memória em algum lugar, porque muitas vezes, quando eu entrava na casa, Shelly berrava:

— Papai! O técnico chegou para consertar a TV!

Às vezes, quando Larry não estava por perto, eu me sentava com ela e folheava o álbum de memórias roubado do Fenício, tentando fazer com que ela se interessasse por aquelas fotos mentais com cortes turvas e luz ruim. Mas, em geral, ela ficava de mau humor, virava a cara para não vê-las e dizia algo como:

— Por que está me mostrando isso? Vá consertar a TV. *O Clube do Mickey* já vai começar. Não quero perder nenhum programa bom.

Somente uma vez eu a vi reagir a uma imagem no álbum de fotos. Certa tarde, ela olhou para a fotografia da menina morta ao pé da escada com um repentino fascínio infantil.

Ela pressionou o polegar na foto e disse:

— Empurrada.

— É, Shelly? Ela foi empurrada? Você viu quem foi?

— Desapareceu — respondeu ela, e abriu os dedos em um gesto teatral de *puf*. — Como um fantasma. Você vai consertar a TV?

— Pode apostar — prometi. — *O Clube do Mickey*, a seguir.

No outono do meu segundo ano do ensino médio, Larry Beukes cochilou em frente à TV e Shelly saiu da casa. Ela só foi encontrada às quatro horas na manhã seguinte. Dois policiais a encontraram à cinco quilômetros de distância, procurando algo para comer em uma caçamba de lixo atrás de uma lanchonete Dairy Queen. Os pés estavam pretos de sujeira, ralados e sangrando, as unhas estavam quebradas e os dedos, em carne viva, como se ela tivesse caído em uma vala e escavado o caminho com as mãos para sair. Alguém havia levado suas alianças de casamento e noivado. Ela não reconheceu Larry quando ele chegou para pegá-la. Não reagiu ao ouvir o próprio nome. Não era capaz de dizer onde estivera e não se importava para onde ia, desde que tivesse uma TV.

Eu fui visitá-la na tarde seguinte, e Larry abriu a porta usando uma camiseta larga escrito MÉXICO! e cueca, o cabelo grisalho em pé de um lado da cabeça. Quando perguntei se podia ajudar a tomar conta de Shelly, o rosto se contraiu e o queixo começou a tremer.

— O Heitor levou a Shelly embora! Ele a levou enquanto eu dormia!

— Pai! — berrou uma voz vindo de algum ponto atrás dele. — Pai, com quem o senhor está falando?

Larry o ignorou, desceu o degrau e saiu à luz.

— O que você vai pensar de mim? Eu deixei o Heitor levá-la embora. Assinei toda a papelada. Fiz o que me mandaram porque estava cansado e ela dava trabalho demais. Você acredita que algum dia ela abriria mão de *mim*? — Ele me abraçou e começou a soluçar.

— Pai! — berrou Heitor mais uma vez e veio até a porta.

E lá estava ele: o marinheiro fisiculturista, dono orgulhoso de um Trans Am 1982 novinho saído diretamente de *A super máquina*, o filho que apenas às vezes eu lembrava que Shelly e Larry tinham. O garoto que fez o truque de salão de levantar uma cadeira com uma das mãos, com a mãe sentada em cima.

Ele ganhara um pneu de gordura, e a tatuagem típica de marinheiro começara a esmaecer. O estilo de se vestir não amadurecera ao longo dos anos em que esteve longe e poderia ser descrito como uma versão chique do professor de ginástica Richard Simmons. Heitor usava uma bandana vermelha para manter o cabelo crespo longe dos olhos e uma regata com estampa de pirata. Ele parecia envergonhado.

— Cruzes, pai. Caramba. Você está fazendo o moleque se sentir mal. Não é como se tivesse mandado a mamãe para a cadeia. O senhor pode vê-la todo dia. Nós dois podemos! Foi o melhor para ela. O senhor está cavando a própria cova correndo atrás dela. Acha que é isso que ela queria? Vamos. Vamos.

Heitor colocou um braço enorme no ombro do pai e o retirou delicadamente de mim. Depois que virou Larry de volta para casa, ele deu um sorriso constrangido e disse:

— Entre, mocinho. Acabei de fazer uns cookies recheados.

Quando ele me chamou de "mocinho", senti um arrepio.

Shelly fora internada em um local chamado Belliver. Heitor levara a mãe de carro até lá naquela manhã enquanto o pai cochilava. Não era o Four Seasons, mas ela tomaria os remédios na hora e não vasculharia a caçamba de lixo de uma Dairy Queen à procura de comida. Heitor disse que o pai estava chorando desde então. Ele me contou isso depois que Larry Beukes voltou, arrastando os pés, para a cama, lugar em que ficara quase o dia inteiro. Àquela altura, Heitor e eu estávamos sentados diante de *The People's Court* com chá e cookies quentinhos, com recheio doce e gosmento, e pedacinhos de nozes para deixá-los um pouco crocantes.

Heitor se debruçou sobre o prato para falar comigo em um tom confidencial que era completamente desnecessário, visto que estávamos sozinhos.

— Eu costumava sentir um pouco de ciúme de você, sabia? Da forma como a mamãe falava de você. Da forma como você fazia tudo certo. Boas notas. Nunca respondia mal. Eu ligava para a mamãe de Tóquio para dizer que tinha acabado de comer sushi com um parente do imperador, e ela me dizia: "Ah, que legal. Por falar nisso, o mocinho acabou de inventar um reator nuclear que funciona com peças sobressalentes de Lego e elásticos." — Ele balançou a cabeça e sorriu por baixo do bigode de Tom Selleck. — Porém, ela estava certa sobre você. Você é exatamente o moleque bom caráter que minha mãe dizia que era. Se não fosse por você, não sei como meu pai teria conseguido passar o último ano e meio. E a mamãe… antes de tudo escapar da mente dela, você lhe deu um motivo para sair da cama todas as manhãs. Você a fez rir. Você a fez bem mais feliz do que eu a fiz na vida, acho.

Fiquei mortificado. Não sabia o que dizer. Olhei fixamente para a TV, e, com a boca meio cheia, falei:

— Ótimos cookies. Iguaizinhos aos da sua mãe.

Ele concordou com a cabeça, muito cansado.

— É. Encontrei a receita em um dos cadernos dela. Sabe como minha mãe os chamava?

— Cookies recheados?

— Favoritos do Mike — respondeu ele.

13

EU IA VISITÁ-LA DE VEZ em quando nos dois anos seguintes. Às vezes, ia com Larry, às vezes, com Heitor, que se mudou para São Francisco para ficar mais perto dos pais. Depois, eu mesmo ia de carro sozinho.

No primeiro ano, mais ou menos, Shelly sempre ficava contente em me ver, mesmo que pensasse que eu era o técnico da TV. Mas, quando eu estava no último ano do ensino médio, ela não me reconhecia mais — ou qualquer outra pessoa. Shelly ficava sentada diante da TV no salão comunal lotado, um espaço iluminado pelo sol que cheirava a urina, idosos e poeira, um lugar com piso de cerâmica sujo e mobília desgastada de segunda mão. A cabeça pendia para a frente, com as dobras do queixo enfiadas no peito. Às vezes ela sussurrava para si mesma: "Próximo canal, próximo, próximo, *próximo.*" Shelly ficava muito empolgada sempre que alguém mudava o canal, pulava na cadeira por alguns momentos antes de voltar à postura desleixada.

Talvez um mês antes de eu ir embora para o Instituto de Tecnologia de Massachusetts, fui de carro até São Francisco para o encontro de entusiastas de computadores caseiros, e, na volta, deixei a rodovia interestadual duas saídas antes e passei na Belliver para visitar Shelly. Ela não estava no quarto, e a enfermeira na recepção não soube me dizer onde encontrá-la caso ela não estivesse em frente à TV. Eu a descobri sentada em uma cadeira de rodas ao lado das máquinas de venda automáticas em uma passagem lateral, no fim do corredor do quarto dela, desacompanhada e esquecida.

Havia muito tempo que Shelly sequer parecia me notar, quanto mais me reconhecer. No entanto, quando me ajoelhei ao seu lado, alguma consciência obscura se iluminou naqueles olhos verdes que haviam se tornado tão suaves e esmaecidos quanto vidro marinho.

— Mocinho — sussurrou Shelly. O olhar dela se afastou e voltou. — Odeio isso. Queria. Poder esquecer. Como respirar. — E então aquela luz fraca, quase divertida, brilhou nos olhos dela. — Ei. O que você fez com aquela câmera? Não gostaria de tirar uma foto? Uma lembrança da sua melhor amiga?

Senti um arrepio gelado nas costas inteiras, como se alguém tivesse jogado um balde de água fria em mim. Pulei para longe dela, depois dei a volta para trás de Shelly, segurei nos pegadores da cadeira e empurrei-a para o interior do salão, levando-a rápido à recepção. Eu não quis saber o que ela queria dizer. Não quis pensar a respeito.

Enquadrei a enfermeira atrás do balcão e fiz barulhos raivosos para ela. Disse que queria saber quem tinha deixado minha mãe do lado da porra de uma máquina de venda automática e quanto tempo ela tinha ficado ali e quanto tempo mais ela teria ficado se eu não tivesse passado por acaso para uma visita. Quando citei Shelly como mãe, eu não tinha noção de que aquilo era mentira. E fez bem me sentir com raiva. Não era tão bom quanto ser amado, mas era melhor que nada.

Eu berrei até a enfermeira ficar ruborizada e parecer aflita e envergonhada. Fiquei satisfeito ao vê-la secar os olhos com um lenço de papel, ver a forma como as mãos tremiam quando pegou o telefone para ligar para o supervisor. E enquanto eu esbravejava, Shelly permaneceu sentada na cadeira de rodas, com a cabeça pendendo sobre o peito, tão esquecida e invisível como ela estivera ao lado das máquinas de venda automática.

Nós nos esquecemos tão facilmente.

14

NAQUELA NOITE, UM VENTO QUENTE — era como o ar saindo de uma fornalha aberta — varreu Cupertino, e o céu trovejou, mas não choveu. Quando saí para pegar o carro de manhã, encontrei um pássaro morto no capô. A ventania tinha pegado um pardal contra o para-brisa com força suficiente para quebrar seu pescoço.

15

MEU PAI ME PERGUNTOU se eu pretendia visitar Shelly antes de ir embora para Massachusetts.

Eu disse que achava que sim.

16

A SOLARID ESTAVA em uma caixa no armário do meu quarto, junto com o álbum de fotos dos pensamentos de Shelly e um envelope de papel pardo contendo as memórias do Fenício. O que foi? Você pensou que eu tinha jogado tudo aquilo fora? Que eu *poderia* ter jogado tudo aquilo fora?

Um dia, algumas semanas depois de ter visto o Fenício pela última vez, tirei a câmera-que-não-era-bem-uma-câmera da prateleira de cima do armário e levei-a para a garagem. Só de tocá-la já ficava nervoso. Eu me lembrei de que, quando Frodo colocava o Anel, ele ficava visível para o olho vermelho de Sauron, e tive medo de que, por simplesmente entrar em contato com a Solarid, eu de alguma forma pudesse convocar o Fenício de volta. *Ei, gorducho. Lembra de mim? É? Lembra? Não por muito tempo.*

Mas, no fim das contas, após virá-la várias vezes nas mãos, eu a recoloquei no armário. Nunca fiz nada com ela. Nunca a desmontei. Não sabia como. Não havia junções, nenhum lugar onde as peças de plástico se encaixavam. Era uma peça única, de uma maneira impossível. Talvez se tivesse tirado uma foto, eu poderia ter descoberto mais alguma coisa, mas não ousei fazer isso. Não, enfiei a Solarid de volta no armário e depois a escondi atrás de uma caixa de fios e placas de circuito. Depois de um mês ou dois, às vezes até conseguia passar quinze minutos sem pensar nela.

No fim de semana anterior à minha partida para Boston — meu pai e eu voaríamos juntos —, abri o armário e fui procurar por ela. Parte de mim não esperava encontrá-la ali, tinha quase passado a acreditar que o Fenício fora alguém com quem sonhei em um dia de febre e crise emocional, anos antes. Mas a Solarid *estava* ali, exatamente como eu lembrava. O olho de vidro cego e inexpressivo me encarava do alto da prateleira de cima como um ciclope mecânico.

Coloquei a câmera com delicadeza no banco de trás do meu Honda Civic, de maneira que não precisasse olhar para ela enquanto dirigia até Belliver. Só o ato de encará-la já parecia perigoso. Como ela pudesse funcionar de repente, disparar por vingança e apagar minha mente, para me punir por deixá-la acumulando poeira por quatro anos.

Shelly estava no quarto, um cômodo apenas um pouco maior que uma cela de cadeia. Eu sabia que Heitor e Larry tinham vindo visitá-la algumas horas mais cedo — eles sempre davam uma passada nas manhãs de sábado. Programei minha visita para cair logo depois da deles, de maneira que ambos tivessem uma última chance de estar com Shelly.

Eu a encontrei na cadeira de rodas, voltada para a janela. Como eu queria que ela tivesse algo bonito para contemplar. Um parque verde com carvalhos, um lugar com um chafariz, bancos e crianças. Mas o quarto dela tinha vista para o estacionamento sob o sol escaldante e duas caçambas de lixo.

Shelly estava com o walkman no colo e fones de ouvido na cabeça. Heitor sempre colocava os fones na mãe quando ia embora, para que ela pudesse ouvir a trilha sonora de *Conta comigo* — as canções que ela e Larry dançaram quando ele era recém-chegado ao país e ela havia acabado de concluir o ensino médio.

Só que a música terminara havia muito tempo, e ela estava apenas sentada ali, com a cabeça tendo espasmos no pescoço e baba escorrendo pelo queixo, sentada em uma fralda que precisava ser trocada. Dava para sentir o cheiro. Ah, a nobreza da terceira idade.

Tirei os fones de ouvido de Shelly e girei a cadeira de rodas para que ficasse de frente para a cama. Sentei-me no colchão diante dela, de maneira que nossos joelhos quase se tocaram.

— Aniversário — disse Shelly, que me olhou brevemente e depois virou o rosto. — Aniversário. De quem?

— Seu — falei. — É o seu aniversário, Shelly. Posso tirar uma foto? Tirar fotos da aniversariante? E depois... depois vamos assoprar as velinhas. Faremos um pedido juntos e apagaremos todas de uma vez.

Seu olhar voltou para mim, e houve um interesse quase de pássaro nos olhos dela.

— Foto? Ah. Tá bom, mocinho.

Eu tirei a foto dela. O flash espocou. Mais uma vez.

E mais uma vez. E mais uma vez.

As fotos caíram no chão e se revelaram: a avó corcunda de Shelly retirando uma travessa de cookies recheados do forno, com um cigarro no canto da boca; um cenário de TV em preto e branco, com crianças usando orelhas de Mickey Mouse; o nome Beukes escrito em tinta preta borrada na palma cor de rosa de uma mão erguida, acima de um número de telefone; um bebê gordo com os punhos erguidos e o queixo sujo de geleia, o cabelo de Heitor já era uma massa de cachos desgrenhados.

Tirei pouco mais de trinta fotos, mas as últimas três não se revelaram, e foi assim que eu soube que tinha acabado. Eram fotos sem nada, cinzas como nuvens de tempestade.

Quando me levantei, eu estava chorando silenciosa e furiosamente, sentindo um gosto de cobre na boca. Shelly desmoronou para a frente, com os olhos abertos, mas sem enxergar nada. A respiração estava congestionada e difícil. Seus lábios estavam franzidos — como se estivesse prestes a assoprar as velas do bolo de aniversário.

Beijei a testa de Shelly e inspirei fundo a fragrância do quarto onde ela passara os últimos anos de vida: poeira, fezes, ferrugem, desprezo. Se me senti miserável naquele momento, não foi porque apontei a câmera para ela — foi por ter demorado tanto tempo para fazer isso.

17

HEITOR ME LIGOU NO DIA SEGUINTE para me informar que a mãe dele tinha falecido às duas da manhã. Eu não me importava com a causa da morte e nem perguntei, mas ele me disse mesmo assim.

— Os pulmões simplesmente pararam — contou Heitor. — Como se, de repente, o corpo inteiro tivesse se esquecido de como respirar.

18

DEPOIS QUE DESLIGUEI O TELEFONE, fiquei sentado na cozinha ouvindo o tique-taque do relógio. Era uma manhã muito quente e abafada. Meu pai tinha saído. Na época, ele estava trabalhando no turno matinal.

Entrei no quarto e peguei a Solarid. Não tive medo de pegá-la naquele momento. Levei a câmera para fora e a coloquei na entrada da garagem, atrás do pneu do lado do motorista do meu Honda Civic.

Quando dei ré por cima dela, ouvi a Solarid se esmigalhar com um estalo de plástico. Coloquei o Civic em ponto morto e desci para dar uma olhada.

Quando vi a câmera, porém, na entrada de garagem, meu coração deu um pulo, como um pássaro colhido por um vendaval, arremessado de maneira indefesa contra a parede dura das minhas costelas. O estojo havia sido destruído em fragmentos grandes e reluzentes. Mas não havia nenhum mecanismo por dentro. Nenhuma engrenagem, nenhuma tira, nenhum equipamento eletrônico de qualquer tipo. Em vez disso, a Solarid estava cheia de uma coisa parecida com alcatrão, um galão espesso de uma sopa negra — uma sopa com um *olho*, um grande olho amarelo com uma pupila vertical no meio. Uma grande gosma cor de amora preta de Suspense no Panamá com um globo ocular dentro. Quando aquela porcaria alcatroada começou a se espalhar em uma poça, juro que o olho girou para olhar para mim. Eu quis gritar. Se tivesse ar suficiente nos pulmões, teria gritado.

Enquanto eu assistia, porém, o líquido negro começou a se solidificar e logo ficou prateado e claro. Ele endureceu nas bordas, se enrugou e fossilizou. A rigidez reluzente se espalhou para dentro, alcançou aquele olho amarelo e o congelou.

Quando tirei aquilo do chão, toda a gosma preta virou uma bolha de aço leve e sem brilho, um pouco menor que uma tampa de bueiro e tão fina quanto um prato de jantar. Tinha cheiro de relâmpago, de granizo, de pássaro mortos.

Eu a segurei por um momento apenas. Foi o máximo que consegui aguentar. Assim que peguei a bolha, minha cabeça começou a se encher de zumbidos, estática e sussurros enlouquecidos. O crânio virou um rádio AM sintonizado em uma estação distante: não era a rádio Vida Adulta, mas sim a rádio Loucura. Uma voz que já era antiga quando Ciro, o Grande, subjugou os fenícios sussurrou: *Michael, ó, Michael, derreta-me e* construa. *Construa uma de suas máquinas pensantes. Construa um com-*pu-*tador, Michael, e eu vou lhe ensinar tudo que você quer saber. Vou responder todas as suas perguntas, Michael. Vou solucionar todas as charadas, vou torná-lo rico, vou fazer as mulheres quererem dar para você, vou...*

Eu a joguei longe com uma espécie de repulsa.

Da próxima vez que peguei a bolha, usei uma pinça para empurrá-la para dentro de um saco de lixo.

Mais tarde, dirigi até o oceano e joguei aquela porra nele.

19

A-HÃ. CLARO QUE EU FIZ ISSO.

20

EU REALMENTE USEI UMA PINÇA para manusear a coisa e a coloquei em um saco de lixo. Mas não joguei no oceano — joguei no fundo do meu armário, onde mantivera a Solarid por tantos anos.

Naquele outono, minha mãe viajou para os Estados Unidos a fim de se encontrar comigo e com meu pai em Cambridge e me ver instalado no Instituto de Tecnologia de Massachusetts. Fazia mais de um ano que eu não a encontrava, e fiquei surpreso ao descobrir que seu cabelo castanho-claro ficara completamente grisalho e que ela passara a usar óculos bifocais sem armação. Comemos juntos como uma família no Mr. Bartley's Gourmet Burgers na avenida Mass, um das únicas refeições que me lembro de termos feito juntos. Minha mãe pediu anéis de cebola frita e só comeu um ou outro.

— O que você mais espera? — perguntou meu pai para mim.

Minha mãe respondeu por mim.

— Imagino que ele esteja contente por não ter mais que esconder.

— Esconder o quê? — perguntei.

Ela afastou os anéis de cebola.

— O que você é capaz de fazer. Quando a pessoa está em um lugar que lhe permite desenvolver todo o seu potencial... bem, ela nunca mais quer ir embora.

Não tenho recordação da minha mãe dizendo que me ama, embora ela tenha me dado um abraço apertado em volta do pescoço no aeroporto e me lembrado de que a contracepção era minha responsabilidade, não das minhas futuras namoradas. Minha mãe foi assassinada em junho de 1993 por integrantes do Exército de Resistência do Senhor, em uma estrada montanhosa na fronteira noroeste do Congo. Ela morreu com o amante francês, o homem com quem ela morava, como se revelou, por mais de uma década. A morte dela foi parar no *The New York Times*.

Meu pai absorveu a notícia da mesma forma com que reagiu ao desastre do ônibus espacial *Challenger* — com pesar, mas sem um grande sinal de sofrimento pessoal. Não sei dizer se algum dia os dois se amaram ou o que os levou a fazer um bebê juntos. Esse é um mistério ainda maior do que qualquer coisa que envolva Shelly Beukes e o Fenício. Posso dizer que, até onde eu saiba, meu pai não teve outra mulher na vida durante todos os anos em que os dois estiveram afastados, primeiro quando eles foram separados pela África, e depois, quando foram separados pela morte.

E ele leu os livros da minha mãe. Todos. Ele os mantinha na prateleira logo abaixo dos álbuns de fotos.

Meu pai viveu para ver a minha formatura no Instituto de Tecnologia de Massachusetts e meu retorno à costa Oeste para fazer um mestrado (e depois um doutorado) na Caltech. Ele morreu na semana anterior ao meu aniversário de 22 anos. Um fio ativo de subtransmissão se soltou em uma noite de chuva e vento e acertou meu pai bem nas costas quando ele estava ao lado do furgão de manutenção, recolhendo as ferramentas. Ele recebeu uma carga de 138 quilovolts.

Entrei no século XXI sozinho, um órfão raivoso que ficava ressentido sempre que as pessoas da minha idade reclamavam dos pais ("Minha mãe está puta porque eu não quis ser advogado", "Meu pai dormiu na minha formatura" — blá, blá, blá). Mas eu também odiava as pessoas que *não* reclamavam dos pais, mas falavam deles com carinho ("Minha mãe diz que não se importa com o que eu faça desde que eu seja feliz", "Meu pai ainda me chama de tiquinho de gente" — blá, blá, blá).

Não há sistema de medidas que possa quantificar adequadamente o ódio que eu carregava no coração quando era jovem e solitário. Essa sensação de ressentimento me consumiu como um câncer, me deixou oco, esquelético e debilitado. Quando entrei no Instituto de Tecnologia de Massachusetts aos 18 anos, eu pesava 150 quilos. Seis anos depois, pesava 77. Não foram exercícios. Foi fúria. O ódio é uma forma de inanição. O ressentimento é a greve de fome da alma.

Passei grande parte de umas férias entediantes e desanimadas de abril esvaziando a casa em Cupertino, encaixotando roupas e pratos de jantar lascados para levar ao Exército da Salvação, e doando livros à biblioteca. Naquela primavera, havia muito pólen no ar, que encobria as janelas com um nevoeiro amarelo intenso. Qualquer um que entrasse na casa teria me visto com lágrimas pingando do nariz e presumido que era tristeza, quando, na verdade, era alergia. Encaixotar a casa onde morei a infância inteira foi um serviço surpreendentemente sem sentimentos. Com nossa mobília genérica e papel de parede listrado inofensivo, não deixamos quase nenhuma marca no lugar.

Eu havia me esquecido daquele estranho prato de aço enfiado no fundo do armário até enfiar o braço ali e meter a mão nele. O prato ainda estava no saco de lixo, mas deu para sentir as protuberâncias e a superfície do metal através do plástico. Eu o ergui e segurei o pacote nas duas mãos por um bom tempo, em um silêncio pesado e nervoso — o tipo de silêncio que recai sobre o mundo nos momentos anteriores à queda de uma forte tempestade de verão.

O ferro sussurrante nunca voltou a falar comigo — pelo menos não nos meus pensamentos despertos. Às vezes, ele falava comigo nos sonhos, no entanto. Às vezes, nos sonhos, eu o vi como ele era da forma que saiu da Solarid destruída: um líquido alcatroado com um globo ocular dentro, um estranho protoplasma pensante que não pertencia à nossa realidade.

Tive um sonho em que me vi sentado à mesa de jantar diante do meu pai. Ele estava vestido para trabalhar e olhava para uma tigela de Suspense no Panamá, enquanto a gelatina tremia e se sacudia de maneira estranha no prato.

Não vai comer a sobremesa?, perguntei.

Meu pai ergueu os olhos, que eram amarelos e tinham pupilas de gato. Em uma voz cansada e infeliz, ele respondeu: *Não posso. Acho que vou vomitar*. E então abriu a boca e começou a vomitar na mesa, golfadas daquela gosma preta saindo da boca em um jorro lento e pegajoso. Trazendo junto um zumbido de estática e um murmúrio de loucura.

Nos últimos anos na Caltech, comecei a desenvolver a arquitetura de um novo tipo de sistema de memória e criei uma placa de circuitos integrados do tamanho de um cartão de crédito. O protótipo dependia muito de componentes fabricados a partir daquele metal grotesco e impossível e alcançou efeitos computacionais que com certeza nunca tinham sido igualados, em nenhum laboratório, em qualquer lugar, por qualquer pessoa. Aquela primeira placa foi a minha África, foi para mim o que o Congo fora para a minha mãe: um esplêndido país desconhecido onde todas as cores eram mais intensas e onde todo novo dia de estudo prometia alguma revelação empolgante. Morei lá por anos. Nunca quis voltar. Não havia motivo para voltar. Não naquela época.

Então o trabalho foi concluído. No fim das contas, obtive resultados impressionantes, ainda que menos marcantes, ao empregar certos metais de terras raras: itérbio em sua maioria, e cério. Não era nada como o que eu poderia fazer com o ferro sussurrante, mas, ainda assim, representava um grande salto na área. Fui notado por uma empresa batizada com o nome de uma fruta crocante e suculenta e assinei um contrato que me deixou milionário no ato. Se você tem 3 mil músicas e mil fotos no seu telefone, provavelmente está levando um pouco do meu trabalho no bolso.

Sou a razão pela qual seu computador se lembra de tudo que você não consegue se lembrar.

Ninguém precisa mais esquecer coisa nenhuma. Eu fiz questão disso.

21

AGORA JÁ FAZ MAIS DE 25 ANOS que Shelly se foi. Eu a perdi, perdi minha mãe e meu pai antes de fazer 25 anos. Nenhum deles me viu casar. Nenhum deles algum dia teve a chance de conhecer meus dois filhos. Todo ano, doo tanto dinheiro quanto meu pai ganhou a vida inteira, e ainda continuo mais rico do que qualquer homem tem direito de ser. Tenho uma quantidade indecente de felicidade, embora eu confesse que a maior parte dela só veio quando eu não já era mais mentalmente capaz de acompanhar os últimos avanços da ciência da computação. Sou professor emérito na empresa que me contratou quando saí da Caltech, o que é uma forma gentil de dizer que eles só me mantêm lá por nostalgia. Não faço uma contribuição significativa para a minha área há mais de uma década. Aquela liga metálica esquisita e impossível acabou há muito tempo. O mesmo pode ser dito sobre mim.

A Belliver foi demolida em 2005. Há um campo de futebol no seu lugar. O terreno de trás foi plantado e arrumado com esmero, ajardinado profissionalmente e transformado em um parque com trilhas sinuosas de pedras brancas, um lago artificial e uma enorme área de recreação. Eu paguei pela maior parte da reforma. Queria que Shelly tivesse vivido para ver o lugar. Sou tão assombrado pela paisagem que ela viu antes de morrer, um estacionamento e caçambas de lixo, quanto pelas lembranças do Fenício. Não gosto de pensar nos últimos dias de Shelly naquele quartinho lúgubre — mas não apagaria essas lembranças mesmo se pudesse. Por piores que sejam, essas lembranças formam o que *sou*, e eu seria menos sem elas.

Todos nós fomos ao parque para a grande inauguração: minha esposa e nossos dois meninos. Era agosto, e estava trovejando pela manhã — os trovões eram como grandes disparos de canhões —, mas, ao cair da tarde, o céu ficou limpo e azul, e não dava para desejar um dia mais bonito. A cidade fez um belo show. Uma banda de metais com trinta integrantes tocou swing das antigas no palco. Houve oficina de pintura de rosto e um daqueles caras que fazem animais com balões, e meu antigo colégio enviou as animadoras de torcida para dar pulos, fazer acrobacias e agitar a galera.

O que meus filhos mais gostaram foi de um mágico itinerante, um sujeito com cabelo puxado para trás com gel e bigode modelado por pomada. Ele usava um fraque roxo e uma blusa verde com babados, e seu grande truque era fazer coisas desaparecerem. Fazia malabarismo com tochas acesas, e, de alguma forma, quando cada uma delas caía, a tocha sumia como se nunca tivesse existido. Ele mostrava um ovo na mão, apertava o punho e o ovo sumia — com casca e tudo. Quando abria o punho, havia um chapim cantando na sua palma. Ele se sentava em uma cadeira de espaldar alto e aí caía no chão porque a cadeira sumia. Meus filhos, de 6 e 4 anos, ficaram ajoelhados na grama com dezenas de outras crianças, todas assistindo arrebatadas.

Já eu fiquei de olho nos pardais. Havia uma bando deles no declive acima do lago, bicando o chão alegremente. Minha esposa tirou fotos — com o telefone, não com uma Polaroid. Tubas e trombones tocavam no horizonte onírico. Quando fechei os olhos, o passado pareceu bem próximo, e apenas a mais fina das membranas separava o ontem do hoje.

Eu estava quase cochilando quando meu filho mais novo, Boone, puxou meu short. O mágico havia entrado atrás de uma árvore e se desmaterializado. O show tinha acabado.

— Ele sumiu! — berrou Boone, deslumbrado. — O senhor perdeu.

— Você pode me contar. Vai ser tão bom quanto ter visto.

O mais velho, Neville, riu com deboche.

— Não vai, não. O senhor devia ter assistido até o fim.

— Esse é o truque de mágica do papai. Eu consigo fechar os olhos e fazer o mundo todo desaparecer — falei. — Alguém quer ver se a gente consegue fazer sorvete desaparecer? Acho que estão vendendo casquinha do outro lado do lago.

Eu me levantei e peguei a mão de Neville. Minha esposa pegou a de Boone. Começamos a ir embora, cruzamos o gramado e assustamos os pardais, que saíram voando fazendo barulho em bando.

— Papai — disse Boone —, o senhor acha que vamos sempre nos lembrar do dia de hoje? Não quero me esquecer da magia.

— Eu também não — falei. E não esqueci até hoje.

CARREGADO

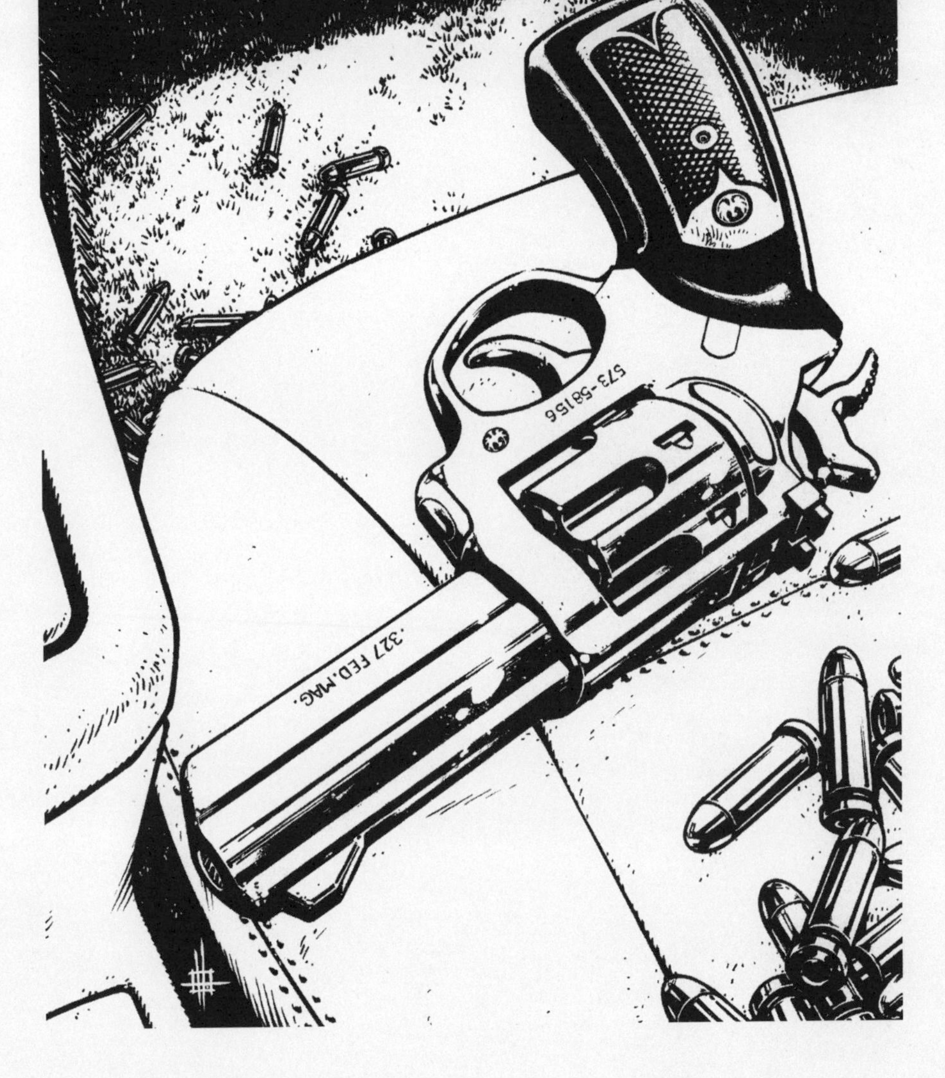

14 de outubro de 1993

AISHA O CONSIDERAVA UM IRMÃO, embora os dois não fossem parentes.

O nome dele era Colson, mas os amigos o chamavam de Romeu, porque ele tinha interpretado esse papel no verão anterior e se envolvido com uma Julieta branca que tinha dentes tão reluzentes que ela deveria estar em um comercial de chiclete.

Aisha assistiu à sua apresentação em uma tarde quente de julho, quando o crepúsculo pareceu durar horas, uma linha de luz vermelha furiosa no horizonte com nuvens como aparas de ouro contra o céu escuro por trás. Aisha tinha 10 anos e não entendeu metade do que Colson disse, lá em cima no palco, vestindo veludo púrpura como se fosse o Prince. Ela não conseguiu acompanhar as palavras, mas não teve nenhum problema em compreender a forma como Julieta olhava para ele. Aisha também não teve problemas em entender por que o primo de Julieta odiava Romeu. Teobaldo não queria ver um moleque negro bom de lábia dando em cima de uma menina branca, especialmente de uma menina da sua família.

No outono, Aisha estava se preparando para fazer sua própria apresentação, o Holiday Vogue, o que significava ter aulas de dança moderna duas vezes por semana depois do colégio. O ensaio às quintas-feiras só terminava às 18h30, e a mãe de Aisha não podia buscá-la quando acabava. No lugar dela, Colson apareceu com vinte minutos de atraso, depois que todas as outras garotas tinham ido embora e Aisha estava esperando sozinha nos degraus de pedra. Ele estava bonito vestindo uma jaqueta jeans preta e calça camuflada, subindo pela calçada, saindo da escuridão com passos largos.

— Ei, bailarina — chamou Colson. — Vamos dançar.

— Eu já dancei.

Ele deu um cascudinho na cabeça de Aisha e pegou sua mochila por uma alça. Como ela segurou a outra e não soltou, Colson foi puxando a menina para a escuridão, que cheirava a grama, a asfalto aquecido pelo sol e — bem longe — ao mar.

— Cadê a mamãe? — perguntou Aisha.

— Trabalhando.

— Por que ela está trabalhando? Ela deveria sair às quatro.

— Sei lá. Porque o Dick Clark odeia negros, acho eu.

A mãe de Aisha trabalhava na grelha do Dick Clark's Bandstand Restaurant, a uma hora de ônibus em direção ao sul, em Daytona Beach. Nos fins de semana, ela passava aspirador no Hilton Bayfront em St. Augustine, a uma hora de ônibus em direção ao norte.

— Por que o papai não veio me pegar?

— Ele está limpando a sujeira dos bêbados agora à noite.

O pai de Aisha era assistente em uma clínica de reabilitação para operários alcoólatras, um serviço que combina os maiores prazeres do trabalho de faxineiro — sempre havia vômito para limpar — com o esforço revigorante de conter viciados histéricos tendo espasmos causados pela abstinência. Com frequência ele voltava para casa com marcas de mordida nos braços.

Colson morava com o pai e a madrasta de Aisha, Paula. A mãe de Colson era irmã de Paula, mas a irmã de Paula não era capaz de cuidar de si mesma, quanto mais de outra pessoa. *Por que* ela não era capaz de cuidar de si mesma nunca foi explicado direito para Aisha, e, na verdade, a menina não se importava muito. Se Colson Withers estivesse com uma Coca-Cola e Aisha quisesse um gole, ele deixaria que ela bebesse sem hesitar. Se os dois estivessem em um fliperama e ele tivesse uma ficha no bolso, a ficha era de Aisha. E se Colson não prestasse atenção enquanto ela contava uma longa história incoerente sobre as besteiras que Sheryl Portis dizia na aula de dança, ele também nunca mandava Aisha calar a boca.

Eles seguiram pela rua Cobre até a avenida Mission. Todas as ruas que iam de leste a oeste naquela parte da cidade tinham nomes de cores: cobre, ouro, rosa. Não havia rua Azul e não havia rua Preto (embora *houvesse* uma avenida Negroponte, o que Aisha suspeitava que pudesse ser racista), mas a área inteira sempre fora chamada de Preto & Azul. Assim como nunca ocorreu a Aisha descobrir por que Colson não morava com a própria mãe, ela nunca pensou em perguntar para alguém por que ela morava em uma parte da cidade que soava mais como as cores de marcas de espancamento do que uma vizinhança.

A avenida Mission tinha quatro pistas no ponto em que cruzava com a Cobre. Um grande shopping center a céu aberto, o Coastal Mercantile, ocupava alguns quarteirões do outro lado da rua. O estacionamento estava deserto, com apenas um punhado de carros parados.

A noite estava morna — quase quente — e perfumada pelo escapamento do tráfego. Uma viatura da polícia passou voando por um semáforo amarelo assim que ele ficou vermelho, e a escuridão piscou com clarões azuis cegantes.

— ... e eu falei que, na Inglaterra, tem umas palavras diferentes para algumas coisas, e a Sheryl disse que os ingleses deviam usar as palavras certas para as coisas, e eu perguntei, se eles usam as palavras erradas, por que a gente vai pra escola estudar inglês em vez de americano?

Aisha sentia um orgulho especial dessa resposta, que ela achava que tinha colocado Sheryl Portis no devido lugar, ao fim de uma discussão longa e cansativa sobre os sotaques britânicos nos filmes serem *reais* ou apenas fingidos.

— Hum-hum — disse Colson, esperando o semáforo abrir para os pedestres. Em algum momento, ele tinha arrancado a mochila das mãos de Aisha e a colocado no próprio ombro.

— Ah! Ah! Isso me lembra de uma coisa. Cole?

— Hum?

— Por quanto tempo você vai morar na Inglaterra?

Aisha estava com a Inglaterra na cabeça, vinha pensando sobre o país a semana inteira, desde que soube que Colson enviara uma inscrição para a Academia de Música e Arte Dramática de Londres. Ele ainda não havia obtido resposta — não obteria resposta até a primavera —, mas não se preocupou em se inscrever em qualquer outro lugar, agia como se já tivesse entrado ou, pelo menos, não estava preocupado em ser rejeitado.

— Não sei. O tempo que levar para eu conhecer Jane Seymour.

— Quem é Jane Seymour?

— Ela é a *Dra. Quinn, a mulher que cura*. E também vai ser a minha primeira esposa. A primeira de muitas.

— Ela não mora no oeste? É lá que se passa o seriado.

— Não. Ela é de Londres.

— O que você vai fazer se ela não quiser casar com você?

— Derramarei minha tristeza na arte. Vai ser difícil se ela não me quiser, mas vou simplesmente pegar todo esse coração partido e usá-lo para ser o melhor Hamlet que já pisou nos palcos.

— O Hamlet é negro?

— Ele é se eu interpretá-lo. Vamos. Temos que atravessar correndo. Acho que o sinal de pedestres está quebrado.

Eles esperaram por uma chance e meteram o pé pela avenida Mission, de mãos dadas. Ao diminuírem a velocidade e subirem no meio-fio do outro lado da rua, ouviram o barulho horroroso de uma sirene policial, e outra viatura passou voando. Aisha começou a cantar o reggae que tocava na abertura de todo episódio de *Cops*, sem notar o que estava fazendo. Não era de todo incomum a polícia fazer uma algazarra àquela hora da noite, correndo pelas ruas com as luzes de discoteca piscando e as sirenes assustando as pessoas. Nunca se sabia o motivo daquilo e ninguém se preocupava em saber. Era como o zumbido dos grilos, apenas outro som da noite.

Nesse caso, a polícia estava cruzando o Preto & Azul à procura de um Miata roubado. Quarenta minutos antes, no extremo norte da St. Possenti — onde havia mansões com paredes de estuque e telhados de telhas espanholas vermelhas —, um casal foi seguido até sua casa por um homem de farda militar e meia feminina no rosto. William Berry foi esfaqueado duas vezes no abdome. Sua esposa foi esfaqueada dezenove vezes nas costas ao tentar fugir. O assaltante então pegou a bolsa Hermès violeta da mulher, as joias no quarto, o aparelho de DVD e alguns DVDs pornográficos. O homem da faca assobiava enquanto pegava o queria e, de vez em quando, conversava com Bill Berry enquanto o banqueiro de investimentos de 42 anos gemia caído no chão. Ele elogiou o casal pela decoração do interior e admirou as cortinas em especial; prometeu que rezaria para que os dois se recuperassem. Cathy Berry não sobreviveu, mas esperava-se que Bill conseguisse, embora estivesse na UTI com uma perfuração no intestino grosso. Bill estava lúcido o suficiente para relatar que o assassino "falava como um negro" e cheirava a álcool. O Miata havia sido avistado por um guarda de trânsito entrando no Preto & Azul havia menos de vinte minutos.

O piso do estacionamento ao lado do Coastal Mercantile estava desnivelado e rachado, com fissuras mal remendadas com filetes de alcatrão. O shopping tinha uma agência de empréstimo pessoal (aberta), uma loja de bebidas (aberta), uma tabacaria (aberta), um consultório de dentista (fechado), uma igreja batista chamada Experiência da Sagrada Renovação (fechada), uma agência de empregos chamada Trabalhe Agora (permanentemente fechada) e uma lavanderia automática que estava aberta agora, estaria aberta às três da madrugada, e provavelmente continuaria a oferecer o uso das máquinas superfaturadas e lentas até o Arrebatamento.

Colson diminuiu o passo ao lado de uma van da Econoline com um cenário de deserto pintado nas laterais e forçou a maçaneta da porta do motorista. Estava trancada.

— O que você está fazendo? — perguntou Aisha.

— Esse parece o tipo de van que sequestradores dirigem — disse Colson. — Só queria garantir que não há nenhuma garota amarrada nos fundos.

Aisha colocou as mãos em volta do rosto e enfiou o nariz na janelinha traseira com vidro escuro. Não viu ninguém.

Satisfeitos que a van estava trancada e vazia, os dois continuaram andando. Em breve, eles dariam a volta no prédio, seguiriam pela lateral do shopping Coastal Mercantile, passariam por uma cerca e entrariam no Emaranhado: quatro acres de sicômoros, sabais-da-flórida, formigueiros e garrafas de cerveja.

Colson voltou a diminuir o passo quando os dois passaram por um Miata azul, bacana demais para estar no Coastal Mercantile — interior de couro, painel lustroso de cerejeira. Ele forçou a maçaneta.

— Por que você fez isso?

— Precisava garantir que a moça trancou as portas. Qualquer um que estacione um carro como esse no Preto & Azul não tem o bom senso de cuidar das próprias coisas.

Aisha queria que Colson parasse de forçar a maçaneta dos carros. Ele não parecia se preocupar em não arrumar encrenca, então ela precisava se preocupar por ele.

— Como você sabe que é um carro de mulher?

— Porque parece mais um batom do que um carro. Eles nem vendem um carro desses se for para um homem, a não ser que ele deixe as bolas na loja primeiro.

Os dois continuaram andando.

— Então, depois que se casar com a Jane Seymour, quando você vai voltar para a Flórida para que eu possa conhecer ela?

— Você vai vir até mim. A Londres. Você pode estudar dança no mesmo lugar que vou estudar para ser famoso.

— Você vai estudar para ser ator.

— Mesma coisa.

— Você vai ter sotaque britânico enquanto estiver lá?

— Pode apostar. Vou comprar um na lojinha de lembranças do Palácio de Buckingham no dia que chegar lá — respondeu ele, em um tom distante e desinteressado.

Os dois passaram por um Alfa Romeo surrado, com a porta do motorista pintada de preto fosco, e o resto do carro no tom amarelo exagerado de um Gatorade. Havia CDs espalhados pelo painel, uma coleção de frisbees prateados reflexivos. Quando Colson forçou a porta do motorista, ela se abriu.

— Ah, olha só — falou ele. — Alguém não colocou a segurança em primeiro lugar.

Aisha continuou andando e torcendo para que Colson viesse atrás dela. Após cinco passos, a menina arriscou uma olhada em volta. Colson continuava do lado do Alfa Romeo, debruçado no interior do carro, visão que provocou uma sensação ruim em Aisha.

— Colson? — chamou ela.

Aisha quis gritar, dizer o nome dele como uma bronca — ela tinha uma boa voz para dar bronca —, mas o chamado saiu em um tom hesitante e triste.

Ele se endireitou e olhou na direção de Aisha com olhos vazios. Estava com a mochila roxa dela equilibrada sobre o joelho, o zíper meio aberto, e vasculhava dentro dela.

— Colson, *vamos* — disse Aisha.

— Só um minuto. — Ele tirou um caderno em espiral da mochila e tateou atrás de um lápis. Arrancou uma folha, colocou no teto do carro e começou a escrever. — Temos que prestar um serviço público importante aqui.

Aisha deu uma olhadela para o shopping center. Eles estavam paralelos à lavanderia automática, a maior loja de toda aquela fileira. A porta era mantida aberta com um bloco de concreto, e os dois estavam próximos o suficiente para que ela pudesse ouvir o som das secadoras. Ela tinha certeza de que a qualquer momento alguém apareceria na porta e gritaria.

Aisha foi de mansinho em direção a ele. Ela queria agarrá-lo pela mão e arrastá-lo dali, mas, quando se aproximou o suficiente para alcançar a manga de Colson, ele puxou o braço para se soltar e continuou escrevendo.

Enquanto rabiscava, Colson começou a ler.

— Caro senhor. Notamos que você se esqueceu de trancar as portas do seu Alfa Romeo em ótimo estado de conservação na noite de hoje. Tomamos a liberdade de trancar as portas para o senhor. Por favor, saiba que esta vizinhança é cheia de mendigos cabeludos e fedorentos que poderiam ter usado seu veículo como banheiro. Se o senhor não está sentado em uma poça fedida de mijo de bêbado agora, agradeça à equipe de Novos Observadores de Carros Usados. Apoie o esquadrão NOCU hoje!

Mesmo a contragosto, Aisha gargalhou. Colson ia de um momento teatral para o outro, com uma calma serena e etérea que se aproximava da indiferença.

Ele dobrou a carta e colocou em cima do painel. Quando recolheu o braço, a manga da jaqueta jeans esbarrou em um CD e derrubou-o no chão. Colson pegou o CD, examinou-o, depois colocou-o no teto do carro. Pegou o bilhete e recomeçou a escrever.

— Pê-esse — disse Colson. — Tomamos a providência de levar seu CD de *Pocket Full of Kryptonite* para protegê-lo dos Spin Doctors...

— *Colson!* — berrou Aisha, doida para ir embora.

— ... que podem ser prejudiciais aos seus ouvidos. Por favor, substitua-o pelo Public Enemy e sirva-se de doses diárias até você ser menos bundão.

— Colson! — berrou Aisha, quase um grito agudo. Não tinha mais graça. Nunca tivera *muita* graça, mesmo que Colson tenha arrancado um risinho dela.

Ele bateu a porta e saiu andando com a mochila de Aisha no ombro. Estava com um dedo no buraco do meio do CD. Arco-íris dançavam na superfície. Colson andou três metros, e então parou para olhar para trás com certa impaciência.

— Você vem ou não vem? Não grite comigo para andar logo e depois ficar parada como se não lembrasse de como usar os pés.

Quando Aisha começou a correr atrás dele, Colson se virou e continuou andando.

Aisha foi até ele, pegou o pulso de Colson, fincou os pés e puxou.

— Devolve.

Ele parou, olhou para o CD no dedo e depois para as mãos de Aisha no pulso direito.

— Não.

Colson continuou andando, basicamente arrastando Aisha.

— Devolve!

— Não dá. Essa é a minha boa ação do dia. Acabei de resgatar os ouvidos de alguém.

— De-vol-ve!

— *Não dá*. Eu tranquei a porta para ninguém roubar alguma coisa que tenha realmente valor, como a medalha de ouro de São Cristóvão pendurada no retrovisor. Vamos, ande. Para com isso. Você está cortando a minha onda.

Aisha sabia por que Colson pegara o CD: não porque ele fosse um ladrão, mas porque era engraçado ou *seria* engraçado quando Colson contasse aos amigos. Quando ele contasse sobre a NOCU, o CD seria a prova de que não era só uma história. Colson precisava de histórias para contar como uma arma precisava de balas, e pelo mesmo motivo — para matar.

Só que Aisha também sabia sobre impressões digitais e achava que seria apenas uma questão de tempo até a polícia aparecer para prendê-lo por roubo de Spin Doctors. E Colson não iria a Londres e não seria Hamlet, e a vida dele estaria arruinada, e a dela também.

Colson pegou a mão de Aisha, e os dois seguiram em frente, viraram a esquina e passaram por uma rua lateral rachada, em condições ainda piores que o estacionamento principal. Ele a levou para o fundo do estacionamento, os dois entraram no matagal e foram até uma cerca de arame, meio sufocada pela grama alta e pelos arbustos. Àquela altura, Aisha estava chorando sem parar, em silêncio, respirando fundo e tremendo.

Colson se abaixou para ajudá-la a passar por cima da cerca — e pareceu chocado ao ver as lágrimas pingando do seu queixo.

— Ei! O que aconteceu, bailarina?

— Você! Devia! *Devolver!* — berrou Aisha na cara dele, sem notar o volume da voz.

Ele dobrou o corpo para trás, como um arbusto em um vendaval, e arregalou os olhos.

— Opa! Opa, Godzilla! Não posso! Já disse. Eu tranquei o carro do maluco.

Ela abriu a boca para gritar outra coisa e, em vez disso, soluçou. Colson pegou a menina pelo ombro e a abraçou enquanto Aisha tremia e fazia sons altos e torturantes de tristeza. Ele usou a camiseta para secar o rosto dela. Quando a visão de Aisha desembaçou, ela viu Colson sorrindo com uma espécie de espanto. Bastava vê-lo sorrir para compreender por que Julieta morreria por ele.

— Ninguém se importa com um CD dos Spin Doctors — disse Colson, mas ela já sabia que havia vencido e conseguiu recuperar o fôlego e conter o próximo soluço. — Porra, garota. Você vai acabar com uma piada muito boa, sabia? Você é como a polícia das piadas. Vai me multar pelo flagrante do humor? Que tal se eu voltar e deixar o CD no teto do carro? Vai melhorar a situação?

Aisha concordou com a cabeça pois não confiava na sua voz. Em vez de falar, ela expressou como estava contente através de um abraço, jogando os braços magricelos de 9 anos em volta do pescoço de Colson. Muitos anos depois, Aisha seria capaz de fechar os olhos e recordar a sensação exata daquele abraço, a maneira como ele gargalhou com uma das mãos entre as omoplatas dela. A maneira como Colson deu o abraço de despedida.

Ele ficou de pé e virou Aisha na direção da cerca. Os dedos dela encontraram o arame. Colson colocou a mão embaixo da bunda da menina para ajudá-la a passar por cima da cerca, e ela caiu do outro lado, nos arbustos.

— Espere por mim — disse ele e deu um tapa na cerca.

Colson se foi, ainda levando inconscientemente a mochila da Pequena Sereia de Aisha em um ombro e o CD pendurado no dedo indicador da mão direita. O disco produziu um brilho prateado na escuridão, tão reluzente quanto o punhal de Romeu. Em um instante, ele desapareceu na esquina.

Aisha esperou na escuridão, enquanto uma orquestra noturna de insetos tocava sua canção de ninar sonolenta no matagal.

Quando Colson voltou, ele veio em um trote que acelerou para um pique quando alguém gritou. Ele saíra havia apenas alguns segundos, meio minuto no máximo. Colson disparou pela rua lateral rachada, com a cabeça baixa e a mochila batendo no ombro.

Um homem surgiu correndo atrás de Colson, um homem usando um cinto pesado com coisas que balançavam e tilintavam. A noite se acendeu com uma profusão de luzes azuis e prateadas, brilhando como uma tempestade de trovoadas sendo simulada em um teatro. O homem de cinto era lento e estava ofegante.

— Solta essa porra! — berrou o homem com o cinto tilintante.

Era um policial. Aisha viu agora que era um jovem branco não muito mais velho do que o próprio Colson.

— Solta! Solta!

Colson colidiu contra a cerca com tanta força que Aisha involuntariamente cambaleou ainda mais para trás na escuridão da moita. Ele subiu a cerca até a metade e ficou preso.

A mochila da Pequena Sereia — mais tarde, o policial Reb Mooney declararia que acreditou ter sido a bolsa Hermès roubada da cena do esfaqueamento — caiu do ombro de Colson enquanto ele corria, e, no momento em que colidiu com a cerca, segurava a mochila por uma alça apenas. Um gancho dobrado no aço antigo no pé da cerca enganchou no tecido, e enquanto Colson subia, a mochila foi arrancada de sua mão.

Colson olhou feio para ela e fechou a cara, ponderou por um momento, e depois pulou para baixo. Ele se apoiou sobre um joelho para tirar a mochila de Aisha da terra.

O policial parou aos trancos e barrancos a 2,5 metros de distância. Foi quando Aisha viu pela primeira vez a arma na mão direita do homem. Mooney, um rapaz parrudo e sardento que planejava se casar com a namorada da época do colégio em apenas duas semanas, estava com o rosto vermelho e tentava recuperar o fôlego. Um carro de polícia surgiu dando a volta no Mercantile, com as luzes piscando.

— Deitado! No chão! — berrou Mooney, se aproximando e erguendo a arma. — Mãos ao alto!

Colson olhou para cima e começou a levantar as mãos. Ele ainda estava com o CD enfiado de maneira ridícula na ponta do dedo. O jovem policial meteu o coturno no ombro de Colson e empurrou. Ele atingiu a cerca, grunhiu e ricocheteou, então quicou de volta com tanta força que quase pareceu avançar contra o policial. O CD reluziu em sua mão.

A arma disparou. A primeira bala jogou Colson Withers contra a cerca de novo. Mooney atirou seis vezes ao todo. Os últimos três disparos atingiram as costas de Colson, depois de ele ter caído de cara no chão. Mais tarde, Mooney e seu parceiro, Paul Haddenfield, disseram ao júri de pronunciamento que acharam que o CD fosse uma faca.

Com a noite retumbando com os ecos daqueles tiros, nenhum dos dois policiais ouviu Aisha Lanternglass fugindo para o Emaranhado.

No verão seguinte, a St. Possenti Players dedicaria a apresentação de Shakespeare no Parque daquele ano à memória de Colson. Era *Hamlet*.

Estrelado por um branco.

Setembro de 2012 – Dezembro de 2012

BECKI E ROG SEMPRE se encontravam no estande de tiro. Primeiro eles descarregavam algumas centenas de projéteis, depois ele descarregava dentro dela no seu Lamborghini cor de cereja.

A primeira vez que eles foram dar tiros juntos, os dois se revezaram usando a Glock dele, esvaziando o pente de 33 balas em uma silhueta humana.

— Porra — disse Becki. — Um pente desse tamanho é legal nesse Estado?

— Gata — falou Rog —, aqui é a Flórida. Eu não sei se *você* é legal, mas o pente está beleza.

Como se ela ainda estivesse no colégio e não fazendo faculdade de administração.

Rog ficou atrás de Becki, a virilha pressionada contra o seu traseiro e os braços em volta dela. Ele tinha um cheiro bom, de limão, sândalo e mar, e, quando a abraçava, Becki pensava em iates e águas cristalinas como pedras preciosas. Ela queria mergulhar com ele atrás de tesouros e depois ensaboá-lo para tirar o Atlântico em um banho quente.

— Uma das mãos segura a outra — explicou ele. — Junte os polegares. Mantenha os pés afastados. Assim. Não, não tão afastados.

— Já estou molhada — sussurrou ela para Rog.

Becki meteu 33 balas no alvo, fingindo que eram os peitões falsos da esposa do Rog. Depois, seu corpo inteiro zumbiu de uma bela maneira pós-orgástica. Aquelas sempre eram preliminares para os dois.

Ela conheceu Roger Lewis quando tinha 16 anos. O pai a levara ao shopping, à loja Devotion Diamonds, para que escolhesse um cadeado de ouro em um cordão de ouro, um presente para ela usar em seu compromisso de castidade na igreja naquele domingo. Rog ajudou Becki a provar alguns modelos, e ela virou de um lado para o outro diante de um espelhinho sobre o balcão de vidro, admirando o brilho em volta do pescoço.

— Você está linda — disse Rog. — Imaculada.

— Imaculada — repetiu ela. Era uma palavra curiosamente encantadora.

— Estamos contratando vendedoras neste verão. Se você vender para uma amiga um cadeado como esse que está usando agora, ganha dez por cento de comissão em cima do seu contracheque.

Becki olhou a etiqueta com o preço no cordão de ouro e deixou o peso do cadeado recair sobre o esterno. Dez por cento do que ela estava usando era mais do que ela ganhava em uma semana inteira ensacando compras no Walmart.

Becki saiu da loja com o cadeado no pescoço e uma ficha de inscrição dobrada dentro da bolsa de mão. Naquele domingo, Becki jurou para os pais, os avós, as irmãs caçulas e a igreja inteira que não haveria nenhum homem na vida dela até o casamento, a não ser o pai e Jesus.

Becki ainda estava usando o cadeado na primeira vez que Rog a masturbou por cima da calcinha, no escritório nos fundos da loja. Àquela altura, ela já saíra do colégio e estava ganhando quase quinhentos dólares por mês só em comissões.

Nas primeiras vezes que os dois foram ao estande de tiro, ficaram apenas com a Glock. Ela prendeu o cabelo com um lenço para impedir as mechas de caírem no rosto e se sentir mais radical. Rog não teve problemas com isso, mas, na primeira vez em que Becki tentou atirar como um gângster — com a arma virada de lado, de braço esticado e pulso um pouco dobrado para baixo, como ela tinha visto os bandidos fazerem nos filmes —, ele deixou que ela executasse um único disparo antes de pegá-la pelo antebraço. Rog forçou-a a apontar o cano para o chão.

— Que merda é essa? Você esvaziou alguns pentes no estande, e agora acha que é o Ice Cube? Você não seria mais branca se te afogassem em um tonel de requeijão. Não faça mais isso. Não quero que ninguém veja você atirando assim... vou passar vergonha.

Então, Becki atirou da maneira como ele mandou, com os pés ligeiramente afastados, um deles um pouco à frente, o outro um pouco atrás, os braços à frente, mas não completamente estendidos. Ela mirou no centro de massa porque Rog disse que, se a pessoa mira no peito, vai acertar algo bom.

Em pouco tempo, Becki estava agrupando os tiros na área do coração a uma distância de dez metros.

Depois disso, Rog elevou o nível, passou a encontrá-la no estande de tiro com sua SCAR 7.62 mm, com projéteis encamisados de 149 gramas. Ela disparou em rajadas, *bap-bap-bap, bap-bap-bap*. Becki gostava do cheiro de propelente mais ainda do que da colônia de Rog, gostava do cheiro de pólvora nas roupas e no cabelo louro ralo dele.

— Parece uma metralhadora — disse Becki.

— É uma metralhadora — falou Rog, tirando a SCAR da mão dela e girando um seletor.

Ele apoiou a coronha extensível no ombro esquerdo, franziu os olhos e apertou o gatilho, e a SCAR disparou com batidas furiosas e trovejantes que fizeram Becki pensar em alguém datilografando furiosamente em uma velha máquina de escrever. Rog cortou a silhueta do alvo ao meio. Ela estava tão ansiosa para disparar que quase arrancou a SCAR da mão dele. Becki não entendia por que as pessoas usavam cocaína quando podiam apenas pegar em uma arma.

— A pessoa não precisa de uma licença especial para disparar uma arma automática? — perguntou ela.

— Tudo que a pessoa *precisa* é munição e um motivo — respondeu ele. — A pessoa pode *querer* uma licença, mas aí não sei. Nunca pesquisei.

Rog era vaidoso com o cabelo, sempre apalpava para garantir que a fina mecha amarela estava cobrindo a parte calva. Tinha rugas profundas nos cantos dos olhos, mas o corpo era rosa e liso como o de um menino, com pelinhos dourados no peito. Becki gostava de brincar com aquela penugem, gostava da sensação sedosa que ela proporcionava. Seda e ouro sempre vinham à mente quando ele se deitava nu ao lado dela. Seda e ouro e chumbo.

Dez dias antes do Natal, Becki entrou no Lamborghini depois do trabalho, achando que ele a levaria ao estande de tiro. Em vez disso, Rog a levou ao Coconut Milk Bar e Inn, a trinta quilômetros ao sul de St. Possenti. Eles pegaram uma suíte no primeiro andar usando os nomes Clyde Barrow e Bonnie Parker, que Becki sentiu que era uma das piadas de Rog. Ela já dominava a prática de dar um sorrisinho condescendente para evitar que ele percebesse que ela não tinha entendido a referência. A conversa de Rog era salpicada com falas de filmes e músicas que Becki não conhecia: *Dirty Harry*, Nirvana e *The Real World* da MTV — coisas antigas desse tipo, que nem valiam a pena pesquisar no Google.

Ele trouxe uma valise preta de Teflon com as alças presas com cadeado. Becki já tinha visto Rog transportar joias naquele tipo de mala mas não fez perguntas.

Os olhos da velha atrás do balcão foram de Becki para Rog e voltaram, e ela fez uma careta como se estivesse com um gosto ruim na boca.

— Amanhã não é dia de aula? — perguntou a balconista quando empurrou a chave sobre o balcão.

Becki pegou o braço de Rog.

— Acho ótimo que lugares como esse contratem idosos para lhes dar algo para fazer além de jogar bingo em algum asilo.

Rog riu com sua risada rouca de fumante e deu um tapinha na orelha de Becki. Para a velha com cabelo tingido de laranja, ele disse:

— Você deu sorte que ela não te mordeu. Ela ainda não foi vacinada. Nunca se sabe o que se pode pegar.

Becki bateu os dentes em uma mordida voltada para velha bruaca ofendida atrás da caixa registradora. Rog a puxou pelo cotovelo e a conduziu por um corredor com carpete branco espesso no qual parecia que ninguém nunca pisara. Conduziu Becki por arcadas de tijolos que levaram a um pátio externo, construído em volta de três piscinas, cada uma em um nível diferente, com cascatas caindo entre elas. Havia casais sentados em cadeiras de vime ao lado de aquecedores altos de ambientes externos, colunas de fogo enjaulado. As palmeiras estavam decoradas para as festas de fim de ano, com luzes esmeraldas de Natal penduradas na copa, e pareciam fogos de artifício congelados para sempre no meio da explosão espetacular. Becki fechou os olhos para ouvir melhor o som de gelo batendo dentro dos copos. Não era preciso beber para ficar bêbada. Aquele som já fazia Becki se sentir inebriada. Ela não olhou em volta até ele parar diante da porta da suíte.

Os lençóis eram de seda escorregadia, ou algo parecido com seda, da cor de cobertura de baunilha. A banheira do cômodo enorme fora escavada em um pedaço de rocha vulcânica. Rog passou a corrente na porta enquanto ela se sentava na beirada do colchão enorme.

Ele levou a mala até a cama.

— Isso é para hoje à noite. Tudo será devolvido amanhã de manhã.

Ele abriu a tranca, soltou os fechos da valise e despejou uma pilha de tesouros sobre a cama. Argolas de ouro e pérolas de água doce em cordões de prata, braceletes encrustados com diamantes, colares com pedras brilhantes.

Foi como se Rog tivesse despejado uma mala cheia de luz sobre os lençóis opalinos. Havia pó branco também, em uma garrafinha de cristal parecida com aquelas usadas para colocar perfume. Também podiam ter sido diamantes triturados. Rog tinha ensinado Becki a gostar de um pouquinho de cocaína antes do sexo. A droga a fazia se sentir bem e safada, fazia se sentir como uma degenerada com a intenção de cometer algum crime.

Becki quase perdeu o fôlego ao ver todas aquelas gemas, todos aqueles cordões reluzentes.

— Quanto…?

— Cerca de meio milhão de dólares. Vamos. Use. Coloque tudo. Quero te ver toda paramentada. Como a concubina de um sultão. Como se eu tivesse comprado tudo isso para você.

Rog usava as palavras melhor do que qualquer pessoa que Becki conhecia. Às vezes, ele parecia um amante em um filme antigo, dizendo falas poéticas de uma maneira indiferente e com frases curtas, como se fosse a coisa mais comum do mundo falar daquela maneira.

Entre a pilha de tesouro havia um conjunto de sutiã e calcinha, com alças douradas cravejadas de pedrarias. Havia também uma caixa comprida embrulhada em papel metálico dourado, amarrado com uma fita prateada.

— O saque tem que voltar para a loja amanhã de manhã — disse ele, e empurrou a caixa de presente na direção de Becki. — Mas isso é para você.

Ela agarrou a embalagem grande e escorregadia. Becki adorava presentes. Ela queria que tivesse Natal todo mês.

— O que é?

— Uma garota não pode usar tantas joias assim — falou Rog —, a não ser que saiba que pode mantê-las.

Ela rasgou o papel de presente e a fita e abriu a caixa. Era um revólver Smith & Wesson calibre .357 com um cabo branco acetinado que parecia perolado, e o acabamento em aço inoxidável do cano era gravado com uma flor de lis e arabescos de hera.

Rog jogou algo para ela, um emaranhado de tiras de couro preto e fivelas, e, por um momento, Becki imaginou se eles iam praticar sadomasoquismo naquela noite.

— Isso é para a sua perna — disse ele. — Se usar a arma na parte interna da coxa, você pode andar por aí de saia reta e ninguém vai saber que você está armada. Eu vou tomar banho. E você?

— Talvez mais tarde — respondeu Becki, ficando na ponta dos pés para beijá-lo.

Ela mordeu o lábio inferior de Rog, que pegou a calça preta justa de Becki pela frente e puxou-a contra ele. Ele estava bancando o indiferente, mas já estava duro e cutucando Becki através da calça cáqui.

O chuveiro ficou ligado por quinze minutos. Tempo suficiente para ela tirar a roupa e se cobrir com uma pequena fortuna. A arma veio por último. Ela gostou da forma como as tiras de couro apertavam a parte alta da coxa, gostou do contraste das fivelas prateadas e tiras pretas contra a pele. Becki se ajoelhou na cama toda paramentada, com diamantes reluzindo entre os seios, uma gargantilha prateada no pescoço, e treinou mirar em si mesma no espelho.

Ela estava esperando quando ele surgiu de toalha, com gotas de água brilhando no peito. Apontou a arma com as duas mãos.

— Solte essa toalha — ordenou ela. — E faça exatamente o que eu disser se quiser viver.

— Aponte isso para outro lugar — falou ele.

Becki fez beicinho.

— A arma não está carregada.

— Isso é o que todo mundo pensa, até o momento em que o pau de alguém leva um tiro.

Ela abriu o tambor e girou fazendo cliques, para que Rog pudesse ver por si mesmo que estava vazio. Depois, Becki deu um tapa para fechar o tambor e voltou a apontar a arma para ele.

— Fique pelado — disse ela.

Rog continuou não gostando de vê-la apontando o S&W para ele — Becki notou — mas estava sendo afetado pela visão de seus seios decorados com diamantes reluzentes. Deixou a toalha cair, o pau fino balançou diante dele (uma visão ao mesmo tempo hilariante e empolgante), e engatinhou pela cama em direção a ela. Beijou-a, sua língua provou o lábio superior dela, e Becki sentiu sua compostura e a personalidade escapando em uma onda conhecida de desejo.

Rog puxou Becki para a cama, usando o cordão de ouro e um punhado do próprio cabelo dela, com força, mas sem muita violência. Becki conseguiu enfiar a arma no coldre, um pouco antes de ele abrir as pernas dela com o joelho. Becki devia ter prendido o S&W de modo muito frouxo. A coxa de Rog forçou a coronha do revólver contra a virilha dela.

A verdade foi que ela nunca gozou tanto quanto naqueles primeiros minutos, quando Rog a estava beijando, e a coronha perolada de borracha do .357 meio duro, meio macio estava roçando em seu clitóris. Becki disparou como uma pistola. O sexo em si foi só como o recuo da arma.

12 de abril de 2013

NO FIM DE SEU TURNO, Randall Kellaway entrou na sala da segurança e encontrou a delegada esperando por ele, uma latina sorridente em um daqueles terninhos horríveis usados por Hillary Clinton, com uma Glock no quadril enorme. Quase não se via mais policiais brancos; agora a moda era aumentar a diversidade. Depois da Guerra do Iraque, Kellaway havia se inscrito na polícia estadual, na guarda municipal, no departamento de polícia, no FBI, e nunca chegou sequer a ser chamado para uma entrevista. A polícia estadual disse que ele era velho demais; o departamento de polícia não o contrataria porque ele fora afastado do serviço militar; os federais alegaram que havia problemas de adequação depois que ele fez o teste psicotécnico; a guarda municipal não tinha vagas e lembrou que ele devia novecentos dólares em multas por excesso de velocidade. Em resumo, um negro que falasse ebônico podia ser contratado se tivesse simplesmente conseguido completar o ensino médio sem matar ninguém em um tiroteio. Um branco precisava estar matriculado em Yale e ter feito trabalho voluntário com órfãos aidéticos só para conseguir passar pela porta.

Quando Kellaway entrou na sala da segurança, ele estava no lado do balcão reservado aos clientes, ao lado da agente Chiquita Banana. A recepcionista, Joanie, estava do outro lado da janela de acrílico, sentada em uma cadeira bamba de rodinhas. Havia outro segurança ali também, Eddie Dowling, retirando o cinto e pendurando-o dentro do armário. Era típico de Ed considerar o dia como encerrado dez minutos antes do fim do expediente.

— Aqui está ele, agente Acosta. Eu lhe disse, ele não bate o ponto até o último minuto do turno. O sr. Kellaway é muito pontual. Randy, essa é a agente Acosta do departamento de polícia…

— Sei de onde ela é, Joan. Reconheci o uniforme.

O pessoal do departamento de polícia visitava toda hora. Em janeiro, eles vieram para mostrar a Kellaway a foto de um procurado que estava noivo de uma garota que trabalhava na praça de alimentação. Em março, foi para alertá-lo de que havia um pedófilo conhecido no fim da rua e para ficar de olho no sujeito.

Randall Kellaway estava achando que a visita deveria ter algo a ver com o moleque negro que acabara de começar a trabalhar na loja de artigos esportivos Melhore seu Jogo. Uma semana antes, Kellaway viu ele tirando caixas pela porta de serviço da Melhore seu Jogo e colocando dentro de um Ford Fiesta vagabundo e enferrujado. Kellaway mandou ele encostar no carro e colocar as mãos no teto, pois pensou que o moleque estivesse melhorando o *próprio* jogo ao roubar alguns tênis. Faltava uma hora para a loja abrir, e o garoto não estava uniformizado, e Kellaway nunca tinha visto o rosto dele, não sabia que ele fora recém-contratado, não sabia que o moleque recebera ordens para levar alguns Nikes extravagantes para a ponta de estoque da Melhore seu Jogo Daytona Beach. É claro que agora Kellaway parecia ser um racista e não um sujeito que cometeu um erro compreensível.

Se é que *foi mesmo* um erro. O moleque tinha um adesivo que dizia LEGALIZE A MACONHA GAY, que basicamente mandava à merda um mundo onde as regras eram importantes. Kellaway torceu que Acosta tivesse vindo lhe dizer que o garoto era um conhecido maconheiro e que queria vasculhar o Fiesta dele atrás de crack e armas. (E por que, ele se perguntou, a mais americana das montadoras de carro batizou um dos seus veículos de *Fiesta*, que mais parecia uma promoção da Taco Bell? Porém, ele imaginava que a fábrica que produzia esses carros ficava em Tijuana, então o nome, na verdade, era apropriado.)

Antes de Acosta começar a falar, no entanto, Kellaway notou a expressão lívida no rosto de Ed Dowling. Também notou que Joanie estava, de propósito, evitando olhar para ele, fingindo estar interessada em algo na tela do seu Dell velho — Joanie, que se metia em todas as conversas e não suportava deixar que qualquer visitante à sala de segurança escapasse sem forçá-lo a responder uma dezena de perguntas idiotas sobre o que eles faziam, de onde vinham e se tinham assistido ao episódio da semana passada de *Dr. Phil.* Kellaway sentiu uma leve dúvida, uma espécie de mau agouro breve, o equivalente psicológico de um relâmpago difuso ao longe.

— Manda ver — disse ele.

— Você que sabe, querido — falou Acosta, e enfiou alguns papéis dobrados na mão dele.

O olhar de Kellaway passou por alguns blocos de texto: LIMINAR TEMPORÁRIA PARA PROTEÇÃO CONTRA VIOLÊNCIA DOMÉSTICA e NOTIFICAÇÃO DE AUDIÊNCIA e AGENDADO PARA COMPARECER E DEPOR.

— O senhor está orientado pelo Estado da Flórida a não se aproximar de Holly Kellaway, tanto no seu endereço atual em Tortola Way, 1.419, como no seu local de trabalho na Tropic Lights Cable Network, na avenida Kitts, 5.040, ou se aproximar do filho dela...

— Nosso filho.

— ... George Kellaway, no colégio Bushwick Montessori, na avenida Topaz. Se o senhor for encontrado a menos de 150 metros da residência deles, do local de trabalho dela ou da escola de seu filho, estará sujeito à prisão por violação desta ação cautelar de afastamento. Estamos entendidos?

— Sob que alegação?

— O senhor terá que perguntar ao juiz durante a audiência, cuja data...

— Estou perguntando à *senhora*. Sob que alegação o Estado da Flórida pode decidir me manter afastado do meu próprio filho?

— Quer mesmo fazer isso na frente dos seus colegas de trabalho, sr. Kellaway? — perguntou ela.

— Nunca encostei a mão naquela vadia histérica. Nem no menino. Se ela está dizendo outra coisa, é mentira.

— O senhor algum dia apontou uma arma para ela, sr. Kellaway? — perguntou Acosta.

Ele não respondeu.

Joanie bufou com desdém, como um cavalo cansado, e começou a digitar furiosamente, com os olhos fixos na tela do computador.

— O senhor vai querer ligar para ela — disse Acosta. — Não faça isso. O senhor está proibido de entrar em contato direto. Quer dizer algo a ela? Contrate um advogado. Mande que ele diga. O senhor vai precisar de um advogado para a audiência, de qualquer forma.

— Então, se eu ligar para dar boa-noite ao meu filho de 6 anos, alguém vai me prender? Devo contratar um advogado para ligar toda noite para ler histórias para ele dormir?

Acosta continuou como se ele não tivesse falado.

— Uma audiência está agendada para o senhor. A data e a hora estão na liminar. Se não comparecer à audiência, o senhor pode esperar que a ação cautelar de afastamento continue em curso, sem prazo para acabar. O senhor pode comparecer à audiência com seu advogado ou pode ser um imbecil, isso depende de você. Agora, o senhor vem comendo comida congelada desde que sua esposa foi embora e pode estar se cansando disso. A questão é a seguinte: comida congelada ainda é melhor do que o cardápio da prisão municipal. Aceite meu conselho e não ponha os olhos na sua ex até vê-la na audiência, entendeu?

Randall Kellaway se sentiu mal. Ficou com vontade de pegar a lanterna de cabo cromado e meter naquela fuça gorda de sapatão. Ela tinha um corte de cabelo de sapatão — podia entrar para os Fuzileiros Navais com um cabelo daqueles.

— É isso? Acabou?

— Não.

Kellaway não gostou da forma como a mulher respondeu, não gostou da alegria que ela passou.

— O que mais?

— O senhor tem alguma arma aqui ou no seu carro?

— O que isso tem a ver com o assunto, caralho?

— O senhor está orientado, por ordem do Estado da Flórida, a entregar suas armas de fogo ao departamento de polícia até que um juiz entenda que é seguro que mantenha posse delas.

— Eu sou um *segurança* — disse ele.

— Seguranças de shopping andam armados? Seu colega não estava armado quando entrou aqui. — Quando Kellaway não respondeu, Acosta olhou através da janela para Joanie e Ed. — É obrigatório que vocês andem armados em serviço?

Fez-se um silêncio tenso no ambiente. A máquina de venda automática estalou, deu um baque suave e um zumbido.

— Não, senhora — respondeu Eddie Dowling enfim, fazendo uma careta e dando um olhar de desculpas para Kellaway.

— Vocês por acaso têm *permissão* para andar armados? — perguntou ela.

— Não no primeiro ano, senhora — falou Ed. — Mas, depois disso, se a pessoa portar a arma discretamente, não é proibido.

— Certo — disse ela, voltando-se para Kellaway. — O senhor está armado agora?

Kellaway sentiu uma veia pulsando no centro da testa. Então ela o inspecionou, olhou para o cinto — nada pendurado a não ser o rádio e a lanterna — e depois desceu o olhar pelo corpo e subiu.

— O que é isso no seu tornozelo? — perguntou ela. — É o Colt Python ou a SIG?

— Como você...? — disse ele, depois rangeu os dentes.

Holly. A vadia franzina e tolinha forneceu ao departamento de polícia uma lista de todas as suas armas.

— Sr. Kellaway, pode, por favor, me entregar sua arma? Terei prazer em lhe passar um recibo por ela.

Por um bom tempo, ele apenas encarou a mulher com ódio, e ela devolveu um sorriso agradável. Enfim, Kellaway colocou o pé em cima do sofá cor de mostarda encostado na parede, aquele com as almofadas remendadas, e puxou a barra da calça para cima.

— Como se alguém andasse com a porra de um Colt Python em um coldre de tornozelo. Por acaso você já viu um Colt Python? — perguntou ele, enquanto soltava as fivelas do coldre inteiro e puxava as tiras para soltá-lo.

— Seria um saco andar com um Python de tamanho normal, mas seria possível se fosse o de cano curto. Sua ex não tinha certeza de qual modelo o senhor possuía.

Kellaway entregou a SIG. Acosta retirou o pente bruscamente, puxou o ferrolho e meteu o olho na câmara para garantir que estava descarregada. Quando se certificou de que a arma estava segura, ela a guardou em um saco plástico transparente com fecho hermético e colocou sobre o balcão de fórmica. Acosta vasculhou o interior da bolsa de couro, retirou um papelzinho e franziu os olhos para lê-lo.

— Então o Colt está no seu armário?

— Você tem um mandado para descobrir?

— Não preciso de mandado. Não para isso. Tenho a permissão de Russ Dorr, o CEO da Sunbelt Marketplace, a empresa que é dona deste shopping. O senhor pode ligar para ele e perguntar, se está em dúvida. Seu armário não é seu. É dele.

— O que você vai fazer se o Colt não estiver lá? Vai me seguir até a minha casa? Melhor ter um mandado para isso.

— Não precisamos ir até a sua casa, sr. Kellaway. Já estivemos lá. Sua esposa nos deu uma chave e a permissão para entrar na propriedade, como é de direito dela. Ela está listada na hipoteca. Mas não encontramos o Colt, ou a SIG — ela examinou a folha de papel —, ou a Uzi. Sério? *Uma Uzi?* Essa é uma coisa digna do Rambo, sr. Kellaway. Para o seu bem, espero que ela não tenha sido convertida.

— É uma peça de herança — respondeu ele. — É de 1984, de direito adquirido. Se o seu pessoal olhou no meu armário, devem ter encontrado toda a papelada sobre ela. A Uzi é legal.

— Deve ter custado um bom dinheiro. Acho que patrulhar shopping paga bem. É isso mesmo? O senhor ganha uma bolada para garantir que ninguém pegue um doce e saia correndo?

Kellaway abriu o armário, tirou o Colt e entregou a arma com o cabo virado para Acosta, de tambor aberto. Ela sacudiu para as balas caírem na palma da mão, girou o tambor e fechou com uma virada ágil do pulso. O Colt foi colocado no saco plástico junto com a SIG. A agente escreveu um recibo em um bloquinho que parecia o que uma garçonete usaria para anotar um pedido. Era isso que ela *deveria* estar fazendo, anotando pedidos em uma Waffle House qualquer.

— A Uzi está no carro? — perguntou ela.

Kellaway ia perguntar se Acosta tinha um mandado, mas ao abrir a boca, os dois se entreolharam, e ela olhou para ele com uma calma afável que o homem mal conseguia suportar. É claro que ela tinha um mandado. Estava esperando ele perguntar para poder mostrar e humilhá-lo de novo.

Acosta acompanhou Kellaway pelo longo corredor, os dois saíram pela porta de metal e entraram no estacionamento. O sol do fim de tarde sempre o surpreendia depois de ter passado o dia no shopping: a claridade intensa do mundo e o cheiro de oceano no ar. Folhas de palmeiras se mexiam e faziam um ruído seco. O sol estava bem longe a oeste, e o céu era iluminado por uma luz dourada esfumaçada.

Acosta seguiu Kellaway pelo asfalto. Quando viu o carro, ela riu.

— Sério? — perguntou Acosta. — Por essa eu não esperava.

Kellaway não olhou para ela. O carro dele era um Prius vermelho intenso. Tinha comprado aquele modelo por causa do moleque, porque George estava preocupado com os pinguins. Eles visitavam os pinguins no aquário quase todo fim de semana. George podia passar o dia inteiro vendo eles nadarem.

Ele abriu o porta-malas. A Uzi estava em um estojo preto rígido. Digitou o código, abriu os fechos e deu espaço para que ela pudesse examinar a arma, guardada impecavelmente no recorte de espuma preta. Kellaway sentia desprezo pela latina e seu corte de cabelo de sapata, e ficou surpreso ao sentir um certo prazer mesmo assim ao deixá-la examinar a Uzi, cada peça da arma azeitada e negra e tão limpa que poderia ser novinha em folha.

Acosta não ficou impressionada, porém. Quando falou, a voz dela era impassível, quase sem acreditar.

— O senhor deixa uma Uzi completamente automática no carro?

— O percussor está no meu armário. Você quer? Vou ter que voltar lá dentro para pegar.

Ela fechou o estojo de plástico com força, pegou o bloquinho de garçonete e recomeçou a escrever.

— Leia a ação cautelar de afastamento, sr. Kellaway — disse Acosta ao destacar o recibo e entregar para ele. — E se não entender alguma coisa, arrume um advogado para explicá-la para o senhor.

— Eu quero falar com o meu filho.

— O juiz fará um cláusula para isso, tenho certeza, dentro de quinze dias.

— Quero ligar para o meu filho e dizer que estou bem. Não quero que ele fique com medo.

— Nós também não. É por isso que o senhor tem em mãos uma ação cautelar de afastamento. Boa tarde, sr. Kellaway.

Acosta deu um passo para ir embora com o estojo preto de plástico, e ele arremessou a ação cautelar de afastamento nas costas dela, sem conseguir se controlar. Foi aquela última frase, o fato de ela enxergar o serviço como uma forma de proteger seu filho — *seu próprio filho*. Os papéis atingiram o meio das omoplatas de Acosta como um dardo. Ela enrijeceu e ficou parada ali, de costas para ele. Então, Acosta colocou delicadamente o estojo com a Uzi no asfalto.

Quando ela se voltou para Kellaway, seu sorriso era enorme. Ele não sabia ao certo o que aconteceria se Acosta tirasse as algemas do cinto, não sabia o que ele faria. Em vez disso, ela apenas se abaixou, recolheu os documentos e deu um passo na direção dele. Bem perto — quando Acosta estava a centímetros de distância —, Kellaway ficou surpreso com a massa da mulher. Ela tinha a densidade parruda de um peso-médio. Acosta gentilmente enfiou os papéis no bolso da camisa dele, onde ficaram aninhados ao lado do canivete suíço no estojinho de couro.

— Olha, querido — disse ela —, é melhor você manter essa papelada para mostrar para o seu advogado. Se quiser o direito de visitar seu filho, qualquer direito de ver seu filho de alguma forma, é melhor saber contra o que está lutando. Você está perdido na selva, e esta é a coisa mais parecida com uma bússola que você tem. Entendeu?

— Certo.

— E é melhor evitar atacar, ameaçar ou perseguir agentes do Estado da Flórida que possam prendê-lo e desonrá-lo diante de seus colegas, transeuntes, Deus e todo mundo. É melhor evitar incomodar homens e mulheres agentes da lei que possam passar na sua audiência para falar que você atira coisas e demonstra um péssimo controle das emoções. Está entendendo?

— É. Entendi. Mais alguma coisa?

— Não — respondeu Acosta, e pegou o estojo com a Uzi dentro e depois parou para encará-lo. — Sim. Na verdade. Uma. Eu perguntei se você algum dia apontou uma arma para sua esposa, e você não respondeu.

— Não, e não vou, porra.

— Ok. Eu estava me perguntando outra coisa, porém.

— O quê?

— Algum dia você apontou uma arma para o seu filho? Disse para sua esposa que, se ela tentasse levá-lo embora, você esparramaria o cérebro dele na parede?

As entranhas de Kellaway ferveram com mal-estar, com ácido. Ele quis arremessar outra coisa, alguma coisa no rosto dela, arrebentar o lábio de Acosta, ver um pouco de sangue. Kellaway queria ir para a cadeia — mas se ela o prendesse, ele perderia os direitos sobre George para sempre. Ele não se mexeu. Não respondeu.

Não parecia possível que o sorriso de Acosta pudesse ficar maior, mas ficou.

— Era só curiosidade, querido. Não faça nada que vá lhe causar problemas, ouviu? Porque, por mais que eu nunca mais queira vê-lo, você não quer me ver mais ainda.

1º de julho de 2013

NO ANIVERSÁRIO DE JIM HIRST, Kellaway saiu de St. Possenti de carro e entrou na fumaça com um presente para o velho amigo no banco do carona.

A fumaça soprava pela rodovia em uma bruma cinzenta que irritava os olhos e tinha o fedor de um incêndio em um lixão. Foram uns moleques que deram início a ele, começando as comemorações pelo Dia da Independência alguns dias antes, jogando bombinhas Black Cat uns contra os outros no mato atrás do estacionamento de trailers onde moravam. Agora havia quase doze quilômetros quadrados pegando fogo. A Floresta Nacional de Ocala estava em chamas que nem uma pilha de feno.

O sítio de Jim Hirst ficava a quatrocentos metros da rodovia, no fim de uma trilha de cascalhos, ladeada por vegetação de mangue e terreno pantanoso. O sítio tinha apenas um andar, um telhado arriado em alguns pontos, estava tomado por musgo e mofo, e as calhas estavam entupidas com folhas. Lonas cobriam metade da casa, onde tábuas haviam sido arrancadas e janelas haviam sido extraídas como dentes, deixando buracos abertos para trás. O sítio estava assim havia três anos. Jim tinha juntado dinheiro para começar o projeto de reforma, mas não o suficiente para terminá-lo. As luzes estavam apagadas, e a van da cadeira de rodas não estava ali, e se Kellaway não tivesse ouvido alguém dar tiros nos fundos, ele talvez tivesse pensado que ninguém estava em casa.

Kellaway deu a volta na metade da casa que não estava finalizada. As grandes lonas de plástico batiam a esmo na brisa. A arma foi disparada com a precisão de um metrônomo batendo no ritmo quatro por quatro. Os disparos pararam assim que ele deu a volta na casa e entrou no quintal.

Jim Hirst estava na cadeira de rodas elétrica com um pacote de seis latinhas de cerveja no chão ao seu lado, com duas já vazias e jogadas na grama. Ele estava com a arma no colo, uma pequena automática com uma mira bacana e com o pente retirado. Um fuzil AR estava encostado na cadeira de rodas. Jim era dono de muitas armas. *Muitas*. Ele tinha uma metralhadora leve M249 totalmente automática na garagem, escondida sob algumas tábuas do assoalho embaixo da bancada de trabalho. Era idêntica à M249 montada no Humvee que eles dirigiram por seis meses no Golfo. Kellaway, porém, não estava dentro do veículo quando ele passou por cima de uma mina terrestre russa que quase dividiu tanto o Humvee quanto Jim Hirst em dois. Àquela altura, Kellaway havia sido transferido para a Polícia do Exército, e a única coisa que explodiu para ele foi seu futuro no exército.

— Eu não vi a van. Pensei que tivesse esquecido que eu vinha, talvez você tivesse ido para algum lugar. Feliz aniversário.

Jim se virou e esticou a mão. Kellaway jogou uma garrafa para ele, um Bowmore Single Malt de 29 anos. O uísque escocês tinha um tom dourado metálico e suave, como se alguém tivesse descoberto uma maneira de destilar o nascer do sol. Jim segurou a garrafa pelo gargalo e a admirou.

— Obrigado, cara — falou ele. — A Mary comprou uma torta de limão no supermercado. Pegue uma fatia e venha brincar com o meu novo brinquedo.

Ele ergueu a pistola do colo. Era uma Webley & Scott cinza com uma mira laser que parecia saída de um filme de espionagem. Jim estava com uma caixa de projéteis Starfire de 95 gramas ao lado do quadril, balas dundum que se abririam como um cogumelo quando atingiam tecido mole.

— Foi a Mary que te deu? Isso é que é amor.

— Não, cara, *eu* me dei. Ela massageou minha próstata, foi isso que ela fez por mim.

— Esse é o lance da dedada no cu? — perguntou Kellaway, tentando esconder a repulsa.

— Ela curte esse clima. Isso e uma bomba de sucção no meu pau, tudo dá certo. *Isso* é que é amor. Especialmente porque, para ela, isso está mais para limpeza de um cano entupido do que para sexo. — Ele começou a rir, mas virou uma tosse rouca e trovejante. — Caralho, essa porra de fumaça.

Kellaway pegou a garrafa de uísque do colo de Jim.

— Vou pegar copos pra gente.

Ele passou pela porta de tela e encontrou Mary na cozinha, sentada à mesa. Ela era uma mulher magra e ossuda, com muitas rugas nos cantos da boca e um cabelo que um dia tivera um tom castanho vivo e lustroso, mas há muito tempo desbotara para uma cor de pelo de rato. Mary estava mandando mensagens pelo celular e não ergueu os olhos. A lata de lixo estava lotada até a boca, com uma fralda adulta bem em cima, e o cômodo cheirava a merda. Moscas zumbiam em volta do lixo e da torta de limão sobre a mesa.

— Eu troco um copo de uísque por uma fatia de torta.

— Combinado — falou ela.

Ele meteu a mão no armário e retirou algumas canecas de café. Kellaway serviu um dedo de uísque para Mary e se sentou do lado dela. Quando ele se debruçou à frente, viu Mary enviando um monte de corações para alguém.

— Cadê a van? — perguntou Kellaway.

— Foi levada.

— Como assim?

— A gente estava há seis meses sem pagar — disse Mary.

— E quanto ao cheque de Departamento de Amparo aos Veteranos?

— Ele gastou com outras necessidades.

— Que necessidades?

— Ele está lá fora apertando o gatilho de uma delas agora mesmo.

A arma recomeçou a disparar. Ambos ouviram quando os tiros pararam.

— Ele prefere meter o dedo em uma daquelas armas do que em mim — falou Mary.

— Que pensamento agradável, Mary. Quero te agradecer por colocar essa imagem na minha cabeça.

— Bem, talvez se ele vendesse uma ou duas, a gente poderia ter janelas na sala de estar em vez de buracos nas paredes. Isso seria legal. Morar em um lugar com janelas.

Kellaway cortou duas fatias de torta. Enquanto fazia isso, inclinou-se para dar outra olhada no telefone dela. Mary não ergueu os olhos para Kellaway, mas virou o celular para baixo.

— O Jim já comeu uma fatia hoje de manhã. Ele não precisa de outra.

— Não?

— Ele está acima do peso e é diabético, e não precisava nem da primeira fatia. — Ela parecia cansada, com olheiras escuras.

— Como vocês vão fazer para se deslocar sem a van? — perguntou ele.

— Eu tenho amigos no trabalho que não se importam em nos ajudar dando carona.

— Era para quem você estava mandando mensagens agora mesmo? Um amigo do trabalho?

— Como seu filho está se adaptando a ver o pai apenas em visitas supervisionadas pelo tribunal? Deve ser estranho para vocês. Tipo visitas familiares na prisão.

Kellaway colocou uma fatia de torta em um prato para Jim e outra em um prato para si mesmo e saiu com as canecas embaixo de um braço, e o uísque embaixo do outro.

Ele equilibrou um dos pratos no joelho esquerdo de Jim e tirou a arma dele. Kellaway começou a colocar balas no pente, enquanto o amigo comia a torta com a mão. Ele fora um homem grande mesmo no exército, mas naquela época o tamanho estava concentrado no peitoral e nos ombros. Agora ele carregava o tamanho em volta da cintura, e o rosto gordo e redondo estava enrugado e cheio de covinhas.

No fundo do quintal havia uma cerca de ripas meio caída e quebrada, com alvos presos a ela: uma versão zumbi de Barack Obama, uma versão zumbi de Osama bin Laden, e uma fotografia ampliada de Dick Cheney. Politicamente falando, Jim Hirst era um homem que gostava de espalhar seu desprezo de forma igual entre todos os partidos.

— Você comprou essa arma para si mesmo? — perguntou Kellaway ao erguê-la. — Parece uma pistola d'água. Qual é a dessa empunhadura?

— Por que você não dá um tiro com ela em vez de ficar reclamando?

A arma era tão pequena que quase desaparecia na mão de Kellaway. Ele a ergueu, olhou pela mira e viu um ponto verde flutuando na testa do Barack Obama.

— Quando você começou a curtir essas porras tipo James Bond? — perguntou Kellaway.

— Sempre curti essas porras tipo James Bond. Mira laser, balas incendiárias. Estou ansioso pelo futuro de armas inteligentes se algum dia a Associação Nacional do Rifle permitir. Eu gostaria de ter uma arma que soubesse meu nome e como eu gosto do meu café. Quem não quer uma coisa dessas?

— Eu — respondeu Kellaway, e disparou. Ele meteu uma bala no olho esquerdo do Obama, uma na testa, uma no pescoço, uma na boca do Bin Laden zumbi, e duas no marca-passo de Dick Cheney. — Prefiro Bruce Willis a Roger Moore em qualquer situação. Não quero uma arma com raio laser e sotaque britânico. Quero uma arma que fale americano e pareça que foi feita para fazer buracos em ônibus escolares.

— Por que você ia precisar atirar em um ônibus escolar?

— Se você conhecesse os filhos do meu vizinho, entenderia.

Kellaway trocou a arma por um copo de uísque e tomou um gole. A bebida tinha um gosto doce de baunilha e desceu que nem querosene, queimou o revestimento da garganta e fez com que ele se sentisse como um explosivo à espera de alguém que puxasse o pino.

— A Mary está de mau humor — falou Kellaway.

— A Mary está sempre de mau humor — disse Jim, e abanou a mão para afastar a névoa no ar enquanto piscava os olhos vermelhos e tossia fraquinho. Kellaway se perguntou se era apenas a fumaça ou se ele estava resfriado. — Ela saiu no sábado à noite, e minha bolsa de mijo ficou cheia demais, soltou um tubo e encharcou minha calça.

Kellaway não ficou com pena disso.

— Você não consegue trocar a própria bolsa de mijo?

— Eu me esqueço de verificar. A Mary faz isso por mim, mas ela saiu para encher a cara no TGI Fridays com as amigas. Elas gostam de sair no fim de semana e falar mal dos maridos. Imagino que a Mary fale mais mal do que a maioria. As amigas dela podem dizer que não transam o suficiente, mas nenhum dos homens delas precisa de um aparelho hidráulico para conseguir uma ereção de trinta segundos. — Ele recarregou metodicamente. — Fiquei lá sentado em urina, e ela voltou e começou a reclamar comigo sobre dinheiro, que o cartão de crédito foi rejeitado. Como se eu já não estivesse puto o suficiente.

— É. Foi o que ela me disse lá dentro. Ela quer que você venda alguma de suas armas.

— Como se elas valessem alguma coisa. Todo mundo está vendendo armas na internet. Elas são mais baratas do que o aço de que são feitas.

— Você tem algo de que gostaria de se livrar? Quer dizer, o tipo de coisa que dá para ter sem passar vergonha como americano. Não uma dessas armas que parece que a pessoa tem que disparar com o mindinho levantado, como se fosse uma xícara de chá e a pessoa estivesse comendo bolinhos com a rainha.

Jim ergueu a caneca de uísque e colocou nos lábios sem beber.

— Se você quer se sentir um pistoleiro, eu tenho um .44 SuperMag que vai abrir buracos do tamanho de um repolho nos pobres alvos de sua escolha.

— Talvez algo um pouco menor.

Jim deu um bom gole, engoliu e soltou uma tosse rouca de cachorro no punho fechado.

— Tenho algumas coisas. Acho que podemos conversar. Isso tiraria a Mary do meu pescoço, se você quisesse levar uma das armas mais antigas por alguns trocados.

— Jim — disse Kellaway —, eu não posso passar por uma verificação de antecedentes. Tenho aquela liminar em cima de mim. Aquela advogada vadia dela me destruiu no tribunal.

— Ei, você não me contou, e eu não perguntei. Não preciso fazer uma verificação de antecedentes. Não sou vendedor de armas. Não vou me meter em confusão. Você, talvez, mas eu, não.

Jim tocou o controle no braço direito da cadeira de rodas. Ela deu meia-volta com um chiado dos servomotores. Então ele parou e lançou uma expressão sombria, quase beligerante, para o rosto de Kellaway.

— Mas se eu te vender uma arma, você vai ter que me prometer uma coisa.

— É? O quê?

— Se algum dia você resolver sair matando todo mundo — disse Jim Hirst —, prometa que vai começar por mim.

6 de julho de 2013

9h38

ROG MANDOU UMA MENSAGEM de texto perguntando se ela podia aparecer no trabalho meia hora antes da abertura. Becki mandou EU TB, PRECISO MUITO de volta, mas ele não respondeu.

No carro, ela passou um batom clarinho que deu à sua boca a aparência de estar ligeiramente coberta de porra. Becki ajeitou o cardigã de maneira que a parte de cima do sutiã de renda preto e esmeralda aparecesse, e depois de pensar um pouco, meteu a mão por baixo da saia e tirou a calcinha. Ela enfiou a peça dentro do porta-luvas, ao lado do presente que estava ali desde o Natal.

O shopping Miracle Falls estava calmo e silencioso àquela hora, quase não havia ninguém lá, a maioria das lojas ainda não tinha aberto, e os portões de aço estavam baixados nas entradas amplas. O portão da Melhore seu Jogo estava erguido, mas os dois caras que trabalhavam no turno da manhã ainda estavam só farreando, disputando arremessos de três pontos na cesta localizada no centro da loja. Os gritos de felicidade e os rangido dos tênis ecoavam pelo correr até o átrio central.

Becki não viu mais ninguém até chegar à Devotion Diamonds, a não ser Kellaway, o principal policial no shopping — embora, claro, ele não fosse um policial de verdade. Rog disse que a polícia não o queria, que ele se envolvera com torturas no Iraque e fora dispensado em desgraça. Rog contou que Kellaway seguia moleques negros pelo shopping, acariciando a lanterna comprida como se estivesse apenas procurando um motivo para rachar alguns crânios. Becki e Kellaway estavam caminhando na mesma direção, mas ela recuou alguns passos e deixou que ele subisse à frente na escadaria central. Kellaway tinha olhos estranhamente descoloridos que passavam uma impressão perturbadora de cegueira. Olhos da cor de água muito fria sobre pedra muito clara.

A Devotion Diamonds ficava no topo da escada e estava com as portas de acrílico semiabertas. Becki virou de lado e passou por entre elas.

A área dos mostruários sempre cheirava a dinheiro para Becki, como o interior de um carro novo. As gemas ainda não estavam expostas, mas trancadas nas gavetas.

Quando fechada, a porta do escritório se mesclava aos painéis falsos de cerejeira nos fundos da loja, mas, no momento, estava entreaberta, dando para um cubo de luz fluorescente.

Becki empurrou a porta. Rog estava atrás da mesa, usando uma camisa amarela e uma gravata marrom larga. Ele estava fumando, o que a surpreendeu. Ela nunca tinha visto Rog fumar de manhã. O janelão no fundo da sala estava aberto, provavelmente para arejar o cheiro de cigarro, o que era engraçado, na verdade. Rog estava deixando entrar mais fumaça do que estava expelindo, a névoa do incêndio de Ocala deixava o ar com uma textura de película. Ele digitou algo no grande iMac prateado, apertou uma tecla, e girou na cadeira de couro para encará-la. Rog jogou o cigarro pela janela aberta sem sequer olhar onde ia cair. Os gestos eram espasmódicos e abruptos, não eram do seu feitio, o que deixou Becki nervosa.

— Ei, Bean — disse Rog.

— E aí? — perguntou ela.

O lance de ser chamada de "Bean" deixou Becki ainda mais nervosa. Era assim que ele a chamava antes de os dois começarem a transar. Rog também chamava de "Bean" algumas das outras meninas que trabalhavam para ele, um termo de carinho paternal.

Rog apertou a ponte do nariz.

— Pois então, uma das amigas da minha esposa falou para ela entrar no seu Instagram.

O estômago de Becki deu um nó, mas ela manteve uma expressão neutra.

— É? E daí? Não tem nenhuma foto nossa juntos.

— Tem uma foto sua no meu barco.

— Como alguém sabe que é o seu barco? — Ela franziu os olhos, tentando visualizar o que havia naquela foto. Uma *selfie*, ela sorrindo para o telefone, segurando um martini de maçã verde na mão, um drinque que combinava com a parte de cima do biquíni verde-limão. A legenda dizia algo do tipo ATÉ A GENTE IR PARA O SUL DA FRANÇA, O ÚNICO LUGAR PARA TOMAR SOL PELADA É NO IATE DO MOZÃO! LOL! — Pode ser o barco de qualquer um.

— Você acha que a minha esposa não reconhece o meu barco ao vê-lo?

— Então… diz para ela que eu pedi emprestado. Diz que saí com meu namorado. — Becki firmou as mãos na beirada da mesa, usou os braços para juntar os seios, e se debruçou para beijá-lo. — Você não vai estar mentindo — sussurrou ela.

Ele usou a cadeira de rodinhas para se afastar de Becki e ficar fora de alcance.

— Já contei uma história diferente.

Becki endireitou o corpo e se abraçou.

— O que você falou para ela?

— Que você pegou as chaves na minha mesa sem me pedir. Que você deve ter saído para dar um passeio. Ela me perguntou se vou demitir você. Falei que você seria demitida antes de abrir a loja. — Rog empurrou uma pequena caixa de papelão sobre a mesa. Até ele encostar nela, Becki não havia notado a caixa ali. — Eu tinha algumas coisas suas no meu carro. E você tinha alguns itens de uso pessoal no seu armário. Acho que peguei tudo.

— Bem, que merda. Acho que temos que tomar mais cuidado. Mas é uma merda que você tenha que me demitir. Fiz planos para os próximos pagamentos. Também é uma merda que o seu primeiro instinto tenha sido mentir para sua esposa de uma forma que me faça parecer uma pessoa detestável.

— Bean — disse ele. — Eu não me arrependo de um minuto sequer. Não mesmo. Mas vou me arrepender se houver mais um.

Então pronto. Era isso.

Ele deu outro empurrãozinho na caixa.

— Tem mais uma coisa ali para você. Uma prova dos meus sentimentos.

Becki abriu uma aba da caixa e retirou uma caixinha preta de veludo no topo da bagunça. Ela continha um bracelete de prata no formato de uma pauta de partitura musical, com uma clave de sol de diamante falso em cima. Bijuteria barata que eles não podiam dar.

— Você foi a música dos meus dias, garota.

Isso também soou barato. Teria sido cafona mesmo em um cartão de condolências.

Ela pousou a caixinha preta de veludo sobre a mesa.

— Não quero essa merda. O que você acha que está fazendo?

— Eu sei o que estou fazendo. Não piore as coisas. Já é bem difícil.

— Como você pode ficar com ela em vez de mim? — Becki sentiu dificuldade em respirar. A sala tinha um cheiro penetrante de fogueira, o fedor do incêndio de Ocala, e era impossível inspirar ar suficiente. — Você *odeia* aquela mulher. Me disse que não suporta ouvir a voz dela. Você passa o dia inteiro tentando arranjar um jeito de evitar passar tempo com ela. Além disso, o que você tem a perder? Você me disse que tinha um antenupcial.

Ela achou muito adulto falar "antenupcial".

— Sim, eu tenho um acordo pré-nupcial. Um acordo pré-nupcial *dela*. Becki... essas lojas são *dela*. Não fico com a roupa do corpo se ela me largar. Achei que você tivesse entendido isso. — Rog olhou para o relógio. — Ela vai ligar em dez minutos para perguntar como foi. E eu ainda tenho que abrir. Melhor revermos as regras básicas. Não tente se encontrar comigo. Não volte à loja. Vou te enviar o último contracheque. *Não mande nenhuma mensagem.*

A garganta apertou ainda mais. Foi a eficiência direta e impessoal na voz de Rog. Ele poderia estar discutindo as políticas da loja com algum funcionário novo.

— Isso é uma palhaçada — disse ela. — Acha que é assim que vai terminar comigo? Você perdeu a porra do juízo se acha que pode me descartar que nem uma camisinha usada.

— Ei, calma aí.

— Uma coisa que você encheu de porra e não quer mais ver.

— Não diga isso. Bean...

— Pare de me chamar assim.

— *Becki.* — Ele entrelaçou os dedos e olhou cansado para as palmas das mãos. — As coisas acabam. Lembre-se com carinho dos bons tempos.

— E se manda, não é? Com esse bracelete de merda da promoção.

— Fala baixo! — vociferou Rog. — Sei lá quem está passando lá fora? A Anne Malamud, da Bath & Body Works, é amiga da minha esposa. Pessoalmente, acho que foi a Anne que mandou ela entrar no seu Instagram. Ela deve ter visto nós dois juntos, de pegação dentro do Lamborghini ou algo assim. Quem sabe o que ela falou para a minha esposa?

— Quem sabe o que *eu* posso dizer para ela?

— Como assim?

— Isso te daria uma lição, não é?

O que Becki queria dizer era que, se a esposa soubesse sobre eles, então não haveria mais motivo para terminar. Se fosse uma escolha entre a boceta de 48 anos da esposa e a dela, Becki tinha uma boa ideia de qual Rog escolheria.

— Nem pense nisso.

— Por quê?

— Porque quero que a gente fique bem. Estou tentando acabar bem. Estou tentando proteger nós dois. Se você for até ela com uma história sobre a gente transando, ela vai pensar que você é só uma funcionária insatisfeita que foi pega no flagra.

— Eu *não roubei* seu barco, seu babaca. Você acha que a sua esposa acreditaria nessa merda se ela falasse comigo?

— Acho que ela acreditaria que você saiu daqui com um par de brincos de diamante de oitocentos dólares, já que você usou seu cartão para retirá-los da loja em dezembro e nunca devolveu.

— Que porra? Nunca roubei nenhum brinco daqui.

— No Natal — falou ele. — O hotel.

— O hotel? — perguntou ela.

Becki não entendeu — e aí, sim, ela se lembrou da noite em que Rog lhe deu a pistola com cabo de marfim, a noite em que ela se vestiu em quase meio milhão de dólares em joias para ele.

— Quando peguei todas aquelas joias para a gente brincar, eu usei o *seu* cartão de segurança, não o meu. Acho que esquecemos os brincos quando arrumamos o quarto. Um acidente compreensível. Nós dois estávamos bêbados que nem gambás. A questão é: eles sumiram após *você* retirá-los.

Aquele pensamento — e tudo que veio com ele — levou um momento para fazer sentido para ela.

— Você sabia que ia terminar comigo lá em dezembro — disse ela em uma voz suave, sem conseguir acreditar. Estava mais falando para si mesma do que para Rog. — Há seis meses. Você já sabia que ia me dispensar, então planejou uma mentira qualquer para me pintar como ladra. Você estava com essa chantagem na cabeça há *seis meses*.

Ela não acreditou nem por um segundo que aqueles brincos foram deixados para trás no hotel por displicência. Não foi um acidente; foi um seguro.

Rog balançou a cabeça.

— Não, Bean. É horrível que pense dessa maneira.

— O que você fez com eles? Com os brincos?

— Eu não sei o que aconteceu com eles. De verdade. Tudo que sei é que os brincos nunca foram devolvidos. Odeio ter que dizer essas coisas. Meu casamento é mais velho do que você, e não vou deixar uma garota histérica e vingativa destruir a minha vida só porque ela quer algo que não pode ter.

Becki sentiu frio, tanto frio que quase esperou ver a própria respiração.

— Você não pode fazer isso. Não é correto.

Ele se ajeitou na cadeira, se virou um pouco, esticou as pernas e cruzou os pés. Pela primeira vez, Becki notou que Rog tinha uma barriguinha de cerveja, uma dobra macia de gordura caída em cima do cinto.

— Quero que vá para casa, garota. Você está chateada. Precisa de um tempo para ficar sozinha, para sentir o que precisa sentir. Acredite se quiser, também estou triste. Você não é a única que saiu perdendo aqui.

— O que você perdeu? Você não perdeu nada. Você tem tudo que sempre teve.

— Eu não tenho você. Estou triste por isso. — Ele olhou para Becki por trás de cílios baixos. — Vá em frente. Seja legal. Não tente entrar em contato comigo e, pelo amor de Deus, *não* tente entrar em contato com a minha esposa. Não seja idiota. Eu só quero o que é melhor para nós dois.

— Você está triste? Você está *triste*, caralho?

— Acredite se quiser, estou sim. Fico revoltado que a gente não possa terminar em… em um tom mais positivo.

Becki tremeu. Ela se sentiu febril em um momento e congelada no seguinte. Pensou que iria vomitar.

— Eu não vou ficar triste por você — disse Becki. — E nenhuma outra pessoa vai.

Rog lançou um olhar de dúvida para ela, com o cenho franzido, mas Becki não falou mais nada. Ela não percebeu que estava recuando até o quadril bater na quina da porta aberta. O impacto jogou Becki um pouco para longe dele, e ela se deixou levar, deu a volta e saiu para a loja. Becki não correu. Ela andou com o corpo muito retesado, sem dobrar as pernas e sem pressa.

Becki ficou ausente por apenas trinta minutos.

10h03

Becki não chorou.

Por um bom tempo, ela ficou sentada, com as mãos firmes no volante, agarrando com tanta força que os nós dos dedos ficaram brancos, embora não fosse a lugar algum. Becki só ficou ali parada no estacionamento, olhando para um conjunto de portas de acrílico preto que levavam ao shopping. Houve momentos em que a fúria pareceu esmagar seu corpo inteiro, como se ela fosse uma astronauta sofrendo os efeitos da gravidade de um mundo maior, mais denso, mais terrível. Becki foi *espremida*, sentiu o ar saindo de dentro dela.

Quando ia embora do trabalho, Rog geralmente saía por esse lado do shopping. Se ela o visse agora, se ele passasse por aquelas portas pretas reluzentes, franzindo os olhos sob a luz da manhã, Becki ligaria o carro, pisaria no acelerador e lançaria o seu pequeno Volkswagen bem em cima dele. A ideia de atropelá-lo — o baque, o grito, o som dos pneus passando por cima dele — a empolgou e tornou mais fácil resistir àquela cruel gravidade alienígena.

Rog comeu Becki por meses enquanto pensava em como se livrar dela. Ele gozou na cara dela, no cabelo dela, e Becki agiu como se gostasse, pestanejando e ronronando, e agora ela se tocou que ele a considerava patética e infantil, e ele tinha razão. Aquilo a fez querer gritar até a garganta doer. A gravidade dobrou. Triplicou. Ela sentiu os órgãos sendo esmagados.

Aquilo a enlouqueceu, a facilidade com que Rog pisou nela, a esmagou sob o salto do sapato. A eficiência com que ele a encaixotou. Rog devia estar ao telefone com a esposa naquele momento, contando alguma história sobre como ele a confrontou, como foi difícil demiti-la enquanto ela implorava, chorava e inventava desculpas. A esposa provavelmente estava confortando Rog, como se fosse *ele* que tivesse passado por algo horrível naquela manhã. Não era correto.

— Não. É. Correto — disse Becki com os dentes cerrados, pisando inconscientemente no acelerador para pontuar cada palavra. O carro não estava ligado, mas ela meteu o pé no pedal mesmo assim. — Não. É. Correto.

Becki precisava de algo para se acalmar e abriu com força o porta-luvas, vasculhou seu interior e encontrou uma garrafa da cocaína de Putumayo de Rog, uma parada fortíssima que ele encontrara em uma viagem para comprar esmeraldas na Colômbia. A cocaína disparou como uma bala no cérebro.

Ela viu a calcinha preta de renda amassada dentro do porta-luvas. A visão foi vagamente humilhante, e Becki pegou a peça para recolocá-la. Ela se prendeu à coronha da arma que ganhou de Natal, que veio rolando com a calcinha. O .357 estava enfiado em um coldre de coxa com tiras e fivelas, que era a maneira como Becki guardava o revólver, embora nunca o tivesse usado em lugar algum.

A visão da arma foi como respirar fundo. Ela segurou o revólver e ficou imóvel.

Quando era criança, nos dias anteriores ao Natal, Becki, às vezes, pegava seu globo de neve favorito, que tinha um laguinho e pessoas vestidas com roupas do século XIX patinando em meio à purpurina, e ela ligava o botão na base para ouvir a música — "Noel, Noel" — e contava para si mesma histórias sobre as pessoas dentro do vidro.

Becki se viu fazendo a mesma coisa agora, só que com a arma em vez do globo de neve. Ela olhou pelo cano com detalhes em prata e se imaginou entrando na Devotion Diamonds com o .357. Na sua imaginação, Rog ainda estaria no escritório, falando ao telefone com a esposa, sem perceber que ela tinha entrado na loja. Becki andaria na ponta dos pés até o telefone no nicho de atendimento ao cliente e pegaria a extensão.

— Sra. Lewis? — diria ela em uma voz social agradável. — Oi. É a Becki. Só queria que a senhora soubesse que seja lá o que o Roger tenha contado sobre mim não é verdade. Ele não quer que a senhora saiba que estava me comendo. Ele disse que se eu algum dia tentasse lhe contar a verdade sobre nós, ele faria parecer que roubei coisas da loja e mandaria me prender. Mas sei que eu não duraria um dia na cadeia, nem mesmo um pernoite, e me sinto mal por ter cometido o pecado do adultério com ele. Nunca poderei compensar a senhora, mas posso pedir desculpas. E sinto muitíssimo, sra. Lewis. A senhora jamais entenderá o quanto eu sinto.

E aí Becki atiraria em si mesma, bem na loja dele, bem ao lado do telefone. Aquilo grudaria nele para sempre. Deixá-lo com um cadáver e sangue por todo o carpete branco e felpudo.

Ou talvez ela entrasse com passos largos no escritório de Rog, meteria a arma na têmpora e apertaria o gatilho na frente dele. Becki queria ouvi-lo gritar diante dela. Ela ficou no carro gritando mentalmente a palavra "Não!", sem parar, por quase meia hora. Agora era a vez de Rog. Ela achou que se pudesse ouvi-lo gritar pelo menos uma vez — *NÃO!* — quase valeria a pena estourar os próprios miolos. Becki precisava ver um pouco de horror no rosto dele, precisava que Rog soubesse que não tinha controle sobre tudo.

Porém, se ela quisesse ver um pouco de horror no rosto de Rog, talvez fosse melhor apontar a arma para *ele*. Apontar para o pau dele. Vê-lo implorar como ela implorou. Ou obrigá-lo a mandar uma mensagem para a esposa contando a verdade. Vê-lo comer 10 mil dólares em diamantes. Obrigá-lo a escrever um e-mail para todo mundo na Devotion Diamonds pedindo desculpas por comer uma funcionária de 20 anos, e caindo em desgraça aos olhos da esposa e do Senhor. As possibilidades rodopiavam na sua cabeça, como flocos reluzentes de neve em um globo, como flocos reluzentes de cocaína de Putumayo, brilhantes como diamantes.

Em dado momento, Becki colocou a calcinha de novo. Se sentiu menos piranha assim. O sol estava bem acima das árvores, e estava ficando abafado dentro do carro, e, de repente, Becki teve necessidade de sair para o ar mais fresco. Levou a arma com ela.

A luminosidade difusa do fim da manhã fez sua cabeça doer. Ela meteu a mão no carro para pegar os óculos escuros rosa baratos. Melhor. Eles esconderiam seus olhos injetados também. Becki não sabia o que ia fazer, mas sabia que queria estar bonita ao fazê-lo. Ela se enfiou de volta no carro, pegou o lenço com estampa floral que usava no estande de tiro, e prendeu o cabelo para afastá-lo do rosto. Por último, ergueu a saia e prendeu o coldre na coxa.

Ainda era cedo, e o shopping não estava cheio. Algumas pessoas passavam por entre as lojas. Os saltos dos seus sapatos estalavam no mármore como tiros. A cada passo, Becki sentia que estava deixando todos os pensamentos para trás, toda a ansiedade.

Ela subiu a escadaria no átrio pela segunda vez naquela manhã. Estava no meio da subida quando o coldre começou a escorregar pela coxa. Ela mal notou que aquilo estava acontecendo até que o coldre caiu de repente até o joelho. Becki puxou o coldre para cima meio sem jeito, sem diminuir o passo. Ela não estava olhando para onde ia, e bateu o ombro em um cara que cruzou com ela descendo a escada. Era o moleque negro, alto e magricela que trabalhava na Melhore seu Jogo, levando um par de bebidas geladas à base de café. Ela não olhou para ele e não olhou para trás enquanto recolocava o coldre no lugar. Teve a impressão de que ele tinha parado de andar e estava olhando para ela.

Becki não estava sentindo nenhuma emoção. Ela se sentia tão sem vida e inanimada quanto uma das pessoas que patinavam no seu velho globo de neve. Por isso, ficou surpresa quando, no topo da escada, torceu o tornozelo e tropeçou. Não sabia que suas pernas estavam tremendo. Um cara gordo com cabelo encaracolado saiu do nada para agarrá-la pelo cotovelo e equilibrá-la. Ele estava com um café da manhã da Taco Bell na mão livre. Ovos mexidos caíram da embalagem e se esparramaram no chão.

— Você está bem? — perguntou o sujeito.

Era um garoto com rosto redondo cheio de espinhas vestindo uma camisa polo listrada e justa demais que grudava nos seus peitinhos de moço. Ele cheirava a molho picante e virgindade.

— Me larga, porra — disse ela, puxando o braço para se soltar da mão mole do garoto. Era horrível ser tocada.

Ele tropeçou para o lado, e ela seguiu cambaleante, estalando os saltos, mas o coldre havia escorregado até o joelho de novo, aquela merda. Becki não prendera as tiras com força suficiente. Ela praguejou, soltou as fivelas, arrancou o coldre e segurou aquela bagunça toda contra a barriga. Qualquer um que olhasse poderia pensar que era uma bolsa.

A Devotion Diamonds era um labirinto de mostruários de vidro, caixões à prova de balas para braceletes, brincos, cruzes e medalhões engenhosamente dispostos. Rog estava no centro de atendimento ao cliente, em um canto dos fundos. Ele estava fechando uma transação com uma moça bonita de pele escura em um manto ou vestido cinza-escuro e uma daquelas echarpes de cabeça que os árabes usavam. Um *hijab*, essa era a palavra. Becki ficou vagamente orgulhosa de si mesma por saber aquilo. Ela não era tão ignorante quanto Rog pensava.

Rog anotou o pedido da muçulmana com um ar de calma controlada, falando no tom carinhoso e aprovador que usava sempre que alguém estava prestes a lhe dar dinheiro. Ele havia deixado aberto o painel que levava ao escritório dos fundos, e Becki foi em direção a ele, mantendo as mãos abaixadas, com a arma abaixo do nível dos mostruários, onde ele não poderia vê-la. Ela percebeu o olhar de Rog ao passar e acenou com a cabeça para que ele a seguisse.

Ele contraiu o maxilar. A muçulmana notou a mudança de expressão e olhou em volta. Becki percebeu que a mulher carregava um bebê em um canguru contra o peito. O bebê estava virado para dentro, dormindo sob um gorro azul listrado. A mãe tinha cílios enormes acima dos olhos escuros e era muito bonita. Becki se perguntou se ela provara alguma coisa e se Rog dissera que ela estava imaculada.

Becki passou pelos dois, entrou no escritório e fechou um pouco o painel. Ela tremia por causa da adrenalina. Não pensou que haveria outras pessoas por perto. A janela que dava para o estacionamento dos fundos ainda estava escancarada, e Becki foi para trás da mesa, pensando que respirar mais uma vez o ar de fora pudesse acalmá-la.

Eis que ela ficou em uma posição que dava para ver a tela do iMac de Rog, e ficou imóvel. Becki tirou os óculos escuros, abaixou e olhou incrédula para a tela.

— Só um instante, senhora — disse Rog na voz suave e calculada, mas Becki o conhecia bem o bastante para perceber a urgência mal contida pouco abaixo da superfície. — Volto já.

— Está tudo bem?

— Sim, perfeito, perfeito. Mais um instante e vamos tirar a medida de seu dedo. Obrigado. Muito obrigado.

Becki ouviu Rog murmurando, mas mal compreendeu. Era apenas som de fundo, como o som de um ar-condicionado.

Um programa de mensagens estava aberto no iMac. Rog estivera trocando mensagens com alguém chamado Bo. A mais recente era uma foto de Becki de joelhos, de calcinha prateada elegante, boca aberta, cabelo jogado sobre o rosto, se debruçando à frente para engolir um pau qualquer. Embaixo estava o texto mais recente: PELO MENOS SEMPRE TEREI ESSA IMAGEM PARA ME LEMBRAR DELA. ALÉM DISSO, ELA ADORAVA TOMAR NO CU. EU NEM TINHA QUE PEDIR. SEGUNDO ENCONTRO.

E a resposta de Bo: MERDA, CARA, EU TE ODEIO. POR QUE ESSAS COISAS BOAS NUNCA ACONTECEM COMIGO?

Rog entrou no escritório, viu Becki olhando o computador e desanimou.

— Tudo bem — disse ele. — Admito que isso foi impensado. Eu não deveria ter compartilhado essa foto com ninguém. Estava deprimido e tentando me animar sendo insensível e mau. Pode me matar por ter sentimentos.

Becki gargalhou.

10h37

Quando ouviu o primeiro tiro, Kellaway derramou o café. Ele não reagiu ao segundo tiro, só ficou parado no meio da praça de alimentação, com a cabeça inclinada, ouvindo. O Dia da Independência tinha acabado de passar, e a ideia que lhe veio à cabeça foi que pudesse ser uma molecada brincando com fogos de artifício. Ele queimou a mão com o café, mas não fez um movimento e ficou absorvendo os sons. Quando a arma foi disparada uma terceira vez, ele jogou o copo na lixeira. Kellaway errou o alvo — o copo de papel acertou a lateral da lixeira —, mas ele não ficou por ali para ver o café molhar tudo. Àquela altura, estava correndo agachado na direção dos sons de tiros.

Kellaway passou pela Spencer Gifts, Sunglass Hut e Lids, viu mulheres e crianças agachadas atrás de pilastras e mostruários, e sentiu os batimentos cardíacos pulsando nos ouvidos. Todo mundo sabia o procedimento, tinha visto tudo aquilo na TV. Abaixe-se, prepare-se para correr se o atirador aparecer. O rádio de Kellaway despertou em uma profusão de ruídos, vozes assustadas e informações.

— *O que foi isso, pessoal? Pessoal?* Pessoal? *Alguém sabe...*

— *Ai, caralho! Tiros! São tiros! Puta que o pariu!*

— *Estou na Sears... será que devemos trancar o shopping? Alguém pode me dizer se estamos em protocolo de segurança máxima ou se devo mandar as pessoas para as saídas ou...*

— *Sr. Kellaway? Sr. Kellaway, aqui é Ed Dowling. Qual é a sua posição? Repito, qual é a sua...*

Kellaway desligou o rádio.

Um gordo de vinte e poucos anos — um moleque que parecia aquele ator, Jonah Hill — estava esparramado de bruços no chão lustroso de pedra, bem na porta da Devotion Diamonds. Ele ouviu Kellaway chegando, olhou para trás e começou a abanar a mão em um gesto que parecia dizer *abaixe-se, abaixe-se*. Ele tinha um *wrap* ou um burrito na outra mão.

Kellaway se apoiou sobre um joelho, pensando que só podia ser um assalto à mão armada. Ele imaginou homens de balaclavas, usando marretas para quebrar os mostruários, pegando joias aos montes. A mão direita foi para o aço pesado no tornozelo esquerdo.

O moleque gordo ficou arfando, com dificuldade para colocar as palavras para fora. Ele gesticulou, nervoso, na direção da Devotion Diamonds.

— Conte o que você sabe — sussurrou Kellaway. — Quem está lá dentro?

— Muçulmana... atiradora — disse o moleque gordo. — E o dono, mas acho que ele está morto.

A respiração do próprio Kellaway ficou difícil e acelerada. Era alguma coisa da porra da Al-Qaeda então. Ele achou que tivesse deixado os véus pretos e homens-bomba no Iraque, mas lá estavam eles. Kellaway puxou a perna da calça e soltou o Ruger Federal que Jim Hirst deixara que ele levasse por 120 pratas. Ele retirou o peso agradável do coldre de tornozelo.

Kellaway saiu correndo até uma coluna espelhada na entrada da loja e grudou nela com tanta força que a respiração embaçou o espelho. Ele deu uma rápida olhadela ao redor. Os mostruários dividiam o salão em corredores ziguezagueantes. O painel da porta que levava ao escritório privativo nos fundos estava aberto. Um globo escuro no teto escondia a câmera que monitorava o salão da loja. Aquela não era uma das câmeras do shopping, que vigiavam apenas as áreas comuns. Aquela era a segurança particular da Devotion Diamonds. O segurança não viu mais ninguém na loja, nenhuma outra alma.

Ele entrou em movimento, ficou de quatro e entrou engatinhando na loja. O ar cheirava a pólvora. Kellaway ouviu um ruído à direita, no canto, perto do nicho de atendimento ao cliente. Ele não tinha um bom ângulo de visão, não de onde estava. Chegou ao fim de um mostruário em forma de Z. A porta aberta do escritório estava a apenas um metro de distância. Era o momento. Talvez o último momento. Kellaway fechou os olhos. Ele pensou em George, viu o filho claramente, apertando um pinguim de pelúcia contra o peito, depois erguendo o boneco para o papai dar um beijinho.

Kellaway abriu os olhos e se jogou contra a parede ao lado da porta do escritório. Ele ergueu a arma e girou para cobrir o nicho de atendimento. A mulher se levantou ao mesmo tempo, uma muçulmana pequena, quase delicada, usando *hijab* e vestido, com o colete de bombas preso ao peito, estufada com explosivos, e um gatilho prateado na mão. Ele meteu uma bala no centro de massa da muçulmana. Assim que fez isso, Kellaway se deu conta de que também atirou nos pacotes de explosivos. Ele esperou pela fagulha e pelo clarão, esperou ser levado embora em um estouro de luz. Mas as bombas não explodiram. Ela caiu. A bala trespassou a mulher e entrou no espelho atrás dela, o vidro se estilhaçou em uma teia vermelha.

Alguma coisa fez barulho no escritório, à esquerda de Kellaway. Ele notou movimento no limite da visão, olhou e viu outra mulher. Ela também usava um *hijab*, só que esse era um pano bonito, diáfano e florido. A mulher empunhava um revólver prateado decorado com muitas filigranas. A atiradora era branca, mas isso não o surpreendeu. Eles eram muito bons em converter garotas brancas em soldados de Alá pela internet.

Havia um cadáver entre os dois, aos pés deles: Roger Lewis, o proprietário da loja. Ele estava de bruços, com as costas da camisa encharcadas de sangue. Parecia que ele havia desmoronado sobre a mesa, talvez agarrado o grande iMac para se manter em pé, e depois escorregado e rolado de cara no chão. Roger quase arrancara o computador da mesa com ele. O grande monitor prateado estava equilibrado precariamente na quina de trás e parecia que cairia a qualquer momento.

A convertida estava tão próxima que ele poderia ter esticado o braço para agarrá-la. Um pouco do cabelo louro escapava do lenço na cabeça. Uma longa mecha dourada estava grudada em uma bochecha molhada e ruborizada. Ela encarou Kellaway boquiaberta, depois olhou para o próximo ambiente, mas dali não dava para ver o corpo no nicho de atendimento.

— Sua parceira está morta — disse ele. — Abaixe a arma.

— Você não deveria ter feito isso — falou para Kellaway, com muita calma.

A arma da garota disparou com um estalo, um estrondo e um clarão de luz. Kellaway devolveu fogo, instintivamente, e jogou a maior parte do pulmão direito dela sobre a mesa.

O couro cabeludo de Kellaway ardia. O cano do .357 da garota ainda estava apontado para o chão. Se tinha sido atingido por um tiro, Kellaway não estava sentindo, ainda não. Ela o encarava com olhos desnorteados e espantados. Quando tentou falar, a convertida babou sangue. A mão direita dela começou a erguer a arma. Kellaway pegou o revólver e arrancou da mão dela, e foi aí que viu que o iMac havia caído da mesa para o chão. Kellaway reproduziu o estalo, o estrondo e o clarão de luz na mente e dispensou a ideia antes de ela sequer se formar por completo. Não. Ele ouviu um tiro. Tinha certeza de que fora um tiro, e não o som de um computador caindo.

Até tinha uma vaga memória da bala passando tão perto que parecera raspar no tecido da camisa.

A convertida desmoronou. Kellaway quase deu um passo para pegá-la, mas, no último momento, ele a desviou com o braço esquerdo para evitar que ela caísse em cima dele. Ela não era mais uma pessoa. Era uma prova. A convertida caiu sobre Roger Lewis e ficou imóvel.

Os ouvidos de Kellaway zumbiam de maneira estranha. O mundo se expandiu e ficou claro em volta dele, e, por um instante, o segurança teve a ideia ridícula de que estava prestes a desmaiar.

O ar estava azul com pólvora. Ele saiu do escritório e se afastou da pilha de mortos.

Kellaway viu a outra radical caída de barriga para cima, olhando para o teto, ainda segurando o gatilho dos explosivos. Ela se aproximou para chutar a mão e livrá-la do botão. Ficou curioso com o tipo de explosivo que ela colocara no colete, que parecia um pouco com um canguru convertido.

Kellaway viu um par de pequenas mãos morenas agarrando a frente do vestido dela, mas a imagem não fez sentido, não de início. Ele olhou para o gatilho na mão direita da mulher e viu um abridor de cartas prateado com uma opala no cabo em vez um botão preto. Kellaway franziu a testa. Ele olhou para o colete de bombas de novo. O gorro que cobria a cabeça do bebê se soltou. Ele viu um pedacinho do couro cabeludo com uma leve penugem morena.

— Puta merda, cara — falou alguém à direita de Kellaway.

Ele olhou e viu o moleque gordo que lembrava o Jonah Hill. Ele havia entrado e parado logo atrás de Kellaway, ainda segurando o burrito de café da manhã. O garoto olhou para os corpos empilhados no escritório e depois para a mulher morta e seu bebê morto.

— Por que você atirou nela? — perguntou o moleque gordo. — Ela só estava se escondendo, cara.

— Eu te perguntei quem estava na loja. Você disse uma muçulmana atiradora.

— Não, não falei, não! — disse o moleque gordo. — Você perguntou quem estava aqui dentro. Falei muçulmana, atiradora e o dono. Puta merda. Achei que você fosse entrar para salvar ela, não dar um tiro nela como um maluco do caralho!

— Eu não dei um tiro nela — falou Kellaway em uma voz sem emoção, sem vida. — A puta maluca no escritório matou essa aqui. Entendeu? Não fui eu. Foi ela. Diga que entendeu.

O moleque gordo riu, um pouco desenfreadamente. Ele não entendeu. Não entendeu nada. Ele apontou para a parede espelhada onde a bala foi parar após atingir a muçulmana e o bebê. Uma teia rosa e prateada de linhas estilhaçadas que se espalhava pelo espelho marcava o ponto de impacto.

— Cara, eu *vi* você atirar nela. Eu *vi*. Além disso, eles vão tirar a bala da parede. Perícia. — Ele balançou a cabeça. — Você perdeu o juízo. Achei que você fosse deter um massacre, não provocar um. Você matou mais gente do que ela! Meu Deus, estou feliz que não tenha dado um tiro em mim!

— Hum — falou Kellaway.

— O que foi?

— Agora que você mencionou — disse Kellaway, e ergueu a pistola elegante, cheia de filigranas, da atiradora.

10h59

Harbaugh foi o primeiro a subir a escadaria, indo pesadamente até o topo em treze quilos de armadura preta de Teflon. No meio do caminho, ele pisou em algo carnudo e ouviu um grito. Um moleque negro magricela estava estirado nos degraus, e Harbaugh esmagara a mão dele com o calcanhar do coturno. O homem continuou em frente, sem pedir desculpas. Quando se está no meio de um tiroteio em massa, a educação é a primeira coisa a ser descartada.

No topo da escada, ele apoiou as costas na pilastra redonda de gesso e deu uma espiada na galeria do segundo andar. Era a porra de um apocalipse: oitocentos metros quadrados de piso de mármore encerado, muito brilhante, e apenas umas poucas pessoas espalhadas, todas escondidas atrás de vasos de plantas ou jogadas no chão. Como aquele filme em que os mortos-vivos tomam um shopping. Matchbox Twenty tocava no sistema de som.

Harbaugh entrou em movimento, avançou pelo corredor com dois outros caras da equipe bem atrás dele, Slaughter e Velasquez. Ele estava com o olho na mira o tempo todo. O pessoal chamava de hora do Xbox, hora de caçar e atirar.

Harbaugh chegou à parede ao lado da entrada do estabelecimento e meteu a cabeça com capacete pela beirada no interior da loja. Após aquela primeira olhada, porém, baixou a arma alguns centímetros. Um único segurança estava em um canto, encarando um espelho estilhaçado. O cara estava viajando, confuso, enfiando o dedo em um buraco de bala no meio do espelho. Não estava armado, mas havia um par de revólveres pousado em um mostruário ao lado dele.

— Ei — chamou Harbaugh em voz baixa. — Polícia.

O sujeito pareceu se recuperar, balançou a cabeça e se afastou do espelho quebrado.

— Pode relaxar. Já acabou tudo — falou o segurança.

O segurança do shopping era quarentão, parrudo, tinha braços grandes, pescoço musculoso e corte de cabelo militar.

— Quantos mortos? — perguntou Harbaugh.

— A atiradora está dentro do escritório, em cima de uma das vítimas — respondeu o segurança. — Ambos mortos. Eu tenho mais três aqui. Um deles é um bebê. — Ele não se engasgou com a última palavra, mas precisou pigarrear antes de dizê-la.

Harbaugh ficou mal ao ouvir isso. Ele mesmo tinha um filho de nove meses e não queria ver um bebê com o crânio esmagado como um ovo rosa. Mesmo assim, entrou pé ante pé na loja, os coturnos quase silenciosos no carpete espesso.

Um garoto gordo, de uns vinte anos, fora jogado em cima de um dos mostruários, com um buraco de bala quase perfeitamente entre os olhos. A boca estava aberta, como se ele estivesse prestes a discordar. Harbaugh vislumbrou uma garota morta de lenço na cabeça, esparramada sobre um homem branco no escritório.

— O senhor está ferido? — perguntou Harbaugh.

O segurança do shopping balançou a cabeça.

— Não... apenas... acho que preciso me sentar.

— O senhor deveria deixar o recinto. Meus colegas vão acompanhar você.

— Eu quero um momento aqui. Com a mulher. Quero me sentar com ela um tempinho e pedir desculpas.

O segurança do shopping estava olhando para os pés. Harbaugh olhou atrás dos tornozelos dele e viu uma mulher em um robe cinza-escuro, de olhos abertos encarando o teto rebaixado, sem expressão. O bebê estava enfiado em um canguru, imóvel, com o rosto colado ao peito da mãe.

O segurança do shopping colocou a mão no mostruário, abaixou-se delicadamente no carpete e sentou-se ao lado dela. Ele pegou a mão da mulher, passou os dedos pelos nós dos dedos dela, levou-os à boca e deu um beijo.

— Esta mulher e seu bebê não deveriam estar mortos — disse o segurança do shopping. — Eu hesitei, e aquela piranha maluca no escritório matou ela. Matou a mulher e o bebê. Com um tiro só. Como vou viver com isso?

— A única pessoa culpada pelo que aconteceu é aquela que apertou o gatilho — falou Harbaugh. — Lembre-se disso.

O segurança do shopping considerou o que ouviu e depois concordou devagar com a cabeça. Seus olhos sem cor estavam distantes e sem expressão.

— Vou tentar — disse ele.

11h11

O agente da Unidade de Emergência chamado Harbaugh ajudou Kellaway a ficar de pé e manteve um braço em volta dele enquanto os dois saíam para o corredor. Eles deixaram as armas e os mortos para trás.

Harbaugh conduziu Kellaway a um banco de aço inoxidável no corredor e ajudou-o a se sentar. Uma dupla de socorristas passou empurrando uma maca. Harbaugh mandou Kellaway aguardar e se afastou.

O corredor estava ficando lotado. Chegaram policiais uniformizados. Kellaway viu um grupo de indianos parados a dez metros, e dois deles estavam filmando tudo com os celulares. Alguém berrou para afastar os curiosos. Uma dupla de policiais passou carregando um cavalete.

Ed Dowling, com a segurança do shopping, apareceu de um lado do banco. O homem tinha uma aparência ridícula de cegonha, com um pomo de adão proeminente, e era incapaz de encarar as pessoas nos olhos.

— Você está bem? — perguntou Dowling, olhando para os pés.

— Não — respondeu Kellaway.

— Quer água? — disse Dowling. — Posso pegar água para você.

— Quero ficar sozinho um minuto.

— Ah. Tá. Entendi. — Ele começou a ir embora arrastando os pés, andando de lado, como um homem se esgueirando por uma saliência alta e estreita.

— Espere. Me ajuda, Edward. Acho que vou vomitar e não quero que isso acabe no YouTube — disse ele, indicando com a cabeça o grupo de hindus de 15 anos, ou seja lá o que fossem.

— Ah, é, está bem, sr. Kellaway — falou Dowling. — Vamos entrar na Lids. Eles têm um banheiro no estoque, nos fundos.

Dowling pegou Kellaway pelo antebraço e deu apoio para que ele ficasse de pé.

Os dois foram até a Lids, vizinha de porta da Devotion Diamonds, e passaram pelas prateleiras de bonés de beisebol. Uma dúzia de Kellaways andou com eles, refletida nas paredes espelhadas — um grandalhão de aparência cansada com olheiras e sangue no quadril do uniforme. Ele não sabia como aquilo fora parar ali. Dowling usou o molho de chaves para abrir um painel espelhado que servia de porta para o estoque. Assim que entraram nos fundos, Kellaway ouviu alguém gritar.

— Ei! — berrou um agente uniformizado com um rosto gorducho e rosado. Kellaway ficava espantado que a polícia aceitasse esses tipos gordos, fora de forma, meio pai suburbano, e que, mesmo assim, ele tivesse sido recusado. — Ei, espere. Ele precisa ficar aqui fora. É uma testemunha.

— É alguém que está passando mal, isso sim — falou Dowling, com uma rispidez que surpreendeu Kellaway. — Ele não vai vomitar com um bando de retardados filmando. O homem quase morreu ao conter um tiroteio em massa. Agora merece ter trinta segundos para se recompor. Isso é simplesmente agir com decência.

Dowling empurrou Kellaway para dentro da sala do estoque e depois virou e ficou parado na porta, como se para impedir fisicamente que alguém o seguisse.

— Pode ir, sr. Kellaway. Fique à vontade.

— Obrigado, Edward — disse Kellaway.

Havia estantes de aço empoeiradas em ambas as paredes com caixas em cima. Um sofá encardido, remendado com fita isolante, fora jogado nos fundos ao lado de um balcão manchado com uma cafeteira em cima. Uma portinha bem estreita dava para um banheiro sujo. Havia uma corrente pendendo da lâmpada fluorescente acima da pia. Pichações na parede sobre o vaso sanitário — que ele não leu.

Kellaway fechou a porta e passou o ferrolho. Ficou apoiado em um joelho só, meteu a mão no bolso e retirou o projétil deformado que tinha arrancado da parede atrás do espelho estilhaçado. Ela saiu direitinho, após um instante forçando com o pequeno canivete. Kellaway jogou a bala na privada.

Ele estava com a história pronta na cabeça. Contaria para a polícia que ele ouvira tiros e se aproximara da Devotion Diamonds para avaliar a situação. Ele tinha ouvido *três* tiros, mas, no depoimento, diria que ouviu *quatro*. Não importava o que as outras pessoas dissessem. Quando elas entram em pânico, os detalhes se tornam fluidos. Três ou quatro tiros — quem podia ter certeza de quantos tiros tinha ouvido?

Kellaway havia entrado e descoberto três mortos: a muçulmana, o bebê e Roger Lewis. Encontrou a atiradora, a loura, e trocaram palavras. Ela fez um movimento para atirar, mas ele disparou primeiro, duas vezes. Kellaway acertou o primeiro disparo na loura e errou o segundo. Eles achariam que, quando ele errou, a bala saiu pela janela aberta. Finalmente, o moleque que parecia com o Jonah Hill entrou na loja, e a atiradora, no último momento, meteu uma bala na sua cara gorda de idiota. Na verdade, Kellaway havia disparado a arma da mulher duas vezes. Uma no moleque, outra pela janela. Quando a perícia fizesse as contas, as cápsulas vazias dariam a soma perfeita: três tiros para Lewis, um para a árabe e seu filho, e um para o balofo.

Kellaway apertou a descarga. Ela rangeu inutilmente. Ele franziu a testa e apertou de novo. Nada. A cápsula de metal ficou parada no fundo da privada como um cocô pequeno.

Alguém bateu à porta.

— Sr. Kellaway? — disse uma voz que ele não reconheceu. — O senhor está bem aí dentro?

Kellaway pigarreou.

— Só um minuto.

Ele ergueu o olhar para a parede, e pela primeira vez leu o que estava escrito com marcador permanente: PRIVADA FODIDA — USE O BANHEIRO PÚBLICO.

— Sr. Kellaway, tem um socorrista que gostaria de examiná-lo.

— Eu não preciso de médico.

— Ok. Mas, ainda assim, ele gostaria de vê-lo. O senhor passou pelo que se pode chamar de experiência traumática.

— Um minuto — repetiu ele.

Kellaway desabotoou o punho esquerdo, dobrou a manga até o cotovelo e depois enfiou a mão na água. Ele pescou o projétil que matou Yasmin Haswar e seu filho, Ibrahim, e o colocou no chão.

— Sr. Kellaway, se eu puder ajudar de alguma forma...

— Não, obrigado.

Ele ergueu a tampa pesada da caixa acoplada atrás da privada e a colocou com muita delicadeza no assento. A mão esquerda pingava. Kellaway pegou a bala e a afundou na caixa d'água acoplada. A seguir, ergueu a tampa e a recolocou no lugar, com cuidado e em silêncio. Haveria tempo, um dia ou dois — uma semana, estourando — para voltar, pegar a bala e se livrar dela de forma permanente.

— Sr. Kellaway — disse a voz do outro lado da porta —, o senhor precisa deixar alguém vê-lo. *Eu* gostaria de vê-lo.

Ele abriu a torneira, lavou e ensaboou as mãos, jogou água no rosto. Esticou a mão para pegar uma toalha de papel, mas não havia nenhuma sobrando no porta-toalhas, e não era sempre assim? Também não havia papel higiênico. Quando Kellaway abriu a porta, o rosto ainda estava molhado, gotas reluziam nas sobrancelhas e nos cílios.

O homem do outro lado era trinta centímetros mais baixo do que ele e usava um boné azul de beisebol escrito POLÍCIA DE ST. POSSENTI. A cabeça era quase que perfeitamente cilíndrica, um efeito exacerbado pelo corte baixo do cabelo louro-claro. O rosto tinha um tom avermelhado reluzente, a forte queimadura de sol indolor que todos os homens de ascendência alemã adquiriam quando moravam nos trópicos por algum tempo. Os olhos azuis brilhavam com humor e inspiração.

— Estou aqui — disse Kellaway. — O que você quer ver?

O homem de boné franziu a boca, abriu, fechou, voltou a abrir. Ele parecia prestes a chorar.

— Bem, senhor, meus dois netos estavam no shopping hoje de manhã, com a mãe... minha filha. E todos eles ainda estão vivos, assim como um bando de outras pessoas. Então acho que eu simplesmente queria ver como é um herói.

E, dito isso, Jay Rickles, o chefe de polícia de St. Possenti, abraçou Kellaway.

11h28

Lanternglass viu as luzes e ouviu o barulho das sirenes e estava a caminho do shopping quando Tim Chen ligou para saber se ela estava ocupada.

— Estou prestes a ficar — disse Lanternglass. — Estou dirigindo para lá agora.

— Para o shopping?

— É. O que estão dizendo no rádio?

— Tiros disparados. Todas as unidades. Homicídios múltiplos.

— Ai, merda — respondeu ela. — Atirador em massa?

— Parece que é a nossa vez. Como estava o incêndio?

Lanternglass passara a manhã em um helicóptero, subindo e descendo pelas bordas de um incêndio que consumia a Floresta Nacional de Ocala. A fumaça era uma muralha suja na forma de uma nuvem marrom que se erguia a três quilômetros de altura e pulsava com uma luz ferruginosa inconstante. Quem a acompanhou foi uma autoridade do Serviço de Parques Nacionais, um homem que tinha que berrar para ser ouvido, por causa do ruído constante das hélices. Ele gritou curiosidades inquietantes sobre cortes no orçamento estadual dos serviços de emergência, cortes no orçamento federal de desastres e a sorte que eles tiveram com o vento até então.

— *Sorte?* O que você quer dizer com ter tido *sorte* com o vento? — perguntou Lanternglass para o homem. — Você não disse que estão perdendo quatro quilômetros quadrados por dia para esse incêndio?

— É, mas pelo menos o vento está soprando para o norte — disse o sujeito do Serviço de Parques Nacionais. — Está empurrando o fogo para um terreno inabitado. Se ele virar para o leste, o incêndio pode chegar a St. Possenti em três dias.

Enquanto dirigia para o shopping, Lanternglass falou para o seu editor:

— O incêndio era um incêndio. Quente. Ganancioso. Impossível de satisfazer.

— Quente. Ganancioso. Impossível de satisfazer — repetiu Tim, falando bem devagar, ponderando cada descrição separadamente. — Como se satisfaz um incêndio?

— *Timmy*. Isso era uma deixa. Você deveria dizer "que nem a minha ex-mulher". Você precisa colaborar comigo. Quando te dou uma deixa perfeita como essa, você tem que aproveitar.

— Não tenho uma ex-mulher. Sou um homem casado e feliz.

— O que é surpreendente, considerando que você é o homem mais literal e menos engraçado nas fileiras do jornalismo americano. Por que ela continua com você?

— Bem, acho que as crianças exercem uma certa pressão para a gente continuar junto.

Aisha Lanternglass fez um som de buzina, como se ele tivesse dado a resposta errada num programa de TV.

— *Errado*. Errado. Tente de novo, Timmy. Você é o homem menos engraçado do jornalismo americano. Por que sua esposa continua com você? Pense bem. Essa pode ser outra deixa de primeira.

— Porque... — A voz dele foi sumindo com incerteza.

— Você consegue. Sei que consegue.

— Porque eu tenho um pênis grosso e não circuncidado? — falou ele.

Lanternglass festejou.

— Aí sim! Bem melhor. Eu sabia que você tinha talento.

Àquela altura, ela estava entrando no estacionamento do shopping e viu cavaletes amarelos, ambulâncias e meia dúzia de viaturas policiais. Luzes estroboscópicas azuis e prateadas piscavam fracamente no calor praticamente equatorial. Era quase meio-dia, e Lanternglass já duvidava que chegaria ao Departamento de Parques e Jardins a tempo para pegar a filha na aula de tênis.

— Tenho que desligar, Tim. Preciso descobrir quem matou quem.

Ela estacionou e saiu, abrindo caminho pela multidão até uma fila de cavaletes do lado de fora da entrada do átrio central do shopping. Furgões de emissoras de TV locais, os canais Cinco e Sete, estavam estacionando. Lanternglass calculou que havia apenas três ou quatro mortos, não o suficiente para atrair a atenção das cadeias de TV a cabo de alcance nacional. Do outro lado dos cavaletes, era o caos costumeiro de cenas de crime. Policiais iam de um lado para o outro. Rádios estalavam e bipavam.

Ela não reconheceu nenhum dos uniformes, e, depois de um tempo, se sentou no capô de seu Passat de 12 anos para esperar. O estacionamento estava fervendo, o calor subia do asfalto macio, e logo ela teve que ficar em pé de novo, pois seu traseiro estava esquentando demais contra o aço do carro. Todo tipo de gente tinha vindo de carro para ver o que estava acontecendo, ou talvez as pessoas tivessem vindo fazer compras e decidiram ficar para ver qual era o motivo de toda aquela bagunça. Uma van de cachorro-quente estava estacionada a uma distância discreta, do lado de fora de uma loja de artigos para festas do outro lado da rua que dava a volta no shopping.

A filha de 8 anos de Lanternglass, Dorothy, tinha virado vegetariana três semanas antes. Ela não queria comer nada que tivesse tido sentimentos. Lanternglass fizera o possível para acompanhá-la, comendo macarrão, salada de frutas e burritos de feijão, mas o cheiro de cachorro-quente estava fazendo *ela* ter sentimentos, e não eram de empatia.

Lanternglass estava indo até lá comprar um almoço do qual se arrependeria quando passou por umas meninas negras paradas em volta de um carrinho esportivo cor de chiclete e ouviu uma delas dizer:

— O Okello viu tudo. Um socorrista está examinando a mão dele porque um dos caras da SWAT pisou nela. A SWAT passou por ele levando metralhadoras e tudo mais.

Aquilo era interessante, mas Aisha Lanternglass continuou andando, não podia ouvir a conversa alheia sem ser notada. A van de cachorro-quente tinha como especialidade a culinária *fusion* asiática, e ela acabou comendo um cachorro-quente tamanho jumbo embrulhado em repolho com molho de ameixa. Ela poderia contar para Dorothy que comera repolho e fruta no almoço e nem seria mentira — só uma omissão de detalhes.

Ela estava voltando em direção à massa de gente, mas diminuiu o passo e parou para devorar o cachorro-quente perto do para-choque traseiro do chiclete-móvel, de placa OOHYUM. Três garotas, um pouco velhas para estar no ensino médio, usando calças jeans tão coladas que nenhuma delas conseguia colocar o celular no bolso de trás, matavam tempo na frente do carro. Com um veículo como aquele — era um Audi —, elas não tinham vindo do Preto & Azul. Era mais provável que fossem dos Boulevards ao norte da cidade, onde cada casa tinha uma entrada de garagem feita de conchas brancas britadas e em geral um chafariz com uma sereia de cobre.

A garota que falou sobre a SWAT digitou alguma coisa no celular e depois se dirigiu às outras duas.

— O Okello está esperando para ver se vão deixá-lo pegar as coisas dele e trocar de roupa. Ele não suporta aquele uniforme da Melhore seu Jogo. Tirá-lo é a melhor parte do dia dele.

— Eu achava que era a melhor parte do *seu* dia — disse uma das garotas, e todas deram uma risadinha sacana.

Lanternglass viu as câmeras se reunindo em frente a um dos cavaletes, como pombos avançando na direção de uma nova leva de migalhas de pão, e teve que ir embora. Ela terminou de comer o cachorro-quente correndo e se espremeu no meio do pessoal das TVs locais. Ela era a única jornalista de veículo impresso no grupo, a única que usaria o celular para gravar o que fosse dito. Estava acostumada com isso. O *St. Possenti Digest* tinha oito funcionários em tempo integral, e dois deles estavam na editoria de esportes, em uma equipe que já fora composta por 32 pessoas apenas dez anos antes. Havia dias em que ela assinava até cinco artigos.

O delegado Rickles saiu do shopping, seguido por uma pequena gangue de agentes uniformizados e uma pessoa da defensoria pública, um latino magro e bonito com um chapéu de caubói. Rickles tinha a compleição física de um hidrante e não era muito mais alto. O cabelo louro era tão claro que as sobrancelhas desapareciam na pele pálida de alemão. Ele atravessou o estacionamento, se aproximou das câmeras, parou diante delas e tirou o boné. De alguma forma, Lanternglass acabou quase de nariz colado ao dele, mas Rickles não parecia vê-la, apenas olhava para um ponto ao longe acima do ombro esquerdo dela.

— Sou o delegado Jay Rickles da polícia de St. Possenti e farei uma breve declaração sobre o incidente que ocorreu hoje aqui. Aproximadamente às 10h30 de hoje, pouco depois da abertura do shopping, tiros foram disparados no segundo andar da galeria, e quatro pessoas foram mortas em um aparente tiroteio em massa. Antes que o tiroteio se estendesse à praça de alimentação lotada, um segurança presente no local abateu a pessoa responsável. Falo de um único indivíduo porque, neste momento, não sabemos da existência de outro. A pessoa responsável foi declarada morta no local às 11h16. O indivíduo heroico que eliminou a ameaça enquanto ela estava em curso goza de boa saúde, mas não está preparado para dar uma declaração no momento. — Ele abaixou o queixo e coçou o couro cabeludo rosado, e Lanternglass ficou surpresa ao ver o delegado lutando contra uma onda qualquer de emoção intensa. Quando Rickles ergueu a cabeça, seus olhos muito azuis brilhavam com lágrimas de alegria. — Uma observação pessoal: dois dos meus netos estavam no shopping hoje, junto com a mãe deles, minha filha, andando no carrossel da praça de alimentação, a menos de cem metros do local dos tiros. Eles foram apenas três das muitas crianças, mães e clientes que podem muito bem dever suas vidas à ação abnegada do homem que agiu para deter o tiroteio antes que ele pudesse se intensificar. Tive a oportunidade de expressar minha gratidão a ele pessoalmente, alguns minutos atrás. Tenho certeza de que serei o primeiro de muitos. Responderei a algumas perguntas agora.

Todo mundo berrou ao mesmo tempo, incluindo a própria Lanternglass. O delegado estava bem diante dela, mas, ainda assim, não olhava para ela. Ela não ficou de todo surpresa. Rickles e Lanternglass tinham um passado complicado.

— O senhor disse quatro vítimas fatais. Quantos feridos? — gritou a mulher do Canal Cinco.

— Várias pessoas estão recebendo tratamento por abalo psicológico e ferimentos leves, tanto aqui no local do crime quanto no Hospital St. Possenti.

Mais gritos.

— Sem comentários no momento.

Mais berros.

— Ainda é cedo para saber.

Lanternglass foi sacudida e empurrada enquanto enfiavam microfones na frente dela. Ela achou que estava sendo deliberadamente ignorada por Rickles, mas então gritou alguma coisa que fez ele virar a cabeça na direção dela e encará-la com seu olhar intenso, divertido e carinhoso.

— O suposto atirador era conhecido pela polícia antes do dia de hoje? — berrou Lanternglass. — Ele tinha antecedentes criminais?

— Eu nunca disse que o crime tinha sido cometido por um homem — falou Rickles.

Não havia um sorriso no rosto dele, mas seus olhos reluziram. Rickles gostava de dizer coisas inesperadas diante das câmeras. E talvez também tenha gostado de deixar Lanternglass em maus lençóis por fazer suposições sobre a autoria de um crime.

A multidão em volta dela enlouqueceu. Os outros repórteres adoraram. Rickles recuou, ergueu a mão com a palma voltada para fora em um gesto de paz, e falou que aquilo era tudo, por enquanto. Conforme ele recuava, alguém berrou perguntando o nome dos seus netos, e Rickles voltou para responder Merritt e Goldie. Alguém indagou se ele podia ao menos confirmar a idade e o sexo do assassino, e Rickles franziu a testa e disse:

— Vamos nos concentrar nas pessoas que morreram hoje. É neles que a mídia deveria estar pensando, em vez de louvar as ações dementes de um indivíduo criminoso para garantir audiência.

Outro alvoroço — eles também curtiram aquilo. Todo repórter que Lanternglass conhecia adorava aparecer para um pouco de flagelação pública.

E assim o delegado Rickles se foi, dando as costas para eles. Lanternglass meio que esperava que ele fosse atraído de volta mais uma vez. O delegado

Rickles era um homem que adorava dar declarações, gostava do papel de figura pública pensante, repreensora, moralista e legítima. Nesse aspecto, para Lanternglass, ele lembrava um pouco Donald Rumsfeld, que claramente gostava de brincar com a imprensa e soltar frases marcantes. Ela pensou, sem pena, que Rickles devia estava contente que os netos estivessem presentes no local, porque aquilo lhe dera a oportunidade de desempenhar dois papéis ao mesmo tempo: firme executor da lei e homem de família aliviado e agradecido.

No entanto, Lanternglass não se importava se ele voltasse e tivesse mais a dizer. Rickles não ia contar nada que valesse a pena saber — se ele respondesse mais perguntas, seria para satisfazer suas necessidades, não a dos repórteres. E, além disso… um vislumbre cor-de-rosa surgiu na sua visão periférica, chamando a atenção. Quando ficou na ponta dos pés e virou o pescoço, ela avistou as garotas no carro cor de chiclete indo embora, não em direção à rodovia, mas dando a volta no shopping e sumindo de vista.

Lanternglass foi atrás delas.

14h11

A fachada nordeste do shopping era um longo trecho de tijolos de arenito sem janelas, portas simples pintadas de um tom sem graça de marrom e espaços de carga e descarga. Ninguém entrava por este lado a não ser os funcionários. O estacionamento era estreito e dava para uma cerca de arame de 3,5 metros de altura tomada por hera do outro lado. Lugares assim deixavam Lanternglass nervosa. Eles a faziam pensar no dia em que ela viu um policial de 24 anos chamado Reb meter seis balas em Colson Withers.

Um par de viaturas fechava o estacionamento, uma em cada ponta. Lanternglass diminuiu a velocidade ao passar por um policial grandalhão de cara lisa e óculos espelhados. Ele ficou na frente do carro até Lanternglass parar, depois foi até a janela do motorista e fez um gesto circular preguiçoso com a mão indicando que ela deveria baixar o vidro.

— Familiares dos funcionários apenas, senhora. É parente de alguém?

— Sim, senhor — mentiu ela. — Meu filho, Okello, trabalha na Melhore seu Jogo. Ele estava no prédio quando tudo aconteceu. Estou com essas garotas que o senhor acabou de deixar passar.

Ela apontou para o OOHYUM, que estava acabando de entrar em uma vaga no último trecho do estacionamento.

Mas o policial tinha parado de ouvir assim que ela disse um nome e simplesmente acenou e se afastou.

Quando Lanternglass estacionou, as três garotas já haviam saído do Audi cor de milk-shake de morango, e a motorista estava na ponta dos pés, abraçando um rapaz negro desengonçado. Havia uma pequena multidão entre os carros, composta por funcionários que foram evacuados do prédio e ficaram por ali, empolgadíssimos, contando e recontando suas histórias da fuga por um triz. Talvez porque Lanternglass estivesse pensando em Colson, que ficava tão à vontade em um palco, o enxame agitado de espectadores animados a lembrou dos bastidores após uma peça bem-sucedida: uma boa tragédia sangrenta, talvez.

Ela estacionou e saiu do carro assim que o rapaz e a namorada romperam o abraço. Interceptou o casal quando os dois voltavam para o carro cor-de-rosa.

— Você estava lá dentro quando tudo aconteceu? — perguntou Lanternglass para o garoto sem preâmbulos, com o telefone já pronto para gravar. — Eu adoraria ouvir o que tem a dizer.

O moleque diminuiu o passo, e uma ruga de pensamento surgiu entre as sobrancelhas. Ele não era apenas negro, mas negro *negro*, como uma praia de areia vulcânica. A luz desaparecia nele. Era bonito, claro, porque a Melhore seu Jogo só contratava gente bonita. Juventude, saúde e negritude eram muitas das coisas que eles vendiam — para uma clientela sobretudo branca e de classe média. O rapaz ainda estava usando o uniforme da loja; aparentemente os policiais não permitiram que ele trocasse de roupa.

— É. Eu estava lá dentro. Era a pessoa mais próxima da ação que não levou tiro. Sem contar o sr. Kellaway.

As três garotas olharam para Lanternglass com um misto de cautela e curiosidade. A namorada, a mais bonita delas — nariz arrebitado, pescoço fino, cabelo curto e liso — falou:

— Por que você está perguntando?

— Eu trabalho no jornal *St. Possenti Digest.* Adoraria saber qual foi a sensação de estar a três passos de uma bala. Os bastidores dos acontecimentos. Como você escapou — disse Lanternglass, respondendo à garota, mas olhando para o rapaz enquanto falava.

— Minha foto no jornal? — indagou ele.

— Pode apostar. As pessoas vão pedir o seu autógrafo.

Ele sorriu, mas a namorada falou:

— Cem dólares.

Ela ficou na frente do namorado, como se fosse impedir fisicamente que Lanternglass chegasse mais perto.

— Se tivesse cem dólares na bolsa, eu poderia pagar uma babá. Mas não posso, o que significa que só tenho mais ou menos meia hora até ter que sair para pegar minha filha na aula de tênis.

— Que droga — falou a garota. — Se quiser saber a história dele, pode assistir no *Dateline*. Aposto que eles pagam mil dólares.

Lanternglass calculou que uma garota com um Audi cor-de-rosa novinho em folha provavelmente tinha um limite no cartão de crédito maior que o dela. Ela achou que a namorada estava falando em dinheiro para tirar onda, um teatrinho espontâneo. Talvez o namorado fosse do Preto & Azul e a namorada fosse dos Boulevards, e agora ela estava tentando impressioná-lo agindo como se tivesse a malícia das ruas.

— Não sei se o *Dateline* vai telefonar — disse Lanternglass. — Mas, se ligarem, você não quer que eles entrevistem o *seu* namorado em vez de uma das outras cem pessoas que estavam no shopping hoje? A pessoa que conta a história primeiro é geralmente a *única* que conta a história. Além disso — e agora ela encarou a namorada com um olhar direto —, eu, na verdade, gostaria de falar *com os dois*. Queria saber como você se sentiu quando ouviu falar do tiroteio, sabendo que seu namorado estava no prédio, imaginando se um dia voltaria a vê-lo.

Aquilo amoleceu a garota. Ela olhou para o namorado, Okello, que não dissera nada sobre dinheiro e que atendera Lanternglass com um interesse calmo.

— Eu vou te contar o que aconteceu — decidiu ele. — Não precisa me pagar.

— Posso gravar? — perguntou Lanternglass, gesticulando com o celular.

O rapaz concordou com a cabeça.

— Qual é o seu nome? — indagou Lanternglass, porque era um bom começo, mesmo que ela já soubesse a resposta.

— Okello Fisher. Como Othello, só que com *k*.

Na cabeça de Aisha Lanternglass, Colson morreu de novo. Até hoje, ele ainda morria três ou quatro vezes por dia. De cara no próprio sangue. Se não tivesse sangrado até morrer, Colson talvez tivesse se afogado no seu sangue.

— Que tipo de nome é Okello? — perguntou Lanternglass.

Ele deu de ombros levemente.

— Minha mãe adora história africana. Ela me fez um bolo com ameixas no meu aniversário de 10 anos e me deu um tambor tribal. Eu pensei, porra, o que tem de errado em ganhar um bolo de chocolate e um PlayStation?

Lanternglass gostou dele de cara, sabia que o rapaz daria boas aspas. O nome da garota era Sarah. Para todo mundo ficar feliz, Aisha pegou os nomes das amigas também, Katie e Madison. Todas as três tinham nomes do Boulevard.

— Quando foi a primeira vez que você soube que alguma coisa estava errada?

— Provavelmente quando vi a arma — contou ele.

— Você *viu* o atirador?

— O shopping estava aberto havia apenas alguns minutos. Eu subi até a praça de alimentação para pegar frappucinos pra mim e pro Irving. Nós dois estamos no turno da manhã na MSJ. Não sei por que ele trabalha lá... a família dele é bem abastada. Acho que a mãe dele quer que ele saiba como é a experiência de ter um emprego. — Uma expressão de dúvida passou pelos seus olhos grandes e delicados, e ele falou: — É melhor você não publicar isso que eu disse. O Irving é legal. Eles me convidaram para jantar.

— Não vou publicar nada que você não queira que eu publique.

— Bem, tem uma cesta na MSJ, e a gente disputa arremessos. O perdedor tem que pagar um frappucino para o vencedor, mas o vencedor precisa ir pegá-los.

— Quando foi a última vez que você pagou um frappucino para ele? — perguntou Sarah, a namorada, com um pouco de orgulho provocador.

— O Irving joga bem. Às vezes, eu pago. Ele só não é muito bom pela esquerda. Então... sim, geralmente ele paga e eu vou buscar as bebidas.

— Também não vou publicar que você disse isso — prometeu Lanternglass. — Não quero revelar sua estratégia secreta para vencer.

Okello sorriu, e Lanternglass gostou ainda mais dele. Ela achou de novo que o rapaz era do Preto & Azul, não porque falasse gírias da rua, mas porque não falava. Okello se expressava com facilidade, mas tinha certo cuidado com as frases. Lanternglass conhecia o impulso de escolher palavras com alguma precisão. Ele surgia da certeza nervosa de que um único tropeço verbal faria a pessoa soar como se vendesse drogas na esquina. Lanternglass passou um ano estudando jornalismo em Londres, fazendo algumas coisas que Colson nunca chegou a fazer, e, enquanto esteve lá, leu um ensaio sobre o sistema de classes inglês. Ela leu que os ingleses são marcados pela língua. Dava para saber se a pessoa era rica ou pobre no momento em que ela abria a boca. Isso era ainda mais verdadeiro nos negros dos Estados Unidos. A pessoa formava uma opinião sobre a outra assim que ela falasse olá, só pela maneira como ela dissesse.

— Eu estava voltando para a Melhore seu Jogo quando ela passou — falou Okello. — Nós nos cruzamos na grande escadaria do átrio central. Eu estava descendo, ela estava subindo. Olhei duas vezes porque ela estava mexendo em alguma coisa no alto da perna. Tipo, primeiro pensei que ela estava ajeitando a meia. Só que era um coldre. Um coldre de coxa. Ela tirou o coldre quando passei. Ela tinha chorado também. Embora estivesse de óculos escuros, deu para ver pelas manchas de rímel embaixo dos olhos.

— Você pode descrevê-la?

— Pequena. Loura. Muito bonita. Acho que o nome era Becki. Ou Betty? Não. Acho que era Becki mesmo.

— Como sabe o nome dela?

— Ela trabalhava na Devotion Diamonds, o mesmo lugar em que deu os tiros. O shopping inteiro tem um evento de valorização dos funcionários na manhã do último sábado do mês, antes da abertura. Rog Lewis, que gerencia a loja, deu um prêmio para ela uma vez. Funcionária do Mês ou algo assim. Ela matou ele primeiro. Pelo menos acho que foi isso que aconteceu. Ele gritou um pouco antes do primeiro tiro. Sei que o cara está morto. Eu o vi sendo levado para fora em uma maca.

— Volte um pouco. Ela passou por você na escada. Estava armada. E aí?

— Eu me virei para vê-la passar. Talvez tenha até começado a ir atrás dela. Para ver se ela ia… Ai!

A namorada dera um soco no ombro de Okello.

— Seu burro. Ela estava *armada*! — Sarah deu um segundo soco nele.

Okello massageou o ombro, e, quando voltou a falar, foi tanto para Sarah quanto para Lanternglass.

— Não segui de muito perto. Ela me deixou para trás, de qualquer maneira. Um pouco depois, comecei a pensar que devia chamar um segurança. Eu estava começando a descer a escada quando ouvi o sr. Lewis gritar e depois uma arma atirando. Eu deitei na escada e fiquei paralisado. Aí ouvi o sr. Kellaway berrando, ele é o chefe da segurança do shopping, e mais tiros.

— Você se lembra quantos foram?

Okello fechou um olho e olhou para o céu com o outro.

— Três, de início. Foi quando ela matou Roger Lewis. Mais ou menos um minuto depois, outro tiro e um som como se algo estivesse caindo, depois um quinto tiro. E cerca de cinco minutos depois, mais dois.

— Tem certeza? Cinco minutos inteiros entre o quinto tiro e os últimos dois? Em um incidente tenso, é muito fácil perder a noção do tempo.

Ele assentiu.

— A-hã. Quatro, cinco minutos. Eu sei porque estava trocando mensagens com Sarah, então pude ver a hora no celular.

Lanternglass concordou com a cabeça, mas duvidou dele. Testemunhas oculares transformavam memórias em histórias com muita rapidez, e essas histórias sempre eram em parte faz-de-conta, interpretações dramáticas de fatos lembrados pela metade.

Okello deu de ombros de novo.

— Foi isso. Eu fiquei na minha, e, alguns minutos depois, a polícia subiu a escada correndo, com coletes e metralhadoras, pronta para combater o Estado Islâmico. O único impacto que eles causaram foi na minha mão. Um policial pisou nela ao subir correndo. — Ele fez uma pausa, depois sacudiu a cabeça. — Você pode omitir essa parte também. Eles entraram para salvar vidas. Até onde sabia, a polícia poderia ter encarado uma chuva de balas. Não quero falar mal dos policiais. Os socorristas examinaram a minha mão enquanto eu prestava depoimento. Nenhum osso quebrado.

— E você escapou e está bem — disse Sarah, se esticando na ponta dos pés para beijá-lo no rosto. — E não *ouse* falar aquilo ou torço seu mamilo.

Okello sorriu, e os lábios dos dois se encontraram, e mesmo a contragosto, Lanternglass decidiu que não havia problema com a placa cafona OOHYUM.

— Não falar o quê? — perguntou Lanternglass.

— Que tudo está *sempre* bem com ele — respondeu Sarah, revirando os olhos. — Ele e suas piadas idiotas de tiozão.

— Tudo está ainda melhor comigo do que normalmente. Quer dizer, não estou tão bem, porque um bebê morreu…

— Um bebê? — repetiu Lanternglass.

Ele baixou as pálpebras, e um expressão súbita de tristeza e medo passou pelo seu rosto.

— Sim, senhora. Levou um tiro junto com a mãe. Uma mulher de *hijab*, o bebê dela, um gorducho e o sr. Lewis. Essas são as quatro vítimas, todo mundo que morreu, sem contar a atiradora. Mas se a gente pensar no que aconteceu em outros lugares, como Aurora e Columbine, fico feliz que não tenha sido pior. Tenho certeza de que os policiais ficaram contentes porque não tiveram que atirar em ninguém. — Ele riu então, um som irritante e desagradável que não continha humor nenhum. — E aposto que o sr. Kellaway ficou contente por enfim conseguir atirar em alguém.

Lanternglass estava pensando que deveria encerrar a entrevista, pegar algumas aspas das meninas, que não iria usar, e dar o fora. Se não fosse embora logo, Lanternglass se atrasaria para pegar a filha na aula de tênis. Ela ainda lembrava, muitíssimo bem, da sensação ruim e solitária de ser a última a voltar para casa, olhando pelas janelas molhadas de chuva da aula de dança moderna, imaginando se alguém, qualquer pessoa, apareceria para buscá-la. Mas não havia como abandonar aquela última frase, que chamou e prendeu sua atenção.

— O que quer dizer com ele ficar contente por enfim conseguir atirar em alguém?

O sorriso quase ávido no rosto de Okello sumiu.

— Ah, talvez seja melhor você omitir isso também.

Ela interrompeu a gravação.

— Não vou publicar nada que arrume problemas para você, Okello. Só estou curiosa. Qual é a história com Kellaway?

Okello devolveu o olhar de Lanternglass com uma frieza repentina nos olhos da cor do Mississippi.

— O velho nazista desgraçado colocou uma arma no meu pescoço no meu terceiro dia de trabalho.

— Ele... *o quê*?

— O sr. Boston, supervisor da Melhore seu Jogo, perguntou se eu podia usar o meu carro para levar umas mercadorias até Daytona Beach. Eu estava resolvendo um monte de assuntos porque ainda não tinha um uniforme. — Ele puxou a camiseta dourada boba de basquete com as palavras MELHORE SEU JOGO e uma mão negra agarrando uma bola laranja em chamas. — Eu estava ali enfiando umas caixas no porta-malas do meu carro quando Kellaway surgiu de mansinho por trás e meteu o cano da arma no meu pescoço. Ele falou: "Cadeia ou necrotério, a escolha é sua. Para mim, dá na mesma."

— Mentira — disse Lanternglass, embora ela acreditasse em Okello, e seu tom de voz deixou claro que ela acreditava nele.

Sarah fez uma expressão determinada, a boca era uma linha carrancuda, e ela apertou os dedos do namorado com força. Lanternglass percebeu que já conhecia aquela história.

— Juro por Deus — falou Okello, tocando o peito com os dedos. — Ele pegou o rádio e disse que alguém estava roubando caixas atrás da Melhore seu Jogo. Falou que eu tinha um estilete e uma arma também. Mas antes que a central de segurança chamasse a polícia, o sr. Boston viu o que estava acontecendo e veio correndo dizer que não havia problema. Que eu era um funcionário.

— Você estava armado?

— Eu estava com um aplicador de fita adesiva que se *parece* com uma arma — respondeu Okello. — Para fechar umas caixas. O cabo estava para fora do bolso do meu casaco. Mas ele tinha razão quanto ao estilete. Ele estava no bolso de trás da calça.

O suspeito ficou de pé, e eu vi um brilho na mão dele. Ele pulou. Achei que ele estivesse avançando contra mim com uma faca e disparei minha arma para me defender... foi isso que o agente Mooney tinha dito ao depor perante um júri de pronunciamento. Lanternglass leu o depoimento inteiro anos depois. Tudo que era necessário para transformar um CD em uma faca ou um aplicador de fita adesiva em uma .45 era um pouco de imaginação, um pouco de pânico e muito preconceito.

— Você teve sorte de não ter levado um tiro — disse Lanternglass. — Por que ele não foi demitido?

Um canto da boca de Okello deu aquele sorriso de estrela de cinema dele, embora houvesse um certo cinismo na expressão, o que deixou Lanternglass abatida.

— O sr. Boston ficou tremendo por uma hora. Ele ficou tão pálido que parecia estar gripado. Disse que ia ligar para o serviço de reclamações da empresa que administra a segurança do shopping, mas, quando tentou, a linha estava desligada. Então escreveu um e-mail, que retornou como não entregue. É uma grande firma do Sul... Falcon Security? Eles fornecem pessoal para vários shopping centers. Deveria ser fácil entrar em contato com eles. O sr. Boston perguntou se eu queria ir à polícia registrar queixa, mas imaginei que não daria em nada, então falei para deixar pra lá.

— Por que não pediu demissão?

— Porque não posso pagar a faculdade com a minha beleza.

— O Kellaway pediu desculpas?

— Sim. No local e depois de novo no dia seguinte, no gabinete dele. Ele me deu um vale-presente de 25 dólares que vale em qualquer loja no shopping.

— Puta merda. Que generoso da parte dele. Uma fortuna de 25 dólares. O que você comprou?

— Ainda estou com o vale-presente — respondeu Okello. — Vou guardar até que comecem a vender coletes à prova de balas com desconto no shopping. Estou pensando em comprar um.

17h15

Lanternglass assistiu à coletiva de imprensa na TV com Dorothy.

Dorothy estava de joelhos diante da televisão, a cerca de trinta centímetros da tela, onde mais gostava de ficar. Uma menina negra de 8 anos com um pescoço comprido e pernas mais compridas ainda, usando um gorro rosa-shocking com orelhas de coelho. Ela estava na fase de usar chapéus, tinha uma gaveta cheia deles. Tirá-la de casa de manhã era uma angústia diária; às vezes, Dorothy levava mais de vinte minutos para escolher o chapéu perfeito para o dia.

— Estou perdendo *Kim Possible* — disse ela, se referindo ao seu desenho favorito do Disney Channel.

O noticiário local havia acabado de cortar para uma sala de conferências sem nome, com a promessa de que a polícia de St. Possenti estava prestes a abordar o tiroteio no shopping Miracle Falls e, talvez, identificar o heroico segurança que deteve o assassino antes que o massacre ficasse maior.

— A mamãe tem que assistir a isso para o trabalho — falou Lanternglass da mesa da cozinha, onde estava no laptop digitando duas mil palavras sobre o incêndio de Ocala. Não foi difícil entrar no clima certo para escrever. Era possível sentir o cheiro de fumaça bem ali na sala de estar, mesmo com as chamas a quilômetros de distância. Lanternglass se perguntou se o vento estava mudando.

— Quero um emprego em que eu possa assistir à TV e voar de helicóptero por aí.

— Da próxima ver que você vir o sr. Chen, pergunte se ele está contratando. Uma outra fonte de renda cairia bem nesta casa.

Não haveria pão nenhum vindo do pai de Dorothy. Ele sumira quase na mesma época em que Dorothy nasceu, não ia deixar que um bebê fodesse com a carreira musical dele. Pelas últimas notícias que Lanternglass tivera, ele estava em Nova York, no Queens, tinha duas filhas com outra mulher, e sua carreira musical consistia em batucar tubos de plástico branco na Times Square por alguns dólares em um chapéu.

Câmeras espocaram. Houve uma farfalha, como o vento mexendo árvores frondosas, o som de um público invisível murmurando e se sentando. O comandante Jay Rickles e o cubano magro que era promotor público se sentaram atrás de uma mesa dobrável cheia de microfones. Foram seguidos por um terceiro homem de casaco folgado com capuz escrito SEAWORLD e com o desenho de uma orca pulando. Esse terceiro homem era quarentão, usava um bigode grisalho e corte de cabelo militar. O sujeito tinha um pescoço grosso de fuzileiro naval ou boxeador e mãos grandes e ossudas, e encarou as câmeras com olhos indiferentes e estranhamente sem cor.

O comandante Jay Rickles esperou todo mundo fazer silêncio e depois esperou um pouco mais, porque curtia um silêncio longo e dramático. Dorothy deu um pulinho e se aproximou ainda mais da TV.

— Está perto demais, Button — disse Lanternglass.

— Eu gosto de grudar na tela para ver se alguém está mentindo.

— Seu chapéu está tampando a minha visão.

Dorothy recuou um centímetro imperceptível.

— Olá e boa noite — disse Rickles. — Sou o comandante Jay Rickles e vou abrir com um pequeno depoimento, resumindo os eventos desta manhã no shopping Miracle Falls. Por volta das 10h30, houve um tiroteio na Devotion Diamonds, no segundo andar. Nós identificamos a atiradora como Rebecca Kolbert, de 20 anos, natural de St. Possenti, que trabalhava como vendedora na loja. Acreditamos que a srta. Kolbert entrou na loja, onde atirou em Roger Lewis, de 47 anos, o gerente da rede Devotion Diamonds, em Yasmin Haswat, uma cliente, e no bebê de Yasmin, Ibrahim. Nesse momento, a srta. Kolbert foi confrontada por Randall Kellaway, o chefe da segurança do shopping, um agente da Falcon Security e ex-militar do exército americano. — Dito isso, Rickles se inclinou à frente e lançou um olhar de admiração ao longo da mesa na direção do grandalhão de casaco. — O sr. Kellaway mandou a srta. Kolbert baixar a arma. Em vez disso, ela ergueu a arma e, nesse momento, ele atirou na srta. Kolbert. Acreditando que a tinha matado, o sr. Kellaway correu até a sra. Haswar para oferecer ajuda médica. Outro homem, Robert Lutz, entrou na loja para tentar oferecer ajuda, e levou um tiro da srta. Kolbert. Nesse momento, o sr. Kellaway desarmou a atiradora. Pouco depois, a SWAT e as equipes de emergência invadiram o local. A srta. Kolbert foi declarada morta às 11h16. — Suas mãos estavam entrelaçadas diante dele. Rickles tinha a expressão serena de um homem admirando o pôr do sol sentado na varanda com uma lata de cerveja. — Alguns dos senhores já sabem que minha filha e meus dois netos estavam no shopping na hora do acidente. Não há motivo para acreditar que eles correram perigo. Não há motivo para acreditar que eles *não* correram. A srta. Kolbert não fez distinções ao ceifar vidas inocentes, e não temos certeza sobre quais seriam suas intenções finais. Ela certamente teve a intenção de matar até o último suspiro. Não gosto de pensar no que poderia ter acontecido se o sr. Kellaway não tivesse reagido com ação tão rápida e decidida. Não tenham dúvida: esta foi uma tragédia indescritível. No intervalo de poucos minutos, perdemos um empregador local muito querido, um transeunte inocente que entrou na loja em um ato de compaixão corajosa, uma mãe e o bebê dela. *O bebê dela.* Um menininho lindo que fazia parte da comunidade muçulmana patriótica de St. Possenti. Nós descarregaremos a angústia nos dias, nas semanas e nos meses vindouros. Mas hoje descobrimos o que acontece quando uma pessoa do mal com uma arma encontra uma pessoa do bem com uma arma. Hoje, nossa tristeza é contrabalançada por gratidão, nossa dor anda junto com o orgulho. — Ele fez uma pausa, se inclinou à frente e olhou para o promotor público adjunto. — Sr. Lopez? Gostaria de acrescentar alguma coisa neste momento?

— Por que alguém daria um tiro em um bebê? — perguntou Dorothy. — Isso aconteceu mesmo?

— Isso aconteceu mesmo, Button — confirmou Lanternglass.

— Eu acho isso uma idiotice.

— Eu também.

Na TV, Lopez se inclinou à frente e disse:

— O gabinete do promotor público do condado de Flagler alocou todos os nossos recursos, incluindo dois investigadores em tempo integral, para determinar o motivo por trás dos atos trágicos e hediondos de hoje e para descobrir se a srta. Kolbert agiu sozinha ou se teve o apoio de algum cúmplice. — Ele falou por outro meio minuto e recitou chavões: se alguém tivesse mais informações, blá-blá-blá, não foi feita nenhuma acusação formal até aquele momento, blá-blá-blá, perícia de ponta, blá-blá-blá. Quando terminou, Rickles se inclinou à frente outra vez.

— Rand? Você gostaria de dar uma declaração? — perguntou ele, olhando ao longo da mesa para o grandalhão no casaco do SeaWorld.

Uma nova rodada de flashes fotográficos iluminou a sala.

Kellaway estava sentado com as mãos no colo e a cabeça baixa, parecendo ao mesmo tempo atormentado e um pouco perseguido. Ele pensou por um momento, depois se ajeitou na ponta da cadeira e se inclinou à frente na direção do microfone.

— Se o meu filho estiver assistindo, só quero que ele saiba que o papai está bem — falou Kellaway.

A multidão reunida reagiu com um som suave de arrulho que fez Lanternglass pensar em pombos.

— Ele não é *tão* do bem assim — proclamou Dorothy.

— Ele deteve uma maluca com uma arma.

— Mas também vai ao SeaWorld — disse Dorothy, apontando para o casaco de Kellaway. — Eles mantêm orcas como prisioneiras em tanques muito, *muito* pequenos. Como se enfiassem a pessoa em um armário e a obrigassem a ficar lá o dia inteiro. Ninguém deveria ir ao SeaWorld.

— É — falou Jay Rickles delicadamente, quase tremendo de prazer. — O papai está bem. O papai está bem, pessoal. Está muito bem.

Um último espasmo de flashes fotográficos furiosos preencheu o ambiente. Naquela luz quase ofuscante, a pele muito pálida de Kellaway ganhou um verniz azulado, como o tom metálico de uma arma.

21h18

Eles ainda estavam lá, os furgões das emissoras de TV, as equipes de cinegrafistas, engarrafando a rua em frente à casa dele. Kellaway estava sentado em um pufe no meio da sala de estar, com o telefone fixo no colo. A polícia havia tomado o seu celular. Dava para ver os furgões das emissoras através de uma fenda nas cortinas puxadas sobre a grande janela panorâmica. CNN. Fox. A TV estava ligada, era a única luz na sala, sem volume. Estavam exibindo o mesmo clipe de Jay Rickles dizendo aquele negócio de uma pessoa do mal com uma arma encontrar uma pessoa do bem com uma arma.

Kellaway se sentia como uma bala dentro de um revólver, carregado e pronto para disparar, para voar na direção de um impacto final e contundente. Carregado com o potencial de abrir um buraco naquilo que todos achavam que sabiam a respeito dele. Quando uma arma era disparada, todo mundo virava a cabeça para olhar, e eles olhariam para ele agora também. *Para* ele, em vez de *além* dele ou *através* dele.

Kellaway estava esperando o telefone tocar, e tocou. Ele levou o fone ao ouvido.

A voz de Holly estava abafada e miúda.

— Você está em casa. Eu não sabia se estaria em casa. Acabei de te ver na TV.

— Eles gravaram aquilo há horas. Você só viu agora?

— S-sim. Estou vendo agora. Você está bem? Não está ferido?

— Não, amor — disse Kellaway para a esposa. Ainda era a esposa dele, mesmo agora. No papel, ao menos.

Uma pequena tomada de fôlego.

— Você não deveria me chamar assim.

— Amor?

— Sim. Você nem deveria pensar nessa expressão.

— Eu estaria pensando se ela tivesse me matado. Se ela tivesse me dado um tiro hoje, essa expressão teria sido meu último pensamento.

Outra respiração nervosa. Holly estava tentando não chorar. Ela chorava com facilidade: no fim de filmes de TV sobre o Natal, em comerciais da Sociedade Americana para Prevenção da Crueldade contra Animais, quando estrelas de cinema morriam. Holly estava sempre trajando o vestido delicado de veludo de suas emoções, cujo tecido se rasgava a cada passo que ela dava no mundo, se agarrando ao corpo onde quer que ela fosse.

— Você não devia ter entrado lá. Devia ter esperado a polícia. E se ela tivesse atirado em você? Seu filho precisa de um pai — disse Holly para Kellaway.

— Sua advogada não parece pensar assim. Sua advogada achou que seria ótimo se eu visse o George apenas uma vez por mês, com um acompanhante presente para me espionar.

Holly fungou, e ele teve certeza de que ela estava chorando agora. Holly levou vários segundos para conseguir falar de novo, e sua voz saiu abalada pela emoção.

— Minha advogada não intimidou só *você*. Ela *me* intimidou também. Ela ameaçou largar o caso se eu tentasse negociar com você. Minha advogada me fez sentir como uma idiota quando eu disse que sabia que você jamais machucaria a gente, que nunca...

A irmã de Holly berrou de repente ao fundo, um som desagradável e ininteligível que lembrou Kellaway dos adultos falando nos desenhos do Snoopy. Holly não sabia se defender sozinha. As expectativas das outras pessoas eram como um furacão fustigante e Holly era apenas uma folha de jornal, sendo levada para lá e para cá sob a influência delas. Rand Kellaway achava que Frances, a irmã de Holly, era uma lésbica enrustida e que o homem que era casado com ela era, muito provavelmente, uma bicha. O cara usava camisetas berrantes de cores suspeitas (tangerina, azul-petróleo) e via patinação artística com entusiasmo na televisão.

— O que a Frances está falando para você? — perguntou Kellaway.

Ele sentiu alguma coisa acendendo por dentro, como um fósforo riscado que virou chama.

Mas Holly não estava mais falando com ele, estava dando ouvidos à irmã.

— Sim — disse Holly.

Mais berros.

— Não!

E novamente:

— *Não!* — gritou ela, em um tom suplicante e choroso.

— Mande sua irmã cuidar da própria vida — disse Kellaway. Ele sentiu Holly escapando do seu alcance, e isso o enlouqueceu. — Não dê ouvidos a ela. O que a sua irmã está falando não importa.

Holly voltou a dar atenção a ele, mas a voz estava embargada, tomada de emoção.

— O G-George quer falar com você, Rand. Vou colocar ele na linha. A Fran está dizendo que não posso mais falar com você.

Quando os dois moravam juntos, Kellaway impôs a regra de que Holly só podia falar com Frances quando ele estivesse no ambiente, exatamente por aquele motivo. Kellaway não queria que Holly tivesse um celular por causa do perigo de Frances mandar mensagens para ela. Ele se recusou a deixar Holly comprar um aparelho, mas, então, a porra da empresa em que ela trabalhava lhe *deu* um celular, *insistiu* que ela tivesse um.

— Diga para essa bruaca peluda... — falou Kellaway, mas em seguida o telefone fez um barulho, e era George.

— *Papai* — falou o menino, que tinha a mesma voz empolgada, ansiosa e impetuosa da mãe, a mesma fala confusa que era meiga e doce. — Papai, eu te vi na TV!

— Eu sei — disse Kellaway, fazendo um grande esforço para controlar a voz e colocar um pouco de afeto nela. — Estive na Tevelândia a tarde inteira, onde todas as pessoas da TV moram. A pior parte é chegar lá. Eles têm que encolher a pessoa até ela ficar bem pequenininha para caber dentro do aparelho de TV.

George riu. O som foi tão adorável que provocou dor em Kellaway. Ele queria abraçar o filho no colo com força até ele berrar e tentar sair. Ele queria levar George à praia e atirar em garrafas para ele. George fechava os punhos e dançava sempre que uma garrafa se quebrava. Kellaway quebraria o mundo para ver George dançar.

— Isso não é verdade — falou o menino.

— *É sim*. Primeiro eles deixam a pessoa muito, muito pequena e depois ela recebe um bilhete para ir à Tevelândia a bordo de Thomas, a Locomotiva. Eu me sentei bem ao lado de um dos Teletubbies na viagem.

— Você não fez isso.

— Fiz sim. *De verdade*.

— De qual Teletubbie?

— Do amarelo. Ele tem cheiro de mostarda.

George riu de novo.

— A mamãe disse que o senhor salvou gente da morte! Ela disse que havia uma pessoa má e que o senhor deu um tiro nela, bem assim... *pou!* Foi isso que aconteceu?

— Foi isso que aconteceu. Assim mesmo.

— Tá. Que bom. Estou feliz que você deu um tiro na pessoa má. — Os berros começaram no fundo, era Fran em ação de novo. George escutou a tia e depois disse: — Eu preciso comer meus waffles e ir para a cama.

— Faça isso. Pode ir. Eu te amo, George.

— Eu te amo também.

— Coloque sua mãe na linha.

— A tia Fran quer falar com o senhor.

Antes que ele pudesse responder, o telefone fez barulho de novo. Em seguida, outra pessoa estava do outro lado da linha. Até a respiração dela era desagradável: fraca, lenta e cautelosa.

— Ei, Randy — disse Frances. — Você está com uma ordem judicial para não falar com a minha irmã.

— Ela ligou para *mim* — falou ele pacientemente. — Não há ordem judicial que diga que não posso atender ao meu telefone.

— A mesma ordem judicial diz que você não pode ter uma arma.

— A arma — explicou ele — estava atrás do balcão do restaurante vietnamita na praça de alimentação, e eu pedi por ela. Era a arma do sr. Nguyen. Os policiais estão omitindo essa parte nos noticiários não para me proteger, mas para proteger *o sr. Nguyen*. Ele está aqui com um visto e ter uma arma pode deixá-lo em maus lençóis com a imigração. Mas vá em frente. Faça um barraco. Force a polícia a deportar um cara que me deu a arma que eu precisava para deter um tiroteio em massa. Que heroína você será. Quero falar com a minha esposa.

Kellaway pensara nessa mentira com cuidado e achou que atacá-lo estava além dos poderes limitados de Frances.

E ele estava certo — ela nem tentou. Em vez disso, Fran preferiu o ataque mais fácil.

— Ela não é mais sua esposa.

— Ela é até eu ver a papelada do divórcio.

Frances respirou fundo. Kellaway imaginou a cunhada em detalhes, as fendas das narinas franzindo na ponta daquele nariz comprido e curvo dela. Ela tinha as feições de Holly um pouco deformadas, de forma que não tivesse nem um pingo da beleza da irmã. A boca de Holly era macia e complacente e seus olhos brilhavam com emoção e um desejo inato de agradar. Os olhos de Frances eram opacos e cansados, e ela tinha rugas profundas ao lado dos lábios. Holly dava abraços com facilidade. Ninguém ia querer um abraço de Frances; as pontas afiadas de seus peitinhos duros provavelmente deixariam hematomas na pessoa.

— Talvez você imagine que possa usar esta situação para recuperá-los de alguma forma — disse Frances. — Mas não vai acontecer. Ela não vai voltar, e nem ele. Não depois do que você fez.

— O que eu fiz *hoje* — falou Kellaway — foi salvar vidas. O que fiz *hoje* foi atirar em uma louca antes que ela entrasse em um frenesi assassino.

— Você vai ter que atirar em outra louca antes de chegar perto de qualquer um dos dois. Porque vai ter que *me* matar para levá-los embora.

— Bem — disse Kellaway —, isso com certeza seria um bônus, não é?

Ele desligou.

Kellaway não esperava que ela ligasse de volta, mas o telefone tremeu na sua mão no momento seguinte, antes de ele sequer ter tempo de colocá-lo no gancho. Frances não suportava deixar alguém dar a última palavra.

— Por que você não dá um descanso para essa sua língua — falou Kellaway — para poder lamber boceta mais tarde?

Houve um silêncio constrangedor do outro lado da linha. Em seguida, um jovem rapaz disse:

— Sr. Kellaway? Meu nome é Stanley Roth, sou produtor de *Telling Stories*, da NBC. Uau, *não* foi fácil conseguir o seu número. O senhor *é* Randall Kellaway, certo?

Ele levou um momento para recalibrar.

— Eu vejo o seu programa. Você fez aquele sobre melancias cheias de metanfetamina em Orange County.

— Sim. Fizemos sim. Com certeza foi nosso maior momento de glória. Metamelancia também é o nome do time de softbol da redação. Nós derrotamos o pessoal do *20/20* na final do campeonato no verão passado, e espero vencê-los de novo... na audiência deste fim de semana. Tenho certeza de que eles estão tentando entrar em contato com o senhor para convidá-lo para ir ao programa deles falar sobre o que aconteceu hoje. Eu seria um homem muito feliz se tivesse a sorte de falar com o senhor primeiro.

Stanley Roth falava em um tom agitado tão exuberante que Kellaway precisou recapitular na mente para entender que o sujeito estava lhe fazendo uma oferta.

— Você quer que eu participe do seu programa?

— Sim, senhor, queremos. Para contar a sua história. A história do homem bom com uma arma. O senhor é Clint Eastwood, só que de verdade.

— O Clint Eastwood *é* de verdade. Não é?

— Sim, bem... *sim*. Mas ele é pago para fingir ser quem o senhor é na vida real: alguém que sabe revidar. As pessoas se sentem impotentes na maior parte do tempo, tão sobrepujadas pelas forças alinhadas contra elas. Elas precisam dessas histórias como precisam de água e comida. Histórias de pessoas que tomaram as melhores decisões, as mais corajosas, quando seria mais fácil entregar os pontos, e que fizeram uma diferença do caralho. Espero que perdoe meu linguajar, senhor, mas fico bastante empolgado com essas coisas.

— Eu teria que ir a Nova York?

— Não, o senhor faria daí. Podemos arrumar um estúdio local e gravar a entrevista remotamente. Caso ajude a convencê-lo, devo dizer que o comandante Jay Rickles já concordou em falar conosco também e se juntaria ao senhor diante das câmeras. Aquele cara te ama. Acho que ele quer adotá-lo. Ou casá-lo com uma das suas filhas. Ou ele mesmo casar com o senhor. Ele fala do senhor da mesma forma deslumbrada que meu filho fala do Batman.

— Talvez seja melhor você falar só com ele. Ele parece saber o que está fazendo quando fala com a imprensa. Eu não sou bom com as palavras. Nunca estive na TV.

— O senhor não *precisa* ser bom com as palavras. Basta ser você mesmo. É simples, desde que não pense sobre as 3 milhões de pessoas assistindo e se apegando a cada palavra sua. Isso ainda deve ser menos assustador do que entrar correndo em uma loja onde uma mulher está matando pessoas sem distinção.

— Não foi assustador. Não houve tempo para ter medo. Eu simplesmente me abaixei e entrei em ação.

— Perfeito. Ah, Jesus. Isso é perfeito. Prepare-se para se abaixar de novo, porque as mulheres vão jogar calcinhas no senhor.

— Sou casado — disse Kellaway em um tom um pouco incisivo. — E tenho um filhinho. Um menino maravilhoso de 6 anos.

Houve uma pausa respeitosa, e então Stan falou:

— O senhor achou que fosse vê-lo de novo?

— Na verdade, não — respondeu Kellaway. — Mas ainda estou aqui. Ainda estou aqui e nunca vou abandonar ele.

Os dois ficaram mais uns vinte minutos na linha, fazendo o que Stan chamou de "pré-entrevista", e o produtor foi informando como seria a conversa no ar. Eles gravariam na tarde do dia 10 e exibiriam na mesma noite. "Se você cochilar, não é notícia", repetiu Stan várias vezes. Ele deu dicas de como ficar bem diante das câmeras, mas tudo aquilo entrou por um ouvido de Kellaway e saiu pelo outro. Quando desligou, a única coisa que Kellaway conseguia lembrar era a instrução enfática de Stan para não comer amoras, porque as sementes entrariam entre os dentes e dariam a impressão de que ele nunca passava fio dental.

O telefone tocou outra vez assim que Kellaway desligou. Ele achou que seria Stan de novo, ligando para falar de algum detalhe urgente que fora esquecido. Ou talvez alguém da ABC ou NBC, na esperança de marcar uma entrevista para um dos seus programas.

Mas não era Stan, e não era a CNN, e não era Frances. Era Jim Hirst. A ligação estava tomada por chiados, e sua voz soou distante, como se ele estivesse ligando do outro lado do mundo, ou talvez do outro lado da lua.

— Olha só quem ficou famoso hoje — disse Jim, soltando uma tosse seca, curta e intermitente.

— Está mais para quem deu sorte — respondeu Kellaway. — Eu imaginei que, se alguém fosse estourar meus miolos, seria nos fuzileiros navais, e não no shopping.

— É, bem, parece que uma vadia maluca foi comprar confusão no lugar errado hoje. Levou mais do que pagou, hein? — Ele tossiu mais uma vez, e Kellaway achou que Jim estivesse um pouco bêbado.

— Você está tomando aquele uísque que eu te dei? — perguntou Kellaway.

— É. Talvez eu tenha tomado um gole ou dois. Fiz um brinde a você, meu irmão. Estou tão feliz que esteja vivo e ela morta, e não o contrário. Quero te dar um abraço, cara. Se ela tivesse matado você, isso teria *me* matado, sabe?

Kellaway não estava acostumado com emoções fortes, e as pontadas nos próprios olhos o pegaram de surpresa.

— Eu queria valer metade do que você acha que eu valho.

Ele fechou os olhos, mas apenas por um instante. Quando fechou os olhos, Kellaway viu a mulher, Yasmin Haswar, se levantando de trás do mostruário de vidro, com olhos arregalados e assustados, e ele se virou e deu um tiro nela, tudo de novo. Através do bebê preso a seu peito.

— Não se critique tanto. Não ouse fazer isso. Você salvou um monte de vidas hoje, caralho. E me deixou orgulhoso. Você me deixou feliz, para variar, por ter sobrevivido e voltado para casa. Quer saber, cara? Nunca foi meu sonho de infância viver por cinquenta ou sessenta anos como um sanguessuga inútil na sociedade. Hoje, porém, andei pensando, e acho que não sou um desperdício completo. Quando meu melhor amigo Rand Kellaway precisou de uma arma... bem. Você não estava de mãos vazias hoje, e essa é a minha parte na história. O meu pequeno gostinho da glória.

— Verdade. Você esteve comigo na manhã de hoje. Mesmo que ninguém nunca fique sabendo disso.

— Mesmo que ninguém nunca fique sabendo disso — repetiu Jim.

— Você está bem? Parece doente.

— Ah. É a porra da fumaça. Está bem em cima de casa agora. Está queimando meus olhos, cara. Estão dizendo que o incêndio ainda está a três quilômetros de distância, mas eu mal consigo ver o fim do corredor.

— Você devia ir dormir.

— Em breve, cara. Em breve. Quero ficar acordado e ver a reprise do noticiário mais uma vez. Assim posso brindar a você de novo.

— Coloque a Mary na linha. Eu vou *obrigá-la* a mandar você para a cama. Não quero outro brinde. Quero que você cuide de si mesmo. Chame a Mary.

E a voz de Jim se alterou, subitamente ficou mais morosa e lamurienta.

— Não posso, cara. Ela não está aqui.

— Bem, onde ela está?

— Sei lá, porra — respondeu Jim Hirst. — Tenho certeza de que vou ver Mary mais cedo ou mais tarde. Todas as coisas dela estão aqui!

E ele riu — até que a risada virou aquela tosse seca, curta e intermitente de um homem sufocando no próprio sangue no leito de morte.

8 de julho, 8h51

LANTERNGLASS PROCUROU A FAMÍLIA LUTZ primeiro. Quando tinha um serviço ruim a fazer, a melhor coisa era fazê-lo logo e se livrar daquilo. Ela odiava ligar para a família das vítimas. Lanternglass se sentia um corvo bicando as vísceras de um animal atropelado.

A família Lutz não estava na lista telefônica, mas Bob Lutz, que morrera com apenas 23 anos, dava aulas particulares de piano para as crianças do colégio Bush, de acordo com o site da escola. Por acaso, o vice-diretor da Bush era um tal de Brian Lutz. Lanternglass ligou para o telefone do seu escritório e foi atendida por uma mensagem gravada dizendo que o vice-diretor ouviria os recados durante o verão, mas, se o assunto fosse urgente, ele poderia ser encontrado no celular, seguido pelo número.

Ela ligou da calçada diante de um Starbucks, no fim da rua do Possenti Pride Playground, onde Dorothy tinha aulas de tênis. Lanternglass estava bebendo um café tão gelado que sentiu arrepios quando deu o primeiro gole. Ela estava quase nervosa demais para beber e não precisava da cafeína para acelerá-la. Não havia motivo para achar que Brian Lutz atenderia ao celular, mas ele atendeu no segundo toque, como Lanternglass sabia que ele faria.

Ela se apresentou com uma voz baixa e delicada, disse que era do *St. Possenti Digest*, e perguntou como ele estava passando.

Brian Lutz tinha uma voz de barítono com um leve toque agudo.

— Meu irmão caçula levou um tiro na cara há dois dias, então acho que não muito bem. E você?

Lanternglass não respondeu à pergunta. Em vez disso, falou que sentia muito, que odiava incomodá-lo quando ele atravessava um período de luto.

— Mas aqui está você, incomodando mesmo assim — respondeu Brian Lutz, e riu.

Lanternglass queria contar a ele sobre Colson. Queria dizer que ela compreendia, que ela mesma estivera na outra ponta daquela situação. Nos dias após a morte de Colson, os jornalistas acamparam em frente à casa geminada onde Aisha morava com a mãe e esperaram elas saírem. Quando a mãe de Aisha, Grace, levava a filha para a escola pela manhã, os repórteres rodeavam as duas, sacudindo gravadores. Grace agarrava a mão de Aisha e olhava direto para frente, e a única resposta que ela dava era um som: *nmm-nm!* Aquele barulho parecia dizer *Eu não vejo vocês, eu não escuto vocês, e minha filha também não.* Lanternglass sabia agora que sua mãe estava morrendo de medo, temia a atenção, temia ser examinada muito de perto. Grace fora presa três vezes — na verdade, estava grávida de Aisha na segunda passagem pela prisão municipal — e tinha medo de que os repórteres publicassem alguma coisa que pudesse mandá-la de volta para lá. A própria Aisha queria que todo mundo soubesse o que tinha *realmente* acontecido. Ela achava que deviam contar aos repórteres que Colson tinha levado um tiro e NEM FEZ NADA a não ser pegar um CD idiota. Aisha queria explicar que Colson deveria ter ido para Londres, conhecer Jane Seymour e participar de *Hamlet.* Ela queria que todas as pessoas no mundo soubessem.

Já não basta o que você perdeu?, dissera Grace para a filha. *Quer me perder também? Quer que eu seja presa de novo? Você acha que os policiais não vão vir atrás de nós se a gente difamar eles?*

No fim das contas, Aisha Lanternglass conseguiu contar a história para o mundo. Ela só teve que esperar quinze anos. O *St. Possenti Digest* publicou a história de Colson em cinco partes em uma mesma semana. Essas matérias foram indicadas para um Pulitzer de reportagem local, que era a razão pela qual Lanternglass ainda estava empregada enquanto quase todos os outros repórteres em tempo integral do *Digest* tinham sido demitidos durante a recessão.

Mas Lanternglass não contou para Brian Lutz sobre Colson porque ela havia prometido a si mesma, havia muito tempo, que jamais usaria a história dele como forma de conseguir uma reportagem. Mesmo quando se perde alguém, na verdade ainda se mantém um relacionamento com aquela pessoa, um relacionamento que precisa ser cuidado como um relacionamento com qualquer amigo ou parente vivo. Colson era, ainda hoje, alguém com quem Lanternglass se importava e que ela se esforçava para não explorar.

Sendo assim, Lanternglass disse:

— Só queria perguntar se há uma foto do Bob que sua família queira compartilhar. Não quero tornar a situação ainda pior do que é. Seu irmão fez algo muito especial. Quando um monte de gente teria corrido na direção contrária, ele entrou na Devotion Diamonds para tentar ajudar as pessoas. Quero reconhecer a bravura dele quando escrevermos sobre o que aconteceu. Também quero respeitar seus sentimentos e agir de maneira correta em relação à sua família, mas posso desligar agora mesmo se o senhor não quiser lidar com uma jornalista intrometida. Meu contracheque não é grande o suficiente para causar sofrimento a uma família de luto.

Brian Lutz não falou por um longo momento, e então riu de novo, um som corrosivo e derrotado.

— Você quer reconhecer a coragem dele? Cara, isso é hilário. Você não sabe como é engraçado. Só conheço uma pessoa que é um covarde maior do que o Bob, e essa pessoa sou eu. Nosso tio nos levou para uma pequena montanha-russa uma vez, um brinquedo para crianças pequenas em uma feira, quando eu tinha 13 anos e Bob, 8, e nós dois choramos o tempo todo, porra. Havia crianças de 5 anos naquele brinquedo que ficaram envergonhadas por nossa causa. Não sei por que caralhos Bob entrou naquela loja. Não é nada a cara dele.

— Ele pensou que o tiroteio tivesse acabado — disse Lanternglass.

— Ele teria que ter tido certeza disso, porra — falou Brian Lutz, e quando ele riu de novo, o som pareceu com um soluço. — Nós choramos na montanha-russa Pequeno Zum-Zum! Eu até mijei um pouquinho na calça! Depois que saímos do brinquedo, nosso tio não conseguia olhar para nós, para nenhum de nós. Ele simplesmente nos levou para casa. Vou te falar uma coisa sobre o meu irmão caçula. O Bob teria *morrido* antes de entrar em um lugar onde pudesse ser *morto*. Ele teria *morrido*, caralho.

9h38

Lanternglass recebeu dois e-mails em nome de Alyona Lewis, esposa de Roger Lewis. O primeiro veio através do advogado dela, às 9h38. Lanternglass leu a mensagem sentada à mesa na redação ampla e sem divisórias do *Digest*.

“Hoje, Alyona Lewis chora a perda de seu amado marido há 21 anos, Roger Lewis, morto em um tiroteio em massa sem sentido no shopping Miracle Falls;

Margot e Peter Lewis choram a perda do filho amado; e St. Possenti chora a perda de um integrante generoso, bem-humorado e dinâmico da comunidade."

O e-mail continuava por mais oitocentas palavras, todas formais e dispensáveis. Alyona e Roger abriram a primeira joalheria em Miami em 1994, frequentavam a Igreja Batista do Próximo Nível, possuíam três griffons-de-bruxelas, faziam grandes doações para as Paraolimpíadas. Flores poderiam ser enviadas para a casa funerária Lawrence. Era uma declaração pública profissional e correta, e não havia nada ali que Lanternglass pudesse citar em uma reportagem.

22h03

O segundo e-mail veio da própria Alyona, meia hora depois de Lanternglass ir para a cama, mas enquanto ainda estava acordada, deitada embaixo de um lençol e encarando o teto. O celular emitiu um toque, e ela rolou o corpo para dar uma olhada. O endereço de e-mail pessoal de Alyona era Alyo_Lewis_Gems@aol.com, e a mensagem era uma única frase:

> Aposto que ele estava comendo ela.

Lanternglass também não viu como poderia citar aquele e-mail em uma reportagem.

9 de julho, 5h28

RASHID HASWAR NÃO TINHA um telefone que constava na lista, não tinha perfil no Twitter nem no Instagram; a conta da sua esposa no Facebook era privada. Ele trabalhava no departamento financeiro da empresa de gás natural Flagler-Atlantic, mas a recepcionista se recusou a dar o número de celular para Lanternglass.

— Se ele quisesse falar com você, com *qualquer um* de vocês, ele teria ligado — disse a recepcionista em uma voz fina e indignada. — Mas ele não ligou porque não quer.

Porém, Lanternglass teve outra ideia, e, na manhã de terça-feira, ela acordou Dorothy antes do alvorecer e levou a filha até o carro. Dorothy ainda estava meio adormecida, com os olhos semicerrados enquanto pisava forte na grama encharcada de orvalho. Nesse dia ela usava um gorro branco fofinho com a cara de um urso polar. A menina dormiu no banco de trás do carro, no caminho para a cidade.

O Centro Islâmico ficava no Preto & Azul, em um prédio baixo e feio de concreto, na frente de um shopping que continha uma lanchonete Honey Dew Donuts, um fiador e uma ponta de estoque de sapatos. Os últimos fiéis já estavam entrando para o culto matinal, as mulheres por uma porta lateral no prédio, os homens pelas portas duplas da frente. Muitos eram negros usando *dashikis* e *kufis*, embora houvesse alguns médio-orientais entre eles. Lanternglass estacionou na Honey Dew e pegou um lugar no balcão perto da janela de onde podia ficar de olho na rua. Dorothy subiu no banco alto ao lado da mãe com uma rosquinha com glacê e uma garrafa grande de leite, mas deu só uma mordida e depois baixou a cabeça. Do lado de fora, o céu tinha uma cor roxo-azulada, e nuvens exibiam um leve tom de dourado. O vento era refrescante, e as palmeiras sacudiam as frondes.

Lanternglass estava observando a mesquita havia dez minutos quando notou um homem magro e esbelto usando um boné preto de beisebol, de braços cruzados no peito encovado, parado junto à porta, do lado de dentro da lanchonete. Ele também observava a rua. Na primeira vez que olhou para ele, Lanternglass notou olheiras sob os olhos injetados. O homem parecia estar desperto há dias. O que a fez olhar para ele pela segunda vez foram as palavras EGN FLAGLER-ATLANTIC bordadas no bolso da camisa de brim azul. Ela deu um beijo no rosto de Dorothy — a filha pareceu não notar — e pulou três bancos para a direita, levando a rosquinha e o café, de modo que ficou quase ao lado do cara.

— Sr. Haswar? — disse Lanternglass delicadamente.

Ele estremeceu como se tivesse sido atingido por uma descarga de eletricidade estática e olhou em volta, com olhos arregalados, surpresos e um pouco assustados. Lanternglass quase achou que ele fugiria dela pela porta, mas ele não fez isso, apenas ficou parado ali se segurando com força.

— Sim? — perguntou o homem, sem sotaque.

— O senhor não está rezando?

Ele olhou espantado para Lanternglass. Quando voltou a falar, não havia raiva nem atitude defensiva, apenas curiosidade.

— Você é da imprensa?

— Infelizmente, sim. Sou Aisha Lanternglass, do *Digest*. Estamos tentando entrar em contato, na esperança de que possa compartilhar uma foto conosco, da sua esposa e do bebê. Queríamos fazer o melhor possível para homenageá-los. E o senhor, a sua perda. A perda da sua família. É horrível. — Ela pensou que nunca soara tão falsa.

O homem olhou espantado para Lanternglass mais uma vez, girou a cabeça e olhou para fora, na direção da mesquita.

— Eu li a sua reportagem sobre o massacre.

Ele não prosseguiu com aquela afirmação, pareceu não sentir necessidade de acrescentar alguma coisa.

— Sr. Haswar? O senhor sabe por que sua esposa estava lá naquela manhã?

— Por minha causa — respondeu o homem, sem olhar para ela. — Pedi que ela fosse. Minha chefe, a sra. Oakley, estava se aposentando. Serei promovido ao cargo dela. A Yasmin passou no shopping para comprar alguma coisa que eu pudesse dar para a sra. Oakley na festa. A Yasmin... sempre ficava empolgada quando tinha a oportunidade de comprar algo para outra pessoa. Dar presentes era o que ela mais gostava de fazer. Estava doida para o Ibrahim ficar mais velho para darmos presentes para ele no Eid. Você sabe o que é o Eid al-Fitr?

— Sim — respondeu Lanternglass. — É quando acaba o Ramadan.

Ele concordou com a cabeça.

— E você sabe que hoje é o primeiro dia do Ramadan? — O homem riu pelo nariz, só que não havia nenhum humor na risada, e acrescentou: — É claro que você sabe. Por isso está vigiando a mesquita.

Ele não falou aquilo com raiva, como uma acusação. De certa forma, seu tom brando era pior. Lanternglass não sabia como reagir. Ela ainda estava pensando no que dizer quando o sujeito acrescentou:

— Eu acompanhei a mãe da Yasmin até lá. Ela está dentro da mesquita com as outras mulheres. Ela não sabe que não estou rezando, porque os homens e as mulheres rezam em ambientes diferentes. Você sabe disso?

Lanternglass assentiu.

— O pai da Yasmin não conseguiu levá-la ao culto matinal. Ele está no hospital, em observação. Desmaiou várias vezes desde que soube da notícia. Todos nós estamos preocupadíssimos com ele. Meu sogro colocou uma ponte de safena no ano passado. — Ele bateu no peito com o polegar. — A Yasmin era a única filha dele.

O homem esfregou o esterno com a ponta do polegar, massageando o ponto onde a esposa levou o tiro. Ele olhou para o templo com uma expressão vazia e finalmente disse:

— Você acha que foi porque ela era muçulmana?

— O quê? — perguntou Lanternglass.

— Que ela levou tiro. Que os dois levaram um tiro.

— Não sei. Talvez a gente nunca saiba.

— Ótimo — disse ele. — Eu não quero saber. Ontem à noite, sonhei que meu filho falou pela primeira vez. Ele disse "bolo". Ele disse: "Hmm, bolo!" Provavelmente não é uma primeira palavra muito realista. Ainda não sonhei com a Yasmin. Mas também não tenho dormido muito. Você não está comendo a sua rosquinha.

— Eu odeio essas coisas — falou a repórter afastando a rosquinha. — Não sei por que comprei.

— Uma pena jogá-la fora. O cheiro está ótimo — comentou ele, ao pegar a rosquinha do prato dela sem pedir e dar uma grande mordida, olhando diretamente para Lanternglass. — Hmm. Bolo.

10 de julho, 17h40

APÓS A GRAVAÇÃO DA ENTREVISTA para o *Telling Stories*, Jay Rickles convidou Kellaway para jantar na sua casa. Ele queria que Kellaway conhecesse sua família. Os dois podiam abrir umas cervejas e assistir ao programa quando fosse ao ar às nove. Kellaway não tinha mais nada para fazer.

Rickles morava no Boulevard Kiwi. Não era uma mansão. Não havia chafariz na frente, nenhum muro de estuque cercando a propriedade nem piscina. Mas era muito bacana mesmo assim, uma casa grande estilo colonial com telhas espanholas vermelhas e um pátio enorme de conchas brancas britadas. A escada de entrada era ladeada por um par de estátuas de carpa em cobre verde do tamanho de um corgi.

Por dentro, a residência parecia um restaurante *tex-mex*, com laços e crânios de boi descoloridos montados nas paredes. Também estava cheia de gente, com moças esguias usando botas de couro decorado e saias de brim, e bandos de crianças pequenas que corriam de um cômodo para o outro. De início, Kellaway achou que Rickles devia ter decidido dar uma festa e convidado metade da vizinhança. Ele estava ali havia quase uma hora até que foi se dando conta aos poucos de que as meninas com cabelo dourado eram suas filhas e as crianças pequenas eram seus netos.

Eles se enfiaram em um sofá do tamanho de um Cadillac, com estampa tribal, diante de uma televisão tão grande quanto o capô de um Cadillac. Já havia um balde grande de aço cheio de gelo e Coronas na mesinha de centro, ao lado de um pires com sal e uma tigela com limões cortados. Rickles pegou uma cerveja com uma das mãos. Com a outra, agarrou pela cintura uma mulher alta e de pernas longas, usando uma calça jeans Wranglers tão justa que era quase obsceno. À primeira vista, Kellaway pensou que Rickles estivesse alisando a bunda de uma de suas filhas. Olhando melhor, ele percebeu que a mulher ao lado de Rickles devia ter uns 60 anos, com maquiagem pesada cobrindo as rugas finas nos cantos da boca e dos olhos, e o amarelo do cabelo com certeza era pintado. Ela tinha a beleza bronzeada de alguém como Christie Brinkley, de alguém que sempre foi bonita e sempre seria, que era bonita quase que por hábito.

— É *senhor* Kellaway? — perguntou ela. — Ou *delegado* Kellaway?

Rickles deu um tapa no traseiro dela com a mão, e a esposa se levantou com um pulo, rindo e alisando a própria bunda.

— Calada, mulher. Você sempre estraga tudo.

— Estragar os planos dos homens é a obra da minha vida — disse ela, e foi embora, rebolando os quadris de forma meio provocadora. Ou talvez ela andasse assim mesmo.

Quando a mulher saiu, Kellaway olhou para Rickles e perguntou:

— Delegado?

Os olhos de Rickles reluziram, úmidos com emoção.

— Isso era para ser surpresa. Vamos torná-lo delegado honorário no mês que vem. Vamos te dar a chave da cidade também. Cerimônia grande. Quando anunciarmos, tente fingir que não sabia de nada.

— Vou ter o meu próprio distintivo?

— Pode apostar, porra — falou Rickles, soltando uma gargalhada rouca e ébria. — O que me faz perguntar: por que você não é um delegado de verdade?

— Eu me inscrevi. Você não me aceitou.

— Eu? — Rickles colocou a mão no peito e arregalou os olhos, sem acreditar.

— Bem. O departamento, de qualquer forma.

— Você não serviu no Iraque?

— A-há.

— E não aceitamos você? Por quê?

— Uma vaga, cinquenta inscritos, e fiquei devendo no quesito melanina.

Rickles concordou com a cabeça, triste.

— É sempre a mesma história. Porém, por mais que a pessoa tente mostrar que se importa com a diversidade, nunca é suficiente. Você leu aquela reportagem de sucesso publicada no *Digest*, sobre o estudante de teatro? Não? Há vinte anos, houve um alerta geral para um afro-americano imbecil armado com uma faca, que tinha esfaqueado um casal branco e roubado o Miata deles e uma bolsa Hermès cheia de dinheiro. A mulher morreu, o marido sobreviveu. A polícia rastreou o Miata até um estacionamento no Preto & Azul e viu um cara que batia com a descrição saindo do local, com uma faca na mão e uma bolsa no ombro. Os agentes mandaram ele deitar no chão, o cara saiu correndo em vez disso. Ele fez a curva em um pequeno shopping center, depois mudou de ideia e voltou. Ao fazer a curva, os agentes deram de cara com ele. Os policiais pensaram que ele estava avançando e um deles meteu fogo no rabo preto dele. Bem, acontece que, na verdade, ele não estava segurando uma faca. Era um CD. A bolsa Hermès no ombro? Era uma mochila da Pequena Sereia que ele estava carregando para a prima. O cara era um malandro de 17 anos que fazia teatro e estava tentando entrar na Escola de Arte Dramática de Londres. Ele correu porque estava perambulando por aí abrindo carros, pegando coisas, furtos menores. Basicamente, morreu por consciência pesada.

Na sua cabeça, Kellaway atirou de novo na muçulmana. Pensar na mulher o deixava furioso, tentando entender por que a vagabunda ficou de pé, por que não continuou parada. Ele odiava a mulher por tê-lo obrigado a atirar nela.

— A adrenalina vai a mil — disse Kellaway. — Está escuro. Você sabe que o cara que está caçando já meteu a faca em algumas pessoas e é maluco. Não vejo como é possível culpar os policiais por atirar.

— Você não vê, e um júri de pronunciamento não viu. Mas foi um escândalo e um sofrimento. O policial que atirou no moleque desenvolveu um sério problema com álcool e drogas, pobre coitado, e mais tarde teve que ser demitido por violência doméstica. Enfim, a prima da mochila da Pequena Sereia testemunhou o tiro. Quinze anos depois, ela trabalha no *St. Possenti Digest* e escreve a porra de uma grande denúncia sobre o caso. Tudo sobre o racismo sistêmico na força policial da Flórida e a tendência automática de proteger agentes que abusam do distintivo. Tive uma reunião com ela, dei uma entrevista, disse todas as coisas que precisava dizer. Eu me gabei sobre contratação de minorias, falei que 1993 era literalmente outro século, afirmei que era nosso dever garantir que a comunidade negra nos enxergasse como aliados, não como uma força de ocupação. Fiz questão que só houvesse rostos negros nas mesas dos datilógrafos quando a levei ao meu gabinete. Até coloquei o cara da informática na mesa de um detetive. Mandei o cara que limpa as janelas sentar em outra mesa. Estava tão preto ali dentro que dava para imaginar que ela tinha entrado em um show do Luther Vandross em vez de em uma delegacia. Quando se dá uma entrevista como essa, a pessoa tem duas escolhas. Ou diz o que eles querem que a pessoa diga, ou é difamada pela imprensa por cometer um crime de pensamento. Eu não gostei de fazer aquilo, mas sobrevivi. É melhor se lembrar disso quando ela falar com *você*.

— O que quer dizer, quando ela falar comigo?

— Ela está na *sua* cola agora, parceiro. Aisha Lanternglass. A garota que escreveu a reportagem sobre o estudante de teatro morto e que fez meu departamento inteiro parecer com uma divisão da KKK. O jornal colocou a Lanternglass para cobrir o caso do shopping. É melhor ficar de olho nela, Kellaway. Ela odeia brancos.

Kellaway tomou um gole da Corona e pensou sobre o assunto.

— Eles chegaram a pegar o cara que esfaqueou o casal? — perguntou ele por fim. — O preto armado com faca?

Rickles sacudiu a cabeça com pesar.

— Nunca existiu um preto armado com faca. Na verdade, o marido tinha uma namorada. Ele assassinou a esposa, depois mandou a namorada esfaqueá-lo algumas vezes para parecer que também fora atacado. Aí mandou ela levar o Miata embora e estacioná-lo no Preto & Azul. Nós vimos a namorada em uma câmera de segurança abandonando o carro no estacionamento. — Ele suspirou. — Merda, eu queria que a gente tivesse mais imagens de câmeras de segurança do que aconteceu na Devotion Diamonds. Nós vimos a atiradora entrando, mas nada do que aconteceu lá dentro. Eu queria que tivéssemos mais imagens. Sei com certeza que o *Telling Stories* gostaria muito de ter.

— Então vocês não conseguiram pegar as imagens do computador do Roger Lewis?

As imagens das câmeras de segurança da Devotion Diamonds iam para o grande iMac do escritório de Lewis, e, em algum momento, o computador havia caído da mesa. Kellaway tinha se certificado que ele não poderia ser religado, dando um ou dois pisões em cima dele com o coturno.

Rickles abanou a mão em um gesto que parecia dizer talvez sim, talvez não.

— Os caras da informática acham que há uma chance de recuperar o disco rígido, mas só acredito vendo. — Ele tomou um gole da cerveja e disse: — Talvez, se conseguirmos, o *Telling Stories* queira a gente de novo no ar.

Se os caras da informática resgatassem o disco rígido, as imagens mostrariam Kellaway metendo uma bala em um bebê de seis meses e sua mãe, depois usando a arma de Becki Kolbert para matar Bobby Lutz. Kellaway torcia para que, se algo assim acontecesse, ele já tivesse outra arma até lá. Ele podia se imaginar sentado bem calmamente na privada do banheiro da suíte e enfiando o cano curto de um .38 no céu dá boca enquanto os policiais berravam no quarto ao lado. Ele era capaz disso. Sabia que era capaz de engolir uma bala. Melhor morrer assim do que viver a vida sendo debochado pelos tabloides, odiado pela opinião pública e separado do filho. Isso sem contar o que aconteceria com ele se acabasse na prisão.

A ideia de sentar em uma privada trouxe à mente outra coisa, e ele disse:

— Quando você acha que vou poder voltar ao shopping? Gostaria de buscar algumas coisas minhas. E talvez… sei lá. Dar uma volta na cena do crime.

— Deixe passar uma semana. Após a reabertura. Daremos uma volta juntos na cena do crime, se quiser. Eu mesmo gostaria disso. Vê-la mais uma vez, pelos seus olhos.

Kellaway se perguntou se Rickles ia querer se mudar para a casa dele, se deveria comprar beliches.

Quando Kellaway olhou em volta, uma mulher nota dez estava parada diante dele, uma loura que deveria ter no mínimo 1,80 metro, usando uma saia lápis com estampa floral, uma blusa lisa e branca de seda e chapéu de caubói feito de palha. Ela segurava as mãos de duas crianças pequenas, uma de cada lado. Uma delas era uma menina gorda bem feia com um nariz arrebitado de porco, com uma camisa rosa da Hannah Montana deixando à mostra a barriga proeminente. O menino parecia uma versão Mini-Me de Jay Rickles, um lourinho claro com olhos azuis estreitos e uma expressão teimosa e obstinada no rosto. A mãe era tão alta que as crianças tinham que esticar os braços para cima para alcanças a mão dela.

— Sr. Kellaway — disse a mulher nota dez. — Eu sou Maryanne Winslow, filha do Jay, e meus filhos gostariam de dizer uma coisa para o senhor.

— Obrigado — recitaram as crianças em uníssono.

— Pelo quê? — falou Maryanne, puxando um braço e depois o outro.

— Por salvar as nossas vidas — falou a menina com feições porcinas, que depois começou a limpar o nariz com o dedo.

— Por atirar no bandido — falou o menino.

— Eles estavam no shopping — explicou Rickles, virando a cabeça e dando um olhar marejado de admiração e gratidão para Kellaway. — As balas voaram a menos de cem metros de distância dos meus netos. Eles estavam no carrossel.

— Ai, pai — disse Maryanne. — A gente nem entrou. Nós *íamos* andar no carrossel, mas quando chegamos à porta, o segurança mandou a gente de volta para o carro. Já estava tudo acabado àquela hora. Nós perdemos a ação por questão de dez minutos.

— Mas foi pela graça de Deus — falou Rickles para Kellaway, e ergueu a garrafa. Eles brindaram com as longnecks.

— Com o que o senhor atirou nela? — perguntou o menininho para Kellaway.

Maryanne puxou o braço do filho.

— Merritt! Que falta de educação!

— Um Ruger Federal calibre .327 — respondeu Kellaway. — Você entende de armas?

— Eu *tô* com uma Browning Buck Mark calibre .22.

— Merritt! Você não "*tá* com uma Browning Buck Mark".

— *Tô* sim!

— Você *tem* uma Browning Buck Mark — falou Maryanne, rolando os olhos para a indiferença vergonhosa do filho em relação à gramática correta.

— Você gosta de armas? — perguntou Kellaway se debruçando à frente, apoiando os cotovelos nos joelhos.

Merritt concordou com a cabeça.

— Eu tenho um filho que é só um pouco mais novo que você. Ele também gosta. Às vezes, a gente vai pescar junto, e depois caminhamos pela praia procurando garrafas para atirar nelas. Uma vez, encontramos um par de botas velhas e fedidas e demos tiros nelas. A gente estava tentando fazer elas dançarem.

— Vocês conseguiram? — perguntou Merritt.

Kellaway balançou a cabeça.

— Não. Só derrubamos as botas.

Merritt encarou Kellaway com os olhos muito azuis por outro momento, como se estivesse em um transe, depois levantou a cabeça e olhou para a mãe.

— Posso ir jogar Xbox agora?

— Merritt Winslow! Que falta de educação!

— Tudo bem. Velhos são chatos — falou Kellaway. — Meu próprio filho me disse isso uma vez.

Maryanne Winslow balbuciou "muito obrigada" e levou as crianças embora, ainda segurando seus braços acima de suas cabeças de maneira que os filhos tiveram que pular e correr para ficar de pé.

Rickles suspirou e se recostou no sofá. Ele estava olhando distraído para a TV quando disse:

— Eu estava para te perguntar sobre a arma.

— Hum? — perguntou Kellaway, sentindo um arrepio na nuca.

— É que fiz uma pesquisa, e você não tem nenhuma arma registrada no seu nome neste Estado. — Rickles coçou uma sobrancelha e não olhou para ele. — Isso pode ser um problema, sabe?

— Ah. Está registrada em nome da Falcon Security. A arma é deles. Você quer que eu veja se consigo pedir para alguém encontrar o documento? Eles são do Texas. Ela pode estar registrada lá ou talvez...

Mas Rickles não se importou e não estava escutando. Ele deu um tapa no ombro de Kellaway por empolgação e se debruçou à frente. Na TV, passava uma tomada do shopping Miracle Falls, com a entrada bloqueada por uma viatura policial.

— É o novo padrão no país — entoou uma grave voz masculina. — Você conhece a história. Uma funcionária insatisfeita entra no local de trabalho com uma arma e o coração cheio de maldade e começa a atirar. Mas o que aconteceu a seguir, neste shopping center em St. Possenti, Flórida, vai surpreender e inspirar você.

— Lá vamos nós — disse Rickles. — Quer saber, rapaz? Eu gosto de me ver na TV. Ei. Você recebeu uma ligação do pessoal do Bill O'Reilly?

— Sim. E do *20/20*.

— Vamos fazer os dois também?

— Acho que sim.

— Ótimo — falou Rickles e suspirou. — Tem dias em que penso sobre ser morto no cumprimento do dever, e sabe o que me atormenta? A ideia de que vou perder toda aquela cobertura gentil e emocionante quando tiver morrido.

— E se você morrer na própria cama aos 75 anos após uma foda matinal?

— Prefiro levar um tiro — respondeu Rickles, que tomou outro gole da cerveja. — Prefiro morrer como uma lenda, mas duvido que terei essa sorte.

— Vou manter os dedos cruzados por você — disse Kellaway.

11 de julho, 10h

QUANDO JAY RICKLES CONTOU para Kellaway que uma vez encheu a delegacia com rostos negros para deixar uma jornalista negra à vontade, ele estava exagerando. Na verdade, não colocou o lavador de janelas em uma mesa e mandou ele fingir que era detetive. O lavador de janelas era cambojano e nem trabalhou naquele dia.

Mas *era* verdade que Shane Wolff, especialista em informática da Atlantic Datastream, estivera na delegacia na manhã que Lanternglass chegou para entrevistar o comandante Rickles sobre a morte trágica de um jovem negro desarmado em 1993 pelas mãos da polícia. Shane costumava ir até o departamento de polícia de St. Possenti duas ou três vezes por semana para recuperar a rede da delegacia, que ainda estava rodando Windows XP. E também era verdade que Rickles colocou Shane na mesa vazia de um detetive, perto da porta de entrada, para que Aisha Lanternglass visse um negro engravatado assim que entrasse.

Na ocasião, Lanternglass cumprimentou Wolff com a cabeça, e ele respondeu levemente com o mesmo gesto, e, a partir daquele momento, ambos se ignoraram deliberadamente. Ela o reconheceu de imediato, é claro, e teria reconhecido mesmo se ele não cuidasse dos computadores do *Digest* também. Wolff e Colson tinham frequentado a escola juntos, namoraram algumas das mesmas garotas. Mas não teria servido de nada demonstrar que o reconhecia. Por ironia do destino, os serviços frequentes de Shane Wolff para a polícia de St. Possenti eram os que pagavam mais. Primeiro, ele recebia da polícia — e depois recebia de Aisha, caso descobrisse algo que ela pudesse usar.

Na quinta-feira, Wolff apareceu no *Digest* quando Aisha estava terminando os exercícios matinais. Ela estava subindo as escadas, dois lances para cima e depois para baixo, 48 degraus em um circuito completo. Aisha escondia seus pesos na sombra embaixo da escada. Não tinha espaço para eles no apartamento de quatro cômodos em que morava com Dorothy, e Tim Chen não se importava.

— Quantas vezes você sobe e desce? — perguntou Shane, e sua voz ecoou no vão de concreto da escada.

Ela desceu até o pé da escada.

— Repito cinquenta vezes. Quase acabando. Faltam cinco. Você está chorando?

Shane Wolff estava apoiado na porta de metal aberta que dava para o estacionamento. Ele não parecia um nerd de informática. Talvez pesasse uns cem quilos, tinha 1,90 metro de altura e um pescoço tão grosso quanto a cabeça. Seus olhos estavam injetados, lacrimejantes e trágicos.

— É a fumaça. Passei de carro por uma nuvem grande vindo pra cá. Nunca tinha usado o limpador de para-brisa para afastar fagulhas antes. Fui chamado na delegacia ontem para limpar os discos rígidos da divisão de repressão ao narcotráfico e pornografia infantil. Uma vez por semana, eles procuram pornografia on-line e encontram vírus russos. Enfim, quando estava lá, vi o relatório de balística do lance do shopping.

Ela começou a subir correndo as escadas de novo. As panturrilhas latejavam.

— Segura aí. Já volto.

— Ei — falou ele. — Isso faz bem para os glúteos? Todos esses degraus? Deve fazer.

Aisha hesitou, quase tropeçou, continuou subindo e não respondeu.

Tim Chen estava esperando por ela no topo da escada. Ele abriu a porta corta-fogo da redação do *Digest* e ficou sentado no patamar, encostado na porta, com o velho MacBook de Aisha no colo. Estava editando a reportagem dela.

— Tenho que cortar esses dois últimos parágrafos — informou ele, de forma meio distante e distraída. — Você estourou o limite em quinhentas palavras, e essa parte não é importante.

— O diabo que estourei o limite em quinhentas palavras. — Ela diminuiu o passo no patamar, colocou as mãos nos joelhos e respirou fundo. Lanternglass virou o pescoço para ver o que o editor estava cortando. — Ah, Tim. Não corte isso. Por que você cortaria isso?

— Você faz parecer que o Kellaway foi expulso do exército. Ele não foi expulso. Serviu o país durante uma missão completa no Iraque, depois voltou para casa e deteve um tiroteio em massa.

— Ele sofreu um afastamento administrativo. Isso é expulsão.

— Você não tem coisas terríveis para fazer com o seu corpo? — perguntou Tim.

— Cruzes — disse ela, e desceu correndo os degraus.

Wolff observou a aproximação com os olhos vermelhos lacrimejando. Ele parecia um parente de luto à beira de uma cova.

— Muito bem — falou Lanternglass. — Passe para mim. "Fontes próximas à investigação disseram..."

— Que Becki Kolbert atirou em Roger Lewis três vezes com um Magnum .357. A primeira bala acertou o peito quando ele estava voltado para ela. Roger Lewis se virou para correr, e Becki Kolbert o atingiu nas costas e na nádega esquerda. A essa altura, ela provavelmente tentou sair do escritório e foi surpreendida pela sra. Haswar. Pelo que parece, Becki Kolbert ceifou o bebê e Yasmin com um único tiro, bem no centro de massa.

— "Ceifou"? Que jeito Velho Testamento de dizer — falou ela. — Talvez você devesse ser escritor.

— Pouco depois que Kolbert matou os Haswar, o sr. Kellaway entrou na Devotion Diamonds. Ela recuou para o interior do escritório, eles trocaram palavras, bum, bum, ele dispara dois tiros. Um errou, o outro acertou Kolbert no pulmão esquerdo. Ela caiu, e Kellaway se voltou para ajudar a sra. Haswar. Bob Lutz entrou e se aproximou da atiradora para ver se ela ainda estava viva. Infelizmente para ele, ela estava. Becki Kolbert atirou em Lutz bem no meio dos olhos, com precisão militar. Naquele momento, Kellaway a desarmou, mas tudo já estava basicamente encerrado, de qualquer forma. Ela sangrou até a morte pouco depois de os socorristas chegarem ao local.

Lanternglass estava subindo correndo a escada de novo e sem muito fôlego para responder. Ela subiu 24 degraus até onde o editor estava sentado no patamar de concreto.

— Já acabou? — perguntou Tim Chen. — Estou ficando cansado só de assistir.

— Por que você está cortando a parte sobre o serviço militar dele? — disse ela.

O editor leu o artigo para Lanternglass.

— "Kellaway pode ter perdido sua chance de obter uma distinção heroica no Iraque, sua missão foi turbulenta e sua baixa foi desonrosa, mas depois dos acontecimentos do Miracle Falls, ele enfim ficará famoso pelos serviços prestados." Por que você escreveu uma coisa dessas? O histórico dele no exército uma década atrás não é relevante. Você pegou uma história edificante e bem satisfatória e enfiou esse final maldoso estranho.

— Maldoso?

— Eu diria digno de uma vaca recalcada, mas não é politicamente correto.

— Ele foi dispensado do exército por uso excessivo de força. Ele costumava sacar a pistola em situações que não apresentavam perigo e uma vez socou um prisioneiro algemado. Dê uma olhada no histórico. Esse cara não é um herói de guerra, independente de como eles tenham feito parecer no *Telling Stories* ontem à noite.

— Só por curiosidade — disse Tim Chen. — Esse cara que o Kellaway socou, quando ele era militar, o prisioneiro algemado. Ele era negro?

— Ai, puta que o pariu — falou Lanternglass, que voltou a descer correndo a escada até Wolff.

Wolff passou um lenço branco no canto dos olhos.

— Eu posso te ensinar uns exercícios bons de alongamento.

— Para quê? — perguntou ela.

— Para os glúteos. É melhor alongá-los antes de abusar deles desse jeito.

Lanternglass diminuiu o ritmo ao se aproximar do pé da escada.

— Você disse uma coisa curiosa agora há pouco. Falou: "Pelo que parece, Becki Kolbert ceifou o bebê e Yasmin com um único tiro."

— É, e você me zoou.

— Não, calma aí. O que você quer dizer com "*pelo que parece*"?

Ele passou o lenço embaixo dos olhos.

— Essa é a única teoria que se encaixa nos fatos. Ainda estão procurando a bala. Ela trespassou um espelho e a parede de gesso atrás dele e desapareceu nas entranhas do shopping Miracle Falls.

— Ceifou. Entranhas. Glúteos. Você está cheio de palavras interessantes, Shane. Posso dar uma sugestão?

Ela recomeçou a subir a escada correndo.

— Qual?

— Admirar verbalmente os glúteos de uma mulher não é a maneira certa de convidá-la para sair. Elogie a risada dela.

Lanternglass estava vinte degraus acima quando Wolff gritou para ela:

— Você teria que rir para mim para eu elogiar a sua risada. Eu trabalho com o que tenho.

Chen continuava sentado lá no topo da escada.

— É. Tá certo — disse Lanternglass. — Quando era militar, Kellaway algemou um soldado negro na frente da namorada do rapaz e depois o socou. E no *ano passado*, Kellaway apontou uma arma contra um adolescente negro que ele achou que estava roubando o shopping. Na verdade, o moleque era um funcionário sem uniforme que estava transportando mercadorias de uma loja para a outra. E o que importa aqui *não é* o fato de ambos serem negros. O que importa é que Kellaway tem histórico de bancar o Rambo, usando violência sem pensar.

— Não tem nada no artigo sobre ele acossar funcionários.

Ela deu uma corridinha sem sair do lugar na frente do editor.

— Não. Minha fonte pediu para não publicar essa história. A questão é que não seria a pior coisa para este jornal ao menos *sugerir* a possibilidade de Randall Kellaway ter predisposição a usar força excessiva. Só por precaução, caso a polícia recupere as imagens das câmeras de segurança no iMac que foi convenientemente destruído e a gente descubra que ele atirou em Becki Kolbert quando ela estava tentando se render.

— Do mesmo jeito que Colson levou um tiro?

Lanternglass interrompeu a corridinha, colocou as mãos nos joelhos e baixou a cabeça. Quando inspirou, parecia que havia um cacto no peito no lugar do coração, com os espinhos fustigando os pulmões.

— Cacete — disse ela. — Que golpe baixo do caralho, Tim.

— É mesmo? — falou ele calmamente. — Você ouve uma história sobre o Randall Kellaway acossando um moleque negro. Ouve que ele atacou um soldado negro no exército. Agora ele é um herói e recebe abraços de Jay Rickles na TV, que o chama de pessoa do bem com uma arma. Se a história do Kellaway desmoronar, você pode humilhar os dois. Pode abater os dois com um tiro só.

— Não, Tim. Palavras não são balas. Quando Yasmin Haswar e o bebê dela caíram no chão, *aquilo* foram duas pessoas abatidas com um tiro só.

Tim Chen apertou duas teclas com vigor e convicção. Uma delas era Delete.

— Me dê um motivo para arrasar com o histórico militar dele e nós colocaremos na próxima reportagem. Mas suas questões pessoais não são motivo.

Ela ficou surpresa com a pontada súbita de dor aguda no estômago. As palavras *Vai se foder* estavam nos lábios, mas Lanternglass não as disse. Também estavam *Isso é injusto pra caralho, Tim,* mas ela também não as falou. Lanternglass se virou e desceu correndo os degraus, porque o pensamento em sua mente era de que não era injusto de maneira nenhuma, e talvez se corresse rápido o suficiente, ela conseguiria deixar a vergonha para trás, no patamar de cima com seu amigo e editor.

Quando Lanternglass chegou ao pé da escada, Shane Wolff comentou:

— A fumaça está te incomodando também, hein?

— O quê?

— Seus olhos — respondeu ele e apontou. — Você está chorando. Quer o meu lenço?

— Obrigada. — Ela tomou o lenço das mãos dele e enxugou o rosto.

— Eu conheço um bar muito legal no terraço de um prédio — disse Wolff. — Fica no quinto andar. Posso pegar o elevador e você sobe correndo, e a gente se encontra lá em cima para tomar uma cerveja. Seria um ótimo exercício.

— É difícil sair quando se tem uma filha de 8 anos — falou Lanternglass. — Eu posso pagar você pelo relatório de balística ou posso pagar uma babá, mas não posso pagar os dois.

— É? O relatório é por minha conta, então. As cervejas também.

Ela deu um soco delicado no peito dele. E se virou. E voltou a subir a escada.

— É muita gentileza, Shane, mas não quero tirar vantagem. E pare de olhar para os meus glúteos.

Lanternglass subiu doze degraus, e aí parou e olhou para trás. Shane Wolff estava encostado na porta aberta para o estacionamento, cobrindo os olhos para evitar olhar para os glúteos dela.

— Então... espera aí — disse Lanternglass para ele. Ela parou de correr e ficou parada com os punhos cerrados na cintura. — Quatro tiros quando ela matou Lewis e os Haswar. Uma pausa. Depois mais dois quando Kellaway entra na loja e atira nela. Outra pausa. Então mais um, quando Becki Kolbert executa Bob Lutz. Sete tiros em... quanto? Cinco minutos?

— Por aí — respondeu ele.

— Hum — falou ela, ao se virar para continuar subindo.

Quando Lanternglass chegou ao topo da escada, Tim Chen ainda estava sentado lá, encostado na porta corta-fogo aberta, segurando o laptop dela.

— Quero pedir desculpas — disse ele — pelo que falei agora há pouco.

— Não se desculpe — respirou ela. — Apenas coloque o texto de volta.

Chen suspirou fundo.

— Não consigo pensar em um único bom motivo para sequer considerar difamar o cara.

— Que tal esse? — disse Lanternglass. — A polícia diz que Kolbert atirou quatro vezes, três em Rog Lewis, uma em Yasmin e no bebê. Um minuto depois, Kellaway entra na loja e dispara duas vezes, acerta uma vez, erra outra. Finalmente, cerca de um minuto depois disso, ocorre o último tiro, que mata Bob Lutz. É isso que o relatório da perícia diz.

— Certo.

— Mas há uma testemunha ocular, na verdade uma testemunha *auditiva*, que ouviu tudo. E ele disse que foram *três* tiros, uma pausa, depois *dois*, uma pausa, e depois mais *dois*.

— E daí? Sua testemunha auditiva estava morrendo de medo e confundiu as coisas. Acontece o tempo todo.

— Ele estava mandando mensagens de texto para a namorada. Ele escreveu para ela a cada rajada de fogo. Ele tem certeza: três, dois, dois. Não quatro, dois, um.

— Eu não tenho ideia do que isso significa.

— Significa que houve *outro* tiro após aquele que matou Bob Lutz. Explique isso.

Tim Chen não conseguiu explicar. Ele ficou ali sentado, batendo com o dedo na borda do laptop.

— A sua testemunha auditiva te mostrou as mensagens, provando que ele ouviu o que diz que ouviu e quando ouviu? Você *viu* o registro da hora dos envios?

— Não — admitiu Lanternglass. — Precisava pegar a Dorothy na aula de tênis. Não tive a chance de olhar as mensagens. Mas tenho certeza de que ele me mostraria se eu pedisse.

Tim concordou com a cabeça e falou:

— Certo. Bem. Isso pode ser interessante. Mas não entendo o que isso tem a ver com o histórico militar de merda do Randall Kellaway.

— Nada.

— Então por que difamar o serviço militar dele? Mesmo por alto?

— Para foder com ele e ver o que acontece. Dá para descobrir muita coisa sobre uma pessoa fodendo com ela.

— É? Você aprendeu isso na faculdade de jornalismo, Aisha?

— Não na faculdade de jornalismo, irmão — respondeu ela. — Na faculdade das ruas.

12 de julho, 18h13

ELES GRAVARAM A PARTICIPAÇÃO em *The O'Reilly Factor* no mesmo estúdio de TV local que usaram para o *Telling Stories* e o *20/20*. Quando Rickles e Kellaway saíram para a noite quente e esfumaçada, Aisha Lanternglass estava à espera deles.

— Ei, pessoal — chamou ela. — O que vocês acham de dar dez minutos para o jornal local? Ou eu preciso ter um programa de TV para vocês falarem comigo?

Lanternglass sorriu para mostrar os dentes muito brancos, zoando com eles como se fosse do grupinho de amigos. Ela estava elegante e em forma, usando calça jeans e regata preta, com sandálias de tiras. Trouxera a filha com ela, o que foi uma manipulação barata na opinião de Kellaway. A menininha estava sentada no capô do Passat mais ferrado do mundo. A filha da jornalista usava um gorro de crochê com a cara de um gato, com orelhas cinzentas em pé. Ela ignorava os adultos enquanto folheava as páginas de um livro ilustrado.

Jay Rickles deu um sorriso radiante, e as rugas ficaram mais acentuadas no rosto marcado. Ele puxou o cinto para cima.

— Aisha! Recebi sua mensagem de voz. Retornar a ligação está no topo da minha lista de coisas para fazer há uns três dias. Você quer que a minha secretária ligue para você, para agendar alguma coisa?

— Que ótimo — disse ela. — Se pudesse me dar dez minutos neste momento, e depois a gente continuasse em alguns dias com uma entrevista mais longa, seria perfeito.

Rickles deu uma olhadela para Kellaway.

— É melhor a gente dar a ela esses dez minutos. Tenho medo de tentar entrar na picape e ela pular em cima de mim e me derrubar.

Kellaway teve dificuldade em encará-la diretamente. Por dentro, ele estava quente, enojado e furioso. Logo de manhã, Kellaway tinha ouvido tudo sobre o artigo dela detonando seu tempo de serviço militar. O texto fora discutido nos noticiários matinais.

"Surgiram novidades sobre Rand Kellaway, o herói do tiroteio da semana passada no Miracle Falls", dissera o rapaz do noticiário, um moleque que tinha a aparência de quem deveria estar empacotando compras, e não falando na TV. "O *St. Possenti Digest* informou hoje que o sr. Kellaway foi afastado do serviço militar em 2003 após repetidas acusações de uso excessivo de força enquanto serviu como militar. Ativistas pelo desarmamento já se aproveitaram da reportagem para argumentar que Kellaway agravou a situação ao entrar com uma arma carregada..."

Mais tarde, Kellaway encontrou um exemplar amassado do *Digest* no camarim do estúdio de TV e leu o artigo. Não havia nenhuma novidade na reportagem inteira até os dois últimos parágrafos, em que fizeram com que ele parecesse um torturador de terceiro mundo em vez de um soldado. Colocaram uma fotografia do tamanho de um selo de Aisha Lanternglass ao lado do artigo, sorrindo da mesma maneira como sorria agora.

A primeira coisa que Kellaway pensou foi que George ouviria toda aquela história. Holly havia mandado um e-mail alguns dias antes dizendo que, agora, o menino nunca perdia o noticiário local, assistia ao jornal matinal antes de ir para a escola e ao jornal noturno durante o jantar, para ver se iam falar do pai naquele dia. George ouviria que o exército expulsou o pai porque ele não conseguia controlar seu temperamento. George ouviria que o pai não era bom o bastante para servir ao país. Foi um sacrifício para Kellaway manter a compostura durante a gravação do programa de Bill O'Reilly.

O estacionamento na frente do estúdio local era uma área extensa de asfalto novinho em folha, macio no calor persistente do dia. O sol ainda estava alto, mas era impossível vê-lo. O horizonte estava tomado por uma nuvem ocre de fumaça. Lanternglass segurou o telefone para gravar a conversa, metendo o aparelho em Kellaway como se fosse uma faca.

— Sr. Kellaway, já faz quase uma semana desde o tiroteio. Acho que a maioria dos nossos leitores quer saber: como vai o senhor?

— Vou bem. Sem problemas para dormir. Pronto para voltar ao trabalho.

— Quando o senhor acha que isso vai acontecer?

— O shopping reabre amanhã. Estarei lá para o primeiro turno.

— Isso que é dedicação.

— Chama-se ética profissional — disse ele.

— Estou curiosa para saber se o senhor teve a oportunidade de falar com as famílias das vítimas. O senhor esteve em contato com o sr. Haswar, o marido de Yasmin? Ou os pais de Bob Lutz?

— Por que eu faria isso? Para pedir desculpas por não ter salvado os seus entes queridos? — falou ele, com um pouco de irritação.

Jay Rickles deu um tapinha no ombro dele.

— Vai chegar a hora de entrar em contato com eles. Talvez depois de terem a oportunidade de começar o processo de recuperação, e após o sr. Kellaway ter a chance de se recuperar também.

Kellaway achou que havia uma espécie de advertência na forma como Rickles estava tocando nele, como um cachorro. *Calma, garoto*. Ele deu de ombros para que Rickles parasse de fazer aquilo.

— Tenho certeza de que, depois de tudo que o senhor passou, sua própria família tem sido uma fonte de força — falou Lanternglass. — O senhor tem um filho, não é?

— Sim.

— E ele mora com a mãe? Em que endereço? Eu gostaria de saber um pouco mais sobre a sua situação familiar. Soube que o senhor é separado. Está se divorciando? Verifiquei os registros municipais...

— Verificou, é? Procurando algum podre? Quem lhe mandou começar a xeretar sobre a separação?

A menina, sentada no capô do carro, ergueu o queixo e olhou para eles, com a atenção atraída pela voz alterada de Kellaway.

— Ninguém. Sempre falamos com a família depois de um caso como esse.

— Não desta vez. Fique longe da minha esposa e do meu filho.

— Mãe? — chamou a menininha sentada no Passat, com a voz lamurienta e inquieta.

Lanternglass lançou um olhar para trás na direção da filha e acenou.

— Só mais um minuto, Dorothy. — Ela voltou a encarar Kellaway, sorrindo com uma expressão meio perplexa, e disse baixinho: — Ei, somos todos amigos aqui. Não vamos perturbar minha filha com muita gritaria.

— Você se preocupou em perturbar o *meu* filho quando difamou meu registro militar no artigo de hoje de manhã? Essa ideia passou pela sua cabeça?

Rickles não estava mais sorrindo. Ele deu um tapinha no ombro de Kellaway e disse:

— Calma, agora. Calma. O Rand tem andado sob muita pressão. Aisha, vou lhe pedir para demonstrar alguma consideração e pegar leve com ele.

Lanternglass concordou com a cabeça e deu um passo para trás. Ela também não estava mais sorrindo.

— Está certo. Desculpe. Eu sei que foi uma semana cansativa. Jay, peça para o seu gabinete me ligar. Quero agendar uma conversa sobre a reação da polícia.

— Farei isso — disse Rickles, que agora estava segurando Kellaway pelo braço, logo acima do cotovelo, e começou a conduzi-lo na direção da picape.

— Ah, sim — falou Lanternglass. — Mais uma coisa, enquanto estou com vocês. O departamento de segurança do shopping Miracle Falls não tem armas. A arma de fogo era sua?

Kellaway reconheceu a armadilha ao ouvi-la, sabia que a mulher queria que ele admitisse oficialmente que possuía uma arma de fogo, o que ia contra a ação cautelar de afastamento.

— Você não gostaria que ela fosse?

O estômago dele doeu como se fosse câncer.

Quando os dois homens saíram de carro do estacionamento, eles passaram por Lanternglass, sentada no capô do Passat, massageando as costas da filha e observando a picape com olhos franzidos, especulando. Rickles arrancou tão rápido que os pneus traseiros cuspiram brita. Ele acelerou para o norte da rodovia, na direção de St. Possenti.

— Que diabo foi aquilo tudo, parceiro? — perguntou Rickles. Pela primeira vez, ele soou tenso e um pouco zangado.

— Meu filho assiste aos jornais da manhã, do meio-dia e da noite para ouvir as últimas notícias sobre o pai. Ela fez parecer que eu saí do exército em desgraça, e ele vai ouvir isso.

— Ele também vai ouvir que você vai se tornar delegado especial muito em breve. A Lanternglass é uma repórter qualquer de um jornal local qualquer. A maioria das coisas que ela escreve está lá para ocupar espaço entre propagandas e anúncios de casamentos. Mas, se criar muita fumaça, ela vai pensar que há fogo. Falando nisso — disse ele, fechando a cara.

Os dois entraram de carro em uma nuvem espessa e fofa de fumaça, que fez os olhos de Kellaway arderem. Seguiram por quase um quilômetro, e então Rickles falou:

— Tem algo que eu precise saber sobre aquela arma?

— Sim — respondeu Kellaway. — Se eu não estivesse com ela, haveria muito mais gente morta.

Rickles não respondeu. Eles prosseguiram sob um silêncio incômodo por um ou dois minutos, e então Rickles disse algo obsceno em voz baixa e ligou o rádio. Eles ouviram o noticiário no caminho de volta, sem trocar palavra. Bombas no Iraque. Sanções contra o Irã. E uma má notícia para os bombeiros tentando conter o incêndio de Ocala: o vento estava virando para leste. Com ventos fortes sendo esperados, o fogo agora ameaçava as casas e o comércio na zona oeste de St. Possenti.

Mais informações, prometeu o âncora, a seguir.

18h27

— Vamos embora? — perguntou Dorothy. — Ou vamos ficar sentadas aqui?

— Só fique sentada um minuto — respondeu Lanternglass. — A mamãe precisa fazer uma ligação.

Elas ficaram fazendo hora dentro do carro, diante da emissora de TV, com as janelas abertas e a música em volume baixo. Lanternglass repassou a cena na mente sem parar, repetindo o que Kellaway dissera e a forma como dissera.

Kellaway não quis olhar para ela, mas quando olhou — quando os dois se olharam —, Lanternglass sentiu o ódio dele por ela. Ela quis foder com ele, quis saber como ele reagiria. Agora sabia.

Kellaway fez Lanternglass pensar em uma arma: um revólver grande e engatilhado, o tipo de coisa que Wyatt Earp portava. Na sua cabeça, Lanternglass visualizou um canhão enorme com o cão puxado, pousado no banco do carona de um carro enquanto o veículo corria em uma estrada de terra batida cheia de calombos e buracos. Quando o carro sacolejava, a arma tremia e escorregava cada vez mais no assento, em direção à borda. Qualquer idiota era capaz de ver o que aconteceria se ela fosse derrubada. A arma dispararia. Lanternglass teve a terrível ideia de que, se Kellaway fosse derrubado, ele também dispararia.

Ela perguntou se a arma era dele, e Kellaway respondeu: *Você não gostaria que ela fosse?* Por que ela gostaria que fosse?

— Mãe! Eu preciso fazer xixi!

— Você sempre tem que fazer xixi. Sua bexiga é do tamanho de uma noz — falou Lanternglass, e pegou o telefone e ligou para Richard Watkins, da polícia estadual.

Ele atendeu no segundo toque.

— Departamento de polícia do condado de Flagler, aqui é Richard Watkins, do serviço de atendimento às vítimas, como posso ajudar?

— Richard Watkins! Aqui é Aisha Lanternglass, do *St. Possenti Digest*.

Ela tinha feito uma reportagem sobre Watkins no ano anterior, depois que ele começou um grupo de apoio para crianças, levando a molecada de ônibus até Orlando para nadar com os golfinhos. Aisha achou fofa a atitude (e um tremendo *clickbait*), mas Dorothy não aprovou, falou que os golfinhos provavelmente precisavam de um grupo de apoio para eles, uma vez que eram prisioneiros que tinham que entreter turistas se quisessem comer.

— Ei — disse Watkins. — Se está ligando para falar sobre o tiroteio no shopping, é melhor se ater ao departamento de polícia de St. Possenti. Esse caso é deles, não nosso. E se está ligando sobre o incêndio, desligue, vá à redação e empacote as suas tralhas antes que aquele lugar vire fumaça. O incêndio está indo na direção de vocês. Pode ser que emitam uma ordem de evacuação amanhã de manhã.

— Sério? — perguntou ela.

— Sério.

— Urgh.

Dorothy chutou o banco dela por trás.

— Mãe!

— Ei, Watkins — falou Lanternglass. — Na verdade, estou ligando para perguntar se você sabe quem entrega as notificações no departamento. Divórcio, intimações, esse tipo de coisa.

— A gente tem algumas pessoas que fazem isso, mas Lauren Acosta é quem comanda o processo de notificações. Se você quiser saber se alguém foi notificado, ou ela entregou os documentos pessoalmente, ou vai poder dizer quem fez a entrega.

— Que ótimo. Posso falar com ela?

— Posso passar o celular dela. Não sei se vai atender. Ela está no Alasca, em um cruzeiro com as irmãs. Estão tirando fotos de icebergs, renas e outras merdas que causam calafrio só de pensar a respeito. Ela tem fetiche pelo polo norte. Em dezembro, ela sai por aí entregando intimações com um gorro do Papai Noel.

— Uau — disse Lanternglass. — Nada faz um cara entrar no espírito do Natal mais do que receber a papelada do divórcio de uma mulher usando um gorro do Papai Noel. Sim, por favor, me passe o telefone dela. Só quero trocar uma palavrinha se ela tiver um minuto.

Dorothy chutou o banco da mãe por trás de novo enquanto Lanternglass agradecia a Watkins e desligava.

— Você quer parar com isso? — falou Lanternglass.

— Quer que eu faça xixi no banco de trás?

— Tem um McDonald's na estrada. Podemos usar o banheiro de lá.

Ela acionou o câmbio automático do Passat e deu meia-volta para apontar o carro para a rodovia.

— Vamos em outro lugar — disse Dorothy, puxando uma orelha do gorro da gatinho. — O McDonald's está fora dos meus padrões éticos. Carne é assassinato.

— Se você quer saber mais sobre assassinato — falou Lanternglass —, é só chutar o meu banco outra vez.

20h11

Rickles os levou para sua casa grande em estilo colonial no Boulevard Kiwi, onde Kellaway deixara seu carro. O comandante de polícia mandou Kellaway passar na casa dele na manhã seguinte, um pouco antes das onze, para eles irem juntos ao shopping.

— Eu posso te encontrar lá — disse Kellaway. — É mais fácil.

Ele saiu da picape, e os sapatos esmagaram as conchas britadas.

— É melhor irmos juntos para a cerimônia de acendimento de velas. Os jornalistas querem fotografar sua volta ao shopping.

Haveria uma cerimônia para acender velas na praça de alimentação em frente ao carrossel, para homenagear as vítimas. Depois, o shopping comemoraria com um dia especial, dando descontos de vinte a quarenta por cento em itens selecionados em cada loja.

— Quem se importa com o que os jornalistas querem? — Kellaway ficou parado no pátio, espiando o interior da picape de Rickles.

O comandante de polícia passou um braço sobre o volante e se debruçou sobre o banco do carona na direção de Kellaway. Ele estava sorrindo, mas os olhos estavam frios, quase antipáticos.

— *Você* deveria se importar. A Lanternglass é uma ativistazinha racial incansável, o tipo de pessoa que acredita que todo policial mal vai apontar uma mangueira de incêndio contra uma multidão de negros. Mas ela não é boba nem nada, e você acabou de implorar para ela meter o nariz no seu passado. Não sei que tipo de coisa vergonhosa você fez, mas tenho certeza de que lerei tudo a respeito até o fim da semana, talvez até antes. Se tiver algum juízo, vai fazer a barba logo ao acordar amanhã cedo, vai passar sua melhor colônia, e vai estar pronto para acender velas comigo às onze horas. A imprensa é preguiçosa. Se a pessoa oferecer uma história edificante em uma bandeja de prata, eles comem. E é melhor mantê-los bem alimentados. Caso contrário, eles podem virar os garfos e as facas contra você, *capisce*?

Kellaway não queria voltar ao shopping com Rickles. Ele queria estar lá antes dele, antes de qualquer um, cedo o bastante para visitar o pequeno banheiro de funcionários atrás da Lids. Queria argumentar dizendo que — ainda bem — nunca na vida tinha chegado ao trabalho tão tarde quanto onze horas. Mas então notou a forma gelada como estava sendo observando por Rickles, sobre um sorrisinho não-mais-amigável, e concordou com a cabeça.

— Parece uma boa — respondeu Kellaway, e bateu a porta da picape.

Ele saiu da entrada de garagem com seu Prius e virou à esquerda quando deveria ter virado à direita. Kellaway não queria ir para casa, não queria ver os furgões das emissoras de TV estacionadas ali na frente, não queria ser *visto* pelo povo da TV. Então, apontou o carro para fora da cidade, embicando para dentro da fumaça e do anoitecer.

O sítio de Jim Hirst era um conjunto anguloso e escuro de caixas pretas em contraste com um céu cor de cinzas. A única luz no lugar inteiro era a da televisão. Ela emitia um brilho azul enjoativo, visível através dos buracos onde não havia janelas no lado oeste da casa. As grandes lonas de plástico que cobriam a outra ponta da construção tremulavam ao vento forte e estalavam de maneira lenta, pesada e sinistra.

Kellaway saiu do carro, parou ao lado do veículo e escutou o sopro forte do vento. Não conseguiu ouvir a TV. O som devia estar desligado.

Começou a andar em direção à casa, com os pés amassando o cascalho — e então parou de se mexer para escutar. Kellaway ouviu passos, tinha quase certeza disso. Parecia que havia um homem do outro lado do carro. Ele o captou pela visão periférica. Percebeu que estava com medo de olhar diretamente, que não conseguia juntas forças para virar a cabeça.

Era Jim Hirst — Jim, que não andava havia mais de uma década. Jim andando com facilidade pela noite, a três metros, do outro lado do carro. Kellaway reconheceria Jim em qualquer lugar, reconhecia o amigo pelo jeito que seus braços pendiam na lateral do corpo. Ele reconheceu a curva da cabeça careca em contraste com a noite enfumaçada.

— Jim! — gritou Kellaway, em uma voz que ele mal reconheceu como a própria. — Jim, é você?

Jim deu um passo lento e pesado na direção dele, e Kellaway teve que fechar os olhos, não conseguiu suportar a visão do homem na escuridão à beira da estrada. O medo lhe tirou o fôlego. Ele não sentiu nem metade daquele medo quando entrou na Devotion Diamonds para deter uma mulher armada.

Kellaway ouviu Jim dar outro passo e se obrigou a abrir os olhos.

A vista se ajustou à escuridão, e logo Kellaway viu que o que ele achou que fosse um homem era um mangue preto e atarracado. A curva que Kellaway imaginou ter sido a cabeça careca de Jim Hirst era nada mais que o toco liso onde um galho havia se partido há muito tempo.

A lona preta pendurada na casa estalou com força mais uma vez, soando exatamente como um homem dando passos lentos e pesados.

Kellaway expirou. Que loucura pensar que Jim estava andando com ele no escuro. E mesmo assim, ao continuar na direção da casa, ele não conseguiu evitar a sensação de que estava sendo acompanhado. A noite estava agitada, os galhos se debatiam freneticamente de um lado para o outro. A grama assobiava. O vento aumentava.

Kellaway bateu na porta e chamou Jim, chamou Mary, mas não ficou surpreso quando ninguém respondeu. Por algum motivo, não esperava resposta. Ele entrou.

Por baixo do cheiro de fogueira de acampamento que permeava tudo, ele sentiu o odor de urina e cerveja choca. Kellaway acendeu a luz de entrada da casa.

— Olá?

Observou a sala de estar. Picapes enormes apostavam corrida na TV, pulando sobre grandes morros de lama. Não havia ninguém ali.

— Jim? — chamou Kellaway de novo.

Ele meteu a cara na cozinha. Vazia.

Àquela altura, Kellaway sabia o que ia encontrar antes mesmo de encontrar. Ele não saberia dizer o motivo. Talvez até soubesse já lá fora na entrada, quando sentiu Jim perto dele na escuridão. Kellaway não queria olhar o quarto do casal, mas não pôde evitar.

As luzes estavam apagadas. Jim estava deitado na cama, com a cadeira de rodas parada ao lado. Kellaway acendeu a luz, mas só por um momento. Ele não queria olhar mais. Desligou o interruptor, e ficou escuro de novo.

Após um momento, ele foi até a cama e se sentou na cadeira de rodas. O quarto estava tomado pelo cheiro forte e desagradável de sangue. Era um lugar imundo para morrer: havia fraldas enfiadas em um balde de plástico, latas de cerveja no chão, potes de pílulas laranja e revistas pornográficas na mesinha de cabeceira. Perto da cama ficava um armário. Kellaway acendeu a luz interna, o que o permitiu enxergar, enquanto lançava uma luz misericordiosa sobre o homem debaixo do lençol.

Jim Hirst com um .44 na boca e o cérebro espalhado por toda a cabeceira.

Ele morreu com um pouco do uísque de aniversário sobrando, a garrafa ainda tinha um pouco de bebida. Jim deixara a garrafa no travesseiro ao lado, como se soubesse que Kellaway passaria mais tarde e iria querer pegar de volta. Ele vestira o paletó do uniforme de gala, com a medalha do Coração Púrpura preso ao peito. Não tinha se incomodado em vestir uma camisa, porém, e os lençóis estavam puxados um pouco abaixo da grande curva de sua barriga.

Quando Kellaway esticou o braço por cima do corpo de Jim para pegar o uísque, sua manga resvalou em um pedaço de papel pautado. Ele pegou, sentou e ergueu o papel para ler à luz interna do armário. Kellaway não ficou nada surpreso ao ver que o bilhete era para ele.

Rand

Ei, irmão. Se for você quem me achar — e eu espero que seja —, desculpe pela bagunça. Simplesmente não dava mais para ficar aqui.

Há cerca de três meses, dei um pulo no médico para um exame de rotina, e ele não gostou do barulho do meu peito. O raio-X detectou uma mancha no pulmão direito. Ele falou que deveríamos acompanhar. Eu disse que pensaria a respeito.

E aí eu pensei mesmo, e o que pensei foi: foda-se. Não suporto mais o cheiro do meu próprio mijo, não tem nada de bom na TV *e a Mary foi embora. De certa forma, ela foi embora há quase um ano. Ela ainda passava os dias aqui, para cuidar de mim, mas saía na hora de dormir para visitar um cara que conheceu no trabalho. Passava quase todas as noites com ele, e quando vinha para casa, eu sentia o cheiro dele nela. Sentia o cheiro dela trepando com ele. Há alguns dias, Mary oficializou a coisa e disse que era hora de se mudar.*

Ninguém deveria viver assim. Às vezes, coloco a arma na boca e fico surpreso ao perceber como é bom. Como eu gosto do sabor. Já lambi a boceta da Mary umas mil vezes, e quer saber? Prefiro cair de boca em um .44.

É como aquela piada para provocar vegetarianos: se Deus não quisesse que a gente comesse animais, Ele não deveria tê-los feito tão deliciosos. Se a Colt não quisesse que a gente comesse um revólver, não deveriam fazer o óleo lubrificante para armas tão delicioso.

Acho que o que aconteceu no shopping finalmente me deu coragem suficiente para fazer isso. Quando fez diferença, você teve colhões de lutar e meter uma bala onde sabia que ela faria algum bem. Estava pronto para morrer a fim de deter uma coisa que precisava ser detida. E é assim que eu me sinto também, cara. Não posso mais viver desse jeito. Isso precisa ser detido, e eu preciso ter coragem suficiente para deter essa coisa. Para meter uma bala onde ela possa fazer algum bem.

Eu não conseguiria fazer isso se tivesse que descobrir como me enforcar ou se tivesse que cortar os pulsos e sangrar aos poucos. Sei que não conseguiria. Eu perderia a coragem no último minuto. O cérebro é meu inimigo. Graças a Deus tem uma maneira rápida de desligá-lo.

Ah, se você quiser qualquer uma das minhas armas, são todas suas. Sei que vai dar valor e cuidar bem delas. Rá, rá, rá, por que não testa as armas na Mary?! Pode fazer parecer que eu matei ela em um assassinato seguido de suicídio, e aí eu faço um casamento gay com você no céu.

Não é nada gay dizer que eu te amo, Rand. Você foi a única pessoa que veio me visitar na vida. Você foi a única pessoa que se importou. Nós tivemos alguns bons momentos, não foi?

Tudo de bom,

Jim Hirst

Mais cedo, quando estava lá fora, Kellaway teve a sensação de que Jim estava próximo, de que o velho amigo estava, de alguma forma, de maneira impossível, andando ao seu lado. Agora Kellaway sentia Jim perto de si outra vez. Ele não estava na cama. Aquilo era apenas carne arruinada e sangue coagulando e esfriando. Kellaway achou que via Jim no limite da visão, bem ali do lado de fora da porta, uma silhueta grande e escura à espreita no corredor.

Antes, pensar em Jim andando ao lado dele assustara Kellaway, mas agora ele não se importava. Em vez disso, foi confortado pela ideia.

— Está tudo bem, irmão — disse ele para Jim. — Está tudo bem agora.

Kellaway dobrou o bilhete e o guardou no bolso. Abriu o uísque e tomou um gole. A bebida ardeu dentro dele.

Pela primeira vez desde a manhã do tiroteio no shopping, ele se sentiu calmo e emocionalmente estável. Kellaway tinha certeza de que, caso os papéis fossem invertidos, ele teria se matado com um tiro muitos anos antes, mas estava contente que Jim tivesse finalmente feito isso.

Kellaway pensou que ele não era a melhor pessoa para descobrir o corpo. Mary deveria encontrar Jim. Ou a irmã de Jim. Ou qualquer pessoa. Se a imprensa o relacionasse a outra vítima de arma de fogo... bem, o que foi que Rickles disse? Que eles o devorariam.

Mas Kellaway não estava com pressa de ir embora. Ninguém iria à casa de Jim Hirst por volta das dez da noite. Ninguém incomodaria os dois. Era um bom uísque, e Kellaway já havia dormido no sofá de Jim antes.

E, além disso, antes de ir embora pela manhã, ele poderia entrar na garagem e dar uma olhada nas armas de Jim.

21h32

Ela ouviu o celular tocar e deu um beijo no nariz de Dorothy, saiu do quarto escuro da filha e entrou no corredor. Atendeu no terceiro toque sem reconhecer o número.

— Lanternglass — disse ela. — *Possenti Digest.* Como posso ajudar?

— Sei lá! — respondeu uma voz alegre com um leve sotaque latino através da estática de um sinal quicando de um satélite quase no fim do mundo. — Foi você que me ligou. Lauren Acosta, do departamento de polícia. *Uhú!*

Aquele *uhú* não pareceu ter sido dirigido para Lanternglass. Outras pessoas estavam fazendo *uhú* no fundo.

— Obrigada por retornar a ligação. Você está no Alasca?

— Sim! Tem baleias pulando na água aqui! *Uhú!*

Do outro lado da linha, lá em cima no círculo polar Ártico, Lanternglass ouviu gritos e aplausos, e um som como se alguém estivesse tocando mal uma tuba.

— Não quero interromper suas férias. Você prefere observar as baleias e me ligar outra hora?

— Não, eu posso falar e ainda assim admirar um animal sexy de trinta toneladas dando saltos mortais.

— Que tipo de baleias são? — perguntou Dorothy.

A menina tinha ido de mansinho até a porta e estava parada segurando o batente, espiando o corredor, com os olhos brilhando no fundo das órbitas escuras. Ela usava um gorro de dormir listrado de branco e vermelho que parecia ter sido surrupiado do Wally.

— Não é da sua conta — respondeu Lanternglass. — Volte para a cama.

— O que você disse? — perguntou Acosta.

— Desculpe. Eu estava falando com a minha filha. Ela está animada com as suas baleias. De que tipo elas são?

— Jubartes. Um baleal de dezoito.

— Jubartes — repetiu Lanternglass. — Agora se manda.

— Preciso fazer xixi — anunciou Dorothy com afetação, e passou com um ar presunçoso pela mãe, andou pelo corredor e entrou no banheiro. Ela bateu a porta.

— Lauren, estou ligando a respeito de Randall Kellaway. Você provavelmente ouviu...

— Ah, *aquele* cara.

Lanternglass endureceu e sentiu uma sensação estranha de arrepio na coluna, como se alguém tivesse exalado na sua nuca.

— Você conhece ele? Entregou alguma notificação para ele?

— Sim, entreguei para ele a ação cautelar de afastamento. Tive que recolher mais ou menos metade de seu arsenal. Meu colega, o Paulie, pegou o resto na casa dele. O cara era dono de uma Uzi automática. Ele dirigia por aí com ela! Sabe que tipo de pessoa dirige com uma Uzi no carro? Os capangas em um filme do James Bond. O que aconteceu com o Kellaway? Espero que ele não tenha dado um tiro em alguém.

Lanternglass se encostou na parede.

— Puta merda. Você não sabe.

— Não sei o quê? Ai, não — falou Acosta, e toda a alegria agradável sumiu de sua voz. No fundo, alguém tocou mal a tuba novamente. — Por favor, me diga que ele não matou a esposa. Ou o filhinho.

— Por quê… por que você acharia isso?

— Foi por isso que recolhemos as armas. Ele tinha o péssimo hábito de apontá-las para os entes queridos. Teve uma vez em que a esposa levou o filho para a casa da irmã dela para ver um filme. Ela deixou um bilhete para ele, mas o papel caiu do ímã da geladeira, e por isso Kellaway não o encontrou quando voltou do trabalho. Ele começou a pensar que ela o tinha abandonado. Quando a esposa voltou para casa, Kellaway colocou o filho no colo e perguntou à esposa se ela sabia o que ele faria se algum dia a mulher o abandonasse de verdade. E apontou uma arma para a cabeça do garoto e disse "*bang*", depois apontou a arma para ela e piscou. Ele é um psicopata de marca maior. O moleque não está morto, está?

— Não, não é nada disso.

Lanternglass contou sobre o caso do shopping.

Quando terminou, Dorothy tinha saído do banheiro e estava encostada na parede ao lado da mãe, com o rosto apoiado no quadril dela.

— Volte para a cama — balbuciou Lanternglass.

Dorothy não se mexeu, fingiu que não entendeu.

— Hum — disse Acosta.

— Havia alguma exceção que o permitisse portar uma arma no local de trabalho? Por causa do serviço?

— Não para um segurança de shopping. Se ele fosse policial, talvez. Ou um soldado. Não sei. Você vai ter que ir atrás das transcrições da audiência.

— Eu verifiquei o site de registros públicos e não havia nada sobre um pedido de divórcio.

— Não, não haveria mesmo. Ele nunca se divorciou. A esposa é muito tímida, sofre de um caso de síndrome de Estocolmo. Kellaway não permitiu que ela tivesse um celular durante anos. Nem uma conta de e-mail. O único motivo de a esposa tê-lo abandonado é que ela tem mais medo da irmã do que do marido. E uma ação cautelar de afastamento estaria arquivada no tribunal. Não dá para ver de fora do sistema. Posso pedir para alguém te enviar uma cópia da liminar por e-mail, se quiser. Amanhã, depois de amanhã?

Lanternglass ficou calada, pensando no caso. Ela precisaria ver uma transcrição legal antes que Tim a deixasse publicar a alegação de que Kellaway apontou uma arma para a esposa e o filho. Mas ela poderia ao menos conseguir incluir algo na edição de amanhã sobre a ação cautelar de afastamento, informar que ele foi proibido de andar armado depois... do quê? De ameaçar a esposa e o filho? "Ameaçar" era um verbo seguro, pensou Lanternglass. Talvez Tim a deixasse usar "ameaçar".

— Sim — respondeu Lanternglass. — Eu agradeceria muito. Mas, se não tiver problema, gostaria de mencionar o caso na edição de amanhã. "Uma fonte do departamento de polícia diz..."

— Ah, pro diabo com isso! Use o meu *nome*. Melhor ainda, veja se consegue usar uma foto minha. Adoro ver o meu rosto no jornal.

— Não tem problema citar você diretamente?

— Fique à vontade. Kellaway e eu realmente nos demos bem na única vez em que nos vimos. Tenho certeza de que ele vai adorar saber que ainda penso nele.

A tuba tocou.

— Isso é uma buzina de nevoeiro? — perguntou Lanternglass.

— É uma baleia! — berrou Acosta. Houve mais comemorações ao fundo. — Elas estão fazendo uma serenata para nós!

Lanternglass não sabia como Dorothy conseguia ouvir o que Acosta estava dizendo, mas começou a pular para cima e para baixo na mesma hora.

— Posso *ouvir*? Posso?

— Srta. Acosta? Minha filha está perguntando se você levantaria o telefone para ela escutar as baleias.

— Coloque a menina na linha!

Lanternglass baixou o telefone e colocou no ouvido de Dorothy. E ficou parada observando a filha. Oito anos. Olhos muito grandes, rosto calmo, atento. Escutando o mundo cantar para ela.

13 de julho, 8h42

KELLAWAY ACORDOU ANTES DAS NOVE, se levantou do sofá, e arrastou os pés até o banheiro para mijar. Quando voltou, dez minutos depois, com torradas e café, o próprio rosto largo, malcuidado e impassível estava na TV, sobre uma legenda que dizia UM PROBLEMA ARMADO? Ele desmaiara com a televisão ligada sem volume, dormira um sono pesado e bom no tremeluzir silencioso daquela luz estranha. Kellaway se sentira mais à vontade ao se armar de novo e tinha caído no sono com a Webley & Scott inglesa de Jim no chão ao lado dele.

Ele estava sentado na beirada do sofá agora, segurando a arma inconscientemente em uma das mãos e o controle remoto na outra. Aumentou o volume.

— ... logo depois da reportagem sobre Randall Kellaway ter sido afastado do exército após *alegações* de que ele usou *força* excessiva várias vezes durante seu período como militar — disse o âncora do noticiário matinal, que falava no estilo popularizado por Wolf Blitzer: frases fragmentadas, com ênfase em qualquer palavra que fosse razoavelmente dramática. — Agora, o *St. Possenti Digest* publica um *relato impactante* de que Kellaway estava *proibido* de possuir uma *arma de fogo* por ter feito ameaças contra a esposa e o filho pequeno. A sargento do departamento de polícia, Lauren Acosta, confirmou ao *Digest* que Kellaway não teria recebido uma exceção para portar uma arma por causa do trabalho como segurança de shopping, e que a posse do .357 teria sido uma *violação* clara à liminar movida contra ele. Ainda não se sabe por que a sra. Kellaway entrou com a liminar ou a natureza das *ameaças* feitas contra ela pelo marido. O sr. Kellaway e a polícia de St. Possenti ainda não retornaram nossas ligações para comentar o caso, mas esperamos que o comandante Rickles dê uma declaração ainda hoje, quando estiver no shopping Miracle Falls para uma cerimônia de acendimento de velas às onze horas, em homenagem às vítimas do recente ataque. Randall Kellaway vai acender a primeira vela e pode ser que comente o caso, ainda não sabemos, mas estaremos lá ao vivo para cobrir…

Era *ela*, obviamente. A preta, Lanternglass, que aparecera na noite anterior para emboscá-lo quando ele saiu do estúdio de TV local. Ela não deixava ele em paz. Não se importava se ele jamais voltasse a ver o filho. Para Lanternglass, ele era apenas um personagem de uma história suja que ela poderia usar para vender alguns jornais.

Kellaway não ousara admitir para si mesmo, até aquele momento, que parte dele tinha começado a acreditar que poderia usar sua súbita celebridade inesperada para recuperar Holly e George, é claro, mas também outra coisa. "Seus *direitos*" foram as palavras que lhe vieram à mente, mas *era* e *não era* exatamente aquilo. Não se tratava do seu direito de ter uma arma, ou não *apenas* do seu direito de ter uma arma. Essa era só uma parte da questão. Para ele, havia algo obsceno a respeito dos Estados Unidos em que uma latina sorridente poderia mandá-lo ficar longe do próprio filho, não importava que ele trabalhasse cinquenta horas por semana, não importava o que sacrificara como soldado representando o país em uma terra estrangeira e hostil. A imagem da negra pequenina sorrindo para ele enquanto enfiava o celular na sua cara, fazendo perguntas pesadas, deixou Kellaway de sangue quente. Parecia grotesco que ele vivesse em uma sociedade onde alguém como ela podia ganhar a vida humilhando-o. Ela não se importava que George ouvisse na TV que o pai era um homem doentio que apontava armas para a própria família. Ela não se importava com o que as crianças diriam para George na escola, se ele fosse provocado. Lanternglass decidira que ele era um criminoso no momento em que pusera os olhos nele. Kellaway era um homem branco. É claro que era um criminoso.

Kellaway desligou a TV.

Pneus passaram por cima do cascalho lá fora.

Ele ficou de pé, puxou a cortina e viu Mary chegando em um RAV4 cor de banana, que não reconheceu. Redemoinhos de fumaça saíam do topo das palmeiras e viravam uma espuma dourada sob a luz matinal.

Kellaway deixou a Webley no sofá. Ele abriu a porta quando ela parou e desligou o RAV.

— O que você está fazendo aqui? — perguntou Mary.

— Poderia te perguntar a mesma coisa.

Ela parou na frente do RAV, magra e musculosa usando uma calça jeans rasgada e uma camisa masculina de flanela. A mão estava erguida sobre os olhos para protegê-los do sol, embora não houvesse nenhum clarão ofuscante.

— Vim pegar algumas coisas minhas — respondeu ela. — Ele te contou?

— Eu fiquei sabendo — falou Kellaway. — Você estava na boa vivendo às custas do seguro dele até que o dinheiro acabou, aí pensou em pular fora do barco, né?

— Se acha que trocar as fraldas e ordenhar o pau dele toda noite é estar na boa, experimente fazer isso por um tempo.

Kellaway sacudiu a cabeça e disse:

— Quanto a trocar as fraldas, não sei dizer, mas você pode entrar e me mostrar onde ficam as bolsas coletoras de urina? A que ele está usando agora estourou, e tem mijo por toda parte.

— Ai, meu Deus — falou Mary. — Meu Deus do céu. Quanto você deixou o Jim beber ontem à noite?

— Demais, acho.

— Eu dou um jeito nisso, pode deixar.

— Obrigado — falou Kellaway ao entrar na casa outra vez. — Te encontro no quarto.

9h38

Depois de a coisa ter sido feita e ela estar no chão com um buraco antes ocupado pelo seu olho direito, Kellaway colocou o .44 de Jim na mão da própria Mary. Ele ficou sentado durante um tempo na beira da cama, com os pulsos apoiados nos joelhos. O eco retumbante do tiro parecia latejar dentro de Kellaway, parecia reverberar por muito tempo depois que deveria ter passado. Ele sentia como se estivesse desligado por dentro. Vazio. Mary chorou enquanto encarava o cano da arma. Ela se ofereceu para chupar o pau dele, enquanto catarro borbulhava pelo seu nariz. Algumas lágrimas e catarro caíram bem. Fariam parecer que ela estava chorando quando se matou com um tiro.

Como a polícia interpretaria a cena? Talvez eles imaginassem que, depois de descobrir o corpo do ex-amante, Mary decidira se juntar a ele no além, uma Julieta magra e desmazelada correndo atrás do seu Romeu deficiente e diabético. Por outro lado, o namorado poderia jurar que ela esteve na cama com ele a noite inteira. Talvez atribuíssem a Jim o assassinato de Mary. Não era como se polícia fosse encontrar o bilhete de suicídio. Kellaway levaria o papel com ele e se livraria do bilhete em algum lugar.

Ou talvez a polícia sentisse o cheiro de armação, mas quem se importava? Eles que tentassem provar alguma coisa. Eles que viessem atrás dele. Ele se livrara do perigo no shopping, poderia se livrar desse também.

Kellaway precisava de ar puro e saiu para tomar um pouco. Só que não havia ar puro. O dia fedia como um cinzeiro. Estava quase melhor dentro da casa.

Seus pensamentos giravam como fagulhas surgindo de um fogueira se apagando. Ele estava esperando as ideias se acomodarem quando ouviu — quase *sentiu* — um pulsação suave no ar. Partículas finas de fumaça tremeluziam em volta dele. A manhã estava cheia de vibrações e tremores estranhos. Ele inclinou a cabeça para escutar e ouviu o toque distante do celular.

Kellaway correu para o carro e pegou o aparelho no banco do carona. Havia sete chamadas não atendidas, a maioria delas de Jay Rickles. E era Jay ligando agora.

— Alô? — atendeu ele.

— Onde diabo você esteve a manhã inteira? — Rickles parecia desanimado.

— Saí para dar uma volta. Precisava arejar a cabeça.

— Está arejada agora?

— Acho que sim.

— Ótimo, porque você tem uma confusão do caralho para resolver. Nas próximas horas, todos os canais de notícias do estado vão divulgar uma história que você apontou uma arma para o seu filho e ameaçou atirar nele se algum dia sua esposa o abandonasse. Sabe como isso pega mal?

— Onde você ouviu essa história?

— Onde *acha* que eu ouvi essa história? Eu li a porra da transcrição da porra do processo judicial há duas horas. Consegui antes de todo mundo para poder descobrir o que vou ter que enfrentar. Você não pensou em mencionar nada disso para mim em nenhum momento?

— Por que eu mencionaria uma coisa dessas? Uma coisa humilhante assim?

— Porque acabaria vazando de qualquer forma. Porque você sentou ao meu lado na TV para dizer ao mundo que grande herói você era ao abater uma atiradora com uma arma que nem tinha o direito de possuir.

— Pense na sorte que foi eu não ter obedecido à liminar. Becki Kolbert mal estava começando quando eu entrei.

Rickles tomou fôlego, a respiração nervosa.

— Eu voltei do Iraque com transtorno de estresse pós-traumático. Não tomei antidepressivos porque não queria resolver meus problemas com medicamentos. Eu *nunca* apontei uma arma carregada para o meu filho, mas fiz coisas das quais me arrependo. Coisas que gostaria de poder desfazer. Se não as tivesse feito, meu filho ainda moraria comigo.

Grande parte daquilo era verdade. Ele havia apontado uma arma para George uma vez, para dar uma lição em Holly, mas ela não estava carregada na ocasião. E até onde sabia, ele *talvez* sofresse de transtorno de estresse pós-traumático. Mais soldados voltaram do Iraque com o transtorno do que sãos. Kellaway não estava mentindo quando disse que jamais tomou antidepressivos. Nunca ninguém tinha oferecido esses medicamentos a ele.

Por um bom tempo, Rickles não respondeu. Quando voltou a falar, a voz continuava tomada de emoção, mas Kellaway notou que ele se acalmara.

— E é isso que você vai dizer para a imprensa hoje no acendimento das velas. Diga exatamente desse jeito.

— Você sabe que isso é coisa daquela repórter tentando arrumar merda — falou Kellaway. — A negra. A mesma que tentou caluniar o seu departamento. As pessoas não acreditam que negros também podem ser racistas, mas podem, sim. Eu notei pela forma como ela olhou para mim. Sou um homem branco armado, e, para eles, somos todos nazistas. Para os negros. Ela olha para você da mesma maneira.

Rickles riu.

— E não é que você tem razão? Não importa quantos brinquedos eu tenha distribuído para os macaquinhos com mamães vivendo da ajuda do governo e papais na cadeia. Os negros se sentem mal por todas as coisas que não podem ter e ficam rancorosos em relação a todo mundo que se deu melhor. Nunca é o trabalho pesado que levou a pessoa onde ela está; é sempre o sistema racista.

— Você tem certeza que ainda quer que eu vá ao shopping? — perguntou Kellaway. — Talvez seja melhor para você ficar longe de mim.

— Que se foda — disse Rickles. Ele riu mais uma vez, e Kellaway soube que estava tudo bem. — Já é tarde demais, de qualquer maneira. Nós estivemos juntos todas as noites da semana nos noticiários das emissoras a cabo. Você ainda não sabe, mas recebi um e-mail de um figurão da Associação Nacional do Rifle, e eles querem que a gente faça uma palestra em Las Vegas no ano que vem. Quartos de hotel, passagens, tudo pago, 10 mil dólares de cachê. Contei a eles sobre a ação cautelar de afastamento, e eles não se importaram nem um pouco. Para eles, isso só prova que o estado coloca as pessoas em risco quando tenta privá-las de seus direitos. — Ele suspirou e depois falou: — Vamos superar isso. Você ainda é o mocinho da história. Só... sem mais surpresas, Kellaway, está bem?

— Sem mais surpresas — concordou ele. — Vejo você na sua casa em meia hora.

Kellaway desligou o telefone e sentiu cheiro de queimado, de pinhas ardendo, sentiu-se confiante e determinado na fumaça de um mundo em chamas. Em seguida, jogou o telefone de volta no banco do carona. Pensou que, antes de cair na estrada, talvez devesse pegar a Webley e colocar no porta-malas. Jim não precisava mais dela.

Jim não precisava das armas na garagem também. Kellaway decidiu ficar um minuto para vasculhar, ver se havia algo que quisesse. Jim tinha dito para ele ficar à vontade.

9h44

— Bem aqui — indicou Okello, apontando para os pés.

Eles estavam na metade da grande escadaria curva central do shopping Miracle Falls, em um fosso profundo de luz do sol, sob um telhado inclinado de claraboias.

— Eu abaixei e fiquei aqui — falou o rapaz. — A Sarah me pediu para mandar mensagens para ela a cada trinta segundos para informar que eu ainda estava vivo.

— Eu estava mesmo para te perguntar sobre isso — disse Lanternglass. — Vamos subir o restante do caminho. Quero dar uma olhada na Devotion Diamonds.

Eles subiram até o topo da escada, todos os três: Okello, Lanternglass e Dorothy. Ela ligara para ele durante o café da manhã para perguntar se podia ler e possivelmente citar as mensagens de texto que ele tinha enviado para a namorada. Ela não mencionou que queria olhar o registro da hora de envio das mensagens e ver se elas revelavam quando cada tiro ocorrera. Okello ofereceu algo ainda melhor.

— O shopping reabre hoje de manhã. Vai ter uma cerimônia de acendimento de velas às onze.

— Eu sei — dissera Lanternglass. — Gostaria de estar presente para cobrir.

— Então venha às 9h30, antes de as lojas abrirem. Encontre comigo na entrada da Melhore seu Jogo. Posso te mostrar as mensagens e contar o que fiz e escutei.

— Não tem problema?

— Tá brincando? Minhas irmãzinhas estão pirando por eu sair no jornal. Completos estranhos estão perguntando se podem tirar fotos comigo. Eu devo estar pegando gosto pela fama. Acho que combina comigo.

Ela sorriu ao ouvir aquilo, mas sentiu também uma espécie de pequena pontada no peito. Naquele momento, Okello falou que nem Colson.

A entrada da Devotion Diamonds ainda estava bloqueada pela fita amarela de local do crime. Do outro lado da fita, as portas haviam sido fechadas e trancadas. O resto das lojas da galeria estava se preparando para a cerimônia das onze horas e esperando uma multidão de curiosos. Vozes berravam e ecoavam no grande vão do átrio central. O portão estava erguido na Lids, a loja de chapéus ao lado da Devotion Diamonds, e um maconheiro com cara de sono e cabelo na altura dos ombros, louro e desgrenhado, usava uma etiquetadora para colocar selos de vinte por cento de desconto nos bonés de beisebol.

— Chapéus! — gritou Dorothy, apertando a mão da mãe. Ela estava usando um chapéu felpudo amarelo com cabeça de galinha, amarrado embaixo do queixo. — *Chapéus!* Mãe!

— A-hã — respondeu Lanternglass, virando o pescoço e falando alto para ser ouvida pelo maconheiro. — Ei, tudo bem se a minha filha der uma volta na loja?

— Hã? Claro. Vá em frente — falou o maconheiro. Dorothy apertou os dedos da mãe de novo e entrou aos pulos nos corredores da Lids.

— Foi mal — disse Okello. — Não tem muita coisa para ver, na verdade. Mas você quer dar uma olhada no meu celular? — Ele ofereceu o aparelho a ele. — Eu voltei para as mensagens daquele dia. Só não avance mais, ok?

— Fotos? — perguntou Lanternglass.

— Sabe como é. — Okello sorriu.

— Ela já saiu do ensino médio, não é?

Okello fez cara feia, parecendo ofendido.

— Ela é um ano mais velha do que eu!

— E *você* já saiu do ensino médio?

— Eu te disse que estou na faculdade. É por isso que estou nesse emprego. Os livros não se pagam sozinhos.

— Eles se pagam com o tempo, se continuar a estudá-los — falou Lanternglass, e pegou o telefone.

Pqp, uma garota acabou de entrar
na Devotion Diamonds
e começou a atirar
10h37

Pra valer. Três tiros.
10h37

O QUÊ??? Onde você tá?
Você tá bem?
10h37

Na escadaria grande, no meio
do caminho. Deitado nos degraus.
Perto o bastante pra
ver o que tá acontecendo.
10h38

FIQUE ABAIXADO.
Você3 consegue fugir?
MEUDEUSMEUDEUS
tô surtando
10h38

Se eu descer a escada, entro na linha
de visão de qualquer um que esteja
no corredor de cima.
10h39

Eu te amo.
10h39

Também te amo.
10h39

Não se mexe. Fique onde está.
Ai, meu Deus. Rezando muito agora.
10h39

Você disse que a pessoa
armada é uma garota. Vc viu ela?
10h40

Outro tipo.
10h40

tiro*
10h40

aideus ai deus por favor
por favor eu não quero
q vc leve um tiro
10h40

também não quero
10h40

seu idiota te amo
10h40

alguma coisa caiu e depois
teve outro tiro
10h41

vc tá bem? não mandou msg
10h42

tô bem
10h42

pq parou de mandar msg
10h42

não parei só passou um minuto
10h42

me sustou não ouse parar
de mandar msg
10h42

tô bem
10h43

ainda tô bem
10h44

merda. Outro tiro.
10h45

Ai Deus. Ai Deus.
10h45

não sei o que tá acontecendo agora
10h46

E mais um tiro
10h46

ok talvez você devesse sair correndo
10h46

eu tô bem. Não quero deixar
os frappuccinos aqui
10h47

COMO É QUE É SEU BABACA?
10h47

tô com os frappuccinos. Não posso correr com a bebida. Vou derrubar.
10h48

eu te odeio. Pra cacete.
10h49

Havia mais mensagens, mas Okello não mencionava outros tiros. Ele comentou que a polícia chegou e pisou na mão dele às 10h52, menos de vinte minutos depois de o primeiro tiro ter sido disparado, mas tarde demais para mudar o que acontecera.

De acordo com a polícia de St. Possenti, Becki Kolbert havia metido três balas no seu chefe e uma na sra. Haswar e seu filho. Kellaway entrou, disparou duas vezes, acertou Kolbert uma vez e errou a segunda. Então houve um último tiro, quando Kolbert se levantou para disparar contra Bob Lutz. Sete tiros no total.

No registro da hora de envio das mensagens, porém, o tiros estavam agrupados de maneira diferente. Três, depois dois um pouco mais tarde (e alguma coisa tinha caído. O quê? O computador, talvez?), depois um, depois outro. Lanternglass tinha algumas ideias sobre o que isso poderia sugerir, mas não era algo que pudesse publicar. Ela não tinha certeza nem mesmo se Tim Chen a deixaria registrar as discrepâncias entre as mensagens de texto de Okello e o relatório oficial.

Ela devolveu o celular do rapaz e tirou o próprio aparelho do bolso.

— Se você quiser as capturas de tela de qualquer uma das mensagens, não tem problema — disse ele.

— Talvez eu queira — falou Lanternglass. — Deixe-me conversar com o meu editor e comentar algumas possibilidades com ele.

Dorothy foi até o limite da Lids e parou justo dentro da barreira de segurança, usando um gorro de guaxinim, com patas e rosto de guaxinim. Não era o tipo de gorro usado por Davy Crockett — era mais como um fantoche de guaxinim feito para caber na cabeça de uma pessoa.

— *Não* — disse Lanternglass, e o sorrisão de Dorothy desapareceu e foi substituído por uma cara feia.

— Vinte por cento de desconto — falou a menina.

— Não. Devolva. — Lanternglass ligou para a redação.

— Preciso fazer xixi — anunciou Dorothy.

— Só um minuto — disse a mãe.

— Eles provavelmente têm um banheiro para funcionários no fundo da Lids — disse Okello, e acenou com a cabeça para o maconheiro com o cabelo desgrenhado. — Ei, irmão. Tem problema a chatinha aqui usar o banheiro de vocês?

O maconheiro pestanejou devagar e disse:

— Problema nenhum, cara. Manda ver.

Dorothy começou a caminhar de volta para a Lids.

— Não, espera — falou o maconheiro em um tom meio onírico. Parecia que ele tinha acabado de acordar com um sacolejo. — Droga. O pessoal da manutenção está lá. A gente vem pedindo há três meses para eles consertarem a descarga. Só precisou de um tiroteio em massa para eles finalmente arrumarem um tempo.

Dorothy fez uma expressão espantada de olhos arregalados para a mãe: *E agora?*

— *Espere* — sibilou Lanternglass assim que Tim Chen atendeu.

— Aisha — disse Tim, sem rodeios. — Você ficou sabendo?

— Do quê?

— A ordem de evacuação. — Tim soou despreocupado, quase calmo. — O corpo de bombeiros do serviço de parques nacionais ligou há quarenta minutos e oficializou. Nós precisamos deixar a redação até as dez horas de amanhã.

— Você está brincando

— Eu nunca brinco.

— Realmente. Você é o cara mais sem graça que eu conheço.

— Preciso que volte para cá — falou Tim. — Todo mundo está vindo, e pedi para o Shane Wolff passar para empacotar nossos computadores. Tem árvores queimando a menos de quatrocentos metros, e o vento está aumentando.

— Vamos perder o prédio? — perguntou ela.

Lanternglass ficou surpresa com a própria calma, embora a ansiedade fosse um peso duro e liso no fundo do estômago, como uma pedra.

— Digamos que eles não podem prometer que vão salvá-lo.

— E quanto à cerimônia das velas? — falou Lanternglass.

— Vão fazer a cobertura na TV. Nós podemos assistir quando tivermos a oportunidade.

— Vamos conseguir publicar o jornal de amanhã? — indagou ela.

Quando Tim Chen falou, a voz saiu enérgica, quase ríspida. Ela nunca ouvira o editor falar qualquer coisa naquele tom.

— Pode apostar que sim. Este jornal sai todo dia de semana desde 1937, e não vou ser o primeiro editor a deixar a equipe na mão.

— Eu estarei de volta assim que conseguir sair daqui — prometeu Lanternglass.

Ela desligou e olhou em volta à procura da filha.

Lanternglass esperava encontrar Dorothy de volta na Lids, remexendo nos chapéus. Mas a menina estava sentada com Okello em um banco de metal no corredor — ambos no mesmíssimo lugar em que Randall Kellaway havia se sentado, quase uma semana antes, depois do tiroteio na Devotion Diamonds.

Mas *outra* pessoa aparecera na Lids: um asiático velho e magricela em um macacão manchado de manutenção. Ele estava com uma chave inglesa pingando na mão e gesticulava com a ferramenta na direção do maconheiro, murmurando em um tom de voz baixo, quase furioso.

— Tudo bem? — perguntou Lanternglass para ele.

O funcionário da manutenção ficou calado e virou o olhar severo para ela. O vendedor deu de ombros, envergonhado, para Lanternglass.

— Vou te contar o que eu falei para ele. A última pessoa a usar aquele banheiro — disse o funcionário da manutenção, sacudindo a chave inglesa — deixou uma coisa lá dentro. Acho que *alguém* precisa dar uma olhada naquilo.

O maconheiro ergueu a mão em um gesto apaziguador.

— Eu já falei, cara, seja lá o que for, *não fui eu*. Juro por Deus. Eu *nunca* cago no shopping.

10h28

Quando Kellaway manobrou o Prius para dentro do pátio de conchas brancas britadas, Jay Rickles já estava na cabine da picape, sentado com a porta aberta e os pés apoiados no estribo cromado. Kellaway saiu do próprio carro e entrou no do comandante.

— Você está com a mesma roupa de ontem à noite? — perguntou Rickles ao bater a porta do motorista e ligar o motor.

Rickles estava vestindo um elegante uniforme de gala: paletó azul com uma fileira dupla de botões de bronze, uma calça azul com uma listra preta descendo pelas laterais, uma Glock no quadril direito em um coldre de couro preto que pareceu ter sido lustrado. Kellaway estava com um blazer azul amarrotado sobre uma camisa polo.

— É a única coisa que tenho que posso usar na TV — respondeu Kellaway.

Rickles grunhiu. Ele não estava sendo o vovô sorridente, agradecido e de olhos marejados de sempre. Parecia perturbado e irritável. Eles arrancaram em um arroubo mal-humorado de velocidade.

— O evento deveria ser uma recepção de herói — disse Rickles. — Você está sabendo que nós dois vamos colocar uma coroa de rosas brancas juntos?

— Pensei que cada um de nós só acenderia uma vela.

— O departamento de relações públicas achou que uma coroa seria bacana. E o presidente da Sunbelt Marketplace, o cara que gerencia o shopping Miracle Falls…

— É. Sei quem é. Russ Dorr?

— É, ele mesmo. Ele ia te dar um Rolex. Não sei se isso ainda vai acontecer. As pessoas ficam meio ressabiadas de colocar medalhas no peito de espancadores de esposas.

— Eu nunca encostei um dedo na Holly — falou Kellaway. — Nem uma única vez.

Era verdade. Kellaway acreditava que, se alguém chegasse ao ponto de ter que usar os punhos em uma mulher, a pessoa já havia perdido o controle da situação.

Rickles relaxou a postura e depois falou:

— Desculpe. Retiro o que eu disse. Foi desnecessário. — Ele fez uma pausa e continuou: — Nunca apontei uma arma para minha esposa, mas usei o cinto na minha filha mais velha quando ela tinha 7 anos. Ela encheu as paredes com seu nome em giz de cera, e eu fiquei puto. Desci o cinto nela, e a fivela acertou a mão e quebrou três dedos. Isso foi há mais de duas décadas, mas ainda lembro como se fosse hoje. Eu estava bêbado na hora. Você estava bebendo?

— O quê? Quando ameacei Holly? Não. Sóbrio como você está agora.

— Seria melhor se *tivesse* bebido. — Rickles pressionou o polegar no volante. O rádio da polícia embaixo do painel estalou e homens disseram códigos em vozes preguiçosas e lacônicas. — Eu daria tudo para desfazer o que fiz com a mão da minha filhinha. A coisa mais horrível da minha vida. Eu estava mamado e sentindo pena de mim mesmo. Devia um empréstimo. Confiscaram meu carro. Época difícil. Você frequenta a igreja?

— Não.

— Deveria considerar ir. Há uma parte de mim que sempre vai ter um coração magoado pelo que fiz. Mas me redimi através da graça de Jesus, e, com o tempo, encontrei forças para me perdoar e seguir em frente. Agora tenho todos esses netos maravilhosos e…

— Delegado? — chamou uma voz no rádio. — Delegado, na escuta?

Ele pegou o microfone.

— Rickles na escuta. Diga, Martin.

— É sobre o lance que vai acontecer no shopping. O senhor já pegou o Kellaway? — perguntou Martin.

Rickles colocou o microfone no peito e olhou de lado para o segurança.

— Ele vai dizer que você não vai mais ganhar o Rolex. Você quer que eu diga que está aqui ou não?

— Só diga que não me encontrou ainda — respondeu Kellaway. — Se ele te contar que não vou mais ganhar um relógio de luxo, prometo não te fazer passar vergonha choramingando ao fundo.

Quando o delegado de polícia riu, uma pequena teia de rugas apareceu no canto dos olhos, e, por um instante, ele voltou a ser o velho Rickles.

— Gosto de você, Rand. Sempre gostei, desde o primeiro momento em que bati os olhos em você. Espero que saiba disso. — Ele balançou a cabeça, mal contendo a alegria, e depois apertou o microfone. — Não, o filho da puta ainda não apareceu. O que está acontecendo?

Os dois estavam seguindo de carro pela rodovia, através de uma neblina de fumaça azul-clara, talvez a uns dez minutos do shopping. O vento pegou a picape alta e sacudiu o veículo sobre as molas.

— Ufa — disse Martin. — Ótimo. Escute, temos um problema do caralho aqui. Um funcionário da manutenção estava consertando uma privada nos fundos da Lids, a loja ao lado da Devotion Diamonds, e o senhor não vai acreditar no que ele encontrou na caixa acoplada. Uma bala. Parece que é a bala que não tínhamos conseguido localizar, aquela que matou a sra. Haswar e o bebê dela, câmbio.

— Como diabo isso entrou em um banheiro, câmbio?

— Bem, alguém teria que ter colocado a bala lá. E só piora, chefe. Aquela repórter, Lanternglass, estava lá, ela ouviu tudo. Quer apostar que isso vai estar na TV até a hora do almoço, câmbio?

Enquanto Martin falava sem parar, Kellaway esticou a mão e abriu o coldre do comandante de polícia. Rickles olhou para baixo quando Kellaway sacou a Glock e enfiou o cano nas costelas dele.

— Diga a ele para ir até minha casa e que você vai encontrá-lo lá, depois desligue — falou Kellaway.

Rickles ficou segurando o rádio, e olhou para a arma na lateral do corpo com os olhos azuis atentos e surpresos.

— E fique de olho na estrada — acrescentou Kellaway quando Rickles ergueu os olhos e freou com força para evitar colidir na traseira de um Caprice que cambaleava em meio à fumaça.

Rickles apertou o microfone.

— Cacete. Tá bom. Que confusão do caralho. É melhor... é melhor a gente se encontrar na casa do Kellaway. Ele não apareceu na minha, então provavelmente ainda está lá. Os primeiros agentes que chegarem ao local devem detê-lo. Vou ligar a sirene e ir para lá agora. Câmbio, desligo. — Ele soltou o microfone e pendurou no rádio.

— Pare no posto de gasolina — disse Kellaway. — O Shell ali à direita. Vou te deixar sair e ficar lá... porque gosto de você também, Jay. Você sempre foi generoso comigo.

Rickles acionou a seta e começou a diminuir a velocidade. O rosto estava rígido, impassível.

— Yasmin Haswar? E o menino, Ibrahim? Aquilo foi *você*? — perguntou ele.

— Era a última coisa no mundo que eu queria que acontecesse — respondeu Kellaway. — Dizem que armas não matam pessoas, que pessoas matam pessoas. Mas eu senti que a arma queria matar os dois. É verdade. Yasmin Haswar pulou do nada, como se soubesse que havia uma bala esperando por ela, e a arma disparou sozinha. Às vezes, as armas matam *mesmo* as pessoas.

A picape parou em um posto com oito fileiras de bombas e uma pequena loja de conveniências central. Àquela hora da manhã, a maioria das bombas estava vazia. Uma fina camada de fumaça azul se propagava pelo terreno, acima do telhado da lojinha. A seta da picape continuava ligada, clicando.

— Que mentira do caralho — falou Rickles. — Seu babaca. Seu babaca descuidado. Armas simplesmente não disparam sozinhas.

— Será mesmo? — perguntou Kellaway, e deu um tiro nele.

10h41

Kellaway desafivelou o cinto de segurança de Rickles e puxou o homenzinho corpulento para o lado, de maneira que ele ficasse deitado no banco da frente. A seguir, saiu, deu a volta no carro até o lado do motorista e assumiu o volante. A janela do motorista estava suja de sangue, como se alguém tivesse jogando um grande punhado de gosma cor-de-rosa contra o vidro.

Ele empurrou Rickles para ter mais espaço, e o velho comandante escorregou e caiu dentro do vão para as pernas do carona. Só os pés de Rickles permaneceram emaranhados em cima do assento.

Um cara saiu da loja de conveniência, um sujeito com mais ou menos cinquenta anos, cabelo comprido grisalho e uma camiseta do Lynyrd Skynyrd sob uma camisa de flanela desabotoada. Kellaway ergueu a mão e acenou casualmente, e o cara respondeu com um aceno de cabeça e meteu um cigarro na boca. Talvez tivesse ouvido o tiro e saído para dar uma olhada. Talvez só quisesse fumar. Ninguém mais prestou atenção à picape. Não era como na TV. As pessoas não registravam o que ouviam, não raciocinavam sobre o que viam. Pedestres ocupados poderiam passar por um mendigo morto por horas, presumindo que ele estivesse apenas dormindo.

Kellaway dirigiu de volta para a casa de Jay e para longe da vida que vinha levando nos últimos quinze anos. Considerou que as chances de escapar eram muito pequenas, embora tivesse algumas coisas ao seu favor. Essas coisas estavam dentro do Prius. Uma delas estava carregada com um pente estendido.

Kellaway entrou no pátio da casa colonial de Rickles e estacionou a picape. Ao sair, a porta da frente se abriu e o menino lourinho chamado Merritt ficou parado ali, olhando para ele com uma expressão perdida. Kellaway acenou com a cabeça — *Como vai?* — e andou rapidamente até o Prius com a Glock do comandante Rickles na mão. Ele jogou a pistola no banco do carona e foi embora dali. Quando olhou pelo retrovisor, o moleque tinha virado a cabeça para olhar a picape do avô. Talvez estivesse se perguntando por que havia sujeira do lado de dentro da janela do motorista.

Uma rajada de vento tentou tirar o Prius da pista e jogá-lo de encontro à barragem de terra, e Kellaway teve que lutar com o volante para permanecer no asfalto. A fumaça se agitava em volta dele conforme rumava a oeste.

Se agisse depressa, Kellaway talvez tivesse tempo de tirar George de Holly e da cunhada. Ele tinha um pequeno barco de dezoito pés com um motor de popa; em dias mais felizes, às vezes, levava George para pescar na embarcação. Ele pensou em pegar o menino e tentar fugir para as Bahamas. Os dois poderiam se esconder nas pedras perto de Little Abaco, talvez com o tempo conseguissem chegar a Cuba. Eram duzentas milhas ou mais até Freeport na ilha Grand Bahama, e Kellaway duvidava que tivesse viajado mais de três milhas de barco. Mas ele não tinha medo dos vagalhões ou de perder o rumo e torrar ao sol equatorial até morrer, ou de o barco virar e ele se afogar com o filho. Para Kellaway, parecia muitíssimo mais provável que a guarda costeira o encontrasse em alto-mar e um atirador em um helicóptero estourasse seus miolos diante do pequeno George.

Isso se eles conseguissem acertá-lo no mar turbulento. Se ele não os acertasse primeiro.

Além disso, eles devem manter distância se tiverem dúvidas quanto ao que ele poderia fazer com o garoto. Kellaway jamais apontaria uma arma carregada para o filho, mas, de um helicóptero, como poderiam dizer se a arma estava carregada ou não?

As avenidas estavam livres e desimpedidas, mas quanto mais a oeste ele avançava, menos imponentes ficavam as casas. Ranchos modestos de um andar surgiam na neblina e sumiam novamente. Quase não dava para identificar as silhuetas de outros carros na escuridão suja. Faróis saltavam do nevoeiro denso e passavam presos a sombras. No cinema, o homem com licença para matar apertava um botão e liberava uma nuvem de fumaça da traseira de seu Aston Martin para cegar os perseguidores e escapar. Kellaway tinha apenas um Prius no lugar de um carro esportivo britânico, mas sua cobertura de fumaça era bem mais eficiente.

A perua BMW prateada de Francis estava na entrada, estacionada com o nariz virado para a garagem, de maneira que Kellaway conseguiu ler o adesivo

COEXISTA na traseira. Ele estacionou bem atrás do veículo para bloqueá-lo e saiu do carro. O vento era cortante no jardim, e seus olhos ardiam nas ondas de fumaça. Kellaway estava com a Glock em uma das mãos. Ele abriu o porta-malas do Prius e afastou o saco de dormir que cobria as armas que pegara na garagem de Jim. Considerou o fuzil Bushmaster, a pistola Webley, a .45, e então pegou a espingarda de cano simples Mossberg com cabo de pistola. Carregou-a com cartuchos PDX1, meteu cinco no tubo e um na câmara. O acabamento preto fosco do cano estava intocado. Parecia que a espingarda nunca tinha sido disparada.

Kellaway atravessou o jardim e se dirigiu até a porta. O sítio de Frances tinha o tom verde de guacamole, e as paredes eram de estuque rústico e espinhento. Ela mantinha cactos na borda do jardim, o que Kellaway achava que combinava com a sua personalidade. A porta de entrada era ladeada por luminárias altas e estreitas e cortinas brancas de aparência barata.

Conforme se aproximava, Kellaway viu uma das cortinas se mexer. Não conseguiu discernir quem o observava, se era Holly ou Frances, mas, ao chegar à porta, ouviu o ferrolho se fechando. Era quase engraçado que ela achasse que poderia trancá-lo do lado de fora.

Ele abaixou a Mossberg e apertou o gatilho, e a espingarda disparou com um estrondo trovejante e abriu um buraco na fechadura e na madeira em volta. Kellaway meteu o coturno no meio da porta e empurrou, a porta se escancarou. Ele entrou e quase pisou em cima de George.

Junto com o pedaço do tamanho de um punho da porta, a Mossberg havia arrancado a parte superior direita do rosto de George e um grande pedaço do crânio. Uma lasca do tamanho de uma faca tinha penetrado no seu olho esquerdo. O menino abriu e fechou a boca, gorgolejando de maneira estranha. Kellaway viu o cérebro rosado e reluzente do filho. Parecia pulsar, *bater*, não era diferente de um coração. George tentou dizer alguma coisa, mas só conseguiu emitir sons molhados e estalados.

Kellaway baixou o olhar para o filho, tomado pela perplexidade. Era como uma ilusão de ótica, algo que não fazia sentido para os olhos.

Holly estava a quase dois metros de distância, segurando um celular na orelha. Usava uma calça larga branca e uma blusa verde sem manga, e o cabelo enrolado em uma toalha. Como George, ela abria e fechava a boca sem emitir qualquer som.

O tiro parecia disparar de novo, e de novo, só que dentro da cabeça de Kellaway. Ele gritou durante um tempo até se dar conta. Não sabia quando tinha se ajoelhado. Não percebeu quando largou a Glock para colocar a mão no peito do filho. O tempo apenas deu um pulo à frente, e ele se viu debruçado sobre a criança. O tempo pulou de novo, e Holly estava ajoelhada ao lado da cabeça destroçada, as mãos em volta da ruína vermelha no crânio do menino. O sangue esguichava na calça branca de Holly. George parou de tentar falar. Holly pousara o telefone ao lado do joelho, e alguém na outra ponta da linha dizia:

— Alô? Senhora? Alô? — dizia uma telefonista da emergência como se estivesse do outro lado da galáxia.

Kellaway respirou fundo e percebeu que não conseguia mais gritar. A garganta estava rouca e dolorida. Ele manteve a mão no peito do filho, enfiou-a dentro da camiseta dele para encostar a palma da mão na pele quente do menino. Sentiu o coração de George batendo depressa, um gaguejo furioso e assustado dentro do peito. E sentiu quando parou de bater.

Holly chorou e lágrimas pingaram no rosto de George. A expressão do menino era estupefata e sem vida.

— Você mandou o George me trancar do lado de fora — disse Kellaway para ela.

Pareceu inacreditável para ele que o filho tivesse estado vivo e inteiro há menos de dois minutos, e agora, de repente, estivesse morto, com o rosto obliterado. Foi súbito demais para fazer sentido.

— Não — falou Frances.

Frances estava parada na sala de estar, do outro lado de uma meia-parede. Ela segurava um vaso. Kellaway considerou que Frances tinha ideais heroicas de quebrar o vaso na sua cabeça, mas parecia incapaz de se mexer. Todos eles estavam paralisados, chocados pelo *non sequitur* de George ter morrido com um único tiro.

— Ele viu você chegando antes da gente. Ele viu você chegando e ficou assustado — disse Frances, tremendo. — Você estava armado.

— Ainda estou, sua bruaca idiota — falou Kellaway.

No fim das contas, a bicha do marido de Frances, Elijah, estava escondida no quarto. Quando Kellaway o encontrou, a escopeta estava vazia. Ele atirou três vezes em Frances e duas em Holly, quando ela tentou correr para a porta.

Mas ainda havia catorze balas na Glock, e Kellaway só precisava de uma para terminar o serviço.

11h03

Kellaway poderia ter ficado sentado ao lado de George para sempre.

Repassou na cabeça o que aconteceu, o que deveria ter acontecido, sem parar.

Na sua mente, Kellaway cruzou o jardim, abriu um buraco na fechadura com um tiro, empurrou a porta e George estava ali, mas bem, e se abaixou com as mãos na cabeça. Kellaway pegou o filho pelo braço e apontou a espingarda para Holly ao sair. *Você teve sua chance com ele. Agora é a minha vez.*

Ou então isso: ele cruzou o jardim até a porta, abriu com um tiro um buraco na fechadura e na barriga de Frances ao mesmo tempo. Era ela que estava atrás da porta, não George. Por que seria George? Aquilo não fazia o menor sentido. Por que o garoto teria medo do pai?

Kellaway se imaginou cruzando o jardim até a porta, e George a abriu antes de ele alcançá-la e correu na sua direção, gritando *Papai!*, de braços abertos. Era isso que acontecia quando George e Holly ainda moravam com ele. O menino gritava *Papai!* sempre que ele chegava do trabalho, como se não visse o pai há meses em vez de apenas horas, e sempre vinha correndo.

O que tirou Kellaway dos pensamentos foi o som de alguém dizendo seu nome no cômodo ao lado, em uma voz baixa e distante. Ele se perguntou se Frances não estaria morta, embora não visse a possibilidade de ela ainda estar viva. As entranhas estavam espalhadas por todo o carpete. Dois tiros da espingarda quase cortaram a mulher ao meio, um pouco acima da cintura.

Kellaway vinha segurando a mãozinha de George — que já estava fria, pois as extremidades esfriavam muito rápido assim que circulação parava — e agora cruzou a mão sobre o peito pequeno e estreito do menino e ficou de pé. Frances estava esparramada de costas do outro lado da meia-parede. Havia uma gosma vermelho-escura de intestinos mutilados no lugar da barriga. Um terceiro disparo abrira um buraco do lado esquerdo do seu pescoço. Parecia que parte da garganta fora arrancada por um animal. Kellaway considerou que, de certa forma, foi exatamente o que aconteceu, e ele era o animal.

Também não era Holly que estava falando o seu nome. Ela havia fugido para a cozinha, onde agora estava caída de cara no chão, com os braços esticados sobre a cabeça como uma criança que fingia voar. Kellaway acertara Holly no coração, onde ela também tinha acertado ele.

A voz que ele ouviu vinha da TV. Um âncora sério, de cabelo escuro, estava dizendo que uma bala fora encontrada escondida dentro de um banheiro, e que aquela descoberta colocava em dúvida a história de Randall Kellaway. O apresentador falou que a cerimônia das velas fora cancelada de forma repentina, sem explicações. Ele disse que a nova prova perturbadora foi confirmada por uma repórter do *Digest*. O âncora falou o nome da repórter — e Kellaway falou também, bem baixinho.

Por que George tinha medo dele? Porque Aisha Lanternglass lhe disse para ter medo do pai. Ela vinha dizendo para o mundo há dias que Kellaway era uma pessoa perigosa. Talvez não explicitamente. Mas a mensagem estava lá em cada frase que Lanternglass escrevia, em cada insinuação alegre. Quando Kellaway a encontrou no estacionamento e ela abriu um sorrisão para ele, seu olhar intenso disse *Eu vou te pegar, branquelo. Vou te pegar para valer*. Essa ideia deu prazer a ela; foi possível ver no seu rosto.

Kellaway deu um beijo de despedida no que sobrou da testa de George antes de sair.

11h26

Lanternglass dirigiu devagar, quase parando, pelos últimos quatrocentos metros até a redação, nos arredores da zona oeste da cidade. Ondas sufocantes de fumaça amarela que os faróis mal conseguiam penetrar sopravam pela estrada. O vento açoitava seu velho Passat e jogava o veículo de um lado para o outro. Uma hora, ela passou por um turbilhão de fagulhas que se espatifaram e desmancharam contra o capô e o para-brisa.

— Mamãe, mamãe, olhe! — chamou Dorothy do banco de trás, apontando, e Lanternglass viu um pinheiro de vinte metros envolvido em uma mortalha vermelha de chamas, bem do lado direito da estrada. Nada mais em volta estava queimando visivelmente, apenas aquela árvore solitária. — Onde estão os caminhões dos bombeiros? — perguntou Dorothy.

— Lutando contra o incêndio.

— Nós acabamos de *passar* pelo incêndio! A senhora não viu a árvore?

— O incêndio está ainda pior mais adiante na estrada. É lá que os bombeiros estão tentando contê-lo. Eles querem evitar que o fogo chegue à rodovia. — Ela não acrescentou *E que desça morro abaixo até St. Possenti.*

Um pouco antes de chegar à redação, a fumaça amainou um pouco. O *Digest* ficava em um prédio baixo e comum, com dois andares de tijolos vermelhos, que o jornal dividia com uma academia de ioga e um agência do banco Merrill Lynch. O estacionamento estava um pouco cheio, e Lanternglass viu pessoas que ela conhecia, outros funcionários, carregando caixas para os carros.

Ela saiu do Passat e começou a andar na direção da porta corta-fogo, e o vento a pegou por trás e empurrou. Lanternglass viu mais fagulhas flutuando nas termais de alta altitude. Seus olhos lacrimejaram. O fim da manhã cheirava a carvão. Ela pegou a mão da filha, e as duas meio que correram, meio que foram levadas pelas rajadas de vento até a escadaria.

Elas subiram os degraus de cimento, três por vez, quase correndo, como Lanternglass tinha feito tantas vezes antes. Ela não ia conseguir encaixotar os pesos, ainda enfiados embaixo do vão da escada. Se o prédio pegasse fogo, eles seriam derretidos e voltariam a ser lingotes de ferro.

A porta corta-fogo da redação estava escancarada e mantida aberta por um bloco de cimento. Era um espaço modesto contendo seis mesas de baixa qualidade com divisórias baixas de compensado de madeira distribuídas entre elas. Na outra ponta do salão havia uma parede de vidro do piso ao teto, que dava para o único gabinete particular do *Digest*, o de Tim Chen. O editor estava parado na porta da sua sala, segurando uma caixa de papelão com algumas fotos emolduradas e várias canecas de café equilibradas por cima.

Shane Wolff também estava lá, sentado em uma mesa perto da porta corta-fogo, desmontando um PC e arrumando metodicamente os componentes dentro de uma caixa de papelão. Uma estagiária, uma jovem nervosa e magricela de 19 anos chamada Julia, estava retirando gavetas de aço de um arquivo que ocupava quase uma parede inteira e as empilhando em um carrinho. Um jornalista esportivo baixinho e parrudo chamado Don Quigley estava usando uma corda elástica para amarrar as gavetas. O clima era de urgência silenciosa e diligente.

— Lanternglass — disse Tim, e acenou com a cabeça para a mesa dela, que ficava mais perto da sua sala.

— Pode deixar comigo. Eu consigo encaixotar tudo que tenho em dez minutos.

— Não empacote. Escreva.

— Você só pode estar brincando — falou ela.

— Acho que nós dois sabemos que sou conhecido pela falta de humor. Coloquei um aviso no nosso site sobre a bala. Os jornais da TV já estão noticiando. Quero a reportagem completa no servidor até o meio-dia. Depois você pode encaixotar — disse ele ao passar correndo por ela, carregando a caixa.

— Meu carro está aberto — falou ela. — Pode trazer meu laptop? Está no banco de trás.

Tim fez um gesto com a cabeça que pareceu indicar que sim e desceu a escada com a caixa.

Ela diminuiu o passo ao lado de Shane Wolff.

— Vou sentir saudade deste lugar se ele pegar fogo. Algumas das horas mais medíocres da minha vida foram vividas nesta sala. Acha que vai sentir saudade de algo daqui?

— Ver você subir e descer correndo as escadas — respondeu ele. — Não há nada de medíocre nisso.

— Eca — falou Dorothy. — Mamãe, ele está dando em cima da senhora.

— Quem disse isso? — perguntou Shane para a menina. — Talvez eu seja um fanático por exercícios. Talvez simplesmente admire alguém que se dedica de verdade a manter a forma.

Dorothy franziu os olhos e disse:

— Você está dando em cima dela.

— Pfff — falou Shane. — Não me provoque. Não sou eu que saio andando por aí com a cabeça enfiada no traseiro de uma galinha.

Dorothy pôs a mão sobre o gorro de galinha e riu, e Lanternglass puxou a filha pela mão e a conduziu até a mesa.

Havia uma pilha de caixas de papelão desmontadas encostada na parede de vidro que dava para o escritório de Tim Chen. Lanternglass montou uma caixa, e ela e Dorothy começaram a esvaziar a mesa. A caixa estava cheia até a metade quando Tim voltou com a mochila do laptop.

Lanternglass ligou o velho MacBook e abriu um novo documento enquanto Dorothy continuou enchendo a caixa. Ela começou a escrever pelo título: DESCOBERTA NO LOCAL DO CRIME GERA PERGUNTAS. Merda, ficou horrível.

Geral demais, vago demais. Lanternglass apagou a manchete e tentou outra. CASO ABALADO: DESCOBERTA NO LOCAL... Porra, não, esse ficou pior ainda.

Era difícil pensar. Lanternglass percebia o mundo desmoronando ao seu redor, quebrando e rachando. No escritório, Tim Chen jogava pilhas de pastas em uma caixa. Shane Wolff estava do outro lado do salão com parte do carpete arrancado. Ele puxou um longo cabo Ethernet debaixo do carpete e o enrolou. Um arquivo com todas as gavetas abertas perdeu o equilíbrio e caiu, fazendo um estrondo. A estagiária magricela gritou. O jornalista esportivo riu.

Pelas costas, Lanternglass ouviu o vento bater nas janelas, e, de repente, Dorothy levou um susto e olhou para fora com os olhos arregalados.

— Uau, mamãe, o vento está forte *mesmo* — disse ela.

Lanternglass girou na cadeira para ver. Por um momento, todos pararam o que estavam fazendo e ficaram imóveis olhando pela janela. A fumaça rolava e se acumulava do outro lado do vidro, quase obscurecendo o estacionamento lá embaixo. O vento rugia e levava com ele a nuvem em um tom venenoso de amarelo. Fagulhas giravam. Pela primeira vez, Aisha Lanternglass se perguntou se fora uma boa ideia trazer a filha com ela para a redação, se havia uma chance de as chamas sobrepujarem os bombeiros e chegarem ao prédio enquanto elas ainda estivessem lá dentro. Mas, não, essa era uma ideia ridícula. Eles sequer precisavam evacuar o prédio até a manhã seguinte. O serviço de parques nacionais não teria lhes dado tanto tempo para evacuar se houvesse algum perigo real. Além disso, ainda tinha gente chegando para ajudar com a mudança. Lá embaixo no estacionamento, ela meio que enxergou um Prius vermelhão entrando, vindo da rodovia. Aí a fumaça ficou mais espessa e ela perdeu o carro de vista.

— Vamos — disse a jornalista. — Acabe com isso, meu bem. Só preciso terminar a matéria e podemos ir.

Lanternglass recomeçou a digitar um novo título: UMA ÚNICA BALA MUDA TUDO. Pronto, esse tinha apelo. Qualquer um que o lesse *teria* que continuar até a próxima linha. Seja lá o que fosse a próxima linha. Lanternglass descobriria logo o caminho. Ela franziu os olhos para a tela, como um atirador mirando o alvo.

— Que porra é essa? — exclamou o jornalista esportivo em uma voz estranhamente esganiçada.

Ele estava parado na porta que levava à escadaria, pronto para descer devagar com o carrinho pelos degraus. Lanternglass ouviu o colega, mas não olhou naquela direção, estava concentrada na reportagem, formulando a próxima frase.

Ela não olhou até que o AR-15 disparou com um estalo seco e ensurdecedor, e depois outro, e um terceiro. Lanternglass deu uma olhadela a tempo de ver a cabeça do jornalista esportivo virar para trás e o sangue se espalhar em um esguicho fino pelo teto de compensado de madeira acima e atrás dele. O homem caiu de costas e derrubou o carrinho de ferro em cima de si, as caixas se soltaram das cordas elásticas que as mantinham no lugar e desabaram no chão.

Kellaway passou por cima do corpo, com o Bushmaster um pouco acima da linha do quadril, a bandoleira no ombro. Um homem grandalhão usando uma camisa polo cinza-escura já manchada de sangue. Shane Wolff, do outro canto da redação, ficou de pé, segurando o cabo Ethernet enrolado em uma das mãos. Ele ergueu a mão livre espalmando os dedos.

— Ei, seja lá o que você queira… — disse Shane, e Kellaway atirou no seu estômago e no seu peito. Shane foi jogado para trás contra a janela, e os ombros bateram com tanta força que o vidro rachou em duas partes.

Lanternglass empurrou a cadeira para trás com a bunda e se apoiou sobre um joelho. Dorothy havia se levantado para ver o que estava acontecendo, mas a mãe a pegou pelo pulso com força, e a menina ficou de joelhos. Lanternglass abraçou Dorothy e a puxou para debaixo da mesa.

O Bushmaster disparou com mais daqueles estampidos secos e fortes. Aquele seria o som de Kellaway matando Julia, a estagiária. De sua posição embaixo da mesa, Lanternglass podia ver as janelas que davam para o estacionamento e um pouco do gabinete particular de Tim Chen através do painel de vidro que servia como parede. Tim estava parado atrás da mesa, olhando para a redação com olhos desnorteados.

Por trás das janelas, a fumaça fervia e corria levada pelo vento. Outro redemoinho de fagulhas passou voando. Dorothy estremeceu, e Lanternglass segurou a cabeça da filha junto ao peito e encostou a boca no cabelo da menina. Sentiu o cheiro forte do couro cabeludo da filha, do xampu de leite de coco. Os braços magricelas da menina estavam em volta da cintura da mãe. E Lanternglass pensou: *Não permita que ele tenha visto a gente. Por favor, Deus, não permita que ele tenha visto a gente. Por favor, Deus, deixe esta criança viver.*

Tim Chen desapareceu da vista de Lanternglass e foi em direção à porta do escritório. Ele pegou um suporte de mármore para livros, um bloco de pedra rosa e branca, a única coisa que encontrou para poder lutar. Lanternglass ouviu o editor gritar, um berro inarticulado de horror e raiva, e o Bushmaster disparou de novo, *chunk-chunk-chunk-chunk*, a menos de três metros, bem do outro lado da mesa dela. Tim Chen caiu com tanta força que o chão tremeu.

Os ouvidos de Lanternglass zumbiam de forma estranha. Ela nunca havia abraçado a filha com tanta força, não conseguiria apertar mais forte sem quebrar alguma coisa. Inspirou o mínimo de ar, pois tinha medo que, se respirasse muito fundo, Kellaway fosse ouvir. Mas talvez ele não conseguisse escutar nada depois de ter dado tantos tiros. Talvez depois dos disparos, Kellaway estivesse surdo para ouvir os pequenos sons de uma menina tremendo e uma mãe arfando baixinho.

O vento rugia, em um volume cada vez mais alto. Lanternglass olhou para a fumaça através da janela, e com uma espécie de deslumbramento horrorizado, viu uma labareda de cem metros de altura se contorcendo na escuridão: uma coroa incendiária girando no meio da rodovia. Um furacão esguio de fogo que alçava ao céu branco sufocante e desaparecia. Se virasse na direção do prédio, talvez atingisse e arrebentasse os tijolos e levasse embora sua filha, Dorothy, para um mundo de Oz dourado, em chamas, terrível, mas, ainda assim, maravilhoso. Talvez o furacão levasse as duas embora. Ao vê-lo, o peito de Aisha Lanternglass se encheu de uma admiração que foi como respirar, inflando os pulmões e o coração. A beleza do mundo e o horror do mundo estavam entrelaçados, como vento e chamas. A fumaça subiu, imunda e escura, pressionou as janelas, mas depois perdeu as forças, e, de repente, aquela escada ardente que se contorcia a caminho das nuvens sumiu.

Um coturno apareceu diante do esconderijo no vão debaixo da mesa. Os olhos de Dorothy estavam bem fechados. Ela não viu. Lanternglass olhou por cima da cabeça da filha, prendendo o fôlego. Outro coturno surgiu. Ele estava bem diante da mesa.

Lentamente, *lentamente*, Kellaway se abaixou para olhar para as duas. Segurando a coronha do Bushmaster sob a axila direita, ele olhou para Lanternglass e sua filhinha com algo muito parecido com serenidade nos olhos azul-claros, quase brancos.

— Imagina só: se você tivesse uma arma — disse Kellaway —, esta história poderia ter um final diferente.

NAS ALTURAS

1

ELE ODIAVA FICAR NO FUNDO do aviãozinho, apertado no meio dos outros. Odiava o fedor de combustível, de lona mofada e dos próprios peidos. Quando eles chegaram a 2 mil metros de altura, Aubrey Griffin decidiu que não conseguiria saltar.

— Foi mal fazer isso, cara… — falou Aubrey, falando por cima do ombro para o homem que ele chamava de Axe.

O nome do mestre de salto sumiu de sua cabeça assim que o sujeito se apresentou. Àquela altura, Aubrey estava tendo dificuldades em se ater mesmo à informação mais básica. Na meia hora antes de eles embarcarem no Cessna monomotor, o pânico de Aubrey estava causando um rugido de estática que tomou sua mente. As pessoas olharam bem na cara dele e disseram coisas — gritaram coisas, na verdade, pois todo mundo estava com a adrenalina lá em cima —, mas tudo que Aubrey ouviu foram ruídos ininteligíveis. Ele conseguia captar palavrões de vez em quando e nada mais.

Então Aubrey começou a pensar no sujeito como Axe, diminutivo de Desodorante Axe, porque o cara parecia ter saído das filmagens de um comercial com carros possantes, explosões e modelos de lingerie fazendo guerra de travesseiros. O mestre de salto era magro e sarado, com cabelo ruivo-alourado em um corte curto e topete penteado para trás, e tinha uma energia de cheirador que aumentava o horror de Aubrey em vez de diminuí-lo. Que absurdo ter considerado colocar a própria vida nas mãos de alguém de quem ele sequer sabia o nome.

— O que foi que você disse? — berrou Axe.

Não parecia que era tão difícil se fazer ouvir, especialmente por um cara que estava amarrado ao seu traseiro. Eles estavam unidos no mesmo equipamento; Aubrey sentado no colo de Axe como uma criança se aconchegando em um Papai Noel de shopping.

— Eu não consigo! Torci pra cacete para conseguir! Achei mesmo que...

Axe sacudiu a cabeça.

— Isso é normal! Todo mundo se sente assim!

Axe o faria implorar. Aubrey não queria implorar, não na frente de Harriet. Para seu desgosto, ele soltou outra série de peidos. Eram inaudíveis por causa do zumbido do motor, mas ardiam e fediam. Axe devia estar sentindo todos os peidos.

Era horrível ser patético na frente de Harriet Cornell. Não importava que ele e Harriet jamais namorariam, jamais se apaixonariam, jamais ficariam nus sob os lençóis frios em St. Barts com as portas francesas abertas e o som das ondas batendo nos recifes ao longe. Ele ainda tinha os devaneios para proteger. Era um desalento para Aubrey pensar que esta seria a última lembrança dele que Harriet levaria para a África.

Era o primeiro pulo tanto de Harriet quanto de Aubrey. (Ou talvez fosse mais correto dizer que seria o primeiro pulo de Harriet. Nos últimos instantes, Aubrey tinha percebido que não seria o seu.) Eles fariam um salto duplo, o que significava que estavam atrelados a um mestre de salto, pessoas que faziam isso todo dia. Brad e Ronnie Morris também estavam no avião. Mas saltar era algo corriqueiro para eles, pois ambos eram paraquedistas experientes.

June Morris estava morta, e todos saltavam em homenagem à sua memória: os irmãos, Brad e Ronnie; Harriet, que era sua melhor amiga; e o próprio Aubrey. June havia morrido seis semanas antes, abatida por um câncer aos 23 anos. Aubrey considerou aquilo um lance capaz de desafiar qualquer possibilidade. Para ele, era mais provável uma pessoa se tornar um astro do rock do que morrer assim tão jovem de algo como um linfoma.

— Não tem nada de normal nisso! — berrou Aubrey no avião. — Eu fui clinicamente diagnosticado como um frouxo covarde. Sério, se você me fizer saltar, vou encher a calça de merda quente e pastosa, cara...

Naquele momento, o barulho parou dentro da cápsula oca e crepitante de aço inoxidável, e a voz de Aubrey correu de uma ponta a outra do avião. Ele percebeu que Brad e Ronnie se voltaram para ele. Ambos tinham câmeras GoPro presas aos capacetes. Era provável que tudo isso fosse parar no YouTube mais tarde.

— Primeira regra do paraquedismo: não cague no mestre de salto — disse Axe.

O estrondo do motor ressurgiu. Brad e Ronnie viraram o rosto.

Aubrey não queria olhar para Harriet, mas não conseguiu se controlar.

Ela não estava olhando para ele, embora Aubrey achasse que Harriet tinha acabado de virar o rosto. Ela segurava um cavalinho roxo de pelúcia com um chifre prateado que saía da testa e pequeninas asas iridescentes atrás das patas dianteiras: o Junicórnio. Harriet e o Junicórnio estavam virados em direção à porta, uma escotilha grande, solta e sacolejante feita de plástico transparente. Toda vez que o avião pendia para a esquerda, Aubrey era consumido pela certeza nauseante de que a porta se abriria e ele escorregaria para fora enquanto o Desodorante Axe soltava uma risada de psicopata cheirado.

A forma deliberada como Harriet não olhava para ele era quase tão desagradável quanto se ela o estivesse encarando com uma mistura de dó e decepção. Aubrey não precisava que Axe lhe desse permissão para permanecer no avião. A opinião do mestre de salto não importava. O que Aubrey queria era que Harriet lhe dissesse que estava tudo bem.

Não. O que ele queria era pular do avião com ela — *antes* dela. Mas, para fazer isso, Aubrey teria que ser outra pessoa. Talvez aquilo fosse o que ele mais odiasse: não o estômago delicado, não os peidos fedidos, não o colapso da coragem. Talvez o que ele mais desprezasse fosse ser desmascarado. Havia alguma coisa mais arrasadora no mundo do que ser desmascarado por alguém que você queria que te amasse?

Aubrey se inclinou à frente e bateu com o capacete no de Harriet para chamar a atenção dela.

Ela se voltou para ele, e Aubrey viu, pela primeira vez, que Harriet estava pálida e tensa, com os lábios tão cerrados que tinham perdido a cor. Ele percebeu, sentindo algo parecido com alívio, que ela também estava aterrorizada. Aubrey se ateve a uma ideia com uma esperança quase frenética: talvez Harriet ficasse com ele no avião! Se os dois fossem covardes juntos, a situação não seria mais vergonhosa e trágica; seria a coisa mais engraçada de todos os tempos.

Ele teve a intenção de contar para ela que estava desistindo, mas agora, tomado pela nova ideia, berrou:

— Como você está?

Aubrey estava preparado para confortá-la. Na verdade, estava ansioso por isso.

— Falta *pouco* para eu vomitar.

— Eu também! — berrou ele, talvez com um pouco de entusiasmo demais.

— Estou tremendo feito vara verde.

— Meu Deus, fico feliz por não ser o único.

— Não quero estar aqui — disse Harriet, o capacete apoiado no dele e os narizes quase se tocando. Os olhos dela, em um tom marrom-esverdeado claro de um brejo congelado, estavam arregalados com uma ansiedade patente.

— Porra! — falou Aubrey. — Nem eu! *Nem eu!* — Ele estava prestes a rir, prestes a pegar a mão dela.

Harriet virou os olhos de volta para a porta sacolejante de plástico transparente.

— Não quero ficar nem mais um segundo sentada nesse avião. Só queria estar lá fora *saltando*. É como esperar na fila da montanha-russa. A espera é de matar. Não dá para parar de imaginar a volta na montanha-russa. Mas aí, quando está no brinquedo, a pessoa pensa: "Por que eu estava tão assustada? Quero ir de novo!"

Um peidinho fraco e oleoso de decepção escapuliu. O entusiasmo, o inchaço de coragem encantadora que ele ouviu na voz de Harriet encheu Aubrey de um desespero do nível das bandas grunge de Seattle.

Os olhos de Harriet se arregalaram. Ela apontou para a porta sacolejante e berrou com uma empolgação quase infantil:

— Ei! Ei, pessoal! Nave espacial!

— O que é aquilo? — disse o machão estilo lenhador que estava de conchinha por trás dela.

Harriet estava presa a um sujeito parrudo com o tipo de barba espessa que indicava um armário cheio de camisas de flanela e um segundo emprego servindo café espresso produzido de forma ecológica e economicamente justa em uma cafeteria de luxo. Quando chegou o momento de escolher um mestre de salto, Aubrey agira rápido para ficar com o Desodorante Axe. Ele não queria que Harriet saltasse do avião com aquele cara, com a bunda encaixada na provável ereção do sujeito até chegar ao solo. O wookiee sobrou como par de Harriet. De forma infeliz (e previsível), ela e o gordo peludo passaram a gargalhar desde os primeiros momentos juntos. Na hora do almoço, os dois fizeram um dueto para uma versão à capela de "Total Eclipse of the Heart", com o mestre de salto cantando os trechos da voz masculina em um tom baixo, entusiasmado e tão comovido que impressionava. Aubrey desprezava o sujeito. Era o papel dele ser comovente e surpreender Harriet com uma gargalhada. Ele desprezava todos os gordos decentes e espertos que se aninhavam nos abraços espontâneos de Harriet.

— Ali! — gritou ela. — Ali, *ali*! Aubrey? Está vendo?

— Vendo o quê? — berrou o wookiee, embora ela não estivesse falando com ele.

— Aquela nuvem! Olha aquela nuvem esquisita! Parece um OVNI!

Aubrey não queria olhar. Não queria nem chegar perto daquela porta. Mas não pode evitar — Axe estava se aproximando para ver o que Harriet apontava e ia levando Aubrey junto com ele.

Ela apontou para uma nuvem no formato de um disco voador de um filme dos anos 1950 de invasão alienígena. A nuvem era larga e circular e, no centro, havia um domo de algodão.

— Meio grande para um OVNI! — gritou o Chewbabaca.

Ele tinha razão — aquela nuvem devia ter quase 1,5 quilômetro de uma ponta a outra.

— É a nave-mãe! — berrou Harriet com alegria.

— Uma vez, vi uma nuvem que parecia uma rosquinha — disse Axe. — Como se Deus tivesse soprado um anel de fumaça. Tinha um buracão no meio. Estamos muito mais perto do sobrenatural aqui em cima. Tudo fica muito surreal quando se está caindo de quatro quilômetros de altura. A realidade é tão tênue quanto o velame do paraquedas, e a mente se abre para novas possibilidades!

Ah, vão se foder vocês e suas realidades tênues como velames de paraquedas — foi a opinião de Aubrey. Vão se foder Axe e sua promessa de que a experiência abriria Harriet para novas possibilidades (como talvez uma transa a três com Axe e o amigo peludo de Harriet depois do salto).

Harriet balançou a cabeça com satisfação.

— June teria adorado aquela nuvem. Ela acreditava que "Eles" andavam entre nós. Os Cinzentos. Os Visitantes.

— Vamos olhar mais de perto em breve — disse o Veloz e Gorduroso. — Estamos quase na altitude para o salto.

Aubrey sentiu uma nova pontada de temor, como uma agulhada, mas, ao menos por um instante, o salto foi apenas a *segunda* coisa em sua cabeça. Ele se debruçou à frente, quase inconscientemente, e surpreendeu Axe, que teve que se debruçar com ele. O equipamento que os unia rangeu.

Aubrey observou a nuvem por meio minuto conforme o avião subia e começava a circular na direção dela — eles passariam por cima da nuvem em um momento ou dois. Então, olhou por cima de Harriet para o sujeito barbudo.

— É! — disse Aubrey. — É, cara, ela tem razão. Aquela nuvem é esquisita. Olha de novo.

— É um belo espécime de cúmulo-nimbo — falou o mestre de salto de Harriet. — Muito maneira.

— Não, não é. Não é *maneira*. É *esquisita*.

O wookiee avaliou Aubrey com um olhar que parecia misturar tédio com desprezo. Aubrey balançou a cabeça, aborrecido porque o sujeito não entendeu, e apontou mais uma vez.

— A nuvem está indo *naquela* direção — disse Aubrey, apontando para o norte.

— E daí? — falou Brad Morris.

Pela segunda vez nos últimos minutos, todo mundo estava olhando para Aubrey.

— Todas as outras nuvens estão indo na direção *oposta*! — gritou ele, apontando para o sul. — Ela está indo na direção errada.

2

A NUVEM PRENDEU A ATENÇÃO deles durante um momento compartilhado de silêncio respeitoso até que o mestre de salto gorducho explicou:

— Isso se chama caixa de ar. É um padrão de fluxo circular. O ar avança em uma direção em determinada altitude, depois volta e empurra tudo na direção oposta, em uma altitude diferente. Quando a pessoa anda de balão, uma corrente como essa significa que ela flutua para longe do ponto de partida, depois cai alguns quilômetros e flutua de volta para o mesmo lugar de onde partiu.

O mestre de salto gorducho também praticava balonismo e tinha oferecido um passeio de graça para Harriet qualquer dia desses — uma sugestão maligna do ponto de vista de Aubrey, a mesma coisa que convidá-la para uma noite relaxante de cocaína e punhetas. Aubrey achava que a maioria dos homens praticantes de paraquedismo e balonismo e outras formas de diabruras nas alturas fazia tudo isso por boceta. Havia todas aquelas oportunidades de afivelar equipamentos de segurança nas garotas, de dar uma alisada ao confortá-las em um momento de alta ansiedade, de conquistar a admiração delas com demonstrações festivas de coragem. É claro que, verdade fosse dita, o próprio Aubrey não estaria no avião se não fosse para impressionar Harriet.

— Ah — disse Harriet, dando de ombros em um gesto de decepção fingida. — Que pena. Achei que a gente estava prestes a fazer contato.

Axe ergueu dois dedos como Churchill anunciando o Dia da Vitória.

— Dois minutos!

Harriet bateu o capacete contra o de Aubrey e encarou o olhar dele.

— Oi?

Aubrey tentou dar um sorriso, mas saiu mais como uma careta.

— Não — falou ele. — Não consigo.

— Você consegue, vale a pena! — gritou Axe, enfim decidindo parar de fingir que não conseguia ouvir. — Essa experiência toda envolve o poder de "conseguir"!

Aubrey ignorou o mestre de salto. O Desodorante Axe não importava. A única coisa que o preocupava era como Harriet encarava a questão.

— Eu realmente gostaria — disse ele para ela.

Harriet concordou com a cabeça e pegou a mão de Aubrey.

— *Preciso* saltar. Prometi para June.

Obviamente, ele também tinha prometido. Quando Harriet disse que saltaria, Aubrey havia jurado que cairia aos gritos, bem ao lado dela. Naquele momento, June estava morrendo, e parecera a coisa certa a ser feita.

— Eu me sinto um merda… — falou Aubrey.

— Não se preocupe! — gritou Harriet. — Acho irado que você tenha chegado a este ponto!

— Até tomei o dobro de remédios para ansiedade e tudo mais! — Ele queria conseguir parar de ficar se explicando.

— Um minuto! — berrou Axe.

— Não tem problema, Aubrey — disse Harriet com um sorriso maroto. — Mas é melhor eu me preparar, certo?

— Certo — concordou ele, aquiescendo com muito nervosismo.

— Estou pronto para ir! — gritou Ronnie Morris. — Um ar fresco cairia bem!

Brad Morris riu, e eles tocaram as mãos em uma saudação. Aubrey ficou magoado por eles fazerem piada sobre os peidos covardes que empesteavam a cabine. Já era ruim estar vergonhosamente assustado, mas era pior ainda ser traído pelo próprio corpo e ridicularizado por isso.

Aubrey olhou para Harriet, mas o olhar dela estava fixo na porta de plástico transparente agora. Ele fora dispensado dos pensamentos dela. A sensação era pior do que Aubrey havia imaginado. Ele tinha pensado que Harriet se decepcionaria com ele, mas ela não estava decepcionada, estava apenas indiferente. Aubrey se convencera de que *precisava* fazer aquilo, precisava estar lá por June, por Harriet, mas, na verdade, sua presença não tinha a menor importância.

E agora que tinha certeza que não saltaria, ele se sentiu desanimado e vazio. Harriet sussurrava para o Junicórnio e apontava o bicho de pelúcia para a enorme nuvem em formato de OVNI, enquanto o Cessna ia na direção dela.

Axe mexeu na câmera no próprio capacete.

— Ei, olha só, Audrey. — Foi um pequeno prazer amargo descobrir que o mestre de salto também não sabia o nome dele. — Se você está decidido, desistir é um direito seu. Mas fique sabendo que o preço é o mesmo, saltando ou não. Eu não posso lhe ressarcir nem o custo do DVD.

— Desculpe ter arruinado a diversão de todo mundo — anunciou Aubrey, mas o triste mesmo era que ele não havia arruinado nada para ninguém. Nem mesmo o escutavam mais.

O avião se inclinou ainda mais na curva.

— Vamos dar a volta em direção à pista de pouso... — disse Axe, e foi quando tudo desligou.

A hélice no nariz do pequeno Cessna chiou, estalou e parou de girar de repente. O vento passou soprando por baixo das asas, e o assovio suave preencheu o silêncio súbito. As luzes de navegação dentro da cabine de salto piscaram e se apagaram.

O grande silêncio assoviante deixou Aubrey mais admirado do que assustado.

— O que aconteceu? — perguntou Harriet.

— Lenny! — gritou Axe para a frente do avião. — Que diabo, cara? A gente simplesmente entrou em estol?

O piloto, um sujeito de cabelo cacheado usando um fone de ouvido com espuma, acionou um interruptor de alternância, arrancou um manche comprido de aço do painel e apertou um botão.

O Cessna estava flutuando, como uma folha de jornal pairando sobre uma grade de metrô.

Lenny, o piloto, olhou para trás na direção deles e deu de ombros. Ele usava uma camiseta branca com o mascote do Ki-Suco, aquele jarrão de suco vermelho bobo e sorridente. Ele retirou o fone do ouvido e o deixou em volta do pescoço.

— Não sei! — gritou Lenny. Ele não soou preocupado, e sim chateado. — Talvez! Mas também estou sem eletricidade! Tudo morreu de repente. Como se um fio tivesse soltado na bateria.

O Cessna estremeceu, as asas balançaram aos poucos, de um lado para o outro.

— Não é problema para mim — disse Brad. — Eu ia saltar mais ou menos aqui, de qualquer forma.

— É — falou Ronni. — Estava pensando que queria esticar as pernas.

— Vão em frente! — gritou Lenny. — Saltem! Depois que todo mundo sair, eu executo um mergulho e ligo o motor. Se não funcionar, vou ter que pousar planando. Espero chegar à pista. Vai ser aos trancos e barrancos se eu não conseguir.

— Ah, porra! — gritou Aubrey. — Que palhaçada! Não acredito em uma palavra.

Brad correu até a porta e girou os engates de aço inoxidável que a mantinham fechada, um atrás do outro. Ele ergueu a porta e a puxou. A abertura era tão larga quando um gol de futebol. Brad colocou o pé em um cano que passava por baixo da porta.

— Audrey, meu amigo — disse Axe delicadamente.

— Não! — berrou Aubrey. — Não tem graça! Mande o piloto ligar o avião! Você não pode coagir alguém a pular dessa maneira!

— Vejo vocês no chão — falou Brad.

Ele segurou na lateral do avião, de frente para eles, com uma das mãos na barra acima. Com a mão livre, Brad fez uma saudação elegante — *babaca* —, se afastou do avião e foi engolido pelo céu.

— Audrey! Audrey, respire! — disse Axe. — Não estamos de sacanagem. Tem *mesmo* um problema com o avião. — Ele falou muito devagar e pronunciou cada palavra com cuidado. — A gente nunca desligaria um avião para fazê-lo pular por medo. De verdade. Muitas pessoas desistem no último minuto. Eu não me importo. Sou pago de qualquer forma.

— Por que o avião simplesmente pararia de funcionar?

— Sei lá. Mas, acredite em mim, é melhor a gente não estar dentro dele quando o piloto tentar ligar o motor.

— Por que não?

— Porque ele vai apontá-lo para o chão.

Ron Morris correu para a beira da porta aberta, se preparando para seguir o irmão. Ele sentou por um momento, com os pés na barra que corria do lado de fora do avião, apoiou os cotovelos nos joelhos e curtiu a vista. As rajadas de vento fizeram sua pele tremular e distorceram as pelancas do rosto gorducho. Aos poucos, quase como um homem cochilando, ele foi tombando para a frente, depois mergulhou de cabeça e sumiu.

— Andem logo com isso aí atrás! — berrou Lenny do único assento nos controles.

Harriet estava sentada entre as pernas de seu mestre de salto, olhando de Aubrey para Axe e para o piloto com um fascínio amedrontado. Ela apertou o Junicórnio contra o peito, como se estivesse com medo de alguém tentar arrancá-lo das suas mãos. O Junicórnio era o substituto da própria June, e Harriet tinha ordens para cuidar dele e levá-lo com ela para fazer todas as coisas que June jamais poderia fazer: ver as pirâmides, surfar na África, pular de paraquedas. Aubrey teve a sensação ridícula de estar sendo encarado tanto pela garota quanto pelo bicho de pelúcia.

— Aubrey — disse Harriet. — Acho que devemos saltar. Agora. Nós dois. — Ela olhou por cima de Aubrey, para Axe. — Podemos ir juntos? Tipo de mãos dadas?

Axe fez que não com a cabeça.

— Estaremos três segundos atrás de vocês.

— Por favor, se a gente pudesse apenas dar as mãos. Meu amigo está assustado, mas sei que ele consegue, se saltarmos juntos — falou ela, e Aubrey gostou tanto daquilo que teve vontade de chorar.

Naquele exato momento, Aubrey quis dizer que a amava, mas revelar seus sentimentos era ainda mais impossível para ele do que saltar de um avião para uma queda de quatro quilômetros.

— Não é uma boa ideia no primeiro salto. Nossos paraquedas de desaceleração podem se enroscar. Harriet, por favor, vá. Nós vamos atrás.

O mestre de salto gorducho começou a arrastar a bunda pelo piso de aço, levando Harriet embora e se aproximando da porta.

— Audrey? — chamou Axe, com uma voz reconfortante, calma e ponderada. — Se não saltarmos, você estará arriscando a minha vida e a sua. Quero saltar enquanto é possível. Eu preferia ter o seu consentimento.

— Ah, Deus.

— Feche os olhos!

— Ah, Deus. Ah, meu Deus. Que loucura do caralho.

Harriet e o mestre de salto tinham se arrastado até a porta aberta. As pernas dela estavam penduradas para fora. Harriet olhou para trás com uma última expressão suplicante para Aubrey. Aí agarrou a mão do mestre de salto, e os dois sumiram.

— Você vai sentir terra firme debaixo dos pés quando menos esperar — falou Axe.

Aubrey fechou os olhos. Ele concordou com a cabeça.

— Desculpe ser tão covarde — disse Aubrey.

Axe arrastou a bunda no piso de aço aos pouquinhos e levou os dois em direção à abertura. Aubrey pensou, a esmo, que estava contente por não ser Harriet sentada no colo de Axe, sentindo a pressão dos quadris dele contra sua bunda daquela maneira.

— Você já saltou com alguém pior do que eu? — perguntou Aubrey.

— Na verdade, não — respondeu Axe, e se jogou com Aubrey para fora da lateral do avião.

Eram mais de três quilômetros até o chão, um minuto de queda livre e talvez quatro minutos planando lentamente no paraquedas. Mas Aubrey Griffin e o mestre de salto caíram só um pouco menos de quatro andares até colidirem com a beirada da nuvem em formato de OVNI, que não era nuvem coisa nenhuma, e pararam de cair.

3

O MEDO ENGROSSA O TEMPO, torna-o lento e viscoso. Um segundo de terror sentido profundamente dura mais do que dez segundos normais. Aubrey caiu por apenas um momento, mas esse instante durou mais do que toda a subida demorada e circulante até o céu a bordo do Cessna.

Quando passaram pela porta, Aubrey tentou se virar, permanecer no avião, enquanto Axe empurrava os dois para fora. Ele mergulhou de costas, olhando para a aeronave, com o mestre de salto por baixo. Aubrey despencou com uma grande sensação de emoção que foi do saco à garganta, um único pensamento latejando na mente enquanto caía:

ESTOU VIVO ESTOU VIVO ESTOU VIVO ESTOU...

... e aí eles colidiram.

Aquilo com o que colidiram não se parecia em nada com terra, mas, sim, com massa de pão. Era uma coisa espessa, borrachuda e fria, e se tivessem saltado apenas três ou cinco metros acima daquilo, a aterrissagem poderia ter sido suave e elástica. Na verdade, porém, eles caíram de doze metros, e Axe absorveu todo o impacto. Os ossos frágeis da bacia se quebraram em três lugares. A parte superior do fêmur direito se quebrou com um estalo. O capacete de Aubrey foi para trás, atingiu o rosto de Axe e quebrou seu nariz, que estilhaçou com um estalo feito vidro.

O próprio Aubrey não saiu completamente ileso. Axe lhe deu uma joelhada no quadril forte o suficiente para deixar um hematoma feio. Também bateu o cotovelo com tanta força que perdeu toda a sensibilidade na mão direita.

Uma grande nuvem de fumaça fria e seca surgiu em volta deles. Tinha um cheiro pungente, como o de aparas de lápis, de rodas de trem, de relâmpago.

— Ei — disse Aubrey em uma voz fraca e trêmula. — O que aconteceu?

— *Aaai!* — berrou Axe. — *Aaai!*

— Você está bem?

— *Aaai!* Ai, meu Deus. Ai, caralho.

Toda aquela emoção exultante foi arrancada de Aubrey no impacto, assim como todos os pensamentos. Ele balançou braços e pernas com os movimentos difíceis e impotentes de um besouro virado de barriga para cima. Ergueu os olhos para o céu límpido. Ainda dava para ver o avião, do tamanho de um brinquedo acima deles, mas se afastando para o leste. Era engraçado como o avião já estava longe.

Axe soluçou.

O som foi tão inesperado, tão terrível, que provocou um choque em Aubrey e o tirou do estado de estupefação e deslumbramento. Ele fechou o punho direito, tentando recobrar a sensibilidade da mão.

— Você pode me soltar? — perguntou Aubrey.

— Não sei! — respondeu Axe. — Ai, cara. Acho que me fodi de verdade.

— Onde a gente caiu? — indagou Aubrey. Aquilo parecia uma nuvem, o que não fazia o menor sentido. — Estamos em cima do quê?

Axe ofegou de um jeito horrível e frenético. Aubrey achou que ele fosse soluçar de novo.

— Você tem que me soltar — disse Aubrey.

Axe apalpou as laterais do corpo de Aubrey. Um mosquetão se soltou, depois outro, a seguir um terceiro e finalmente um quarto, e Aubrey saiu de cima dele, fez um esforço para ficar sentado e olhou em volta.

Ele estava sentado em uma nuvem, uma ilha de creme branco batido, à deriva em uma vastidão de azul plácido. Os dois estavam na ponta de uma massa de quase 1,5 quilômetro de comprimento, com uma grande protuberância central no formato de um domo. Aquilo fez Aubrey pensar na catedral de São Paulo em Londres.

Uma sensação nauseante incomodou o interior da sua garganta. A cabeça dele girou.

Aubrey enfiou a mão direita, que estava formigando, dentro da nuvem. De início, ele meteu a palma no vapor frio em movimento. Mas ao fazer força com a mão, a bruma *endureceu* e se solidificou, com a consistência de requeijão ou talvez purê de batatas ou, na verdade, massinha de modelar. Quando Aubrey recolheu a mão, a nuvem se desvaneceu mais uma vez em bruma.

— Caralho — disse ele.

No momento, era a reação mais sofisticada que Aubrey conseguia ter.

— Ai, cara. Ai, Deus. Alguma coisa está quebrada dentro de mim.

Aubrey voltou um olhar estupefato para o outro homem, que estava se contorcendo e se remexendo com fraqueza na fumaça agitada. Os calcanhares chutaram a bruma e abriram sulcos naquele estranho creme semissólido. Os óculos de proteção esportivos de Axe — cujas lentes tinham o tom vermelho-acobreado de um pôr do sol em Cape Cod — estavam quebrados. Ele provavelmente não conseguia enxergar, estava tateando em volta às cegas com uma mão só. A GoPro montada no capacete do mestre de salto encarava Aubrey com uma expressão neutra e estúpida.

— Eu abri o paraquedas? — perguntou Axe. — Devo ter aberto se estamos no chão. O que aconteceu? Bati a cabeça do lado da porta ao saltar do avião?

A voz saiu com dificuldade e fraca pela dor. Axe não sabia onde eles estavam. Não entendeu o que tinha acontecido.

Aubrey também não entendeu o que tinha acontecido. Era difícil pensar. Muita coisa aconteceu rápido demais, e nada fazia sentido ou parecia real.

Axe não tinha aberto o paraquedas — embora o de desaceleração tivesse sido acionado automaticamente. Era um paraquedas secundário menor, um pequeno balde de velame vermelho e amarelo, apenas grande o suficiente para embrulhar um peru de Dia de Ação de Graças. O vento o arrancou, e agora ele flutuava como uma pipa além da beirada da nuvem, de um lado para o outro. Aubrey não sabia o que um paraquedas de desaceleração fazia. Axe tentara explicar, mas, na ocasião, ele estava nervoso demais para absorver qualquer informação.

Aubrey percebeu que Axe não estava se contorcendo ou se remexendo, afinal de contas. Também não estava dando chutes com os calcanhares. O mestre de salto estava perfeitamente imóvel, com um braço recolhido sobre o torso, e a outra mão na cintura. Os calcanhares abriam pequenos sulcos na pasta leitosa da nuvem porque o paraquedas de desaceleração estava levando Axe embora de maneira lenta, mas gradual.

— Ei — disse Aubrey. — Ei, cara, cuidado.

Ele agarrou o arnês em volta do peito de Axe e deu um puxão, e o mestre de salto berrou de dor, um som tão penetrante que Aubrey se encolheu e soltou no mesmo instante.

— Meu peito! — gritou Axe. — Meu peito, porra! O que você está fazendo?

— Só quero te puxar para longe da beirada — respondeu Aubrey.

Ele esticou a mão para pegar o arnês de novo, e Axe deu uma cotovelada para afastá-la.

— Não se mexe em alguém que sofreu um acidente, seu babaca! — reclamou Axe. — Você não sabe *nada*?

— Desculpe.

Axe ofegou. As bochechas estavam manchadas por lágrimas.

— Beirada do quê? — perguntou então, com uma voz triste, quase infantil.

Naquele momento, a brisa aumentou e agitou a nuvem leitosa em volta deles. O paraquedas de desaceleração inflou, subiu e se retesou de repente, voando em direção ao céu azul. O vento puxou e esticou todas as cordas do paraquedas, deixando Axe sentado. O mestre de salto gritou mais uma vez. Suas botas se arrastaram pela substância borrachuda e fofa da nuvem, abrindo sulcos de quinze centímetros de profundidade. Aubrey pensou de novo em massa de pão, de alguém enfiando os dedos em uma coisa crua e elástica.

Aubrey esticou a mão em direção a uma das botas em movimento e a agarrou com a direita, ainda dormente. Mas não havia sensibilidade nos dedos, e Aubrey segurou a bota por apenas um momento até ela escapar.

— Beirada do *quê*? — gritou Axe enquanto era levado embora.

O vento levou o paraquedas de desaceleração para cima e para trás e tirou Axe da beirada da nuvem com um puxão súbito, como uma faxineira arrancando o lençol de uma cama de hotel. O mestre de salto soltou um ganido e agarrou as cordas do paraquedas que se erguiam ao seu redor. Ele foi puxado para o céu a quase 2 metros de altura. Aí o vento parou, e ele caiu imediatamente, além da nuvem e do alcance da visão.

4

O VENTO CANTOU UMA CANÇÃO estridente e debochada, praticamente inaudível.

Aubrey ficou olhando para o lugar em que Axe estivera, como se o mestre de salto pudesse reaparecer.

Pouco tempo depois, ele percebeu que estava tremendo sem controle, embora tivesse deixado o pânico lá atrás, dentro do avião. O que ele sentia agora era mais do que uma reação de luta ou fugia. Era um estado de choque, talvez.

Ou talvez fosse apenas frio. No mundo lá embaixo, era dia 3 de agosto, uma tarde de calor seco e arrasador. Carros cobertos por pólen em uma camada de sujeira de cor mostarda. Abelhas zumbiam sua canção hipnótica e sonolenta na grama seca e queimada. Ali em cima, porém, era uma manhã fria do início de outubro, tão pungente, fresca e doce como a mordida em uma maçã madura.

Ele pensou: *Isso não está acontecendo.*

Ele pensou: *Eu estava com tanto medo que minha mente surtou.*

Ele pensou: *Bati com a cabeça na lateral do avião, e esta é a minha última fantasia maluca enquanto morro de traumatismo craniano.*

Aubrey embaralhou essas possibilidades como um homem distribuindo cartas, mas de uma maneira remota, meio inconsciente, quase sem registrá-las.

Não havia como discutir com o frio intenso do ar ou com o assobio da brisa, que soltava uma nota em mi maior sustenido.

Por um bom tempo, ele ficou de quatro, olhando por cima da beira agitada da nuvem, se perguntado se poderia se mexer. Não sabia se devia arriscar.

Ele achava que, caso se mexesse, a gravidade iria notá-lo e derrubá-lo através da nuvem.

Passou a mão na bruma adiante, fez carinho nela como se fosse em um gato. Ela se firmou em uma massa maleável e ondulada ao primeiro toque.

Aubrey rastejou, suas coxas tremiam. Era muito parecido com se arrastar sobre uma superfície de argila mole. Quando avançou mais ou menos um metro, olhou para trás. O rastro que estava deixando na nuvem derretia assim que ele recomeçava o movimento, voltando a ser a bruma que coalhava devagar.

Quando chegou a 1,5 metro da beira irregular na parte sul da nuvem, deitou de bruços. Aubrey se arrastou um pouco mais sobre a barriga, e o pulso latejava com tanta força que o dia clareava e escurecia a cada batida do coração. Ele sempre teve medo de altura. Era uma boa pergunta: por que um homem com pavor de altura, um homem que evitava voar sempre que podia, teria concordado em saltar de um avião. A resposta, claro, era tão simples: Harriet.

A nuvem diminuía aos poucos na borda... diminuía, mas não cedia. O finalzinho da nuvem tinha apenas 2,5 centímetros de espessura, mas era a substância mais dura até então, rígida como concreto, e não dava a menor impressão de que iria ceder.

Aubrey espiou para além da beirada.

Ohio estava lá embaixo, um terreno quase perfeitamente plano de quadrados multicoloridos em tons de esmeralda, trigo, marrom-escuro e âmbar-claro. Eram as famosas ondas de grãos mencionadas com tanta admiração na canção "America the Beautiful". Faixas retas de asfalto cortavam os campos lá embaixo. Uma picape vermelha se deslocava por aquelas linhas negras como uma bilha de aço brilhante em um ábaco.

Aubrey viu, a sudoeste, a pista de terra batida atrás do hangar que abrigava a Cloud 9 Skydiving Adventures. E lá estava o Cessna, acabando de pousar. Ou Lenny havia conseguido fazer o avião voltar a funcionar ou fizera um belo trabalho ao pousá-lo planando.

Logo depois, ele viu um paraquedas, uma tenda enorme de velame branco reluzente e retesado. Aubrey observou-o descer até o chão e pousar em um campo em que algo fora plantado: fileiras verdes separadas por linhas de terra escura. O paraquedas entrou em colapso. Axe estava no solo então. Ele estava no solo e manteve consciência suficiente para puxar a corda. Axe estava lá embaixo, e em breve o socorro chegaria, e o mestre de salto diria para eles...

… alguma coisa. Aubrey não conseguiu imaginar o que ele diria. *Eu deixei o cliente em uma nuvem*?

Lá embaixo, o paraquedas se arrastava pelo campo, expandindo e encolhendo como um pulmão.

Quando Axe contasse o que acontecera, eles o tomariam por histérico. Um homem muito ferido, sangrando, que delirava que havia pousado em uma nuvem, seria recebido com preocupação e palavras de apoio, não com credulidade. Eles procurariam a explicação que fizesse mais sentido. Presumiriam que Aubrey se soltara em alguma espécie de acidente maluco, possivelmente depois de bater na lateral do avião — isso também explicaria os ferimentos dele — e então caíra para a morte. Até para Aubrey essa história parecia mais plausível do que a realidade, e ele *estava* na nuvem olhando para baixo.

Era uma ideia apavorante, mas também havia algo de errado nela. Aubrey tentou enxergar o erro, mas era tão complicado quanto encontrar o mosquito que zumbia no ouvido, mas desaparecia quando a pessoa virava o rosto para procurá-lo. Ele quase precisou parar de procurar o erro, interromper todos os pensamentos. Teve que deixar os olhos perderem o foco.

Uma dor lancinante estava aumentando, atrás das têmporas.

Aubrey reviu o último vislumbre que teve do Desodorante Axe, um momento antes de o paraquedas de desaceleração puxá-lo para o vazio — e aí ele enxergou qual era o erro. Sua mente se concentrou nas lentes idiotas com olhar fixo da GoPro montada no capacete do mestre de salto. Tudo aquilo fora gravado em vídeo. Ninguém precisava acreditar na palavra de Axe. Tudo que eles precisavam fazer era assistir à gravação. Aí saberiam.

Aí viriam socorrê-lo.

5

UM POUCO DEPOIS, AUBREY FICOU de joelhos e olhou em volta.

A grande roda de neve ainda mantinha o formato de pires de um OVNI, com aquele grande domo surgindo bem no meio como a característica predominante. O resto estava longe de ser liso; a superfície borbulhava e se ondulava formando dunas e morrinhos.

Aubrey vasculhou o céu azul até sentir tontura e precisar baixar o olhar. Quando a cabeça parou de girar, ele se deu conta de que continuava bem na beirada, um lugar péssimo para ficar. Deslizou para dentro da nuvem arrastando a bunda para se distanciar do precipício.

Por fim, decidiu que precisava arriscar ficar de pé. Ele se levantou com as pernas ainda bambas.

Aubrey Griffin estava sozinho em sua ilha de nuvem.

Aos poucos, ele percebeu que o arnês era desconfortável. As tiras formavam um V apertado e doloroso na virilha e comprimiam o saco. Outra tira apertava o peito e dificultava a respiração. Ou será que era o ar rarefeito?

Aubrey soltou o arnês e saiu do equipamento. Ele ia deixá-lo cair da nuvem quando viu o cabide.

Estava à esquerda, no limite da visão: um cabine antiquado, com oito ganchos curvos, feito de nuvem esculpida.

Aubrey examinou o cabide com atenção, sentindo a garganta seca, ciente de que o coração estava batendo muito, muito rápido.

— Que porra é essa? — perguntou para ninguém em especial.

Claro que era bem óbvio o que era aquilo. Qualquer pessoa que tivesse olhos podia ver o que era. Aubrey disse a si mesmo que não era um cabide de verdade, que era apenas uma deformidade na nuvem. Ele deu a volta para inspecioná-lo de todos os ângulos. Aquilo parecia um cabide de qualquer ângulo que ele olhasse — um feito de nuvem, mas, ainda assim, um cabide.

Ele experimentou pendurar o arnês cor de oliva em um dos ganchos. O equipamento deveria ter caído e espalhado filetes de bruma.

Muito pelo contrário, o arnês ficou pendurado no gancho, balançando na brisa.

— Rá! — exclamou Aubrey.

Não foi uma risada, mas, sim, uma interjeição, um som de surpresa e não de graça. Não havia mesmo nenhum motivo para ficar surpreso. A nuvem o sustentava, e Aubrey pesava oitenta quilos. O que era um arnês de lona que não devia pesar mais que um quilo? Ele tirou o capacete e pendurou em outro gancho.

O incômodo que começara há pouco era agora uma pontada de dor persistente que ia da têmpora esquerda para a direta. Era o traumatismo craniano, pensou Aubrey, que ocorreu quando ele bateu com a cabeça na lateral do avião. Tudo aquilo não passava de uma fantasia vívida de um cérebro perfurado por lascas de osso.

Por trás dessa ideia, porém, havia outra bem diferente. Outro daqueles mosquitos mentais estava zumbindo em volta da sua cabeça — do lado de dentro da cabeça em vez do lado de fora. Aubrey estava pensando: *Como uma nuvem sabe o que é um cabide?* Uma ideia tão absurda que parecia legenda de uma charge da revista *The New Yorker*.

Ele inspirou o ar frio e rarefeito, e, pela primeira vez, imaginou como seria a temperatura em seis horas, quando o sol se pusesse.

Mas até lá Aubrey estaria na CNN. Ele seria a maior notícia do mundo. Haveria um enxame de helicópteros de telejornais circulando para registrar imagens ao vivo do homem que andava nas nuvens. O vídeo da GoPro seria exibido em todos os canais em uma hora, estaria em toda a internet.

Aubrey desejou não ter sentido um pânico tão estridente e patético no Cessna. Se soubesse que estaria em um vídeo visto no mundo inteiro, ele poderia ao menos ter *fingido* ser corajoso.

Aubrey se afastou alguns passos do cabide, andando em um estado de apenas semiconsciência. Ele parou e olhou para trás. O cabide continuava ali. Ele *significava* alguma coisa. Era mais do que um cabide. Mas, naquele estado de dor de cabeça, Aubrey não conseguia decifrar completamente sua importância.

Ele andou.

De início, andou como um homem que suspeitava estar sobre gelo quebradiço. Aubrey deslizava um pé à frente do outro para garantir que a nuvem permaneceria sólida por baixo, levantando sopros de bruma adiante. A superfície se mantinha firme e, um pouco depois, ele passou a andar normalmente — sem nem se dar conta disso.

Aubrey se manteve a pelo menos dois metros da beirada o tempo todo, mas, a princípio, não foi na direção da protuberância no centro da nuvem. Em vez disso, se viu circulando sua ilha deserta aérea. Vasculhou o céu buscando aviões e parou quando achou ter visto um. Um jato desenhava uma linha de fumaça branca no azul brilhante. Estava a quilômetros de distância, e depois de um tempo, Aubrey parou de prestar atenção. Ele sabia que tinha tanta chance de ser notado quanto se aquele avião estivesse passando no céu enquanto Aubrey caminhava pelo campus do Instituto de Música de Cleveland, onde se formara.

Ele estava tonto e precisou parar vez ou outra para recuperar o fôlego. Na terceira vez que parou, Aubrey baixou a cabeça, apoiou as mãos nos joelhos e respirou fundo, até que a sensação vertiginosa de estar prestes a cair passasse. Quando ajeitou o corpo, foi tomado por uma súbita compreensão perfeitamente lógica.

Não havia ar suficiente lá em cima.

Ou pelo menos não havia tanto ar quanto Aubrey estava acostumado a respirar. A que altura estava? Ele se lembrou de Axe dizendo que eles estavam a quatro quilômetros de altitude logo antes de o Cessna apagar. Será que era possível respirar a essa altura? É claro que sim. Ele estava respirando agora. Uma expressão, "mal das montanhas", surgiu nos seus pensamentos.

Aubrey passou muito tempo circulando seu enorme prato de bruma. Em grande parte, o prato era liso: um pouco protuberante ali, um pouco afundado acolá. Ele subia ao topo de dunas que surgiam de vez em quando, descia ao interior de algumas valas rasas. Aubrey se perdeu por um tempo em uma série confusa de sarjetas na borda leste, perambulando por fendas estreitas de substância branca. Ao norte, parou para admirar uma massa de rochas de neve que parecia a cabeça de um buldogue. No lado oeste da nuvem, Aubrey cruzou uma série de ondulações que pareciam quebra-molas enormes. Mas, no fim das contas, ele andou por quase uma hora e ficou surpreso por constatar como essa ilha em forma de calota era realmente inexpressiva.

Ao voltar ao cabide, Aubrey estava tonto, fraco e cansado do frio. Ele precisava beber algo. Estava difícil engolir.

Pela sua experiência, sonhos costumavam dar saltos improváveis e repentinos. Primeiro a pessoa estava em um elevador com a melhor amiga da irmã; depois estava comendo a moça no telhado, diante da família e dos amigos; a seguir, o prédio começava a balançar sob um vento violento; depois, ciclones desciam sobre Cleveland. Ali na nuvem, entretanto, não havia nenhuma narrativa, quanto mais um turbilhão de incidentes frenéticos de sonhos. Um momento se arrastava até o próximo. Ele não conseguia fugir da nuvem para um lugar melhor através de sonhos.

Aubrey fixou o olhar no cabide, desejando ser capaz de mandar uma foto do objeto para Harriet. Sempre que via algo bonito ou improvável, seu primeiro impulso era tirar uma foto e mandar para ela pelo celular. É claro que, se Harriet começasse a receber fotos de nuvens do seu amigo desparecido e dado como morto, ela provavelmente pensaria que Aubrey estava mandando mensagens do céu, e então começaria a gritar…

E naquele momento, Aubrey Griffin se lembrou de que estava no século XXI e que tinha um smartphone no bolso.

O aparelho estava na bermuda cargo, embaixo do macacão. Ele o havia desligado enquanto o avião taxiava na pista, como as pessoas faziam em qualquer voo, mas ainda estava com o celular. Assim que pensou no aparelho, Aubrey sentiu a pressão na coxa.

Ele não precisava esperar eles baixarem as imagens da GoPro de Axe. Podia ligar direto para eles. Se o sinal fosse forte o suficiente, Aubrey seria até capaz de realizar uma chamada de vídeo.

Ele puxou o zíper do macacão. O vento frio entrou pela abertura e passou direto pela camiseta por baixo. Aubrey tirou o telefone do bolso com dificuldade — e o aparelho imediatamente caiu da mão suada.

Ele gritou, com a certeza de que o celular atravessaria a nuvem e sumiria. Mas isso não aconteceu. O aparelho caiu dentro de um copo de bruma endurecida, quase na forma de uma saboneteira.

Aubrey pegou o celular de volta, tremendo sem controle, agora pelo choque de esperança súbita. Apertou o botão para ligá-lo enquanto os pensamentos corriam à frente para a próxima parte: ele ligaria para Harriet; contaria que estava vivo; ela começaria a soluçar de alívio e incredulidade; ele também começaria a chorar; os dois chorariam felizes juntos; e Harriet diria: *Ai, meu*

Deus, Aubrey, onde você está? E ele diria: *Bem, amor, você não vai acreditar nisso, mas...*

A tela do telefone teimava em permanecer apagada. Aubrey apertou mais uma vez o botão de ligar.

Quando o aparelho não ligou mesmo assim, ele apertou o botão de ligar com a maior força possível, cerrou os dentes como se estivesse fazendo uma atividade qualquer que exigisse força bruta — como soltar a porca enferrujada de um pneu furado, por exemplo.

Nada.

— Que porra é essa? — disse Aubrey apertando sem parar até a mão doer.

O telefone morto não deu explicações.

Aquilo não fazia sentido. Aubrey tinha certeza de que ainda estava com a bateria cheia, ou quase isso. Ele tentou reiniciar à força. Nada.

Aubrey pressionou a tela contra a testa e implorou que o celular fosse bonzinho com ele, lembrou como tratou bem o aparelho durante todos aqueles anos. Depois tentou outra vez.

Nada.

Aubrey encarou o celular com olhos secos e doloridos, odiando Steve Jobs, odiando a operadora de celular.

— Isso não é justo — falou para o tijolo inútil de vidro preto na mão direita. — Você não pode morrer assim. Por que você simplesmente parou de funcionar?

A resposta que ouviu na mente não veio na própria voz, mas na voz do mestre de salto Axe: *Que diabo, cara? A gente simplesmente entrou em estol?* E a resposta de Lenny, o piloto: *Não sei! Tudo morreu de repente.*

Um pensamento ruim começou a tomar forma. Aubrey tinha um relógio Shinola, um presente de Natal da mãe, com pulseira de couro e ponteiros genuínos. Não tinha aplicativos, não se conectava ao celular, não fazia nada além de ser bonito e informar as horas. Aubrey puxou a manga do macacão para olhar o relógio. Os ponteiros informaram que eram 16h23. O ponteiro das horas não estava se mexendo. Ele encarou o relógio sem pestanejar até se convencer de que o ponteiro dos minutos também não se mexia.

A nuvem tinha feito alguma coisa ao Cessna quando eles voaram sobre ela. Ela emitiu algum tipo de força eletromagnética que era capaz de fritar a bateria de um avião pequeno, ou de um relógio, ou de um smartphone.

Ou de uma câmera GoPro.

A ideia era tão angustiante que Aubrey quis dar um grito de desgosto. A única coisa que o deteve foi a fadiga. Berrar ali no ar seco e frio parecia um esforço muito maior do que ele poderia se dar ao luxo de fazer.

Ele enxergou com clareza agora: ninguém colocaria na internet um vídeo dele perdido em uma ilha de nuvem, um Robinson Crusoé do céu. Ele não ia viralizar. Helicópteros de telejornais não cercariam o homem que andava nas nuvens. Caso se aproximassem, as câmeras não gravariam nada e os helicópteros cairiam como blocos de cimento. Mas ninguém viria porque a câmera no capacete do mestre de salto havia fritado junto com a bateria no capô do avião. A câmera teria gravado alguns minutos desagradáveis de Aubrey ficando enjoado de ansiedade, mas com certeza perdera a energia muito antes de eles mergulharem.

A injustiça da situação derrubou Aubrey. Ele caiu sentado pesadamente e cruzou os braços sobre os joelhos. Porém, mesmo o simples ato de sentar exigiu muito esforço. Aubrey encolheu o corpo de lado e ficou em posição fetal. As nuvens se agitaram e se acomodaram em volta dele. Aubrey decidiu fechar os olhos e esperar um pouco. Talvez quando os abrisse, ele descobriria que havia desmaiado antes mesmo de entrar no avião. Talvez se respirasse fundo e descansasse, da próxima vez que levantasse a cabeça haveria grama verde ao seu redor e rostos preocupados — incluindo o de Harriet — debruçados sobre ele.

Estava frio o suficiente para deixá-lo um pouquinho incomodado. Em algum momento, instalado em um ninho macio e ligeiramente elástico de nuvem, Aubrey esticou a mão sem perceber, encontrou a ponta de um cobertor, puxou uma manta espessa de fumaça branca agitada sobre o corpo e dormiu.

6

HOUVE UM ÚNICO BOM MOMENTO, assim que Aubrey acordou, em que não se lembrou de nada daquilo.

Ele olhou para o céu azul límpido e sentiu que o mundo era um lugar bom. Seus pensamentos se voltaram naturalmente para Harriet, como costumava acontecer quando ele acordava. Aubrey gostava de se imaginar rolando e encontrando Harriet ao seu lado. Ele gostava de imaginar suas costas nuas, os traços perfeitos das omoplatas e da espinha. Era seu pensamento matinal favorito.

Ele rolou e viu a nuvem árida.

O choque daquela imagem o abalou, arrancou-lhe na hora a sensação de descanso e preguiça, sem pressa de levantar. Ele se sentou e descobriu que estava em uma enorme cama de dossel, feita de algodão branco. Cobertores de fumaça cremosa tinham sido puxados até sua cintura. Travesseiros de pudim de baunilha tinham sido colocados embaixo da sua cabeça.

O cabide fazia uma vigília solitária a uma curta distância, com o capacete e o arnês pendurados onde ele os havia deixado.

O crepúsculo estava próximo agora. O carvão em brasa do sol se encontrava a oeste, quase no mesmo nível de Aubrey. Sua sombra se esticava até a outra ponta da ilha de nuvem. A sombra da cama era mais difícil de ver, uma sombra lançada por um fantasma.

Aubrey não se preocupou muito com a cama, não naquele momento. Era como o cabide, só que em escala maior, e, naquele instante, ele ainda estava muito sonolento para ficar espantado. Aubrey saiu das cobertas, foi até a borda agitada da ilha e manteve apenas um metro de distância da queda.

O terreno lá embaixo estava banhado por um clarão escarlate. Os campos verdes estavam ficando negros. Ele não enxergou a pista nem reconheceu nada do que havia lá. A que velocidade a nuvem estava se movendo? Rápido o suficiente para deixar a matriz da Cloud 9 Skydiving Adventures bem para trás. Aubrey ficou surpreso e também se surpreendeu por ter ficado surpreso.

Ele examinou o mapa de Ohio que escurecia lá embaixo. Ou pelo menos Aubrey *presumiu* que fosse Ohio. Ele viu florestas. Viu retângulos avermelhados de terra queimada pelo sol. Viu telhados de alumínio reluzindo na luz de fornalha do dia que estava esmaecendo. Notou o traçado largo e escuro de uma rodovia estadual quase diretamente embaixo da nuvem, mas quem saberia dizer qual era?

Aubrey imaginou que continuava sendo levado para nordeste, pelo menos com base no ponto onde o sol estava se pondo. O que havia adiante? Canton? Talvez tivessem passado por Canton enquanto ele cochilava. Aubrey não conseguia nem começar a estimar a velocidade da nuvem, não sem uma maneira de ver as horas.

Olhar lá para baixo, pela beirada da nuvem, o abalou. Com a ajuda de uma terapeuta, a dra. Wan, ele tinha feito bons avanços, passara a achar que superara o medo de altura — uma das muitas ansiedades neuróticas que ela tratava em Aubrey. No fim das sessões, a dra. Wan abria a janela do consultório e os dois colocavam a cabeça para fora, a fim de espiar a calçada seis andares abaixo. Por muito tempo, ele não conseguia olhar sem ser tomado por vertigens, porém, com o tempo, Aubrey chegou ao ponto de ser capaz de se debruçar no peitoril de forma casual e assobiar músicas de Louie Armstrong no espaço vazio. A dra. Wan acreditava em "testar a ansiedade", confrontando-a, para diminuir seu poder aos poucos. Mas um consultório no sexto andar era uma coisa, e uma plataforma de fumaça localizada a quilômetros do chão era outra.

Aubrey se perguntou o que a dra. Wan teria achado de seu plano de tentar saltar de paraquedas. Ele não tinha contado porque suspeitava que ela duvidaria de sua capacidade de saltar, e ele não queria dúvidas. Além disso, se Aubrey tivesse contado a ela que saltaria de avião, a terapeuta teria perguntado o motivo, e ele precisaria dizer algo a respeito de Harriet, e, para efeitos de terapia, Aubrey havia superado suas fantasias com Harriet.

Ele se virou e considerou a cama de dossel feita de nuvem, o cabide e seu provável destino.

Não adiantava nada não acreditar na situação, discutir com as circunstâncias. Aubrey estava ali e aceitou que continuaria a estar ali, não importava quanto esforço fizesse para tentar se convencer a negar a realidade ao redor.

E tudo bem, beleza. Aubrey era um músico, não um físico ou um jornalista. Não sabia se acreditava em fantasmas, mas gostava do conceito. Havia participado com entusiasmo de uma sessão espírita com June e Harriet uma vez (segurando a mão de Harriet por meia hora!). Ele tinha certeza de que o Stonehenge era um campo de pouso para alienígenas. Não era de sua natureza interrogar implacavelmente a realidade, dizer que qualquer conceito sem provas ou esperança improvável eram mentiras deslavadas. Aceitação era seu estado natural. Deixar rolar era a primeira regra de uma boa *jam session*.

A garganta estava seca e dolorida, e engolir era um sofrimento. A fadiga já estava de volta, e ele desejou ter um lugar confortável para sentar e pensar. Será que o cansaço era uma simples questão de mal das montanhas? A mente de Aubrey, que tinha dom para gerar os piores cenários possíveis, criou uma nova ideia: ele estava sobre alguma espécie de nuvem de radiação mais leve que o ar. O que quer que tivesse fritado a energia elétrica do avião e do telefone em breve apagaria os impulsos elétricos responsáveis pelos seus batimentos cardíacos. A nuvem poderia estar produzindo tanto veneno atômico quando os reatores superaquecidos de Fukushima que transformaram algumas dezenas de quilômetros do Japão em uma zona inóspita à vida humana.

A ideia transformou seus rins em água fria e parada. De repente, suas pernas ficaram bambas, e, sem pensar, Aubrey esticou a mão em busca de algo em que se apoiar, e ela recaiu sobre o braço de uma poltrona confortável.

O móvel havia surgido da nuvem atrás dele enquanto estava distraído. Era um grande trono de aparência macia, com um tom bonito de coral sob a última luz do dia.

Ele examinou a poltrona com interesse e suspeita; por um momento, se esqueceu de tudo que tivesse a ver com doses letais de radiação. Aubrey se sentou hesitante. Ele ainda meio que esperava atravessar o móvel, mas claro que não o atravessou. Era a poltrona macia e confortável que todas as poltronas sonhavam ser.

Um cabide, uma cama, uma poltrona. O que Aubrey precisava, quando precisava.

Quando imaginava.

Ele manteve essa ideia na cabeça, virou-a de um lado para o outro enquanto pensava sobre ela.

Aquilo não era uma nuvem. Aubrey precisava parar de pensar nela como uma nuvem. Era... o quê? Um aparelho? Uma máquina? De algum tipo, sim. O que o levava à próxima pergunta óbvia: o que havia no seu interior? Onde diabo *era* o interior da nuvem?

O olhar se dirigiu com apreensão para o grande morro central, a única parte da ilha que ele não havia explorado. Aubrey teria que ir lá dar uma olhada. Mas ainda não. Ele não sabia se lhe faltava força ou coragem. Talvez ambos. Aubrey havia dormido pelo menos uma hora, mas continuava exausto, e a visão daquele enorme domo branco e cremoso o oprimia de alguma forma.

Ergueu a cabeça à procura do próximo lampejo, e viu um céu cor de cereja pontilhado pelas primeiras estrelas. A clareza estonteante do início da noite o atordoou. Por um momento, sentiu a vibração de algo perigoso como gratidão. Ele não estava morto, e as estrelas estavam chegando em toda a sua profusão cintilante. Aubrey ficou observando o céu se apagar e as constelações mapearem a escuridão.

Quando a tampa da noite se fechou sobre o Meio-Oeste, ele se deu conta de que estava com muito frio. Não era insuportável — ainda não —, mas era desagradável o suficiente para fazê-lo concentrar os pensamentos nos problemas imediatos de sobrevivência.

Pareceu importante fazer um inventário. Aubrey estava vestindo um macacão e um All Star de cano alto. Disseram para ele deixar o tênis do pé direito no solo, mas ele não se lembrava mais por quê. Parecia uma bobagem agora. Por que a pessoa saltaria com apenas um pé calçado?

Por baixo do macacão, usava uma bermuda cargo até o joelho e uma camiseta feita de malha grossa de algodão tricotado. Era a sua camiseta favorita, porque uma vez Harriet passou a mão e disse que adorou o tecido.

Ele estava com fome, de um jeito meio distraído. Isso pelo menos podia ser resolvido por hora. Aubrey se lembrou de ter enfiado uma barra de cereal no bolso da bermuda de manhã cedo, pois queria ter algo consigo no caso de uma hipoglicemia. Ela ainda estava lá. A sede seria um problema maior. Aubrey estava com tanta sede que a garganta doía e, no momento ele não tinha ideia do que fazer a respeito disso.

De volta ao inventário. Aubrey tinha o arnês e o capacete. Ele abriu o zíper do macacão e tremeu com o toque frio do vento. Passou as mãos pelos bolsos da bermuda e relacionou os itens que encontrou.

O telefone: um bloco morto de aço e vidro.

A carteira: um retângulo de couro com alguns cartões enfiados nos bolsos e a carteirinha de estudante. Ele estava contente por ter esse documento de identificação. Se o vento o jogasse para fora da nuvem, ou se seus poderes miraculosos de apoio acabassem de repente, o nabo esmagado que seu corpo viraria teria um nome. Não seria um choque do caralho para algumas pessoas se seu corpo em forma de panqueca surgisse na região nordeste de Ohio — ou no sul da Pensilvânia! — a 150 quilômetros de onde ele fora visto pela última vez, saltando de um avião? Aubrey retirou a carteira e o telefone e os colocou sobre a mesinha lateral.

Em outro bolso, ele...

... ele virou a cabeça para olhar para a mesinha lateral.

Na escuridão de verão, a nuvem era toda prateada e perolada, fulgurante à luz da lua crescente. Depois do cabide, da cama e da poltrona, Aubrey não ficou tão surpreso ao receber uma mesinha lateral como resposta a um desejo velado, embora ainda tenha provocado um susto a forma como ela surgiu do nada. Mas o que mais o interessou é que ele *conhecia* aquela mesinha lateral. Havia uma igualzinha entre o sofá onde a mãe se esticava e a cadeira onde ele se sentava quando os dois assistiam à televisão juntos (costumavam ver séries como *Sherlock* ou *Downton Abbey* no canal PBS). Era onde eles colocavam a pipoca.

Aubrey imaginou Harriet ligando para a sua mãe para contar que o filho havia morrido em um acidente de paraquedismo, mas afastou o pensamento, não conseguiu suportar aquela ideia. A visão da mãe berrando e entrando em colapso, soluçando de agonia, era mais do que ele conseguia suportar naquele momento.

Não. O que o interessava era que essa mesinha lateral — que possuía um tampo circular largo e uma coluna comprida decorada com contas — era igual àquela que ele se lembrava da infância. A única diferença era que esta era feita de nuvem em vez de cerejeira. E isso significava alguma coisa — não significava?

Sua mão ainda estava enfiada no bolso da bermuda cargo, e os dedos tocaram alguns blocos pequenos e maleáveis. Aubrey retirou um deles e franziu os olhos para observá-lo à luz opalina. Quando se deu conta do que era, o corpo reagiu com uma pontada de prazer e vontade.

Na pequena salinha de voo dentro do hangar do avião, havia uma tigela de vidro sobre a mesa da recepção com balinhas Starburst embrulhadas individualmente. Ele as examinou e apanhou todas as balas rosa-claro sabor morango. Aubrey tinha um fraco por elas e imaginou que pudessem vir a calhar — caso entrasse em pânico no avião, ele poderia enfiar uma bala na boca e deixar o açúcar impregná-lo. Além disso, com a boca cheia, ele seria menos capaz de dizer coisas desesperadas e covardes.

Mas é claro que as Starbursts tinham ficado no bolso da bermuda, embaixo do macacão e do arnês, onde ele não conseguia pegá-las, e, além disso, quando estavam no céu três horas depois, Aubrey ficara tão distraído pelo próprio medo que se esquecera delas.

Quantas ele tinha? Três. Tinham sido cinco, mas Aubrey chupara duas para acalmar os nervos enquanto lia os termos de renúncia e cessão de direitos antes de voar.

A garganta doía de vontade de uma balinha, e os dedos tremeram ao desembrulhá-la e colocá-la dentro da boca. Ele estremeceu de prazer físico. Não era tão bom quanto uma garrafa d'água, mas manteria a sede sob controle por hora, e Aubrey tinha mais duas para depois.

Se o reino das nuvens podia lhe fornecer uma poltrona e uma mesinha lateral, será que não podia arranjar um jarro d'água?

Não. Ele achava que não. Se pudesse, já teria fornecido. O reino das nuvens respondia às necessidades imediatas e fornecia as coisas assim que o pensamento ocorria. Então, será que as nuvens eram telepáticas? Bem, não eram? De que outra forma elas saberiam como era uma mesinha lateral? O reino de nuvens tinha oferecido não apenas um móvel qualquer, mas a versão platônica ideal do que era uma mesinha lateral para Aubrey. Isso só podia significar que, de alguma forma, as nuvens liam seus pensamentos e convicções como um guia de referência: *A vida entre os humanos*.

Então por que as nuvens não podiam fornecer água?, ele pensou, enquanto chupava cuidadosamente a última lasquinha de bala. O material das nuvens não era água em estado gasoso?

Talvez fosse, mas não o material *daquela* nuvem. Quando ela se solidificou em forma de cama ou poltrona, não virou neve.

Na sala de espera da dra. Wan, havia revistas na mesa de centro: *The New Yorker*, *Fine Cooking*, *Scientific American*. Os pensamentos de Aubrey se voltaram para uma foto que ele tinha visto em um exemplar da *Scientific American*: o que parecia o fantasma de um tijolo, um cubo semitransparente azul bem claro, pousado de maneira improvável sobre algumas folhas de grama. Era algo chamado aerogel, um bloco de matéria sólida mais leve que o ar. Aubrey pensou que a substância embaixo dele agora possuía uma composição similar, mas era muitíssimo superior.

O último pedaço da bala de fruta derreteu e deixou a sua boca doce e grudenta. Ele quis beber água mais do que nunca.

Aubrey achou que deveria tentar visualizar um jarro d'água assim mesmo, antes de descartar a ideia. Deus sabia como seria fácil imaginar um jarro de água potável, com cubos de gelo batendo uns nos outros dentro do vidro suado. Mas antes de sequer fechar os olhos e se concentrar, Aubrey se deu conta de que o jarro já estava lá, sobre a mesinha lateral. Havia se materializado enquanto os pensamentos de Aubrey estavam em outro lugar — um jarro perfeito, feito de bruma, não de vidro, com um copo bem ao lado.

Aubrey levantou o jarro pela alça e se serviu. Um filete de vapor borbulhoso e cubinhos de fumaça endurecida caíram devagar, com calma, dentro do copo.

— Ah, porra, que beleza, obrigado — disse ele, surpreso com o próprio amargor.

O jarro, constrangido, derreteu na sua mão e desapareceu. O copo virou bruma, caiu da mesinha em silêncio como uma espuma, juntando-se de volta à nuvem.

Aubrey estremeceu, tateou em volta dos pés e puxou um cobertor de fumaça ondulada sobre as pernas. Melhor assim. Ele tinha perdido o fio da meada dos pensamentos e tentou lembrar onde estivera e para onde ia.

Um inventário. Aubrey estivera fazendo um inventário. Havia completado a avaliação das provisões físicas. Agora se voltou para os recursos psicológicos, o que quer que eles fossem.

Ele era Aubrey Langdon Griffin, homem, solteiro, filho único, prestes a fazer 23 anos. Era um exímio patinador, podia conversar com grande fluência sobre as ligas americanas de beisebol e de basquete, e tocava violoncelo com um talento do caralho.

Em toda a vida, Aubrey nunca ficou tão impressionado com sua total falta de capacidade de sobrevivência. No ensino fundamental, ele tinha um amigo, Irwin Ozick, que conseguia fazer uma bússola com uma agulha e um copo d'água, mas, naquele exato momento, se Aubrey tivesse um copo d'água, ele beberia, e, além do mais, como a porra de uma bússola iria ajudá-lo? Fazia diferença a direção em que estava indo? Afinal de contas, Aubrey não conseguia conduzir aquela merda.

— Ou consigo? — perguntou a si mesmo em voz alta.

A nuvem oferecera uma cama quando ele estava cansado. Oferecera um cabide quando ele tinha algo a ser pendurado. A nuvem *respondia*.

Será que Aubrey conseguiria dar meia-volta em direção a Cleveland?

Assim que aquela ideia lhe ocorreu, uma outra possibilidade mais emocionante o cutucou. Será que ele podia apenas fechar os olhos e se concentrar na descida? Por que não desejar que a nuvem descesse?

Aubrey fechou os olhos, respirou bem fundo o ar gelado e mandou que a nuvem...

Mas nem sequer havia terminado o anúncio mental do seu desejo quando sentiu algo *empurrando*. Era mais uma sensação física do que uma impressão psicológica. A mente foi tomada, súbita e vigorosamente, pela imagem de uma massa negra lisa, vítrea e densa. Ela se enfiou nos seus pensamentos, esmagando ideias como uma bota achatando uma lata de cerveja.

Aubrey se encolheu na poltrona, e as mãos voaram à testa. Por um instante, ele estava cego. Por um instante, não havia nada além do bloco negro (*não, não um bloco... uma* pérola) preenchendo a cabeça. Os ouvidos estalaram com a pressão. Um formigamento desagradável passou pelas terminações nervosas, uma sensação incômoda de ardor que dava coceira.

Quando retomou a visão, Aubrey estava de pé. Ele não se lembrava de ter se levantado. Havia perdido um pedaço do tempo. Não muito grande, ele achava. Segundos, não minutos.

O bloco (*a pérola*) escuro e esmagador de pensamentos recuara, mas deixara Aubrey esgotado e confuso. Ele cambaleou até a cama e entrou debaixo das cobertas espessas e brancas como a neve. As estrelas giravam na imensa escuridão cristalina da noite. O céu era um círculo de vidro negro (*uma pérola*) que fazia pressão sobre Aubrey e o esmagava.

Ele fechou os olhos e foi caindo, caindo e caindo dentro da escuridão sem fim da inconsciência.

7

HARRIET E JUNE TOCAVAM em um pub chamado Slithy Toves nas noites de sábado dedicadas a talentos amadores. Na maioria das vezes, elas dividiam o microfone e tocavam ukulele juntas, ambas elegantes em suéteres, saias plissadas e chapéus fofos. June usava uma cartola de veludo roxo com uma pequena galinhola marrom empalhada espiando da aba. Harriet usava um chapéu de feltro axadrezado muito berrante. Elas faziam covers de Belle & Sebastian e Vampire Weekend, misturados com algumas canções próprias. De vez em quando, June corria para o piano e tocava.

Aubrey viu apresentações das duas muitas vezes. Ele era integrante de um conjunto que fazia música de câmara a partir de trilhas sonoras de videogames e eles também tocavam no Slithy Toves.

Certa noite, o grupo de Aubrey (eles se chamavam Burgher Time, uma piada que ninguém compreendia) estava agendado para entrar logo após o duo de Harriet e June, Junicórnio (uma piada que todo mundo compreendia — o sobrenome de Harriet era Cornell). Ele estava no escuro, na beira do palco, já com o violoncelo pronto para poder passar resina no arco. Junicórnio estava terminando sua pior apresentação de todos os tempos. Harriet fez merda na abertura de "Oxford Comma", e a coisa virou uma bagunça sem sentido. A música nem terminou, mas foi suspensa aos trancos e barrancos. Em seguida, as duas discutiram aos sussurros porque ficou evidente que Harriet havia esquecido o banjo que elas precisavam para a canção fofinha que era o ponto alto do show (elas tocavam uma canção do Monty Python, "Always Look on the Bright Side of Life", e chamavam a plateia para cantar junto). Havia um público bom, mas ninguém estava escutando. Harriet tinha manchas vermelhas de raiva no rosto e tentava não esfregar os olhos, não queria que ninguém visse que ela estava se esforçando para não chorar. Quando June terminou a bronca em um sussurro que provavelmente foi audível da rua, ela se sentou ao piano, incapaz de olhar para Harriet ou para a plateia. As duas discutiram sobre o que tocar sem trocar olhares, com Harriet sibilando por sobre o ombro. Um bêbado na plateia começou a berrar sugestões.

— Toquem Kiss! — gritou ele. — "Lick It Up"'! Ei, meninas! Meninas! "Let's Put the X in Sex"! Vamos!

Finalmente Harriet e June concordaram em tocar "Wonderwall". O barulho na plateia diminuiu, e, naquele momento de quase silêncio, todo mundo que estava próximo ao palco conseguiu ouvir June dizendo:

— Fá sustenido! *Fá*, com F de "não *faça* merda".

As pessoas mais próximas ao palco deram risos nervosos.

Harriet começou a dedilhar as cordas de um violão enquanto June encontrava a melodia nas teclas. Elas cantaram, ambas soando frágeis e melancólicas, mas o público só prestou atenção de verdade depois que Aubrey começou a tocar de fora do palco, passando o arco nas cordas, incrementando a melodia com um som quase cíclico de anseio. As meninas não notaram de início, não perceberam que haviam se tornado um trio. Mas sabiam que estavam reconquistando a plateia, e as duas endireitaram o corpo, as vozes ganharam força e se entrelaçaram. A conversa acabou, e a canção preencheu o ambiente.

— Eu quero a porra do Kiss! "Lick It *Uuuuuup*"! — berrou o bêbado, e a seguir foi silenciado quando outra pessoa falou:

— Você vai beijar o chão se não calar a porra da boca.

Quando elas cantaram o refrão final, as vozes estavam corajosas e felizes, e as duas sabiam que tinham sido salvas, e foi então que Harriet ouviu o violoncelo. Ela virou a cabeça e viu Aubrey nas coxias. Seus olhos se arregalaram, as sobrancelhas se ergueram, e Harriet parecia querer gargalhar. Quando a canção acabou e as pessoas começaram a vibrar, ela não ficou para curtir os aplausos, mas saiu correndo do palco, tirou o chapéu de feltro e colocou na cabeça dele. Ela deu um beijão na bochecha de Aubrey.

— Quem quer que você seja, quero que saiba que vou te amar para sempre. Talvez um pouco mais — disse Harriet para ele.

June tocou três compassos de "Lick It Up"', depois ficou de pé, escorregou por cima do piano como um policial de seriado de ação deslizando sobre o capô de sua Ferrari, e berrou:

— Ei, quem está a fim de um *ménage*? — E a seguir plantou um beijo na outra bochecha de Aubrey.

Ela estava brincando, mas o engraçado é que, no verão, eles se tornaram um trio. Em maio daquele ano, Aubrey recusou um lugar na Orquestra de Cleveland para poder tocar nos shows da costa leste com o Junicórnio.

8

ELE ACORDOU POR CAUSA do vento frio e incômodo e da barriga doendo com fome. Sentia uma pontada lancinante de dor na garganta toda vez que engolia.

Audrey se encolheu, estupefato e fraco, debaixo da pele felpuda de ovelha dos cobertores de nuvem. Eles eram macios ao toque como uma pluma e continham um calor aconchegante e agradável. A cabeça, porém, estava exposta aos elementos, e os ouvidos doíam muito com o frio.

Ele encontrou a barra de cereal, desembrulhou e se permitiu uma mordida: recheio grudento de coco, amêndoas salgadas e uma cobertura doce de chocolate. Aubrey ficou meio desesperado para devorar o resto, mas fechou a embalagem, devolveu ao bolso e puxou o zíper do macacão para colocar uma proteção extra entre a barra e ele. Talvez ele tivesse, afinal de contas, uma única capacidade de sobrevivência: seu comedimento, que ele aprimorou ao longo de centenas de noites passadas no banco de trás do carro de June com Harriet. Às vezes, ela adormecia com a cabeça na coxa dele, murmurando "boa noite, amorzinho", com a boca quase na sua barriga. Seu autocontrole era imbatível. Por mais que quisesse comer, Aubrey quisera Harriet muito mais, porém ele nunca a beijou, jamais fez carinho no seu rosto, só pegava na sua mão quando lhe era oferecida. A não ser por aquela única vez no Sugarloaf do Maine, obviamente, mas foi ela que começou com os toques e beijos, não ele.

Aubrey chupou uma Starburst para levar algum líquido à garganta. Ele fez a balinha durar muito tempo, enquanto acordava e recobrava as faculdades mentais. O céu estava nublado, uma paisagem prateada enrugada composta por morros cor de chumbo e vales de estanho.

Quando Aubrey afastou os cobertores e ficou de pé, o vento o atingiu, e as pernas fracas quase cederam. As lufadas jogaram seu cabelo para todos os lados. Ele foi cambaleando até a popa agitada da nuvem.

Havia uma massa de morros com muitas florestas lá embaixo. Aubrey espiou o traço marrom-claro de um pequeno córrego. Trechos retangulares de áreas verdes cultivadas. Umas estradas rabiscadas aqui e ali. Quem sabia para que porra de lugar ele estava olhando? Maryland? Pensilvânia? *Canadá?* Não. Provavelmente não era o Canadá. Aubrey não achava que podia ter cruzado a vasta extensão do lago Erie enquanto dormia. Era difícil dizer a que velocidade eles estavam se movendo, mas era mais devagar que os carros que viu percorrendo as estradas lá embaixo.

— Para onde você está nos levando? — perguntou Aubrey, tremendo, sentindo-se febril.

Ele meio que esperava que a escuridão de vidro — *a pérola* — surgisse de novo em sua mente, mas não aconteceu nada do gênero.

Aubrey se perguntou o que tinha sido aquilo. Mas ele já sabia. Fora uma resposta, um *não* enfático. Era uma recusa no idioma psíquico da nuvem.

O náufrago lançou o olhar confuso pela ilha. Em pouco tempo, ele se viu encarando novamente o morro central, tão grande quanto o domo da catedral de São Paulo e com o mesmo formato.

Da fumaça aos seus pés, ele puxou um roupão leve e felpudo feito de brumas e também uma echarpe, um fiapo de neblina de três metros. Aubrey passou a mão pela nuvem e voltou com um chapéu. Quando estava todo arrumado, foi para o centro da nuvem, parecendo um boneco de neve que ganhou vida.

Cruzou um enorme prado cremoso, passando por uma quietude e paz profundas. Aquele silêncio era perturbador. A pessoa não se dava conta do agito e do barulho que o mundo fazia até estar a quilômetros de distância dele, longe de qualquer outro ser humano.

Aubrey acabara de chegar ao domo branco e leitoso no centro da nuvem quando um clarão escuro preencheu sua mente e o deixou cambaleante. Levou uma das mãos à cabeça e apoiou um joelho na lateral do domo. A dor (*a pérola*) passou e deixou um espaço dolorido na mente. Com as têmporas latejando, Aubrey esperou outra rajada negra psíquica, como um pino humano de boliche se preparando para ser derrubado por aquela pérola rolante de obsidiana. Nada.

Ele pensou que sabia o que aconteceria se avançasse. Começou a subir pela lateral do domo. Era uma subida íngreme, e Aubrey teve que enterrar as mãos e a ponta dos pés na própria nuvem. Tinha uma textura de manjar. Era como se ele estivesse escalando uma massa de pudim.

Aubrey subiu dois metros e foi atingido por outro choque negro pulverizante. Foi como um galho estalando na cara dele. Os olhos ficaram marejados. Ele parou e permaneceu imóvel. Aquela explosão mental destruidora era pior do que a inconsciência. Era a *inexistência*. Por um momento, Aubrey sumiu.

— O que você não quer que eu veja lá em cima? — perguntou ele.

A nuvem não respondeu.

Ele decidiu continuar escalando, apenas para ver o que aconteceria — o quanto a nuvem estava decidida a lhe meter a porrada psíquica se ele insistisse. Aubrey fez outro apoio para a mão e depois mais um e

Um peso negro desabou sobre sua mente consciente como um lustre em queda livre.

Mas quando seus olhos úmidos e lacrimejantes voltaram a enxergar, Aubrey descobriu que havia continuado a subir, mesmo durante aqueles momentos vazios em que parecia que apenas deixara de existir. Aubrey estava na metade da subida do domo, não estava mais escalando, mas engatinhava conforme a curva se tornava menos íngreme. O cume talvez estivesse a mais dez minutos de esforço, desde que sua anfitriã não decidisse esmagar sua mente como um homem amassando um carrapato entre o polegar e o indicador.

Ele fechou os olhos e descansou, com o rosto úmido por causa do esforço para subir a encosta.

Aubrey sentiu então. Algo preso no centro da nuvem (*a pérola*) como um bola de gude na boca de uma pessoa. Ela zumbia fraquinho, um zumbido baixo e amortecido, embora ele o tivesse identificado imediatamente. Talvez aquela fosse outra capacidade de sobrevivência — tinha uma audição apurada e sensível, podia detectar um único violino desafinado em uma seção de cordas de cinquenta pessoas. Com aquele zunido delicado, ele sentiu uma espécie de *sofrimento*. Será que uma pessoa era capaz de sentir o sofrimento em outra? Aubrey foi tomado por uma ideia perturbadora e absurda. Ele estava diante da porta fechada e trancada de uma casa escura. Uma família de luto ocupava seu interior. Havia um avô morto deitado nos lençóis da cama.

Aubrey se perguntou se deveria bater na porta e pedir indicações para voltar para casa.

Ele achava que, se continuasse subindo, em breve sofreria outro golpe desses, talvez um tão forte quanto aquele que o abalara na noite anterior, quando pediu para a nuvem levá-lo para casa. Aubrey se virou, sentou na lateral do morro e olhou para seus domínios, um grande feudo branco de nuvem fofa e inóspita. Dali de cima, talvez a quatro andares acima do resto da sua ilha — mas ainda longe do pico do domo —, ele não conseguia mais enxergar a cama, a poltrona e o cabide de cúmulo-nimbo. Eles se perderam contra o fundo branco, eram impossíveis de discernir no meio das outras irregularidades da nuvem.

O náufrago ficou sentado enquanto a brisa gelada esfriava o suor no seu rosto.

Talvez a quase dois quilômetros para fora da nuvem, Aubrey avistou um grande avião a jato, um 747, atingindo um teto de nuvem ainda mais alto acima dele. Ele pulou e agitou os braços em vão. Aubrey era tão visível para o avião quanto a cama era visível para ele. Mesmo assim, berrou e pulou.

Na terceira vez que pulou, perdeu o equilíbrio e deslizou de bunda domo abaixo. No fundo, Aubrey caiu de cara na brancura em movimento. Seu rosto bateu em algo fofo e macio, mas de uma maciez diferente do resto da nuvem.

Ele tateou, franziu a testa, encontrou o que era e retirou da bruma — um cavalo roxo de pelúcia com um chifre prateado e duas asinhas minúsculas atrás das patas dianteiras. Harriet havia pulado do avião com ele nas mãos, mas não segurou firme e, assim sendo, Aubrey não estava sozinho na nuvem no final das contas.

Havia também o Junicórnio.

9

O JUNICÓRNIO FOI IDEIA DE HARRIET, uma coisa para vender junto com camisetas e o CD de produção local, e se revelou ter sido uma decisão comercial inspirada. Os caras compravam para as namoradas; as garotas compravam para si mesmas; pais compravam para os filhos. Eles venderam tantos cavalos, disse June, que eram praticamente donas de haras.

Aubrey estava no conservatório do Instituto de Música de Cleveland e tinha conseguido acesso ao estúdio. No pequeno papel com informações sobre a gravação, Harriet fora creditada com uma música, June, com duas. Havia um par de covers. Todo o resto era Cornell-Griffin-Morris. Aubrey compôs as melodias, fez os arranjos e bolou os refrões, mas, por ele, as letras adicionais de Harriet e as inserções de piano de June qualificavam as duas para dividir os créditos por igual. Aubrey sabia se convencer muito bem de que aquelas eram obras genuinamente colaborativas. De certa forma, ele acreditava naquilo mais do que qualquer outra pessoa.

— Eu sou a única que acho uma idiotice a gente chamar Junicórnio quando é o Aubrey o gênio musical? — perguntou Harriet certo dia, quando eles estavam gravando no estúdio espaçoso, com vigas expostas de madeira rústica. — A gente devia chamar a banda de Grifo por causa do sobrenome dele. Podíamos vender Grifos de pelúcia.

— Não dê ideias — disse June.

Ela tocou um trecho de uma de suas canções, "I Hallucinate You", no piano. Era essa música ou "Princess of China", do Coldplay. Todas as músicas de June soavam como outras canções. Uma delas parecia tanto com "Shadowboxer" que June passou vergonha uma vez ao esquecer a própria letra e cantar a de Fiona Apple no palco. Ninguém no público notou, e Harriet e Aubrey fingiram que não notaram também.

Eles iam de carro para as apresentações no Volvo surrado de June, mas as caixas de Junicórnios vinham atrás no Ecoline vermelho deplorável dirigido por Ronnie Morris. Os irmãos Morris iam a todas as apresentações como *roadies*, carregando equipamento e mercadoria. Eles aprenderam que quem anda com uma banda em geral ganha cerveja de graça e sempre tem uma boa chance de conhecer umas barangas. Junto com os instrumentos, os Junicórnios e a caixas de camisetas, Ronnie e Brad quase sempre traziam o Correspondente.

O Correspondente era como Aubrey chamava o namorado de Harriet. Quando ela tinha 9 anos, o pai a levou para uma viagem de negócios a San Diego, que ele estendeu para um longo fim de semana, de maneira que os dois pudessem assistir a um jogo de beisebol e visitar o zoológico. Na última manhã, o pai de Harriet a levou para passear no cais do porto e comprou um refrigerante para ela. Quando a Coca-Cola acabou, Harriet enfiou um bilhete na garrafa, com seu endereço em Cleveland, uma nota de um dólar, e uma promessa de que haveria mais dinheiro se quem encontrasse a garrafa fosse seu amigo por correspondência. O pai atirou a garrafa fechada uns bons trinta metros dentro do mar.

Dois meses depois, Harriet recebeu um envelope de alguém chamado Chris Tybalt. Ele mandou a nota de um dólar de volta, junto com uma foto de si mesmo e um bilhete informativo. Chris tinha 11 anos, e seu passatempo era montar e lançar maquetes de foguetes. Ele fora à praia Imperial, ao sul de San Diego, para lançar seu novo foguete modelo CATO, e encontrara a garrafa de Coca-Cola meio enterrada da areia. Chris informou que seu presidente favorito era JFK, seu número da sorte era 63, e que tinha apenas quatro dedos no pé direito (um acidente com uma bombinha). A foto, típica de escola, com um fundo azul enevoado, mostrava um menino com cabelo ruivo-alourado, covinhas e aparelho nos dentes.

Eles trocaram cartas por três anos até se encontrarem pessoalmente, quando o Correspondente estava cruzando o país com a avó. Tybalt passou um fim de semana na casa de Harriet, dormindo com a avó no quarto de hóspedes. Harriet e o Correspondente lançaram um foguete juntos, um Estes AstroCam que tirou uma foto dos dois a 180 metros de altura: dois pontos brancos em um campo verde, com um pé de feijão de fumaça rosa descendo até os pés deles. No segundo ano de Harriet no ensino médio, eles estavam "namorando", haviam substituído as cartas por e-mails, e concordavam que se amavam. O Correspondente se inscreveu no curso de aeronáutica da Universidade Estadual de Kent apenas para ficar perto dela.

Aubrey achava que o Correspondente parecia um investigador auxiliar sardento de um romance jovem adulto, sem falar que ele tinha vinte e poucos anos. O Correspondente jogava golfe com uma habilidade irritante, parecia que nunca sofrera de acne e tinha o hábito de encontrar pássaros feridos e cuidar deles até ficarem curados. Os irmãos de June adoravam o Correspondente porque ele ficava bêbado com facilidade, e, quando estava bêbado, tentava beijar os dois — o Correspondente dizia que eram beijos de parças. Aubrey queria desesperadamente que ele se revelasse homossexual enrustido. Infelizmente, o Correspondente era só um californiano. Quando Harriet e ele conversaram sobre os nomes que dariam aos filhos — Jet se fosse menino, Kennedy se fosse menina —, Aubrey sentiu que a própria vida estava perdida.

Havia espaço para Harriet no furgão de Ronnie Morris, mas ela sempre ia às apresentações com June e Aubrey no Volvo. Por insistência do Correspondente.

— O Chris diz que tenho que fazer isso — contou ela para Aubrey, em uma dessas viagens. — Ele diz que não quer ser a nossa Yoko Ono.

— Ah — falou Aubrey. — Então estamos mantendo os pombinhos separados. Andar no banco de trás comigo é quase uma forma de castigo.

— Hmm — disse Harriet, fechando os olhos e ajeitando a cabeça para ficar confortável no colo dele. — Como uma surra por semana.

June pigarreou no banco da frente de um jeito engraçado e, após um momento, Harriet fez um som baixo de desgosto e se sentou, depois se acomodou. Harriet estava com um Junicórnio, usou o bicho de pelúcia como travesseiro e tirou uma soneca, com um espaço de trinta centímetros entre ela e Aubrey.

10

NO FIM DA TARDE, o vento aumentou e provocou uma série de ondinhas irregulares na superfície daquela nuvem impossível. Sua ilha, como uma lancha, avançava contra os golpes de vento e ziguezagueava de um lado para o outro. Aubrey sentiu cheiro de chuva.

A embarcação foi com dificuldade na direção de nuvens baixas e feias e entrou em uma chuvarada que parecia um cachecol negro, com quilômetros de extensão. Os primeiros pingos grossos atingiram Aubrey de lado e vararam seu casaco de nuvem. Ele se encolheu, abraçando o Junicórnio de pelúcia em um gesto de proteção, como uma mãe surpreendida pela chuva teria feito com o seu bebê. Aubrey recuou e procurou por abrigo. Um cabo de guarda--chuva de bruma branca surgiu de um balde de nuvem, ao lado do cabide. Aubrey pegou e abriu o guarda-chuva, e uma grande lona de nuvem rígida se abriu por cima dele.

De vez em quando, Aubrey virava o guarda-chuva de lado, fechava os olhos e abria a boca. Gotas geladas de água fustigavam os lábios, tinham um gosto bom e frio, como lamber a lâmina de uma faca.

Mais chuva caiu em uma banheira feita de nuvem densa. Uma grande piscina de água, suspensa em um cálice de gelo. Uma poça profunda sustentada por fumaça.

Foram três horas de chuva intensa até que a grande nave de nuvem se deslocou para o leste e fugiu da tempestade. Aubrey ficou deitado no último brilho de luz do sol do dia, com a cabeça pendurada para fora da nuvem, para ver a sombra de 1,5 quilômetro de extensão de sua ilha no céu percorrer o mapa verde do mundo lá embaixo.

Àquela altura, a barriga estava doendo por causa de toda a água que tinha bebido, usando uma caneca tão grande quanto a própria cabeça para pegar a água da banheira funda. Àquela altura, ele já dera uma mijada de trinta segundos para fora da ilha, uma parábola dourada que pulou na claridade da tarde. Àquela altura, Aubrey Griffin se esquecera que tinha medo de altura. Aquilo, por um momento, tinha fugido da sua mente.

11

A ÚNICA VEZ QUE ELA caiu nos braços dele foi a noite em que eles tocaram no Sugarloaf do Maine, uma apresentação em um bar de alta gastronomia que ficava bem na encosta. O Correspondente não fora daquela vez. Harriet disse que ele teve que permanecer na faculdade para estudar, mas Aubrey descobriu através de June que eles brigaram: um pranto feio, coisas terríveis foram ditas, portas foram batidas. Harriet encontrou e-mails de uma namorada da costa Oeste que o Correspondente nunca se dera ao trabalho de mencionar. Ele jurou que os dois não estavam mais juntos, mas não tinha visto motivo para se livrar das fotos. As selfies seminuas não eram a pior coisa. A imagem que embrulhou o estômago de Harriet foi uma foto da praia Imperial tirada pela AstroCam a 150 metros de altura, com o Correspondente e sua Sally da costa Oeste olhando para ela lá de baixo. A Sally da costa Oeste chamava o Correspondente de "Foguete" nos e-mails.

Aubrey passou mal com as novidades — passou mal de tanta empolgação. Dali a três semanas, ele teria que voar até o aeroporto de Heathrow. Aubrey faria um curso de um semestre na Academia Real de Música e começaria logo depois das férias de Natal. Ele já havia depositado meio ano de economias no apartamento que estava alugando, dinheiro que não podia recuperar, mas teve uma ideia maluca de ficar, de tomar uma medida doida, de tentar ter um momento com Harriet.

Ela ficou tensa e calada nas doze horas de carro até o show, onde abririam para Nils Lofgren. Pessoalmente, Aubrey calculou que o cachê não pagaria nem o dinheiro da gasolina, mas eles teriam suítes grátis na estação de inverno e vales-refeições, e os bilhetes para o teleférico eram por conta da casa.

Em ocasiões mais felizes, Harriet e o Correspondente tinham feito planos para um dia inteiro de esqui. Como um sinal da forma que as coisas estavam diferentes, ela nem sequer trouxera os esquis e murmurou que tinha aprontado uma distensão qualquer.

— Na verdade, foi o Foguete que aprontou, não foi? — perguntou June, quando eles estavam carregando o carro. Harriet respondeu batendo o porta--malas.

Harriet passou a viagem roendo a unha do polegar e olhando para os picos nevados e os pinheiros curvados sob o peso da neve. Havia nevado muito durante a semana inteira, e parecia que eles atravessavam um túnel nas nuvens, com rochedos brancos esculpidos ao longo de ambos os lados da estrada.

Naquela noite, os três tocaram em um ambiente cheio de gente subindo pelas paredes, pessoas mais velhas e mais ricas do que eles, que estavam à procura de um barulho bom em um sábado à noite após um dia difícil de esqui e que malhavam o cartão de crédito. O local estava quente e fedia a lúpulo, lã molhada, cabelo molhado e fumaça de lenha. Harriet usava uma calça jeans de cintura baixa, e, quando se debruçava sobre o violão, Aubrey via o topo de sua calcinha fio dental esmeralda. Harriet estava especialmente bem naquela noite, solta e engraçada, com a voz límpida em um tom rouco agradável, como se estivesse se recuperando de um resfriado. Eles tocaram e beberam uma cerveja belga com um elefante rosa impresso no rótulo. Aubrey estava na quarta cerveja e se sentindo zonzo quando descobriu que o teor alcoólico era 8,5%.

Não tinha espaço no elevador minúsculo para todos eles e o violoncelo de Aubrey, então ele e Harriet subiram juntos e deixaram June para trás com os irmãos. Quando os dois saíram no terceiro andar, Harriet olhou para um lado, depois para o outro, franzindo a vista para ver as portas com numeração branca. Ela cambaleou e se apoiou no braço de Aubrey.

— Onde está o meu quarto? — perguntou Harriet. — Você lembra?

Aubrey pediu para ver a chave eletrônica, mas era apenas um cartão preto que não revelou nada.

— A gente liga para a recepção do meu quarto — disse ele, mas os dois nunca fizeram isso.

12

AS ESTRELAS APARECERAM, um enxame de centelhas brilhantes na escuridão invernal. Parecia o inverno lá em cima, três quilômetros acima do solo. Aubrey comeu a última barra de cereal e se encolheu nas pilas de cobertores com o Junicórnio enfiado no rosto, tentando sentir o cheiro de Harriet no bicho de pelúcia, se lembrando do cheiro do cabelo dela naquela noite no Maine, de pinheiros, de junípero.

Ao pensar no Maine, ao se lembrar da maneira como eles arrancaram as roupas um do outro, se beijando quase desesperadamente, Aubrey sentiu uma necessidade de Harriet quase tão intensa quanto ele jamais quis água. No momento mais profundo da noite, ela empurrou os cobertores e entrou na cama com cuidado, quase com vergonha, ao lado dele: uma Harriet feita de nuvem, com seios brancos como travesseiros, uma seda fria e esvoaçante como cabelo, lábios de bruma seca, língua de vapor frio.

Aubrey chorou agradecido, puxou-a para si, e caiu dentro dela, um salto longo e gostoso sem paraquedas.

13

SE TIVESSE ACORDADO PRIMEIRO, Aubrey acreditava que sua vida inteira poderia ter sido diferente. Ele não sabia qual seria a sensação de despertar banhado pela luz do sul, entre travesseiros e pilhas de lençóis brancos, com Harriet nua ao seu lado. Como ele gostaria de ter visto a luz nas costas dela. Como queria tê-la acordado com um beijo no ombro.

Porém, quando saiu do sono, Harriet já fora embora. Ela não respondeu à batida na porta do seu quarto de hotel. Não estava no bufê do café da manhã. Aubrey não a viu por todo o resto do tempo em que estiveram no Sugarloaf, a não ser uma vez, brevemente: Harriet estava no pátio em frente à estação de esqui, tremendo em um casaco de brim bem fino, chorando enquanto discutia com alguém no telefone. O namorado, Aubrey tinha certeza, e ele sentiu uma grande pontada de esperança. *Eles estão terminando*, pensou Aubrey. *Ela está terminando com ele, e agora será a nossa vez.*

Aubrey ficou observando pelas janelas com película da recepção do hotel e teria ido ao encontro dela — queria estar perto se Harriet precisasse dele, se sua presença silenciosa a ajudasse a passar pela situação. Mas Aubrey havia chegado à recepção com June, que estava sentindo muita dor. Ela disse que estava com cólicas terríveis ou talvez fosse uma reação a algo que comera. June estava pendurada no braço de Aubrey, e após os dois terem visto a cena no pátio por um momento, ela o puxou na direção do balcão da recepção.

— Deixe Harriet em paz — falou June. — Eu preciso mais de você do que ela. Estou sangrando tanto que está mais para pós-parto do que menstruação. Se continuar a sair mais coisa de dentro de mim, vou ter que batizar e comprar fraldas.

June estava tão ruim que pediu para Aubrey dirigir. Quando ele desceu com o violoncelo, Harriet já partira. Ela tinha se mandado com os irmãos Morris. June disse que foi porque Harriet estava com uma dor de cabeça de matar e queria dormir na cama no fundo do furgão, mas Aubrey ficou preocupado. Parecia mais que Harriet havia fugido do que ido embora.

— Acho que aquela cerveja do elefante rosa que bebemos ontem à noite pode estar piorando a minha menstruação — falou June. — Com certeza não está ajudando. Todos nós bebemos *demais*. Eu queria poder voltar no tempo para ontem à noite. Aposto que Harriet também. Como disse Reagan: erros foram cometidos.

Aubrey queria perguntar o que ela quis dizer com aquilo, queria saber o que June sabia, se ela estava falando sobre algo mais do que a cerveja, mas não teve coragem, e, em pouco tempo, June estava dormindo e roncando de uma maneira muito pouco adorável.

Quando voltou para casa, Aubrey mandou mensagens de texto para Harriet quase uma dezena de vezes, começando com UAU! ENTÃO ROLOU AQUILO, continuando com EU REALMENTE QUERO DAR UMA CHANCE PARA ESSE LANCE, e encerrando com VOCÊ ESTÁ AÍ? TÁ TUDO BEM? Ela não respondeu, e o silêncio encheu Aubrey de medo. Ele não conseguia dormir, nem conseguia ir para a cama. Andava de um lado para o outro no quarto pequeno, com um mal-estar no estômago, jogando jogos no celular para não ter que pensar. Finalmente, Aubrey cochilou no sofá puído de segunda mão, que tinha um cheirinho de pizza velha.

O telefone piscou com uma mensagem às 4h15.

> Eu sou uma pessoa horrível, me desculpe. Não deveria ter feito aquilo com você, não foi justo. Preciso ficar sozinha por um tempo. Eu tive um garoto na minha vida desde que tinha 9 anos e agora preciso descobrir quem eu sou sem um. Por favor, não me odeie. Por favor, nunca me odeie, meu amigo Aubrey.

Embaixo da mensagem havia um emoji de um coração partido em dois.

Três semanas depois, ele estava colocando as malas em um apartamento no East End de Londres. Aubrey não teve notícias de Harriet até março, quando chegou outra mensagem de texto:

June está muito, muito doente. Pode me ligar?

14

AUBREY ACHOU QUE SUA HARRIET de nuvem teria desaparecido quando ele acordasse, mas ela estava aninhada no seu peito, o espectro diáfano de uma garota com as feições cegas e lisas de uma estátua clássica. O cabelo esvoaçava e se enrolava na brisa, como penas de seda branca. O pau de Aubrey estava irritado de tanto meter nela. Tinha sido um pouco como foder um balde cheio de mingau frio.

Ele não disse isso para a Harriet de nuvem, porém. Aubrey gostava de se considerar um cavalheiro. Em vez disso, falou:

— Você beija bem.

Ela olhou para Aubrey com uma expressão de adoração.

— Você me entende?

Ela se ajoelhou na cama, com as mãos nas coxas, e examinou Aubrey com uma devoção arrebatada e um pouco idiota.

Ele pegou suas mãos de fumaça e apertou, e elas perderam um pouquinho a forma.

— Eu preciso chegar ao solo. Vou morrer de fome aqui em cima.

As mãos da Harriet de nuvem saíram das de Aubrey tão facilmente quanto água escorrendo por entre os dedos. Por um momento, ela pareceu insignificante e desanimada. Seus ombros caídos davam a entender que ele era um estraga-prazeres.

— Você *deve* se importar comigo — falou Aubrey mais uma vez — ou teria me deixado cair. Mas precisa entender: eu vou morrer se ficar aqui em cima. Por exposição às intempéries ou à fome.

A Harriet de nuvem olhou para ele com uma expressão cega de preocupação desesperada, depois girou o corpo e jogou as pernas esguias para fora da cama.

Ela lançou um olhar furtivo e chamativo para trás e apontou com a cabeça para a nuvem, a fim de dirigir a atenção de Aubrey para o que o esperava ali.

Um palácio de nuvens, parecido com algo saído de *As mil e uma noites*, se agigantava ao longe: uma massa altiva de minaretes e arcos, pátios e muralhas, escadas e rampas. A estrutura magnífica crescia para o céu, reluzente na luz do início da manhã, tão opalescente quanto uma pérola (*a pérola!*). Surgiu da noite para o dia e se acomodou em volta do domo gigante no centro de sua ilha flutuante.

Aubrey se levantou para segui-la, cambaleou e quase caiu ajoelhado. Estava fraco, se sentiu tão leve quanto a própria nuvem. Estava muito longe da inanição — isso levaria semanas —, mas a fome o deixava tonto, e quanto se mexia muito rápido, a cabeça girava.

A Harriet de nuvem pegou na sua mão, e, logo depois, eles chegaram a um fosso. O coração deu um pulo. Um anel de céu aberto envolvia o castelo. Ele viu as ondas de terra verde alguns quilômetros lá embaixo, ravinas e encostas nas sombras, cobertas por pinheiros. Ela puxou o braço de Aubrey e o conduziu por uma ponte levadiça larga feita de fumaça e através dos portões do palácio.

Quando os dois estavam no outro lado, ele soltou a mão e se virou devagar, absorvendo todo o cenário. Eles havia entrado em um grande salão, com tetos arqueados imponentes da cor da neve. Era como estar embaixo de um vestido de casamento gigante.

Aubrey ficou tão tonto de girar sem parar que quase caiu outra vez. Harriet pegou o cotovelo dele e o estabilizou, depois o conduziu até um imenso trono branco. Aubrey se sentou, agradecido por não estar com as pernas bambas, e ela se sentou no colo dele, toda gelada, de cintura fina e quadris redondos. Aubrey fechou os olhos e apoiou a cabeça no seu ombro frio e reconfortante. Era um alívio ser abraçado, afinal de contas.

Mas quando abriu os olhos, descobriu que estava abraçando um violoncelo de nuvens. A bunda lisa e perfeita, a cintura fina e o colo branco haviam se transformado no corpo do instrumento.

Sua Harriet da troposfera agora estava sentada a um metro de distância, em um vestido de seda branca, observando Aubrey com a adoração de um cachorro que olha um homem segurando um hambúrguer.

Aubrey enfiou a mão na nuvem aos seus pés e puxou um arco, fininho e em um tom branco translúcido de uma espinha de peixe. Ele estava faminto e, no primeiro toque, executou a música da fome: a "Sinfonia número 5", de Mahler, a terceira parte, uma meditação sobre viver sem uma coisa, sobre perceber o que não era e não podia ser. Um violoncelo de nuvem não soava como um violoncelo de madeira. Emitia um som baixo e melancólico do vento sob o beiral de um telhado, de uma ventania passando pela boca de um jarra vazia, mas, apesar disso tudo, a música era inconfundível.

A Harriet do céu se levantou do banquinho, cambaleou e se virou. Aubrey pensou em algas marinhas sendo puxadas pela maré e, quando engoliu, a garganta estalou.

Ela girou como uma bailarina em uma caixinha de música, um caule em forma de garota, com a feição de uma suavidade sobrenatural. Era como se o próprio Aubrey a girasse, como se ela fosse um torno mecânico movido pela música. Harriet flutuou sobre a nuvem embaixo dos pés e subiu em asas abertas de uma beleza alucinante e começou a navegar em círculos acima dele.

Aubrey estava tão arrebatado que se esqueceu de tocar. Não importava. O violoncelo tocou sem ele, parado diante dos joelhos enquanto o arco flutuava ali, passando nas cordas que foi capaz de sentir, mas não exatamente de ver.

A visão de Harriet fez Aubrey se levantar. Ele cambaleou ao esticar a mão para ela. Aubrey queria dar as mãos — queria voar.

Harriet se abaixou, pegou a mão dele e puxou Aubrey para as grandes alturas embaixo do teto do palácio. Ele deixou o estômago para trás. O ar assobiou, o violoncelo tocou, e Aubrey gritou e puxou Harriet para si, com os quadris dela colados aos dele. Os dois caíram, mergulharam, voltaram a subir, e Aubrey sentiu a pulsação forte e a cabeça leve. Já estava de pau duro.

Sua Harriet de brumas o levou para um patamar no topo de uma escada estonteante. Os dois juntos entraram em colapso ali. Asas se tornaram lençóis de lua-de-mel, e Aubrey possuiu Harriet novamente, enquanto o violoncelo tocava uma música lasciva e pomposa de cabaré lá embaixo.

15

JUNE MELHOROU, JUNE PIOROU. Houve um único mês bom em que ela se deslocava em muletas de alumínio, com a cabeça enrolada em um lenço, e falava em se ajustar à nova realidade. Aí June parou de falar em se ajustar e foi internada na ala para pacientes com câncer. Aubrey levou um ukulele para ela, mas o instrumento nunca saiu do lugar entre os clorofitos no peitoril da janela.

Um dia, quando Aubrey e June estavam sozinhos — Harriet e os irmãos de June haviam descido até a lojinha de suvenires para comprar barras de chocolate —, ela disse:

— Quando tudo isso aqui acabar, quero que você siga em frente, o mais rápido possível.

— Por que você não deixa que eu mesmo me preocupe com a forma como lido com meus sentimentos? — falou Aubrey. — Pode ser uma surpresa para você, mas não consigo simplesmente … me livrar disso com um pensamento. Como se você fosse um guarda-chuva que eu esqueci em um hotel.

— Não estou falando de *mim*, seu bobo — disse June. — Eu espero que você fique de luto por *mim* por, pelo menos, uma década. Quero um período prolongado de desolação sombria e pelo menos um pouco de choro nada masculino em público.

— Então, do que você…

— *Dela.* Harriet. Não vai rolar, cara. Você tocou na nossa banda de merda por quase dois anos na esperança de pegá-la.

— Mas *já* rolou.

June virou o rosto, olhou além do ukulele empoeirado, pela janela que dava para o estacionamento. A chuva fustigava o vidro.

— Ah. Aquilo. — June suspirou. — Eu não daria muita importância, Aubrey. Ela estava tendo uma semana péssima, e você não oferecia riscos.

— Por que eu não oferecia riscos?

June olhou para ele com uma expressão neutra, como se a resposta fosse óbvia. E talvez fosse.

— Você ia embora por seis meses. Ninguém começa um relacionamento com uma pessoa que está de malas prontas e um pé para fora da porta. Você não oferecia riscos, e Harriet sabia que nada que ela fizesse seria motivo para você odiá-la.

Desde que June fora diagnosticada com linfoma, ela vinha oferecendo pérolas de sabedoria serena, fingindo que era Judi Dench ou Whoopi Goldberg interpretando o mentor trágico em um filme romântico edificante sobre o que realmente importa na vida. Aquilo cansava Aubrey.

— Talvez você devesse tentar dormir — falou ele.

— Eu fiquei puta com ela, sabe — disse June, como se Aubrey não tivesse falado nada.

— Porque a gente ficou bêbado e se pegou?

— Não! Não por causa disso. Por tudo que aconteceu antes disso. Todas aquelas noites em que ela apoiou a cabeça no seu colo em longos passeios escuros de carro. Harriet te apresentou para as pessoas como o brinquedinho dela. Não se faz isso com as pessoas. Elas podem se apaixonar.

— Certo — falou ele em um tom que dizia que não estava certo.

— Não, não está certo — contestou June. — Isso foi injusto com você.

— Eu tive algumas das melhores e mais importantes conversas da minha vida com Harriet.

— Da *sua* vida. Não da vida dela. Você compôs aquela canção sobre usar os suéteres favoritos um do outro e ela cantou, mas Aubrey, *Aubrey*. Aquelas letras eram *suas*. Não dela. Harriet apenas cantou as palavras que você compôs para ela. Você precisa terminar com a Harriet.

— Nós não estamos juntos.

— Vocês estão *na sua cabeça*. Você precisa terminar com a sua Harriet imaginária e se apaixonar por alguém que corresponda. Não que a verdadeira Harriet não te ame. Só não te ama *desse jeito*.

— Onde *está* a verdadeira Harriet, caralho? — declarou Aubrey com raiva. — Acho que ela foi a pé até a fábrica da Hershey's para buscar essa barra de chocolate.

Harriet estava sempre indo com os irmãos de June nessas missões para encontrar um chocolate esquisito, um refrigerante estranho ou uma camiseta fora do comum que tornassem o dia dela menos deprimente.

Ela deu um suspiro pesado e virou a cabeça para olhar pela janela.

— Por que há tantas canções românticas sobre a primavera? Eu odeio a primavera. A neve derrete, e tudo fede a cocô de cachorro descongelado. Não se atreva a compor canções românticas sobre a primavera, Aubrey. Isso me mataria, e morrer uma vez já é ruim o suficiente.

16

DURANTE UM LONGO TEMPO DEPOIS, Aubrey ficou deitado ofegante, alegremente exausto, e coberto de suor frio. A cabeça girava pela mistura de fome e cansaço, mas a sensação não era de todo desagradável, veio com aquela onda de endorfina que acompanha um passeio em uma atração de parque de diversões.

Harriet desaparecera — derretera em suas mãos quando atingiu o orgasmo — e deslizara pelo chão na forma de um cobertor agitado de bruma. Aubrey gostava de achar que o sexo tinha sido bom para ela também. Quando procurou por Harriet, ele a viu através de uma arcada alta, esperando em uma mesa com cor de fantasma.

Aubrey vestiu de volta o macacão e entrou em uma grande sala de jantar. Olhou para a imensidão da mesa, servida com taças espectrais, um peru branco com aparência de algodão e uma tigela de frutas de nuvem.

Ele estava faminto — mais do que faminto, trêmulo de fome —, mas a visão da comida de fumaça não era promissora. Eram esculturas, não jantar.

Ela cortou para ele um pedaço de nada, serviu em um prato de céu, ao lado de uma fruta de nuvem com aparência espinhenta. Harriet o encarou com um desejo quase infantil de agradar.

— Obrigado — disse Aubrey. — Parece delicioso.

Ele usou uma faca branca para cortar um pedaço comprido, em forma de canoa, da fruta de nuvem. Meteu o garfo na fatia, avaliou-a sob a luz difusa, depois pensou *Que* se foda e deu uma mordida.

Ela estalou e quebrou, não era muito diferente de cristais de açúcar. Tinha gosto de chuva, cúpreo e frio. Aubrey estivera enganado. De perto, a comida *tinha* cheiro. Um cheirinho de temporal.

Ele devorou.

17

A DOR COMEÇOU NA SEGUNDA fatia de peito de peru fantasma — uma pontada forte e lancinante no estômago. Aubrey gemeu, cerrou os dentes, e dobrou o corpo na cadeira de fumaça.

Havia um resíduo sedoso na sua boca, um gosto ruim como se tivesse chupado um punhado de moedas sujas. Outra agulha de costura se enfiou nos seus intestinos. Ele gritou.

Sentada diagonalmente em relação a ele, a Harriet do céu, assustada, esticou o braço para Aubrey e pegou a mão dele. Com a mão livre, ela lhe ofereceu uma taça de fumaça branca. Aubrey bebeu em desespero, dois grande goles antes de se dar conta de que era só um pouco mais daquela espuma tóxica misteriosa. Ele atirou a taça longe.

Vespas voavam freneticamente dentro das suas entranhas, metendo os ferrões aqui e ali.

Aubrey ficou de pé em um impulso e, sem querer, arrancou a mão da Harriet do céu. Ela não pareceu se importar. Ele passou correndo pela arcada e foi atingindo por outra pontada lancinante de dor. Sentiu cólicas nos intestinos. *Ai, Deus.*

Aubrey desceu a escada em uma espécie de queda controlada, um tropeço rápido e imprudente, sem saber exatamente onde ia. Parecia que seus intestinos estavam amarrados por um fio de aço estrangulante que apertava mais e mais a cada momento. Ele nunca se viu tão perto do desespero de cagar na calça. Era como perder uma queda de braço, só que com o esfíncter.

Aubrey passou voando pelos portões e correu pela ponte que cobria o fosso. Havia um vaso sanitário ao lado de sua cama do tamanho de um Cadillac. Ele deu os últimos cinco passos com o macacão nos joelhos e as pernas tremendo. Aubrey se sentou.

Houve uma erupção. Ele gemeu. Parecia que estava evacuando uma massa de cacos de vidro. As entranhas apertaram de novo, e Aubrey sentiu um choque de dor até os joelhos. Os pés formigaram, sem circulação. Na terceira vez que os intestinos entraram em convulsão, ele sentiu uma pontada de dor atrás do esterno. Um choque tremendo se irradiou pelo peito.

Sua Harriet das alturas observava a alguns metros de distância, com as feições de deusa grega em uma expressão de luto transcendente.

— Com licença, *por favor*! — gritou Aubrey, evacuando com força uma nova massa de lâminas de aço inoxidável. O que ele realmente queria gritar era *Sai de perto de mim, caralho!* Ou talvez *Você me matou, sua piranha*. Mas ele não tinha coragem de ser cruel, não era da sua natureza. — Eu preciso ficar sozinho. Estou doente.

Ela se dissolveu em serpentinas diáfanas, uma cascata sedosa que foi absorvida pela nuvem aos seus pés.

18

QUE COISA DE SE PEDIR para ela, *Eu preciso ficar sozinho*. Não havia como ficar sozinho. Falando nisso, não havia *ela*. Havia apenas a nuvem. Aubrey sabia, desde a primeira vez que olhou para o rosto dela, que a Harriet do céu não estava retribuindo seu olhar. Não com os olhos, de qualquer maneira.

Talvez, até certo ponto, *toda* a nuvem estivesse retribuindo seu olhar. Se "olhar" fosse mesmo o termo correto. "Monitorar" talvez fosse mais preciso. A nuvem estava monitorando o que ele fazia, mas também o que ele pensava, de certa forma. De que outra maneira ela saberia como era o seu conceito de mesinha lateral? Ou de amante? De amante ideal?

E quando Aubrey conversava consigo mesmo na língua do pensamento consciente — será que a nuvem compreendia?

A ideia o deixou tonto de ansiedade. Mas ele não tinha certeza de que a nuvem era capaz daquilo — de conseguir interpretá-lo com tanta precisão. Ele achava que a nuvem estava passando pelos seus pensamentos da mesma forma que uma criança analfabeta folhearia uma revista com muitas fotos. Aubrey imaginou se era possível manter alguma ideia para si mesmo, se conseguiria empurrar o olho psíquico da mente da nuvem para fora da sua cabeça se fosse necessário. Muita coisa podia depender da resposta àquela questão.

A dor estava passando, embora as entranhas parecessem rasgadas e em carne viva. Ele não achou que o que havia comido o mataria diretamente. Se fosse alguma espécie de veneno concentrado, Aubrey sequer teria chegado a sair do palácio. Mas também não era comida, e ele não podia permitir que aquilo acontecesse com ele. Não podia se permitir ser estraçalhado por dentro, não quando já estava enfraquecido, exausto por qualquer caminhada de dez passos. Qualquer coisa que exigisse esforço físico lhe custava calorias que ele não tinha para desperdiçar.

O que fez os pensamentos de Aubrey voltarem para a visita da Harriet do céu à noite e depois para os esforços mais cansativos antes do banquete de vidro quebrado. Será que ela… mas ele se lembrou de que não havia *ela*. Ele se forçou a recomeçar. Será que a nuvem estava *tentando* deixá-lo exausto? Será que estava tentando exauri-lo, fazê-lo gastar todas as reservas de combustível que tinha? Mas se a nuvem quisesse eliminá-lo, aos olhos de Aubrey seria muito mais fácil se ela apenas virasse fumaça insubstancial e o deixasse cair.

Não. Ele não achava que a nuvem lhe desejava qualquer mal proposital. Ela queria que Aubrey tivesse coisas que o deixariam feliz, que o confortariam e tranquilizariam. A nuvem fazia o melhor possível para lhe dar todas as coisas que ele desejasse e só lhe negaria um único desejo: ela não o deixaria ir embora.

Talvez a nuvem sequer conseguisse evitar atender aos desejos inconscientes de Aubrey. A prova dessa hipótese estava à mão, literalmente. Enquanto ele não prestava atenção, um rolo de papel higiênico de algodão se materializou em um suporte que surgiu da nuvem. Aubrey pegou um punhado de papel, se limpou e olhou. Sangue. A grande massa de substância fumacenta estava cheia de sangue.

Ele se limpou da melhor maneira possível. Havia sangue na parte interna das coxas. Aubrey estava sangrando antes mesmo de chegar ao banheiro. Uma coisa boa: não importava quanto papel higiênico ele usasse, o rolo nunca diminuía. Quando terminou, Aubrey pegou um punhado de algodão de nuvem e enfiou na cueca antes de fechar o zíper do macacão.

Ele foi mancando até a cama e se deitou. Tateou para puxar os lençóis, e sua mão encontrou o Junicórnio de pelúcia. Aubrey o levou ao rosto. Segurou o bicho perto do nariz e sentiu o cheiro de detergente, poeira e poliéster. O Junicórnio estava desgrenhado e gasto, o que o tornava ainda mais precioso. Aubrey estava feliz por ter algo que não possuía a perfeição fria e harmoniosa dos objetos feitos de nuvem, feliz por ter algo que fosse real para poder segurar. Era possível saber o que era real não pelas qualidades, mas pelas imperfeições.

Ele encarou com os olhos embaçados o grande ovo branco que surgia do centro do palácio e avaliou aquele único aspecto consistente e improvável de sua ilha de nuvem. O único aspecto consistente que Aubrey *notou* de qualquer forma. Uma incerteza súbita o atormentou. Parecia que tinha havido pelo menos outra irregularidade que não fora irregular o suficiente para ser completamente acidental, mas não havia nada que o fizesse lembrar o que poderia ter sido.

Então. Deixe para lá. Pense nisso depois.

Por um tempo, Aubrey avaliou o domo, a pérola, no coração do palácio. Quando tentou escalá-la, a pérola lhe golpeou com um malho de vidro preto com força suficiente para derrubar todos os pensamentos da sua cabeça. Aubrey desistiu e desceu, e o que aconteceu a seguir? A nuvem sonhou com uma garota e lhe deu vida. A garota que ele quis tanto quanto jamais quisera outra pessoa na vida.

Só faltou a nuvem dizer para Aubrey: *Nós não deveríamos brigar. Aqui. Deixe-me ficar com meus segredos e você pode ficar com Harriet. Deixe o que está enterrado permanecer enterrado e...*

Os pensamentos de Aubrey se agarraram àquela última ideia. A pele reagiu, e os pelinhos se eriçaram nos braços. Ele se perguntou mais uma vez se não teria visto algo na ilha que não parecesse completamente aleatório e teve uma ideia, uma ideia muito ruim.

Aubrey sabia que precisava escalar o grande morro branco no centro da nuvem. Não havia escapatória. Quando ele fosse, a nuvem tentaria afastá-lo, como antes, e o atacaria com tudo que tivesse.

E será que ela *sabia* que Aubrey planejava uma nova escalada? Será que enxergava essa decisão na sua mente? Ele redirecionou os pensamentos para a primeira imagem que lhe ocorreu: o Junicórnio nas mãos, o Junicórnio roxo de pelúcia com o chifre quebrado e as asinhas minúsculas. Imaginar que precisava esconder os próprios pensamentos até de si mesmo atormentou Aubrey.

Ele fechou os olhos e enterrou a cara nos travesseiros. Aubrey não estava pronto para encarar o morro agora. Estava frágil demais, cansado demais, precisava recuperar um pouco de energia. Ele teria dormido se não tivesse sentido alguma coisa roçar na sua bochecha. Os olhos se abriram de supetão, e Aubrey viu o focinho de um enorme cavalo feito de nuvem.

Ele gritou, e o cavalo deu um passo nervoso para trás. Não. Não era um cavalo. Havia uma lança saindo do centro da cabeça e asinhas absurdas batendo atrás das patas dianteiras. O olhar cego era moroso, estúpido e tímido. Um Junicórnio.

Aubrey se sentou e fez uma careta, as agulhas de dor fustigaram o estômago. O Junicórnio estava parado ao lado da cama, observando-o com olhos vagos. Aubrey passou a mão na lateral do animal alabastrino. A sensação foi de frieza e suavidade, como se fosse um cavalo feito de gesso. Ele havia se concentrado no Junicórnio e agora, previsivelmente, havia um aguardando suas ordens.

Desde que essas ordens não fossem que o Junicórnio voasse com ele de volta ao solo ou o conduzisse ao topo do grande domo branco. Aubrey já sabia que aquela merda não rolaria. Mas talvez pudesse dar algum uso para o Junicórnio mesmo assim. Ele estava fraco demais para uma caminhada, mas achou que poderia cavalgar, e o Junicórnio já estava selado.

Aubrey enfiou um pé no estribo e ergueu o corpo. As entranhas retalhadas reclamaram. Ele arfou e caiu sobre o pescoço do Junicórnio. As bochechas vermelhas suavam. Procurou as rédeas, encontrou-as penduradas, e deu-lhes um puxão. Fazia alguns anos que ele não cavalgava, mas a família por parte de mãe era toda de fazendeiros, e ele estava acostumado.

O Junicórnio deu meia-volta e trotou margeando a beirada da nuvem, fazendo Aubrey quicar na sela. De início, o passeio foi difícil. Cada solavanco enchia o estômago e o intestino de agulhadas de dor, como se as estranhas estivessem cheias de lascas de aço. Aubrey logo descobriu, entretanto, que se ficasse em pé nos estribos, a cavalgada não era tão ruim. As palpitações no abdome diminuíram e viraram uma pulsação fraca, e ele começou a respirar com mais facilidade.

Aubrey cavalgou pela borda da ilha, por dunas baixas e praias áridas. Era tudo ao mesmo tempo conhecido e novo. O cenário era constantemente refeito pelo vento, e, no entanto, de alguma forma, era sempre o mesmo, acre após acre de purê de batatas.

Na última vez em que tinha viajado pela circunferência do seu pequeno feudo, ele se perdera em um labirinto de rochedos e sarjetas a leste, mas isso tudo sumira agora, e a terra estava arrasada e quase plana. Aubrey se lembrou de algumas rochas fofas que pareciam um buldogue. Também sumiram.

Ele não viu nada que o lembrasse da jornada anterior até chegar a três quartos do caminho em volta da ilha. Àquela altura, Aubrey estava quase cochilando na sela, pois o balanço do Junicórnio era um soporífico natural. Um solavanco forte e súbito o tirou do transe, e a dor eclodiu nas estranhas rasgadas. Ele olhou em volta e viu que tinham acabado de passar por uma protuberância de neve quase no formato de um quebra-molas. Estavam prestes a passar por outra, e havia uma terceira logo adiante. Três protuberâncias em forma de blocos dispostas em fileiras paralelas. Aubrey fez uma careta, puxou as rédeas e fez a égua parar.

Aos poucos, com cautela, desceu da sela e ficou em pé. Aubrey encostou no cavalo para se equilibrar enquanto esperava o mundo parar de girar. Quando tudo se acalmou, respirou fundo e examinou onde se encontrava.

Ele não tinha visto a marca da última vez que passara por ali: um bloco quadrado, grande e inclinado, no alto do morro central. Não havia um "descanse em paz" gravado na face nua, mas ele imaginou que serviria muito bem como lápide. Agora que estava de pé, olhando ao redor, era difícil imaginar como não percebera da primeira vez que aquele lugar era um cemitério. Por outro lado, Aubrey pensou que geralmente era o culpado por não ver o que estava diante de si.

Ele se ajoelhou e enfiou os dedos na pasta dura e fria da primeira cova. Estava cansado e não queria ter que cavar com as mãos. O trabalho seria mais fácil com uma pá. Ele fechou os olhos, baixou a cabeça e tentou visualizar uma pá perfeita, de um metro de comprimento. Mas ao abrir os olhos, não havia nenhuma pá convenientemente à mão, e o Junicórnio se afastara alguns metros para encará-lo com um desprezo inconfundível. Aubrey pensou que era a primeira vez que a nuvem lhe negava algo. Ele quase ficou contente. Tomou como um sinal de que encontrara algum trabalho que valia a pena ser feito.

Aubrey puxou o zíper do macacão. O smartphone estava no bolso da bermuda cargo. O celular estava mais para uma espátula de jardinagem do que para uma pá, mas era melhor que nada. Ele abriu um buraco e cavou. Caíram pedaços de nuvem e outros surgiram para preencher os buracos, como lama escorrendo dentro de um fosso em um dia chuvoso. Porém, apesar disso tudo, a substância de nuvem parecia precisar de meio instante para entrar nos buracos e assentar, e não conseguia acompanhar Aubrey. Conforme trabalhava, ele deixou a fadiga para trás. As pontadas constantes de dor no abdome aumentaram sua concentração.

Aubrey arrancou um naco de rocha branca mole que acabou revelando um pedaço de algodão preto esmaecido e um toque de seda amarelo-claro — e, naquele momento, a nuvem pareceu se render a ele. O monte mortuário entrou em colapso e espirrou em todas as direções, e um corpo surgiu da bruma. Vapor branco saiu das órbitas vazias, que o encaravam.

O esqueleto usava um fraque antigo bonito. Um lenço cor de canário estava dobrado impecavelmente no bolso do paletó. O amarelo vívido do tecido foi um choque para Aubrey e, de certa forma, tão refrescante quando teria sido enfiar a cabeça em água fria. No mundo da nuvem, tudo tinha a cor branca de monumentos, de mármore, de ossos. Aquelas dobras de pano amarelo foram como o estardalhaço de risadas de criança em um mausoléu.

Não foi difícil ver como o homem tinha morrido. Um lado do crânio fora atingido por uma pancada muito forte. O morto não parecia muito aborrecido com isso. Ele sorriu para Aubrey, com dentinhos cinzentos tão delicados quanto grãos de milho. Uma mão esquelética segurava a aba de uma cartola.

Aubrey se virou para começar a trabalhar na próxima cova, mas a fumaça já derretera, a nuvem estava abrindo mão dos mortos. Uma mulher. Ela fora enterrada com o guarda-sol. Pequeninas botas de couro preto brotavam do vestido e da anágua. A ponte de osso entre os olhos havia desmoronado. Aubrey não sabia se aquilo era resultado natural da decomposição ou um indício de ferimento.

Do outro lado da mulher havia outro homem. Ele deve ter sido gordo em vida. Os ossos nadavam em um terno preto volumoso. Uma das mãos segurava uma Bíblia. A outra, um revólver com grandes canos de ferro. Ele deve ter enfiado na boca antes de atirar. Era a única maneira de explicar o buraco bem no topo do crânio.

A respiração de Aubrey diminuiu aos poucos. Ele sentia dor de cabeça e pontadas nas entranhas, e queria deitar com aqueles três esqueletos e descansar. Em vez disso, se arrastou até o gordo e arrancou a Bíblia da sua mão. Ela caiu aberta em uma página logo depois da capa, marcada por uma antiga fita bordô.

No verso, havia os dizeres: "*Para Marshall e Nell, no dia do seu casamento, 4 de fevereiro de 1859. O amor nunca falha, Coríntios. Com amor da tia Gail*".

As palavras na página oposta tinham sido escritas em tinta marrom-escuro, manchada por uma mão trêmula.

"*Eles teriam me deixado — o balonista e Nell —, então matei os dois. Isso é o mais próximo do céu que vou conseguir chegar agora! Não que eu ainda acredite no Nosso Senhor. Nenhuma palavra nesse livro é verdadeira. Não existe Deus, e os céus pertencem ao Diabo.*"

A Bíblia pareceu muito pesada na mão de Aubrey; era um tijolo, não um livro. Ele recolocou-a no peito do gordo.

Assassinato e depois suicídio. Marshall tinha disparado no homem de cartola — o balonista, sem dúvida — e depois em sua esposa, e finalmente deu um tiro em si mesmo. Os ossos vinham flutuando na nuvem desde então, quase 160 anos a julgar pela data na Bíblia. Nell não estava de branco, então eles não voaram no dia do casamento, mas talvez tivessem decidido fazer um voo romântico em algum momento da lua de mel. Aubrey virou a outra mão de Marshall, a que segurava o revólver, para dar uma olhada na aliança, um simples anel de ouro que se tornara fosco com o passar do tempo.

Ele soltou a arma do ninho de ossos. Não tinha um, nem dois, mas *quatro* canos, decorados com espirais e penas, e um cabo curvo de nogueira negra. As palavras CHARLES LANCASTER RUA NEW BOND LONDRES estavam gravadas entre os dois canos de cima. Rua New Bond. Aubrey havia passado por ela quase todos os dias quando saía da Academia Real de Música para almoçar. Ficou admirado ao encontrar uma parte do mundo que ele conhecia, ali em cima, no próprio reino desconcertante do céu.

Abriu a arma. As balas pareciam mais cartuchos de escopeta que a munição normal de um revólver. Ele sacudiu a arma para retirar as balas. Três dos cartuchos de cobre estavam gastos, mas um continha uma bala do tamanho de um ovo de gaio azul, tão grande que era quase engraçado. Quase… mas não exatamente.

Deixei uma para você, moleque, Aubrey imaginou o gordo dizendo para ele. O crânio de Marshall sorriu com dentinhos afiados e tortos. *Pode ser útil. Nunca se sabe. Em poucos dias, quando você estiver fraco demais para ficar de pé, pode ser exatamente o que você precisa. Engula uma bala para a dor e nunca me ligue.*

Quando Aubrey se levantou, todo o sangue fluiu da sua cabeça e a tarde ficou turva. Ele cambaleou e quase voltou a se sentar. *Cama*, pensou. *Descanso*. Aubrey poderia ponderar sobre o destino trágico dos balonistas quando se sentisse melhor. Ele até deu um passo na direção do Junicórnio, que estava inquieto, batendo com as patas no solo fofo, antes de notar que ainda segurava o revólver de quatro canos. Aquilo lhe provocou outro arrepio. Parecia que Aubrey tinha tomado algum tipo de decisão sem nem se dar conta. Não havia motivo para levar a arma a não ser que, de alguma maneira, estivesse disposto a usá-la.

Ele deu meia-volta e considerou devolver o revólver. Os corpos continuavam expostos à luz do dia, a cabeça da mulher estava ao pé do grande bloco da lápide.

Ele então fez uma rápida série de associações de ideias e enfiou uma meia dúzia de miçangas de curiosidades em um único fio reluzente.

Os três vieram, ficaram presos ali e morreram, mas o importante era que eles tinham *vindo*, não de paraquedas, mas de balão. Os três vieram parar na nuvem de alguma forma, e pelo menos dois deles planejavam ir embora. Como pretendiam fazer aquilo? E não era estranho que a nuvem tivesse desenterrado os corpos, porém a lápide permanecesse, aquele grande bloco quadrado sem nada escrito? Aubrey achava que sim. Também notou, pela primeira vez, que o monumento não tinha a forma exata de uma lápide tradicional como ele ou qualquer outra pessoa imaginava. Quando a nuvem gerava alguma coisa — uma cama, uma mesinha lateral, uma amante —, sempre trabalhava a partir de um modelo retirado da mente dos seus hóspedes, mas aquela lápide não era um modelo de nada. Era uma camuflagem, e nem era uma camuflagem tão boa assim.

Aubrey andou como um bêbado entre os esqueletos e ficou parado diante da lápide que não era uma lápide. Ele deu um chute, dois, cada vez com mais força. Voaram lascas de nuvem da cor de marfim. Quando isso não foi suficiente, Aubrey ficou de joelhos e arrancou pedaços com as mãos. Não demorou muito.

No centro do monumento esquisito em forma de cubo havia um cesto de vime, grande o bastante para abrigar uma família de cinco pessoas. Estava cheio até a borda com um tecido das cores da bandeira americana. A madeira do cesto era tão velha e seca que perdera a maior parte da cor. O pano estava tão ruim quanto, gasto e esbranquiçado pelo tempo, os azuis mais claros que o céu, os brancos mais claros que a nuvem.

Ele retirou a grande massa trêmula. Aquela pilha de pano — Aubrey lembrou que os balonistas o chamavam de envelope — não estava mais presa ao cesto ou ao queimador enferrujado que fora, de propósito, dobrado e retirado. Uma dúzia de cordas finas corria por anéis em volta da borda do pano do balão, mas estavam amarradas em um cordame arrumado, com todas as fivelas de ferro reunidas com cuidado em um único lugar.

Com o pano removido, ele notou que o cesto estava muito avariado. O fundo fora totalmente arrancado. O cesto em si era quadrado, mas o rotim tinha se soltado em um canto e nada o segurava no lugar. Fora um golpe muito forte, e Aubrey foi tomado pela imagem mental do balão batendo na nuvem dura em alta velocidade e sendo arrastado por algumas centenas de metros, enquanto a palha se soltava em uma série de estalos retumbantes.

"Eles teriam me deixado", escreveu o gordo Marshall desconsolado, mas ninguém teria ido embora nos destroços do balão de ar quente. Se alguém tivesse tentado ligar o queimador, no mesmo instante o balão teria destruído o pouco que sobrou do cesto.

Aubrey esfregou aquele velho tecido escorregadio entre os dedos. Desdobrou com cuidado e abriu o pano diante de si. Estava concentrado no esforço de manter a própria mente em branco, a cabeça tão limpa e vazia quanto céu azul lá no alto. Ele levou quase vinte minutos para esticar todo o pano, o imenso envelope de seda, grande o suficiente para cobrir uma casa pequena. Em vários lugares ao longo das dobras, o pano estava em trapos. Em outros, o tecido estava tão puído quanto um devaneio. Enfim, Aubrey se sentou com o cordame no colo, com as cordas que foram propositalmente soltas do balão. Quando tudo estava esticado diante dele, era engraçado como parecia um paraquedas.

Eles teriam me deixado.

Aubrey estava cansado demais para montar de volta no Junicórnio, mas não importava. Quando olhou ao redor, a montaria havia sumido.

Ele se arrastou entre o dândi balonista e a mulher morta. Podia ter puxado um cobertor confortável feito de nuvem da fumaça aos seus pés, mas estava cansado da bruma e do nevoeiro. Em vez disso, Aubrey puxou o pano do balão sobre o corpo, se enrolou nele e segurou o cordame ao peito. A arma estava cutucando a perna, mas não era doloroso o suficiente para Aubrey abrir o macacão e soltá-la.

Quanto tempo dura uma bala?, ele se perguntou.

19

— **MORRER PARECE MUITO TRABALHOSO** — disse Harriet na recepção após o velório, muito elegante em uma blusa branca e uma bela jaqueta cinza. — Quando é saudável, a pessoa pensa que quer continuar lutando, não importa o que aconteça. Espremer até a última gota da vida. Mas câncer, cara. Essa merda fode com a pessoa. Deve ser um alívio enorme simplesmente se deixar levar. Como a melhor de todas as sonecas.

Eles estavam na casa da família Morris, bebendo Pabst Blue Ribbon na varanda com os irmãos de June.

O maior deles, Brad, estava encostado em uma das portas de tela, com o brilho da tarde nos ombros. Ronnie havia se sentado em uma das espreguiçadeiras e levantado uma nuvem de poeira e pólen que girou e brilhou em um raio de luz dourada.

— Isso não faz nenhum sentido — falou Aubrey, em uma das outras espreguiçadeiras. — Quem pode viver a vida toda e quem não pode.

Ronnie já estava bêbado. Aubrey podia sentir o cheiro de cerveja nele a um metro de distância, podia sentir no seu suor.

— Ela fez mais em um dia, sem sair da cama do hospital do que gente que vive três vezes mais. — Ronnie bateu com os dedos na têmpora de maneira expressiva. — June fez coisas aqui dentro, onde o tempo é mais elástico. As coisas que uma pessoa pensa são tudo que ela sabe do mundo. Então, se ela consegue *imaginar* uma coisa, é como se tivesse *vivido* aquilo. Ela me disse uma vez que estava tendo um caso com o Sting desde os 15 anos. Aqui dentro. — Ele deu outro toque forte na têmpora. — June se lembrava de quartos de hotel. Ela se lembrava de estar sentada do lado de fora de uma cafeteria em

Nice com ele quando a chuva começou a cair. Esse era o dom de June. Ela tinha predisposição para duas coisas: imaginação e câncer.

Aubrey achou desagradável essa associação de ideias, o tipo de sabedoria que só se ouvia da boca de bêbados. A imaginação era o câncer do coração. Todas aquelas vidas que a pessoa levava na cabeça e jamais viveria — elas preenchiam a pessoa até a pessoa não conseguir respirar. Quando pensava em Harriet indo embora para passar o resto da sua vida sem ele, Aubrey sentia como se não conseguisse respirar.

— E a lista dela? — perguntou Harriet. — E todas aquelas coisas que June quer que eu faça por ela? Saltar de um avião, surfar na África?

Harriet estava começando a chorar de novo. Ela mal parecia se dar conta disso. Harriet chorava de forma fácil e linda.

— E a lista de arrependimentos que ela deixou para mim?

Ronnie e Brad balançaram a cabeça. Harriet encarou os dois com olhos arregalados de espanto e esperança, como se eles estivessem prestes a revelar algum legado surpreendente que June deixara para trás para sua amada melhor amiga.

— Não são coisas que ela queria ter feito — explicou Ronnie. — São coisas que ela quer que você faça porque ela mesma se divertiu horrores fazendo. Na cabeça dela.

Ele bateu com os dedos na têmpora de novo. Se não ganhasse uma dor de cabeça por causa da cerveja, Ronnie com certeza ganharia uma com tantas batidinhas.

— O que vamos fazer primeiro? — perguntou Aubrey.

Harriet olhou para ele sem entender. Aubrey teve a sensação desagradável de que, por um momento, ela havia se esquecido de que ele estava ali.

— Vamos saltar por ela — respondeu Brad. — Já fizemos a reserva.

— Vamos saltar *com* ela — corrigiu Harriet, fazendo carinho no pequeno Junicórnio que ela vinha carregando o dia todo.

— Quando vai ser? — indagou Aubrey.

— Ai, Aubrey — disse Harriet. — Você não precisa ir. Você tem medo de altura.

— Eu não pensei nenhuma vez em altura desde que comecei a tomar remédios contra ansiedade — falou ele. — Graças a Deus. Não quero ter medo para compartilhar as coisas mais importantes com as pessoas mais importantes da minha vida.

— Você já fez muito pela June — falou ela. — Você fez valer a pena ouvir a nossa banda. Ela gostava de você pra caralho, sabe. — Harriet se debruçou no espaço entre os dois para bater com os nós dos dedos na coxa de Aubrey.

— June me dizia isso todo o tempo nos últimos meses.

— Ela sentia o mesmo por você. Você era o assunto favorito de June.

Harriet deu um sorriso distraído e falou:

— Sobre o que mais você e June discutiam?

Aubrey teve a sensação de que ela estava tentando conduzir a conversa para algum lugar, mas não conseguiu enxergar para onde.

— Nós conversamos sobre a vontade que ela tinha de que eu seguisse em frente. É o que quero fazer. Quero ir direto à primeira coisa na lista da June.

— Bom homem — disse Ronnie. — Vamos saltar em seis semanas.

Aubrey ergueu o queixo em um aceno ligeiro de concordância, embora o estômago tenha dado um nó de tensão nervosa. Seis semanas era cedo demais. Talvez o incômodo tivesse transparecido no rosto mesmo assim. Harriet estava observando Aubrey com uma preocupação serena, de olhos úmidos e... que porra era aquela? Como ela foi parar no joelho de Ronnie?

A visão de Harriet praticamente sentada no colo bêbado de Ronnie o incomodou, fez com que ficasse ressentido, o que não era comum.

— Claro que a gente poderia simplesmente saltar de paraquedas na nossa imaginação — disse ele em tom de brincadeira. — E poupar dinheiro.

Ronnie franziu a testa.

— E ser uns cagões completos.

— Pensei que você tivesse acabado de dizer que, se a pessoa imagina uma coisa, é o mesmo que vivenciá-la.

— Cruzes, cara — falou Ronnie, começando a chorar. — Eu acabei de perder a minha irmã, e você vem com esses argumentos babacas?

20

QUANDO AUBREY ACORDOU, QUASE ONZE horas depois, percebeu algo que deveria ter compreendido meses antes. June não disse que Aubrey precisava seguir em frente e deixar Harriet porque ela se importava com *ele*. June falou que Aubrey precisava seguir em frente porque ela se importava com *Harriet*, e Harriet era amável demais — ou não tinha firmeza, se preferir assim — para mandar Aubrey sumir da vida dela. Era isso que Harriet estava tentando descobrir no dia do velório. *Sobre o que mais você e June discutiam?*

Harriet e June talvez estivessem a ponto de desmanchar a bandinha folk boba das duas quando ele tomou conta da situação naquela noite no Slithy Toves. Aubrey tornou tudo bem mais sério do que precisava ser e do que elas um dia quiseram que fosse. As garotas abriram espaço para ele na vida delas, mas apenas depois que Aubrey entrara à força e impusera seus próprios desejos sobre a brincadeira inocente delas.

Na verdade, nenhuma pessoa em terra firme, tirando sua mãe, teria dificuldade de se recuperar de seu desaparecimento inexplicável. Não havia vida nenhuma esperando por Aubrey lá embaixo, porque ele nunca se deu ao trabalho de construir uma. Aubrey deixou um rastro tão pequeno no mundo quanto a sombra de uma nuvem passando sobre um campo — uma ideia que o deixou furioso e o deixou com mais vontade de descer.

Ele deixou o pano do balão dobrado como havia encontrado, acompanhando as dobras gastas pelo tempo. Ao trabalhar, Aubrey notou que o balão fora reconfigurado para se abrir mais do que um balão se abriria normalmente, embora as cordas ainda pudessem ser repuxadas para um único ponto estreito, da largura da cintura de um homem.

Ele andou sobre as ondas nebulosas da nuvem com a massa grossa de pano debaixo de um braço e o cordame debaixo do outro. A respiração estava se condensando. Aubrey estremeceu, embora não soubesse se era por causa do frio ou da indignação. Ele estava com vergonha pela forma como desejara Harriet quando era tão óbvio que ela não o queria, com vergonha por ter tentado desistir do salto, com vergonha por ter 24 anos e ainda não ter começado a viver. Aubrey se agarrou à vergonha como se fosse outro tipo de arma, talvez uma mais valiosa do que o revólver.

A cama, o banheiro e o cabide estavam onde ele havia deixado. Aubrey pendurou todo aquele tecido no cabide, ao lado do arnês de paraquedismo. Se tivesse motivo para manter aquilo... bem, não era algo em que ele quisesse pensar muito. Não ainda. Não agora que ele tinha uma arma. O revólver fora usado pela última vez para um suicídio, mas Aubrey pensava que ele oferecia a possibilidade de uma forma diferente e mais satisfatória de fuga. Os panos e as cordas, por outro lado, teriam serventia mais tarde, se todo o resto desse errado e ele realmente tivesse vontade de se matar.

Aubrey pegou o capacete e afivelou na cabeça (seguindo a teoria de que uma pessoa não marcha em direção a uma batalha sem armadura) e se virou na direção do palácio. Os pináculos e as ameias elevadas se projetavam no alto do céu, com aquele domo central se agigantando sobre tudo. Ele tentara escalar o domo antes e fora repelido. Aubrey achava que era hora de descobrir qual o *motivo* de o domo repeli-lo. O domo estava protegendo algo lá em cima, e se tinha algo a ser protegido... havia algo que podia ser ameaçado.

Ele tomou o rumo dos portões do castelo. Imaginou o que encontraria se conseguisse chegar ao topo do globo branco cremoso. Aubrey tinha uma ideia maluca, possivelmente um pouco histérica, de que havia um *painel de controle* lá em cima, uma escotilha para uma cabine escondida. Imaginou um assento de couro preto em uma cápsula minúscula cheia de luzes piscando, e uma alavanca em tom vermelho berrante com as palavras "PARA CIMA" e "PARA BAIXO" estampadas ao lado. A ideia era tão adoravelmente boba que ele teve que rir.

Aubrey ainda estava rindo de si mesmo quando chegou ao fosso em volta do palácio e descobriu que a ponte fora recolhida. Três metros e meio de céu aberto o separavam dos portões escancarados que davam para o pátio.

Isso calou a sua boca.

21

A TERRA ONDULADA E VERDEJANTE lá embaixo reluziu com o brilho dourado e amanteigado da primeira luz do dia. Os morros lançavam lagos de sombra nos vales. Ele espiou um celeiro vermelho e um silo prateado, um campo verde-claro cheio de sulcos irregulares, alguns botões amarelos que provavelmente eram montes de feno.

Sua Harriet do céu observava do outro lado do fosso, se contorcendo nervosamente no vestido. O rosto de estátua grega estava desesperançado e assustado.

A pulsação de Aubrey era como alguém batendo em um tambor bárbaro.

— O que você vai fazer se eu der um passo à frente? Vai me deixar cair? Se pudesse me soltar, já não o teria feito? — perguntou ele para ela. — É contra as regras… é o que eu acho.

Aubrey não tinha certeza se achava isso mesmo. Mas a nuvem havia mantido os balonistas mesmo depois de eles morrerem, manteve-os por todos aqueles anos desde então, quando podia ter passado por cima do lago Erie a qualquer momento e soltado os corpos sem ser vista. O que a nuvem pegava, ela mantinha. Quando ele compreendeu que ia testar essa hipótese, as entranhas sofridas pareceram virar de ponta-cabeça em um solavanco lento e pesado.

— Nada do que você me mostrou era real, e isso inclui o seu fosso — disse Aubrey.

Ele fechou os olhos e ergueu um pé. Os pulmões ficaram paralisados dentro do peito. As bolas se encolheram tanto que os testículos doeram.

Aubrey deu um passo à frente.

E caiu. Os olhos se arregalaram quando ele caiu de cabeça.

A nuvem se projetou para fora quando ele mergulhou, se derramou diante de Aubrey. Por um momento, ele tombou no céu aberto. Mas ao cair de quatro, a bruma viva efervesceu sob ele e o pegou.

O vapor ondulado continuou se espalhando por cima do fosso até formar uma ponte fina sobre o vão. Ele procurou a Harriet do céu, mas ela havia derretido.

Aubrey ficou de pé com as pernas bambas. Uma grade levadiça de bruma descera na arcada. Ele foi para cima dela com a cabeça baixa.

Tiras de nuvem se esticaram como uma corda elástica, se retesaram contra a superfície de bola de boliche do capacete de Aubrey. Ele fez força contra elas, dando um passinho à frente, depois outro. A grade se distorceu e deformou, como se fosse feita de barbante, e depois rasgou completamente e o despejou de cara no pátio.

Aubrey se levantou e marchou em direção ao grande salão.

Um harém o aguardava ali: duas dúzias de garotas esguias do mais puro branco, perfeições magras de mármore, algumas usando sedas opalescentes esvoaçantes, outras nuas. Sofás e camas foram trazidos para o espaço aberto, e as garotas se emaranhavam em cima deles, se contorciam nos braços e entre as penas umas das outras.

Outras garotas deslizaram na direção dele com olhos cegos e rostos desesperados de ansiedade. Uma mulher que Aubrey não viu o agarrou por trás, os seios macios se apertaram com força nas suas costas, os lábios foram ao pescoço. A Harriet do céu já estava de joelhos diante dele, tentando pegar o zíper do macacão.

Aubrey afastou a cabeça dela com um tapa com as costas da mão. Ele se livrou dos braços da mulher que o agarrava por trás com tanta força que as mãos dela se soltaram em trapos de vapor. Aubrey passou através de corpos nus. Todas as garotas para as quais ele já tocou punheta, da primeira professora de violoncelo à Jennifer Lawrence, tentaram se amontoar diante dele. Aubrey passou por elas batendo os braços e rasgando as garotas em estandartes esfarrapados de bruma perolada.

Ele subiu os degraus. Guerreiros aguardavam no salão de jantar: homens de marshmallow inchados, com três e 3,5 metros de altura, com porretes de algodão e imensos martelos de nuvem. Eles não eram tão completamente formados quanto as garotas no salão abaixo. Suas mãos pareciam massinha de modelar e seus braços inchados tinham mais a ver com a anatomia de revistas em quadrinhos do que com corpos humanos de verdade.

Aubrey Griffin, que esteve em uma briga pela última vez aos 9 anos, recebeu bem os guerreiros. Ele estava com a respiração e a circulação aceleradas.

Um guerreiro brandiu sua marreta de nuvem — a cabeça do martelo era tão grande quanto um peru de Dia de Ação de Graças — e acertou Aubrey no peito. Ele ficou surpreso com a dor, com o baque dolorido que se propagou pelo torso. Mas pegou a cabeça da marreta quando foi acertado e não soltou. Ao contrário, ele girou o corpo e levou o martelo consigo.

Aquelas coisas, aquelas formas de nuvem sólida, eram fracas nas juntas. Tinham que ser, ou não conseguiriam se dobrar e mover. Aubrey arrancou a marreta do agressor e um braço junto com a arma. Deu uma volta completa e soltou o martelo. A arma foi rodando para cima da massa de gigantes que se aproximava. Ela dividiu um guerreiro ao meio, pela cintura, e a parte de cima do corpo caiu no chão. A marreta fez um arco crescente e arrancou a cabeça do agressor atrás dele.

Os gladiadores de nuvem o cercaram com punhos e porretes.

Aubrey arrancou um braço próximo e usou como foice para ceifar a primeira leva de guerreiros diante de si, da mesma forma que um garoto usaria um graveto para bater em ervas daninhas. Ele passou pelos adversários como se estivesse avançando por uma enchente de pudim na altura da cintura.

Os guerreiros se afastaram de Aubrey, recuaram mais de sua fúria alegre do que dos punhos, o lábio superior crispado revelando os dentes arreganhados. Faltava à nuvem a coragem das próprias convicções, ela estava tão disposta a machucá-lo de verdade quanto a permitir que despencasse. Aubrey não compartilhava dessa restrição. Quando chegou à metade do salão, ele estava ofegante, suando no ar frio e sozinho.

Aubrey entrou no castelo, mas não havia muita coisa lá dentro. Após ter criado a entrada e o salão do festim, a nuvem parecia ter ficado sem ideias. Ele passou pelo próximo arco elevado e se viu de novo na base do domo.

O pico estava bem no alto, dezenas de metros acima dele. Aubrey sentiu um toque de tontura ao olhar lá para cima, e também uma coisa pior — o fantasma de uma pérola negra reluzente pairando no limite dos seus pensamentos.

Ele respirou bem fundo e começou a subir.

22

A ORDEM MANDANDO-O PARAR ACERTOU Aubrey com tanta força que foi quase um golpe físico jogando sua cabeça para trás. Mas quando recuperou os pensamentos, ele já havia escalado seis metros. O rapaz pestanejou para se livrar das lágrimas, ergueu o braço e enfiou a mão na encosta da nuvem.

Ela o agrediu mais uma vez, como um homem pisando em uma vespa ferida para que parasse de rastejar.

Mas Aubrey não parou de rastejar. Ele contra-atacou.

NÃO, rugiu Aubrey, embora não tivesse emitido som. Foi um pensamento, uma reação ofensiva.

Seus olhos ficaram marejados. A crista do domo branco ofuscante ficou embaçada e dobrou de tamanho, depois voltou ao normal. Ele continuava escalando, já estava a vinte ou 25 metros de altura.

O que quer que estivesse mandando aqueles golpes psíquicos pareceu hesitar. Talvez não estivesse acostumado a levar um berro. Aubrey prosseguiu por mais doze metros e chegou a um ponto onde achou que a encosta estivesse redonda o suficiente para que fosse seguro ficar de pé. Ele estava acabando de se levantar sobre pernas bambas quando a pérola negra deu um golpe baixo e atacou de novo. Aubrey cambaleou, perdeu o equilíbrio, e um pé escorregou. Se tivesse caído para trás, teria rolado 35 metros até a base, mas em vez disso, caiu de barriga com tanta força que ficou sem ar nos pulmões. Aubrey ficou esparramado, com braços e pernas abertos em X, sendo pressionado sobre o piso curvo da nuvem.

— Ah, sua piranha — disse ele, fazendo um esforço para ficar de joelhos, e depois de pé.

Aubrey avançou. O ar frígido atacava os pulmões a cada tomada de fôlego. Aos poucos, ele voltou a notar um zumbido eletrizante, tanto sentiu quanto ouviu, bem embaixo dos pés. Era como estar sobre uma plataforma de aço enquanto um trem se aproximava. O som baixo e prolongado aumentava conforme Aubrey subia, até se tornar um zumbido grave e mecânico que trouxe à mente a única nota de microfonia que abria "I Feel Fine" dos Beatles.

Aubrey parou de andar a cinquenta passos do ápice do domo e cambaleou. A cabeça latejava. Os ouvidos também.

Pela primeira vez, ele viu que estava pisando em algo que *não era* nuvem. Tinha *cor* de nuvem, um tom opaco de estanho, mas era mais duro do que qualquer coisa que Aubrey havia sentido até então, e estava bem *ali*, escondido debaixo de um carpete de vapor que não tinha nem dois centímetros de espessura.

Ele ficou de joelhos e espanou a fumaça. Ela parecia não ter a disposição ou a densidade para se solidificar ali. Abaixo havia a curva do que poderia ter sido a maior pérola do mundo, uma pérola do tamanho de um prédio de dez andares. Não era negra, parecia mais uma esfera de gelo lustrada. Só que gelo era frio, e esse estava quente e zumbindo como um transformador.

E havia outra coisa. Aubrey conseguia *enxergar* algo dentro da pérola. Uma forma difusa. Parecia uma enguia, congelada no não gelo.

Ele rastejou e tirou a nuvem do caminho em lufadas. O vapor não resistiu a Aubrey ali. Ele descobriu o que parecia ser um fio dourado, tão fino quanto um cabelo, que percorria a parte externa do vidro embaçado. A uns três metros de distância, Aubrey descobriu outro fio dourado. Em pouco tempo, encontrou um terceiro e um quarto. Todos os fios dourados surgiram no topo do globo para envolvê-lo em uma rede frágil.

Quando sua mão passou por um dos fios, ele sentiu uma respiração fria na palma. Aubrey parou, dobrou o corpo e descobriu que os fios tinham milhares de furinhos que soltavam filetes de névoa branca.

Toda a substância impossível da nuvem começava aqui, pensou ele. A pérola usava um casaco de fios de ouro, que produzia a nuvem como forma de disfarce, exalando uma fumaça que era mais leve do que o ar, mas rígida como pele humana. Não era mágica, era maquinaria.

Essa ideia veio seguida de outra. Aubrey havia parado de ser pisoteado. Não sentia o impacto psíquico daquela maça de vidro negro desde que encontrara o primeiro fio de ouro.

Estou dentro das suas defesas, pensou ele, tendo certeza, mas sem saber como. *A pérola não pode lutar comigo aqui. E também não pode se esconder.*

Aubrey olhou além da teia dourada para o interior do não gelo mais uma vez e notou uma segunda enguia congelada, tão grossa quanto a coxa de um homem. Ele seguiu a enguia a fim de ver onde ela o levaria e foi afastando a bruma fina ao avançar.

Logo Aubrey estava no topo. Ele franziu os lábios, assoprou um filete de fumaça para longe e finalmente viu o que estava escutando pelos últimos quinze minutos. O globo era coroado pelo que parecia ser um prato de ponta-cabeça feito de uma linda folha de ouro. Centenas de linhas reluzentes irradiavam do prato, como raios do centro de uma roda. O prato produzia um zumbido elétrico constante que Aubrey sentia nos pelinhos dos braços, na superfície da pele, nas obturações.

Ele ficou de pé e secou a testa com o braço. Os olhos mudaram de foco, espiaram embaixo do cálice dourado e viram o interior da grande bola de não gelo. Aubrey levou um momento para entender o que estava olhando, e quando veio a compreensão, ele foi tomado por uma tontura quase avassaladora.

Era um *rosto*. A esfera lisa e cinzenta continha uma *cabeça*, maior do que a cabeça de um cachalote. Aubrey viu um único olho fechado, voltado para ele, um olho com o diâmetro aproximado de uma banheira. Mais abaixo havia uma barba de tentáculos — as enguias que Aubrey percebera —, cada apêndice longo e vibroso era mais grosso que uma mangueira de incêndio. Era difícil distinguir a cor da criatura. Tudo dentro da esfera ganhava um tom cinza-esverdeado, como ranho velho e frio.

Em algum momento, Aubrey se ajoelhou. O prato de ouro colocado sobre a pérola zumbia sem parar. Ele considerou que a coisa dentro do não gelo estava morta ou em um estado de coma muito próximo da morte, mas a maquinaria que o escondia estava viva.

Aubrey viu movimento pela visão periférica e virou a cabeça. A Harriet do céu esperava a alguns metros de distância, torcendo as mãos nervosamente. A borda do vestido branco, ideal para um casamento, varreu o não vidro cor de aço embaixo dela.

Ele gesticulou para o rosto na esfera.

— O que é aquilo? É *você* lá dentro? — berrou Aubrey para ela. — Aquilo é o seu verdadeiro eu?

Ele não tinha certeza se a Harriet do céu compreendia e, mais uma vez, pensou em uma analfabeta folheando uma revista cheia de imagens. Mas ela balançou a cabeça, quase em desespero, e abraçou o próprio corpo.

Não. Não, Aubrey achava que não. Ele achou de novo (torceu, talvez fosse mais preciso) que o que quer que estivesse lá embaixo estava morto. Ela — a nuvem — seria mais como... o quê? Um drone de segurança? Um animal de estimação?

Aubrey se inclinou um pouco à frente e colocou a mão sobre o prato enrugado de folha de ouro virado de ponta-cabeça.

Foi como enfiar o dedo em um soquete de lâmpada. A carga foi tão intensa que o corpo inteiro dele ficou rígido e os dentes se cerraram, e, por um instante, a visão foi apagada por um frenesi de luzes prateadas, como se uma dúzia de flashes espocassem em seu rosto ao mesmo tempo. Só que o que galvanizou Aubrey não foi eletricidade, mas um choque de 500 mil volts de *solidão*, uma sensação de carência tão intensa que podia matar.

Ele puxou a mão para soltá-la. Quando pestanejou para se livrar da fosforescência difusa de todas aquelas luzes piscantes, sua Harriet dos céus o encarava com algo que parecia medo.

Ele segurou a mão esquerda junto ao peito. Ela doía.

— Sinto muito — disse Aubrey. — Sinto muito por você. Mas não pode me manter aqui. Você está me matando. Sinto muito que esteja sozinha, mas precisa me deixar ir embora. Eu... eu não quero mais ficar com você.

A Harriet do céu o encarou sem entender absolutamente nada.

Ele não ficou surpreso, apenas sentiu um tipo de decepção cansada. A forma de vida senciente e empática feita de fumaça viera a este mundo sabe-se lá havia quanto tempo, com um único propósito: esconder e proteger uma cabeça dentro de uma bola. Uma coisa monstruosa e silenciosa que talvez nem tivesse sobrevivido à viagem.

A consciência feita de nuvem vivia sob uma única lei: proteger a carga de ser descoberta. Não havia como descer. E não havia como liberar ninguém que pudesse colocar em risco a coisa dentro da esfera, uma cabeça decapitada do tamanho de uma casa. A fumaça viva havia mantido os balonistas — e sem dúvida tentara agradá-los — para não ficar sozinha. Estava mantendo Aubrey pelo mesmo motivo. Ela não compreendia que esse alívio temporário de sua agonizante solidão interminável acabaria custando a única vida que Aubrey tinha.

Talvez a fumaça viva não entendesse a morte. Talvez pensasse que os balonistas ainda estavam ali com ela, só permaneciam muito parados e quietos, bem parecidos com a criatura dentro da esfera. Quanto a fumaça viva sabia, afinal de contas? Quanto ela era *capaz* de saber? A cabeça dentro da esfera com certeza tinha um cérebro do tamanho de uma garagem para dois carros. Mas a fumaça pensante e sentimental… aquilo era apenas um circuito qualquer preso dentro de um pequeno prato dourado.

— Eu tenho que descer — disse Aubrey. — Quero que você me deixe em algum lugar. Deixe-me no topo de uma montanha, e prometo que nunca vou contar a ninguém sobre isso aqui. Pode confiar em mim. Pode olhar dentro dos meus pensamentos e ver que estou sendo sincero.

Ela balançou a cabeça com muita tristeza e seriedade.

— Você não está entendendo. Não estou pedindo. Isso não é um pedido. Isso é uma *oferta* — falou ele. — Por favor. Deixe-me no chão, e não terei que usar isto aqui.

E Aubrey tirou a arma do bolso.

23

A HARRIET DO CÉU INCLINOU a cabeça, um pouco como um cachorro que ouviu um som interessante ao longe. Se soubesse o que uma arma fazia — e ela *tinha* que saber o que uma arma fazia, pois com certeza esteve presente da última vez em que fora usada —, não deu nenhum sinal. Ainda assim, Aubrey sentiu necessidade de explicar.

— Isto é um revólver. É capaz de fazer um tremendo estrago. Não quero machucar você — disse ele. — Nem o nosso amigo aqui. Mas vou fazer isso se não me deixar em algum lugar seguro.

Ela balançou a cabeça.

— Eu. Preciso. Descer. — Ele pontuou as três últimas palavras batendo no prato com o revólver, cada vez com um pouco mais de força. *Bong, bong, bong.*

Na terceira batida, o corpo de bruma pareceu *ondular*, como lenço de papel esvoaçando em uma brisa leve. Ela deu um passo para trás. Aubrey não sabia se a Harriet do céu sequer *poderia* se aproximar. A bruma estava mais fina aqui. Mal havia o suficiente para cobrir o domo.

Ela iria obrigá-lo a atirar. Aubrey não pensou que a situação chegaria a esse ponto. Achou que seria suficiente subir até ali e apontar a arma na direção do que quer que ela estivesse escondendo. Não tinha sequer certeza de que uma bala de um século de idade *poderia* ser disparada, e se fosse, Aubrey achava improvável que pudesse penetrar aquela coisa sobre a qual estava sentado. O rapaz não tinha dúvidas de que a pérola enorme sob ele vinha de um lugar muito distante e tinha sido construída para suportar coisa pior do que um projétil de um trabuco qualquer de um dândi do século XIX.

Será que ela sabia que a arma só podia disparar uma única vez, na melhor das hipóteses? *Não*, pensou ele, não com qualquer tipo de certeza, mas com uma espécie de desespero carente. Não, ele precisava levar a situação adiante, forçá-la o máximo possível. Ainda não tinha certeza se simplesmente daria um tiro para o alto a fim de provar que a arma funcionava ou se ousaria disparar na bola ou no prato de ouro. Só sabia que, para isso dar certo, teria que seguir em frente, estar disposto a puxar o gatilho.

— Não me obrigue a fazer isso — implorou Aubrey. — Se eu tiver que atirar, vou atirar. Por favor.

Ela o encarou com uma expressão de expectativa nervosa e desmiolada.

O revólver tinha quatro canos e tambores elegantes bem juntinhos, um para cada cano. Na sua cabeça, Aubrey puxou todos os cães com o polegar em um único CLACK sensacional, como o fora da lei Josey Wales se preparando para distribuir um pouco de justiça violenta no deserto. Ele ficou surpreso ao puxá-los com o polegar e ver que não ficaram em posição de tiro. Aubrey baixou o revólver e olhou a arma. Os cães tinham enferrujado juntos, teriam que ser puxados um de cada vez. Ele cerrou os dentes e fez força no primeiro. Por quase um minuto ridículo inteiro, nada aconteceu. Aubrey fez força sem parar enquanto sentia o efeito dramático da ameaça diminuir a cada segundo.

Então, de uma vez só, o cão foi para trás com um estalo mecânico satisfatório, e lascas de ferrugem saíram voando. A mão de Aubrey latejava, estava machucada pelo esforço, havia um grande hematoma azul na palma. Ele pegou o próximo cão e puxou com os dois polegares, fazendo a maior força que podia. Era como tentar abrir um pote de picles especialmente frustrante. Então, de maneira tão súbita quanto a última vez, o cão foi para trás e ficou fixo na posição de tiro. Aubrey suspirou, sentiu algo parecido com a volta da confiança, e pegou o terceiro cão com ambos os polegares, pronto para puxá-lo com toda a força.

Só que o terceiro cão se soltou de imediato, foi para trás tão inesperadamente que Aubrey o soltou e ele voltou, e a arma disparou com um clarão quente de luz e uma tosse rouca, como o estouro do escapamento de um carro muito velho.

Enxofre explodiu no rosto de Aubrey e queimou suas narinas. Os canos não estavam mais apontando para o cálice dourado, mas sim para a superfície curva daquele orbe lustroso e cinzento. A bala rachou o globo e rasgou um daqueles fios de ouro finos como um cabelo. A linha dourada partida começou a soltar o que parecia um bilhão de flocos de neve reluzentes. Uma rachadura fina surgiu na esfera, no ponto atingido pela bala.

O zumbido baixo e contínuo pareceu se alterar e emitiu uma nota reverberante de tensão.

Aubrey recuou — da mudança no som, do assovio das partículas minúsculas, da rachadura na curva da bola de não vidro. Olhou para a arma, depois jogou o revólver para o lado, horrorizado. Ele sabia que aquele era o primeiro impulso natural de qualquer assassino: se livrar da arma. O revólver quicou no vidro, desceu pela curva e sumiu de vista na fumaça subitamente agitada.

Aubrey procurou pela sua Harriet do céu. Ela estava cambaleando e derretendo ao ir embora, como a bruxa no fim de *O mágico de Oz*. A Harriet do céu afundou na fumaça borbulhenta e se dissolveu até os quadris. Os braços já haviam sumido, de forma que ela pareceu, mais do que nunca, uma estátua grega.

Aubrey girou em um círculo. Dali, era possível ver toda a ilha de nuvem. Ele olhou para os minaretes e as torres. As estruturas estavam entrando em colapso. Enquanto observava, uma torre tremeu e desmoronou em uma poça, uma pilha enorme e agitada de *chantilly* branco. Outra se dobrou ao meio e assumiu a postura de um homem curvado para ver a braguilha. Fora do palácio, o restante da nuvem passava por uma ventania. A superfície estava toda encrespada, e as rajadas empurravam as ondas agitadas e soltavam fumaça como se fosse borrifo do mar.

O temor paralisou Aubrey. O que o fez entrar em movimento não foi o palácio se dissolvendo, a nuvem agitada ou a chuva de partículas provavelmente tóxicas saindo do fio quebrado. Ele só conseguiu encontrar disposição para caminhar quando olhou para baixo, entre os pés.

Logo abaixo dele, um olho se entreabriu naquele rosto grotesco e gigantesco. O globo ocular era vermelho, repleto de pontinhos negros como uma bola cheia de sangue e moscas mortas. O olho se revirou devagar, morosamente, de um lado para o outro, antes de enfim parecer se concentrar em Aubrey.

Ele correu. Não foi uma escolha, não foi uma coisa que considerou. As pernas apenas estavam em movimento — *pés, não me decepcionem agora* —

e o afastavam do topo da pérola, para longe do rosto horroroso, para longe do zumbido do prato dourado, cada vez mais parecido com o de uma vespa.

Aubrey fugiu da curva da esfera e entrou na fumaça agitada até que, de uma só vez, a superfície dura e lisa sob seus pés se transformou em uma rampa e ele tropeçou. Aubrey caiu de bunda e escorregou quase trinta metros antes de conseguir rolar o corpo e parar. Ele percorreu outros trinta metros em uma série de quedas controladas, se agarrando à nuvem, ficando pendurado, soltando, pegando o próximo apoio, e avançou como um chimpanzé.

Aubrey pulou da encosta e caiu os últimos cinco metros. Esperou sentir o solavanco elástico do impacto quando os pés batessem no fundo. Em vez disso, por um único instante terrível, Aubrey atravessou a nuvem como qualquer outra nuvem.

Quando parou, foi porque a nuvem pareceu se solidificar em volta dele, era a sensação de ser enterrado até a cintura em areia molhada. Ele teve tempo, quando ficou enterrado pela metade, para notar o que havia acontecido com o salão de banquete. O cômodo entrara em colapso, era uma ruína após o impacto direto de uma bomba. Paredes em escombros surgiam de ambos os lados. O piso era uma massa revirada de travesseiros de pedra.

Ele remexeu o corpo para se soltar e começou a subir pelos destroços. Mesmo assim, havia a sensação de que os montes e as pilhas de fumaça semissólida embaixo de Aubrey estavam boiando na correnteza forte de uma inundação. Parecia que, a qualquer momento, os blocos instáveis sob ele rolariam e o jogariam através da brancura esvoaçante em direção à terra lá embaixo. A nuvem estava perdendo a consistência, a capacidade de ficar sólida — embora Aubrey não pensasse naquilo como "consistência". O termo que veio à mente, enquanto ele subia com dificuldade por aquela pasta fluida, foi "autoimagem".

Aubrey desceu a grande escadaria pulando três degraus por vez. Os últimos oito degraus borbulharam e viraram espuma antes que ele chegasse até eles, e Aubrey tropeçou, caiu deitado e escorregou pela nuvem como uma criança ejetada de um trenó em alta velocidade, comendo neve. Cabeças surgiram da sopa leitosa do chão, rostos arruinados com expressões de pânico. Ele pisou em pelo menos uma cabeça ao correr para o portão.

Não lhe ocorreu que a ponte que cruzava o fosso poderia ter sumido. Aubrey passou pelos filamentos flácidos da grade que se dissolvia. Foi como passar de cara por uma teia fria e encharcada pelo orvalho. Ele atravessou e estava correndo a toda quando viu que o arco alto da ponte havia desmoronado no centro. Não só isso — estava se contraindo em cada ponta, encolhendo rapidamente para o interior das laterais do fosso. O coração deu um salto no peito como um balão de ar quente surgindo do mundo lá embaixo. Aubrey não pensou nem diminuiu o passo. Acelerou. Um passo, dois, sobre o último toco esguio em decomposição da ponte, e pulou.

Ele passou por cima do buraco com um metro de vantagem, tropeçou e caiu. Ao se levantar, olhou para trás, a tempo de ver o palácio desabar, se achatando como um pavilhão magnífico em colapso. Ele teve a lembrança de estar deitado na cama aos 7 anos, com o corpo contraído de prazer, enquanto o pai estalava um lençol no ar e deixava que descesse flutuando sobre o filho, como um paraquedas.

O paraquedas — aquelas dobras de pano que um dia foram um balão — o lembrou do cabide, embora o cabide em si estivesse começando a ceder com o peso. Atrás dele, a cama havia perdido todo o formato e agora parecia o maior marshmallow derretido do mundo.

Aubrey pegou o arnês de salto e equipou-o por cima do macacão, prendeu com força sobre o saco. Ele estava passando os cintos sobre os ombros quando ouviu o grito. Foi um barulho estrondoso, o cruzamento de uma buzina com o metrô trovejando ao passar por um túnel. A nuvem inteira pareceu tremer. Aubrey pensou naquele rosto enorme, horrível e monstruoso e foi tomado por uma ideia terrível: *Despertou! O gigante despertou! Desça pelo pé de feijão!*

Ele agarrou a pilha de pano assim que o cabide virou um macarrão e se desmanchou. Começou a correr em direção à beira da nuvem. Conforme avançava, Aubrey percebeu que estava afundando. Em um instante, a nuvem estava pelos joelhos.

Ele encontrou o cordame arrumadinho e, enquanto fazia um esforço para correr na direção do céu azul além da borda da nuvem, começou a prender antigas fivelas enferrujadas aos mosquetões do arnês. O que ele estava prestes a fazer era um pouco mais do que suicídio, era um ato frenético de loucura, que com certeza fracassaria. Então por que, Aubrey se perguntou, parte dele tremia com o esforço de conter uma gargalhada histérica?

Havia doze fivelas antigas. Aubrey prendeu quatro na frente do arnês, quatro nas costas e deixou o resto solto. Ainda segurou firme o pano junto ao peito. Quando ergueu os olhos, descobriu que sua Harriet do céu estava parada entre ele e a beirada da nuvem. Ela segurava o Junicórnio sujo de pelúcia nos braços como se fosse o filho deles, como se fosse impedir seu amante incrédulo de abandoná-los.

Aubrey baixou a cabeça e atravessou a Harriet do céu. Com mais dois passos, caiu da borda.

Ele despencou feito um tijolo.

24

AUBREY CAIU EM LINHA RETA, com os pés projetados. Despencou depressa por 250 metros antes de pensar em soltar a massa de pano dos braços. Não fazia ideia de como soltá-la e simplesmente jogou-a para fora do corpo.

E caiu sem parar. Desceu em uma espiral frenética, arrastando uma corda comprida e emaranhada de pano atrás de si.

A terra girou sem parar embaixo de Aubrey: retângulos de terreno verdejante muito bem-cultivados, as corcovas dos morros florestados, a forma de lula achatada de um pequeno vilarejo. Ele viu três pináculos brancos, bem distintos, lanças de osso lindamente forjadas que marcavam igrejas. Ao longe, viu um amplo horizonte de película azul. Aubrey levou um tempo para reconhecê-lo como um dos Grandes Lagos ou, talvez, o oceano Atlântico.

O vento arrancou seu fôlego. A própria pele do rosto ondulou sobre o crânio. Aubrey caía cada vez mais rápido. As cordas soltaram estalos altos ao serem retesadas. O vento balançou e sacudiu a massa de pano embrulhado que o seguia de maneira hilária. Que loucura tinha sido imaginar que aquilo atenuaria sua queda, que um balonista de 150 anos atrás deixara para ele uma saída daquela ilha solitária no céu.

Porém, por mais inútil que fosse sua velha colcha de pano velho improvisada, ele se sentiu abrindo um paraquedas — uma sensação de alegria que aumentava aos poucos. Aubrey mergulhou à frente e abriu os braços e as pernas na posição que o mestre de salto chamara de aerofrenagem.

Cal. Era o nome do cara. Surgiu na mente de Aubrey do nada: Cal Maneiro, o primeiro e único. Como ele foi esquecer?

Aubrey parou de girar e caiu em direção à terra verdejante lá embaixo. Se não soubesse que morreria por causa do impacto, pensou que poderia morrer apenas pela glória de tudo aquilo. Lágrimas escorreram de seus olhos, e Aubrey Griffin começou a sorrir.

25

ELE ESTAVA A DOIS QUILÔMETROS quando a longa corda de pano que o seguia se desenrolou e inflou. O envelope brotou com um estouro impressionante — se avolumou para todos os lados, como um garçom jogando uma toalha de mesa no ar. Aubrey foi puxado para cima com um solavanco, subiu quase quinze metros e deixou o estômago para trás, antes de voltar a descer — porém mais devagar agora, com uma sensação súbita de calma. Ele se sentiu flutuando como uma semente de dente-de-leão na brisa suave de agosto. Aubrey estava aquecido de novo: sol batendo no rosto e assando-o delicadamente dentro do macacão.

Ele virou a cabeça para trás e viu um domo de pano vermelho e azul se expandindo, pontilhado por estrelas brancas enormes. O sol brilhava através desses pontos finos, grande trechos nos quais o pano era formado só por linhas.

O solo veio na direção de Aubrey. Ele viu um pasto amarelado bem abaixo, com pinheiros ao fundo. A leste, um campo era limitado pela faixa escura de uma rodovia de duas pistas. Aubrey viu uma picape vermelha passando por ela, com um collie preto e branco na caçamba. O cachorro o viu e latiu, os ganidos chegaram suaves, vindos de um ponto muito distante. Havia um sítio ao norte, com um quintal poeirento nos fundos e um celeiro de aparência decrépita por perto. Aubrey fechou os olhos e sentiu o cheiro de pólen dourado, terra seca e asfalto quente.

Quando abriu os olhos, a campina subia correndo na sua direção. Surgiu a ideia de que o pouso talvez não fosse tão tranquilo quanto a queda lenta em direção à terra. Então ele atingiu o solo com os pés projetados, e a onda forte de impacto subiu até o cóccix com um choque doloroso.

Aubrey se viu correndo pela grama amarela e áspera. Borboletas debandaram diante dele em um pânico colorido. O paraquedas esfarrapado logo acima ainda não tinha se cansado dele. O aparato puxou ele para cima, soltou, puxou de novo para o ar, e brincou de ioiô com o rapaz pelo campo. O paraquedas emitia sons retumbantes sempre que pegava outra lufada de vento do solo e inflava. Aubrey não estava apenas correndo — ele não conseguia parar. Se desistisse, o paraquedas ia *arrastá-lo*. Ele começou a soltar os mosquetões, lutando com as cordas rígidas e retesadas.

Aubrey viu a estrada adiante e uma cerca feita de postes de madeira podre com três linhas bem espaçadas de arame farpado enferrujado presas a eles. O paraquedas se inflou mais uma vez e o carregou para o ar. Ele ergueu os joelhos quase até o peito e foi levado por cima do arame farpado.

Aubrey desceu os pés em uma vala no outro lado, tropeçou e foi arrastado sem dó nem piedade para a rodovia. Levou as mãos às costas, tentando desesperadamente pegar os mosquetões atrás do arnês. Soltou um, dois. A estrada queimou os joelhos através do macacão. Aubrey pulou, deu um passo, encontrou um terceiro mosquetão e o soltou. Girou a cintura e tateou atrás do quarto mosquetão, que se soltou de repente, e Aubrey foi jogado de peito em cima da linha amarela pontilhada.

Ele ergueu a cabeça e viu os trapos coloridos do paraquedas sendo sugado para a copa de um carvalho enorme do outro lado da rua. No mesmo instante, o paraquedas entrou em colapso e cobriu os galhos.

Aubrey se virou. Sentia dores na lombar, nos joelhos. A garganta estava seca como lixa. Ele olhou para o céu azul intenso, à procura da nuvem. E lá estava ela — uma grande calota branca, praticamente igual às outras nuvens gordas e fofas lá em cima. Ainda parecia uma nave-mãe, como Harriet havia dito. Harriet falou que era um OVNI e estava certa.

Aubrey sentiu uma pontada inexplicável de afeição por aquilo tudo — pelo lar que sua Harriet do céu tentou criar para ele lá em cima. Sentiu que, de certa forma, ainda estava flutuando com delicadeza até a terra. Ele poderia ter flutuado daquela maneira por dias.

Ele ainda estava caído de costas na rodovia quando veio do norte um cara em um Cadillac preto, diminuiu a velocidade ao se aproximar, e depois fez uma grande curva em volta dele. O Cadillac parou bem ao lado de Aubrey.

O motorista — um velho com olhos azuis raivosos sob tufos de sobrancelhas da cor de nuvens de tempestade — baixou a janela.

— O que você está fazendo na estrada, caralho? Alguém pode te atropelar, babaca.

Sem se ofender, Aubrey se apoiou nos cotovelos.

— Ei, moço. Onde fica isso aqui? Estou na Pensilvânia?

O motorista olhou feio para ele, o rosto magro se avermelhou, como se tivesse sido Aubrey que o chamou de babaca.

— Que drogas você tomou? Eu devia chamar a polícia!

— Então não é a Pensilvânia?

— Aqui é New Hampshire!

— Hum. Caramba.

Aubrey não sabia se conseguiria sair da estrada naquele momento. Era muitíssimo agradável ali, com o asfalto morno sob as costas e o brilho do sol no rosto. Ele não tinha pressa para o que quer que viesse a seguir.

— Cruzes! — exclamou o velhote com baba cuspindo dos lábios. — Tire a cabeça das nuvens!

— Acabei de fazer isso — respondeu Aubrey.

O velho subiu a janela e saiu em disparada. Aubrey virou a cabeça para vê-lo indo embora.

Quando ficou sozinho na estrada, ele se levantou, tirou a poeira do traseiro e começou a andar. Do alto, Aubrey tinha visto um sítio não muito longe dali. Se houvesse alguém em casa, ele poderia pedir para usar o telefone. Imaginou que a mãe fosse gostar de saber que o filho estava vivo.

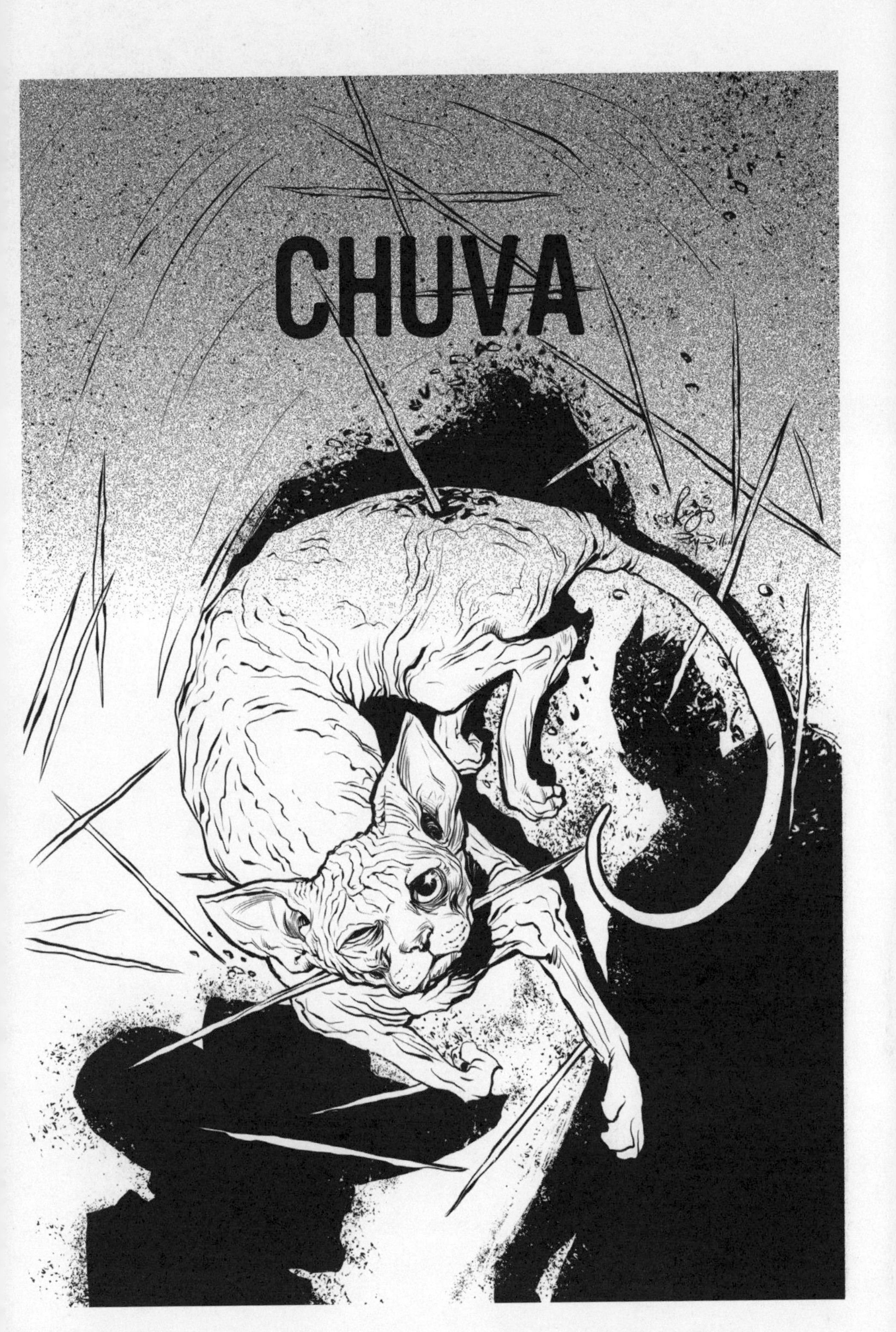
CHUVA

QUANDO A CHUVA CAIU, quase todo mundo estava na rua.

É de se imaginar por que tanta gente morreu naquele toró inicial. As pessoas que não estavam lá dizem *A galera em Boulder não sabe se abrigar da chuva?* Bem, deixa eu te contar. Aquela era a última sexta-feira de agosto, você lembra, e estava Q-U-E-N-T-E, *quente*. Às onze horas, não havia uma nuvem visível. O céu estava tão azul que doía olhar para ele por muito tempo, e ninguém conseguia suportar ficar entre quatro paredes. Era tão glorioso quanto o primeiro dia no Éden.

Parecia que todo mundo tinha encontrado alguma coisa para fazer fora de casa. O sr. Waldman, que foi o primeiro a morrer, estava no telhado martelando novas telhas no lugar. Ele estava sem camisa, e as costas magras de velho estavam assando, tão vermelhas quanto uma lagosta cozida, mas ele não parecia se importar. Martina, a stripper russa que morava no apartamento embaixo do meu, estava no quintal minúsculo e poeirento, se bronzeando em um biquíni preto tão pequeno que parecia que você tinha que colocar moeda em uma máquina para continuar olhando para ela. As janelas estavam todas abertas na grande casa decadente de estilo colonial vizinha, onde a galera do culto ao cometa morava: o Velho Bend e sua "família" de malucos desesperados. Três das mulheres do culto estavam fora da casa, com os seus vestidos prateados e solidéus cerimoniais na cabeça. Uma delas, uma garota obesa com um rosto triste e inexpressivo que parecia uma toranja, estava virando linguiças em uma churrasqueira, e a fumaça azul descia pela rua e deixava o pessoal com fome. As outras duas estavam sentadas à mesa de madeira no quintal fazendo uma salada de frutas; uma cortava abacaxi, e a outra retirava as sementes vermelhas de romãs.

Eu estava passando um tempo com o Pequeno Drácula enquanto esperava a pessoa que mais amava no mundo. Yolanda estava vindo de carro de Denver com a mãe. Yolanda estava vindo morar comigo.

"Pequeno Drácula" era um menino chamado Templeton Blake, que morava do outro lado da rua, vizinho ao sr. Waldman. Yolanda e eu tomávamos conta do moleque às vezes para a mãe dele, Ursula, que se virava sozinha desde a morte do marido no ano anterior. Vez ou outra, Ursula tentava nos pagar, mas em geral conseguíamos convencê-la a acertar as contas com algum outro tipo de compensação: algumas fatias de pizza ou verduras frescas do jardim dela. Eu sentia pena. Ursula era uma senhora pequena, esguia e graciosa que sofria de uma leve afefobia. Não tolerava ser tocada, o que te levava a pensar por que tivera um filho. A criança de 9 anos tinha o vocabulário de um sociólogo de 40 e quase nunca saía da casa; ele vivia doente com uma coisa ou outra e tomava uma série de antibióticos e anti-histamínicos. No dia em que a primeira chuva caiu, Templeton estava com inflamação na garganta e não podia sair de casa porque os remédios o deixavam hipersensível à luz do sol. Muitas crianças saudáveis e vigorosas morreram em Boulder naquele dia — pais da cidade inteira colocaram os filhos para fora de casa para que curtissem um dos últimos dias ensolarados do verão —, enquanto Templeton sobreviveu porque estava doente demais para se divertir. Pense nisso.

Como disseram para Templeton que ele ia fritar se o sol chegasse a tocá-lo, o moleque estava passando por uma fase de vampiro, andando por aí de capa preta de seda e um par de presas de plástico. A mãe estava em casa, mas eu distraía Templeton nas sombras escuras da garagem deles por puro nervosismo — o tipo bom de nervosismo. Yolanda estava a caminho. Ela ligou assim que saiu com a mãe para fazer o trajeto de carro de uma hora vindo de Denver.

Nós estávamos juntas havia 18 meses, e Yolanda já passara muitas tardes de bobeira no meu apartamento na rua Jackdaw, mas ela só saíra do armário para os pais havia um ano e queria dar algum tempo para eles se ajustarem à ideia antes de morar comigo oficialmente. Yolanda estava certa, os pais dela precisaram mesmo de um tempo para se ajustarem: cerca de cinco minutos, talvez dez. Não sei como ela algum dia imaginou que eles fariam qualquer coisa que não fosse amá-la. O choque foi a rápida velocidade com que decidiram que me amariam também.

O dr. e a sra. Rusted eram das Ilhas Virgens Britânicas; o dr. Rusted, pai de Yolanda, era um pastor episcopal e tinha Ph.D. em psicologia. A mãe era dona de uma galeria de arte em Denver. Bastava ver o adesivo apoiando o Partido Democrata no Prius do casal para saber que estaria tudo bem conosco. No dia em que a filha saiu do armário para eles, o dr. Rusted tirou a bandeira das Ilhas Virgens Britânicas que estava pendurada no mastro na varanda da casa e substituiu por uma bandeira do arco-íris. A sra. Rusted arrumou um novo adesivo para o carro híbrido, um triângulo cor-de-rosa com as palavras

AMOR É AMOR superpostas. Acho que eles ficavam orgulhos em segredo quando alguém atirava ovos na casa, embora fingissem estar furiosos com o preconceito dos vizinhos.

— Eu não consigo entender como podem ser tão intolerantes — disse o dr. Rusted em sua grande voz tonitruante. — Yolanda foi babá de metade das crianças dessa rua! Trocou fraldas, cantou para elas dormirem. E aí as pessoas enfiam bilhetes anônimos no nosso limpador de para-brisa para dizer que nossa filha é uma aberração e que deveríamos devolver o dinheiro a todos os pais das crianças que ela cuidou. — Ele balançou a cabeça como se estivesse revoltado, mas os olhos brilhavam de alegria. Todos os bons pregadores têm um pouco do diabo por dentro.

Yolanda e seus pais passaram o verão nas Ilhas Virgens Britânicas visitando a família e me deixaram sozinha: Honeysuckle Speck, a única lésbica de 23 anos parecida com Joe Strummer no quarteirão, estudante de direito na Universidade de Colorado Boulder, conservadora fiscal, louca por cavalos e usuária regenerada de fumo de mascar (a namorada me fez parar). Eu não via Yolanda havia seis semanas e estava tão cheia de cafeína à espera dela e da mãe na manhã de hoje que meu corpo tremia.

Foi sorte ter o pequeno vampiro para brincar. Havia ganchos de aço no fundo da garagem para pendurar bicicletas, e Templeton gostava que eu o levantasse e virasse de cabeça para baixo para que ficasse pendurado pelos joelhos como um morcego. O moleque disse que saía voando como morcego toda noite, à procura de novas vítimas. Ele conseguia sair — eu tinha colocado um colchão embaixo dos ganchos, e quando estava pronto, Templeton dava um giro atipicamente atlético e caía de pé. Mas não conseguia subir sem que alguém o levantasse. Quando ouvi a primeira trovoada, meus braços estavam dormentes de tanto levantá-lo e pendurá-lo.

O primeiro trovão me pegou desprevenida. Pensei que dois carros tivessem colidido na rua e corri para a abrir a porta da garagem, com a mente nervosa já desenhando a imagem de Yolanda e a mãe em uma batida feia. É estranho o quanto a gente quer se apaixonar, quando se considera o volume de ansiedade que acompanha a paixão. É como o imposto sobre dinheiro ganho na loteria.

Mas não havia destroços na rua, e o céu estava brilhante e azul como nunca, pelo menos de onde eu enxergava. Entretanto, o vento batia forte. Do outro lado da rua, onde o povo do culto ao cometa morava, a brisa pegou uma pilha de pratos de papel e a espalhou pela grama e pelo asfalto. Senti cheiro de chuva no vento — ou algo parecido com chuva, enfim. Era a fragrância de uma pedreira, cheiro de pedra pulverizada. Quando coloquei a cabeça para fora e olhei para os morros no horizonte, vi uma grande nuvem de tempestade do tamanho de um porta-aviões, passando rapidamente sobre a cadeia de montanhas Flatirons como elas faziam às vezes. A nuvem era tão negra que me surpreendeu — negra com hematomas cor-de-rosa, destaques em tom suave e nebuloso de rosa como a cor que se vê no pôr do sol.

Não fiquei olhando a nuvem muito tempo porque, naquele mesmo instante, Yolanda e a mãe entraram na rua Jackdaw com o Prius amarelo, uma poltrona amarrada no teto. Elas estacionaram do outro lado da rua, e comecei a andar até lá. Yolanda pulou do banco do carona e soltou um berro enorme: uma negra desengonçada com quadris tão largos que eram quase uma paródia da sexualidade feminina, empilhados sobre pernas magricelas como uma cegonha. Yolanda era dada a gritar quando ficava feliz e também a fazer uma dancinha engraçada, batendo os pés em volta da pessoa que estava contente em ver. Ela fez isso ao meu redor algumas vezes antes de eu pegá-la pelo pulso, puxá-la para mim e... bem, ter dado um tapinha nas costas em um abraço meio envergonhado. Como eu me arrependeria disso depois: por não ter pegado Yolanda pela cintura, apertado contra mim e metido a minha boca na dela. Mas fui criada no interior. Bastava um olhar para qualquer um saber o que eu era. Bastava ver minha regata branca justinha e o corte de cabelo de caminhoneira e a pessoa me identificaria como uma sapatona. Em um espaço público, porém, eu perdia todo o meu espírito estou-pouco-me--fodendo, ficava envergonhada demais para tocar ou beijar, não queria atrair olhares ou ofender. Ver Yolanda fez o meu coração inchar tanto que o peito doeu, mas abracei a mãe dela com mais força do que apertei minha amada. Sem último abraço. Sem último beijo. Vou viver com isso pelo resto da vida.

Falamos amenidades por um minuto sobre o voo de volta das Ilhas Virgens Britânicas, e impliquei com a garota sobre a quantidade de coisas que ela trouxe para a mudança.

— Tem certeza de que se lembrou de tudo? Espero que não tenha se esquecido do trampolim. E quanto à canoa? Você a enfiou em algum lugar aí?

Mas não conversamos muito. Houve outro estrondo reverberante de trovão, e Yolanda levou um susto e gritou de novo. Aquela garota gostava mesmo de uma boa trovoada.

— Yo-lan-da! — chamou Martina da espreguiçadeira.

Martina era a stripper russa que morava no apartamento de baixo com Andropov. Ela tinha uma relação de flerte e provocação com Yolanda que eu não curtia muito, não por ciúme, mas porque achava que ela gostava de ser amigável com as lésbicas do andar de cima para irritar o namorado. Andropov tinha excesso de peso e vivia amuado, era um ex-químico que foi obrigado a se virar como motorista do Uber.

— Yo-lan-da, sua coisinha fofa vai ficar molhada.

— O que você disse, Martina? — perguntou Yolanda, tão contente e inocente quanto uma criança prestando atenção a um professor.

— É, quer repetir isso? — falei.

Martina me lançou um olhar malicioso e falou:

— Sua poltrona vai pegar chuva. A grande nuvem vai molhar tudo. Melhor correr. É bom ter um belo lugar para colocar os fundilhos.

Ela piscou para mim e tirou o celular da grama. Um momento depois, estava conversando com alguém, falando rápido em russo e rindo.

Aquilo me irritava, ouvir o papo lascivo de Martina e vê-la fingir que não sabia o que estava dizendo porque o inglês era a sua segunda língua. Mas não tive tempo de remoer o assunto. No instante seguinte, alguém puxou a minha manga, e, quando olhei, vi que o Pequeno Drácula se juntara a nós na rua. Templeton tinha dobrado a capa sobre a cabeça para proteger o rosto do sol e me espiava por baixo das dobras negras do pano. Ele também gostava de Yolanda e não queria ficar de fora da nossa festa para desfazer a bagagem.

— Ei, Temp — falei. — Se sua mãe te vir aqui fora, você não vai precisar *fingir* que dorme em um caixão.

Bem na hora, a mãe dele berrou:

— *Templeton Blake!* — Ela havia se materializado no primeiro degrau de seu belo rancho, com cor de manteiga. — *Para dentro! Agora! Honeysuckle!*

Este último grito foi dirigido a mim, como se fosse culpa minha ele ter saído perambulando por aí. A mãe de Templeton levava a sério a saúde do filho — e, por acaso, a preocupação dela com o bem-estar dele também salvou a minha vida.

— Eu cuido dele — falei.

— Vamos levar a poltrona lá para dentro — disse a mãe de Yolanda para mim.

— Deixe aí. Eu já volto — falei para elas, a última coisa que eu disse na vida para qualquer uma das duas.

Atravessei a rua com Templeton. Dava para ver que ninguém sabia se deveria entrar em casa ou não. A nuvem de tempestade era um Everest solitário de escuridão na imensidão do céu. Todo mundo era capaz de dizer que choveria forte por seis minutos e, depois, o tempo ficaria limpo, quente e bom de novo. Mas na próxima vez que o trovão retumbou, uma lâmpada azul de flash em forma de relâmpago espocou dentro da nuvem, e aquilo meio que colocou a galera em movimento. O sr. Waldman pendurou o martelo no cinto e começou a descer do telhado na direção da escada. Martina desligou o telefone e estava na varanda com a espreguiçadeira dobrada, olhando para o céu que escurecia com uma mistura de curiosidade e empolgação. Era ali que ela estava quando Andropov chegou derrapando, dirigindo o Chrysler preto muito rápido. Ele meteu o pé no freio, pulou do carro e bateu a porta ao sair. Martina deu um sorrisinho para o namorado enquanto ele cruzava, furioso, o pequenino jardim deles. Andropov estava com o rosto tão vermelho que parecia que tinham mostrado para ele uma foto da mãe transando com um palhaço.

Eu acenei com a cabeça cordialmente para Ursula, que balançou a dela em um certo gesto cansado de reprimenda — ela sempre ficava aflita quando Templeton se esquecia de agir como um inválido — e desapareceu dentro da casa. Levei o moleque para a garagem, levantei-o e coloquei no assento diante da bancada de trabalho do pai. O pai não estava presente — como falei, ele morrera ao se embriagar, sair da estrada com o carro e cair no cânion Sunshine —, mas deixou para trás uma máquina de escrever sem o *h*, e Templeton escrevia sua história de vampiro nela. Até agora, ele tinha seis páginas e já havia sugado o sangue de quase todas as moças da Transilvânia. Pedi a ele para escrever algo bom e sangrento para mim, mexi no cabelo dele e comecei a voltar para Yolanda e a mãe dela. Nunca cheguei até as duas.

Yolanda estava em cima do para-choque traseiro do Prius, puxando uma corda elástica. A mãe estava na rua com as mãos na cintura, oferecendo apoio emocional bem-intencionado. Uma das mulheres do culto ao cometa estava na rua recolhendo pratos de papel. A gorda na grelha franziu os olhos para a nuvem de tempestade com um olhar amargo de resignação. O sr. Waldman se empoleirou no degrau do topo da escada. Andropov pegou Martina pelo pulso, torceu e arrastou a namorada para dentro do apartamento. Era o que todos estavam fazendo quando a tempestade caiu.

Dei um passo para fora da garagem, e alguma coisa picou meu braço. Foi como o choque de dor e depois a dormência dolorosa que se sente após a enfermeira espetar a pele com uma agulha. O primeiro pensamento foi o de ter sido mordida por um inseto. Aí olhei para o ombro nu e vi uma gota de sangue vermelho intenso e algo saindo da pele: um espinho de ouro. Respirei fundo, arranquei aquilo e fiquei parada, examinando o objeto. O troço tinha cinco centímetros de comprimento e parecia um alfinete feito de vidro âmbar afiado como uma agulha. Era bonito, tipo uma joia, especialmente reluzente e todo vermelho com meu sangue. Eu não conseguia imaginar de onde aquilo tinha vindo. Era duro também, como quartzo. Virei-o de um lado para o outro, e ele refletiu a luz rosa esquisita da tempestade com um brilho.

O sr. Waldman gritou, e olhei ao redor a tempo de vê-lo dando um tapa em alguma coisa na nuca, como se o inseto que tinha me picado tivesse acabado de mordê-lo.

Naquele instante, ouvi a chuva caindo, um ruído furioso que crescia de volume. Era *alto*, um rugido de mil tachinhas sendo jogadas em um balde de aço. O alarme de um carro disparou, a buzina fez *blat-blat-blat*, em algum lugar morro acima. Tive a impressão de que o próprio chão aos meus pés começara a estremecer.

Uma coisa era estar assustada, mas o que me possuiu foi maior do que isso. Eu tinha uma premonição súbita de desastre, um nó desagradável no estômago. Gritei o nome de Yolanda, mas não tenho certeza se ela me ouviu acima do *rá-tá-tá* da chuva. Ela ainda estava em cima do para-choque traseiro. Yolanda ergueu o queixo e olhou para o céu.

Templeton me chamou, e a ansiedade na sua voz fez com que soasse como o menininho que era. Eu me virei e descobri que Templeton havia se aproximado da entrada da garagem, atraído pelo rugido da chuva. Coloquei a mão no peito dele e o empurrei de volta, e foi por isso que ele sobreviveu, e foi por isso que eu também sobrevivi.

Eu olhei para trás quando a chuva caiu sobre a rua. Ela estalou ao acertar o asfalto e sibilou ao atingir os carros, e parte de mim pensou que fosse granizo e outra parte de mim sabia que não era.

A menina do culto ao cometa que estava recolhendo os pratos de papel na rua arqueou as costas, muito subitamente, e arregalou os olhos como se alguém tivesse beliscado o seu traseiro. Àquela altura, vi os alfinetes atingindo a rua e borrifando lá e cá: agulhas de prata e ouro.

No alto da escada, o velho sr. Waldman ficou rígido. Ele já estava com a mão na nuca. A outra foi para a lombar. O sr. Waldman começou a fazer uma dança inconsciente no topo da escada ao ser picado sem parar. O pé direito desceu para o próximo degrau, errou, e ele despencou, acertou a escada e deu uma pirueta a caminho do chão.

Aí a chuva caiu forte. A gorda na grelha ainda estava com o rosto virado para o céu — ela foi a única que não correu —, e vi quando a mulher foi despedaçada pela chuvarada de pregos de aço. Seu vestido prateado e enrugado foi repuxado de um lado para o outro sobre o corpo, como se cachorros invisíveis estivessem brigando por ele. Ela ergueu as mãos, uma mulher se rendendo para um exército que avançava, e vi que as palmas e os antebraços estavam perfurados por centenas de agulhas, de maneira que ela parecia um cacto rosa-claro.

A sra. Rusted girou o corpo, mantendo a cabeça baixa, deu dois passos para longe do carro, depois mudou de ideia e voltou. Ela tateou às cegas e encontrou a maçaneta. Os braços estavam todos furados pelas agulhas. Os ombros. O pescoço. A sra. Rusted lutou com a porta do motorista, abriu-a e começou a entrar. Mas só conseguiu enfiar meio corpo atrás do volante quando o para-brisa explodiu na cara dela. Ela entrou em colapso e não se mexeu mais, as pernas continuaram para fora, na rua. A parte de trás das coxas grossas era uma moita densa de agulhas.

Yolanda pulou do para-choque traseiro e se virou na minha direção. Correu para a garagem. Eu a ouvi gritar o meu nome. Dei dois passos na sua direção, mas Templeton me segurou pelo pulso e não soltava. Eu não podia obrigá-lo a me soltar e não podia sair com o menino preso a mim. Quando voltei a olhar, minha garota estava de joelhos, e Yolanda… Yolanda.

Yolanda.

A CHUVA NÃO CAIU por muito tempo. Talvez oito, nove minutos antes de começar a amainar. Àquela altura, tudo estava coberto por uma manta de lascas de vidro que reluziram e brilharam quando o sol voltou aparecer. As janelas da rua inteira foram quebradas. O Prius da sra. Rusted parecia ter sido atingido por martelinhos em milhares de lugares. Yolanda estava de joelhos, com a testa tocando a rua, os braços sobre a cabeça. Ajoelhada ali em uma bruma rosa difusa. Meu amor parecia uma pilha de roupa suja ensanguentada.

Uma última garoa caiu com um estalo e alguns zumbidos bonitos, como alguém tocando uma gaita feita de vidro. Conforme o *rá-tá-tá* diminuía, outros barulhos surgiram no lugar. Alguém estava gritando. Uma sirene de polícia ecoou. Alarmes de carro tocaram.

Em algum momento, Templeton soltou o meu pulso e, quando olhei em volta, vi que a mãe dele estava parada conosco na garagem, com o braço ao redor do filho. Seu rosto magro e inteligente estava rígido com o choque, os olhos arregalados atrás dos óculos. Eu deixei os dois sem dizer uma palavra e saí para a entrada da garagem. A primeira coisa que fiz foi pisar em algumas agulhas e gritar de dor. Levantei um pé e encontrei alguns alfinetes enfiados na sola do tênis. Arranquei todos e parei para inspecionar um alfinete. Não era de aço, mas de uma espécie de cristal; quando examinei de perto, notei que tinha facetas minúsculas, como uma gema, embora fosse fino como um fio de cabelo na ponta. Tentei quebrá-lo em dois e não consegui.

Andei até a rua, meio que arrastando os pés para empurrar as agulhas à minha frente, de maneira a não ser mais furada por nenhuma delas. Yolanda estava na base da entrada da garagem. Eu me ajoelhei e ignorei a pontada de dor quando meu peso se assentou sobre todos aqueles pregos finos e reluzentes. Pregos. O céu tinha se aberto e choveu pregos.

Yolanda tinha coberto a cabeça com os braços para evitar a chuvarada de cristal. Não adiantou. Ela foi despedaçada, assim como todo mundo que não conseguiu abrigo. As costas estavam tomadas de agulhas, tão densas quanto a pele de um porco-espinho.

Eu queria abraçá-la, mas não era fácil, pois ela era uma massa de espetos brilhantes e reluzentes. O melhor que consegui foi colocar a face perto da dela, de maneira que quase ficamos de rostos colados.

Ficar agachada com ela ali foi como estar em uma sala da qual Yolanda tivesse acabado de sair. Senti seu cheiro gostoso de jojoba e cânhamo, os produtos que ela usava nos dreadlocks lustrosos; senti que a energia leve e solar dela como se tivesse passado agora mesmo, mas a garota em si estava em outro lugar. Peguei a mão dela. Não chorei, mas, de qualquer forma, nunca fui muito de chorar. Às vezes, acho que essa parte de mim está quebrada.

Aos poucos, o resto do mundo começou a surgir ao redor. O barulho dos alarmes de carros. Gritos e choros. Vidro tilintando. O que aconteceu com Yolanda aconteceu pela rua inteira. Aconteceu com Boulder inteira.

Encontrei um lugar em Yolanda que eu conseguia beijar — não havia espinhos de ouriço na sua têmpora esquerda — e coloquei os lábios sobre a pele dela. Então saí para verificar a mãe de Yolanda. A sra. Rusted estava virada para baixo sob uma avalanche de vidro de segurança azul, furada como uma pele de ouriço feita de pregos reluzentes. O rosto estava virado de lado, e havia pregos na bochecha e um enfiado no lábio inferior. Os olhos estavam arregalados, olhando fixamente o nada, em uma paródia grotesca de surpresa. Havia pregos nas costas, cobertas até os quadris.

A corrente da chave estava pendurada na ignição, e, por impulso, eu a virei no contato. O rádio ganhou vida. Um jornalista falava com uma voz rápida, sem tomar fôlego. Anunciou que Denver estava passando por um evento climático maluco, que agulhas estavam caindo do céu e que a população deveria ficar em casa. O jornalista disse que não sabia se era um acidente industrial ou alguma espécie de supergranizo ou evento vulcânico, mas as pessoas fora de casa corriam alto risco de morte. Ele contou que estavam chegando relatos da cidade inteira sobre incêndios e pessoas destroçadas na rua, e depois emendou:

— Elaine, por favor, ligue para o meu celular e informe se você e as meninas estão a salvo em casa. — A seguir o homem começou a chorar, bem ali no rádio.

Eu o ouvi soluçar por quase um minuto e desliguei o carro. Fui para a traseira do Prius, abri o porta-malas e vasculhei até encontrar uma colcha que a avó de Yolanda tinha feito para ela. Levei-a de volta até Yolanda e enrolei seu corpo, enquanto as agulhas eram esmagadas sob os meus pés. A intenção era subir a escada e levá-la ao meu apartamento, mas assim que terminei de enrolá-la na mortalha, Ursula Blake apareceu na outra ponta do corpo.

— Vamos levá-la para a minha casa, querida — disse ela. — Eu te ajudo.

A calma discreta e vigorosa de Ursula e a forma praticamente enérgica como ela passou a cuidar de mim e de Yolanda quase me fizeram chorar naquela tarde. Senti um aperto no peito de emoção e, por um momento, foi difícil respirar.

Concordei com a cabeça, e nós erguemos Yolanda juntas. Ursula pegou a cabeça, eu segurei os pés, e voltamos para a casa da família Blake, aquele rancho cor de manteiga com o quintal arrumadinho. Ou que esteve arrumadinho. Os lírios e cravos tinham sido arruinados.

Colocamos Yolanda na escuridão da saleta de entrada, e Templeton ficou nos olhando a alguns passos de distância. As presas de plástico haviam saído da boca, e ele estava chupando o polegar, algo que provavelmente não fazia havia anos. Ursula desapareceu no corredor e voltou com outro cobertor, e voltamos lá fora para recolher a sra. Rusted.

Posicionamos as duas lado a lado na saleta de entrada, e Ursula tocou o meu cotovelo com delicadeza, me conduziu à sala de estar e me colocou sentada no sofá. Ela foi fazer chá e me deixou olhando fixamente para uma TV que não funcionava. A luz tinha acabado em toda Boulder. Quando retornou, Ursula trouxe uma caneca de chá preto para mim e o laptop, funcionando na bateria. O modem estava sem energia, mas Ursula conseguiu sinal de internet através do celular. Ela colocou o computador na mesa de centro à minha frente. Só fui me mexer depois do cair da noite.

Bem, você sabe como foi o resto do dia, caso tenha estado no Colorado ou não. Tenho certeza de que viu as mesmas coisas na TV que eu vi no laptop preto genérico de Ursula. Os repórteres foram às ruas passar no meio das agulhas e registrar os estragos. A tempestade abriu um rasgo de quase sete quilômetros de largura montanha abaixo, atravessou Boulder e entrou em Denver. Havia um arranha-céu com todas as janelas da fachada oeste quebradas e as pessoas olhando para fora a quarenta andares de altura. Uma confusão de carros abandonados se espalhava pelas ruas, todos prontos para o ferro-velho. Moradores traumatizados do Colorado perambulavam pelas pistas, carregando toalhas de mesa, cortinas, casacos e qualquer coisa que encontrassem para cobrir os cadáveres nas calçadas. Eu me lembro de um repórter falando sem parar para a câmera quando um homem atordoado, todo furado por alfinetes, passou pelo enquadramento atrás dele, carregando um Yorkshire morto. O bicho parecia um esfregão morto com olhos. O rosto do sujeito tinha uma expressão vazia suja de sangue. Ele devia ter mais de cem pregos saindo do corpo.

A teoria em voga — na falta de qualquer outra explicação crível — era terrorismo. O presidente desaparecera em um local seguro, mas reagiu com força total na sua conta do Twitter. Ele postou: "NOSSOS INIMIGOS NÃO SABEM O QUE COMEÇARAM! A VINGANÇA SERÁ MALIGNA!!! #Denver #Colorado #América!!" O vice-presidente prometeu rezar o máximo possível para os sobreviventes e os mortos; ele se comprometeu a passar o dia e a noite de joelhos. Era reconfortante saber que nossos líderes estavam usando todos os recursos que tinham à mão para ajudar os desesperados: as redes sociais e Jesus.

No fim da tarde, uma repórter encontrou um sujeito sentado de pernas cruzadas no meio-fio com um quadrado de veludo preto disposto diante de si e pregos delicados de todas as cores espalhados em cima. À primeira vista, ele quase parecia um daqueles caras que se vê vendendo relógios na rua. O homem examinava a coleção de alfinetes com uma lupa de joalheiro, olhava um, depois outro. A repórter perguntou o que ele estava fazendo, e o sujeito respondeu que era geólogo e que estava analisando os pregos. Disse que tinha certeza quase absoluta de que eles eram uma forma de fulgurito, e a repórter indagou o que era aquilo, e ele explicou que era uma espécie de cristal. À noite, todos os canais por assinatura tinham especialistas dizendo praticamente a mesma coisa, falando sobre análise espectrográfica e crescimento de cristais.

O fulgurito havia se formado em nuvens antes. Acontecia sempre que vulcões estouravam. Os relâmpagos assavam os flocos de cinzas, que viravam cristal. Mas não houvera nenhuma erupção nas montanhas Rochosas havia mais de 4 mil anos, e o fulgurito nunca se formara em pequenas agulhas tão perfeitas antes. Os químicos e geólogos não conseguiam sugerir nenhum processo natural que pudesse ser responsável pelo que aconteceu — o que significava que tinha que ser o resultado de um processo *artificial*. Alguém descobrira como envenenar o céu.

Então eles sabiam o que nos atingiu, mas não como aquilo podia ter acontecido. Wolf Blitzer perguntou para um químico se podia ter sido um acidente industrial, e o cara respondeu que sim, claro, mas dava para ver pela expressão nervosa de medo no rosto que ele não fazia a menor ideia.

E aí vieram as quedas de avião. Duzentas e setenta pessoas morreram em um único avião, depois que a aeronave passou diretamente pela nuvem. Havia corpos carbonizados presos a assentos de avião boiando como rolhas no lago Barr. O rabo inteiro do avião estava a algumas centenas de metros de distância, na pista rumo ao norte da rodovia I-76, soltando fumaça negra. Aeronaves caíram por toda a área de Denver, as quedas decoraram um raio de treze quilômetros em volta do aeroporto.

Em algum momento, eu nadei para fora do torpor — o transe profundo provocado por cenas de uma catástrofe em andamento, o mesmo lançado pelo Onze de Setembro sobre todos nós — e me dei conta de que os meus pais poderiam querer saber se eu estava viva. Isso foi seguido de outro pensamento: de que alguém precisava contar ao dr. Rusted o que acontecera com sua esposa e filha, e que esse alguém teria que ser eu. Como era sábado de manhã, ele não tinha vindo a Boulder com elas, mas ficado para trás a fim de escrever o sermão para o culto da noite. Era inexplicável que o dr. Rusted ainda não tivesse me ligado. Pensei sobre essa questão e decidi que não gostei muito do que aquilo poderia implicar.

Tentei ligar para a minha mãe primeiro. Não importava que a gente não se desse bem. Não importa quem seja a pessoa. É um instinto humano procurar a mãe quando se rala o joelho, quando o cachorro é atropelado por um carro ou quando chove pregos. Mas não consegui falar com ela, não consegui ouvir nada a não ser um estalo desagradável. Obviamente, também teria sido um estalo de muxoxo se ela tivesse atendido.

Tentei ligar para o meu pai, que morava em Utah com a terceira esposa, e também não consegui falar com ele — só ouvi um longo zumbido de estática. Não fiquei surpresa pela rede de celulares estar sobrecarregada. Todo mundo estava ligando para alguém, e, sem dúvida, as torres transmissoras haviam sofrido muito dano. Foi uma surpresa, na verdade, que Ursula tivesse conseguido nos manter conectadas à internet.

Quando tentei ligar para o dr. Rusted, eu não esperava que a ligação se completasse. Nenhuma das outras havia se completado. Porém, após oito segundos de mudez, o telefone começou a tocar, e me vi torcendo para que ele não atendesse. Ainda me sinto péssima por causa disso. A ideia, porém, de que o dr. Rusted havia perdido a esposa e a filha fez meu corpo inteiro pulsar de pavor.

O telefone tocou sem parar, e aí veio a voz dele, doce, contente e gentil, dizendo para deixar uma mensagem e que ficaria feliz em ouvir o recado.

— Ei, dr. Rusted. É melhor o senhor me ligar o mais rápido possível. É a Honeysuckle. Preciso lhe contar... só liga para mim. — Porque eu não podia deixar que ele soubesse o que tinha acontecido por uma gravação.

Coloquei o celular sobre a mesa de centro e esperei o dr. Rusted retornar a ligação, mas ele nunca ligou de volta.

Nós vimos transmissões via streaming até tarde da noite, a Ursula e eu. Às vezes, o vídeo se fragmentava e congelava — uma vez ficou assim por quase vinte minutos —, mas sempre voltava. Eu teria assistido até a bateria do laptop morrer, mas então a transmissão da CNN mostrou o vídeo de um ônibus escolar virado de lado, cheio de crianças de 6 e 7 anos, e foi aí que Ursula se levantou, fechou o navegador e desligou o computador. Ficamos sentadas no sofá grande parte do dia, bebendo chá e dividindo um cobertor jogado sobre os joelhos.

Em algum momento, peguei a mão de Ursula sem perceber, e ela permitiu por um tempo, o que não deve ter sido fácil para ela. Talvez Ursula tivesse sido diferente antes de o marido morrer, mas desde que eu a conhecera, ela mal conseguia tolerar contato físico com qualquer pessoa que não fosse o filho. Ursula preferia as plantas, era formada em ciência da agricultura e provavelmente poderia criar tomates na lua. Ela não era de muita conversa a não ser que a pessoa quisesse falar sobre os melhores fertilizantes ou quando pulverizar os campos, mas, do jeito dela, era uma pessoa reconfortante, até mesmo adorável.

Ela tirou o cobertor que estava sobre os nossos joelhos, me cobriu com ele, como se já tivéssemos concordado que eu dormiria no sofá naquela noite, e me aninhou como uma semente em um canteiro de terra quente e cheirosa. Havia anos que ninguém me aninhava para dormir. Meu pai era um bêbado imprestável que roubava o dinheiro que eu ganhava entregando jornais e gastava com mulheres de afeição negociável; ele praticamente nunca estava em casa quando eu ia dormir. Minha mãe vivia com nojo de mim por eu me vestir como um garoto e dizia que, se eu queria ser um homenzinho em vez de uma garotinha, eu podia me colocar para dormir sozinha à noite. Mas Ursula Blake me envolveu naquele cobertor como se eu fosse sua própria filha, foi tão carinhosa que eu meio que esperei receber um beijo de boa-noite, embora ela não tenha me dado um. Mas ela chegou a dizer:

— Eu sinto muito sobre Yolanda, Honeysuckle. Sei que você gostava dela. Nós gostávamos dela também.

E foi só isso. Nada mais. Não naquela noite.

FOI BACANA DA PARTE da Ursula ter me colocado para dormir, mas quando ela saiu, peguei a colcha e levei para a saleta de entrada. Rezei um pouco, ajoelhada ao lado das duas mulheres mortas embrulhadas ali. Não me importo em contar que eu tinha alguns comentários bem acalorados para dizer para o Cara Lá de Cima. Falei que, não importava o que existia de errado no mundo, havia muita gente boa nele, como a Yolanda e a sra. Rusted, e se Ele achava que matá-las com uma chuva de pregos serviria a algum propósito justo, eu tinha uma ou duas revelações para Ele! Falei que sabia que o mundo estava cheio de pecados horríveis, mas que perfurar um bando de crianças pequenas a caminho de uma colônia de férias não eliminaria nada disso. Falei que estava desapontada com o desempenho Dele nas últimas 24 horas, e que, se Ele quisesse compensar, era melhor correr e castigar quem quer que tenha soltado aquela tempestade de pregos em cima da gente. Falei que o dr. Rusted passou a vida inteira espalhando a Palavra, dizendo para as pessoas como encontrar o perdão e viver a vida que Cristo queria que vivessem, e o mínimo que Deus poderia fazer era permitir que ele ainda estivesse vivo e cuidar do dr. Rusted naquele momento de luto. Informei ao Todo-Poderoso que achava que ele era um mau perdedor por levar embora os entes queridos do doutor! Que era uma bela maneira de demonstrar apreço por todo o serviço do dr. Rusted! Uma coisa boa de ser sapatão é já saber que você já vai para o inferno, então não há motivo para não dar uma bronca em Deus sempre que der vontade.

Depois de me cansar de amaldiçoar o Senhor, fui vencida pela fadiga e me deitei entre Yolanda e a sra. Rusted. Puxei a colcha sobre mim e coloquei um braço sobre a cintura de Yolanda. Era curioso como eu estava cansada, embora não tivesse feito nada além de encarar um computador o dia inteiro. A dor é um trabalho pesado. Acaba com a pessoa como se ela tivesse passado o dia escavando trincheiras. Ou escavando covas, creio eu.

Enfim, tive uma boa conversa com Yolanda antes de dormir, encolhida ao lado dela no chão. Disse que devia a ela o resto da minha vida por compartilhar a família dela comigo. Disse que sentia demais por não passarmos mais momentos divertidos juntas. Disse que sempre me fazia bem ouvi-la gargalhar, tão alto e livre, e que esperava um dia aprender a gargalhar daquela maneira. Depois, calei a boca e abracei Yolanda da melhor maneira possível. Não pude ficar de conchinha com ela — mesmo com Yolanda embrulhada em uma colcha, aquelas centenas de espetos nas costas tornavam impossível se aninhar nela. Mas consegui passar um braço sobre meu amor e encostar as coxas na parte de trás das suas pernas, e dessa forma eu enfim adormeci.

Apenas uma hora ou duas tinham se passado quando abri os olhos. Algo havia mudado, mas eu não sabia o quê. Espiei em volta com a visão turva e descobri Templeton parado bem acima da minha cabeça, com a capa de Drácula jogada sobre os ombros e o polegar na boca. Ele não saía de casa havia dias, e, no escuro, o rosto do garoto estava pálido como um cadáver. O senhor dos vampiros, visitando sua colônia de mortos. A princípio, pensei que tivesse sido o menino que havia me agitado, mas foi outra coisa e, um instante depois, ele me contou o que foi.

— Eles estão cantando — disse Templeton.

— Quem? — perguntei, mas então me calei, prestei atenção e ouvi.

Uma dezena de vozes agradáveis ecoava na noite quente de agosto, todas elas em harmonia com a canção "Take Me Home", do Phil Collins. Estavam cantando havia algum tempo. Era o som das vozes, e não Templeton parado diante de mim, que tinha me acordado.

Espiei pela janela quadrada grossa no meio da porta. Parecia que toda a Igreja do Sétimo Cristo Dimensional havia saído na noite, vestindo seus mantos reluzentes e capuzes prateados, levando lanternas de papel com velas dentro. Eles haviam recolhido os mortos, as três mulheres que estavam do lado de fora preparando o almoço, e enrolaram seus corpos em mortalhas feitas de plástico-bolha metálico, de maneira que pareciam burritos monstruosos envoltos em papel-alumínio. A congregação se reunira em um par de anéis concêntricos, com os cadáveres no meio. O anel interior andava no sentido horário; o anel exterior marchava na direção oposta. Era quase adorável se o observador não pensasse que eles eram todos loucos.

Peguei Templeton no colo, levei-o pelo corredor até o quarto dele e o aninhei para dormir. A janela estava um pouquinho aberta, e a canção dos cultistas do cometa entrou como um som claro e melodioso. Para um bando de vagabundos patéticos e iludidos, eles com certeza cantavam bem.

Me deitei ao lado de Templeton por um momento para ver se conseguia acalmá-lo. Ele me perguntou se eu achava que a alma de Yolanda fora para as nuvens. Respondi que ela tinha ido para algum lugar, porque não estava mais no corpo. Templeton falou que a mãe disse que o pai estava nas nuvens olhando para ele. O menino disse que, quando se transformava em morcego, sempre procurava o pai no céu. Perguntei se ele saía voando com frequência, e ele respondeu que voava toda noite, mas ainda não tinha visto o pai. Beijei a sobrancelha de Templeton no que Yolanda chamava de seu ponto fraco, e ele me recompensou com uma tremidinha alegre de corpo. Falei que não era para voar para lugar nenhum hoje, que era hora de dormir, e o menino concordou solenemente com a cabeça e afirmou que não voaria nunca mais. Disse que o céu estava cheio de pregos agora e que lá fora não era seguro para um bom morcego. Depois Templeton me perguntou se eu achava que voltaria a chover daquela forma, e eu disse que achava que não, por que quem imaginava que aquilo continuaria acontecendo? Se eu soubesse naquela noite o que todos nós teríamos que superar, não tenho certeza se teria conseguido sobreviver.

Mandei Templeton parar de pensar, fiquei de pé para fechar sua janela e lhe dei boa-noite. Só consegui manter o sorriso no rosto até sair para o corredor. Dei a volta nos corpos dos meus próprios entes queridos e saí para a noite de verão úmida e perfumada.

Minha intenção era pedir que os cultistas guardassem a cantoria para uma hora em que as pessoas não estivessem tentando dormir, porém, ao me aproximar, vi uma coisa que me irritou ainda mais que o canto harmonioso. Três rapazes robustos estavam na beirada do jardim com o sr. Waldman. Eles o haviam arrastado pela rua. Estavam ocupados embrulhando o sr. Waldman naquela colcha prateada. O Velho Bent observava a alguns passos de distância. A cabeça calva tinha tatuada um mapa do sistema solar em tinta para luz negra. Mercúrio e Vênus, Terra e Marte, Saturno e Netuno reluziram com um brilho espectral cinza-azulado no crânio, enquanto linhas pontilhadas fosforescentes mostravam o caminho que os planetas seguiam em torno de um sol em cor de duende. Ouvi dizer que ele fora um trapezista em outra época, e seu físico corroborava isso: massa muscular magra, braços fibrosos. O Velho Bent usava um vestido de prata, como todos os outros. Também tinha um grande astrolábio de ouro pendurado no pescoço por uma corrente de ouro, um adorno permitido somente aos homens.

Eu os chamava de culto ao cometa, mas isso era só uma provocação preguiçosa, e de maneira alguma reunia todas as crenças do grupo. A maioria deles era de meia-idade e não batia bem. Havia uma cultista que perdera todos os três filhos quando a casa pegou fogo e que dizia, com um sorriso no rosto, que eles não haviam morrido — tinham entrado em uma nova forma de existência heptadimensional. Havia um homem que, às vezes, colocava uma pilha de nove volts na boca para receber "transmissões" de várias personalidades religiosas que estavam transmitindo de Netuno. Ele não ouvia as vozes; ele *sentia o sabor* dos conselhos e das ideias no gosto de cobre da pilha. Uma cultista era vesga e costumava ter acessos de cuspe, como se um inseto acabasse de ter entrado em sua boca. Outro devoto tinha cicatrizes em forma de carinhas sorridentes pelos braços, como resultado de automutilação.

Uma pessoa poderia ficar triste só de tentar falar com eles, pelas besteiras que os cultistas acreditavam e pelas coisas vergonhosas que faziam. Todos eles estavam esperando o fim do mundo, e, enquanto isso, o Velho Bent estava mostrando aos cultistas como preparar as almas para a existência heptadimensional que os esperava depois da morte. Ele os mantinha ocupados estudando mapas astrais e consertando rádios (que vendiam em feiras livres aos sábados). Todos acreditavam que o último Testamento do Senhor seria escrito não em palavras, mas como o diagrama de uma espécie de circuito. Não consigo nem fingir que entendia tudo aquilo. Yolanda tinha mais paciência com o bando de malucos do Velho Bent do que eu, sempre foi mais sociável com eles quando esbarrava com os cultistas na rua. Ela era melhor do que eu nesse aspecto. Yolanda sofria bastante pelas mesmas pessoas que mais me irritavam.

Eu estava puta naquele momento, e Yolanda não estava por perto para me acalmar. Fui até o limite do jardim dos cultistas, onde os três rapazes estavam se preparando para enrolar o sr. Waldman no material prateado para embalagem, e pisei na borda do tecido antes que eles pudessem cobrir o corpo.

Os sujeitos que estavam embrulhando o sr. Waldman em uma mortalha saída de uma ficção científica ergueram os olhos para mim com expressões surpresas. Eles eram os mais novos do grupo do Velho Bent. O primeiro era sarado e alto, com uma barba dourada e cabelos na altura dos ombros — ele podia ter interpretado o Messias em uma montagem de *Jesus Cristo Superstar*. O segundo era um moleque macio e gorducho, o tipo de cara que, só de olhar, a pessoa sabe que tem mãozinhas quentes e úmidas. O terceiro era um negro que sofria de vitiligo, de maneira que a pele escura do rosto tinha manchas rosas quase berrantes. Todos ficaram de boca aberta, como se estivessem se preparando para falar, mas ninguém disse nada. O Velho Bent ergueu a mão em um gesto para calá-los.

— Honeysuckle Speck! O que a traz aqui nesta noite gloriosa?

— Eu não sei o que é glorioso em 6 e 7 mil pessoas sendo despedaçadas entre aqui e Denver.

— Seis ou 7 mil pessoas saíram desses pobres receptáculos do espírito — disse ele para os mortos do culto — e passaram para a próxima fase. Elas foram libertadas! Estão por toda parte agora, em sete dimensões, a energia delas é o zumbido de fundo da realidade, a matéria escura que mantém o universo coeso. Elas preparam o caminho para a próxima grande transmissão.

— O que eu quero saber é por que o sr. Waldman está passando para o seu jardim. O que o faz pensar que ele gostaria de ser embrulhado em papel-alumínio por você como se fosse a sobra da comida de alguém?

— Ele é um dos precursores! O sr. Waldman vai marcar o caminho, com tantos outros. Não há mal em honrar seu sacrifício.

— Ele não se sacrificou por gente da sua laia. O sr. Waldman não fazia parte do seu culto. O lugar dele é em uma sinagoga, não em um hospício, e se o sr. Waldman for homenageado, será dentro dos preceitos da fé *dele*, não da sua. Por que você não o deixa em paz? Vá beber um Ki-Suco envenenado e cavalgar um cometa, seu abutre! Você não sabe de merda nenhuma.

Ele deu um sorriso radiante para mim, um nerd alto e magricelo com uma cabeça que brilhava no escuro. Não importava a bronca que a pessoa desse no Velho Bent, ele sempre sorria como se estivesse lidando com um jovem travesso adorável.

— Eu sei, sim! — falou o Velho Bent. — Sei exatamente a merda em que o planeta está! Eu disse que o mundo acabaria no dia 23 de novembro, deste mesmíssimo ano, às cinco horas, e veja só… o fim começou!

— E quando você disse que o mundo acabaria dois anos atrás?

— Eu falei que o apocalipse aconteceria no dia 23 de outubro, há dois anos, e aconteceu mesmo. Mas ele vem progredindo devagar. Poucos observadores estavam em sintonia com os sinais.

— Você também falou que o mundo acabaria em 2008, não foi?

O Velho Bent finalmente olhou desapontado para mim.

— O asteroide que nos atingiria foi desviado pela força de vontade combinada de mil preces, para nos dar mais tempo a fim de aperfeiçoarmos nossas mentes com o intuito de deixar este mundo tridimensional. Mas o dia e a hora estão quase chegando! E, desta vez, nós não faremos o fim se desviar.

Vamos recebê-lo com uma canção feliz nas gargantas. Vamos cantar enquanto a cortina desta vida desce. A gente vem cantando o fim já faz algum tempo.

— Talvez vocês pudessem voltar a cantar quando o sol nascer. Algumas pessoas estão tentando dormir. E, falando nisso, por que vocês não cantam alguma coisa que além de Phil Collins? Já não sofremos o suficiente hoje?

— As letras não importam! Apenas a alegria gerada pela música! Nós a armazenamos como baterias. Estamos com a carga quase completa e prontos para partir! Não estamos? — berrou ele para o grupo.

— Prontos para partir! — gritaram os cultistas de volta, balançando um pouco o corpo e encarando a paisagem estelar na cabeça calva e ossuda.

— Pronto para partir — repetiu o Velho Bent com calma, entrelaçando os dedos sobre a barriga chapada.

As tatuagens na sua cabeça brilharam no escuro, mas as estrelas nos nós dos dedos tinham sido tatuadas em tinta preta normal, quando ele estava na prisão. O Velho Bent ficou preso por dois anos pelo que fez com a esposa e as enteadas. Ele manteve as mulheres trancadas no sótão por quase um verão inteiro, dava uma colher de água para compartilharem de manhã e um biscoito para dividirem à noite, e obrigava a esposa e as enteadas a fazer mapas de órbitas planetárias o dia inteiro. Se uma delas fosse insolente ou não participasse dos "estudos", as outras recebiam ordens de chutá-la nas costas até que obedecesse. Uma noite, a esposa fugiu quando o Velho Bent permitiu que a família saísse para observar as estrelas. A polícia o jogou no xilindró, mas ele não ficou muito tempo lá. O Velho Bent foi libertado com um recurso, alegando o direito garantido pela Primeira Emenda de praticar sua religião, que, aparentemente, incluía matar de fome seus seguidores e maltratar quem não cantasse seus hinos com a entonação correta. Pior ainda, as enteadas se juntaram a ele de novo assim que o padrasto foi solto. Elas eram irmãs devotas da fé agora. As enteadas estavam paradas atrás dele naquele momento, magras e lindas com os solidéus na cabeça, ambas me olhando feio.

Enquanto Bent tagarelava, minha atenção se desviou para os três manés agachados em volta do sr. Waldman. Eles usaram a oportunidade para recomeçar a embrulhá-lo. Ouvi a ondulação do papel-alumínio e pisei no material de novo, antes que eles conseguissem terminar de transformá-lo em um casulo.

— Continuem o que estão fazendo, rapazes, e o apocalipse vai acontecer com vocês bem antes do que imaginam — falei para eles.

O trio deu um olhar nervoso para o Velho Bent, e, após um momento, ele gesticulou com a mão de dedos compridos. Os três jovens ficaram de pé e se afastaram do cadáver.

— Você acha que alguém vai sentar shivá por ele, Honeysuckle? A esposa do sr. Waldman está morta. O filho é um fuzileiro naval baseado em alguma parte do mundo e quem sabe quando será informado da morte do pai, dada a crise atual. Quando souber, *se* souber, ele pode nunca conseguir voltar para Boulder. As chuvas sólidas mal começaram a cair. Mais chuvas estão a caminho, eu lhe garanto!

— Mais chuvas estão a caminho — repetiu o rapaz que parecia Cristo, que tocou o próprio astrolábio no colar. — E nós somos os únicos prontos para elas. Somos os únicos que sabem o que vai…

Mas o Velho Bent fez um gesto brusco com a mão de dedos compridos e calou a boca do jovem, depois continuou:

— Será que *alguém* não deveria honrar a vida dele? Uma cerimônia qualquer não é melhor do que nada? Isso faz algum mal? Se o filho do sr. Waldman reaparecer em Boulder, a carne descartada estará aqui, para que se preste o luto da forma que quiser. — O Velho Bent fez uma pausa e depois disse: — Ou *você* pode levá-lo. E como vai homenagear a passagem dele, Honeysuckle? *Você* vai sentar shivá para ele? Sabe como se faz isso?

Ele me pegou aí. Eu não gostava da situação, mas tinha meus próprios mortos para cuidar.

— Bem… pelo menos cantem baixo — falei de maneira esfarrapada. — Tem uma criança tentando dormir do outro lado da rua.

— Você deveria cantar conosco! Não deveria ficar sozinha hoje à noite, Honeysuckle. Venha, sente-se. Não fique sozinha. Não tenha medo. O medo é pior do que a dor. Livre-se de seu medo. Do medo da chuva. Do medo da gente. Do medo da extinção. Não é tarde demais para todos nós nos amarmos e sermos felizes… até mesmo aqui, enquanto o último capítulo da humanidade está sendo escrito.

— Não, obrigada. Se estamos de saída, quero chegar sã ao fim da vida, sem usar uma saia de metal ou cantar os maiores sucessos de Phil Collins durante o caminho. É possível morrer com dignidade.

Ele me deu um sorriso triste e piedoso e juntou a ponta dos dedos em um gesto que me fez pensar em Spock, e pensar nele me deixou triste de novo. Zachary Quinto era meu crush gay com Yolanda.

O Velho Bent se curvou na minha direção e deu meia-volta com uma farfalhada da roupa prateada. É difícil levar um homem a sério como líder espiritual quando ele perambula por aí no que parece um vestido de baile de formatura de papel-alumínio. O moleque gorducho e o rapaz com vitiligo se voltaram de novo para o corpo do sr. Waldman, mas aquele que parecia Jesus passou pelas madeixas amarelas e deu meio passo na minha direção.

— Se ao menos você soubesse o que *nós* sabemos — sussurrou ele —, você *imploraria* para ficar conosco. Somos os únicos prontos para o que aconteceu hoje. Uma moça esperta *pensaria* a respeito. Uma moça esperta se perguntaria o que mais nós sabemos... que ela não sabe.

O rapaz pareceu bastante profético, mas, quando deu meia-volta com uma farfalhada dramático, ele pisou em um prego e soltou um ganido em uma voz esganiçada que estragou um pouco o efeito. Eu o vi ir embora arrastando o pé — e então um movimento, um vislumbre de luz no limite da visão periférica chamou minha atenção. Virei para olhar.

Era Andropov, no apartamento do primeiro andar. Ele estava parado atrás da janela com uma lanterna a óleo, olhando fixamente para nós. Olhando fixamente para *mim*. A forma como ele observava me deu uma sensação ruim no estômago.

Andropov ergueu uma folha de madeira compensada até a janela e desapareceu atrás dela, e eu o ouvi começar a martelar. Andropov estava barricando as janelas, selando Martina e a si mesmo do resto do mundo.

QUANDO ACORDEI NO SOFÁ da Ursula, a saleta de entrada estava banhada por uma luz forte e clara, e senti o cheiro de café e xarope de ácer quente. Templeton estava parado diante de mim, tomando um café *espresso* em uma canequinha, com a capa de Drácula pendurada sobre um ombro só de maneira despojada.

— *Foram* terroristas — disse ele sem nenhum preâmbulo. — E estão dizendo que há 63% de chance de chover pregos em Wichita. Você quer noz-pecã no seu waffle?

Ursula estava de pijama de flanela, cuidando de uma grelha para waffles no fogão a gás. Ela estava sintonizada no noticiário via *streaming* no laptop mais uma vez. Você sabe o que estava sendo noticiado naquela manhã: tenho certeza de que assistiu também. Cartas chegaram ao *Denver Times*, *New York Times* e *Drudge Report*. Elas foram exibidas, discutidas e menosprezadas a manhã inteira:

> Caros,
>
> Sua ruína está sobre vocês. Uma tempestade tão grande quanto a fúria de Alá se aproxima. Sangue pintará suas ruas. Corpos à espera de serem enterrados lotarão seus parques, serão enormes fazendas para vermes. Mil pregos cairão sobre vocês, por suas guerras para roubar as terras de petróleo dos muçulmanos e por suas leis para barrar a entrada de muçulmanos na sua nação racista. Em breve vocês lembrarão do Onze de Setembro como um dia tranquilo.

Nomes de escolas e igrejas passavam no rodapé da tela, como nas ocasiões quando tudo é cancelado por causa de uma grande tempestade de neve. Foi o que, a princípio, pensei que aquilo fosse: uma lista de cancelamentos. Só quando estava comendo meu primeiro waffle que me dei conta de que era uma lista de lugares para levar os mortos.

Informaram que havia pelo menos 7.500 vítimas fatais na área metropolitana de Denver, mas a polícia esperava que o número aumentasse muito até o fim do dia. Mostraram um casamento com a noiva em um vestido vermelho, todo perfurado por agulhas. Ela estava chorando, segurando o que sobrou do marido. O homem fora destroçado ao protegê-la com o próprio corpo. Os dois tinham se casado há menos de uma hora. Dançavam no pavilhão externo quando a chuva começou. A noiva havia perdido o marido, as duas irmãs, os pais, os avós e as sobrinhas.

Na CNN, eles receberam um químico no programa *The Situation Room*. Ele começou repetindo o que a gente já sabia — que a chuva sólida era composta por cristal de fulgurito, que às vezes era chamado de "relâmpago petrificado". O químico falou que, embora o fulgurito pudesse ocorrer naturalmente, os cristais que caíram sobre Boulder e Denver eram algo novo. Eles representavam uma forma artificial de fulgurito que só podia ter sido projetada em laboratório. Nada mais podia explicar a perfeição quase industrial dos pregos que caíram sobre o Colorado. Ele falou para Wolf Blitzer que era possível — até provável — que alguém tivesse semeado uma nuvem com fulgurito, e era provável que tivesse usado um simples avião agrícola, o que sustentava a hipótese de terrorismo.

O químico acrescentou que a chuva sólida estava fazendo coisas que nenhum fulgurito jamais fizera antes. Em vez de cair *misturado* à chuva, ele *absorvia* a água e usava toda umidade que conseguia sugar para acionar seu crescimento. O fulgurito não precisava de raios para se transformar em cristal; a boa e velha eletricidade estática servia.

Wolf Blitzer disse que estava chovendo pregos fora de Wichita e perguntou ao químico se era a mesma nuvem que havia chovido pregos sobre Boulder. O homem fez que não com a cabeça. Ele explicou que talvez houvesse um milhão de grãos da substância na alta estratosfera e que eles se juntariam em nuvens, como qualquer tipo de poeira. Alguns cairiam na forma de agulhas e alfinetes. Outros cresceriam um pouco, depois se fragmentariam e se romperiam, criando novos grãos de cristal que infectariam futuros sistemas de nuvens. Wolf perguntou a ele o que aquilo significava em termos simples. O químico ajeitou os óculos no nariz e disse que, para todos os efeitos, isso poderia se tornar uma parte permanente do ciclo climático global. Esse novo cristal sintético de fulgurito era autoperpetuante e estava na atmosfera agora. Ele afirmou que era necessário fazer um modelo de estudo, mas era possível que, com o tempo, todas as nuvens de chuva do planeta se transformassem em uma fazenda para os cristais. O químico chamou isso de "cenário de Vonnegut" — que a chuva normal acabaria se tornando uma coisa do passado.

Foi aí que Wolf pareceu se esquecer que as câmeras estavam apontadas para ele. O jornalista simplesmente ficou parado ali, se sentindo mal. Após um instante, disse, gaguejando, que voltariam para os eventos que estavam acontecendo em Wichita e aconselhou os pais a tirarem as crianças da sala.

Até aquele momento, Ursula estivera debruçada sobre a pia, escovando com força canecas e frigideiras e colocando para secar no escorredor de pratos. Mas quando ouviu aquela parte, ela me disse, baixinho, que talvez fosse melhor desligar o laptop e economizar a bateria, e entendi que Ursula queria poupar Templeton de ver mais massacres.

Eu me juntei a ela na pia e comecei a secar os copos molhados com um pano de prato. Em voz baixa, falei para Ursula:

— O Velho Bent disse que o mundo vai acabar neste outono. Acho que o cientista na CNN acabou de concordar com ele. Estou me sentindo mal. Tudo está terrível, e não sei o que fazer.

Ursula ficou calada enquanto passava a esponja na grelha de waffle e então falou:

— Nos dias depois da morte do Charlie, nunca me senti tão sozinha, assustada ou impotente. Não há nada que faça uma pessoa se sentir pior do que a impotência. Eu estava furiosa por não poder fazer nada a respeito. Não podia ter o meu marido de volta. Não conseguia dar jeito na situação. Não podia rebobinar o que acontecera e mudar. Entendo como você se sente, Honeysuckle. Eu já visitei o local perdido e solitário no fim do mundo, e tudo que sei é que a única maneira de seguir em frente é fazer as coisas que as pessoas que você amava queriam que você fizesse. Tente imaginar como Yolanda teria querido que você usasse o tempo que lhe sobrou. Essa é uma maneira de mantê-la por perto. Se estiver assustada, e se sentindo mal, e não conseguir pensar como viver por si mesma, tente pensar em como você pode viver por *ela*. Não vai mais se sentir impotente. Você simplesmente saberá o que fazer.

Quando ficou sem palavras, Ursula deu um toquezinho nervoso no meu cocuruto, da mesma forma que uma pessoa com medo de levar uma mordida faria carinho em um cachorro grande e desconhecido. Foi um péssimo gesto de afeto, mas eu sabia que tinha sido um grande esforço para ela só de tentar, e fiquei grata. Além disso, Ursula me deixou entrar o suficiente para vislumbrar a própria dor, e um ato como esse exige muito mais coragem do que abraçar alguém.

Ela me perguntou se eu poderia olhar Templeton um pouquinho enquanto recolhia os pregos no jardim. Fiquei sentada na garagem e vi o moleque em pé sobre um balde de sal grosso, batendo nas teclas da grande máquina de escrever de ferro, a única coisa que o pai lhe deixara. Me sentei embaixo do quadro do diploma de doutorado do pai dele, emitido pela Universidade de Cornell: Templeton era descendente direto de gênios nervosos e pálidos, pessoas mais à vontade diante de micróbios em uma lâmina de microscópio do que com outros seres humanos. Eu não tinha certeza se Charles Blake morrera por acidente ou de propósito, ao atravessar uma mureta com o carro e cair de um despenhadeiro depois de beber um pouco. Yolanda tinha ido com Ursula identificar o corpo enquanto eu ficara em casa cuidando de Templeton. Yolanda me contou depois que Charlie tinha acabado de ser demitido. A empresa dele estava se mudando para algum lugar ao sul, e eles estavam levando a pesquisa e todas as melhores ideias de Charlie, mas não ele. Tudo que Charlie recebeu por uma década de trabalho foi um aperto de mão e um iPad dourado. O acidente afundou o crânio dele no cérebro, mas o iPad foi retirado dos destroços com quase nenhum arranhão. Ursula deu o aparelho para Yolanda, pois não conseguia sequer olhar para ele.

Fiquei sentada enquanto Templeton batia nas teclas e tentei pensar no que Yolanda teria querido que eu fizesse. Eu tinha mais ou menos 30% de bateria no telefone e usei para tentar ligar para meu pai. Dessa vez, nem cheguei a cair no correio de voz. Fui à porta aberta da garagem. Um quilômetro de céu azul se espalhava sobre as montanhas Rochosas, e não havia nada nele a não ser umas poucas ilhas gordas de nuvem.

Ursula estava parada no meio do jardim, apoiada no ancinho, me examinando. Aos seus pés, havia um montinho de lascas reluzentes de cristal.

— Em que você está pensando? — perguntou ela.

— Você acha que vai chover?

— Pode ser que caia um chuvisco mais tarde — disse Ursula, cautelosamente.

— Acho que eu deveria ir visitar o dr. Rusted. O pai da Yolanda. Alguém precisa informá-lo do que aconteceu com a filha dele. É mais fácil que eu vá até ele do que o contrário. O dr. Rusted tem 64 anos e não é exatamente um triatleta.

— Onde ele mora?

— Denver.

— Como planeja chegar lá?

— Acho que teria que ir andando. Ninguém está dirigindo para lugar nenhum. As estradas estão cheias de pregos.

— Você sabe que são cinquenta quilômetros, não é?

— Sim, senhora. Foi o que eu estava pensando: se quiser ir, é melhor ir logo. Se eu partir na próxima hora, posso estar de volta amanhã à noite.

— Você também pode estar morta até amanhã à noite, se outra chuvarada cair.

Eu cocei o pescoço.

— Bem, eu ficaria de olho no céu e procuraria abrigo se ele começasse a escurecer.

Ursula pegou firme no cabo do ancinho e pensou um pouco, com a testa franzida.

— Eu não sou sua mãe — falou ela, enfim. — Então não posso te proibir de ir. Mas quero que me mande mensagens de texto para me manter a par de seu avanço. E, quando voltar, você virá direto para cá e mostrará ao Templeton que você está bem, para que ele não fique preocupado.

— Sim, senhora.

— Eu queria ter uma arma para te dar.

— Por quê? — perguntei, surpresa.

— Porque a polícia estará sem efetivo suficiente, e há uma cidade inteira de gente aterrorizada lá fora. As pessoas acordaram hoje e viram um mundo envenenado, e algumas delas não terão motivos para se conter e não fazer as coisas horríveis que sempre sonharam. — Ursula pensou um pouco mais e ergueu as sobrancelhas. — Eu tenho um facão enferrujado que você pode levar. Eu o mantenho para capinar os arbustos.

— Não, senhora — falei. — Se eu entrar em uma briga, é mais provável que erre e corte o meu próprio joelho do que acerte alguém. É melhor você ficar com o facão. Não vou sair das estradas principais. Não acho que à luz do dia terei muito com o que me preocupar.

Eu me virei e entrei de novo na garagem. Templeton já tinha cansado de escrever à máquina e anunciou que estava pronto para ser um morcego. Peguei o menino pela cintura, ergui o seu corpo e o pendurei de cabeça para baixo no bicicletário. Ele balançou acima do colchão sujo e manchado que estava ali para amortecê-lo caso caísse.

— Ei, moleque — falei.

— Eu ouvi tudo — disse ele. — Ouvi vocês conversando.

— Não quero que você se preocupe comigo. Se chover, vou para debaixo de um abrigo. Ficarei bem. Você, permaneça dentro de casa ou da garagem enquanto eu estiver fora.

— A mamãe não me deixaria sair, de qualquer forma.

— E faz ela muito bem. Seus dias de voar por aí como um morcego chegaram ao fim. Pensando melhor, talvez eu tenha que passar no órgão de aviação civil enquanto estiver em Denver e contar para eles o que andou aprontando. Informá-los que você bateu as asas à noite sem ter uma licença. Quero ver se eles não vão cortá-las de uma vez por todas.

— É melhor não — falou ele.

— Tente me impedir.

Templeton sibilou como uma cobra e arreganhou as presas de plástico. Remexi o cabelo dele e disse que o veria em breve.

— Não se preocupe com Yolanda e a mãe dela — falou ele em um tom solene. — Se você não voltar, minha mãe vai saber o que fazer com elas. Provavelmente vai plantá-las no jardim.

— Ótimo. Espero que ela cultive alguma coisa bacana com as duas. Yolanda provavelmente gostaria da ideia de voltar como um pé de tomates.

— A mamãe não gosta de abraçar as pessoas — falou Templeton, ainda pendurado de cabeça para baixo, com a capa quase tocando o chão. — Me dá um abraço?

— Claro que sim — falei, e o abracei.

TUDO QUE PRECISEI FAZER foi atravessar a rua para ter uma ideia de como seria difícil ir a pé até Denver. A estrada estava coberta por um carpete de um centímetro de espessura feito de agulhas duras como aço. Uma atravessou a sola de borracha macia do meu tênis e me espetou no pé direito. Eu me sentei no meio-fio para arrancá-la, dei um gritinho e fiquei de pé em um pulo com mais três pregos enfiados na bunda da imbecil que eu sou.

Subi a escada externa para o meu cafofo no segundo andar. Embaixo de mim, o apartamento de Andropov estava uma algazarra. Ele colocou ópera russa para tocar em alto volume. Nos fundos do prédio, uma TV estava ligada no mesmo volume. Consegui ouvir Hugh Grant dizendo gracinhas em uma voz maliciosa tão alta quanto a de Deus. Lembre-se de que não havia luz em toda Boulder; o equipamento de Andropov devia estar funcionando a pilhas.

Eu havia varrido e tirado pó do apartamento inteiro para me preparar para a chegada de Yolanda. Tinha aberto um vidrinho de essência de salva e sândalo, e o lugar inteiro fora tomado pela fragrância agradável do campo.

Só tínhamos quatro cômodos. A sala dava em uma cozinha pequena. Havia um quarto e um pequeno escritório nos fundos. O piso era de pinho, cujo verniz velho havia amarelado e ganhado um tom de âmbar. Mal tínhamos uma peça de mobília, tirando a cama e um *futon* barato que ficava abaixo de um pôster de Eric Church. Não parecia muita coisa. Mas havíamos nos aninhado naquele *futon*, assistido à TV ali, e, às vezes, nos beijado e abraçado. Yolanda mantinha seu travesseiro favorito no meu apartamento, e eu o vi ao olhar para o quarto: um travesseiro comprido e baixo dentro de uma fronha roxa esmaecida, arrumadinho em cima da cama. Ao vê-lo, praticamente toda a energia para a expedição saiu de mim, e comecei a me sentir inconsolável de novo.

Eu me deitei um pouco e fiquei aninhada com o travesseiro dela apertado contra mim. Senti o cheiro de Yolanda nele. Quando fechei os olhos, quase pude fantasiar que ela estava ali na cama comigo, que havíamos acabado de fazer uma pausa em uma das longas conversas sonolentas que em geral tínhamos ao acordar. Nós conseguíamos ter uma discussão divertida sobre quase qualquer coisa: qual de nós ficava mais bonita com um chapéu de caubói, se era tarde demais para aprendermos a ser ninjas, se cavalos tinham almas.

Mas não consegui fazer com que a depressão de solidão durasse. O andar de baixo estava barulhento demais. Eu não sabia como eles conseguiam — ouvir uma ária russa em um cômodo e Hugh Grant no outro, tudo em volume altíssimo. Achei que deviam estar brigando, tentando enlouquecer o parceiro. Não era a primeira vez que o andar de baixo era tomado por uma barulheira furiosa: panelas caindo, portas batendo.

Pulei da cama e bati os pés no chão para que se calassem, e imediatamente um deles reagiu chutando a parede. A pessoa chutou por tanto tempo e com tanta força que sacudiu a casa toda. Eu bati o pé com mais violência ainda, para avisar que não tinha medo, e Andropov chutou com mais força. De repente, me dei conta de que fora atraída para o joguinho infantil do casal e parei.

Joguei algumas garrafas d'água em uma mochila, um pouco de pão e queijo, o carregador do celular caso encontrasse um lugar para usá-lo, um canivete multiuso e algumas outras tralhas que pensei que pudesse querer. Tirei meus tênis e coloquei as botas de caubói de couro preto com pespontos prateados e pontilhas de aço. Quando saí, deixei a casa destrancada. Não vi motivo para trancá-la. A chuva havia quebrado as janelas no patamar de fora. A polícia com certeza estava ocupada demais para se preocupar com pequenos saques aqui e ali. Se alguém aparecesse e quisesse pegar as minhas coisas, que ficasse à vontade.

O barulho do apartamento de Andropov fez tremer minhas obturações e zumbiu dentro da cabeça; era mais do que qualquer pessoa sensata deveria suportar. Em um último impulso de irritação, dei meia-volta, fui pisando firme até a varanda e bati na porta com intenção de perguntar que grande ideia era aquela. Mas ninguém respondeu, embora eu tenha ficado ali batendo até o punho doer. O som estava alto, mas não *tão* alto. Tinha certeza que eles conseguiram me ouvir.

Aquilo me exasperou, que os dois estivessem me ignorando. Fui a uma janela, depois à outra, mas ambas estavam barricadas por dentro. Os vidros nem estavam quebrados, não ali na cobertura da varanda.

Desci os degraus da entrada e dei a volta até o lado leste da casa. Os pregos caíram inclinados vindo de oeste, de maneira que as janelas deste lado da construção também estavam intactas. Andropov também pregou tábuas por dentro dos vidros ali. A primeira janela fora completamente bloqueada, mas, quando cheguei à segunda, havia um espacinho desnivelado entre duas tábuas, com dois a três centímetros de espessura. Quando fiquei na ponta dos pés, consegui espiar pela brecha.

Vi um corredor escuro e uma porta aberta que dava para um banheiro sujo. Tubos de plástico saíam enrolados da banheira e entravam na pia. Havia uma proveta sobre a privada, perto de um galão de alguma espécie de líquido, que podia ter sido água, porém era mais provável que fosse um galão de amônia ou outro produto químico qualquer.

Subi mais um pouco na ponta dos pés para tentar ver o que havia no chão do banheiro. Minha testa bateu no vidro. Em seguida, os olhos de Andropov surgiram na brecha, saltados, injetados e frenéticos, tomados de fúria ou terror. As sobrancelhas eram negras e espessas. Vi os poros do seu nariz de batata. Ele vociferou nervosamente alguma coisa em russo e fechou a cortina.

EU ESTAVA CRUZANDO O CAMPUS de Boulder da Universidade de Colorado com passadas firmes quando vi um sujeito em uma árvore, a doze metros do chão: um homem de casaco escuro impermeável e gravata vermelha, quase de cabeça para baixo, com um galho perfurando o estômago. Passei bem embaixo dele. O sujeito estava com os dois braços esticados e os olhos arregalados, como se estivesse prestes a pedir ajuda para descer.

Era uma manhã fresca e sombreada sob os grandes carvalhos frondosos do Norlin Quad, a parte histórica do campus, mas não dava para fingir que era apenas uma manhã de domingo qualquer. Uma moça passou correndo por mim com uma camiseta de Josh Ritter encharcada de sangue, soluçando sem parar. Quem sabia de onde ela vinha e para onde estava indo? Qual seria a causa da sua tristeza? Qual era a fonte de apoio que procurava e será que algum dia a encontrou?

Havia pregos reluzentes do mais puro cristal nas alamedas, janelas quebradas em todos os dormitórios e pombos mortos espalhados pela grama. O ar deveria estar perfumado com os odores do fim do verão: grama queimada e abeto azul. Em vez disso, porém, havia o mau cheiro de combustível de aviação.

Eu não vi o helicóptero até chegar a um beco escuro entre prédios e vislumbrar, através de uma arcada de pedra, o teatro a céu aberto que a universidade mantém para encenar Shakespeare e coisas do gênero. O helicóptero de noticiário de TV tinha caído diretamente no piso de lajotas. A cabine era um ninho de aço esmagado, vidro quebrado e sangue. A aeronave inteira parecia alvejada, cheia de buracos, mossas e talhos. Então foi dali que veio o sujeito na árvore. Ele tentou pular quando viu que o helicóptero estava caindo. Talvez tenha imaginado que o carvalho apararia sua queda. E aparou.

Entrei na Broadway, que tinha quatro pistas e cortava aquela parte de Boulder em linha reta. Quando cheguei perto da rua, me dei conta, pela primeira vez, de como a situação realmente era ruim. Havia carros abandonados até onde a vista alcançava, com para-brisas quebrados, todos eles amassados, deformados por centenas de amassados, perfurados por buracos. Os veículos derraparam da rua e subiram os meios-fios. Vi um conversível que fora convertido em ferro-velho e uma picape que estacionara no saguão de uma imobiliária, depois de atravessar a vidraça para fugir da tempestade. Alguém havia enfiado um Lincoln Continental em um ponto de ônibus e varado a cabine comprida de acrílico onde as pessoas haviam se reunido para se abrigar da chuva. O acrílico estava cheio de manchas de sangue, mas, ao menos, os corpos haviam sido retirados.

Dois quarteirões à frente, vi um ônibus Greyhound todo esburacado. A porta estava escancarada, e havia um sujeito sentado no primeiro degrau, com os pés na rua. Um latino magro e alto de camisa de brim azul abotoada no pescoço, mas com o resto aberto para mostrar o peito nu. Ele estava com o punho na boca como se fosse conter uma tosse. Achei que estivesse miando para si mesmo, mas era o gato.

Havia um gato horrível, magricela e sem pelos na rua, daquelas coisas que são só rugas e orelhas grandes de morcego. O bicho estava se arrastando com as patas dianteiras, girando em um círculo lento, tentando achar um jeito de ficar mais confortável. Havia um prego atravessando as ancas e outro na garganta.

O grandalhão, com o rosto cercado de madeixas compridas de cabelo gorduroso, estava chorando quase silenciosamente. Silenciosa e amargamente. O nariz fora quebrado mais de uma vez, e os cantos dos olhos estavam enrugados com tecido de cicatrização. Ele parecia ter participado de cem brigas de bar e perdido noventa delas. Pelo cabelo negro e o tom vermelho-escuro — cor de teca envernizada —, ele tinha algo mais que apenas caubói no sangue.

Eu diminuí o passo e agachei ao lado do gato na estrada. Ele me deu um olhar espantado e impotente com seus olhos muito verdes. Não sou fã da raça de felinos sem pelos, mas não pude deixar de me sentir péssima pelo coitadinho.

— Pobre gatinho — falei.

— É meu — disse o grandalhão.

— Ai, Jesus. Sinto muito. Qual é o nome dele?

— Roswell — informou o homem com a voz embargada. — Procurei por ele a manhã inteira. Chamei pelo nome. O Roswell estava debaixo do ônibus. Eu meio que queria não tê-lo encontrado.

— Não pode estar falando sério. Você foi abençoado com uma chance de dizer adeus. É mais do que a maioria conseguiu com os entes queridos. Ele está feliz em te ver, não importa a dor que esteja sentindo.

Ele olhou atônito para mim.

— Você tem um conceito bem merda de uma benção.

— Não gosto desse tipo de linguajar — falei —, mas vou deixar passar porque você está aborrecido. Qual é o seu nome?

— Marc DeSpot.

— Isso não parece um nome de verdade.

— É o meu nome de lutador — respondeu o homem, que abriu a camisa até o X em letra gótica negra tatuado no peitoral e abdome, com o centro bem em cima do esterno. — Sou lutador profissional de MMA. No momento, tenho cinco vitórias e sete derrotas, mas não fui derrotado nas minhas últimas quatro lutas. Quem é você?

— Sou Honeysuckle Speck.

— Que tipo de nome é esse?

— Seria *o meu* nome de lutadora.

Ele me olhou espantado por um momento por sobre o punho que ainda mantinha perto da boca. Depois foi tomado pela tristeza, e os ombros se ergueram com outro soluço que fez voar ranho e saliva. Quando as estrelas de cinema choram no terceiro ato trágico de uma história de amor, elas sempre fazem a expressão de luto parecer muito mais bonita do que é de verdade.

Roswell olhou de Marc para mim e soltou um miado fraco e arrepiante. Ele estava tremendo. Passei a mão pelo lado lisinho e flácido. Nunca se viu uma criatura pedindo socorro de forma tão clara.

— Eu não sei o que fazer por ele — disse Marc.

— Só sobrou uma coisa que você *pode* fazer.

— Não! — falou o homem, que soltou outro soluço. — Não posso. Nós somos amigos há dez anos.

— Dez anos é uma vida boa para um gato.

— Ele está comigo de Tucumcari a Spokane. Tenho esse gato desde quando não tinha nada além da roupa do corpo. Simplesmente não consigo fazer isso.

— Não. Claro que não — falei. — Vá em frente e faça carinho nele. O gato está atrás de consolo.

Ele esticou a grande mão nodosa e passou na cabeça de Roswell, com tanto carinho quanto um homem que toca o rosto de um recém-nascido. Roswell fechou os olhos, enfiou o crânio na palma da mão de Marc e soltou um rom-rom baixo e trêmulo. O gato estava esticado em uma poça de sangue, mas tinha o sol brilhante banhando o flanco e a mão do companheiro na testa.

— Ah, Roswell — disse Marc. — Ninguém nunca teve um parceiro melhor.

Ele recolheu a mão de volta à boca, soluçando com novas lágrimas, e fechou os olhos. Imaginei que esse era um momento tão bom quanto qualquer outro, então estiquei os braços, peguei a cabeça de Roswell com uma das mãos e o pescoço com a outra, e dei uma torcida firme e forte, da mesma forma que teria feito com uma galinha na antiga fazenda do meu pai.

Marc DeSpot arregalou os olhos. Ele ficou rígido com o susto.

— O que você fez? — perguntou, como se não soubesse.

— Acabou — respondi. — Ele estava sofrendo.

— Não! — berrou Marc, mas não acho que estivesse berrando comigo ou pelo que eu tinha feito. Marc estava berrando com Deus por levar seu gato. Estava berrando com o próprio coração infeliz. — Ah, *merda*! Ah, que merda, *Roswell*.

Ele saiu do primeiro degrau do ônibus e ficou de joelhos. Roswell estava encolhido de lado em uma mancha vermelha de sangue. Marc DeSpot pegou o corpo nas mãos, trouxe para perto de si, ergueu o gato e o abraçou.

Toquei no braço de DeSpot, e ele afastou a minha mão com o cotovelo.

— Sai de perto de mim, porra! — berrou o homem. — Eu não te pedi para fazer isso! Você não tinha o direito!

— Desculpe, mas foi melhor assim. O gato estava em agonia.

— E quem pediu para você? *Eu?*

— Não havia nada que pudesse salvar o Roswell.

— Se você não sair daqui, lésbica nojenta — disse ele — não vai ter nada que possa salvar *você*.

Eu não me importei com aquilo. Marc DeSpot estava sofrendo. O mundo inteiro estava.

Enfiei a mão na mochila e ofereci a ele uma garrafa d'água. Marc DeSpot não olhou para ela e nem para mim, então pousei a garrafa na rua perto da coxa dele. De perto, vi que o sujeito era mais jovem do que havia pensado. Talvez não fosse mais velho que eu. Senti pena dele, apesar da boca suja e do comportamento infantil. Eu também estava completamente sozinha no mundo.

Fiquei em pé e fui embora, mas depois de cobrir mais três quarteirões, por acaso olhei para trás e descobri que Marc DeSpot estava me seguindo. Ele cambaleava feito um bêbado, cerca de trinta metros para trás, e, quando olhei para ele, Marc rapidamente virou o rosto e fingiu estar olhando através de uma vitrine quebrada para o interior escuro de uma loja de equipamentos eletrônicos usados. Ele havia tirado um chapéu de caubói de palha de algum lugar, e com aquilo na cabeça e uma bandana vermelha no pescoço, parecia mais do que nunca um jovem vaqueiro.

A visão do rapaz me seguindo me deixou inquieta. No nosso breve encontro, ele me passou a impressão de ser vítima das próprias emoções, impulsivo e imaturo. Então, surgiu a ideia de que talvez Marc tivesse decidido que eu era uma sádica destruidora de corações e matadora de felinos e que ele estivesse me perseguindo para demonstrar seu descontentamento com um punho fechado. Ou talvez estivesse tentando melhorar seu recorde de vitórias ao pegar e espancar uma lésbica solitária com uma triste semelhança com o personagem Squiggy, da série *Laverne & Shirley*.

Continuei em frente e, no outro quarteirão, consegui respirar fundo. Se Marc estava esperando me pegar de surpresa, perdeu a chance. Quando a Broadway desceu para o sul e entrou no bairro de Lower Chautauqua, a rua ficou cada vez mais cheia de gente. Ouvi um estrondo, e um grande caminhão basculante com correntes nos pneus fez a curva diante de mim. Pregos reluzentes de cristal explodiram sob as rodas. Um sujeito grande de macacão amarelo sujo e luvas de borracha até os cotovelos estava na traseira do caminhão. Atrás dele, a caçamba tinha uma pilha de corpos com três cadáveres de altura.

O caminhão passava entre carros abandonados, e quando não havia espaço para desviar, atravessava e tirava os destroços do caminho. O veículo se juntou a uma caravana lenta de outros caminhões. Eles faziam fila para entrar no campo de futebol americano atrás de uma escola de ensino médio.

Parecia que metade de Boulder estava ali, perambulando de maneira confusa — grupos de crianças com rostos sujos, velhinhas usando roupões. Quando me aproximei, vi os mortos espalhados em fileiras ao longo das linhas de jardas do campo de futebol americano, das traves de um gol ao outro. Os caminhões recolhiam os mortos, e os familiares seguiam o seu rastro para garantir que os restos mortais dos seus entes queridos fossem tratados de maneira adequada.

Era de se esperar que todos estivessem aos prantos, que o campo fosse um coro grego de lamentos e gritos, mas as pessoas se comportavam bem. Somos do interior, não fazemos muita algazarra. Parece falta de educação. Imagino que muita gente estivesse insone e chocada demais para se desesperar. Talvez parecesse grosseria rasgar as roupas e arrancar os cabelos com tantas outras pessoas sofrendo em volta.

Havia mesas dobráveis dispostas em uma ponta do campo, operadas por duas equipes: um grupo da Staples e uma molecada do McDonald's. O pessoal da rede de fast-food tinha algumas churrasqueiras acesas. Apesar do fedor de diesel dos caminhões, senti o odor gorduroso e intenso de McMuffins e hambúrgueres.

Uma fila de vinte pessoas se formava até as mesas. Não sei por que entrei nela. Talvez tenha sido o cheiro que dava fome ou talvez eu estivesse pensando se poderia descobrir se havia um lugar ali para Yolanda e a mãe dela. Talvez estivesse simplesmente torcendo para que Marc DeSpot perdesse o interesse em mim e parasse de me seguir, agora que eu estava no meio de uma multidão. Ele ainda estava ali, fingindo não olhar para mim, mas pairando no limite daquela agitação.

Esperei a minha vez e, quando cheguei à mesa, uma garota alta e desengonçada, usando um par de óculos gigantes e uma camisa vermelha da Staples, disse:

— Você está procurando alguém ou trazendo alguém?

Diante de si, ela havia disposto um fichário rotativo e um saco cheio de etiquetas de papel manilha.

— Nenhum dos dois ainda. Como isso funciona?

— A Staples vai etiquetar seu ente querido e arquivar a localização no campo para futura referência. Se você tiver uma conta de fidelidade da Staples, até enviaremos por e-mail toda a informação sobre o sepultamento. É tudo de graça para demonstrar nosso compromisso em reconstruir Boulder através das forças combinadas de voluntários locais e dos grandes produtos e serviços da Staples. — Ela recitou a fala como uma ladainha monótona.

— Talvez eu queira trazer minha amiga e a mãe dela para cá. Ainda não sei. É um longo caminho para arrastar as duas.

— Também estamos providenciando picapes, mas isso pode levar de três a quatro dias.

— Ainda vai ter espaço no campo até lá? — perguntei.

A garota concordou com a cabeça.

— Sim, com certeza. Vamos enterrar a primeira leva às treze horas. Haverá preces de seis religiões diferentes, e a Sizzler vai cuidar do bufê. — Ela apontou para outros caminhões embaixo das traves de gol, cheios de terra e pedras. — Depois que os cobrirmos, infelizmente será necessário enterrar outro grupo em cima do primeiro. Esperamos conseguir colocar três camadas por cova.

— Vou pensar a respeito — falei.

A garota concordou com a cabeça, e então um adolescente parado ao lado dela perguntou se eu desejava uma porção de batatas fritas grande ou um Egg McMuffin e disse que o McDonald's queria demonstrar seus sentimentos pela minha perda. Era o fim do mundo, mas ainda era possível passar pelo drive-thru a caminho do esquecimento.

Claro que era bom da parte de todos eles fazer aquilo, ajudando o pessoal a sepultar seus entes queridos e garantir que todo mundo se alimentasse. Quando começa a chover pregos do céu, dá para descobrir logo partes de uma cultura que são mais resistentes. Uma coisa que os americanos fazem bem é organizar uma linha de montagem. Não haviam se passado 24 horas desde a morte de milhares de pessoas retalhadas por agulhas cadentes, e já estávamos enterrando nossos mortos com a eficiência com que se embala um McLanche Feliz.

Eu saí dali devorando as batatas. Você deve achar que não é possível ter apetite ao passar por um tapete de mortos de cem jardas de comprimento, mas o primeiro plano se torna pano de fundo muito rápido. Qualquer padrão repetido sem parar acaba por se tornar um papel de parede, seja ele composto por flores ou cadáveres.

Assim que as fritas acabaram e eu lambi toda a gordura gostosa dos dedos, bebi meia garrafa d'água com pressa para tirar o gosto de sal da boca. Àquela altura, eu, às vezes, via pequenas fagulhas fracas e clarões de luz no limite da visão, o que talvez fosse o sol refletindo em todos aqueles pregos espalhados ou talvez fosse apenas tontura. Não parecia que eu andara o suficiente para desmaiar, mas, por outro lado, havia sido uma noite agitada.

Não fui muito longe até ver Marc DeSpot de novo, mantendo um quarteirão de distância de mim. Ele baixou o olhar imediatamente e fingiu interesse no campo de futebol americano, mas eu sabia que o sujeito ainda estava me seguindo. Desviei na direção de uma Starbucks na esquina, como se quisesse beber um latte depois de comer as fritas. A porta estava trancada, claro — qualquer idiota saberia que a cafeteria não abriria —, mas dei um puxão na maçaneta como se esperasse o contrário. Espiei através do vidro escuro como se houvesse alguém lá dentro para olhar. Na verdade, as luzes estavam apagadas, e havia um papel colado com fita adesiva na porta: FECHADO PARA O FIM DA RAÇA HUMANA. Mas fiz um sinal de positivo e acenei com a cabeça como se alguém tivesse me dito para usar a porta lateral.

Dei a volta no prédio e depois corri o máximo possível naquelas botas pesadas. Havia um grande estacionamento do outro lado da Starbucks, com mil pregos de cristal reluzindo e formando halos. Parecia que todos os tesouros de Aladim tinham sido desovados em frente ao Whole Foods.

Corri até metade do estacionamento, depois me abaixei atrás do Kia cor de uva de alguém. Fiquei vigiando a Starbucks através do espaço entre o chassi e o asfalto. Não deu outra: pouco tempo depois, Marc DeSpot surgiu na esquina, olhando de um lado para o outro, me caçando. Depois, olhou para trás, como se alguém estivesse seguindo *ele*. Após um momento de indecisão, o sujeito deu meia-volta e retornou pelo caminho de onde viera.

Sentei e comecei a contar até cem. Fiquei de pé e cruzei o estacionamento esmigalhando os cristais, até a estrada Baseline, e subi a rampa que levava à autoestrada.

Pensei que haveria cavaletes bloqueando o caminho, mas a rampa estava aberta, com exceção de um carro pequeno que, de alguma forma, tinha pegado fogo e queimado até sobrar só a estrutura. Assim que cheguei à autoestrada, vi de relance que não havia nada que me impedisse de andar até Denver seguindo a linha amarela pontilhada. Quando a chuva caiu, eram dez horas de uma bela segunda-feira de agosto. Na autoestrada, os carros estavam a 110 quilômetros por hora quando veio a tempestade. Deve ter sido como dirigir rumo a um bombardeio antiaéreo. Vi um Corvette preto que fora descascado, com o teto inteiro aberto e os assentos de couro vermelho moídos como hambúrguer. Ao olhar de novo, percebi que aquilo não era couro vermelho; eram assentos de couro *branco* que tinham sido pintados de vermelho pelo que aconteceu com as pessoas sentadas neles.

Havia mais gente caminhando na autoestrada, saqueando os destroços. Uma senhora de meia-idade empurrava um carrinho de compras. Eu a vi parar ao lado de um Mercedes para explorar o porta-luvas. Ela tinha cerca de 40 anos, usava um lenço rosa sobre o cabelo grisalho, e ostentava o visual arrumadinho de uma mãe zelosa. A mulher vasculhou uma bolsa suja de sangue, encontrou algum dinheiro, um bracelete de ouro e um exemplar de *Cinquenta tons de liberdade*, que colocou no carrinho de compras antes de prosseguir.

A 1,5 quilômetro dali, do outro lado da estrada, vi um equipe vestida em macacões laranja, fazendo um tipo de serviço. Estava longe demais para ver o que era.

Bem, era uma manhã agradável para se caminhar, desde que não se prestasse atenção aos mortos dilacerados dentro dos carros. Eu estava com mais ou menos 25% de bateria no celular, mas queria muito ouvir outra voz humana, então enfiei os fones de ouvido para escutar o noticiário.

Foi por isso que não vi eles vindo para cima de mim: os rapazes do culto ao cometa. Foi por isso que eles me pegaram.

O QUE OUVI NO NOTICIÁRIO foi que provas preliminares indicavam que os terroristas responsáveis pela chuva de pregos podiam estar operando de uma área ao redor do mar Negro. Uma empresa baseada na região demonstrara um reagente que podia produzir fulgurito sintético de forma rápida sob condições laboratoriais. O presidente correu para o Twitter para prometer uma "REAÇÃO BÍBLICA!" e uma "GUERRA SANTA" e jurou que os islamistas estavam prestes a aprender que "QUEM SAI NA CHUVA É PRA SE MOLHAR!!!". Ele disse que soltaria uma chuva nossa em breve, só que seria uma chuva de bombas, e não de um bando de pregos de cristal raquíticos.

A seguir, veio a reportagem sobre uma chuvarada intensa em Pueblo, toda de pregos que perfuraram tanques de gás natural e causaram uma explosão tão grande que foi registrada como um terremoto em Colorado Springs. Disseram que o fogo engoliu metade da cidade, e os caminhões dos bombeiros não podiam se aproximar porque não conseguiam passar pelas estradas cravejadas de pregos. Um meteorologista disse que os espetos de cristal em Pueblo eram maiores do que os de Denver, com alguns dardos tão compridos quanto um polegar. Um engenheiro químico estava prestes a explicar o que tudo aquilo significava, mas não ouvi o que ele tinha a dizer porque foi quando alguém me deu um golpe na cabeça.

Caí com tanta força e rapidez que não me lembro de atingir o chão. Não fui nocauteada. Foi mais como quando as luzes de uma casa piscam. Houve uma pequena piscadela mental, e, quando meu cérebro voltou ao normal, eu estava de quatro, vendo estrelas. Não é força de expressão — quero dizer literalmente vendo estrelas. Eu estava olhando para um disco de cobre do tamanho de um pires, com constelações gravadas nele e meu sangue reluzindo na borda.

Os rapazes do culto ao cometa vieram pela grama que batia na cintura na lateral da autoestrada, se movimentando rapidamente nos vestidos de papel--alumínio. Foram os três que tinham embrulhado o sr. Waldman. O rapaz que parecia Cristo jogara o astrolábio na minha cabeça. Os outros dois tinham retirado os astrolábios do pescoço e os giravam sem parar em grandes arcos.

Os medalhões de ouro emitiam um zumbido como um par de instrumentos de sopro australianos.

Meus joelhos e minhas mãos ficaram ralados com a queda. A estrada estava coberta de tachinhas reluzentes. Toquei no cocuruto, e um pulso de luz azul piscou diante dos meus olhos. Senti uma grande pontada de dor, como se alguém tivesse enfiado um dormente de ferrovia no meu crânio. Quando voltei a enxergar, minha mão direita tinha dez dedos em vez de cinco, e todos eles estavam sujos de sangue. Eu ainda estava com um fone enfiado no ouvido e ouvi o trecho de alguém falando no noticiário, murmurando em uma voz estranha e grave, vinda do fundo do mar:

— Ninguém acrediiiita que o cééééu possa realmente caiiiiir sobre as nossas cabeeeeças, mas adivinha sóóóó? Está caiiiindo agooooora...

Não consegui entender por que eles quiseram arrumar briga comigo e não tive vontade de continuar ali para perguntar. Levantei e tentei correr, mas estava grogue e balançando por causa do golpe na cabeça. Cambaleei de um lado para o outro, e depois outro palhaço do culto lançou o astrolábio e me acertou na lombar. Foi como ser esfaqueada. Os joelhos dobraram, e desabei de novo. Caí de cara no chão e fiquei cheia de fulguritos grudados no queixo. Felizmente, àquela altura, eu havia cambaleado até a beira da estrada, e caí na grama em vez de no asfalto duro e rolei uma curta distância barranco abaixo.

Eu me senti da maneira que uma lagarta deve se sentir quando está dentro da mortalha difusa do casulo. Eu ouvia, conseguia ver um pouco — embora tudo tivesse se tornado embaçado e fora de foco —, mas não conseguia sentir os membros, que estavam dormentes e moles. Todos os pensamentos foram arrancados da minha cabeça. Eu nem sentia o que se poderia chamar de dor. Não tinha sensações suficientes para sentir dor.

Os cultistas me cercaram. Consegui enxergar atrás deles também. A ação havia atraído a atenção da mãe zelosa que empurrava o carrinho de compras. Ela inclinou a cabeça para ver o que estava acontecendo com uma expressão nervosa, mas também empolgada.

O gordo viu a mulher olhando e sibilou:

— Ah, cara, ah, que merda, a gente não devia ter feito isso bem aqui, Sean, onde as pessoas podem...

— Cala a boca, Pat — falou o sujeito que parecia Cristo.

Obviamente o gordo se chamava Pat. Eu nunca tinha visto alguém mais Pat na vida. Sean — Cristo de vestido de papel-alumínio — ergueu o olhar do barranco para a mãe zelosa.

— É para o próprio bem dela — falou ele para a mulher. — Ela é maluca. Vamos levá-la de volta para casa para cuidar dela. Certo, Randy?

O rapaz negro com vitiligo aquiesceu com entusiasmo frenético.

— Ela fica assim quando não toma remédios. Acha que alguém está atrás dela!

— Não imagino o que possa ter lhe dado essa ideia — disse a mãe zelosa.

— Você quer o iPhone dela? — falou Randy correndo. Ele tinha uma voz meio nervosa e lamurienta. Randy pegou o meu celular caído no chão, limpou a terra e o ofereceu à mulher. — É o modelo novo.

— O 7?

— O 7 Plus! Pode pegar. Só não queremos problemas.

— Isso mesmo — confirmou Sean. — Estamos fazendo o que é melhor para ela... e para nós. Da mesma maneira quer você está fazendo o que é melhor para você... ainda que a polícia possa interpretar de outra forma. Um policial pode pensar que você está saqueando, quando, na verdade, está apenas sobrevivendo, não é?

O rosto dela assumiu uma expressão levemente amuada.

— As pessoas de quem peguei as coisas não vão reclamar.

— Não, não vão. E essa moça é retardada mental, histérica e precisa que a família cuide dela. Mas tem gente que pode dizer que estamos cometendo um abuso ao arrastá-la para casa dessa forma. É mais fácil cuidar da própria vida, não acha?

A mulher não respondeu por um instante e continuou encarando o telefone na mão de Randy.

— Eu sempre quis testar o modelo maior. Mas aposto que você não consegue destravá-lo.

— Consegue sim. É o modelo que funciona com leitura da digital — respondeu Sean.

Ele acenou com a cabeça para Randy, que se abaixou, pegou a minha mão e apertou meu polegar contra o sensor. O telefone destravou com um clique audível.

Randy jogou o aparelho para a mãe zelosa, que o pegou com as duas mãos. Com sua voz nervosa e trêmula, ele disse:

— É melhor alterar o modo de segurança agora, antes que o celular trave de novo.

— Aproveite — falou Sean. — Pense diferente; nós pensamos!

Ela riu.

— Dá para ver! Cuidem da pobrezinha.

E ela deu meia-volta e foi embora devagar, brincando com o meu telefone.

Meu estômago doeu ao pensar em perdê-lo. Todas as mensagens de texto que Yolanda me mandou estavam ali. Ela me enviava fotos do céu, grandes céus azuis do Oeste com pequenas massas de nuvem branca, e escrevia: A NUVEM DO MEIO É MEU UNICÓRNIO DE ESTIMAÇÃO. Ou: AQUELA NUVEM SOBRE A MONTANHA É VOCÊ SE ESCONDENDO DEBAIXO DE UM LENÇOL. Certa vez, Yolanda me mandou a foto de um lago na montanha, com uma nuvem refletida nele como se fosse um espelho de 1,5 quilômetro de largura, e escreveu: QUERO TE ABRAÇAR COMO A ÁGUA ABRAÇA O CÉU.

Ver a mulher indo embora com o meu telefone foi pior do que ter a cabeça golpeada por um astrolábio. Foi como embrulhar Yolanda em uma mortalha outra vez.

Randy, Pat e Sean observaram a mulher indo embora com olhos maliciosos e atormentados. Nunca se viu um grupo de canalhas com aparência tão demente. Tentei me mexer — ficar de quatro — e só pensar naquilo tirou um som de mim, algo entre um soluço e um gemido. O barulho chamou a atenção do trio. Eles voltaram a me rodear.

— Sabe o que seria melhor, galera? Galera? — disse Pat. Ele era o tipo de rapaz irritadiço e esbaforido que sempre dizia o que ninguém escutava. — Galera? Acho que seria mais fácil matar essa piranha. Podemos meter um prego na têmpora dela. Ninguém jamais saberia que ela não morreu na chuva.

— Os Descobridores saberiam — falou Sean. — Os Descobridores enxergariam o homicídio na nossa mente e deixariam que a nossa energia quântica se dissolvesse com todos os outros que não estão preparados.

Ou algo assim. Nunca entendi muito bem a teologia lelé da cuca deles. Acho que talvez os Descobridores fossem seres de inteligência superior? E a alma, creio eu, seria a energia quântica? É difícil acreditar que alguém pudesse entender a história de Flash Gordon de quinta categoria que o Velho Bent contava. Mas humanos são bestas de carga por natureza, e a maioria aceita qualquer coisa que tiver que aceitar — com entusiasmo — para manter um lugar de honra na tribo. Ofereça a um homem a escolha entre realidade e solidão ou fantasia e comunidade, e ele sempre vai preferir ter amigos.

— Não é só com os Descobridores que temos que nos preocupar — disse Randy, passando a mão embaixo do nariz e fungando. — Ela arrastou Yolanda e a mãe da Yolanda para a casa do outro lado da rua. Você sabe, onde o moleque vampiro mora.

— É, a família Blake — falou Sean. — Quem se importa com eles?

— Bem, a mulher não desconfiaria se nunca mais tivesse notícias da Honeysuckle? Aposto que ela está esperando a Honeysuckle dizer que chegou.

— Se a Ursula Blake e o filho esquisito dela virarem um problema, aí a gente dá um jeito nos dois como vamos dar um jeito nela — disse Sean. — Não é como se a gente tivesse que se preocupar em ser preso. A humanidade vai estar extinta antes do fim do ano. Não há prisão no mundo que possa nos prender, pessoal. Nós temos um túnel de fuga que vai até a sétima dimensão!

É engraçado: o mundo sempre consegue capturar a pessoa, mesmo quando ela tem certeza que está livre e solta dos seus grilhões. Após embrulhar Yolanda e me despedir dela, parecia que eu tinha me desplugado da bateria emocional que faz a maioria de nós viver o cotidiano, dia após dia. Eu era como uma placa de circuitos que saíra da grande máquina dinâmica e barulhenta da sociedade humana. Eu não servia a ninguém; não resolvia nada; não tinha nenhuma função útil a oferecer. Sem Yolanda, eu era uma peça obsoleta.

Aí Sean começou a falar em ir atrás de Ursula e Templeton — que me acolheram em sua casa quando eu estava em choque, me alimentaram e cuidaram de mim —, e senti um *frisson* enjoativo de alerta que enfim enviou alguma força para meus braços e minhas pernas. Não que tenha me servido de alguma coisa. Eu tentei ficar de quatro, e Sean colocou a bota na minha bunda e me fez cair de cara no chão de novo. Ficar caída ali com as narinas cheias de pó e agulhas furando o peito me fez perceber que, se alguma coisa acontecesse com Ursula e seu filho por minha causa, eu não conseguiria suportar.

— É, isso mesmo, Sean! O Grande Clarão está chegando! — exclamou Randy. — Em dez semanas, Ursula Blake, o filho dela, Honeysuckle, todos estarão mortos, junto com o resto dos desorganizados, e nós estaremos com os Descobridores!

— Aprendendo como criar nossos próprios universos — murmurou Pat em um sussurro reverencial.

— Então... então, o que decidimos? — perguntou Randy, e lambeu os lábios secos com uma língua áspera feito lixa. — Metemos um prego nela?

— Não. Melhor. Vamos *salvá-la* — respondeu Sean. — Vamos levá-la de volta ao Velho Bent e forçar um despertar. Andem. Vamos embrulhá-la.

Ele tirou da mochila um grande quadrado dobrado daquele material amarrotado, parecido com papel-alumínio, e o abriu no chão ao meu lado. Os outros dois me embrulharam como se estivessem enrolando um tapete. Tentei me soltar dando chutes, mas estava fraca demais para reagir decentemente, e, em um minuto, eles me prenderam com os braços na lateral do corpo, envolvida naquele tecido grosso e reluzente do tornozelo à garganta. Sean se ajoelhou e prendeu o manto prateado firme em volta de mim com um rolo de fita isolante preta. Quando dei uma cusparada forte em um dos seus olhos. Ele recuou.

— Que nojo! — gritou Pat.

Sean limpou o olho e me encarou com raiva.

— Se eu fosse você, poupava saliva. O Velho Bent acredita que o sofrimento físico prepara as energias espirituais da pessoa para deixar o corpo para trás. Você provavelmente não vai beber muita coisa nos próximos meses.

— Se sofrimento físico é bom para ganhar energia espiritual — gritou alguém lá de cima na estrada —, então vou recarregar as baterias de vocês! Preparem-se para uma surra de alta voltagem, seus filhos da puta.

Todos nós olhamos em volta, e lá estava Marc DeSpot, que eu pensei ter despistado na Starbucks. A expressão impassível nos encarava por baixo da aba do chapéu de caubói. A camisa aberta tremulou para exibir o magnífico X negro tatuado no peitoral de bronzeado avermelhado. A mão direita estava crispada em um punho. Havia pregos saindo por entre os dedos.

Os Três Patetas reunidos à minha volta tiveram um momento para olhar boquiabertos antes de Marc DeSpot cair em cima deles, descendo o barranco tão rápido que o chapéu saiu voando. Randy era o único do trio que ainda tinha um astrolábio para usar na luta. Ele estava tirando o objeto do pescoço quando DeSpot o alcançou e jogou todo o seu peso no punho direito. O homem atingiu Randy com tanta força que ambos caíram. O lado do rosto de Randy estava rasgado como se tivesse sido golpeado por um ancinho. O punho cravejado de pregos de DeSpot abriu talhos fundos na bochecha dele até a boca.

O sujeito chamado Pat gritou, depois deu meia-volta e correu. Ele tropeçou em mim com os dois pés e caiu no chão. Bem, aquela tinha sido sua primeira e única chance de escapar. Àquela altura, Marc DeSpot já estava de pé, rugindo como um cachorro no cio. Ele alcançou Pat, chutou sua bunda e fez o rapaz cair de novo sobre a barriga. Pat se esborrachou e tossiu. Marc seguiu em frente, pegou-o pelo colarinho e puxou a cabeça para trás. Ele agarrou o nariz de Pat e torceu horrivelmente. O nariz soltou um estalo alto e quebradiço, um som como o de alguém pisando sobre porcelana. Até hoje, nunca ouvi um som tão horrível. DeSpot soltou Pat, e o moleque gorducho caiu estrebuchando com uma espécie de tremor involuntário.

Durante todo esse tempo, Sean, o sósia de Cristo do grupo, não havia se movido. Ele estava paralisado, de olhos arregalados e rosto rígido. Quando ouviu o nariz de Pat se quebrando, porém, o som interrompeu sua paralisia, e ele começou a correr. Acho que não fica prejudicado a sua energia quântica se você for um puxa-saco covarde que deixa seus companheiros caídos.

DeSpot o alcançou com três passadas largas, pegou Sean pela parte de trás do vestido de papel-alumínio e o derrubou. Enquanto Sean caía de costas, DeSpot deu um golpe com o joelho direito na nuca. Se era assim que ele lutava no ringue, eu não queria nunca encontrar nenhum dos homens que o venceu.

Sean ergueu o olhar para DeSpot, e seus olhos rolaram como os de um cavalo em pânico. Marc estava prestes a pisar no rosto dele quando eu berrei:

— Espere!

Marc olhou para mim com uma expressão irritada, de cenho franzido, como se achasse que eu estava sendo frouxa e mulherzinha. Girei para a esquerda, depois para a direita, e finalmente consegui rolar pelo barranco até chegar ao lado de Sean.

Nós dois estávamos deitados lado a lado, eu na minha mortalha de papel de embrulho prateado, ele na grama com a bota de Marc apoiada no peito.

Eu olhei para o rosto de DeSpot e perguntei:

— Eles estavam me seguindo?

Ele baixou o olhar com a testa franzida.

— A manhã inteira. Eu estava lá sentado com o Roswell quando vi os três pela primeira vez. Estavam seguindo você a dois quarteirões de distância. Aquilo não me pareceu certo, então achei melhor vir atrás e descobrir o que queriam com você. Pensei que era o mínimo que poderia fazer. Quando tirei um minuto para me acalmar, meio que achei que estava em dívida com você.

Nós nos entreolhamos, mas apenas por um momento; ele ficou corado e afastou o olhar.

Virei o rosto para encarar o rosto confuso e assustado de Sean.

— Por que diabo você e seus companheiros cabeças-ocas me seguiram por oito quilômetros apenas para me atacar pelas costas, três contra um? O que eu fiz para vocês na vida além de debochar da forma como se vestem, da maneira como falam e de todas essas ideias malucas?

A voz de Sean, quando ele falou, saiu rouca e fraca.

— Você ia contar! Você estava indo a pé para Denver para encontrar o FBI e contar o que estamos aprontando! Você ia contar que o Velho Bent era o único que sabia que as chuvas cairiam! Ele *sabia*! Ele foi informado!

— Como assim ele foi *informado*?

— Ele sabia o que estava vindo. Sabia a hora e o dia, quando os ignorantes seriam abatidos, deixando para trás apenas os preparados! Apenas nós!

Considerei aquilo por um instante e depois falei:

— E o que deu ao Velho Bent a ideia de que eu estava indo ao FBI? Ele pegou essa informação de algum dos seus contatos na sétima dimensão?

Sean mordeu o lábio inferior como se achasse que já tivesse dito muita coisa. Marc DeSpot colocou o peso sobre o pé esquerdo, fazendo força contra o peito de Sean, e o ar explodiu do rapaz.

— O russo! — berrou Sean. — Ele deixou um recado! A mensagem dizia que você sabia o que andávamos aprontando e que, se não te detivéssemos, o Velho Bent seria preso pelo FBI! Por causa do que ele sabia sobre as chuvas!

— O Andropov deixou um recado para vocês?

Sean soltou um risinho arfante.

— É. — E disse em um sotaque russo horrendo: — *Vocês precisam deter a srta. Onysuck! A menina vai falar com o* FBI. Acho que ele quer evitar, tanto quanto a gente, que a lei venha fuçar a vizinhança!

— Quem falou com ele? — perguntei. — Quem recebeu essa mensagem? O Andropov disse mais alguma coisa?

Mas, na verdade, a conversa havia acabado.

Durante todo esse tempo, o sujeito chamado Randy estava rastejando discretamente pela grama alta. Quando chegou à beira da estrada, ficou de pé e saiu correndo. DeSpot o viu em fuga e pegou um dos grandes astrolábios com que tinham me derrubado. Ele nem se importou com a corrente de ouro e lançou o objeto como se fosse um frisbee, e o astrolábio acertou a parte de trás da cabeça de Randy com o tipo de gongo que teria sido bem divertido em um desenho animado. Randy desmoronou.

Enquanto isso tudo estava acontecendo, Sean ficou de joelhos. Uma lâmina reluziu na sua mão. Eu a reconheci na hora — era a minha própria faca, parte do pequeno canivete multiuso que eu tinha enfiado na mochila. Antes que ele pudesse espetar os rins de Marc, eu me contorci, rodei as pernas e dei uma rasteira nele. Sean cambaleou para trás e caiu barranco abaixo. A cabeça bateu na vala rasa de concreto no fundo com um baque nauseante.

Berrei para Marc dar uma olhada e verificar se eu não tinha acabado de matá-lo. Ele ajoelhou ao lado de Sean no pé do barranco, verificou sua pulsação e encarou meus olhos. Ele me olhou com uma expressão desapontada no rosto surrado.

— Que azar — disse Marc DeSpot. — Acho que ele está bem. Apenas apagado.

Ele voltou até mim com passadas largas e começou a rasgar a fita isolante.

— Você quase me despistou lá atrás na Starbucks — falou Marc.

— Eu quase não despistei *eles*. Estou me sentindo uma idiota por não ter percebido que estavam atrás de mim. Vestidos assim, os três deviam ter se destacado como lanternas.

— É mais fácil três pessoas seguirem alguém do que uma só. Além disso — ele ergueu um conjunto de cilindros de latão unidos —, eles podiam ficar bem mais para trás e ainda assim seguir você. Seu namorado lá embaixo tinha um telescópio.

A essa altura, Marc DeSpot estava retirando a mortalha prateada. Ela parecia papel-alumínio, mas era resistente como uma lona. Refletiu o sol nos meus olhos, e, naquele instante, percebi que talvez tivesse chegado perto de avistá-los. Eu lembrei que, às vezes, tinha notado um brilho e um lampejo no limite da visão periférica e pensara que estava desmaiando. Aqueles clarões eram eles, se mantendo lá atrás, se escondendo em portas, me seguindo de longe.

Marc estava com uma expressão carrancuda e evitava o meu olhar enquanto dobrava e desdobrava aquele grande papel de embalagem prateado. Eu achei que sabia o que o incomodava.

— Você pode parar de se preocupar sobre o que me disse quando estava chateado — falei para ele. — Estamos quites agora. Mais do que quites. Sinto muito pelo que tive que fazer com o Roswell.

Ele concordou com a cabeça.

— É, beleza.

— Qual é o seu nome de verdade? Marc DeSpot é o tipo de piada que faria uma criança de 5 anos rir.

Ele olhou feio para mim e então respondeu:

— DeSoto. Um nome desses não faz dinheiro. — Marc olhou em volta para os palhaços do culto ao cometa. — Você entendeu alguma coisa do que ele disse para você?

Eu me sentei e alonguei o corpo. Um pouco da conversa fiada de Sean tinha sido a baboseira cósmica de sempre declamada por toda a galera do Velho Bent. Mas achei que houve fragmentos de algo importante misturados a todas as besteiras de cadete espacial. Eu precisava de tempo para desfazer o nó na cabeça, para tentar compreender alguma coisa.

Quando não respondi, Marc murmurou, um pouco relutante:

— Ele disse que esse tal Velho Bent... *sabia* o que ia acontecer. Que todos eles estavam se preparando para isso. Você acha que há alguma chance...? — A voz dele foi se perdendo.

Eu não sabia e não respondi; em vez disso, falei:

— Uma bruaca velha me entregou para esses escravagistas brancos só para pegar o meu iPhone Plus. Ela foi embora sem nem olhar para trás.

— A mulher com o carrinho de compras? Eu vi ela. — Ele pegou o chapéu caído na terra e colocou na cabeça.

— Acho que perder o telefone não foi a pior coisa. Eu poderia estar a caminho de um porão úmido em uma casa cheia de cultistas do fim do mundo, sendo forçada a fazer sabe-se lá o quê para satisfazer seus desejos dementes. — Senti uma vontade de levantar e dar uma volta para chutar todos aqueles moleques do culto do cometa na cabeça, mas estava quente e eu ainda tinha um longo caminho pela frente. — Você tem alguma ideia de como impedir eles de levantar e vir de novo atrás de mim? Ou irem atrás de você?

Ele abriu o telescópio de Sean e se virou para a autoestrada.

— Aqueles caras lá são presidiários trabalhando na rodovia, varrendo os pregos sob a supervisão da polícia estadual. Por que não vai até lá e diz que tem mais três caras que merecem algemas nas pernas? Eu vou prendê-los nos vestidos reluzentes com a fita isolante, do mesma jeito que fizeram com você, para que não saiam por aí.

Marc DeSpot me ofereceu a mão, e eu aceitei. Ele me puxou para me levantar. Ficamos juntos em um silêncio cansado e camaradesco por um momento. Marc olhou para o céu com os olhos franzidos.

— Você acha que esses moleques estão certos? Acha que é o fim dos tempos? Eu tinha uma tia que dizia que era fato garantido que este era o último século da humanidade. Que qualquer um que compreendesse o livro da Revelação sabia que o julgamento estava a caminho.

— Eu odeio a ideia de que essas bestas quadradas possam estar certas a respeito de qualquer coisa — falei. — Tenho uma sugestão: se o apocalipse não acontecer em dois dias, por que você não dá um pulo na casa branca na rua Jackdaw, com uma escadaria do lado de fora? Ou procura por mim do outro lado da rua, em um pequeno rancho cor de manteiga, onde minha amiga Ursula mora com o filho. Podemos tomar umas cervejas e pensar juntos em um nome de lutador melhor para você do que Marc DeSpot.

Ele deu um sorriso e abriu a camisa de brim azul.

— Tarde demais. Quando se tem um X enorme no peito, que outro nome seria?

— O X-Terminador?

— Eu pensei em X-Rated, mas muitas crianças vêm às lutas. Não quero que os pais pensem que o nome se refere a algo pornográfico.

— Obrigado por me resgatar, amigo — falei. — Tente se abrigar da chuva.

— Você também — disse ele.

Marc DeSpot apertou a minha mão, deu meia-volta e desceu o barranco até Sean. Eu ainda fiquei por ali a tempo de vê-lo começar a brigar com o vestido do rapaz. Ele enfiou os braços do cultista dentro da roupa e embrulhou com força em volta dele. Achei que nunca mais fosse ver Marc DeSpot de novo e desejei ter mais coisas para dizer, mas parecia que eu já falara tudo que era importante. Nenhum agradecimento é suficiente para determinadas pessoas, então é melhor desistir depois de agradecer uma vez, porque gratidão demais só consegue deixá-las constrangidas.

Dei meia-volta, os alfinetes de cristais foram esmagados pelas botas, e continuei adiante sob a luz do meio-dia. Atrás de mim, ouvi o primeiro som rasgante bem alto quando Marc DeSpot arrancou um pedaço de fita isolante.

FOI UMA CAMINHADA QUENTE e poeirenta que durou meia hora autoestrada acima até o grupo de presidiários acorrentados. Conforme me aproximei, um guarda estadual que estava encostado no capô de um Audi vermelho abandonado endireitou o corpo e me encarou através dos óculos espelhados.

Enfileirados atrás dele, havia talvez uns trinta condenados usando macacões laranja escrito PRISÃO DE SEGURANÇA MÁXIMA nas costas. A maioria dos prisioneiros usava vassourões para varrer os pregos da estrada. Mais ou menos seis deles trabalhavam em duplas para arrancar corpos de veículos e jogá-los na caçamba de uma carreta presa a um monstruoso trator John Deere estacionado na grama. O trator tinha correntes pesadas nos pneus, mas não acho que eram necessárias. Os pneus em si eram tão grandes quanto portas, tão grossos e enormes que duvido que o mais afiado daqueles dardos de cristal conseguiria perfurá-los.

Outro par de guardas estavam dando partida nos carros que podiam ser ligados e levando-os para um canteiro central entre as pistas rumo a leste e a oeste. Eles haviam liberado a autoestrada até Denver, e a via estava aberta, vazia e silenciosa. Os arranha-céus da cidade se elevavam em um tom azul-claro, distantes de nós.

— O que você quer aqui? — perguntou o policial que estava encostado no Audi. Ele ajeitou a espingarda de matar elefantes que estava apoiada no ombro.

Vários condenados pararam a limpeza para olhar. Eles estavam varrendo a manhã inteira, como o mau cheiro indicava. Era um fedor forte de homem, misturado ao cheiro de sangue de carne podre cozinhando nos estofados de todos aqueles carros abandonados. Cem mil moscas nasceram da noite para o dia. O ar parecia vibrar com o zumbido delas.

— Tem três moleques lá atrás com quem o senhor devia falar. Eles me atacaram de surpresa quando eu estava a caminho de Denver saindo de Boulder e tentaram me abduzir para o seu culto de fim do mundo. Também teriam me levado se eu não tivesse sido resgatada por um bom samaritano que lhes deu uma bela surra. Ele os deixou presos com fita isolante nos vestidos prateados usados pelos cultistas. Também teve uma mulher com um carrinho de compras que concordou em fazer vista grossa para o meu sequestro em troca do meu iPhone Plus. Só que o senhor não precisa se preocupar com ela. Um celular parece insignificante no meio de uma crise nacional.

— Você tem sangue no cabelo.

— Sim. Um deles me golpeou com uma corrente.

Eu não quis dizer que eles me atacaram com instrumentos astronômicos porque não achei que isso fosse tornar a história mais crível.

— Deixa eu ver — disse o guarda.

Eu baixei a cabeça e apontei onde tinha apanhado. Ele meteu os dedos grossos e cheios de calos no meu cabelo, depois recolheu a mão e limpou as pontas dos dedos vermelhas no quadril do uniforme.

— Você vai precisar levar pontos.

O guarda falava comendo as letras e tinha a inflexão desinteressada do Yul Brynner, mas, mesmo assim, inspecionou o ferimento com delicadeza e o sangue nas mãos não o incomodou. Existem homens como esse no Oeste, sujeitos com mãos delicadas e vozes monocórdias e insensíveis. Cavalos e cachorros são instintivamente leais a caras assim, enquanto pessoas covardes e evasivas os temem. Eles dão péssimos maridos, bons agentes da lei e ladrões de banco de primeira classe. O guarda virou meio de lado e berrou:

— Dillett! Pode dar uns pontos na moça aqui?

Havia um índio magricela em um uniforme da polícia estadual, um cara que era só joelhos e pomo de adão, parado na carreta atrás do trator, usando um forcado para transportar os corpos. Ele parou e respondeu com um aceno do quepe de campanha de feltro cinza.

O chefe dos guardas olhou para o meu rosto e disse:

— De qualquer forma, você não devia estar andando nessa estrada. Estamos em estado de emergência. A não ser que alguém esteja morrendo, você não deveria estar em campo aberto.

— Não é questão de alguém estar morrendo. É alguém que já morreu. Minha namorada e a mãe dela foram abatidas na tempestade, e eu estou indo para Denver informar ao pai dela.

O policial virou o rosto e balançou a cabeça, como se o time dele tivesse acabado de perder a vantagem nos últimos minutos de uma partida de beisebol. Ele não expressou seus pêsames, mas perguntou:

— E você vai andar até lá, de Boulder a Denver? E se chover de novo?

— Eu me esconderia debaixo de um carro, acho.

— Às vezes, é difícil perceber a diferença entre honestidade e idiotice. Não sei de que lado você se enquadra sua situação. Mas vou com alguns caras até a autoestrada e, se encontrar essa gangue de sequestradores de moças, mando uma mensagem pelo rádio. O agente Dillett vai te levar até Denver no John Deere do pai dele. De qualquer forma, ele está com a caçamba cheia de mortos para entregar na cidade. Você terá que prestar um depoimento às autoridades de lá.

— Sim, senhor — respondi. — O que *vocês* vão fazer se chover? O que *todos* vocês vão fazer?

— A gente vai se abrigar e recomeçar a varrer quando acabar. Se não estiverem liberadas, para que as estradas servem? — Ele lançou um olhar desgostoso para o céu. — Não seria um epitáfio triste para o mundo? "A democracia foi cancelada por causa da chuva. A temporada humana está suspensa até segunda ordem."

Se ele sabia que tinha acabado de falar poesia, seu rosto durão e bronzeado de Yul Brynner não demonstrou.

— Sim, senhor. Vamos torcer para que faça sol.

— E tente não se preocupar com como vamos cultivar os campos se as nuvens estão jorrando pedras em vez de água.

— Sim, senhor.

Eu fui esmigalhando o cascalho solto por milhares de agulhas que reluziam como diamantes e cumprimentei Dillett, o índio magricela na carreta. Ele pediu para eu subir no para-choque para que desse uma olhada no meu escalpo.

É estranho dizer isso, mas aquela foi a melhor parte do longo e ameaçador pesadelo que durou um fim de semana. Eu gostei de cara de Dillett, que era tão magricela e desconjuntado quanto o espantalho de *O mágico de Oz* e também tão amigável quanto o personagem. Ele colocou luvas de látex e costurou o ferimento no meu escalpo, trabalhando com tanto cuidado e leveza que não senti nenhuma dor e fiquei surpresa quando ele terminou. Depois, Dillett me perguntou se eu queria um refrigerante de laranja e um sanduíche de salada de frango. Aceitei os dois, sentada no para-choque com a luz do sol batendo no rosto. O sanduíche era feito de fatias de pão de centeio com sementes, e o refrigerante estava dentro de uma lata suando gotas geladas. Por um momento, quase me senti humana.

Um condenado — o tipo de gordo que é descrito como obeso mórbido — estava sentado na carreta com os mortos. O pé direito estava sem a bota e enrolado em bandagens. Ouvi o seu nome — Teasdale —, mas não soube muita coisa sobre ele, não naquele momento. Só conversamos depois.

Assim que tomei o último gole doce e gasoso de refrigerante, uma voz monocórdia e cheia de estática espocou do rádio no quadril de Dillett. Era o Yul Brynner.

— Dillett, está aí? Câmbio.

— Na escuta.

— Estou com três homens em vestidos prateados reluzentes, que alegam ter sido emboscados pela moça que está com você e o namorado maluco dela, o Senhor X. Estou prendendo os três. Se a acusação de sequestro não colar, ainda podemos acusá-los por crimes contra a moda. Recolha tudo e leve essa carreta para Denver. Quero lembrá-lo de parar na avenida Uptown e levar a carga para o Centro de Gelo. Se hoje à noite a CNN mostrar fotos do que você está carregando, você vai ter sorte se acabar trabalhando como guarda de trânsito. Essa ordem veio diretamente do governador, entendeu, câmbio?

— Entendido — respondeu Dillett.

Notei que nenhum dos dois jamais usou a palavra "cadáver" no rádio.

Dillett e Teasdale passaram alguns minutos arrumando uma lona laranja enrugada sobre a colheita de mortos e prendendo os cadáveres com cordas elásticas. A seguir, todos nós entramos na cabine do John Deere de Dillett, com o prisioneiro corpulento sentado no meio. Dillett algemou um dos pulsos de Teasdale a uma barra de aço sob o painel.

O John Deere era do tamanho de um barracão sobre rodas, e dentro da cabine eu estava a quase três metros da estrada. Aquilo não era um pequeno trator familiar. Quando o policial deu partida, o ronco do motor foi tão alto que achei que os meus dentes fossem descolar das gengivas por causa da tremedeira.

— O que você fez? — perguntei a Teasdale.

— Cortei a cabeça do meu senhorio com um serrote de arco — respondeu ele com uma voz animada. — Foi legítima defesa, mas é impossível encontrar um júri que não seja preconceituoso com pessoas que lutam com o próprio peso.

— Não — falei. — Eu quis dizer o que aconteceu com o seu pé?

— Ah, eu pisei em um prego de vinte centímetros. Entrou direto pela sola da bota no meu calcanhar. Culpa do meu tamanho. Quando há alguma tristeza na minha vida, geralmente a causa é a obesidade.

— Ai! Vinte centímetros? Você está de brincadeira comigo?

— Não — respondeu Dillett por ele. — Eu mesmo retirei. Tinha mais ou menos o tamanho da presa de uma morsa.

— Eu não sabia que os pregos podiam ser tão grandes.

— Ela não ouviu falar de Enid — disse Teasdale.

Dillett ficou carrancudo e concordou com a cabeça e uma expressão lúgubre.

— O que tem Enid? — indaguei. — Enid, Oklahoma?

— Está destruída — falou Dillett. — Choveram espetos tão grandes quanto cenouras lá. Mataram as pessoas dentro das próprias casas! A tempestade durou apenas vinte minutos, e estão dizendo que metade da população foi eliminada. As tempestades estão abrindo um rasgo para leste e ficando piores à medida que avançam. A poeira cintilante, a substância que cresce e vira cristal, está seguindo os ventos de oeste bem no meio da nação.

— Não dá para dizer que não fomos avisados — falou Teasdale em tom de satisfação.

— Quando fomos avisados que ia chover pregos? — perguntou Dillett para ele. — Passou na previsão do tempo e eu perdi?

— É a mudança climática global — explicou Teasdale. — Eles vêm falando disso há anos. Al Gore. Bill Nye. A gente só não queria escutar.

Dillett não teria ficado mais espantado se Teasdale tivesse aberto a boca e uma pomba houvesse saído voando.

— Mudança climática o caralho! Isso não é mudança climática!

— Bem, eu não sei do que mais chamar esse fenômeno. Antes chovia água. Agora chove lâminas de prata e ouro. Isso *é* uma mudança climática. — Teasdale passou o polegar no queixo. — Os fantasmas serão os próximos.

— Você acha que vai chover fantasmas?

— Acho que teremos fantasmas em vez de nevoeiro. A bruma terá o rosto dos mortos, todos os que tínhamos e perdemos.

— É melhor você torcer por tempo bom, então — disse Dillett. — Se surgir um nevoeiro de fantasmas, seu senhorio pode aparecer cobrando o aluguel.

— Eu levanto as mãos para o céu por morar em um clima seco de montanha — falou Teasdale para mim, em tom complacente. — Eu encaro o que quer que o vento traga. Pode ser que sopre uma ventania de pura tristeza em vez de ar e nos deixe buscando abrigo da mágoa. Talvez o próprio tempo se encrespe e caia em vez da temperatura. Podemos ter o século XIX como inverno. Até aí, talvez a gente já tenha entrado no futuro sem perceber.

— Vai sonhando, Teasdale — disse Dillett. — Não vai ter fantasmas nem torós de emoções. Estamos lidando com guerra química, pura e simples. Os árabes que estavam por trás do Onze de Setembro estão por trás disso. Nosso presidente sabia que era um erro deixá-los entrarem aqui, porque é isso que acontece. A Agência de Segurança Nacional acabou de descobrir que a empresa que inventou a tecnologia da chuva sólida foi financiada por dinheiro árabe. Eles desenvolveram a ciência da chuva sólida com pesquisadores americanos, depois levaram a tecnologia ao quartel-general na velha Pérsia. O Congresso está trabalhando em uma declaração de guerra hoje à noite. Se acham que provocaram uma tempestade, os árabes não sabem da missa um terço. O presidente já prometeu usar o arsenal nuclear. Pode ser que venha aí um tempo estranho no final de contas! Duvido que eles tenham muita neve no Irã, então um pouco de precipitação radioativa vai ser uma experiência refrescante para eles!

Àquela altura, nós chegamos a um trevo de rampas de entrada e saída nos arredores de Denver. Dillett saiu da autoestrada e pegou a US-287. Fora da via expressa, a situação estava bem ruim. Carros foram empurrados para o acostamento, mas o asfalto estava coberto de vidro quebrado e lascas de cristal. Uma sorveteria soltava uma nuvem pegajosa de fumaça negra, mas não havia ninguém combatendo o incêndio.

Passamos mais quinze minutos fazendo um barulhão a caminho do Centro de Gelo na Promenade, um grande rinque de patinação coberto cercado por acres de asfalto. Uma dezena de carros pretos com aparência de veículos oficiais estava estacionada na área em volta das docas de carga e descarga, junto com várias ambulâncias, um monte de viaturas policiais, um par de grandes veículos blindados de transporte de prisioneiros e uma frota de carros funerários. Dillett parou perto de um portão de aço inoxidável parecido com o portão de uma garagem. Ele deu meia-volta e entrou de ré com cuidado, até que a carreta estivesse alinhada com o portão fechado de enrolar.

— Vocês estão enfiando os mortos aqui? — perguntei, me sentindo enojada.

Anos atrás, quando os meus pais ainda estavam juntos, eles haviam me trazido aqui para ver o espetáculo *Disney On Ice*.

— É o único lugar que dá para mantê-los congelados — respondeu Dillett.

Ele tocou a buzina, e alguém abriu uma porta de tamanho normal em cima do espaço de carga e descarga. Era outro guarda estadual, um ruivo sardento que parecia o personagem Archie, de *Riverdale*. Dillett baixou a janela e gritou para que ele abrisse o portão da garagem do rinque. O moleque que parecia o Archie balançou a cabeça e gritou algo a respeito de um Zamboni, mas era difícil ouvir o que ele estava berrando por causa do ronco do motor. Os dois ficaram gritando um para o outro daquele jeito, sem ninguém se entender, e por fim Dillett abriu a porta do motorista e pisou no estribo.

Assim que ele endireitou o corpo, Teasdale meteu o pé esquerdo para fora — o pé ruim enfaixado! — e deu um chute na bunda de Dillett. O guarda estadual sacudiu os braços feito um bobo por alguns segundos antes de cair no asfalto.

Teasdale fechou a porta do motorista e sentou atrás do volante. Engatou a marcha do trator. A mão direita algemada não conseguia alcançar o volante, mas estava no lugar perfeito para acionar a alavanca do câmbio. O trator começou a cruzar o estacionamento fazendo um barulhão.

— O que pensa que está fazendo? — perguntei para ele.

— Estou fugindo para a liberdade — respondeu Teasdale. — Eles nunca vão vir atrás de mim com tudo que está acontecendo, e tenho família no Canadá.

— Você planeja dirigir até lá neste John Deere, levando oitenta cadáveres com você?

— Bem — disse ele suavemente —, uma coisa de cada vez.

O Archie de *Riverdale* pulou no estribo. Ele havia cruzado o estacionamento correndo para nos alcançar antes que chegássemos à estrada. Teasdale abriu a porta do motorista com força e rapidez, e a pancada derrubou o guarda.

Nós seguimos em frente, ganhando velocidade. Estávamos a quase cinquenta quilômetros por hora quando Teasdale virou de repente para entrar na estrada e tocou um pedaço do meio-fio. Cabos elásticos se soltaram. Corpos voaram da caçamba para o ar e rolaram pela calçada como toras de madeira arremessadas.

— Você ia me deixar sair ou estava planejando me levar junto nessa fuga louca ao Yukon?

— Você pode pular a qualquer momento que quiser, mas, infelizmente, não seria conveniente desacelerar por enquanto.

— Eu espero.

— A propósito, se a gente passasse por uma loja de ferramentas, você entraria lá correndo e pegaria um serrote de arco para eu me livrar dessas algemas? Eu te levo para ver o sujeito que está procurando, mesmo que seja fora do meu caminho.

— Considerando o uso que deu para um serrote da última vez, você vai ter que encontrar outra pessoa para fazer suas compras.

Ele acenou com a cabeça em um gesto compreensivo.

— Justo. Reconheço que não tenho um bom histórico com ferramentas. Esqueci de mencionar que também meti um martelo na esposa do meu senhorio. Mas não matei! Ela está bem! Soube que recentemente recuperou o uso total das pernas.

Eu não recuperei o uso total das minhas pernas durante quinze minutos. Teasdale disparou sem parar, fazendo curvas fechadas, jogando cadáveres para fora da carreta a cada virada. Não me dei ao trabalho de dizer que ele estava deixando um rastro que qualquer idiota seguiria. Um homem que rouba um John Deere de dez toneladas não está pensando em ser discreto.

Finalmente, chegamos a um cruzamento bloqueado por um caminhão articulado virado, e a única maneira de contorná-lo era subir pelo meio-fio e cruzar um pequeno parque na frente de uma cooperativa de crédito. Para passar por aquele novo terreno, foi necessário ir devagar, quase parando. Teasdale me lançou um olhar amigável.

— E aqui? — perguntou ele.

— Melhor do que o Canadá — respondi e abri a porta. — Bem, cuide-se e não mate mais ninguém.

— Vou tentar — disse Teasdale, olhando de maneira especulativa para o retrovisor, na direção da fileira de picos rochosos atrás de nós. — Fique de olho nos céus. Acho que nuvens estão se formando.

Ele estava certo. Um conjunto de nuvens frias, de aparência gelada, pairava sobre as montanhas. Não eram nuvens de tempestade, mas uma grande massa de vapor que prometia uma garoa longa e constante.

Teasdale engatou a marcha assim que fiquei no estribo. Pulei para fora e o vi ir embora fazendo barulho.

Assim que ele sumiu de vista, procurei pelo meu celular para ligar para a polícia e contar o que Teasdale estava planejando. Tive que verificar os bolsos da calça jeans duas vezes até lembrar que não tinha mais o telefone. Não fazia ideia de onde poderia estar o policial mais próximo, mas sabia o caminho para a casa do dr. Rusted, e parti de novo.

Conforme adentrava o centro da cidade pisando firme, o vento aumentou atrás de mim, afunilado pelas grandes gargantas entre os arranha-céus. Tinha cheiro de chuva.

QUANDO CHEGUEI À REGIÃO CENTRAL de Denver, fiquei impressionada pelo silêncio. Não havia trânsito. Nenhuma loja aberta. Em Glenarm Place, ouvi uma mulher soluçando pela janela aberta em um terceiro andar. O som ecoava por quarteirões. Os pregos estavam espalhados por todas as ruas e reluziam tons de prata e rosa na luz do fim de tarde.

A tempestade atacara a grande placa vertical em frente ao Teatro Paramount, e só dava para ler R OU T. As outras letras haviam se soltado e caído na rua.

Uma moça passou usando um vestido de noiva que não cabia nela e uma tiara improvisada feita com fio de ouro e pregos de cristal. Ela tinha luvas de seda que iam até o cotovelo e levava um saco de aniagem que parecia pesado. De perto, foi possível ver que o vestido estava em frangalhos, e as bochechas estavam sujas de rímel borrado. A moça andou ao meu lado por um tempo. Ela me disse que era a Rainha do Apocalipse e que, se eu a beijasse e jurasse lealdade a ela, me pagaria 10 mil dólares. Abriu o saco para provar que tinha o dinheiro. O saco estava lotado de grana.

Eu disse que dispensava o beijo — informei que estava apaixonada e que não pulava a cerca. Falei que ela deveria usar um pouco daquele dinheiro para sair das ruas e se hospedar em um quarto de hotel. Ia chover. A moça alegou que não tinha medo do clima ruim. Falou que conseguia andar em meio às gotas de chuva. Eu disse que eu não conseguia, e, na esquina seguinte, cada uma seguiu seu caminho.

A cidade inteira não era uma terra devastada pós-Arrebatamento, e não quero passar essa ideia para você. A Guarda Nacional havia liberado quase 1,5 quilômetro da East Colfax e instalado estações de primeiros socorros nas fachadas das lojas. Eles estabeleceram um próspero quartel-general e um centro de informações no Auditório Fillmore. A marquise prometia ÁGUA MINERAL PRIMEIROS SOCORROS ABRIGO INFORMAÇÕES. Geradores funcionavam fazendo barulho, e vários lugares estavam com as luzes acesas. A cerca de ferro fundido do lado de fora estava coberta de fotocópias com o rosto das pessoas sobre os nomes e as palavras DESAPARECIDO DESDE A TEMPESTADE. POR FAVOR, ENTRE EM CONTATO.

No entanto, os soldados pareciam ansiosos e assustados, vociferando para as pessoas procurarem abrigo. Um Humvee subia e descia a avenida com alto-falantes no teto, transmitindo informações do Serviço Meteorológico Nacional. Uma mulher disse que uma área de depressão estava se acumulando sobre a região metropolitana de Boulder e Denver e que a chuva era esperada dentro de uma hora. Ela não falou que tipo de chuva, e não foi necessário.

Eu fui para o norte até a avenida 23 Leste e entrei no parque municipal, o último trecho da minha longa caminhada. Foi o local mais silencioso em que estivera até então e o mais fúnebre. Diminuí o passo ao me aproximar do zoológico. Um semirreboque estava estacionado na estrada, e havia uma girafa adulta esparramada na carreta aberta, as pernas caindo para fora e o pescoço comprido enrolado, de maneira que a cabeça tocava o peito. Um sujeito com um capacete de obra controlava um pequeno guindaste, cujos pneus pesados estilhaçavam as lascas de cristal. Ele parou ao lado do semirreboque. O sistema hidráulico gemeu, e o operador do guindaste baixou uma rede com uma girafa bebê dentro. Com cuidado, o homem colocou o filhote entre as pernas da mãe. Ambos estavam manchados de sangue e sujeira, e eram diferentes de tudo o que eu tinha visto o dia inteiro.

O ar fedia, e, à minha esquerda, em uma grande campina verde, havia leões, morsas e gazelas mortas. Parecia uma espécie de desfile horrível em direção a uma paródia cruel da arca de Noé, um navio para tudo que tinha partido e não voltaria jamais, tudo que não podia ser salvo. Havia uma pilha de pinguins com quase três metros de altura. Eles fediam como peixes de uma semana.

Avancei lenta e pesadamente pelos últimos quatrocentos metros melancólicos sob céus cada vez mais pesados e um crepúsculo estranho e perolado. Meu crânio suturado latejava, e essa dor constante me nauseava. Quanto mais eu me aproximava da casa do dr. Rusted, menos queria chegar lá. Era impossível, depois de tudo que vi, imaginar que encontraria algo bom. Parecia infantil torcer por qualquer pequena dose de misericórdia naquele momento.

O dr. Rusted e sua família moravam em uma bela casa de tijolinhos ao estilo Tudor a leste do parque, um lugar com emaranhados de hera nas paredes entre as janelas maineladas. Parecia o tipo de lugar em que C.S. Lewis poderia se encontrar com J.R.R. Tolkien para tomar uísque e discutir sobre seus antigos poemas alemães favoritos. Tinha até uma torre modesta em uma ponta. Yolanda dormia no quarto redondo no topo, e sempre que a visitava, eu gritava lá para cima: "Ei, Rapunzel, está enrolada?"

Diminuí o passo ao entrar no jardim. As folhas tremiam nos álamos de ambos os lados da casa. Eu não sabia dizer por que a escuridão e o silêncio do local atormentavam tanto a minha mente. A maioria das casas ali estava às escuras e em silêncio.

Do outro lado da rua, um homem pequeno, compacto e arrumado estava varrendo os pregos para fora da entrada da sua garagem feita de concreto. Mas parou o que estava fazendo para me encarar. Saquei o tipo dele: um cinquentão com óculos de armação quadrada, um corte de cabelo careta e um ar frio de desaprovação. O homem estava usando um agasalho de corrida reluzente verde-neon que me fez pensar em radioatividade, no Hulk e no Gumby.

Bati duas vezes na porta e, quando não houve resposta, girei a maçaneta e meti a cabeça lá dentro.

— Dr. Rusted? Doutor? Sou eu, Honeysuckle Speck! — Eu ia chamar de novo, e então vi uma sombra de que não gostei, perto da base da escadaria, e entrei.

O dr. Rusted estava caído de cara no chão, no meio do caminho até a cozinha. Usava um paletó cinza, uma camisa oxford branca e uma calça cinza-escuro bem vincada. Meias pretas, sem sapatos. Estava caído com a bochecha no piso de madeira escura. O rosto parecia nu e perplexo sem os óculos dourados. As mãos estavam enfaixadas, e a camisa oxford, rasgada e manchada de sangue, mas ele não tinha morrido por causa daqueles ferimentos. Parecia que um mergulho de cabeça na escadaria tinha matado o dr. Rusted. O pescoço estava inchado ao tocar. Achei que pudesse estar quebrado.

Andei muito para levar uma mensagem que não queria entregar, e agora descobrira que não havia ninguém para recebê-la. Eu estava cansada, com dor de cabeça e inconsolável. Depois que saí do armário para a minha família, meu pai me escreveu uma carta dizendo que preferia que a filha fosse estuprada e morta do que lésbica. Minha mãe simplesmente se recusou a reconhecer que eu era gay e não olhava ou falava com nenhuma das minhas namoradas. Quando estava no mesmo ambiente que Yolanda, minha mãe fingia que não a via.

Mas o dr. Rusted sempre gostava de me ter por perto, ou se não gostava, sempre fez um esforço para fingir. Nós bebíamos cerveja e assistíamos a beisebol juntos. Durante o jantar, falávamos mal dos mesmos políticos de direita, inflamávamos um ao outro, competindo para ver quem conseguia insultá-los da maneira mais criativa sem cair na obscenidade, até que Yolanda e a sra. Rusted nos imploravam para falar de qualquer outra coisa. É estranho dizer que eu gostava do cheiro dele. Sempre me senti aconchegada e feliz ao sentir o aroma da loção pós-barba de bay-rum do dr. Rusted e do leve odor de cachimbo que ele não deveria fumar. O dr. Rusted cheirava a civilização, a honestidade.

O telefone estava mudo, o que não era uma grande surpresa. Fui de cômodo em cômodo, perambulando pelo museu da família Rusted que havia partido. Enquanto andava, fui tomada pela certeza de que ninguém mais moraria ali outra vez. Ninguém se aboletaria naquele grande sofá listrado para ver os mais recentes programas britânicos como o *The Great British Baking Show* e *Midsomer Murders*, do tipo que a sra. Rusted mais gostava. Ninguém mexeria nas latas de chá no armário da cozinha, tentando decidir entre Lady Londonderry e Crème de Earl Grey. Subi a escada da torre até o quarto de Yolanda. Minha garganta estava apertada de mágoa antes mesmo de eu empurrar a porta para dar uma última olhada.

O quarto redondo era todo decorado em tons de rosa e amarelo como um bolo de aniversário sem recheio. Ela tinha deixado o cômodo no estado de bagunça desenfreada de sempre: uma pilha de roupas sujas em um canto, um único pé de tênis no meio da mesa, metade das gavetas da cômoda abertas, e um relógio com a pulseira de couro quebrada no meio do chão. As joias estavam espalhadas em cima da cômoda em vez de estarem dentro da caixa, e meias-calças tinham sido penduradas no pé da cama para secar. Peguei um cobertor e coloquei o rosto sobre ele para inalar o cheiro leve de Yolanda. Saí do quarto com o cobertor nas costas como um robe. Era verão lá fora, mas, no quarto de Yolanda, parecia fim de outono.

Desci a escada e espiei o quarto de casal. Os óculos dourados do dr. Rusted ainda estavam sobre a mesinha de cabeceira, e a colcha tinha a marca amarrotada do corpo de um homem grande. Os sapatos de lacinho estavam saindo um pouco por debaixo da cama. Uma foto emoldurada de todos nós — o dr. Rusted, a sra. Rusted, Yolanda e eu em uma viagem que fizemos ao parque Estes — estava virada para cima no meio da cama. Talvez ele tivesse passado uma noite em claro, se preocupando com a esposa e a filha, e cochilado com uma foto de todos nós aninhada ao peito.

O dr. Rusted poderia ter abraçado qualquer uma das milhares de fotos que possuía de Yolanda e da sra. Rusted, mas ele quase me fez cair em prantos por ter escolhido uma que me incluía. Nunca quis tanto que gostassem de mim quanto quis que os pais de Yolanda gostassem. Entenda: eu não estava apenas apaixonada por ela. Estava apaixonada pela família dela também. De início, estranhei um pouco a frequência com que eles se abraçavam, se beijavam, riam e se curtiam, e jamais pareciam sentir culpa por isso. Nunca me importei com palavras cruzadas até descobrir que o dr. Rusted as adorava, e depois comecei a fazer todo dia no meu iPad. Ajudei a sra. Rusted a preparar cookies de gengibre só porque eu me sentia bem ao ficar perto dela e ouvi-la murmurar consigo mesma no seu sotaque lírico das Ilhas Virgens Britânicas.

Deixei o cobertor ao lado da foto e voltei lá para fora. Fiquei parada diante da bandeira de arco-íris pendurada em um mastro inclinado preso a uma das colunas de tijolos que ladeava os degraus de entrada. Gumby havia se recolhido à entrada da sua garagem, e uma filha aparecera. Devia ter uns 14 anos, era esguia e magra como se sofresse de bulimia, e tinha um rosto encovado e olheiras. A menina também usava uma roupa de corrida, preta com listras púrpuras, e a palavra GOSTOSA na bunda. Eu imaginei que tipo de pai deixaria a filha de 14 anos usar aquilo.

— Você sabe que tem um homem morto aqui dentro? — perguntei.

— Tem mortos por toda parte — disse o homem.

— Este aqui foi assassinado — falei.

A garota de 14 anos estremeceu e mexeu nervosamente em um bracelete de prata no pulso.

— O que quer dizer com isso? Claro que ele foi assassinado. Umas 10 mil pessoas foram assassinadas ontem. Todo mundo que estava do lado de fora, incluindo um quarto das pessoas dessa rua. — O homem falou com calma, sem angústia ou muito interesse aparente.

— Ele não foi morto pela chuva. Alguém o surpreendeu e o empurrou escada abaixo, quebrando seu pescoço. Você ouviu alguma coisa?

— Claro que sim. As pessoas estão gritando, chorando e carregando mortos o dia inteiro. Jill e John Porter subiram a rua hoje de manhã, cada um deles carregando uma das gêmeas de 10 anos retalhadas. Eles passaram a noite inteira procurando pelas filhas. Rezei para eles encontrarem as gêmeas, mas talvez devesse ter rezado para não encontrarem, considerando o estado em que as crianças estavam. As duas menininhas haviam se escondido juntas sob um carrinho de mão virado, mas ele estava enferrujado demais para deter os pregos. A mãe delas, Jill, soluçava e berrava, dizendo que as filhas tinham morrido até que John lhe deu um tapa para calar ela. Depois disso, decidi que já tinha chegado ao meu limite de ouvir coisas ruins e não prestei mais atenção a qualquer grito ou berro desde então. — Ele deu uma olhada preguiçosa e desinteressada na parte de trás do pulso, depois voltou a olhar para mim. — Foi um julgamento, é claro. Tive sorte de a minha filha ter sido poupada. Todo mundo nesta rua deixou a sua namorada cuidar das nossas crianças.

Senti um arrepio frio e úmido descendo da nuca pela espinha.

— Você poderia explicar isso melhor?

— O que aconteceu ontem já aconteceu antes… com Sodoma e Gomorra — disse ele. — Nós deixamos a *sua* laia se misturar *conosco*, como se não soubéssemos que haveria um preço a ser pago. Como se não tivéssemos sido alertados. Ele dizia ser um homem de Deus, aquele lá — O homem indicou a casa com a cabeça. — Ele deveria ter sabido.

— Pai — falou a adolescente, com a voz trêmula e assustada, pois tinha visto a expressão no meu rosto.

— Continue falando, parceiro — falei. — E você não terá que se preocupar com punição celestial. Você vai ter uma aqui mesmo.

O homem deu meia-volta, pegou a filha pelo cotovelo e conduziu a menina para o interior da garagem, passando por um Mercedes cinza com um adesivo que dizia que, em algum lugar no Quênia, havia um vilarejo sentindo falta do seu idiota. Ele estava acompanhando a filha nos degraus em direção à porta da casa, quando o chamei de novo.

— Ei, campeão, sabe que horas são?

O homem olhou de novo para o pulso nu, então percebeu o que estava fazendo e enfiou a mão no bolso. Deu um tapa na bunda da filha para que ela entrasse na casa antes dele. A seguir, o sujeito hesitou enquanto olhava feio para mim, à procura de um último insulto para me expulsar. Nada lhe veio à mente. Tremendo agora, ele subiu os últimos dois degraus correndo e bateu a porta ao entrar em casa.

VOLTEI PARA A CASA DA família Rusted. Dava para sentir o silêncio quase como uma alteração na pressão barométrica, como se o interior da casa de tijolinhos ao estilo Tudor existisse em uma altitude diferente, tivesse o próprio clima. Talvez Teasdale tivesse razão e, a partir de agora, as emoções seriam registradas como clima, como alteração atmosférica. A luz era prateada e cinza, assim como os ânimos. A temperatura estava um pouco abaixo da solidão.

Eu me aninhei na cama king size do quarto de casal, embaixo do cobertor de Yolanda, segurando a foto de todos nós juntos no parque Estes. Teria chorado se conseguisse — como disse antes, nunca fui o que poderia ser chamado de uma mulher chorona. Quando minha mãe chorava, era manipulação. Quando meu pai chorava, era porque estava bêbado e sentindo pena de si mesmo. Eu nunca senti outra coisa que não fosse desprezo quando me via diante de alguém em lágrimas, até a primeira vez em que vi Yolanda chorando, e o meu coração deu um nó. Talvez, se tivéssemos tido mais tempo, ela me ensinasse a chorar. Talvez, se tivéssemos tido mais tempo, eu aprendesse a lavar minhas partes infectadas com um bom fluxo saudável de lágrimas.

Assim sendo, apenas me aninhei e cochilei um pouco, e quando acordei, estava chovendo de novo.

Ouvi um *tique-tique* batendo no telhado. Não era o som de gotas de água, mas, sim, um mais incisivo e brusco, uma espécie de estalo. Saí do quarto, andei até a porta de entrada aberta e olhei a chuva. Ela caía na forma de uma garoa constante de agulhas reluzentes, que não eram maiores do que a que um alfaiate teria usado para prender uma manga. Elas quicavam ao bater nas lajotas do pavimento e emitiam um tilintar agradável. Era um som tão bonito que estiquei a mão para fora, com a palma virada para cima, como se fosse sentir uma chuva quente de verão. Ai! Em um instante, a palma da minha mão começou a parecer um cacto. Admito que a chuva não soou agradável depois disso.

Arranquei os espinhos um de cada vez enquanto comia um burrito de ovos, queijo e feijão preto. A família Rusted tinha gás natural, e o forno pôde ser utilizado. Foi um conforto estar com a barriga cheia de comida quente. Comi no quarto de casal, direto da frigideira de ferro fundido.

Assim que terminei, peguei uns lençóis de fazer mudança na garagem. Carreguei o dr. Rusted para o quarto, estiquei seu corpo e o cobri. Coloquei a foto com todos nós nos seus braços. Então, agradeci por compartilhar sua filha e seu lar comigo, dei-lhe um beijo de boa-noite e fui dormir.

A CHUVA PAROU MAIS ou menos às duas horas, e, quando o Gumby que morava do outro lado da rua entrou no quarto de casal, eu já estava acordada e com os ouvidos atentos a ele. Não me mexi quando o sujeito deu a volta pelo corpo no chão, sob os lençóis de fazer mudança, e se aproximou de mansinho da cama. Ele pegou um travesseiro e colocou um joelho na borda do colchão. Estava agitado, tremendo de tensão e com as pernas bambas, quando puxou o cobertor e pressionou o travesseiro sobre o rosto da pessoa que dormia.

Ele estava de costas para mim quando afastei os lençóis de fazer mudança e levantei do chão. Mas, no momento em que estiquei a mão para pegar a frigideira de ferro fundido, Gumby percebeu que a pessoa sob o travesseiro não estava reagindo. Ele arrancou o travesseiro e ficou encarando com um olhar absorto, sem entender, o rosto calmo e imóvel do dr. Rusted. Gumby teve tempo de soltar um gritinho e dar meia-volta quando dei o golpe.

Eu mesma estava nervosa e bati no homem com mais força do que pretendia. A frigideira o acertou com um *bong* retumbante. Gumby ficou mole, braços e pernas voaram em quatro direções diferentes, com a cabeça golpeada para o lado. Senti como se tivesse atingido um tronco de árvore. Quebrei os óculos, o nariz e vários dentes do sujeito. Ele desabou como se estivesse em uma forca e o carrasco tivesse aberto o alçapão.

Eu o peguei pelo pé e o arrastei até o corredor. Puxei o sujeito pela porta no fim da passagem e entrei na garagem para dois carros. Havia três degraus para descer, e a cabeça dele bateu em cada um deles. Nem sequer estremeci por sua causa. O grande Crown Vic preto do dr. Rusted estava parado na vaga mais próxima. Abri o porta-malas, levantei Gumby e desovei o sujeito lá dentro. Bati a tampa do porta-malas com força sobre ele.

Levei uns dez minutos, procurando com uma vela, até encontrar a furadeira à bateria do dr. Rusted. Apertei o gatilho e fiz uma dezena de buracos de respiração no porta-malas. Se não esquentasse muito amanhã, Gumby ficaria bem pelo menos até o meio-dia.

Não dá para voltar a dormir depois de derrubar um intruso com uma frigideira, e, quando o sol nasceu, eu já estava pronta para partir. Saí pela garagem, a mochila pendurada em um ombro, cheia de garrafas d'água e um lanche leve de piquenique. Seria muito satisfatório contar que ouvi Gumby chutando e reclamando para sair quando fui embora, mas não houve nenhum som vindo do porta-malas. Talvez ele estivesse morto. Não posso jurar que não estava.

A chuva da noite deixou o céu claro e azul, e o dia resplandecia, da mesma forma que a nova chuvarada de pregos na rua.

A filha de Gumby estava na frente da entrada da garagem da casa dela, me encarando com olhos arregalados e assustados. Ela usava a mesma roupa de ginástica preta com listras púrpuras e o mesmo bracelete de prata que estivera no seu pulso ontem. Eu não ia falar com a garota — pareceu importante evitar reconhecê-la, tanto para a segurança dela quanto para a minha —, mas a adolescente deu um passo nervoso na minha direção e me chamou.

— Você viu o meu pai? — perguntou ela.

Eu parei na rua, esmagando pregos com os pés.

— Vi — respondi. — Mas o seu pai não me viu. Azar o dele.

A garota deu um passo para trás e fechou uma mão sobre o peito. Desci mais alguns metros pela rua, depois não consegui me conter e voltei. Ela enrijeceu. Deu para perceber que a adolescente queria correr, mas estava paralisada de medo. Uma artéria pulsava no seu pescoço esguio.

Eu peguei o bracelete no pulso dela e o arranquei: um bracelete de prata com meias-luas gravadas. Coloquei no meu braço.

— Isso não é seu — falei. — Não sei como pode usá-lo.

— Ele... ele disse... — gaguejou ela com uma voz baixinha, a respiração rápida e superficial. — Ele disse que pagou mil dólares à Yolanda para a-atuar como babá no decorrer dos anos, e os p-pais dela deveriam ter d-devolvido. Que eles nunca deveriam ter deixado a-alguém c-como Yolanda, como *você*, cuidar de crianças! — O rosto dela se contorceu de uma maneira feia quando falou aquela última parte. — Meu pai disse que eles tinham uma dívida conosco.

— Seu pai *tinha* uma dívida. E eu quitei com ele — falei, e deixei a garota ali.

DEI A VOLTA PELO PARQUE dessa vez. Não queria ver a pilha de pinguins mortos nem sentir o cheiro deles.

A 17ª Avenida passa ao sul do parque municipal, e um esquadrão da Guarda Nacional fora destacado ali para fazer uma limpeza. Dois caras usavam um Humvee para retirar os carros batidos da rua. Outros usavam vassourões no asfalto para varrer o mais recente carpete de pregos reluzentes. Mas todos trabalhavam de um jeito desanimado e sem método, do jeito que as pessoas trabalham quando sabem que receberam uma tarefa sem sentido. Era como tentar salvar o *Titanic* com uma xícara de chá. Denver havia afundado, e eles sabiam disso.

A equipe da rua teve sorte, no entanto. Alguns outros soldados receberam a tarefa de ensacar cadáveres e enfileirá-los ao longo do meio-fio, da mesma forma que o departamento de parques e jardins costumava deixar sacos de lixo para coleta.

Logo após o ponto em que a 17ª Avenida cruzava a Fillmore, havia uma bela entrada para o parque: uma parede de pedra rosa cintilante na forma de um crescente convidativo que conduzia a um espaço verde tão liso quanto a superfície de uma mesa de sinuca. Alguns bancos de praça, feitos de cabo de aço, haviam sido colocados engenhosamente de cada lado da entrada do parque. Um casal de velhinhos tinha tentado se enfiar junto debaixo de um daqueles bancos para se abrigar da garoa da noite anterior, mas não adiantou nada. Os pregos passaram pelo cabo de aço.

Um corvo havia encontrado os dois e estava embaixo do banco bicando o rosto da velha. Um soldado de farda camuflada se aproximou, abaixou-se, berrou na direção do pássaro e bateu palmas. O corvo saltou com o susto e pulou para fora do banco com alguma coisa no bico. A alguns metros de distância, o troço parecia um ovo cozido vibrante, mas, ao me aproximar, vi que era um globo ocular. O pássaro andou pela calçada com sua conquista gorda e perolada, deixando pegadas de sangue para trás. O soldado deu três passos rápidos até o meio-fio e vomitou na minha frente, veio uma tosse forte seguida pelo jato úmido, uma sujeira que fedia a bile e ovos.

Não consegui evitar que um pouco daquele jato espirrasse em mim. O soldado, um negro de estatura mediana e uma leve penugem como bigode, vomitou de novo, tossiu e cuspiu. Ofereci uma garrafa d'água para ele. O soldado pegou, tomou um gole e cuspiu mais um pouco. Bebeu novamente em goles longos e lentos.

— Obrigado — disse ele. — Você viu para onde aquele pássaro foi?

— Por quê?

— Porque acho que vou dar um tiro nele por ser um porco em vez de um corvo. Os olhos dele eram maiores do que o estômago.

— Você quer dizer os olhos *dela* eram maiores do que o estômago dele.

— Hum — disse ele, e tremeu de leve. — Eu gostaria de dar um tiro em *alguma coisa*. Você não imagina como eu queria meter uma bala em algum lugar que servisse para alguma coisa. Gostaria de estar com os soldados *de verdade*. Há cinquenta por cento de chances de invadirmos a Geórgia quando o sol nascer amanhã. O bicho vai pegar.

— Geórgia? — perguntei. — O governo acha que os cantores de música country podem ter algo a ver com tudo isso?

Ele me deu um sorriso triste e contou:

— Pensei a mesma coisa quando ouvi. Não *aquela* Geórgia. Essa fica naquela poça de lama entre o Iraque e a Rússia, onde todos os territórios terminam em *alguma-coisa-ão*.

— Ao lado da Rússia, você diz?

O soldado concordou com a cabeça.

— Acho que a Geórgia fazia parte da Rússia. Os químicos que desenvolveram essa merda, essas nuvens que fazem chover pregos, trabalham para uma empresa de lá. Uma antiga companhia americana, dá para acreditar? O Estado Maior quer atacar com uma dúzia de batalhões. A maior operação terrestre desde o Dia D.

— Você disse que só há cinquenta por cento de chance?

— O presidente falou com a Rússia por telefone para ver se não teria problema se ele disparasse alguns mísseis nucleares táticos no Cáucaso. Seus dedos gordos e curtinhos estão coçando para apertar o botão.

Depois de tudo que vi nas últimas 48 horas, a ideia de atacar nossos inimigos com algumas centenas de megatons de dor deveria ter provocado uma onda de satisfação — mas só me deixou inquieta. Tive a sensação nervosa e agitada de que eu precisava estar em algum lugar, de que precisava estar fazendo alguma coisa; era a sensação de uma pessoa que está fora de casa e, de repente, começa a se preocupar em ter deixado o forno ligado. Mas eu não conseguia identificar por nada nesse mundo o que precisava fazer para acalmar a ansiedade.

— Se você quer um bandido para meter a porrada, não precisa voar meio mundo para isso. Posso indicar um aqui mesmo em Denver.

O soldado me deu um olhar cansado e falou:

— Não posso te ajudar com saqueadores. Talvez a polícia de Denver aceite uma queixa.

— E quanto a um assassino? — perguntei. — Você tem tempo para lidar com um?

Um pouco do cansaço sumiu do rosto do soldado, e sua postura melhorou levemente.

— Que assassino?

— Vim de Boulder a pé ontem para visitar o pai da minha namorada, o dr. James Rusted. Eu o encontrei morto no corredor de entrada. Ele caiu da escada e quebrou o pescoço.

O soldado abrandou um pouco o tom e os ombros caíram.

— E como sabe que foi assassinato?

— O dr. Rusted foi surpreendido na chuva, como tantos outros, mas conseguiu entrar em casa antes de sofrer algo pior do que ferimentos leves. Ele se enfaixou e se deitou para descansar e se recuperar no quarto. Creio que foi acordado pelo som de alguém andando no quarto da filha, no andar de cima. Ficou tão surpreso que nem sequer se deu ao trabalho de colocar os óculos, e subiu para ver quem estava lá. Talvez o dr. Rusted tenha pensado que sua filha tivesse retornado para casa. Mas quando chegou no quarto, ele encontrou um saqueador. Houve um confronto. Só Deus e o agressor do dr. Rusted podem lhe dizer o que aconteceu a seguir, mas creio que, no decorrer da luta, o dr. Rusted caiu da escada e sofreu o ferimento fatal.

O soldado coçou a nuca.

— Não é bom envolver a guarda nacional em um local de crime. É melhor chamar alguém que conheça a arte da investigação.

— Não há nada para investigar. O homem que o matou está trancado no porta-malas do Crown Victoria do dr. Rusted. Ele visitou a casa ontem à noite para me matar também, mas eu estava pronta para ele e o derrubei com uma frigideira. O homem não vai sufocar, pois abri uns buracos na tampa do porta-malas, mas pode ficar tremendamente quente, então recomendo ir direto para lá.

Quando falei isso, os olhos do soldado quase saltaram da cabeça.

— Por que ele tentou matar você também?

— Ele sabia que eu o identifiquei como o assassino do dr. Rusted. O cara no porta-malas tinha rancor de toda a família Rusted. Yolanda Rusted, a filha do doutor e minha namorada, foi babá da filha dele. Depois que descobriu que Yolanda era gay, o cara ficou horrorizado e exigiu que o doutor ressarcisse todos os centavos que ele pagou pelos serviços de babá no decorrer dos anos. O doutor corretamente recusou. Bem, depois que a chuva caiu, esse vizinho notou que havia um carro ausente na garagem, presumiu que a casa estava vazia, e decidiu que seria um bom momento para roubar algumas coisas e acertar as contas. Tenho certeza de que ele achou que estava certo ao saquear a caixa de joias de Yolanda, mas o dr. Rusted tinha um ponto de vista diferente. Enquanto os dois estavam se agarrando, o intruso perdeu o relógio. Mais tarde, quando perguntei para esse vizinho se ele tinha ouvido alguma confusão na casa do vizinho, eu o vi olhando para o pulso nu, como se fosse ver as horas.

— Você descobriu que ele matou o pai da sua namorada só porque o cara olhou para o pulso?

— Bem, o fato de a filha dele estar usando um dos braceletes da Yolanda ajudou. Eu reconheci a joia na hora. — Ergui o pulso para mostrar o bracelete de prata. — Pedi de volta hoje de manhã. Além disso, se havia alguma dúvida sobre o que o vizinho fez, ela foi sanada quando ele entrou na casa às duas horas para me sufocar com um travesseiro.

Ele me avaliou por mais um momento, depois virou a cabeça e chamou dois compadres que estavam varrendo a rua.

— Vocês querem uma folga da limpeza?

— Para fazer o quê? — perguntou um deles.

— Pegar um racista assassino e arrastar a bunda dele até a prisão.

Os dois soldados se entreolharam. O homem que estava apoiado na vassoura respondeu:

— Porra, por que não? Isso vai nos dar alguma coisa para fazer enquanto esperamos pelo fim do mundo.

— Vamos — disse o meu soldado. — Ande. Entre no Humvee.

— Não, senhor, eu não posso. Infelizmente você vai ter que voltar à casa do dr. Rusted sem mim.

— Como assim *não pode*? Se a gente levar esse cara até a polícia de Denver, eles vão querer que você preste depoimento.

— E vou prestar depoimento, mas eles vão ter que entrar em contato comigo na minha casa na rua Jackdaw. Eu deixei a filha do dr. Rusted lá em Boulder. Preciso voltar para ela.

— Ah — falou ele virando o rosto. — É. Beleza. Creio que ela vai querer saber do pai.

Não falei para ele que a garota para quem eu queria voltar não estava esperando notícias do pai, por estar tão morta quanto ele. Fiquei contente de deixar o soldado pensar o que quisesse, desde que eu pudesse seguir o meu caminho. Por mais inquieta e nervosa que estivesse, eu não conseguia suportar a ideia de voltar à casa do dr. Rusted e talvez perder outro dia em Denver.

Informei onde a polícia poderia encontrar o doutor e seu agressor e onde poderiam me localizar em Boulder quando quisessem o depoimento.

— *Se* eles quiserem um depoimento. Se esse caso sequer chegar a um juiz. — Meu soldado deu um olhar inquieto para o céu. — Se a chuva continuar caindo, acho que julgamento em tribunal será uma doce lembrança em alguns meses. Voltaremos à justiça do Velho Oeste em breve. Enforcaremos pessoas na mesma hora. Vai poupar tempo e trabalho.

— Olho por olho? — perguntei.

— Você sabe como é — disse ele, e se voltou para olhar feio para o corvo. — Espero que esteja prestando atenção, seu animal nojento.

O corvo, a meio quarteirão de distância, crocitou para nós, depois ergueu a conquista, abriu as asas e foi embora voando com perseverança — fugindo enquanto podia.

EU ESTAVA QUASE CHEGANDO à autoestrada quando encontrei o trator John Deree de Dillett, que havia rompido uma cerca de madeira fina e estava parado em um terreno poeirento, perto de uma ponte que cruzava a correnteza marrom e barulhenta do rio South Platte. O para-brisa fora estilhaçado pela chuva da noite em várias rachaduras que pareciam teias de aranha. A porta do motorista estava aberta para a escuridão.

Subi no estribo para dar uma olhadela no interior. A cabine estava vazia, mas cheia de notas de cem dólares ensanguentadas. As algemas pendiam de uma barra de aço sob o painel. Alguém deixara o que, de início, pareceu uma linguiça crua e nojenta no banco do motorista. Eu me aproximei para olhar, franzindo os olhos, e recuei tão rápido que quase caí por terra. Meu estômago deu um nó. Alguém arrancara o polegar de Teasdale para que ele pudesse tirar a mão da algema, e depois esse cúmplice misterioso tentou estancar o sangue com dinheiro. Havia alguns retalhos de seda branca ensanguentada no piso do trator e algo reluzindo no vão dos pés do carona. Uma tiara de ouro falsa.

Não tenho certeza se Teasdale se encontrou com a Rainha do Apocalipse. Não posso jurar que ela tenha cortado parte da mão dele para permitir sua fuga ou que ela o enfaixou com faixas rasgadas do vestido de casamento, reforçadas com dinheiro retirado da bolsa. Não dá para afirmar que os dois tenham ido juntos para o Canadá. Porém, talvez tenham ido.

Talvez ela tenha ensinado Teasdale a andar por entre as gotas de chuva.

DEIXEI O JOHN DEERE para trás e continuei em frente. Eu não era uma ladra de tratores e, de qualquer maneira, não tinha confiança para tentar dirigir um veículo do tamanho de um dinossauro. Mas senti falta de estar motorizada. Estava caminhando havia sete horas pela grama quente e seca ao lado da autoestrada Denver-Boulder. Andei até ficar cansada e com os pés doendo, e aí andei um pouco mais.

Os guardas estaduais e os prisioneiros da prisão de segurança máxima não foram vistos nas oito pistas da autoestrada naquele dia. Talvez, após a fuga da véspera, tenha sido decidido que era um risco muito grande tentar usá-los como equipe de manutenção da estrada. Ou — e essa ideia me pareceu mais provável — talvez não vissem sentido naquilo. Depois da chuva da noite anterior, a estrada era uma vala cheia de espetos reluzentes de cristal afiadíssimo. Toda a varredura de ontem não tinha servido para nada.

Eu não estava sozinha na estrada. Vi um monte de gente examinando os carros abandonados, à procura de saque. Mas, dessa vez, ninguém me incomodou. Foi uma caminhada silenciosa, sem carros passando, sem aviões roncando no céu, sem ninguém para conversar, sem quase som nenhum, a não ser o zumbido das moscas. Até hoje, provavelmente deve ter mais moscas fazendo um banquete nos destroços daqueles treze quilômetros de autoestrada do que seres humanos no Colorado inteiro.

Quando cheguei à rampa de acesso para Boulder, ouvi um estrondo que fez meu coração saltar. As pessoas, às vezes, comparam trovões com tiros de canhão. Aquilo estava mais para o som de *você* levando um tiro de canhão do que para um disparo ao longe. O céu estava encoberto por uma neblina turva e azulada. De início, parecia que não havia uma nuvem ali. Depois, vi o que parecia ser o fantasma de uma nuvem, um morro azul gigante tão grande que teria feito um porta-aviões parecer um caiaque. Só que mal parecia estar lá. Era como um esboço tímido de uma nuvem, desenhado levemente a lápis sobre os picos. No entanto, o calor da tarde estava aumentando, e achei que cairia um temporal no fim do dia, mais forte do que nunca. Não foi apenas aquela única trovoada que me fez pensar que havia outra tempestade se acumulando. Foi a quase ausência de circulação de ar no fim da tarde, uma sensação de que, por mais que eu respirasse fundo, o coração e os pulmões jamais receberiam o fornecimento completo de oxigênio.

As equipes da Staples e do McDonald's haviam sumido, e o campo de futebol americano estava abandonado. Havia algumas escavadeiras espalhadas, e o campo em si fora coberto por uma camada de grama seca e amarelada para esconder os mortos. Postes brancos e numerados estavam enfileirados. Era tudo que eles tinham para usar como lápides. Tenho certeza que havia mortos o suficiente em Boulder para plantar o campo três vezes, mas o projeto parecia ter sido encerrado. A cidade inteira estava quieta, em silêncio, e não havia quase ninguém nas calçadas. Havia a sensação terrível de que o local estava se preparando para o próximo golpe.

Esse ar sufocante de silêncio perdurou de quarteirão em quarteirão, mas não havia nada quieto na rua Jackdaw. Andropov estava com a TV e o rádio ligados a todo volume, da mesma forma que quando parti. Dava para ouvir do fim da rua. Isso já era interessante por si só. Não havia luz elétrica na cidade inteira, mas ele tinha a própria fonte de energia: um gerador ou apenas muitas pilhas.

Aquele não era o único som na rua. A casa do Velho Bent pulsava com uma cantoria alegre. Eles estavam cantando o que, a princípio, pareceu um hino religioso, mas, após uma audição mais cuidadosa, se mostrou ser "Glory of Love", de Peter Cetera. Que coisa estranha, ouvir vozes cantando felizes após um longo dia quente de caminhada, sem nada para escutar a não ser a harmonia idiota das moscas.

Ao me aproximar de casa, vi Templeton observando da porta aberta da sua garagem. Ele tinha vindo até o limite das sombras, mas, como sempre, se conteve ali, pois sabia que a luz do sol lhe fazia mal. O menino estava com a capa sobre os ombros, e, quando me viu, abriu os braços e exibiu as presas. Fiz uma cruz com os dedos, e ele obedientemente recuou para a escuridão.

Fiquei parada na rua olhando a casa de Ursula, pensando como seria bom entrar lá, ir até o sofá e descansar os pés. Talvez ela me servisse um pouco de chá gelado. Depois, quando a noite esfriasse, eu poderia me deitar com Yolanda, tirar o bracelete do meu pulso e colocar no dela.

Pensei nas janelas com barricadas do apartamento de Andropov, que tremiam com o barulho atrás delas. Pensei no russo gordo e carrancudo ligando para o vizinho a fim de contar para o Velho Bent que a velha Onysuck ia causar confusão para o lado dele com o FBI. Pensei na forma como o químico chegou cantando pneu imediatamente antes da primeira tempestade, na forma como ele agarrou Martina pelo braço e a coagiu a entrar em casa, enquanto a mulher reclamava. Havia também o que eu tinha visto no banheiro do russo quando espiei pela janela na lateral da casa: tubos de plástico, provetas, um galão de algum produto químico transparente. Imaginei de que parte da Rússia Andropov teria vindo, se havia emigrado de alguma região perto da Geórgia.

Houve outro estrondo de trovão, alto o bastante para estremecer o ar. Se eu pensasse bem, deveria conseguir bolar um motivo astuto para atraí-lo para fora do apartamento no primeiro andar de forma que eu conseguisse entrar de mansinho quando ele não estivesse por perto e dar outra olhada no seu banheiro. Por outro lado, se eu esperasse mais uma noite e o russo soubesse que eu estava de volta, ele talvez viesse atrás de mim.

Decidi que o subterfúgio era superestimado e que era melhor, como o almirante Nelson supostamente dissera, "ir direto para cima deles". Eu me apoiei em um joelho só, retirei as garrafas d'água da mochila e as alinhei no meio-fio. Depois comecei a recolher punhados de espetos de cristal. Enchi dois terços da mochila com eles, e ela ficou tão pesada quanto um saco de bolas de gude. Fechei o zíper, ergui uma vez para pegar o jeito, e subi os degraus até a varanda de Andropov.

Chutei a porta uma vez, duas, três vezes, com força suficiente para fazê-la tremer nos batentes.

— Imigração, Ivan, abra a porta! — rugi. — Donald Trump disse que temos que arrastar a sua bunda de volta para a Sibéria! Ou você nos deixa entrar, ou vamos derrubar a porta a pontapés!

Dei um passo para o lado e encostei na parede.

A porta se escancarou, e Andropov meteu a cara gorda e flácida para fora.

— Eu vou imigrar meu pau para o seu buraco, sua vadia lésbica... — disse ele, mas não foi muito além disso.

Eu desci a mochila no topo da cabeça do russo com as duas mãos, e Andropov arriou em um joelho só, que era onde eu queria que ele estivesse. Dei uma joelhada no meio da cara do homem e ouvi o estalo de um nariz se quebrando. Ele gemeu e caiu de quatro. O russo estava com uma chave inglesa enferrujada na mão, ferramenta que eu não tinha intenção de lhe dar chance de usar. Meti o salto da bota de caubói nos nós dos dedos de Andropov e ouvi ossos se quebrando. Ele berrou e soltou a chave inglesa.

Peguei a ferramenta, passei por cima do russo e fui para a saleta de entrada. Estava escura, sem móveis e tinha um cheiro azedo de mofo e suor. O papel de parede verde com estampa floral estava descascando e revelava o gesso com manchas de infiltração por baixo.

Virei à esquerda e entrei na sala de estar desarrumada. O sofá e as mesinhas laterais eram do tipo que as pessoas colocam na calçada com uma placa dizendo GRÁTIS. Havia um narguilé feito de uma garrafa de dois litros de Coca Zero, com dez centímetros de um líquido marrom que parecia diarreia.

O russo deixara um iPod plugado a uma bateria Mophie Powerstation ao lado de um alto-falante Bluetooth. Sons nervosos e repetitivos de sintetizadores tocavam em uma batida constante. Arranquei o cabo de força do sistema de som, e isso matou a música eletrônica de São Petersburgo. Mas o apartamento ainda estava tomado por um som ensurdecedor. Em algum lugar nos fundos do apartamento, Hugh Grant berrava sobre o som de uma trilha sonora de violinos em alto volume. Por baixo, veio uma série contínua de gritos raivosos e abafados.

Tropecei no corredor curto e escuro entre a sala e o quarto. Um enorme vibrador rosa-choque na forma do falo de um cavalo rolou até o meu pé. Cambaleei e me apoiei em uma porta à direita, que se abriu para revelar o banheirinho sujo que eu tinha visto antes.

Andropov fizera do lugar um laboratório. Eu não era química, mas com certeza parecia que ele tinha uma pia cheia de lascas de cristal reluzente branco-amarelado. Havia vários galões marrons grandes marcados como fluido de freio — fluido de freio? — dentro da banheira. Tubos de borracha corriam entre frascos de líquido âmbar. O lugar inteiro tinha o cheiro intenso de esmalte.

Os berros abafados estavam mais perto agora. Saí de costas do banheiro e fui para o quarto.

Martina estava na grande cama tubular, algemada pelos pulsos, as mãos para trás. Havia um bracelete de couro preto preso no seu tornozelo direito e ligado a um fio de extensão, que estava muito bem amarrado em um dos tubos metálicos e reluzentes da cama.

Os lençóis estavam amarfanhados sob seu corpo leve e ossudo. Ela espiou por baixo dos cachos desgrenhados do cabelo louro à la Debbie Harry como uma raposa esperta espia dentro de um arbusto espinhento. Andropov passara fita isolante na boca de Martina. Um laptop estava aberto sobre uma cômoda próxima, reproduzindo o que parecia ser *Um lugar chamado Notting Hill* a pleno volume.

Ela olhou feio para mim e chutou a parede com o pé solto, da mesma forma que fizera no dia anterior — a única forma que Martina tinha de avisar que precisava de ajuda. Ela fez um esforço para ficar de joelhos, se contorcendo de um lado para o outro e erguendo os ossos protuberantes do quadril no ar. Parecia um vídeo pornô: uma stripper branquela de 22 anos em uma lingerie branca vagabunda e uma camisetinha justa dos Ramones tão puída e fina que mal serviria como pano de chão. O que me conteve, porém, não foi a surpresa de descobrir que ela era uma prisioneira no quarto de Andropov. Foi a visão de um cachimbo de vidro na mesinha de cabeceira, com mais lascas amareladas de cristal dentro dele — cristal que estava parecendo cada vez menos com a chuva letal e cada vez mais com você-sabe-o-quê.

Eu estava absorvendo tudo aquilo, esperando que o meu cérebro alcançasse meus olhos, quando o russo maluco irrompeu no quarto. Ele passou por mim tropeçando — o local era um breu, e o chão estava coberto de roupa suja fedorenta —, depois se virou e ficou entre eu e ela. A parte inferior do rosto estava melada de sangue, e a mão esquerda quebrada se contorcia contra o peito. Lágrimas escorriam pelas suas bochechas peludas.

— Fique longe dela, lésbica! Ela não vai embora com você!

A forma como Andropov me chamava de lésbica, como se fosse a palavra mais obscena que ele conhecia, me afetou. Dei um tapa de mão aberta no russo. Eu não tinha palavras, apenas um desejo enorme de bater naquele rosto gordo, trágico e idiota. No momento em que fiz aquilo, o sujeito irrompeu em soluços que sacudiram o seu corpo inteiro.

Dei a volta no russo e arranquei a fita isolante da boca de Martina. Se eu escrevesse todos os palavrões que saíram dela, esta página pegaria fogo nas suas mãos.

Quando Martina finalmente falou algo que fazia sentido, ela explicou:

— Eu tentei ir embora, e esse babaca louco me prendeu aqui há dois dias! Seu merda, seu maluco! — Ela se esticou na direção do russo, chegou o mais perto possível, e cuspiu na cabeça dele. — Há dois dias ele deixa *Um lugar chamado Notting Hill* tocando sem parar, só me solta para mijar! Ele fumou demais as próprias drogas de merda que produz!

Andropov se virou para encará-la, segurando a cabeça com as mãos e chorando miseravelmente.

— Você disse que ia fugir com as lésbicas! Falou que me prenderia e moraria com garotas que comem boceta e me trocaria por mulheres no fim do mundo!

— Eu disse e fui sincera! Você vai para a cadeia por um milhão de anos!

Andropov me olhou com olhos suplicantes, tristes e frenéticos.

— Todos os dias, o tempo todo, ela se exibia quase nua para vocês, lésbicas. Sempre me chamando para contar que planejava dormir com as duas! Ela diz que apenas mulheres fazem ela gozar e ri de mim...

— Sim, rio de você e desse seu pênis sempre mole...

E então os dois gritaram em russo um para o outro, ela cuspiu nele novamente, e minha cabeça estava prestes a explodir pela forma como Andropov e Martina continuaram a discutir. Ele puxou o braço para trás como se fosse dar um tapa na namorada com as costas da mão, e bati na barriga dele com a chave inglesa — não com muita força, apenas o suficiente para tirar o seu fôlego e fazê-lo dobrar o corpo. Andropov cambaleou, caiu de joelhos e se encolheu de lado, chorando sem parar. Nunca se viu uma coisa tão patética.

Dei a volta no russo e pausei *Um lugar chamado Notting Hill*. Vi uma chave cromada ao lado do laptop e decidi testar nas algemas. Eu me sentei na beirada da cama com Martina, e os braceletes saíram fazendo *snick*! Ela esfregou os pulsos machucados.

— Homem imundo, horrível, de pau mole — disse Martina, mas a voz saiu mais baixa agora, e ela estava tremendo.

Peguei o cachimbo de vidro com cristais dentro.

— O que é isso?

— A droga que ele fez para me calar — respondeu Martina. — Eu tentei largar ele antes, mas ele me bateu e me esganou. Ele usa o que vende, é um assassino louco. Ele me soca porque *não consegue mais me comer*! — Essa última foi direcionada a Andropov.

— Que tipo de droga?

— Metanfetamina. — Ela mordeu o lábio inferior e começou a brigar com a fivela em volta do tornozelo.

— Certo — falei. — Outra coisa. Ele não é da área perto da Geórgia, é?

Martina franziu o cenho.

— O quê? Não. Moscou.

— E imagino que ele não saiba fazer o tipo de cristal que está caindo do céu?

— O que quer dizer? Não. Não. — Ela soltou uma risada rouca e feia. — Ele é só um farmacêutico arruinado, não é um gênio.

— Eu te amo — disse Andropov para Martina, do ponto onde estava encolhido no chão. — Se você for embora, dou um tiro na minha cabeça.

Àquela altura, ela havia soltado o tornozelo do bracelete. Martina ficou de pé em um pulo e começou a chutá-lo.

— Ótimo! Assim espero! Eu mesma compro as balas para você!

O russo não tentou escapar do lugar que ocupava no chão. O pé da namorada encontrou a bunda dele sem parar.

Ouvi o máximo que pude suportar. Larguei a chave inglesa sobre a cama e deixei os dois com o prazer da companhia um do outro.

FIQUEI PARADA NA VARANDA, encostada na mureta, inalando o ar puro com cheiro de montanha e verão. Alguns integrantes do culto ao cometa tinham ouvido a comoção e vindo até a varanda, com o Velho Bent entre eles, no meio das enteadas. As garotas eram morenas lindas com 20 e poucos anos, e cada uma usava um solidéu cerimonial combinando na cabeça. Tudo do bom e do melhor para as filhas lindas do Velho Bent: os solidéus eram calotas douradas de um Lancer modelo 1959 que pareciam discos voadores de um filme antigo.

Martina surgiu de calça jeans tão colante que fiquei surpresa que ela tivesse conseguido vesti-la sem lubrificante. Ela parou ao meu lado e afastou o cabelo desgrenhado do rosto.

— Você pode me fazer um favor? — perguntou ela.

— Acho que acabei de fazer.

— Não chame a polícia por enquanto — pediu, me dando um olhar atormentado e estressado. — Tenho meus próprios problemas com a lei.

— Ah. Beleza — respondi, mas descobri que não conseguia olhar para ela, e minha voz azedou com nojo.

Eu sentia pena de Martina e estava feliz que ela estivesse a salvo, mas isso não queria dizer que precisava gostar dela. Martina tinha se divertido provocando Andropov, dizendo que iria pular na cama com as sapatonas do andar de cima e nos usou como um porrete para bater na masculinidade dele. Ela estava fazendo isso no dia em que a chuva sólida caiu. Foi por isso que Andropov voltou para casa com tanta pressa — não para vencer a tempestade, mas para bater na namorada. Nós nunca fomos pessoas para Martina. Éramos apenas uma mancha no ambiente local, uma coisa para ela esfregar na cara do namorado besta quando precisava de uma emoção barata.

Talvez Martina tenha percebido um pouco do desprezo no meu tom de voz. Ela abrandou a expressão e deu um passo na minha direção com os pés delicados.

— Sinto muito pela Yo-lin-da. Ela era muito especial. Eu a vi morrer da janela. — O tom de azul de seus olhos assumiu uma nuance culpada de vergonha. — Desculpe pelas coisas que falei com o Rudy. Que vocês duas me transformariam em lésbica. Eu sou uma merda, sabe? — Ela deu de ombros, depois sorriu e piscou para se livrar das lágrimas nos cílios compridos. — Você é um mulherão da porra, sabia? Você salvou a minha pele hoje. Você é como a filha da Miss Maple com o Rambo Balboa.

Martina deu meia-volta e enfiou as mãos nos bolsos de um casaco de couro justo que ela encontrou em algum lugar e desceu os degraus, esmagando pregos de cristal com os saltos.

— Para onde você vai?

O ar estava pesado, tão pesado que exigiu um ato de força de vontade para encher os pulmões. Nos dez minutos que estive do lado de fora, aquele esboço fantasmagórico de uma nuvem de tempestade ao longe havia escurecido e crescido até se tornar uma massa gigante, tão bonita quanto um tumor facial.

Martina se virou para mim e respondeu dando de ombros.

— Talvez até a universidade. Tenho amigos lá. — Ela deu uma risada amarga. — Não. É mentira. Tem pessoas para quem eu vendo drogas lá.

— Elas vão gostar de te ver. Vá. Só não pegue nenhum desvio. O clima está prestes a ficar feio.

Martina ergueu os olhos por baixo das sobrancelhas cuidadosamente feitas, depois concordou com a cabeça e deu meia-volta. Eu me sentei no último degrau e a observei indo embora, andando de início — e depois dando uma corridinha.

Martina tinha acabado de desaparecer na esquina quando a porta se escancarou atrás de mim e Andropov saiu tropeçando. Sangue e ranho haviam secado sobre o lábio superior, e os olhos estavam injetados, como se ele tivesse ficado acordado por 24 horas com apenas uma garrafa de vodca como companhia.

— Martina! — berrou o russo. — Martina, volte! Volte, eu sinto muito!

— Esquece, irmão — falei. — Ela já foi.

Ele cambaleou na beirada da varanda e se sentou ao meu lado, agarrando a cabeça e chorando sem parar.

— Agora eu não tenho ninguém! Só me fodo! Todo mundo está morrendo, e não tenho nenhum amigo e nenhuma mulher. — Andropov escancarou tanto a boca que consegui ver os seus molares, e ele soluçou em uma voz alta e tonitruante. — Não tenho lugar para ir onde não esteja sozinho!

— Sempre tem um lugar entre nós — disse o Velho Bent suavemente. — Há trabalho para você fazer e segredos a aprender; uma cama para dormir e sonhos para sonhar. Sua voz tem lugar com a nossa, Rudolf Andropov. Cantar enquanto a cortina se fecha no mundo.

Enquanto estive perdida nos meus pensamentos, e Andropov, nas suas mágoas, Bent havia se aproximado da escada da varanda. Ficou parado ali com as mãos dobradas na cintura, sorrindo com tranquilidade. Naquela estranha aproximação de tempestade da tarde, os planetas no crânio do Velho Bent pareciam acesos com um brilho enjoativo.

As filhas dele e uma pequena delegação de adoradores estavam atrás de Bent nos seus vestidos. As meninas começaram a cantarolar baixinho de boca fechada, uma melodia que reconheci, mas não soube dizer o nome, algo enjoativo de tão doce e quase triste.

Andropov olhou fixamente para eles com os olhos arregalados e tensos e um deslumbramento confuso no rosto.

Eu meio que desejei ter mantido a chave inglesa comigo. Fiquei de pé e recuei alguns passos, deixando a mureta entre mim e os malucos.

— Todo esse jogral vai ser um bom ensaio para o coral da prisão — falei. — Considerem-se sortudos por ainda não terem ouvido notícias da polícia estadual. Eles estão com os três que me atacaram na autoestrada interestadual e vão vir atrás de vocês a seguir.

— A polícia já veio e já foi — disse o Velho Bent, que sorriu, se desculpando. — Randy, Pat e Sean agiram sem o meu conhecimento. Foram eles que viram a mensagem que Andropov passou por debaixo da porta, e decidiram atacar você sem nem discutir comigo. Acho que os três acreditavam que estavam me protegendo, como se eu tivesse algum motivo para temer a lei! Sim, eu sabia que as tempestades estavam chegando, mas profecia não é atestado de culpa. Quando eu mesmo vi o bilhete e as minhas filhas me contaram o que Sean e seus amigos foram fazer, na mesma hora entrei em contato com as autoridades locais para alertá-los sobre o que estava acontecendo. Sinto muito, muitíssimo que a polícia não os tenha impedido de atacá-la, mas é claro que as autoridades estão sem efetivo suficiente neste momento. Você não se machucou, né?

Andropov e eu falamos quase ao mesmo tempo.

— Que bilhete? — perguntou o russo.

— Um momento, o Andropov deixou um *bilhete*? — falei. — Sean disse que recebeu um *recado* dele, mas pensei que fosse uma mensagem no telefone ou algo assim. Como sabe que esse bilhete era do Andropov? Ele assinou?

Um canto da boca do Velho Bent se curvou para cima em um sorriso sardônico.

— Ele tem uma grafia fonética muito interessante do seu nome. Onysuck! É inconfundível.

— Eu deixei um bilhete? — disse Andropov, parecendo perplexo. — Eu devia estar muito doido! Não me lembro disso.

— Ótimo — falou o Velho Bent. — Deixe tudo para trás. O bilhete. Martina. Sua tristeza. A vida toda que você teve até este momento. Uma nova vida começa agora mesmo, hoje, se quiser. Você está procurando uma comunidade, um lugar onde não precise estar sozinho. E nós estávamos procurando você, Rudy! Se estiver pronto para fazer um trabalho importante e para estar entre pessoas que vão amá-lo e só vão pedir que você as ame, então estamos aqui. Estamos prontos para saudá-lo.

E na mesma hora, as garotas atrás dele começaram a cantar "Hello", do Lionel Richie, perguntando a Andropov se eram elas que o russo vinha procurando. Se eu não estivesse tão confusa e chocada, teria engasgado.

Andropov, porém, olhou fixamente para o grupo como se estivesse inspirado, enquanto as lágrimas secavam nas bochechas. O Velho Bent esticou a mão, e ele a pegou. O monge careca e desengonçado da loucura ajudou o russo a ficar de pé e o conduziu escada abaixo. Um dos cultistas ao cometa surgiu correndo, pendurou um astrolábio no pescoço dele e beijou o seu rosto. Andropov olhou maravilhado para o objeto e passou os dedos sobre ele, fascinado.

— Um mapa das estrelas — explicou o Velho Bent. — Mantenha com você. Vamos chegar lá em breve. É melhor não se perder.

Eles cruzaram o jardim, se reuniram em volta de Andropov e cantaram com suas vozes suaves, inofensivas e irracionais. Conforme os cultistas entravam um por um na casa vizinha, a música foi sumindo e outro som tomou seu lugar: um estalo alto e metálico, como alguém engatilhando uma arma. Só que não era uma arma. O som não parava. Era uma máquina de escrever.

Virei e olhei para o portão aberto da garagem de Ursula. De onde estava, só conseguia enxergar a escuridão lá dentro.

Atravessei a rua, cansada do calor, da caminhada e da luta contra o mal. Só que não era isso. O que mais me cansava era pensar em todas as horas que tinha passado naquela garagem, vendo tudo, mas sem observar nada.

Templeton estava na bancada de trabalho do pai, os pés plantados no grande balde branco de sal grosso para conseguir alcançar as teclas da velha máquina de escrever.

— E aí, Templeton? — falei.

— Oi, Honeysuckle — respondeu ele sem erguer os olhos.

— Cadê sua mãe, moleque?

— Lá dentro. Deitada. Ou talvez no computador. Ela passa muito tempo no computador de olho no clima.

Fiquei atrás dele e mexi no seu cabelo.

— Ei, Temp? Você se lembra quando me contou que sai voando toda noite em busca do seu pai nas nuvens? Isso é algo que você faz nos seus sonhos?

— Não — disse ele. — Eu vou com a mamãe. No avião agrícola. Finjo que sou um morcego.

— A-hã — respondi.

Meu olhar foi para o diploma de doutorado pendurado acima da bancada de trabalho. Eu nunca tinha me perguntado qual era o doutorado do pai de Templeton, mas não fiquei surpresa ao ver que seu campo fora engenharia química aplicada. Fiquei curiosa para saber se a empresa que o demitira ainda tinha escritórios em algum lugar nos Estados Unidos ou se mudara completamente para a Geórgia. Yolanda tinha me dito que a empresa do sr. Blake havia se mudado para o sul — um mal-entendido compreensível. Quando se ouve dizer que alguém está de mudança para a Geórgia, não se imagina que seja na Rússia.

— Posso ver uma coisa, Templeton? — pedi. — Pode descer daí um instantinho?

Ele obedientemente pulou do balde de plástico branco de sal grosso. Abri a tampa e vi o pó prateado cintilante. De relance, dava para imaginar que era sal, mas, quando meti um dedo lá dentro, o material pinicou meu dedo como uma pilha de vidro quebrado. Limpei a mão no quadril e fiquei de pé.

Templeton havia recuado alguns passos e cedeu o seu lugar na máquina de escrever. Puxei a alavanca prateada para começar uma nova linha e datilografei. Pequenos martelinhos de ferro bateram, *bang*, *bang*, *bang*... todos, a não ser o *h*, que não se mexia. Eu escrevi "onysuck" e desisti. Pensei na carta para o jornal, e como nenhuma palavra tinha o *h*.

— O que você está escrevendo, Hemingway? — disse alguém atrás de mim, uma voz masculina.

Dei meia-volta, o coração batendo como as teclas da máquina de escrever de Templeton.

Marc DeSpot havia entrado de mansinho na garagem e estava parado me observando, aquele filho da puta alto, musculoso e de braços compridos, com um chapéu de caubói de palha branca, camisa de brim azul abotoada apenas no colarinho para deixar à mostra o X elaborado no peito.

— Marc! — berrei. — O que está fazendo aqui?

Não que eu me importasse. Nunca fiquei tão feliz ao ver um rosto amigo.

Ele entrou na garagem às escuras. Lá fora, cada vez mais parecia com o crepúsculo.

— O que acha que estou fazendo aqui? Estou procurando você.

— Aqui? Como sabia que podia me encontrar aqui?

— Você me contou, Sherlock. Lembra? Disse que se não estivesse na grande casa branca do outro lado da rua, eu deveria procurar no sítio cor de manteiga. Tem alguma coisa para beber? Andei meio dia para trazer isto de volta para você e fiquei com uma sede considerável no caminho. — Marc retirou um retângulo de vidro negro e lustroso do bolso traseiro.

— Meu celular! Como assim você está com meu telefone?

Ele empurrou o chapéu para trás com o polegar.

— Bem, eu alcancei a moça que o pegou de você e pedi com delicadeza. O truque é usar as palavras mágicas, que são "por favor". Funciona muito bem se a pessoa estiver segurando a outra pelo tornozelo, de cabeça para baixo, na ocasião.

— Me dá aqui.

— Pega — falou ele.

Marc jogou o celular para mim, e o aparelho bateu no meu peito e caiu nas minhas mãos. Segurei o telefone um instante antes de ele escorregar dos meus dedos de manteiga e cair no piso de concreto com um estalo. Como toque final, chutei o celular e ouvi o aparelho deslizar para baixo da bancada de trabalho.

— Ai, caramba! — gritei. — Me dá o seu telefone.

— Ele morreu há seis horas. Qual é a emergência?

Eu fiquei de quatro e me enfiei na escuridão debaixo da bancada de trabalho, um lugar que fedia a camundongos, poeira e ferrugem.

— Preciso falar com algumas pessoas. Com o FBI, talvez — expliquei. — Está vendo a máquina de escrever? Não tem *h* nela!

— E você quer que o FBI investigue? Não acho que crimes contra o alfabeto sejam da jurisdição deles.

Enfiei a cara em uma teia de aranha e a afastei do nariz. Coloquei a mão na ponta de uma chave de fenda enferrujada e reclamei:

— Não consigo ver porra nenhuma.

— Posso te ajudar a procurar — disse Templeton, ao ficar de quatro e se enfiar embaixo da bancada comigo.

— Aqui — falou Ursula. — Eu tenho uma lanterna. Talvez ajude.

— Obrigada, Ursula — respondi automaticamente, me esquecendo por um instante por causa de quem eu queria ligar para o FBI.

Nesse momento, senti um dor gelada por dentro e fiquei imóvel. Ela nos ouviu conversando e entrou de mansinho na garagem assim que me enfiei debaixo da bancada. Dei meia-volta e olhei para ela e Marc.

— Obrigado, senhora — falou Marc DeSpot ao pegar a lanterna da mão de Ursula, apontar para baixo da bancada e ligá-la.

Eu abri a boca para gritar, mas não consegui respirar. Os pulmões não se encheram. Marc não viu o que havia na outra mão de Ursula. Ele se abaixou e olhou para mim, embaixo da bancada.

— Mas, preste atenção, garota — falou Marc —, se você precisa ligar para alguém, também não vai conseguir com aquele celular. Ele também está descarregado. É como uma lei da natureza. Quanto mais a pessoa precisa de algo, é mais provável que a coisa simplesmente morra na sua mão.

— E não é que é verdade? — disse Ursula, atingindo-o nas costas com o facão.

Pareceu o som de alguém batendo em um tapete com uma vassoura. Suas pernas ficaram bambas, e os joelhos se dobraram. Ela puxou o facão com as duas mãos e toda a força para soltar a lâmina. Marc deixou cair a lanterna, que rolou um pouco para a direita e apontou o feixe para a porta da garagem, deixando a mim e ao Temp nas sombras. Quando o facão saiu do espaço entre as omoplatas de Marc, ele cambaleou para trás, desequilibrado. Marc DeSpot caiu no chão com um gritinho fraco.

Eu recuei correndo para baixo da bancada.

— Templeton — falou Ursula ao se debruçar à frente, o rosto sereno e calmo, quase como se não tivesse acabado de cortar alguém no meio. — Saia, Templeton. Venha com a mamãe.

Ela esticou a mão esquerda para o filho, enquanto segurava o facão com a direita.

O menino não se mexeu, paralisado pelo choque. Passei o braço em volta do pescoço dele e coloquei a ponta daquela chave de fenda enferrujada sob do olho do menino.

— Afaste-se, Ursula.

Até aquele momento, a voz e a expressão dela estiveram perfeitamente plácidas. Agora, porém, o rosto ficou vermelho como um tomate e um tendão saltou no pescoço.

— *Não toque nele!* — gritou Ursula. — *Ele é só uma criança!*

— As ruas estão cheias delas — falei. — Todas perfuradas por pregos. Mais um moleque morto não vai ser problema para ninguém. A não ser para você.

Templeton tremeu nos meus braços. Meu escalpo ardia, e as minhas próprias pernas tremiam, ali de cócoras debaixo da bancada. Minha voz tinha tanta crueldade que eu quase acreditei em mim mesma.

— Você não faria isso — disse Ursula.

— Não? Não duvido que você o ame mais do que qualquer outra coisa no mundo. Sei como você se sente. Eu sentia exatamente o mesmo pela Yolanda.

Ursula deu um passo para trás. A respiração ecoava na caverna de concreto e alumínio da garagem. Uma trovoada explodiu lá fora e sacudiu o piso.

Comecei a engatinhar para a frente, puxando Templeton comigo.

— Ele é inocente nessa situação, Honeysuckle — falou ela, tentando recuperar a calma, mas sem conseguir tirar o nervosismo da fala. — Por favor, Templeton é tudo que tenho. O pai dele já foi tirado de mim. Você não pode levá-lo também.

— Não me diga o que você perdeu — falei. — O Colorado está cheio de gente que perdeu entes queridos, tudo porque você não conseguiu viver seu luto de maneira sensata. Não podia ter só plantado uma árvore em memória dele como uma pessoa normal?

— Este estado, esta *nação*, arrancou a *vida* do meu marido. Meu bom homem. Um bando de oligarcas da Geórgia roubou o trabalho da vida do

Charlie, todas as suas ideias, toda a sua pesquisa, e este estado disse que ele não merecia ganhar um centavo. Eles roubaram o futuro do Charlie, e ele não conseguiu suportar aquilo. Agora estou roubando o futuro *deles*. O presidente autorizou um ataque nuclear tático. A Geórgia inteira virou poeira radioativa há três horas. E quanto ao Colorado, e o resto deste país horrendo que venera dinheiro, eles não reconheceram os direitos do meu marido. Não deram valor ao poder das suas ideias. Bom. Estão aprendendo a valorizar o poder delas agora, não é?

Bati a cabeça na quina da bancada de trabalho ao sair dali e fiquei vesga por um momento. Temp poderia ter fugido, mas acho que naquele instante ele estava aterrorizado demais para escapar. Mantive a ponta da chave de fenda a meio centímetro do olho direito do menino.

— Não entendo por que você mandou o grupo do Velho Bent atrás de mim — falei.

— Templeton me disse que você sabia que voávamos toda noite. Ele falou você ia contar para o órgão de aviação civil sobre os nossos passeios no avião agrícola. Eu nem sabia se acreditava no Templeton, mas não é assim que as pessoas acabam sendo presas? Alguém rouba um banco, depois é parado por causa de uma lanterna de carro quebrada. Achei que não podia me dar ao luxo de correr riscos. Espero que saiba que não tenho nada contra você, Honeysuckle.

Mantive o menino entre nós, me virando e deixando as costas voltadas para a entrada da garagem. Vi Marc levantar a mão com fraqueza, dedos crispados, e o ouvi gemer fraquinho. Pensei que, se conseguíssemos ajuda rápido, talvez ele sobrevivesse. Comecei a recuar na direção da rua.

— Não! — gritou Ursula. — Você não pode! Ele não pode sair!

— Meu cu. Isso é só outra mentira. Ele não está tomando nenhum remédio que dá alergia à luz do sol. Isso é apenas uma história que você inventou para garantir que o menino nunca estivesse lá fora na chuva sem você por perto para vigiá-lo. Andando, Temp.

— *Não! Está prestes a chover!* — gritou Ursula.

— Vamos — falei. — Vamos, Templeton. A gente vai fugir correndo.

Nós dois demos meia-volta, e eu empurrei o menino na minha frente, pela entrada da garagem. Naquele momento, o mundo virou um negativo de si mesmo com a queda de um raio seguida do estrondo tonitruante de um trovão. Corremos. Eu agarrei um ombro de Templeton com a mão esquerda e segurei a chave de fenda com a direita. Ao atravessar a rua, senti algo furando o meu braço. Olhei e vi um prego brilhante feito um diamante saindo do meu bíceps.

Ouvi um ronco crescente e chocalhante. Era mais uma avalanche do que uma tempestade. Ela ganhava potência conforme se aproximava. Vi o fim da rua desaparecendo ao longe, para dentro de uma parede branca que avançava, uma cortina cintilante e brilhante de cristais caindo. As montanhas Flatiron dançaram, desapareceram e ressurgiram, como uma imagem vislumbrada através de um caleidoscópio.

Não conseguiríamos chegar à casa do Velho Bent. Um prego atravessou completamente a minha mão, como uma bala. Dei um gritinho e larguei a chave de fenda.

Eu ainda segurava Templeton pelo pescoço e o empurrei por mais quatro passos, em direção à traseira do carro da sra. Rusted. Coloquei a mão sobre a cabeça dele e empurrei o menino, que ficou de joelhos. Eu caí ao seu lado. Um prego atingiu a minha lombar, dez centímetros de cristal gelado. Outro acertou o meu ombro esquerdo. Eu me enfiei debaixo do para-choque e me contorci sob o carro, puxando Templeton para perto de mim pela capa. Sob o ronco ensurdecedor e destruidor, ouvi Ursula gritando o nome do filho.

Não acho que Templeton tenha se dado conta de que eu tinha perdido a chave de fenda até estarmos embaixo do carro. Eu estava deitada de bruços, tão espremida sob o chassi e a rua que não havia quase nenhuma mobilidade. O moleque começou a se contorcer. Agarrei um pedaço da capa, que se soltou dele imediatamente.

Eu me lancei para agarrá-lo de volta e bati a cabeça no chassi. Foi a segunda vez no último minuto que consegui bater o crânio, e agora acertei bem nos pontos. Uma galáxia de sóis negros explodiu e sumiu diante dos meus olhos, um mapa das estrelas e da sétima dimensão do Velho Bent visível do outro lado. Quando recuperei a visão, Templeton estava fora da proteção do Prius da sra. Rusted.

— Mãe! — berrou ele.

Mal consegui ouvi-lo com o ronco da chuva que caía. A rua tremeu como se eu estivesse esparramada sobre os trilhos com um trem de carga vindo na minha direção.

Virei para vê-lo correr de volta para casa. Pregos acertaram o menino na parte posterior da coxa, em um calcanhar, na parte superior das costas, e ele caiu de cara no começo da entrada da garagem. Foi ali que Templeton estava quando a mãe o alcançou.

Ele estava tentando se levantar e se apoiar em um joelho. Ursula cobriu o filho com o corpo, se curvou sobre Templeton e envolveu o menino com os braços. A mãe o manteve abaixado, sob ela, quando a força total da chuva enfim caiu — a chuva destruidora de agosto.

E ISSO É TUDO que tenho para contar.

Templeton foi transferido para uma unidade do hospital comunitário de Boulder. Um espeto de quinze centímetros havia penetrado seu pulmão direito antes de a mãe alcançá-lo, mas Ursula o protegeu do pior, e ele foi liberado para um orfanato estadual duas semanas depois.

Ursula ficou, pelo que ouvi dizer, com 897 agulhas cravadas no corpo no final da tempestade. Ela era um tapete vermelho perfurado por lâminas. Espero que tenha morrido sabendo que o filho ia viver, que conseguiu salvá-lo. O que ela fez conosco — com o mundo, com o céu — é imperdoável, mas não queria que nenhuma mãe morresse achando que falhou ao proteger o filho. Justiça e crueldade não são a mesma coisa, e saber disso é a diferença entre bater bem da cabeça e ser alguém como Ursula Blake.

Tudo isso aconteceu há cinco semanas e, como você sabe, desde então a poeira cintilante cobriu toda a troposfera. A última chuva de água, e não de pregos, caiu na costa do Chile no meio de setembro. O único tipo de precipitação desde então tem sido de poeira radioativa. Nossas forças armadas lançaram um ataque nuclear contra a Geórgia e destruíram a empresa que desenvolveu a visão de chuva de cristal de Charlie Blake e aniquilaram a maioria dos cientistas que poderiam ser capazes de reverter o processo. O Estado Islâmico acreditou nas notícias falsas que alegavam que a chuva de cristal era obra de cientistas judeus e lançaram mísseis em Israel. Como reação, Israel obliterou a Síria com meia dúzia de ogivas e, aproveitando o embalo, destruiu Teerã. A Rússia se aproveitou do caos internacional e invadiu a Ucrânia. Em Jacarta, choveu pregos do tamanho de espadas que mataram quase 3 milhões de pessoas em uma hora, o que foi quase tão ruim quanto um míssil nuclear. A atitude mais recente do presidente foi oferecer guarda-chuvas de metal na sua loja virtual, por 9,99 dólares cada um, fabricados na China. Tenho que admitir que o cara sabe ganhar dinheiro.

Nem tudo é pesadelo, embora chegue perto disso alguns dias. Um único colega de Charlie Blake, um pesquisador chamado Ali-Rubiyat, estava em Londres quando a Geórgia foi assada a 28 milhões de graus Celsius.

Embora geração de cristal não fosse seu campo de estudo, ele tinha alguns arquivos cruciais no laptop, e os cientistas em Cambridge criaram um agente neutralizador que detém o crescimento dos cristais e talvez volte a normalizar a chuva. A solução funciona metade das vezes em laboratório, mas ninguém sabe o que acontecerá na natureza.

Eu lembro que Yolanda costumava me enviar fotos de nuvens e me dizer o que via ao olhar para elas. Essa aqui era uma ilha paradisíaca para nós, onde viveríamos pelo resto da vida em saias de hula-hula, dando abacaxis uma na boca da outra. Aquela lá era uma grande arma fumegante que usaríamos para dar um tiro na lua. Outra era a própria câmera de Deus, tirando uma foto nossa enquanto nos beijávamos. Tudo que vou ver a partir de agora ao olhar para as nuvens são armas de destruição em massa.

Esse é o ponto a que chegamos — todos nós assistindo pela internet (ou o que sobrou dela) para testemunhar a decolagem dos drones do aeroporto de Heathrow para espalhar o pó neutralizador. *Se* eles conseguirem decolar. Há sessenta por cento de chances de uma chuva de pregos naquela parte do Reino Unido hoje à noite.

Eu mesma estarei assistindo a isso do sofá com Marc DeSpot, que ocupou o velho apartamento de Andropov e que, em geral, sobe mancando para ver como estou. Nós estamos cercados por meia dúzia de felinos ronronando. Marc e eu resgatamos gatos da vizinhança. Ou, na verdade, eu resgato os bichos, e ele cuida e dá nomes bobos, como Boleto e Tomas Turbando. Sua mobilidade não é mais a mesma, mas Marc me garantiu que em breve vai estar correndo atrás de rabos de saia.

Menos de um quarto do mundo tem energia elétrica ou acesso à internet, mas todo mundo que tem está sintonizado esta noite para ver a experiência científica pública de maior audiência desde o pouso na lua. Tenho certeza de que o culto ao cometa estará assistindo na casa vizinha, com o Velho Bent, suas enteadas e Andropov torcendo para o pó não funcionar. Eles previram o fim do mundo daqui a algumas semanas contando a partir de hoje. Acho que odiariam estar errados de novo.

Da minha parte, estou com os dedos cruzados e o coração cheio de E-S-P-E-R-A-N-Ç-A, *esperança*. Os meteorologistas previram que uma grande tempestade cruzará as montanhas Rochosas no fim da semana. Se a fórmula de Ali-Rubiyat funcionar, vai chover canivete. Se fracassar, vai chover alfinetes e agulhas.

Se tivermos uma chuva de verdade, vou correr lá para fora e dançar sob ela. Vou pisar forte nas poças como uma criança, pelo resto dos meus dias.

Dizem que em toda vida deve chover um pouco.

Deus, que seja verdade.

POSFÁCIO

ESSAS HISTÓRIAS FORAM ESCRITAS à mão ao longo de quatro anos. Comecei a primeira delas, "Instantâneo" — então intitulada *Instantâneo, 1988* — em Portland, Oregon, em 2013, durante a turnê de *Nosferatu*. Ela encheu dois cadernos e as costas de um jogo americano daquelas lanchonetes temáticas dos anos 1950. Assim que a história terminou, passei um elástico em volta dos cadernos e do jogo americano, enfiei aquilo tudo em uma prateleira e meio que esqueci que ela existia.

Finalizei meu quarto romance, um livro muito grande chamado *Mestre das chamas*, entre setembro e dezembro de 2014. Também escrevi *Mestre das chamas* à mão; acabou ocupando quatro cadernos e meio. Isso deixou metade de um caderno bem grande intacto. Eu odeio desperdiçar papel, então usei as páginas restantes para escrever "Nas alturas". Nesse ponto, percebi que estava trabalhando em uma coletânea de romances curtos.

A maioria das minhas histórias favoritas como leitor eram desse tamanho. Romances curtos são puro recheio, nada de massa. Eles oferecem a economia do conto, mas a profundidade de caracterização que associamos a obras maiores. Romances curtos não são passeios de turismo, cheios de zigue-zagues. São rachas. Você mete o pé no acelerador e conduz a narrativa até a beira do abismo. Viver rápido e deixar um belo cadáver para trás é uma merda de objetivo para um ser humano, mas é um bom plano para uma história.

Meu livro favorito, *Bravura indômita*, tem pouco mais de duzentas páginas. Talvez o melhor livro publicado neste século, *Atlas de nuvens*, de David Mitchell, é composto por seis novelas bem-construídas, amarradas por tema em uma história que é uma cama de gato elegante. O romance mais perfeito de Neil Gaiman, *O oceano no fim do caminho*, não tem uma frase a mais do que o necessário e possui menos de duzentas páginas. Histórias de horror e fantasia prosperam especialmente em obras de cerca de 25 mil a 75 mil palavras. Pense em *A máquina do tempo*, *A guerra dos mundos* e *O médico e o monstro*, a maioria dos romances breves e vigorosos de Richard Matheson, e o brilhante *A mulher de preto*, de Susan Hill (que não é minha parente). É bom ser capaz de ler histórias assim em uma ou duas sentadas. É bom senti--las como se sente a mão de alguém no pescoço.

Da minha parte, depois de escrever dois romances de setecentas páginas, foi muito importante ser simples e ir direto ao ponto, se possível. Nada contra livros grandes. Eu adoro descobrir um mundo enorme e fantástico para explorar, para me perder nele. Mas se a pessoa só escrever obras de proporções épicas, corre o risco de se tornar o cara chato do jantar. Como o DJ Chris Carter diz, não abuse da hospitalidade ou jamais será bem-vindo de novo.

Acho que "Chuva" surgiu de um desejo de me autoparodiar e parodiar o meu próprio livro de fim do mundo, *Mestre das chamas*. Sempre acreditei que é melhor debochar de si mesmo antes que alguém o faça por você. Eu o escrevi no início de 2016, quando a corrida presidencial estava aquecendo, e, a princípio, o presidente na história era uma mulher cansada e acossada, mas competente. E a história também tinha um final bem mais feliz. Depois da eleição... as coisas mudaram.

"Carregado" é a história mais antiga do livro, embora eu só tenha encontrado tempo para escrevê-la entre setembro e dezembro de 2016. Estive com ela na cabeça desde o massacre de vinte crianças em Newtown, Connecticut. "Carregado" foi minha tentativa de compreender o tesão nacional pela Arma.

Dito isso, as visões políticas são de minha responsabilidade. O tenente Myke Cole, da reserva da guarda costeira americana, leu "Carregado" e me ajudou a escrever corretamente sobre armas e serviço militar. Ele não é culpado pelas minhas cagadas, e você não deve presumir, de maneira alguma, que ele compartilha da minha visão política. Myke é mais do que capaz de falar por si mesmo e é isso que faz nos seus romances, no programa de TV *Hunted* e no Twitter. Isso serve também para Russ Dorr, que também examinou "Carregado" para que o texto estivesse preciso e me forneceu uma pesquisa de ponta sobre lei e desordem na Flórida.

Cada história nesta coletânea foi enriquecida com ilustrações de um artista diferente. "Instantâneo" apresenta a arte de Gabriel Rodriguez; Zach Howard armou "Carregado" com um belo par de imagens; Charles Paul Wilson III abrilhantou “Nas Alturas” com dois desenhos; e a equipe de Renae De Liz e Ray Dillon entregou colírios cristalinos para “Chuva”. O livro é uma coisa muito mais bonita por causa de seus talentos e carinho.

A HarperCollins produziu um belo audiolivro para *Tempo estranho*, usando os talentos vocais de quatro artistas impressionantes: Dennis Boutsikaris, Wil Wheaton, Stephen Lang e Kate Mulgrew. Minha gratidão a todos eles — obrigado por serem a minha voz.

Uma versão anterior de “Instantâneo” apareceu em uma edição dupla da revista *Cemetery Dance*. Obrigado a Brian Freeman e Richard Chizmar por darem o primeiro lar para essa história e por tratá-la tão bem.

Um monte de gente emprestou seus talentos e trabalho pesado para deixar *Tempo estranho* bonito. Nos Estados Unidos, essas pessoas incluem minha super-editora Jennifer Brehl, Owen Corrigan, Andrea Molitor, Kelly Rudolph, Tavia Kowalchuk, Priyanka Krishnan e Liate Stehlik. Maureen Sugden tem feito o copidesque de todos os meus livros e sempre deixou minha prosa muito mais direta e clara. No Reino Unido, esse livro foi amado e acalentado pelo editor Marcus Gipps, Craig Leyenaar, Jennifer McMenemy, Jennifer Breslin, Lauren Woosey, Jo Carpenter, Mark Stay, Hannah Methuen, Paul Stark, Paul Hussey, Jon Wood e Kate Espiner.

Minha mãe e meu pai viram cada uma dessas histórias conforme eram escritas e ofereceram apoio e sugestões editoriais de sempre. Meu irmão, o autor Owen King, leu *Tempo estranho* e ofereceu várias observações perspicazes. Jill Bosa é um amor de pessoa por ter lido o manuscrito final e corrigido o tipo de besteira que passa quando você convive com determinada coisa por tempo demais e não consegue mais ver os defeitos gritantes. Agradeço à minha agente, Laurel Choate, por cuidar deste livro desde os primeiros estágios até a entrega final, e a Sean Daily por representar *Tempo estranho* nos campos da TV e do cinema. Meu agradecimento ao dr. Derek Stern pelo apoio, pelas ideias e pelos conselhos.

E finalmente: obrigado aos meus três filhos por compartilharem tanto os dias de sol quanto os de tempestade. E meu amor a Gillian, que é a melhor companhia e a melhor amiga, não importa o clima.

Joe Hill
Março de 2017
Exeter, New Hampshire

Este livro foi impresso em 2024,
pela Vozes, para a HarperCollins Brasil.
O papel do miolo é pólen natural 70g/m²,
e o da capa é cartão 250g/m².